テーマ・ジャンルからさがす
児童文学

2024

刊行にあたって

本書は、2024 年に日本国内で刊行された児童文学をテーマ・ジャンル別に分類し、テーマ・ジャンル名から児童文学を探せる索引となっている。

テーマ・ジャンルは「暮らし・生活」「ストーリー」「キャラクター・立場」「職業」「人間関係」「学校・学園・学生・教育」「動物・生きもの」「アイテム・能力」「自然・環境・宇宙」「乗りもの」「場所・建物・施設・設備」「戦争と平和・災害・社会問題」「文化・芸能・スポーツ」「ご当地もの」「作品情報」の 15 項目に大分類した。大分類の下には、例として「暮らし・生活」の場合は、「イベント、行事」「食べもの、飲みもの」「感情、心」「遊び」「からだ、顔」「ファッション、おしゃれ、身だしなみ」などに中分類し、さらに必要ならば、小分類・細分類も設けている。

児童文学に複数のテーマが存在する場合は、各々の大分類のテーマ・ジャンルに分類。さらに大分類の中でも児童文学に複数のテーマが存在する場合は、同じ大分類に対して、複数の中分類や小分類が付与されていることもある。

本書は、難民問題が題材になった作品を探している、声優が登場する作品が知りたい、スマートフォンや携帯電話が出てくる作品を探している、コンビニエンスストアが舞台になった作品が知りたい、好きな本に似たジャンルの本を探している、テーマ展示やブックトークに使用する児童文学を探したいなど、様々な用途や目的に応じて作品を見つけられるような索引となっている。選書やレファレンスの参考資料として利用していただくだけでなく、新たな作品に思いがけず出会えるようなきっかけとなること、また、調べる楽しみに触れるための索引となれば幸いである。

2025 年 3 月

DBジャパン編集部

凡例

1. 本書の内容

本書は日本の児童文学、翻訳刊行された海外の児童文学をテーマ・ジャンル別に分類したもので、テーマ・ジャンル・キーワードなどから作品を探す索引である。

テーマ・ジャンルは「暮らし・生活」「ストーリー」「キャラクター・立場」「職業」「人間関係」「学校・学園・学生・教育」「動物・生きもの」「アイテム・能力」「自然・環境・宇宙」「乗りもの」「場所・建物・施設・設備」「戦争と平和・災害・社会問題」「文化・芸能・スポーツ」「ご当地もの」「作品情報」の 15 項目に大分類したものである。

2. 採録の対象

2024 年(令和 6 年)の 1 年間に国内で刊行された児童文学の中から 1,083 冊を採録した。

3. 記載項目

本の書名 / 作者名;訳者名/ 出版者（叢書名）/ 刊行年月

(例)

ストーリー＞試合、競争、コンテスト、競合

「ウタイテ! 8」 *あいら*著;茶乃ひなの絵 スターツ出版（野いちごジュニア文庫） 2024 年 7 月

「エトワール! 15」 梅田みか作;結布絵 講談社（講談社青い鳥文庫） 2024 年 12 月

「おおなわ跳びません」 赤羽じゅんこ作;マコカワイ絵 静山社 2024 年 10 月

アイテム・能力＞プレゼント、お土産

「アメリカから来た友情人形」 今関信子作;双森文絵 新日本出版社 2024 年 8 月

「あやし、おそろし、天獄園 ： 銭天堂番外編. 2」 廣嶋玲子作;jyajya 絵 偕成社 2024 年 7 月
「うさぎになった日」 村中李衣文;しらとあきこ絵 世界文化ブックス 世界文化社 2024 年 3 月

自然・環境・宇宙＞星、星座

「12 星座男子. 2」 みずのまい作;福きつね絵 ポプラ社（ポプラキミノベル） 2024 年 2 月
「おくりうた」 上宿歩文;坂道なつ絵 文芸社 2024 年 5 月
「クリスマスに読みたい 10 のおはなし」 神戸万知編著 成美堂出版 2024 年 11 月

大分類「暮らし・生活」の下を、「食べもの、飲みもの」「イベント、行事」「からだ、顔」「感情、心」「育児、子育て」「ファッション、おしゃれ、身だしなみ」などに中分類し、さらに必要ならば小分類・細分類も設けている。

1） １つの作品に複数のテーマが存在する場合は各々の大分類のテーマ・ジャンルに分類。さらに大分類の中でも児童文学に複数のテーマが存在する場合は、同じ大分類に対して、複数の中分類や小分類が付与されていることもある。
2） 差別用語という見解がある分類も存在するが、原則、検索性を重視した表現としている。
3） 本索引の編纂時点（※2025 年 1 月）で情報を得られた書籍に限定し採録している。

4. 排列

1） テーマ・ジャンル別大分類見出しの下は中・小・細分類見出しの五十音順。

2)　テーマ・ジャンル別中・小・細分類見出しの下は本の書名の英数字・記号→ひらかな・カタカナの五十音順→漢字順。

5. テーマ・ジャンル別分類見出し索引

巻末にテーマ・ジャンル別の中分類から大分類の見出し、小分類から大分類＞中分類の見出し、細分類から大分類＞中分類＞小分類の見出しを引けるように索引を掲載した。

（例）
医者、看護師→職業＞医者、看護師
偉人、歴史上人物→キャラクター・立場＞偉人、歴史上人物
椅子→暮らし・生活＞家具＞椅子
出雲市→ご当地もの＞島根県＞出雲市
異世界、架空・不思議の世界→ストーリー＞異世界、架空・不思議の世界

6. 収録作品名一覧

巻末に索引の対象とした作品名一覧を掲載。
（並び順は作者の字順→出版社の字順排列とした。）

7. 分類解説表

巻末に分類の解説表を掲載。
（並び順は五十音順とし、わかりにくい分類に限定して掲載した。）

テーマ・ジャンル別分類見出し目次

【暮らし・生活】

【ストーリー】

【キャラクター・立場】

【職業】

【人間関係】

【学校・学園・学生・教育】

【動物・生きもの】

【アイテム・能力】

【自然・環境・宇宙】

【乗りもの】

【場所・建物・施設・設備】

【戦争と平和・災害・社会問題】

【文化・芸能・スポーツ】

【ご当地もの】

【作品情報】

【暮らし・生活】

遊び＞遊び一般

「あそび室の日曜日：マグロおどりでおさきマッグロ」村上しいこ作;田中六大絵 講談社(わくわくライブラリー) 2024年11月

「ちいちゃんのおもちゃたち：はなびのよるに」斉藤洋さく;武田美穂え 理論社 2024年11月

遊び＞いたずら

「Occult-オカルト-：闇とつながるSNS. 3」むくろ幽介文;icula本文イラスト 大泉書店 2024年7月

「じごく小学校. [3]―じごく小学校シリーズ；3」有田奈央作;安楽雅志絵 ポプラ社 2024年3月

「じごく小学校. [4]―じごく小学校シリーズ；4」有田奈央作;安楽雅志絵 ポプラ社 2024年8月

「まほうのアブラカタブレット―とっておきのどうわ」如月かずさ作;イシヤマアズサ絵 PHP研究所 2024年1月

遊び＞おまじない

「最強クール男子は、本当はずっと溺愛中!?」月瀬まは著;間明田絵 スターツ出版(野いちごジュニア文庫) 2024年5月

「保健室には魔女が必要. [2]」石川宏千花作;赤絵 偕成社(偕成社ノベルフリーク) 2024年11月

遊び＞折り紙

「折り紙のおばちゃん」平本やえこ著 文芸社 2024年2月

遊び＞海水浴、プール

「学校の怪談5分間の恐怖行事編. [2]」中村まさみ作 金の星社 2024年1月

遊び＞かけっこ、追いかけっこ、鬼ごっこ

「逃走中：オリジナルストーリー. [11]」小川彗著 集英社(集英社みらい文庫) 2024年5月

「逃走中：オリジナルストーリー. [12]」小川彗著 集英社(集英社みらい文庫) 2024年10月

遊び＞数かぞえ、数遊び、数

「ラストで君は「まさか!」と言う. ときめきの数字―3分間ノンストップショートストーリー」PHP研究所編 PHP研究所 2024年2月

遊び＞肝試し

「天久鷹央の推理カルテ = Ameku Takao's Detective Karte：カッパの秘密とナゾの池」知念実希人作;一東挿絵 実業之日本社 2024年12月

「年下男子のルイくんはわたしのことが好きすぎる! [3]」浪速ゆう作;間明田絵 集英社（集英社みらい文庫） 2024年8月

遊び＞ゲーム

「トモダチデスゲーム. [8]」もえぎ桃作;久我山ぼん絵 講談社（講談社青い鳥文庫） 2024年11月

「都会のトム&ソーヤ. 21」はやみねかおる著 講談社（YA!ENTERTAINMENT） 2024年3月

遊び＞しゃぼんだま

「しょうがっこうが、きらいです!」山本悦子作;佐藤真紀子絵 あかね書房 2024年6月

遊び＞人狼ゲーム

「クラス崩壊すごろくゲーム」野月よひら著;なこ絵 スターツ出版（野いちごジュニア文庫） 2024年12月

「鐘の鳴る夜は真実を隠す―LIAR：嘘つきは、誰だ?」田中佳祐著 Gakken 2024年4月

「人狼サバイバル. [17]」甘雪こおり作;himesuz絵 講談社（講談社青い鳥文庫） 2024年4月

「人狼サバイバル. [18]」甘雪こおり作;himesuz絵 講談社（講談社青い鳥文庫） 2024年8月

「人狼サバイバル. [19]」甘雪こおり作;himesuz絵 講談社（講談社青い鳥文庫） 2024年9月

遊び＞すごろく

「クラス崩壊すごろくゲーム」野月よひら著;なこ絵 スターツ出版（野いちごジュニア文庫） 2024年12月

遊び＞宝探し

「キッズバースアドベンチャー = KIDSVERSE ADVENTURE―文研ブックランド」桐谷直文;雛川まつり画 文研出版 2024年7月

「どろぼう猫とイガイガのあれ」小手鞠るい作;早川世詩男絵 静山社 2024年3月

「マインクラフトゴーレムにいどめ!―石の剣のものがたりシリーズ ; 5」ニック・エリオポラス文;アラン・バトソン;クリス・ヒル絵;酒井章文訳 技術評論社 2024年12月

「みちのく妖怪ツアー. 宝探し編」佐々木ひとみ;野泉マヤ;堀米薫作;東京モノノケ絵 新日本出版社 2024年7月

「やなせたかしの新アラビアンナイト. 3」やなせたかし著 クレヴィス 2024年3月

遊び＞だるまさんがころんだ

「だるまさんがころんで」林けんじろう作 岩崎書店 2024年10月

遊び＞釣り

「カッパの三平水泳大会―水木しげるのおばけ学校；7」水木しげる著 ポプラ社 2024年9月

「ススキヶ原のキチとハル」渋谷代志枝著;山﨑尚志さし絵 能登印刷出版部 2024年5月

遊び＞なぞなぞ、クイズ

「5分間思考実験ストーリー：キミの答えで結末が変わる. 未来編」北村良子著;あすぱら絵 幻冬舎 2024年12月

「JC紫式部. 3」石崎洋司作;阿倍野ちゃこ絵 講談社(講談社青い鳥文庫) 2024年10月

「とけるとゾッとするこわい算数. 2」小林丸々作;亜樹新絵 ポプラ社(ポプラキミノベル) 2024年3月

「へのへのカッパせんせい. [8]―へのへのカッパせんせいシリーズ；8」樫本学ヴさく・え 小学館 2024年8月

「ミラクルきょうふ!意味がわかると怖いストーリーQ」白夜月杏編著 西東社 2024年7月

「謎解きミステリー東大クロスワード」西岡壱誠監修;東大カルペ・ディエム著 リベラル社 星雲社 2024年3月

遊び＞パズル

「5分後に意外な結末Q そして、パズルだけが残った。」桃戸ハル;伊月咲著;usi絵 Gakken 2024年12月

「かくされた意味に気がつけるか?3分間ミステリー = Can you notice the hidden meaning?3 minutes mystery：5つのパズル」早瀬春著 ポプラ社 2024年8月

遊び＞ピクニック、遠足、キャンプ、ハイキング

「12星座男子. 2」みずのまい作;福きつね絵 ポプラ社(ポプラキミノベル) 2024年2月

「1ねん1くみの女王さま. 4」いとうみく作;モカ子絵 Gakken(キッズ文学館) 2024年7月

「アマリとグレイトゲーム. 上」B.B.オールストン作;橋本恵訳 小学館 2024年11月

「おチビがうちにやってきた! [10]」柴野理奈子作;福きつね絵 集英社(集英社みらい文庫) 2024年4月

「キャベたまたんていてんぐ山で七ふしぎ―キャベたまたんていシリーズ」三田村信行作;宮本えつよし絵 金の星社 2024年7月

「サザンクロスクラブ」松田輝実著 文彩堂出版 2024年10月

「学校の怪談5分間の恐怖行事編. [3]」中村まさみ作 金の星社 2024年2月

「時間割男子. 13」一ノ瀬三葉作;榎のと絵 KADOKAWA(角川つばさ文庫) 2024年2月

「初恋タイムリミット. [3]」やまもとふみ作;那流絵 ポプラ社(ポプラキミノベル) 2024年8月

「青星学園★チームEYE-Sの事件ノート. [19]」相川真作;立樹まや絵 集英社(集英社みらい文庫) 2024年3月

遊び>虫とり

「虹色ほたる:永遠の夏休み. 上」川口雅幸作;ちゃこたた絵 アルファポリス 星雲社(アルファポリスきずな文庫) 2024年7月

遊び>迷路

「おすしかめんサーモンスペシャル:お話・まんがもりあわせ」土門トキオさく;川崎タカオえ Gakken 2024年6月

「へのへのカッパせんせい. [8]—へのへのカッパせんせいシリーズ;8」樫本学ヴさく・え 小学館 2024年8月

「ルナとふしぎの国のユニコーン:キズナが生まれるシャボンの島」小春りん作;ao.絵 スターツ出版(野いちごぽっぷ) 2024年11月

「迷路を解いたら怖い話」藤白圭作;浮雲宇一絵 静山社 2024年9月

「迷路探偵ピエール:怪盗Xの挑戦状」カミガキヒロフミ;IC4DESIGN原作;糸海みん著 永岡書店 2024年4月

雨やどり

「ようかいばあちゃんちのおおまがどき」最上一平作;種村有希子絵 新日本出版社 2024年7月

育児、子育て>家出

「おいら、すてネコ『たまご』です—文研ブックランド」山口理作;こがしわかおり絵 文研出版 2024年6月

「かみさまのベビーシッター. 4」廣嶋玲子作;木村いこ絵 理論社 2024年12月

「つっきーとカーコのかぞく—おはなしみーつけた!シリーズ」おくはらゆめ作・絵 佼成出版社 2024年5月

育児、子育て>育児、子育て一般

「ひまりとふしぎなあの子」深山さくら作;北沢優子絵 岩崎書店 2024年10月

「マザー・ブレイクタイム:母は鬼、子は悪魔:絵本とコーヒーをともに」弦本あや華文;弦本ゆりか絵 文芸社 2024年12月

「妖怪の子、育てます. 4」廣嶋玲子作;Minoru絵 東京創元社 2024年6月

育児、子育て＞おこづかい

「カップ・メン = CUP・MEN—カップ・メン ; 1」川之上英子;川之上健作;おおのこうへい絵 ポプラ社 2024年12月

育児、子育て＞子どものしつけ＞あいさつ、お礼

「コミュニケーション34の力：【解題】小学生が作ったコミュニケーション大事典—コミュニケーション科叢書 ; 4」北九州市立香月小学校平成17年6年1組34名著;菊池省三監修 中村堂 2024年10月

育児、子育て＞子どものしつけ＞おつかい、おてつだい

「いちかちゃん—くもんの児童文学」いとうみく作;中田いくみ絵 くもん出版 2024年5月

育児、子育て＞子どものしつけ＞おねしょ、おもらし

「ゴール!おねしょにアシスト」井嶋敦子作;こばやしまちこ絵 国土社 2024年11月

命

「アポロンと5つの神託. 4-下—パーシー・ジャクソンとオリンポスの神々 ; シーズン3」リック・リオーダン作;金原瑞人;小林みき訳 静山社(静山社ペガサス文庫) 2024年3月

「いのちのつぼみ」志津谷元子著 偕成社 2024年9月

「からくり夢時計. 下」川口雅幸作;海ばたり絵 アルファポリス 星雲社(アルファポリスきずな文庫) 2024年12月

「コメディ・クイーン」イェニー・ヤーゲルフェルト作;ヘレンハルメ美穂訳 岩波書店 2024年10月

「ちいさな花咲いた」野中柊作;くらはしれい絵 金の星社 2024年10月

「はじめて読む!外国の物語. 3年生」横山洋子監修 Gakken(よみとく10分) 2024年9月

「ぼくはクルルをまもりたい—本はともだち♪ ; 29」なりゆきわかこ文;いりやまさとし絵 ポプラ社 2024年12月

「ぼくはないた」ほんだよしこ著 幻冬舎メディアコンサルティング 幻冬舎 2024年2月

「リスたちの行進」堀直子作;平澤朋子絵 新日本出版社 2024年9月

「嘘吹きアンドロイド」久米絵美里著 PHP研究所(わたしたちの本棚) 2024年2月

「運命を考える」ぬまかおる著 みらいパブリッシング 星雲社 2024年11月

「可愛い小猫」織本季歩著 文芸社 2024年8月

「犬の謎」マリオローディ作;ディレッタリベラーニ絵;平田真理訳 カジワラ書房 2024年10月

「星の王子さま」アントワーヌ・ド・サン=テグジュペリ著;青木智美訳 玄光社 2024年10月

「星の王子さま：新訳：王子さまがくれたバトン」サン=テグジュペリ;詩月心訳 学術研究出版 2024年4月

「絶滅動物物語. 2」うすくらふみ原作・絵;藤咲あゆな著;今泉忠明監修 小学館(小学館ジュニア文庫) 2024年1月

「天国の犬ものがたり. [17]」藤咲あゆな著;堀田敦子原作;環方このみイラスト 小学館(小学館ジュニア文庫) 2024年10月

「椋鳩十童話集：大造じいさんとガン・マヤの一生など―100年読み継がれる名作」椋鳩十著;くぼあやこ絵;久保田里花監修 世界文化ブックス 世界文化社 2024年1月

「余命半年、きみと一生分の恋をした。」みなと著;Sakura絵 スターツ出版(野いちごジュニア文庫) 2024年9月

イベント、行事＞いもほり、やきいも

「わかったさんのスイートポテト―わかったさんのあたらしいおかしシリーズ；1」寺村輝夫原案;永井郁子作絵 あかね書房 2024年9月

イベント、行事＞インターハイ

「小説弱虫ペダル. 14」渡辺航原作;輔老心ノベライズ 岩崎書店(フォア文庫) 2024年2月

「小説弱虫ペダル. 15」渡辺航原作;輔老心ノベライズ 岩崎書店(フォア文庫) 2024年6月

イベント、行事＞縁日

「七色スターズ! 3」深海ゆずは作;桂イチホ絵 KADOKAWA(角川つばさ文庫) 2024年9月

イベント、行事＞オーディション、選考会

「Pの推しゴト. [4]」羽央えり作;三月リヒト絵 講談社(講談社青い鳥文庫) 2024年5月

「アゲインアゲイン―読書の時間；21」おおぎやなぎちか作;坂口友佳子絵 あかね書房 2024年10月

「シンデレラ・バレリーナ：Lira. 1―シンデレラ・バレリーナ；1」グエナエル・バリュソー作;清水玲奈訳;森野眠子絵 ポプラ社 2024年3月

「ひなたとひかり. 7」高杉六花作;万冬しま絵 講談社(講談社青い鳥文庫) 2024年7月

「ひなたとひかり. 8」高杉六花作;万冬しま絵 講談社(講談社青い鳥文庫) 2024年11月

「理花のおかしな実験室. 11」やまもとふみ作;nanao絵 KADOKAWA(角川つばさ文庫) 2024年3月

イベント、行事＞お正月＞お年玉

「54字の物語. 12―意味がわかるとゾクゾクする超短編小説」氏田雄介編著;武田侑大絵 PHP研究所 2024年5月

イベント、行事＞お茶会、パーティー

「ジュディ★モード、女王さまになる!?―ジュディ・モードとなかまたち；14」メーガン・マクドナルド作;ピーター・レイノルズ絵;宮坂宏美訳 小峰書店 2024年8月

「森のちいさな三姉妹 = Three little sisters in the forest：はじめてのおたんじょう日!―ジュニア文学館」楠章子作;井田千秋絵 Gakken 2024年7月

「霧島くんは普通じゃない. [10]」麻井深雪作;那流絵 集英社(集英社みらい文庫) 2024年4月

「妖怪コンビニ. 5」令丈ヒロ子作;トミイマサコ絵 あすなろ書房 2024年11月

イベント、行事＞お盆

「24のひらめき!と僕らの季節―14歳の世渡り術」田丸雅智著;桃色ポワソンイラスト 河出書房新社 2024年11月

「54字の物語. 12―意味がわかるとゾクゾクする超短編小説」氏田雄介編著;武田侑大絵 PHP研究所 2024年5月

イベント、行事＞お祭り

「となりの魔女フレンズ. 3」宮下恵茉作;子兎。絵 Gakken 2024年12月

「トラブル旅行社(トラベル). [3]」廣嶋玲子文;コマツシンヤ絵 金の星社 2024年1月

「はなバト! 2」しおやまよる作;しちみ絵 KADOKAWA(角川つばさ文庫) 2024年2月

「異世界でカフェを開店しました。. 5」甘沢林檎作;ななミツ絵 アルファポリス 星雲社(アルファポリスきずな文庫) 2024年7月

「夏日祭典驚魂記―樂讀456；初階 111 妖怪一族；2」富安陽子文;山村浩二圖;游韻馨譯 親子天下 2024年2月

「怪談十二か月. 夏」福井蓮著 汐文社 2024年8月

「東北まつり物語―東北6つの物語」みちのく童話会編著;おしのともこ挿画 国土社 2024年7月

イベント、行事＞オリンピック

「氷の上のプリンセススペシャル短編集」風野潮作;Nardack絵 講談社(講談社青い鳥文庫) 2024年1月

イベント、行事＞音楽会

「学校の怪談5分間の恐怖行事編. [4]」中村まさみ作 金の星社 2024年2月

「小説魔入りました!入間くん. 10」西修原作・絵 ポプラ社(ポプラキミノベル) 2024年10月

イベント、行事＞カーニバル、謝肉祭

「カーニバルに消えたダイヤを追え―痛快!マジック同盟ミスフィッツ ; A」ニール・パトリック・ハリス;アレック・アザム作;松山美保訳 静山社 2024年7月

イベント、行事＞外泊、旅行、ツアー

「かかし―あんずの本. 現代中国文学 ; 少年少女編」葉聖陶著;福井ゆり子訳 尚斯国際出版社 日本出版制作センター 2024年3月

「グリーンデイズ―ステップノベル」高田由紀子作;酒井以絵 文研出版 2024年5月

「ようかいばあちゃんとようかいだんしゃく」最上一平作;種村有希子絵 新日本出版社 2024年4月

「ようかいばあちゃんと子ようかいすみれちゃん」最上一平作;種村有希子絵 新日本出版社 2024年9月

「七月の波をつかまえて―STAMP BOOKS」ポール・モーシャー作;代田亜香子訳 岩波書店 2024年6月

「社長ですがなにか? 4」あさつじみか作;はちべもつ絵 KADOKAWA（角川つばさ文庫） 2024年9月

「図書館のぬいぐるみかします. 2―ブック・フレンド ; 2」シンシア・ロード作;ステファニー・グラエギン絵;田中奈津子訳 ポプラ社 2024年7月

「忍びの里の青い影―家守神 ; 5」おおぎやなぎちか作;トミイマサコ絵 フレーベル館 2024年12月

イベント、行事＞外泊、旅行、ツアー＞修学旅行

「girls―くもんの児童文学」濱野京子作;牛久保雅美装画・挿絵 くもん出版 2024年6月

「トップ・シークレット. 7」あんのまる作;シソ絵 KADOKAWA（角川つばさ文庫） 2024年6月

イベント、行事＞合宿

「おとひめさまのうた」いまむらきよみ;ラヘル・ファン・コーイさく てらいんく 2024年7月

「サバイバー!! 7」あさばみゆき作;葛西尚絵 KADOKAWA（角川つばさ文庫） 2024年2月

「七色スターズ! 2」深海ゆずは作;桂イチホ絵 KADOKAWA（角川つばさ文庫） 2024年2月

「溺愛プラネット! 2」*あいら*著;小鳩ぐみイラスト PHP研究所（PHPジュニアノベル） 2024年1月

イベント、行事＞行事一般

「24のひらめき!と僕らの季節―14歳の世渡り術」田丸雅智著;桃色ポワソンイラスト 河出書房新社 2024年11月

「54字の物語. 12―意味がわかるとゾクゾクする超短編小説」氏田雄介編著;武田侑大絵 PHP研究所 2024年5月

「サキヨミ! 13」七海まち作;駒形絵 KADOKAWA(角川つばさ文庫) 2024年10月

「サザンクロスクラブ」松田輝実著 文彩堂出版 2024年10月

「星カフェ. [5]」倉橋燿子作;たま絵 講談社(講談社青い鳥文庫) 2024年5月

イベント、行事>クリスマス一般

「おチビがうちにやってきた! [11]」柴野理奈子作;福きつね絵 集英社(集英社みらい文庫) 2024年9月

「かけがえのない贈りものGift : 名作クリスマス童話集」小松原宏子文;矢島あづさ絵 いのちのことば社フォレストブックス(Forest Books) 2024年12月

「クリスマス・キャロル」チャールズ・ディケンズ;オスカー・ワイルド作;村岡花子作・訳;村岡美枝;村岡恵理訳編集 講談社 2024年10月

「クリスマスに読みたい10のおはなし」神戸万知編著 成美堂出版 2024年11月

「にじいろフェアリーしずくちゃん. 10」ぎぼりつこ絵;友永コリエ作 岩崎書店 2024年11月

「ひなたとひかり. 6」高杉六花作;万冬しま絵 講談社(講談社青い鳥文庫) 2024年4月

「ふしぎな図書館とクリスマス大決戦―ストーリーマスターズ ; 6」廣嶋玲子作;江口夏実絵 講談社 2024年11月

「犬の謎」マリオローディ作;ディレッタリベラーニ絵;平田真理訳 カジワラ書房 2024年10月

「青いガーネット―名探偵シャーロック・ホームズ」コナン・ドイル作;小林司;東山あかね訳;猫野クロ絵 金の星社 2024年3月

「霧島くんは普通じゃない. [10]」麻井深雪作;那流絵 集英社(集英社みらい文庫) 2024年4月

「妖怪コンビニ. 5」令丈ヒロ子作;トミイマサコ絵 あすなろ書房 2024年11月

「歴史ゴーストバスターズ. 7」あさばみゆき作;左近堂絵里絵 ポプラ社(ポプラキミノベル) 2024年1月

イベント、行事>結婚式

「安房直子絵ぶんこ. 2」安房直子文 あすなろ書房 2024年4月

「花よめ失そう事件―名探偵シャーロック・ホームズ」コナン・ドイル作;小林司;東山あかね訳;猫野クロ絵 金の星社 2024年2月

イベント、行事>合コン

「JC紫式部. 3」石崎洋司作;阿倍野ちゃこ絵 講談社(講談社青い鳥文庫) 2024年10月

イベント、行事＞コンサート、ライブ、演奏会

「スイッチ! 14」深海ゆずは作;加々見絵里絵 KADOKAWA(角川つばさ文庫) 2024年5月

「白豚貴族ですが前世の記憶が生えたのでひよこな弟育てます. 2」やしろ作;玖珂つかさ絵;keepoutキャラクター原案 TOブックス(TOジュニア文庫) 2024年2月

イベント、行事＞式典、セレモニー、儀式

「アポロンと5つの神託. 4-下—パーシー・ジャクソンとオリンポスの神々 ; シーズン3」リック・リオーダン作;金原瑞人;小林みき訳 静山社(静山社ペガサス文庫) 2024年3月

イベント、行事＞スピーチ

「はなしをきいて : 決戦のスピーチコンテスト」マギー・ホーン著;三辺律子訳 理論社 2024年5月

イベント、行事＞節分

「おにのおしごと」花野猫著 文芸社 2024年7月

イベント、行事＞卒業式

「学校の怪談5分間の恐怖〈行事編〉. [5]」中村まさみ作 金の星社 2024年3月

イベント、行事＞体育祭、運動会

「サバイバー!! 7」あさばみゆき作;葛西尚絵 KADOKAWA(角川つばさ文庫) 2024年2月

「プロジェクト・モリアーティ = PROJECT MORIARTY. 02」斜線堂有紀著;kaworu絵 朝日新聞出版(ナゾノベル) 2024年12月

「学校の怪談5分間の恐怖行事編. [4]」中村まさみ作 金の星社 2024年2月

「神スキル!!! [4]」大空なつき作;アルセチカ絵 KADOKAWA(角川つばさ文庫) 2024年3月

「天国の犬ものがたり. [16]」堀田敦子原作;藤咲あゆな著;環方このみイラスト 小学館(小学館ジュニア文庫) 2024年2月

イベント、行事＞七夕

「おりひめ寮からごきげんよう. [2]」小湊悠貴作;なもり絵 集英社(集英社みらい文庫) 2024年7月

「この恋はうさぎ色 : 5分でキュンとする結末」春間美幸著 講談社 2024年12月

「ラストで君は「まさか!」と言う. きらめく夜空—3分間ノンストップショートストーリー」PHP研究所編 PHP研究所 2024年11月

「資料室の日曜日 : にげたひこぼしをさがせ!」村上しいこ作;田中六大絵 講談社(わくわくライブラリー) 2024年5月

「東北まつり物語―東北6つの物語」みちのく童話会編著;おしのともこ挿画 国土社 2024年7月

イベント、行事＞端午の節句＞こいのぼり

「24のひらめき!と僕らの季節―14歳の世渡り術」田丸雅智著;桃色ポワソンイラスト 河出書房新社 2024年11月

イベント、行事＞誕生、誕生日、記念日

「ハリー・ポッターと賢者の石. 1-1―ハリー・ポッター ; 1」J.K.ローリング作;松岡佑子訳 静山社(静山社ペガサス文庫) 2024年4月

「るりのワンピース」花里真希作;北見葉胡絵 講談社 2024年4月

「海のなかの観覧車 = Ferris Wheel in the Sea」萱野雪虫著 講談社 2024年4月

「今日も誰かの誕生日―飛ぶ教室の本」二宮敦人作;中田いくみ絵 光村図書出版 2024年12月

「森のちいさな三姉妹 = Three little sisters in the forest : はじめてのおたんじょう日!―ジュニア文学館」楠章子作;井田千秋絵 Gakken 2024年7月

「魔法のルビーの指輪」イヴォンヌ・マッグローリー作;加島葵訳;深山まや絵 朔北社 2024年7月

イベント、行事＞誕生、誕生日、記念日＞誕生会

「みおちゃんも猫好きだよね?」神戸遥真作 金の星社 2024年7月

イベント、行事＞デート

「プリンセス・ダイアリー = The Princess Diaries. 4」メグ・キャボット著;代田亜香子訳 静山社 2024年4月

「陰陽師クラブへようこそ. 3」卯月みか作;雨宮もえ絵 アルファポリス 星雲社(アルファポリスきずな文庫) 2024年5月

「三姉妹は恋ができない!? : となりの幼なじみも三兄弟!新生活はドキドキの予感」永良サチ著;森乃なっぱ絵 スターツ出版(野いちごジュニア文庫) 2024年1月

「時間割男子. 14」一ノ瀬三葉作;榎のと絵 KADOKAWA(角川つばさ文庫) 2024年8月

「星カフェ. [6]」倉橋燿子作;たま絵 講談社(講談社青い鳥文庫) 2024年9月

「絶対好きにならない同盟. [8]」夜野せせり作;朝香のりこ絵 集英社(集英社みらい文庫) 2024年5月

「溺愛限界レベルヴァンパイア祭!」*あいら*ほか著;朝香のりこ絵 スターツ出版(野いちごジュニア文庫) 2024年7月

「天宮家の王子さま. [9]」白井ごはん作;ひと和絵 集英社(集英社みらい文庫) 2024年4月

イベント、行事＞夏休み、バカンス、長期休暇

「1ねん1くみの女王さま. 4」 いとうみく作;モカ子絵 Gakken(キッズ文学館) 2024年7月

「5分後に世界が変わる：おどろいて最後は泣ける物語」 白井くもほか著;Lyon絵 スターツ出版(野いちごジュニア文庫) 2024年3月

「エイ・エイ・オー!：ぼくが足軽だった夏」 佐々木ひとみ作;浮雲宇一絵 新日本出版社 2024年6月

「きみと100年分の恋をしよう. [13]」 折原みと作;フカヒレ絵 講談社(講談社青い鳥文庫) 2024年8月

「ゴースト・イン・ザ・プリズム」 黒田八束 Hibiuta and Company日々詩編集室 2024年11月

「コスモ★スケッチ. [3]」 琴織ゆき作;そと絵 集英社(集英社みらい文庫) 2024年6月

「ときめき虹色ライフ. 2」 皐月なおみ作;森乃なっぱ絵 アルファポリス 星雲社(アルファポリスきずな文庫) 2024年9月

「となりのじいちゃんかんさつにっき」 ななもりさちこ作;たまゑ絵 理論社 2024年5月

「ハリー・ポッターとアズカバンの囚人. 3-1―ハリー・ポッター ; 5」 J.K.ローリング作;松岡佑子訳 静山社(静山社ペガサス文庫) 2024年7月

「ハリー・ポッターと不死鳥の騎士団. 5-1―ハリー・ポッター ; 10」 J.K.ローリング作;松岡佑子訳 静山社(静山社ペガサス文庫) 2024年9月

「ブルーラインから、はるか」 林けんじろう作;坂内拓絵 講談社(講談社・文学の扉) 2024年5月

「マス×コン!：席替えで好きな人の隣になる確率って!?」 こぐれ京文;ももこっこ絵 KADOKAWA(角川つばさ文庫) 2024年3月

「マナティーがいた夏―ほるぷ読み物シリーズ. セカイへの窓」 エヴァン・グリフィス作;多賀谷正子訳 ほるぷ出版 2024年7月

「ようかいばあちゃんちのおおまがどき」 最上一平作;種村有希子絵 新日本出版社 2024年7月

「わたしのカレーな夏休み」 谷口雅美著;KOUME画 講談社 2024年6月

「菜々ちゃんのビーチボール」 あんざいまさなり あんざいまさなり ぶんしん出版 2024年7月

「私立探検家学園. 4」 斉藤倫著;桑原太矩画 福音館書店 2024年4月

「時間割男子. 13」 一ノ瀬三葉作;榎のと絵 KADOKAWA(角川つばさ文庫) 2024年2月

「時間割男子. 14」 一ノ瀬三葉作;榎のと絵 KADOKAWA(角川つばさ文庫) 2024年8月

「七不思議神社. [7]」 緑川聖司作;TAKA絵 あかね書房 2024年10月

「青星学園★チームEYE-Sの事件ノート. [20]」 相川真作;立樹まや絵 集英社(集英社みらい文庫) 2024年9月

「静音と琴音」 HAREMI絵・文 文芸社 2024年10月

「虹色ほたる：永遠の夏休み. 下」川口雅幸作;ちゃこたた絵 アルファポリス 星雲社(アルファポリスきずな文庫) 2024年7月

「虹色ほたる：永遠の夏休み. 上」川口雅幸作;ちゃこたた絵 アルファポリス 星雲社(アルファポリスきずな文庫) 2024年7月

イベント、行事＞2分の1成人式

「みんなにもっとひかりあれ!：ダウン症の妹がいるあかりと、みんなの二分の一成人式」金子あつし作;ぽえ絵 読書日和 2024年10月

イベント、行事＞入学式

「学校の怪談5分間の恐怖〈行事編〉. [5]」中村まさみ作 金の星社 2024年3月

イベント、行事＞発表会、学芸会

「エトワール! 13」梅田みか作;結布絵 講談社(講談社青い鳥文庫) 2024年2月

「学校の怪談5分間の恐怖行事編. [4]」中村まさみ作 金の星社 2024年2月

イベント、行事＞春休み

「わたしたちの帽子」高楼方子作;出久根育絵 フレーベル館 2024年1月

「恐怖のなぞが解けるとき3分後にゾッとするラストやっと会えたね」福井蓮著 汐文社 2024年2月

「溺愛限界レベルヴァンパイア祭!」*あいら*ほか著;朝香のりこ絵 スターツ出版(野いちごジュニア文庫) 2024年7月

「答えは旅の中にある」小手鞠るい著 あすなろ書房 2024年1月

イベント、行事＞パレード

「あやし、おそろし、天獄園：銭天堂番外編. 2」廣嶋玲子作;jyajya絵 偕成社 2024年7月

イベント、行事＞バレンタイン

「サキヨミ! 12」七海まち作;駒形絵 KADOKAWA(角川つばさ文庫) 2024年6月

「もちもちぱんだもちぱんのタイムトラベルもちっとストーリーブック」Yuka原作・イラスト;たかはしみか著 Gakken(キラピチブックス) 2024年1月

「海色ダイアリー. [13]」みゆ作;加々見絵里絵 集英社(集英社みらい文庫) 2024年7月

「四つ子ぐらし. 18」ひのひまり作;佐倉おりこ絵 KADOKAWA(角川つばさ文庫) 2024年7月

「絶対好きにならない同盟. [9]」夜野せせり作;朝香のりこ絵 集英社(集英社みらい文庫) 2024年10月

「歴史ゴーストバスターズ．9」あさばみゆき作;左近堂絵里絵 ポプラ社(ポプラキミノベル) 2024年11月

イベント、行事＞ハロウィン

「Disneyハロウィーンストーリーズ」ディズニー・ストーリーブック・アートチーム絵;大畑隆子訳・文 うさぎ出版 永岡書店 2024年9月

「スリーピー・ホローの伝説」ワシントン・アーヴィング作;齊藤昇訳;アンヴィル奈宝子絵 鳥影社 2024年10月

「ハロウィーンまで、まってなさい」ミリアム・ヤング作;小宮由訳;平澤朋子絵 岩波書店 2024年9月

「七瀬くん家の3兄弟．[5]」青山そらら作;たしろみや絵 集英社(集英社みらい文庫) 2024年8月

イベント、行事＞引っ越し、移住

「あの空にとどけ―文研ステップノベル」熊谷千世子作;かない絵 文研出版 2024年11月

「ダンス★フレンド」カミラ・チェスター作;櫛田理絵訳;早川世詩男絵 小峰書店(ブルーバトンブックス) 2024年10月

「となりのふたごは闇使い」緑川聖司作;三湊かおり絵 ポプラ社(ポプラキミノベル) 2024年1月

「ぼくの家族」ふるたえつこ著 文芸社 2024年2月

「まさきの虎」濱野京子作;こうの史代絵 童心社 2024年12月

「みつばの郵便屋さん = Mitsuba's Postman. 5―小野寺史宜の「みつばの郵便屋さん」シリーズ ; 5」小野寺史宜著 ポプラ社 2024年9月

「わたしの名前はオクトーバー」カチャ・ベーレン作;こだまともこ訳 評論社 2024年1月

「宇宙級初恋 : 地球でいちばんステキな恋!?」水無仙丸作;たしろみや絵 KADOKAWA(角川つばさ文庫) 2024年1月

「宇宙級初恋．[2]」水無仙丸作;たしろみや絵 KADOKAWA(角川つばさ文庫) 2024年5月

「絶対好きにならない同盟．[9]」夜野せせり作;朝香のりこ絵 集英社(集英社みらい文庫) 2024年10月

「誰も知らない小さな魔法」大庭賢哉作・絵 静山社 2024年3月

「妖怪九十九搬新家―樂讀456 ; 初階 110 妖怪一族 ; 1」富安陽子文;山村浩二圖;游韻馨譯 親子天下 2024年2月

イベント、行事＞ひなまつり

「ひな祭り」くどうてるこ著 文芸社 2024年10月

イベント、行事＞舞踏会、ダンスパーティー

「おかしな転生：最強パティシエ異世界降臨. 5」古流望作;kaworu絵;珠梨やすゆきキャラクター原案 TOブックス(TOジュニア文庫) 2024年3月

「プリンセス・ダイアリー = The Princess Diaries. 5」メグ・キャボット著;代田亜香子訳 静山社 2024年6月

「らくだい魔女と黒の城の王子」成田サトコ作;千野えなが絵 ポプラ社(ポプラポケット文庫) 2024年3月

イベント、行事＞文化祭、学園祭

「ウタイテ! 8」*あいら*著;茶乃ひなの絵 スターツ出版(野いちごジュニア文庫) 2024年7月

「ぜったいヒミツの両想い. [3]」神戸遥真作;千秋りえ絵 講談社(講談社青い鳥文庫) 2024年4月

「吸血鬼と薔薇少女 = VAMPIRE AND THE ROSE. 3」*あいら*著;朝香のりこ絵&原作 スターツ出版(野いちごジュニア文庫) 2024年10月

「青蛙祭実行委員会よりお知らせです。―カドカワ読書タイム」遅河海原案;室岡ヨシミコ著;二反田こなイラスト KADOKAWA 2024年2月

「青春サプリ。. [12]―心が元気になる、5つの部活ストーリー」 ポプラ社 2024年11月

「天宮家の王子さま. [10]」白井ごはん作;ひと和絵 集英社(集英社みらい文庫) 2024年8月

「都会のトム&ソーヤ. 21」はやみねかおる著 講談社(YA!ENTERTAINMENT) 2024年3月

イベント、行事＞ホームステイ、下宿

「海色ダイアリー. [14]」みゆ作;加々見絵里絵 集英社(集英社みらい文庫) 2024年11月

イベント、行事＞ホワイトデー

「海色ダイアリー. [14]」みゆ作;加々見絵里絵 集英社(集英社みらい文庫) 2024年11月

イベント、行事＞林間学校、臨海学校

「菜々ちゃんのビーチボール」あんざいまさなり あんざいまさなり ぶんしん出版 2024年7月

運命、宿命

「ウイングス・オブ・ファイア. 1」トゥイ・タマラ・サザーランド著;田内志文訳;山村れぇイラスト 平凡社 2024年7月

「ジョン」エマニュエル・ブルディエ著;平岡敦訳 あすなろ書房 2024年2月

「ティアムーン帝国物語：断頭台から始まる、姫の転生逆転ストーリー. 5」餅月望作;U35絵;Gilseキャラクター原案 TOブックス(TOジュニア文庫) 2024年2月

「ハリー・ポッターと死の秘宝. 7-1―ハリー・ポッター ; 17」 J.K.ローリング作;松岡佑子訳 静山社(静山社ペガサス文庫) 2024年11月

「ハリー・ポッターと死の秘宝. 7-4―ハリー・ポッター ; 20」 J.K.ローリング作;松岡佑子訳 静山社(静山社ペガサス文庫) 2024年11月

「ハリー・ポッターと不死鳥の騎士団. 5-4―ハリー・ポッター ; 13」 J.K.ローリング作;松岡佑子訳 静山社(静山社ペガサス文庫) 2024年9月

「ひまわりが咲く頃、君と最後の恋をした」 汐月うた著;福きつね絵 スターツ出版(野いちごジュニア文庫) 2024年11月

「ビューティ&ビースト : 野獣に呪いをかけた魔女がベルの母親だった〈もしも〉の世界. 下―ディズニーツイステッドテール. ゆがめられた世界」 リズ・ブラスウェル著;池本尚美訳 Gakken 2024年10月

「運命を考える」 ぬまかおる著 みらいパブリッシング 星雲社 2024年11月

「七色スターズ! 3」 深海ゆずは作;桂イチホ絵 KADOKAWA(角川つばさ文庫) 2024年9月

「小説星降る王国のニナ」 リカチ原作・絵;もえぎ桃文 講談社(講談社青い鳥文庫) 2024年11月

「絶体絶命ゲーム. 15」 藤ダリオ作 KADOKAWA(角川つばさ文庫) 2024年6月

「銭天堂 : ふしぎ駄菓子屋. 吉凶通り1」 廣嶋玲子作;jyajya絵 偕成社 2024年5月

「銭天堂 : ふしぎ駄菓子屋. 吉凶通り2」 廣嶋玲子作;jyajya絵 偕成社 2024年10月

音

「ふしぎな鏡をさがせ」 キムチェリン作;イソヨン絵;カンバンファ訳 小学館 2024年7月

外国文化、異文化、多文化

「あなたの国では = What's It Like Where You Live?」 小手鞠るい著 さ・え・ら書房 2024年6月

「おとひめさまのうた」 いまむらきよみ;ラヘル・ファン・コーイさく てらいんく 2024年7月

「ねえねえ、きょうのおはなしは…… : 世界の楽しいむかしばなし」 大塚勇三再話・訳;PEIACO画 福音館書店 2024年1月

「ハロハロ = Halo-Halo」 こまつあやこ著 講談社 2024年12月

「要の台所」 落合由佳著 講談社 2024年4月

買い物

「まいごのかあたん」 かとうゆみこ著 文芸社 2024年7月

「リセット. 5」 如月ゆすら作;市井あさ絵 アルファポリス 星雲社(アルファポリスきずな文庫) 2024年2月

家具＞椅子

「人間椅子―スラよみ!日本文学名作シリーズ；2」江戸川乱歩作;川北亮司現代語訳 理論社 2024年9月

家具＞こたつ

「怪談十二か月．秋」福井蓮著 汐文社 2024年10月

家事

「パインさんのおるすばん」レオナード・ケスラーさく;小宮由やく 大日本図書 2024年9月

「ミタちゃんが見ちゃった!?：家事代行サービス事件簿」藤咲あゆな;ハニーカンパニー著;中嶋ゆかイラスト 小学館(小学館ジュニア文庫) 2024年8月

「夢でみた庭」長崎夏海著;佐藤真紀子絵 講談社 2024年9月

からだ、顔＞あし

「ペーターヘンの月世界旅行」田村明一著 書肆盛林堂(盛林堂ミステリアス文庫 プレゼント叢書) 2024年3月

からだ、顔＞意識、記憶、思い出

「〈推しの子〉まんがノベライズ：アクアとルビー、運命のはじまり」赤坂アカ;横槍メンゴ原作/絵;はのまきみ著 集英社(集英社みらい文庫) 2024年8月

「〈推しの子〉まんがノベライズ．[2]」赤坂アカ;横槍メンゴ原作/絵;はのまきみ著 集英社(集英社みらい文庫) 2024年11月

「5分間思考実験ストーリー：キミの答えで結末が変わる．未来編」北村良子著;あすぱら絵 幻冬舎 2024年12月

「おくりうた」上宿歩文;坂道なつ絵 文芸社 2024年5月

「こそあどの森のないしょの時間：Other Stories of the Kosoado Woods―こそあどの森の物語」岡田淳作 理論社 2024年5月

「ねこじーちゃん」杉野淳著 文芸社 2024年5月

「ハリー・ポッターと不死鳥の騎士団．5-1―ハリー・ポッター；10」J.K.ローリング作;松岡佑子訳 静山社(静山社ペガサス文庫) 2024年9月

「プロジェクト・モリアーティ＝PROJECT MORIARTY：絶対に成績が上がる塾．01」斜線堂有紀著;kaworu絵 朝日新聞出版(ナゾノベル) 2024年4月

「まさきの虎」濱野京子作;こうの史代絵 童心社 2024年12月

「みつばの郵便屋さん＝Mitsuba's Postman．8―小野寺史宜の「みつばの郵便屋さん」シリーズ；8」小野寺史宜著 ポプラ社 2024年9月

「リリの思い出せないものがたり―GO!GO!ブックス ; 8」たかどのほうこ作;高橋和枝絵 ポプラ社 2024年6月

「化け之島初恋さがし三つ巴. 3」石川宏千花著;脇田茜画 講談社(YA!ENTERTAINMENT) 2024年2月

「海のなかの観覧車 = Ferris Wheel in the Sea」菅野雪虫著 講談社 2024年4月

「記憶バトルロイヤル : 覚えて勝ちぬけ!100万円をかけた戦い」相羽鈴作;木乃ひのき絵;青木健監修 集英社(集英社みらい文庫) 2024年11月

「恐怖のなぞが解けるとき3分後にゾッとするラストやっと会えたね」福井蓮著 汐文社 2024年2月

「破ると怖い海の6つのルール : 繰り返す夏の戦慄〈闇〉体験―「怖い場所」超短編シリーズ」ウェルザード著 主婦と生活社 2024年7月

「秘密に満ちた魔石館. 5」廣嶋玲子作;佐竹美保絵 PHP研究所 2024年2月

からだ、顔>腕、手、指

「おばあちゃんのて」沖野和子著 文芸社 2024年5月

からだ、顔>うんち、おしっこ、おなら

「へ〜わ部」GGおかだ著 文芸社 2024年5月

からだ、顔>おしり

「ひみつのとっくん」工藤純子作;田中六大絵 金の星社 2024年7月

からだ、顔>おへそ

「丘修三児童文学作品集」丘修三著 国土社 2024年9月

からだ、顔>顔

「おばけレストラン―水木しげるのおばけ学校 ; 10」水木しげる著 ポプラ社 2024年9月

からだ、顔>影、かげぼうし

「カゲキリムシ」西沢杏子作;山口まさよし絵 てらいんく 2024年6月

からだ、顔>毛、髪の毛

「5分後に不気味なラスト―5分シリーズ」エブリスタ編 河出書房新社 2024年6月

「あるいは誰かのユーウツ = Someone's Melancholy」天川栄人著 講談社 2024年6月

「赤毛組合―名探偵シャーロック・ホームズ」コナン・ドイル作;小林司;東山あかね訳;猫野クロ絵 金の星社 2024年3月

からだ、顔＞声

「コミュニケーション34の力：【解題】小学生が作ったコミュニケーション大事典―コミュニケーション科叢書；4」北九州市立香月小学校平成17年6年1組34名著;菊池省三監修 中村堂 2024年10月

からだ、顔＞細胞

「はたらく細胞：映画ノベライズ」清水茜;原田重光;初嘉屋一生原作;徳永友一脚本;時海結以文 講談社(講談社KK文庫) 2024年11月

からだ、顔＞涙

「5分後に意外な結末ex クリムゾンに染まる宮殿」桃戸ハル編著;usi絵 Gakken 2024年12月

「嘘泣き女王のクランクアップ = A film making story with a queen who cries crocodile tears..―ティーンズ文学館」神戸遥真著;萩森じあ絵 Gakken 2024年11月

「静音と琴音」HAREMI絵・文 文芸社 2024年10月

「余命0日の僕が、死と隣り合わせの君と出会った話―森田碧の「よめぼく」シリーズ；5」森田碧著 ポプラ社 2024年9月

からだ、顔＞歯

「きょうふの店ゾクゾク. 2」マグダレナ・ハイ作;古市真由美訳;Nelnal絵 ほるぷ出版 2024年12月

からだ、顔＞歯＞キバ

「市立不思議が丘小学校 = Primary School on the mysterious hills」神田たかし著 みらいパブリッシング 星雲社 2024年5月

からだ、顔＞目

「おじいちゃんの目ぼくの目」パトリシア・マクラクラン作;若林千鶴訳;黒井健絵 リーブル 2024年7月

からだ、顔＞容姿

「ピーチとチョコレート」福木はる著 講談社 2024年11月

感情、心＞愛、愛情

「100日間、あふれるほどの「好き」を教えてくれたきみへ」永良サチ著;三湊かおり絵 スターツ出版(野いちごジュニア文庫) 2024年10月

「うそつき桃の夢」大竹弘志著 文芸社 2024年5月

「おばあちゃんがヤバすぎる!」エンマ・カーリンスドッテル作;ハンナ・グスタヴソン絵;中村冬美訳 静山社 2024年5月

「おばあちゃんのぞうきん：鹿石八千代児童文学集」鹿石八千代著 文芸社 2024年7月

「かたづけ大作戦」志津栄子作;森川泉絵 金の星社 2024年6月

「ジョン」エマニュエル・ブルディエ著;平岡敦訳 あすなろ書房 2024年2月

「トルストイ童話集」トルストイ原著;水谷まさる編・譯 富山房企畫 冨山房インターナショナル 2024年8月

「なかよしだいすきさ!」さとかずえ文・絵 文芸社 2024年5月

「花と星とイルカと河童：吉尾令子童話集」吉尾令子 吉尾令子 熊日出版 2024年7月

「鬼の花嫁. 2」クレハ著;ニナハチ絵 スターツ出版(野いちごジュニア文庫) 2024年11月

「犬の謎」マリオローディ作;ディレッタリベラーニ絵;平田真理訳 カジワラ書房 2024年10月

「星の王子さま」アントワーヌ・ド・サン=テグジュペリ著;青木智美訳 玄光社 2024年10月

「星の王子さま：新訳：王子さまがくれたバトン」サン=テグジュペリ;詩月心訳 学術研究出版 2024年4月

感情、心＞怒り

「あいだのわたし―STAMP BOOKS」ユリア・ラビノヴィチ作;細井直子訳 岩波書店 2024年8月

「ハミングベアのくる村」キャサリン・アップルゲイト作;尾高薫訳 偕成社 2024年1月

「ぼくのはじまったばかりの人生のたぶんわすれない日々―鈴木出版の児童文学：この地球を生きる子どもたち」イーサン・ロング作・絵;代田亜香子訳 鈴木出版 2024年10月

「西遊記」武田雅哉訳;トミイマサコ絵 小学館(小学館世界J文学館セレクション) 2024年11月

感情、心＞祈り、願いごと

「12音のブックトーク」こまつあやこ作;友風子絵 あかね書房 2024年6月

「アニメ版ふしぎ駄菓子屋銭天堂. [1]」廣嶋玲子;jyajya作 偕成社 2024年11月

「アニメ版ふしぎ駄菓子屋銭天堂. [2]」廣嶋玲子;jyajya作 偕成社 2024年11月

「アニメ版ふしぎ駄菓子屋銭天堂. [3]」廣嶋玲子;jyajya作 偕成社 2024年11月

「おりひめ寮からごきげんよう. [2]」小湊悠貴作;なもり絵 集英社(集英社みらい文庫) 2024年7月

「こねこのモモちゃん美容室」なりゆきわかこ作;トビイルツ絵 ポプラ社(子どもたちにつたえたい傑作選) 2024年11月

「デクノボー万歳!―コニボシのパロディー物語；5. 読み聞かせ絵本」コニボシ作;専門学校穴吹デザインカレッジ学生絵 美巧社 2024年4月

「トラブル旅行社(トラベル). [3]」廣嶋玲子文;コマツシンヤ絵 金の星社 2024年1月

「ねがいの木」岡田淳文;植田真絵 BL出版 2024年5月

「まほうのアブラカタブレット―とっておきのどうわ」如月かずさ作;イシヤマアズサ絵 PHP研究所 2024年1月

「羽根にねがいを!」西沢杏子作;小松良佳絵 国土社 2024年2月

「感動の童話五つの奇跡」にしぶのりあき著 パレード 星雲社(Parade Books) 2024年3月

「願いがかなうふしぎな日記. [4]」本田有明著 PHP研究所(わたしたちの本棚) 2024年11月

「雪娘のアリアナ」ソフィー・アンダーソン作;メリッサ・カストリヨン絵;長友恵子訳 小学館 2024年11月

「銭天堂 : ふしぎ駄菓子屋. 吉凶通り2」廣嶋玲子作;jyajya絵 偕成社 2024年10月

「魔法のルビーの指輪」イヴォンヌ・マッグローリー作;加島葵訳;深山まや絵 朔北社 2024年7月

感情、心＞うそ、でたらめ

「アフェイリア国とメイドと最高のウソ」ジェラルディン・マコックラン著;大谷真弓訳 小学館 2024年1月

「おばあちゃんがヤバすぎる!」エンマ・カーリンスドッテル作;ハンナ・グスタヴソン絵;中村冬美訳 静山社 2024年5月

「きみの前だけウソをつけない」甘水さら作;朝香のりこ絵 ポプラ社(ポプラキミノベル) 2024年5月

「こらしめじぞう. 2」村上しいこ著;軽部武宏絵 静山社 2024年6月

「ハリー・ポッターと不死鳥の騎士団. 5-2―ハリー・ポッター ; 11」J.K.ローリング作;松岡佑子訳 静山社(静山社ペガサス文庫) 2024年9月

「嘘泣き女王のクランクアップ = A film making story with a queen who cries crocodile tears..―ティーンズ文学館」神戸遥真著;萩森じあ絵 Gakken 2024年11月

「嘘吹きアンドロイド」久米絵美里著 PHP研究所(わたしたちの本棚) 2024年2月

「鐘の鳴る夜は真実を隠す―LIAR : 嘘つきは、誰だ?」田中佳祐著 Gakken 2024年4月

「人気者の如月くんは、私にウソコクするらしい」月瀬まは著;安芸緒絵 スターツ出版(野いちごジュニア文庫) 2024年2月

「人生終了ゲーム. [4]」cheeery著 スターツ出版(野いちごジュニア文庫) 2024年7月

「切り裂かれた絵画―LIAR : 嘘つきは、誰だ?」野月よひら著 Gakken 2024年12月

感情、心＞運

「作戦会議は疫病神と!?」田部智子作;黒須高嶺絵 国土社 2024年9月

「小説ブルーロック = BLUELOCK. 7」金城宗幸原作;ノ村優介絵;吉岡みつる文 講談社(講談社KK文庫) 2024年6月

感情、心＞笑顔、楽しみ、喜び

「5秒後に意外な結末：ミダス王の黄金の指先―「5分後に意外な結末」シリーズ」桃戸ハル編著;usi絵 Gakken 2024年1月

「5分後に意外な結末ex クリムゾンに染まる宮殿」桃戸ハル編著;usi絵 Gakken 2024年12月

「へ～わ部」GGおかだ著 文芸社 2024年5月

「小説二月の勝者：絶対合格の教室. [4]」伊豆平成著;高瀬志帆原作・イラスト 小学館(小学館ジュニア文庫) 2024年5月

「余命半年、きみと一生分の恋をした。」みなと著;Sakura絵 スターツ出版(野いちごジュニア文庫) 2024年9月

感情、心＞思いやり、親切、やさしさ

「100年後も、君のいた奇跡を忘れない」湊祥著;noka絵 スターツ出版(野いちごジュニア文庫) 2024年6月

「キミの知らない恋の物語. セツナイ」瀧井朝世編 汐文社 2024年1月

「キミの知らない恋の物語. ユレル」瀧井朝世編 汐文社 2024年2月

「この恋は、ぜったいヒミツ。. [4]」このはなさくら著;遠山えま絵 スターツ出版(野いちごジュニア文庫) 2024年4月

「ディズニー&ピクサー感動の名作ストーリー = Disney & Pixar Storybook Collection」ウォルト・ディズニー・カンパニー著;駒野谷理子訳 うさぎ出版 玄光社 2024年12月

「はじめて読む外国の物語. 3年生」横山洋子監修 Gakken(よみとく10分) 2024年9月

「まいごのかあたん」かとうゆみこ著 文芸社 2024年7月

「一生に一度の「好き」を、全部きみに。」みなと著;三湊かおり絵 スターツ出版(野いちごジュニア文庫) 2024年1月

「最強クール男子は、本当はずっと溺愛中!?」月瀬まは著;間明田絵 スターツ出版(野いちごジュニア文庫) 2024年5月

「鮫嶋くんの甘い水槽」蜂賀三月作;みすみ絵 アルファポリス 星雲社(アルファポリスきずな文庫) 2024年5月

「時を駆けるネコ：老人と猫の物語：ぬりえ版」秋月まさよし 文芸社 2024年1月

「少女ソフィアの夏」トーベ・ヤンソン著;渡部翠訳 講談社 2024年7月

「保健室で寝ていたら、爽やかモテ男子に甘く迫られちゃいました。」凩ちの著;覡あおひ絵 スターツ出版(野いちごジュニア文庫) 2024年9月

感情、心＞悲しみ、落胆

「キミの知らない恋の物語. セツナイ」瀧井朝世編 汐文社 2024年1月

「チカクサク―くもんの児童文学」今井恭子作;いとうあつき画 くもん出版 2024年10月

「ハリー・ポッターと不死鳥の騎士団. 5-4―ハリー・ポッター ; 13」J.K.ローリング作;松岡佑子訳 静山社(静山社ペガサス文庫) 2024年9月

「ひまりとふしぎなあの子」深山さくら作;北沢優子絵 岩崎書店 2024年10月

「安房直子絵ぶんこ. 8」安房直子文 あすなろ書房 2024年8月

「怪談十二か月. 夏」福井蓮著 汐文社 2024年8月

「怪談十二か月. 秋」福井蓮著 汐文社 2024年10月

「小説二月の勝者 : 絶対合格の教室. [4]」伊豆平成著;高瀬志帆原作・イラスト 小学館(小学館ジュニア文庫) 2024年5月

感情、心>感謝

「みつばの郵便屋さん = Mitsuba's Postman. 4―小野寺史宜の「みつばの郵便屋さん」シリーズ ; 4」小野寺史宜著 ポプラ社 2024年9月

感情、心>感情、心一般

「6年1組すきなんだ―短編小学校 ; 4」吉野万理子作;丹地陽子絵 静山社 2024年5月

「6年1組すきなんだ―短編小学校 ; 4」吉野万理子作;丹地陽子絵 ほるぷ出版 2024年12月

「あやしの保健室2. 3」染谷果子作;HIZGI絵 小峰書店 2024年1月

「インサイド・ヘッド2」テニー・ネルソン著;代田亜香子訳 小学館(小学館ジュニア文庫) 2024年8月

「きょうはおやすみします : がっこうのてんこちゃん―福音館創作童話シリーズ」ほそかわてんてんさく 福音館書店 2024年2月

「ショコラ・アソート : あの子からの贈りもの」村上雅郁作 フレーベル館(フレーベル館文学の森) 2024年12月

「ソラ猫のそらごと = A Legendary Flying Cat in the Clouds」鈴木康子著 海青社 2024年3月

「ともしび」junaida サンリード 2024年4月

「どろぼう猫とモヤモヤのこいつ」小手鞠るい作;早川世詩男絵 静山社 2024年9月

「月曜倶楽部へようこそ!―おはなし日本文化 ; 短歌・俳句」森埜こみち作;くりたゆき絵 講談社 2024年11月

「余命0日の僕が、死と隣り合わせの君と出会った話―森田碧の「よめぼく」シリーズ ; 5」森田碧著 ポプラ社 2024年9月

「檸檬 = Lemon―エコトバ」梶井基次郎著;三永ワヲイラスト 文研出版 2024年6月

感情、心＞疑問、悩み

「17シーズン = 17season : 巡るふたりの五七五」百舌涼一著 講談社 2024年2月

「6days遭難者たち」安田夏菜著 講談社 2024年5月

「NEW HORIZON青春白書. Unit1」本田久作著;佳奈絵 東京書籍 2024年4月

「あかね雲のすき間から—あいち・読書タイム文庫」愛知県小中学校長会;名古屋市立小中学校長会;愛知県小中学校PTA連絡協議会;名古屋市立小中学校PTA協議会編集 愛知県教育振興会 2024年11月

「あるいは誰かのユーウツ = Someone's Melancholy」天川栄人著 講談社 2024年6月

「インゴとインディの物語. 2」大矢純子作;佐藤勝則絵 鳥影社 2024年7月

「カラフル = Colorful」森絵都著;カシワイ画 文藝春秋 2024年7月

「きのうの君とみらいの君へ : 思春期の6人の物語」天川栄人作;くりたゆき本文イラスト 集英社(集英社みらい文庫) 2024年6月

「ギリギリチョイス天国か?地獄か? : 選択型ショート・ストーリー」粟生こずえ著;eskイラスト ポプラ社 2024年8月

「ご相談はお決まりですか? : 学園内で執事&メイド喫茶はじめました」伊藤クミコ著;ハモンド華麗イラスト PHP研究所(PHPジュニアノベル) 2024年11月

「しょうがっこうが、きらいです!」山本悦子作;佐藤真紀子絵 あかね書房 2024年6月

「スタート = START—読書の時間 ; 19」楠章子作;みなはむ絵 あかね書房 2024年3月

「トモダチブルー」宮下恵茉作;遠山えま絵 集英社(集英社みらい文庫) 2024年9月

「なんとかなる本 = The Book of Can-Do. [2]—樹本図書館のコトバ使い ; 2」令丈ヒロ子著;浮雲宇一絵 講談社 2024年4月

「なんとかなる本 = The Book of Can-Do. [3]—樹本図書館のコトバ使い ; 3」令丈ヒロ子著;浮雲宇一絵 講談社 2024年10月

「バラの咲く日に : 生きづらさの庭で」藤原千奈 文芸社 2024年4月

「ふしぎ町のふしぎレストラン. 8」三田村信行作;あさくらまや絵 あかね書房 2024年11月

「プリンセス・ダイアリー = The Princess Diaries. 4」メグ・キャボット著;代田亜香子訳 静山社 2024年4月

「プリンセス・ダイアリー = The Princess Diaries. 5」メグ・キャボット著;代田亜香子訳 静山社 2024年6月

「プリンセス・ダイアリー = The Princess Diaries. 8」メグ・キャボット著;代田亜香子訳 静山社 2024年12月

「プリンセス・ダイアリー. 3」メグ・キャボット著;代田亜香子訳 静山社 2024年2月

「ベビーシッターズクラブ. [2]」アン・M.マーティン作;山本祐美子訳;くろでこ絵 ポプラ社 2024年9月

「ぼくのはじまったばかりの人生のたぶんわすれない日々—鈴木出版の児童文学:この地球を生きる子どもたち」イーサン・ロング作・絵;代田亜香子訳 鈴木出版 2024年10月

「もしもの世界ルーレット. [2]」地図十行路作;みたう絵 KADOKAWA(角川つばさ文庫) 2024年3月

「ヤングタイマーズのお悩み相談室—くもんの児童文学」石川宏千花作;飯田研人装画・挿絵 くもん出版 2024年7月

「わたしと話したくないあの子—ノベルズ・エクスプレス;58」朝比奈蓉子作;双森文絵 ポプラ社 2024年9月

「わたしは食べるのが下手」天川栄人作 小峰書店(Sunnyside Books) 2024年6月

「安房直子絵ぶんこ. 9」安房直子文 あすなろ書房 2024年10月

「威風堂々キツネの尻尾. 4巻」Mr.GeneralStore絵;ソンウォンピョン作;渡辺麻土香訳 永岡書店 2024年6月

「王女さまのお手紙つき. 4」ポーラ・ハリソン原作;チーム151E☆企画・構成;ajico;中島万璃絵 Gakken 2024年1月

「学級委員は負けない:ジュニア版—青空小学校いろいろ委員会;8」小松原宏子作;あわい絵 ほるぷ出版 2024年1月

「紅桃の百色メイク. 1」羽央えり作;星乃屑ありす絵 講談社(講談社青い鳥文庫) 2024年12月

「山のバルナボ」ディーノ・ブッツァーティ作;川端則子訳;山村浩二絵 岩波書店(岩波少年文庫) 2024年7月

「手話だからいえること泣いた青鬼の謎」丸山正樹作;高杉千明絵 偕成社 2024年1月

「女の子とバケツのおはなし」こえちかな著 みらいパブリッシング 星雲社 2024年11月

「森と、母と、わたしの一週間」八束澄子著 ポプラ社(teens' best selections) 2024年10月

「図書館のぬいぐるみかします. 1—ブック・フレンド;1」シンシア・ロード作;ステファニー・グラエギン絵;田中奈津子訳 ポプラ社 2024年1月

「日直もがんばってる:ジュニア版—青空小学校いろいろ委員会;10」小松原宏子作;あわい絵 ほるぷ出版 2024年9月

「彼女たちのバックヤード」森埜こみち作 講談社 2024年1月

「夢の終わりで、君に会いたい。:正夢が教えてくれた奇跡の物語」いぬじゅん著;三湊かおり絵 スターツ出版(野いちごジュニア文庫) 2024年3月

「迷子のトウモロコシ」嘉成晴香作 金の星社 2024年9月

「余命一年と宣告された僕が、余命半年の君と出会った話—森田碧の「よめぼく」シリーズ;1」森田碧著 ポプラ社 2024年9月

感情、心＞恐怖

「3分後にゾッとする話最凶スポット」 野宮麻未;怖い話研究会著;マニアニイラスト 理論社 2024年11月

「3分後にゾッとする話絶叫交差点」 野宮麻未;怖い話研究会著;マニアニイラスト 理論社 2024年6月

「5秒後に意外な結末：ミダス王の黄金の指先─「5分後に意外な結末」シリーズ」 桃戸ハル編著;usi絵 Gakken 2024年1月

「5分怪談」 ナナフシギ著 幻冬舎 2024年6月

「5分後に意外な結末ex クリムゾンに染まる宮殿」 桃戸ハル編著;usi絵 Gakken 2024年12月

「5分後に取り残されるラスト―5分シリーズ」 梨編著 河出書房新社 2024年10月

「5分後に不気味なラスト―5分シリーズ」 エブリスタ編 河出書房新社 2024年6月

「きょうふ小学校：1分で読めるこわい話」 松本うみ作;小津絵 KADOKAWA(角川つばさ文庫) 2024年2月

「この世で一番妖しい答え・赤―意味がわかると怖い3分間ホラー」 意味怖P編;魔夜妖一;えいとえふ作 あかね書房 2024年2月

「ミラクルきょうふ!意味がわかると怖いストーリーQ」 白夜月杏編著 西東社 2024年7月

「わたしとあっちゃん」 橘亜紀著 文芸社 2024年5月

「科学探偵vs.不死身の黒魔術師―科学探偵謎野真実シリーズ」 佐東みどり;石川北二;木滝りま;田中智章作;kotona絵 朝日新聞出版 2024年2月

「恐怖コレクター. 巻ノ23」 佐東みどり;鶴田法男作;よん絵 KADOKAWA(角川つばさ文庫) 2024年5月

「恐怖コレクター. 巻ノ24」 佐東みどり;鶴田法男作;よん絵 KADOKAWA(角川つばさ文庫) 2024年10月

「七月の波をつかまえて―STAMP BOOKS」 ポール・モーシャー作;代田亜香子訳 岩波書店 2024年6月

「消された1行がわかるといきなり怖くなる話」 藤白圭著 ワニブックス 2024年8月

「世にもこわい博物館：5分でゾッとする結末」 黒史郎著 講談社 2024年7月

「絶叫学級. 黄泉に眠る記憶編」 いしかわえみ原作/絵;はのまきみ著 集英社(集英社みらい文庫) 2024年3月

「絶叫学級. 檻のなかの怨念編」 いしかわえみ原作/絵;はのまきみ著 集英社(集英社みらい文庫) 2024年6月

「絶叫学級. 罠に落ちたライバル編」 いしかわえみ原作/絵;はのまきみ著 集英社(集英社みらい文庫) 2024年10月

「怖い標識デスゲーム―5分シリーズ+」藤白圭著;トミイマサコイラスト 河出書房新社 2024年10月

「迷路を解いたら怖い話」藤白圭作;浮雲宇一絵 静山社 2024年9月

感情、心＞くせ、習慣

「うちのキチント星人」佐藤まどか作;中田いくみ絵 フレーベル館(ものがたりの庭) 2024年7月

「どろぼう猫とモヤモヤのこいつ」小手鞠るい作;早川世詩男絵 静山社 2024年9月

「世にもこわい博物館：5分でゾッとする結末」黒史郎著 講談社 2024年7月

感情、心＞苦悩、葛藤

「フィリムの翼 = Wings of Philim：飛空騎士の伝説. 上」小前亮作;鈴木康士画 静山社 2024年7月

「マザー・ブレイクタイム：母は鬼、子は悪魔：絵本とコーヒーをともに」弦本あや華文;弦本ゆりか絵 文芸社 2024年12月

「山のバルナボ」ディーノ・ブッツァーティ作;川端則子訳;山村浩二絵 岩波書店(岩波少年文庫) 2024年7月

「真夜中の4分後 = Four Minutes Past Midnight」コニー・パルムクイスト作;堀川志野舞訳;まめふく絵 静山社 2024年2月

感情、心＞後悔

「チカクサク―くもんの児童文学」今井恭子作;いとうあつき画 くもん出版 2024年10月

「天国までの49日間：最後の夏、君がくれた奇跡」櫻井千姫著;noka絵 スターツ出版(野いちごジュニア文庫) 2024年7月

感情、心＞好奇心

「女の子とバケツのおはなし」こえちかな著 みらいパブリッシング 星雲社 2024年11月

感情、心＞コンプレックス

「オンライン・フレンズ@さくら = Online Friends @Sakura」神戸遥真著;カシワイ画 講談社 2024年8月

「迷子のトウモロコシ」嘉成晴香作 金の星社 2024年9月

感情、心＞困惑、戸惑い

「ひなたとひかり. 6」高杉六花作;万冬しま絵 講談社(講談社青い鳥文庫) 2024年4月

感情、心＞寂しさ

「キミの知らない恋の物語. セツナイ」瀧井朝世編 汐文社 2024年1月

「ちいちゃんのおもちゃたち：はなびのよるに」斉藤洋さく;武田美穂え 理論社 2024年11月

「なかよしだいすきさ!」さとかずえ文・絵 文芸社 2024年5月

「レット・イット・ゴー：エルサとアナがおたがいを知らずに育った〈もしも〉の世界. 上—ディズニーツイステッドテール. ゆがめられた世界」ジェン・カロニータ著;池本尚美訳 Gakken 2024年6月

感情、心＞幸せ

「おくりうた」上宿歩文;坂道なつ絵 文芸社 2024年5月

「可愛い小猫」織本季歩著 文芸社 2024年8月

感情、心＞思春期

「あるいは誰かのユーウツ = Someone's Melancholy」天川栄人著 講談社 2024年6月

「威風堂々キツネの尻尾. 4巻」Mr.GeneralStore絵;ソンウォンピョン作;渡辺麻土香訳 永岡書店 2024年6月

感情、心＞謝罪

「犬にかまれたチイちゃん、動物のおいしゃさんになる」今西乃子作;あたちたち絵 岩崎書店 2024年7月

感情、心＞祝福、賞賛、感動

「5秒後に意外な結末：ミダス王の黄金の指先—「5分後に意外な結末」シリーズ」桃戸ハル編著;usi絵 Gakken 2024年1月

「みつばの郵便屋さん = Mitsuba's Postman. 7—小野寺史宜の「みつばの郵便屋さん」シリーズ；7」小野寺史宜著 ポプラ社 2024年9月

感情、心＞自立

「アゲインアゲイン—読書の時間；21」おおぎやなぎちか作;坂口友佳子絵 あかね書房 2024年10月

「夢でみた庭」長崎夏海著;佐藤真紀子絵 講談社 2024年9月

感情、心＞心配

「ぼくとロボ型フレンド」サイモン・パッカム著;千葉茂樹訳 あすなろ書房 2024年11月

感情、心＞信頼、絆

「うそつき桃の夢」大竹弘志著 文芸社 2024年5月

「おばあちゃんのぞうきん：鹿石八千代児童文学集」鹿石八千代著 文芸社 2024年7月

「かたづけ大作戦」志津栄子作;森川泉絵 金の星社 2024年6月

「サキヨミ! 13」七海まち作;駒形絵 KADOKAWA(角川つばさ文庫) 2024年10月

「ジョンの贈り物」高橋幸枝作;圭太絵 文芸社 2024年4月

「シンプルとウサギのパンパンくん」マリー=オード・ミュライユ作;河野万里子訳 小学館 2024年7月

「スカンダーと裏切りのトライアル」A.F.ステッドマン著;金原瑞人;西田佳子訳 潮出版社 2024年6月

「スラムに水は流れない」ヴァルシャ・バジャージ著;村上利佳訳 あすなろ書房 2024年4月

「ねこじーちゃん」杉野淳著 文芸社 2024年5月

「バラクラバ・ボーイ―文研ブックランド」ジェニー・ロブソン作;もりうちすみこ訳;黒須高嶺絵 文研出版 2024年5月

「まいごのかあたん」かとうゆみこ著 文芸社 2024年7月

「ルナとふしぎの国のユニコーン : キズナが生まれるシャボンの島」小春りん作;ao.絵 スターツ出版(野いちごぽっぷ) 2024年11月

「学級崩壊ゲーム : 仲よしクラスの絆は本物?」野月よひら著;アルセチカ絵 スターツ出版(野いちごジュニア文庫) 2024年5月

「泣いちゃうわたしと泣けないあの子 = I can't stop crying and she can't cry」倉橋燿子著 講談社 2024年4月

「犬の謎」マリオローディ作;ディレッタリベラーニ絵;平田真理訳 カジワラ書房 2024年10月

「見つけ屋とお知らせ屋―十年屋と魔法街の住人たち ; 5」廣嶋玲子作;佐竹美保絵 静山社 2024年7月

「静音と琴音」HAREMI絵・文 文芸社 2024年10月

「迷宮教室. [11]」あいはらしゅう作;肘原えるぼ絵 集英社(集英社みらい文庫) 2024年1月

感情、心＞絶望

「ハリー・ポッターとアズカバンの囚人. 3-2―ハリー・ポッター ; 6」J.K.ローリング作;松岡佑子訳 静山社(静山社ペガサス文庫) 2024年7月

「悪魔の思考ゲーム = DEVIL'S THOUGHT GAME. 3」大塩哲史著;朝日川日和絵 朝日新聞出版(ナゾノベル) 2024年3月

「一番星のキミに、恋するほどにせつなくて。」涙鳴著;丈ゆきみ絵 スターツ出版(野いちごジュニア文庫) 2024年12月

「絶望鬼ごっこ. [23]」針とら作;みもり絵 集英社(集英社みらい文庫) 2024年2月

感情、心＞羨望、憧れ

「2分の1フレンズ. 2」浪速ゆう作;さくろ絵 KADOKAWA(角川つばさ文庫) 2024年11月

「あいだのわたし―STAMP BOOKS」ユリア・ラビノヴィチ作;細井直子訳 岩波書店 2024年8月

「ガールズ・ルール:愛され女子でいるには」キャンディス・ブシュネル;ケイティ・コトゥーニョ作;三辺律子訳 静山社 2024年10月

「きみの前だけウソをつけない」甘水さら作;朝香のりこ絵 ポプラ社(ポプラキミノベル) 2024年5月

「グリーンデイズ―ステップノベル」高田由紀子作;酒井以絵 文研出版 2024年5月

「シンデレラ・バレリーナ:Lira. 1―シンデレラ・バレリーナ;1」グエナエル・バリュソー作;清水玲奈訳;森野眠子絵 ポプラ社 2024年3月

「ハニーレモンソーダ:あなたを好きでいる勇気:まんがノベライズ」村田真優原作/絵;ワダヒトミ著 集英社(集英社みらい文庫) 2024年9月

「王様のキャリー = King's Carry」まひる著 講談社 2024年8月

「源氏物語:光る君とみやびなる姫たち」紫式部作;藤咲あゆな訳;マルイノ絵 集英社(集英社みらい文庫) 2024年5月

「十四才の娘のための源氏物語:いつの日か、君が原文に挑むことを願いつつ」三輪純也著 銀河書籍 2024年10月

「中国のフェアリー・テール」ローレンス・ハウスマン作;松岡享子訳 福音館書店 2024年9月

「年下男子のルイくんはわたしのことが好きすぎる! [2]」浪速ゆう作;間明田絵 集英社(集英社みらい文庫) 2024年3月

「変身:消えた少女と昆虫標本―文研ステップノベル」佐藤いつ子作;かない絵 文研出版 2024年5月

「理花のおかしな実験室. 12」やまもとふみ作;nanao絵 KADOKAWA(角川つばさ文庫) 2024年7月

感情、心>相談

「ヤングタイマーズのお悩み相談室―くもんの児童文学」石川宏千花作;飯田研人装画・挿絵 くもん出版 2024年7月

「守護霊探偵アンバー:怪盗ムーンからペンダントを守れ!」小谷杏子作;ほし絵 アルファポリス 星雲社(アルファポリスきずな文庫) 2024年2月

「神さまの通り道. [2]」村上しいこ作;柴田ゆう絵 偕成社 2024年12月

感情、心>努力、忍耐

「エトワール! 15」梅田みか作;結布絵 講談社(講談社青い鳥文庫) 2024年12月

「たい焼き総選挙―読書の時間;20」新井けいこ作;いちろう絵 あかね書房 2024年9月

感情、心＞なぐさめ、応援

「たい焼き総選挙―読書の時間；20」新井けいこ作;いちろう絵 あかね書房 2024年9月

感情、心＞苦手、弱点、気弱

「アンリくん、どうぶつだいすき」エディット・ヴァシュロン文;ヴァージニア・カール文・絵;松井るり子訳 徳間書店 2024年4月

「キミに胸きゅんしすぎて困る!：ワケありお隣さんは、天敵男子!?」ゆいっと著;覡あおひ絵 スターツ出版(野いちごジュニア文庫) 2024年1月

「しょうがっこうが、きらいです!」山本悦子作;佐藤真紀子絵 あかね書房 2024年6月

「にげだしたガイコツくん」斎藤菖子え・ぶん 文芸社 2024年7月

「ピアノようせいレミーとメロディーのまほう―マジカル☆ピアノレッスン」しめのゆき作;とこゆ絵 ポプラ社 2024年7月

「ひみつのとっくん」工藤純子作;田中六大絵 金の星社 2024年7月

「ぼくの中にある光」カチャ・ベーレン作;原田勝訳 岩波書店 2024年11月

「マス×コン!：席替えで好きな人の隣になる確率って!?」こぐれ京文;ももこっこ絵 KADOKAWA(角川つばさ文庫) 2024年3月

「わたしとあっちゃん」橘亜紀著 文芸社 2024年5月

「君色パレット = PALETTES OF YOUR COLORS：多様性をみつめるショートストーリー. 2-[2]」岩崎書店 2024年2月

「日直もがんばってる：ジュニア版―青空小学校いろいろ委員会；10」小松原宏子作;あわい絵 ほるぷ出版 2024年9月

「半妖リサーチ! 1」秋木真作;灰色ルト絵 ポプラ社(ポプラキミノベル) 2024年3月

「半妖リサーチ! 2」秋木真作;灰色ルト絵 ポプラ社(ポプラキミノベル) 2024年8月

感情、心＞人気、評判

「100日間、あふれるほどの「好き」を教えてくれたきみへ」永良サチ著;三湊かおり絵 スターツ出版(野いちごジュニア文庫) 2024年10月

「わがしやパンダ―福音館創作童話シリーズ」香桃もこ作;服部美法絵 福音館書店 2024年4月

「異世界でカフェを開店しました。. 5」甘沢林檎作;ななミツ絵 アルファポリス 星雲社(アルファポリスきずな文庫) 2024年7月

感情、心＞妬み、嫉妬

「JC紫式部. 1」石崎洋司作;阿倍野ちゃこ絵 講談社(講談社青い鳥文庫) 2024年2月

「しろいねこリリー」くさのたき作;よしむらめぐ絵 金の星社 2024年9月

「威風堂々キツネの尻尾. 4巻」 Mr.GeneralStore絵;ソンウォンピョン作;渡辺麻土香訳 永岡書店 2024年6月

「総長さまスペシャルもっと甘々」 *あいら*ほか著;茶乃ひなの;カトウロカ絵 スターツ出版(野いちごジュニア文庫) 2024年10月

感情、心＞発見、驚き

「5分後に恋の結末. [5]―「5分後に意外な結末」シリーズ」 橘つばさ;桃戸ハル著;かとうれい絵 Gakken 2024年7月

「かくされた意味に気がつけるか?3分間ミステリー = Can you notice the hidden meaning? 3 minutes mystery : かさなる世界」 恵莉ひなこ著 ポプラ社 2024年4月

「かくされた意味に気がつけるか?3分間ミステリー = Can you notice the hidden meaning?3 minutes mystery : 5つのパズル」 早瀬春著 ポプラ社 2024年8月

「かくされた意味に気がつけるか?3分間ミステリー = Can you notice the hidden meaning?3 minutes mystery : 時渡りの鐘」 恵莉ひなこ著 ポプラ社 2024年11月

「ラストで君は「まさか!」と言う. 学校の怪談―3分間ノンストップショートストーリー」 PHP研究所編 PHP研究所 2024年8月

「正射必中!弓道部―こんな部活あります」 斎藤貴男作;おとないちあき絵 新日本出版社 2024年3月

「迷路を解いたら怖い話」 藤白圭作;浮雲宇一絵 静山社 2024年9月

感情、心＞疲労

「保健室経由、かねやま本館。. 7」 松素めぐり著;おとないちあき装画・挿画 講談社 2024年2月

感情、心＞不機嫌、反抗、不安

「おいら、すてネコ『たまご』です―文研ブックランド」 山口理作;こがしわかおり絵 文研出版 2024年6月

「キミにはないしょ! [5]」 汐月うた作;こきち絵 集英社(集英社みらい文庫) 2024年2月

「スナックこども」 令丈ヒロ子さく;まつながもええ 理論社 2024年4月

「ふでばこのくにの冒険 : ぼくを取りもどすために」 村上しいこ作;岡本順絵 童心社 2024年2月

「ぼくのはじまったばかりの人生のたぶんわすれない日々―鈴木出版の児童文学 : この地球を生きる子どもたち」 イーサン・ロング作・絵;代田亜香子訳 鈴木出版 2024年10月

「わたしは食べるのが下手」 天川栄人作 小峰書店(Sunnyside Books) 2024年6月

「鮫嶋くんの甘い水槽」 蜂賀三月作;みすみ絵 アルファポリス 星雲社(アルファポリスきずな文庫) 2024年5月

「女の子とバケツのおはなし」 こえちかな著 みらいパブリッシング 星雲社 2024年11月

「消えた校長先生―ジュニア文学館」西村友里作;大庭賢哉絵 Gakken 2024年7月

感情、心＞不幸

「シニカル探偵安土真 = CYnICAL DETECTIVE ADUCHI MAKOTO. 3」齊藤飛鳥作;十々夜絵 国土社 2024年3月

「シニカル探偵安土真 = CYnICAL DETECTIVE ADUCHI MAKOTO. 4」齊藤飛鳥作;十々夜絵 国土社 2024年7月

「トッケビ梅雨時商店街」ユヨングァン著;岩井理子訳 静山社 2024年10月

「絶命教室：怪人ミラーとの恐怖のゲーム. 4」ウェルザード作;赤身ふみお絵 アルファポリス 星雲社（アルファポリスきずな文庫） 2024年11月

感情、心＞勇気

「ディズニー&ピクサー感動の名作ストーリー = Disney & Pixar Storybook Collection」ウォルト・ディズニー・カンパニー著;駒野谷理子訳 うさぎ出版 玄光社 2024年12月

感情、心＞わがまま

「1ねん1くみの女王さま. 4」いとうみく作;モカ子絵 Gakken（キッズ文学館） 2024年7月

「かみさまのベビーシッター. 4」廣嶋玲子作;木村いこ絵 理論社 2024年12月

「犬を飼ったら、大さわぎ! 2」トゥイ・T.サザーランド作;相良倫子訳 徳間書店 2024年12月

休日、定休日

「トクベツキューカ、はじめました!」清水晴木作;いつか絵 岩崎書店 2024年5月

くじ、福引、宝くじ

「犬のふくびき」木内南緒作;よしむらめぐ絵 岩崎書店 2024年3月

携帯電話、スマートフォン、タブレット

「まほうのアブラカタブレット―とっておきのどうわ」如月かずさ作;イシヤマアズサ絵 PHP研究所 2024年1月

言葉

「じぶんでつくるえがないえほん」B.J.ノヴァクさく;おおともたけしやく 早川書房 2024年11月

「ソラ猫のそらごと = A Legendary Flying Cat in the Clouds」鈴木康子著 海青社 2024年3月

「もし、世界にわたしがいなかったら」ビクター・サントス文;アンナ・フォルラティ絵;金原瑞人訳 西村書店 2024年5月

「ラストで君は「まさか!」と言う. ときめきの数字―3分間ノンストップショートストーリー」PHP研究所編 PHP研究所 2024年2月

言葉＞ことわざ

「クンペイの探偵ノート. 2」昼田弥子作;クリハラタカシ絵 あかね書房 2024年11月

散歩

「きょうのフニフとあしたのフニフ」はせがわさとみ作・絵 佼成出版社 2024年4月

自給自足

「わたしの名前はオクトーバー」カチャ・ベーレン作;こだまともこ訳 評論社 2024年1月

手話

「それでも君に伝えたい. [2]」安芸咲良作;池田春香絵 集英社（集英社みらい文庫） 2024年6月

「手話だからいえること泣いた青鬼の謎」丸山正樹作;高杉千明絵 偕成社 2024年1月

巣

「星空としょかんの青い鳥」小手鞠るい作;近藤未奈絵 小峰書店 2024年9月

睡眠、昼寝

「運命を考える」ぬまかおる著 みらいパブリッシング 星雲社 2024年11月

鈴、鐘

「かくされた意味に気がつけるか?3分間ミステリー = Can you notice the hidden meaning?3 minutes mystery : 時渡りの鐘」恵莉ひなこ著 ポプラ社 2024年11月

「不可説不可説転」櫻船鐘寅著;柳屋本舗監修 トライ 2024年10月

巣立ち

「星空としょかんの青い鳥」小手鞠るい作;近藤未奈絵 小峰書店 2024年9月

石けん、シャンプー

「安房直子絵ぶんこ. 4」安房直子文 あすなろ書房 2024年6月

葬儀、葬式

「ワルイコいねが」安東みきえ著 講談社 2024年11月

掃除、清掃

「かたづけ大作戦」志津栄子作;森川泉絵 金の星社 2024年6月

「パインさんのおるすばん」レオナード・ケスラーさく;小宮由やく 大日本図書 2024年9月

「環境委員はもやもやする：ジュニア版―青空小学校いろいろ委員会；9」小松原宏子作;あわい絵 ほるぷ出版 2024年5月

食べもの、飲みもの＞おもち、だんご

「東北スイーツ物語―東北6つの物語」みちのく童話会編著;おしのともこ挿画 国土社 2024年11月

食べもの、飲みもの＞おやつ、お菓子＞あめ、金平糖

「Sweet & Bitter：甘いだけじゃない4つの恋のストーリー. [3]」合田文監修;中島梨絵絵 岩崎書店 2024年11月

「にじいろフェアリーしずくちゃん. 9」ぎぼりつこ絵;友永コリエ作 岩崎書店 2024年6月

食べもの、飲みもの＞おやつ、お菓子＞おせんべい

「オーセッセン・ベーイプイプイの物語」麻野あさ著 文芸社 2024年5月

食べもの、飲みもの＞おやつ、お菓子＞おやつ、お菓子一般

「Sweet & Bitter：甘いだけじゃない4つの恋のストーリー. [1]」合田文監修;中島梨絵絵 岩崎書店 2024年11月

「Sweet & Bitter：甘いだけじゃない4つの恋のストーリー. [2]」合田文監修;中島梨絵絵 岩崎書店 2024年11月

「Sweet & Bitter：甘いだけじゃない4つの恋のストーリー. [3]」合田文監修;中島梨絵絵 岩崎書店 2024年11月

「おかしな転生：最強パティシエ異世界降臨. 5」古流望作;kaworu絵;珠梨やすゆきキャラクター原案 TOブックス(TOジュニア文庫) 2024年3月

「くらくらのブックカフェ」まはら三桃ほか著 講談社(講談社・文学の扉) 2024年9月

「グリム童話：こどもと大人のためのメルヘン」グリム著;西本鶏介文・編;藤田新策装丁・さし絵 ポプラ社(子どもたちにつたえたい傑作選) 2024年7月

「へんてこもりのころがりざか―へんてこもりのはなし；6」たかどのほうこ作・絵 偕成社 2024年10月

「わがしやパンダ―福音館創作童話シリーズ」香桃もこ作;服部美法絵 福音館書店 2024年4月

「東北スイーツ物語―東北6つの物語」みちのく童話会編著;おしのともこ挿画 国土社 2024年11月

「友だちは給食室のゆうれい」草野あきこ文;山田花菜絵 金の星社 2024年9月

「理花のおかしな実験室. 11」やまもとふみ作;nanao絵 KADOKAWA(角川つばさ文庫) 2024年3月

「理花のおかしな実験室. 13」やまもとふみ作;nanao絵 KADOKAWA（角川つばさ文庫）2024年11月

食べもの、飲みもの＞おやつ、お菓子＞ガム

「ふしぎなフーセンガム―わくわくえどうわ」麻生かづこ作;くすはら順子絵 文研出版 2024年1月

食べもの、飲みもの＞おやつ、お菓子＞クッキー

「要の台所」落合由佳著 講談社 2024年4月

食べもの、飲みもの＞おやつ、お菓子＞グミ

「ルルとララのかみかみグミ―Maple Street」あんびるやすこ作・絵 岩崎書店 2024年7月

食べもの、飲みもの＞おやつ、お菓子＞クレープ

「Sweet & Bitter：甘いだけじゃない4つの恋のストーリー. [1]」合田文監修;中島梨絵絵 岩崎書店 2024年11月

食べもの、飲みもの＞おやつ、お菓子＞ケーキ

「今日も誰かの誕生日―飛ぶ教室の本」二宮敦人作;中田いくみ絵 光村図書出版 2024年12月

「魔女がやってきた!」マーガレット・マーヒー作;尾崎愛子訳;はたこうしろう絵 徳間書店 2024年6月

食べもの、飲みもの＞おやつ、お菓子＞スイートポテト

「わかったさんのスイートポテト―わかったさんのあたらしいおかしシリーズ；1」寺村輝夫原案;永井郁子作絵 あかね書房 2024年9月

食べもの、飲みもの＞おやつ、お菓子＞ゼリー

「ルルとララのかみかみグミ―Maple Street」あんびるやすこ作・絵 岩崎書店 2024年7月

食べもの、飲みもの＞おやつ、お菓子＞たい焼き

「たい焼き総選挙―読書の時間；20」新井けいこ作;いちろう絵 あかね書房 2024年9月

食べもの、飲みもの＞おやつ、お菓子＞駄菓子

「アニメ版ふしぎ駄菓子屋銭天堂. [1]」廣嶋玲子;jyajya作 偕成社 2024年11月

「アニメ版ふしぎ駄菓子屋銭天堂. [2]」廣嶋玲子;jyajya作 偕成社 2024年11月

「アニメ版ふしぎ駄菓子屋銭天堂. [3]」廣嶋玲子;jyajya作 偕成社 2024年11月

「銭天堂：ふしぎ駄菓子屋. 吉凶通り1」廣嶋玲子作;jyajya絵 偕成社 2024年5月

「銭天堂：ふしぎ駄菓子屋．吉凶通り2」廣嶋玲子作;jyajya絵 偕成社 2024年10月

「駄菓子屋をまもれ!つくも神大作戦―えんぴつはだまってて；2」あんずゆき作;たごもりのりこ絵 文溪堂 2024年4月

食べもの、飲みもの＞おやつ、お菓子＞チョコレート

「ステラとチョコレートの星のプリンセス―おはなしトントン」深谷しずく作;星谷ゆき絵 岩崎書店 2024年11月

「チョコレートスイッチ!：無気力男子、チョコを食べて大変身!」植原翠作;双葉陽絵 ポプラ社（ポプラキミノベル）2024年1月

「ふたごチャレンジ! 7」七都にい作;しめ子絵 KADOKAWA（角川つばさ文庫）2024年3月

「海色ダイアリー．[13]」みゆ作;加々見絵里絵 集英社（集英社みらい文庫）2024年7月

「四つ子ぐらし．18」ひのひまり作;佐倉おりこ絵 KADOKAWA（角川つばさ文庫）2024年7月

「絶対好きにならない同盟．[9]」夜野せせり作;朝香のりこ絵 集英社（集英社みらい文庫）2024年10月

食べもの、飲みもの＞おやつ、お菓子＞ドーナツ

「星カフェ．[5]」倉橋燿子作;たま絵 講談社（講談社青い鳥文庫）2024年5月

食べもの、飲みもの＞おやつ、お菓子＞パイ

「東北スイーツ物語―東北6つの物語」みちのく童話会編著;おしのともこ挿画 国土社 2024年11月

食べもの、飲みもの＞おやつ、お菓子＞パフェ

「東北スイーツ物語―東北6つの物語」みちのく童話会編著;おしのともこ挿画 国土社 2024年11月

食べもの、飲みもの＞おやつ、お菓子＞わたあめ

「シュガーココムー小さなお菓子屋さんの物語：たいせつなきもち」サンエックス原作・絵;白井かなこ著 小学館（小学館ジュニア文庫）2024年11月

食べもの、飲みもの＞牛乳、ミルク

「にげだしたガイコツくん」斎藤菖子え・ぶん 文芸社 2024年7月

「ミルキーウェイ：竹雀農業高校牛部」堀米薫著 新日本出版社 2024年12月

食べもの、飲みもの＞果物＞果物一般

「フルーツのようせい：12か月―ようせいじてん」小手鞠るい作;たかすかずみ絵 講談社（わくわくライブラリー）2024年5月

食べもの、飲みもの＞果物＞サクランボ

「フルーツのようせい：12か月―ようせいじてん」小手鞠るい作;たかすかずみ絵 講談社(わくわくライブラリー) 2024年5月

食べもの、飲みもの＞果物＞バナナ

「参上!ヌンチャクゴリラ」川之上英子;川之上健作;朝倉世界一絵 岩崎書店 2024年10月

食べもの、飲みもの＞果物＞ミカン

「フルーツのようせい：12か月―ようせいじてん」小手鞠るい作;たかすかずみ絵 講談社(わくわくライブラリー) 2024年5月

「まほうのマーマレード―山猫マルシェへようこそ；1」茂市久美子作;ゆうこ絵 あかね書房 2024年5月

食べもの、飲みもの＞果物＞モモ

「うそつき桃の夢」大竹弘志著 文芸社 2024年5月

食べもの、飲みもの＞果物＞リンゴ

「マインクラフトはみだし探検隊クリーパーなんか怖くない」デライラ・S.ドーソン作;金原瑞人;松浦直美共訳 竹書房 2024年7月

食べもの、飲みもの＞果物＞レモン

「檸檬＝Lemon―エコトバ」梶井基次郎著;三永ワヲイラスト 文研出版 2024年6月

食べもの、飲みもの＞ご当地グルメ

「東北おいしい物語―東北6つの物語」みちのく童話会編著;おしのともこ挿画 国土社 2024年7月

食べもの、飲みもの＞食事＞インスタントラーメン

「カップ・メン＝CUP・MEN―カップ・メン；1」川之上英子;川之上健作;おおのこうへい絵 ポプラ社 2024年12月

食べもの、飲みもの＞食事＞うどん

「うどんねこ. 2―どどんと!うどんねこ；2」スケラッコさく・え ポプラ社 2024年8月

食べもの、飲みもの＞食事＞おでん

「安房直子絵ぶんこ. 5」安房直子文 あすなろ書房 2024年6月

食べもの、飲みもの＞食事＞おにぎり、おすし

「おすしかめんサーモンスペシャル：お話・まんがもりあわせ」土門トキオさく;川崎タカオえ Gakken 2024年6月

「異世界でカフェを開店しました。. 5」甘沢林檎作;ななミツ絵 アルファポリス 星雲社(アルファポリスきずな文庫) 2024年7月

「最弱テイマーはゴミ拾いの旅を始めました。. 6」ほのぼのる500作;Tobi絵;なまキャラクター原案 TOブックス(TOジュニア文庫) 2024年2月

「最弱テイマーはゴミ拾いの旅を始めました。. 7」ほのぼのる500作;Tobi絵 TOブックス(TOジュニア文庫) 2024年7月

食べもの、飲みもの＞食事＞カレー

「5分後に泣き笑いのラスト―5分シリーズ」エブリスタ編 河出書房新社 2024年6月

「こどもに聞かせる一日一話：「母の友」特選童話集. 2」福音館書店「母の友」編集部編 福音館書店 2024年6月

「わたしのカレーな夏休み」谷口雅美著;KOUME画 講談社 2024年6月

食べもの、飲みもの＞食事＞給食

「わたしは食べるのが下手」天川栄人作 小峰書店(Sunnyside Books) 2024年6月

食べもの、飲みもの＞食事＞サンドイッチ

「3分間サバイバルNEO：美食の迷宮」粟生こずえ作 あかね書房 2024年11月

食べもの、飲みもの＞食事＞ジャム、マーマレード

「オセロのジャムとにじ色トカゲ」島村木綿子作;はしもとえつよ絵 国土社 2024年6月

「まほうのマーマレード―山猫マルシェへようこそ；1」茂市久美子作;ゆうこ絵 あかね書房 2024年5月

「安房直子絵ぶんこ. 9」安房直子文 あすなろ書房 2024年10月

食べもの、飲みもの＞食事＞食事一般

「5分後に泣き笑いのラスト―5分シリーズ」エブリスタ編 河出書房新社 2024年6月

食べもの、飲みもの＞食事＞スパゲッティ、パスタ

「ミリとふしぎなクスクスさん：パスタの国の革命―GO!GO!ブックス；7」戸森しるこ作;木村いこ絵 ポプラ社 2024年3月

食べもの、飲みもの＞食事＞ピザ

「おばけのアッチくるくるピザコンクール―小さなおばけ；48」角野栄子さく;佐々木洋子え ポプラ社(ポプラ社の新・小さな童話) 2024年10月

食べもの、飲みもの＞食べもの一般

「こうかんや」小川としあき 文芸社 2024年4月

「東北おいしい物語―東北6つの物語」みちのく童話会編著;おしのともこ挿画 国土社 2024年7月

食べもの、飲みもの＞茶、コーヒー

「Sweet & Bitter：甘いだけじゃない4つの恋のストーリー. [2]」合田文監修;中島梨絵絵 岩崎書店 2024年11月

「カフェ・スノードーム」石井睦美文;杉本さなえ絵 アリス館 2024年12月

「マザー・ブレイクタイム：母は鬼、子は悪魔：絵本とコーヒーをともに」弦本あや華文;弦本ゆりか絵 文芸社 2024年12月

食べもの、飲みもの＞飲みもの一般

「くらくらのブックカフェ」まはら三桃ほか著 講談社(講談社・文学の扉) 2024年9月

「にげだしたガイコツくん」斎藤菖子え・ぶん 文芸社 2024年7月

食べもの、飲みもの＞パン

「3分間サバイバルNEO：美食の迷宮」栗生こずえ作 あかね書房 2024年11月

食べもの、飲みもの＞野菜＞キュウリ

「こどもに聞かせる一日一話：「母の友」特選童話集. 2」福音館書店「母の友」編集部編 福音館書店 2024年6月

食べもの、飲みもの＞野菜＞サツマイモ

「わかったさんのスイートポテト―わかったさんのあたらしいおかしシリーズ；1」寺村輝夫原案;永井郁子作絵 あかね書房 2024年9月

食べもの、飲みもの＞野菜＞ダイコン

「安房直子絵ぶんこ. 1」安房直子文 あすなろ書房 2024年4月

「復活!まぼろしの小瀬菜だいこん―ステップノベル」野泉マヤ文;丹地陽子絵 文研出版 2024年8月

食べもの、飲みもの＞野菜＞タケノコ

「ふしぎなつうがくろ」花里真希さく;石井聖岳え 講談社(わくわくライブラリー) 2024年5月

食べもの、飲みもの＞野菜＞タマネギ

「うみへいったタマネギちゃんとピーマンちゃん―おはなしみーつけた!シリーズ」昼田弥子作;姫田真武絵 佼成出版社 2024年6月

食べもの、飲みもの＞野菜＞ピーマン

「うみへいったタマネギちゃんとピーマンちゃん―おはなしみーつけた!シリーズ」昼田弥子作;姫田真武絵 佼成出版社 2024年6月

食べもの、飲みもの＞野菜＞野菜一般

「どろぼう猫とイガイガのあれ」小手鞠るい作;早川世詩男絵 静山社 2024年3月

多様性

「バラクラバ・ボーイ―文研ブックランド」ジェニー・ロブソン作;もりうちすみこ訳;黒須高嶺絵 文研出版 2024年5月

「ふしぎなフーセンガム―わくわくえどうわ」麻生かづこ作;くすはら順子絵 文研出版 2024年1月

「君色パレット = PALETTES OF YOUR COLORS : 多様性をみつめるショートストーリー. 2-[1]」岩崎書店 2024年1月

「君色パレット = PALETTES OF YOUR COLORS : 多様性をみつめるショートストーリー. 2-[2]」岩崎書店 2024年2月

「君色パレット = PALETTES OF YOUR COLORS : 多様性をみつめるショートストーリー. 2-[3]」岩崎書店 2024年2月

知恵

「おばあちゃんのぞうきん : 鹿石八千代児童文学集」鹿石八千代著 文芸社 2024年7月

つぼ

「カッパの三平魔法だぬき―水木しげるのおばけ学校 ; 8」水木しげる著 ポプラ社 2024年9月

電話

「海のこびとと霧のおばけ」サリー・ガードナー作;リディア・コーリー絵;中井はるの訳 ポプラ社 2024年2月

ニュース

「2つの意味の物語：アイドルの妹は高校生：ひとつの文に秘められたパラレルストーリー」ささきかつお著 新星出版社 2024年7月

寝坊、遅刻

「いいわけはつづくよどこまでも」岡田淳作;田中六大絵 偕成社 2024年6月

配達、宅配

「みつばの郵便屋さん = Mitsuba's Postman. 1―小野寺史宜の「みつばの郵便屋さん」シリーズ ; 1」小野寺史宜著 ポプラ社 2024年9月

棺

「アポロンと5つの神託. 4-上―パーシー・ジャクソンとオリンポスの神々 ; シーズン3」リック・リオーダン作;金原瑞人;小林みき訳 静山社(静山社ペガサス文庫) 2024年3月

ファッション、おしゃれ、身だしなみ＞エプロン

「ポケットの中の赤ちゃん」宇野和子作・絵 復刊ドットコム 2024年5月

ファッション、おしゃれ、身だしなみ＞仮面、おめん

「ぼくがぼくに変身する方法」やませたかゆき作;はせがわはっち絵 岩崎書店 2024年8月

「黒猫：ポー短編集―ホラー・クリッパー」エドガー・アラン・ポー原作;にかいどう青文;スカイエマ絵 ポプラ社 2024年2月

ファッション、おしゃれ、身だしなみ＞かんざし、髪留め

「白豚貴族ですが前世の記憶が生えたのでひよこな弟育てます. 3」やしろ作;玖珂つかさ絵;keepoutキャラクター原案 TOブックス(TOジュニア文庫) 2024年4月

ファッション、おしゃれ、身だしなみ＞化粧、メイク

「紅桃の百色メイク. 1」羽央えり作;星乃屑ありす絵 講談社(講談社青い鳥文庫) 2024年12月

ファッション、おしゃれ、身だしなみ＞コスプレ

「きみの前だけウソをつけない」甘水さら作;朝香のりこ絵 ポプラ社(ポプラキミノベル) 2024年5月

ファッション、おしゃれ、身だしなみ＞スカート

「君色パレット = PALETTES OF YOUR COLORS：多様性をみつめるショートストーリー. 2-[3]」岩崎書店 2024年2月

ファッション、おしゃれ、身だしなみ＞ぞうり、げた

「こてんちゃんがきた!」 いとうみく作;かのうかりん絵 理論社 2024年10月

ファッション、おしゃれ、身だしなみ＞ドレス

「アミとミアのプリンセス・ドレス : かがみの国のときめきジュエル」 和田奈津子文;七海喜つゆり絵 KADOKAWA 2024年2月

ファッション、おしゃれ、身だしなみ＞ハンカチ

「リリの思い出せないものがたり―GO!GO!ブックス ; 8」 たかどのほうこ作;高橋和枝絵 ポプラ社 2024年6月

ファッション、おしゃれ、身だしなみ＞ファッション、おしゃれ、身だしなみ一般

「おばあちゃんのあかね色―こころのつばさシリーズ」 楠章子作;あわい絵 佼成出版社 2024年11月

ファッション、おしゃれ、身だしなみ＞ベール

「ジューナとベール」 中村応子 パレード(Parade books) 2024年2月

ファッション、おしゃれ、身だしなみ＞ベルト

「ぼくがぼくに変身する方法」 やませたかゆき作;はせがわはっち絵 岩崎書店 2024年8月

ファッション、おしゃれ、身だしなみ＞帽子、頭巾

「こてんちゃんがきた!」 いとうみく作;かのうかりん絵 理論社 2024年10月

「たのしいムーミン一家」 トーベ・ヤンソン著;山室静訳 講談社 2024年7月

「バラクラバ・ボーイ―文研ブックランド」 ジェニー・ロブソン作;もりうちすみこ訳;黒須高嶺絵 文研出版 2024年5月

「みつばの郵便屋さん = Mitsuba's Postman. 8―小野寺史宜の「みつばの郵便屋さん」シリーズ ; 8」 小野寺史宜著 ポプラ社 2024年9月

「わたしたちの帽子」 高楼方子作;出久根育絵 フレーベル館 2024年1月

「名探偵犬コースケ. 2」 太田忠司著;NOEYEBROW絵 朝日新聞出版(ナゾノベル) 2024年12月

ファッション、おしゃれ、身だしなみ＞マスク

「ボヘミアの醜聞―名探偵シャーロック・ホームズ」 コナン・ドイル作;小林司;東山あかね訳;猫野クロ絵 金の星社 2024年8月

ファッション、おしゃれ、身だしなみ＞マント

「安房直子絵ぶんこ. 6」安房直子文 あすなろ書房 2024年7月

ファッション、おしゃれ、身だしなみ＞めがね

「パインさんのごちゃまぜかんばん」レオナード・ケスラーさく;小宮由やく 大日本図書 2024年7月

ファッション、おしゃれ、身だしなみ＞洋服

「るりのワンピース」花里真希作;北見葉胡絵 講談社 2024年4月

風習、習わし

「東北おいしい物語―東北6つの物語」みちのく童話会編著;おしのともこ挿画 国土社 2024年7月

「東北まつり物語―東北6つの物語」みちのく童話会編著;おしのともこ挿画 国土社 2024年7月

ふとん

「ななのまほうのふとん―あいち・どくしょタイムぶんこ」愛知県小中学校長会;名古屋市立小中学校長会;愛知県小中学校PTA連絡協議会;名古屋市立小中学校PTA協議会編集 愛知県教育振興会 2024年11月

ペット

「2つの意味の物語：アイドルの妹は高校生：ひとつの文に秘められたパラレルストーリー」さささきかつお著 新星出版社 2024年7月

「おいら、すてネコ『たまご』です―文研ブックランド」山口理作;こがしわかおり絵 文研出版 2024年6月

「コケコココッコな毎日に―中学年よみものシリーズ」横田明子作;野村まり子絵 絵本塾出版 2024年6月

「こねこのモモちゃん美容室」なりゆきわかこ作;トビイルツ絵 ポプラ社(子どもたちにつたえたい傑作選) 2024年11月

「さかのうえのねこ」いとうみく作;よしむらめぐ絵 あかね書房 2024年4月

「ジョンの贈り物」高橋幸枝作;圭太絵 文芸社 2024年4月

「しろいねこリリー」くさのたき作;よしむらめぐ絵 金の星社 2024年9月

「タクちゃんちのペット騒動」林マサ子 文芸社 2024年4月

「ペット探偵事件ノート＝Pet Detective Case Notebook：消えたまいごねこをさがせ」赤羽じゅんこ作;中田いくみ絵 講談社(わくわくライブラリー) 2024年4月

「ぼくのねこポー—とっておきのどうわ」岩瀬成子作;松成真理子絵 PHP研究所 2024年3月

「ぼくの家族」ふるたえつこ著 文芸社 2024年2月

「犬のふくびき」木内南緒作;よしむらめぐ絵 岩崎書店 2024年3月

「犬を飼ったら、大さわぎ! 1」トゥイ・T.サザーランド作;相良倫子訳 徳間書店 2024年8月

「犬を飼ったら、大さわぎ! 2」トゥイ・T.サザーランド作;相良倫子訳 徳間書店 2024年12月

まくら

「ななのまほうのふとん—あいち・どくしょタイムぶんこ」愛知県小中学校長会;名古屋市立小中学校長会;愛知県小中学校PTA連絡協議会;名古屋市立小中学校PTA協議会編集 愛知県教育振興会 2024年11月

民族

「ぼくの心は炎に焼かれる:植民地のふたりの少年」ビヴァリー・ナイドゥー作;野沢佳織訳 徳間書店 2024年3月

文字

「じぶんでつくるえがないえほん」B.J.ノヴァクさく;おおともたけしやく 早川書房 2024年11月

ルームシェア、同棲

「恋するワケありシェアハウス:イケメンたちとのヒミツの同居生活はドキドキです!」青山そらら著;お天気屋イラスト PHP研究所(PHPジュニアノベル) 2024年11月

忘れもの、落としもの

「おしりたんていかいとうUのおとしもの—おしりたんていシリーズ. おしりたんていファイル ; 12」トロルさく・え ポプラ社 2024年11月

「おばあちゃんの忘れもの探偵団」織田祥代作;平出あや絵 OfficeOda 2024年1月

「トイレ野ようこさん」仙田学作;田中六大絵 静山社 2024年2月

「みつばの郵便屋さん = Mitsuba's Postman. 7—小野寺史宜の「みつばの郵便屋さん」シリーズ ; 7」小野寺史宜著 ポプラ社 2024年9月

「みつばの郵便屋さん = Mitsuba's Postman. 8—小野寺史宜の「みつばの郵便屋さん」シリーズ ; 8」小野寺史宜著 ポプラ社 2024年9月

「ラストで君はゾッとする:意味がわかると怖い3分間ノンストップショートストーリー」PHP研究所編;TAKAイラスト PHP研究所(PHPジュニアノベル) 2024年4月

【ストーリー】

悪魔祓い、怨霊祓い、悪霊調伏

「鎌倉猫ヶ丘小ミステリー倶楽部」澤田慎梧作;のえる絵 アルファポリス 星雲社(アルファポリスきずな文庫) 2024年9月

「小説魔入りました!入間くん. 10」西修原作・絵 ポプラ社(ポプラキミノベル) 2024年10月

あやかし、憑依、擬人化

「5分後に不気味なラスト—5分シリーズ」エブリスタ編 河出書房新社 2024年6月

「JC紫式部. 2」石崎洋司作;阿倍野ちゃこ絵 講談社(講談社青い鳥文庫) 2024年6月

「あやしの保健室2. 3」染谷果子作;HIZGI絵 小峰書店 2024年1月

「いつも会う人—休み時間で完結パステルショートストーリー ; Gray」新井けいこ作;Lico絵 国土社 2024年10月

「インサイド・ヘッド2」テニー・ネルソン著;代田亜香子訳 小学館(小学館ジュニア文庫) 2024年8月

「オカルト研究会と幽霊トンネル—オカルト研究会シリーズ ; 2」緑川聖司著;水輿ゆい絵 朝日新聞出版(ナゾノベル) 2024年2月

「きつねの橋. 巻の3」久保田香里作;佐竹美保絵 偕成社 2024年8月

「セカイの千怪奇. 4」木滝りま;太田守信作 岩崎書店 2024年12月

「ともだち」椰月美智子作 小学館 2024年3月

「はたらく細胞 : 映画ノベライズ」清水茜;原田重光;初嘉屋一生原作;徳永友一脚本;時海結以文 講談社(講談社KK文庫) 2024年11月

「ぼくの町の妖怪—休み時間で完結パステルショートストーリー ; Light Brown」野泉マヤ作;TAKA絵 国土社 2024年2月

「みちのく妖怪ツアー. 宝探し編」佐々木ひとみ;野泉マヤ;堀米薫作;東京モノノケ絵 新日本出版社 2024年7月

「異形怪異 : お化けが出てこない怖い話」むくろ幽介文;fracocoイラスト イカロス出版 2024年12月

「怪活倶楽部—5分間ノンストップショートストーリー」永良サチ著 PHP研究所 2024年9月

「怪帰師のお仕事. 3」佐東みどり作;榎のと絵 アルファポリス 星雲社(アルファポリスきずな文庫) 2024年1月

「学校の怪談5分間の恐怖行事編. [2]」中村まさみ作 金の星社 2024年1月

「時間割男子. 13」一ノ瀬三葉作;榎のと絵 KADOKAWA(角川つばさ文庫) 2024年2月

「時間割男子. 14」一ノ瀬三葉作;榎のと絵 KADOKAWA(角川つばさ文庫) 2024年8月

「都道府県男子! 1」あさばみゆき著;いのうえひなこ;かわぐちけい絵 スターツ出版(野いちごジュニア文庫) 2024年9月

「忍びの里の青い影—家守神 ; 5」おおぎやなぎちか作;トミイマサコ絵 フレーベル館 2024年12月

「半妖リサーチ! 1」秋木真作;灰色ルト絵 ポプラ社(ポプラキミノベル) 2024年3月

「半妖リサーチ! 2」秋木真作;灰色ルト絵 ポプラ社(ポプラキミノベル) 2024年8月

「幽霊屋敷予定地—怪ぬしさまシリーズ」地図十行路著;ニナハチ絵 朝日新聞出版(ナゾノベル) 2024年7月

「妖怪捕物帖×. 八眷伝篇3—ようかいとりものちょう ; 19」大﨑悌造作;ありがひとし画 岩崎書店 2024年8月

暗殺

「ヤング・シャーロック・ホームズ : 児童版. 2」アンドリュー・レーン作 静山社 ほるぷ出版 2024年2月

「出来損ないと呼ばれた元英雄は、実家から追放されたので好き勝手に生きることにした. 2」紅月シン作;柚希きひろ絵;ちょこ庵キャラクター原案 TOブックス(TOジュニア文庫) 2024年3月

育成、プロデュース

「Pの推しゴト. [4]」羽央えり作;三月リヒト絵 講談社(講談社青い鳥文庫) 2024年5月

「七瀬くん家の3兄弟. [4]」青山そらら作;たしろみや絵 集英社(集英社みらい文庫) 2024年3月

「溺愛プラネット! 2」*あいら*著;小鳩ぐみイラスト PHP研究所(PHPジュニアノベル) 2024年1月

いじめ、いじわる

「イジメ返し : イジメっ子3人に仕返しします」なぁな著;fuo絵 スターツ出版(野いちごジュニア文庫) 2024年8月

「さよならミイラ男」福田隆浩著 講談社 2024年2月

「シンデレラ・バレリーナ : Lira. 2—シンデレラ・バレリーナ ; 2」グエナエル・バリュソー作;清水玲奈訳;森野眠子絵 ポプラ社 2024年8月

「ススキヶ原のキチとハル」渋谷代志枝著;山﨑尚志さし絵 能登印刷出版部 2024年5月

「スタート = START—読書の時間 ; 19」楠章子作;みなはむ絵 あかね書房 2024年3月

「はちみつ色のキミとヒミツの恋をした。」小春りん著;かなめもにか絵 スターツ出版(野いちごジュニア文庫) 2024年1月

「ハリー・ポッターと賢者の石. 1-1―ハリー・ポッター ; 1」 J.K.ローリング作;松岡佑子訳 静山社(静山社ペガサス文庫) 2024年4月

「天国までの49日間 : 最後の夏、君がくれた奇跡」 櫻井千姫著;noka絵 スターツ出版(野いちごジュニア文庫) 2024年7月

異世界、架空・不思議の世界

「Disneyハロウィーンストーリーズ」 ディズニー・ストーリーブック・アートチーム絵;大畑隆子訳・文 うさぎ出版 永岡書店 2024年9月

「SCPハンター : シャイガイを確保せよ!」 黒史郎作;古澤あつし絵 ポプラ社(ポプラキミノベル) 2024年12月

「STAR WARSハイ・リパブリック : ミッドナイト・ホライズン. 下」 ダニエル・ホセ・オールダー著;稲村広香訳 Gakken 2024年5月

「アマリとグレイトゲーム. 下」 B.B.オールストン作;橋本恵訳 小学館 2024年11月

「アマリとグレイトゲーム. 上」 B.B.オールストン作;橋本恵訳 小学館 2024年11月

「アミとミアのプリンセス・ドレス : かがみの国のときめきジュエル」 和田奈津子文;七海喜つゆり絵 KADOKAWA 2024年2月

「いばらの髪のノラ = thorn-haired Nora. 1」 日向理恵子作;吉田尚令絵 童心社 2024年4月

「いばらの髪のノラ = thorn-haired Nora. 2」 日向理恵子作;吉田尚令絵 童心社 2024年6月

「いばらの髪のノラ = thorn-haired Nora. 3」 日向理恵子作;吉田尚令絵 童心社 2024年8月

「ウイングス・オブ・ファイア. 1」 トゥイ・タマラ・サザーランド著;田内志文訳;山村れぇイラスト 平凡社 2024年7月

「ウイングス・オブ・ファイア. 2」 トゥイ・タマラ・サザーランド著;田内志文訳;山村れぇイラスト 平凡社 2024年11月

「おかしな転生 : 最強パティシエ異世界降臨. 5」 古流望作;kaworu絵;珠梨やすゆきキャラクター原案 TOブックス(TOジュニア文庫) 2024年3月

「おばけマイコンじゅく―水木しげるのおばけ学校 ; 11」 水木しげる著 ポプラ社 2024年9月

「オリバーと金色の瞳. 上」 栗須海作・絵 Rose of May 2024年5月

「ぐうたら魔女ホーライまた来た!」 柏葉幸子作;長田恵子絵 理論社 2024年11月

「ジューナとベール」 中村応子 パレード(Parade books) 2024年2月

「スカンダーと裏切りのトライアル」 A.F.ステッドマン著;金原瑞人;西田佳子訳 潮出版社 2024年6月

「スクール・フォー・グッド・アンド・イービル. 2」 ソマン・チャイナニ著;金原瑞人;小林みき訳 すばる舎 2024年12月

「ストピトラベラー花美 = Street Piano Traveler Hanami. 3」柴野理奈子作;まつだひかり絵;ハラミちゃん監修 Gakken 2024年7月

「たのしいムーミン一家」トーベ・ヤンソン著;山室静訳 講談社 2024年7月

「ティアムーン帝国物語 : 断頭台から始まる、姫の転生逆転ストーリー. 5」餅月望作;U35絵;Gilseキャラクター原案 TOブックス(TOジュニア文庫) 2024年2月

「ティアムーン帝国物語 : 断頭台から始まる、姫の転生逆転ストーリー. 6」餅月望作;U35絵;Gilseキャラクター原案 TOブックス(TOジュニア文庫) 2024年9月

「トッケビ梅雨時商店街」ユヨングァン著;岩井理子訳 静山社 2024年10月

「ドラゴンドリル・ストーリー火山の竜王」大門櫻子作;天野英絵 Gakken 2024年6月

「トラブル旅行社(トラベル). [3]」廣嶋玲子文;コマツシンヤ絵 金の星社 2024年1月

「ハリー・ポッターとアズカバンの囚人. 3-1―ハリー・ポッター ; 5」J.K.ローリング作;松岡佑子訳 静山社(静山社ペガサス文庫) 2024年7月

「ハリー・ポッターとアズカバンの囚人. 3-2―ハリー・ポッター ; 6」J.K.ローリング作;松岡佑子訳 静山社(静山社ペガサス文庫) 2024年7月

「ハリー・ポッターと炎のゴブレット. 4-1―ハリー・ポッター ; 7」J.K.ローリング作;松岡佑子訳 静山社(静山社ペガサス文庫) 2024年8月

「ハリー・ポッターと炎のゴブレット. 4-2―ハリー・ポッター ; 8」J.K.ローリング作;松岡佑子訳 静山社(静山社ペガサス文庫) 2024年8月

「ハリー・ポッターと炎のゴブレット. 4-3―ハリー・ポッター ; 9」J.K.ローリング作;松岡佑子訳 静山社(静山社ペガサス文庫) 2024年8月

「ハリー・ポッターと賢者の石. 1-1―ハリー・ポッター ; 1」J.K.ローリング作;松岡佑子訳 静山社(静山社ペガサス文庫) 2024年4月

「ハリー・ポッターと賢者の石. 1-2―ハリー・ポッター ; 2」J.K.ローリング作;松岡佑子訳 静山社(静山社ペガサス文庫) 2024年4月

「ハリー・ポッターと死の秘宝. 7-1―ハリー・ポッター ; 17」J.K.ローリング作;松岡佑子訳 静山社(静山社ペガサス文庫) 2024年11月

「ハリー・ポッターと死の秘宝. 7-2―ハリー・ポッター ; 18」J.K.ローリング作;松岡佑子訳 静山社(静山社ペガサス文庫) 2024年11月

「ハリー・ポッターと死の秘宝. 7-3―ハリー・ポッター ; 19」J.K.ローリング作;松岡佑子訳 静山社(静山社ペガサス文庫) 2024年11月

「ハリー・ポッターと死の秘宝. 7-4―ハリー・ポッター ; 20」J.K.ローリング作;松岡佑子訳 静山社(静山社ペガサス文庫) 2024年11月

「ハリー・ポッターと呪いの子 : 舞台脚本東京版―ハリー・ポッター ; 27」J.K.ローリング;ジョン・ティファニー;ジャック・ソーン原作;ジャック・ソーン脚本;小田島恒志;小田島則子;松岡佑子訳 静山社(静山社ペガサス文庫) 2024年7月

「ハリー・ポッターと謎のプリンス. 6-1―ハリー・ポッター ; 14」 J.K.ローリング作;松岡佑子訳 静山社(静山社ペガサス文庫) 2024年10月

「ハリー・ポッターと謎のプリンス. 6-2―ハリー・ポッター ; 15」 J.K.ローリング作;松岡佑子訳 静山社(静山社ペガサス文庫) 2024年10月

「ハリー・ポッターと謎のプリンス. 6-3―ハリー・ポッター ; 16」 J.K.ローリング作;松岡佑子訳 静山社(静山社ペガサス文庫) 2024年10月

「ハリー・ポッターと秘密の部屋. 2-1―ハリー・ポッター ; 3」 J.K.ローリング作;松岡佑子訳 静山社(静山社ペガサス文庫) 2024年6月

「ハリー・ポッターと秘密の部屋. 2-2―ハリー・ポッター ; 4」 J.K.ローリング作;松岡佑子訳 静山社(静山社ペガサス文庫) 2024年6月

「ハリー・ポッターと不死鳥の騎士団. 5-1―ハリー・ポッター ; 10」 J.K.ローリング作;松岡佑子訳 静山社(静山社ペガサス文庫) 2024年9月

「ハリー・ポッターと不死鳥の騎士団. 5-2―ハリー・ポッター ; 11」 J.K.ローリング作;松岡佑子訳 静山社(静山社ペガサス文庫) 2024年9月

「ハリー・ポッターと不死鳥の騎士団. 5-3―ハリー・ポッター ; 12」 J.K.ローリング作;松岡佑子訳 静山社(静山社ペガサス文庫) 2024年9月

「ハリー・ポッターと不死鳥の騎士団. 5-4―ハリー・ポッター ; 13」 J.K.ローリング作;松岡佑子訳 静山社(静山社ペガサス文庫) 2024年9月

「ハルカの世界」 小森香折作;さとうゆうすけ絵 BL出版 2024年12月

「ピーター・パン : ミナリマ・デザイン版」 J.M.バリ作;MINALIMAブックデザイン&イラスト;小松原宏子訳 静山社 2024年11月

「フィリムの翼 = Wings of Philim : 飛空騎士の伝説. 下」 小前亮作;鈴木康士画 静山社 2024年7月

「フィリムの翼 = Wings of Philim : 飛空騎士の伝説. 上」 小前亮作;鈴木康士画 静山社 2024年7月

「ふしぎな鏡をさがせ」 キムチェリン作;イソヨン絵;カンバンファ訳 小学館 2024年7月

「ふしぎな図書館とクリスマス大決戦―ストーリーマスターズ ; 6」 廣嶋玲子作;江口夏実絵 講談社 2024年11月

「ブラックチャンネル. [3]」 すけたけしん著;きさいちさとし原作・イラスト 小学館(小学館ジュニア文庫) 2024年10月

「ほねほねザウルス. 29」 カバヤ食品株式会社原案・監修;ぐるーぷ・アンモナイツ作・絵 岩崎書店 2024年7月

「マインクラフトゴーレムにいどめ!―石の剣のものがたりシリーズ ; 5」 ニック・エリオポラス文;アラン・バトソン;クリス・ヒル絵;酒井章文訳 技術評論社 2024年12月

「マインクラフトさいはての村」 マックス・ブルックス作;北川由子訳 竹書房 2024年12月

「マインクラフトハチのなんもん―石の剣のものがたりシリーズ；4」ニック・エリオポラス;アラン・バトソン文;クリス・ヒル絵;酒井章文訳 技術評論社 2024年6月

「マインクラフトはみだし探検隊クリーパーなんか怖くない」デライラ・S.ドーソン作;金原瑞人;松浦直美共訳 竹書房 2024年7月

「マインクラフトレッドストーンの城」サルワット・チャダ作;北川由子訳 竹書房 2024年3月

「ミリとふしぎなクスクスさん：パスタの国の革命―GO!GO!ブックス；7」戸森しるこ作;木村いこ絵 ポプラ社 2024年3月

「ムーミン谷の彗星」トーベ・ヤンソン著;下村隆一訳 講談社 2024年7月

「もしもの世界ルーレット．[2]」地図十行路作;みたう絵 KADOKAWA（角川つばさ文庫）2024年3月

「らくだい魔女と黒の城の王子」成田サトコ作;千野えなが絵 ポプラ社（ポプラポケット文庫）2024年3月

「ラナと竜の方舟：沙漠の空に歌え」新藤悦子作;佐竹美保絵 理論社 2024年4月

「リセット．5」如月ゆすら作;市井あさ絵 アルファポリス 星雲社（アルファポリスきずな文庫）2024年2月

「リセット．6」如月ゆすら作;市井あさ絵 アルファポリス 星雲社（アルファポリスきずな文庫）2024年10月

「ルナとふしぎの国のユニコーン：キズナが生まれるシャボンの島」小春りん作;ao.絵 スターツ出版（野いちごぽっぷ）2024年11月

「レット・イット・ゴー：エルサとアナがおたがいを知らずに育った〈もしも〉の世界．下―ディズニーツイステッドテール．ゆがめられた世界」ジェン・カロニータ著;池本尚美訳 Gakken 2024年6月

「レット・イット・ゴー：エルサとアナがおたがいを知らずに育った〈もしも〉の世界．上―ディズニーツイステッドテール．ゆがめられた世界」ジェン・カロニータ著;池本尚美訳 Gakken 2024年6月

「異世界でカフェを開店しました。．5」甘沢林檎作;ななミツ絵 アルファポリス 星雲社（アルファポリスきずな文庫）2024年7月

「怪盗グルーのミニオン超変身」代田亜香子著 小学館（小学館ジュニア文庫）2024年7月

「机の下のウサキチ」岡田淳作 偕成社 2024年5月

「月の目と赤耳：老人ホームの二千年物語．早春編」木村桂子著 鳥影社 2024年6月

「好きでも嫌いなあまのじゃく」三國月々子文;YUME挿絵;柴山智隆;コロリド・ツインエンジン原作 KADOKAWA（角川つばさ文庫）2024年5月

「最弱テイマーはゴミ拾いの旅を始めました。．5」ほのぼのる500作;Tobi絵;なまキャラクター原案 TOブックス（TOジュニア文庫）2024年2月

「最弱テイマーはゴミ拾いの旅を始めました。. 6」ほのぼのる500作;Tobi絵;なまキャラクター原案 TOブックス(TOジュニア文庫) 2024年2月

「最弱テイマーはゴミ拾いの旅を始めました。. 7」ほのぼのる500作;Tobi絵 TOブックス(TOジュニア文庫) 2024年7月

「紫の女王」小森香折作;平澤朋子絵 偕成社 2024年3月

「呪いのゲームぷうけえ!―カドカワ読書タイム」中靍水雲著;長谷梨加イラスト KADOKAWA 2024年9月

「水属性の魔法使い. 第1部[2]」久宝忠作;たく絵 TOブックス(TOジュニア文庫) 2024年2月

「水属性の魔法使い. 第1部[3]」久宝忠作;たく絵 TOブックス(TOジュニア文庫) 2024年11月

「星のカービィ. プププ温泉はいい湯だな♪の巻」高瀬美恵作;苅野タウ;ぽと絵 KADOKAWA(角川つばさ文庫) 2024年3月

「星のカービィ. メタナイトと魔石の怪物」高瀬美恵作;苅野タウ;ぽと絵 KADOKAWA(角川つばさ文庫) 2024年7月

「青蛙祭実行委員会よりお知らせです。―カドカワ読書タイム」遅河海原案;室岡ヨシミコ著;二反田こなイラスト KADOKAWA 2024年2月

「転生したらスライムだった件. 10[下]」伏瀬作;もりょ絵;みっつばーキャラクター原案 マイクロマガジン社(かなで文庫) 2024年3月

「転生したらスライムだった件. 10[中]」伏瀬作;もりょ絵;みっつばーキャラクター原案 マイクロマガジン社(かなで文庫) 2024年1月

「転生したらスライムだった件. 11[上]」伏瀬作;もりょ絵;みっつばーキャラクター原案 マイクロマガジン社(かなで文庫) 2024年5月

「転生したらスライムだった件. 12[上]」伏瀬作;もりょ絵 マイクロマガジン社(かなで文庫) 2024年11月

「虹の島のお手紙つき. ダイヤモンド編1」ジュリー・サイクス原作;チーム151E☆企画・構成 Gakken 2024年12月

「白豚貴族ですが前世の記憶が生えたのでひよこな弟育てます. 2」やしろ作;玖珂つかさ絵;keepoutキャラクター原案 TOブックス(TOジュニア文庫) 2024年2月

「白豚貴族ですが前世の記憶が生えたのでひよこな弟育てます. 3」やしろ作;玖珂つかさ絵;keepoutキャラクター原案 TOブックス(TOジュニア文庫) 2024年4月

「白豚貴族ですが前世の記憶が生えたのでひよこな弟育てます. 4」やしろ作;玖珂つかさ絵 TOブックス(TOジュニア文庫) 2024年8月

「本好きの下剋上. 第3部[2]」香月美夜作;椎名優絵 TOブックス(TOジュニア文庫) 2024年5月

「本好きの下剋上. 第3部[3]」香月美夜作;椎名優絵 TOブックス(TOジュニア文庫) 2024年10月

「魔女学校のギュービッド―黒魔女さんが通る!!スペシャル」石崎洋司作;亜沙美絵 講談社(講談社青い鳥文庫) 2024年5月

「魔笛の調べ = A THUNDER OF MONSTERS. 3」S.A.パトリック作;岩城義人訳 評論社 2024年3月

「魔法使いアルル. 4」羽織かのん作;kaworu絵 アルファポリス 星雲社(アルファポリスきずな文庫) 2024年5月

「妖怪島のレストラン. 1」キムミンジョン作;山岸由佳訳 評論社 2024年11月

「竜が呼んだ娘. 1」柏葉幸子作;佐竹美保絵 講談社 2024年1月

「竜が呼んだ娘. 2」柏葉幸子作;佐竹美保絵 講談社 2024年3月

「歴史ゴーストバスターズ. 7」あさばみゆき作;左近堂絵里絵 ポプラ社(ポプラキミノベル) 2024年1月

「歴史ゴーストバスターズ. 8」あさばみゆき作;左近堂絵里絵 ポプラ社(ポプラキミノベル) 2024年6月

異世界転移、召喚

「海のこびとと霧のおばけ」サリー・ガードナー作;リディア・コーリー絵;中井はるの訳 ポプラ社 2024年2月

「水属性の魔法使い. 第1部[3]」久宝忠作;たく絵 TOブックス(TOジュニア文庫) 2024年11月

異世界転生

「おかしな転生:最強パティシエ異世界降臨. 5」古流望作;kaworu絵;珠梨やすゆきキャラクター原案 TOブックス(TOジュニア文庫) 2024年3月

「ほっといて下さい:従魔とチートライフ楽しみたい! 4」三園七詩作;あめや絵 アルファポリス 星雲社(アルファポリスきずな文庫) 2024年1月

「リセット. 5」如月ゆすら作;市井あさ絵 アルファポリス 星雲社(アルファポリスきずな文庫) 2024年2月

「リセット. 6」如月ゆすら作;市井あさ絵 アルファポリス 星雲社(アルファポリスきずな文庫) 2024年10月

「水属性の魔法使い. 第1部[2]」久宝忠作;たく絵 TOブックス(TOジュニア文庫) 2024年2月

「転生したらスライムだった件. 10[下]」伏瀬作;もりょ絵;みっつばーキャラクター原案 マイクロマガジン社(かなで文庫) 2024年3月

「転生したらスライムだった件. 10[中]」伏瀬作;もりょ絵;みっつばーキャラクター原案 マイクロマガジン社(かなで文庫) 2024年1月

「転生したらスライムだった件. 11[下]」伏瀬作;もりょ絵 マイクロマガジン社(かなで文庫) 2024年9月

「転生したらスライムだった件. 11[上]」伏瀬作;もりょ絵;みっつばーキャラクター原案 マイクロマガジン社(かなで文庫) 2024年5月

「転生したらスライムだった件. 11[中]」伏瀬作;もりょ絵 マイクロマガジン社(かなで文庫) 2024年7月

「転生したらスライムだった件. 12[上]」伏瀬作;もりょ絵 マイクロマガジン社(かなで文庫) 2024年11月

異世代・世代間交流

「窓の向こう、その先に」田村理江作;北見葉胡絵 岩崎書店 2024年11月

偽り、偽装

「映画おしりたんていさらば愛しき相棒よザ・ノベル」トロル原作;成田順文 ポプラ社(ポプラキミノベル) 2024年5月

「小説星降る王国のニナ」リカチ原作・絵;もえぎ桃文 講談社(講談社青い鳥文庫) 2024年11月

「青鬼調査クラブ. 10」noprops;黒田研二原作;波摘著;鈴羅木かりんイラスト PHP研究所(PHPジュニアノベル) 2024年10月

「天宮家の王子さま. [11]」白井ごはん作;ひと和絵 集英社(集英社みらい文庫) 2024年12月

偽り、偽装＞恋人、配偶者のふり

「2分の1フレンズ. 1」浪速ゆう作;さくろ絵 KADOKAWA(角川つばさ文庫) 2024年6月

「2分の1フレンズ. 2」浪速ゆう作;さくろ絵 KADOKAWA(角川つばさ文庫) 2024年11月

「スパイガール!:ミッションは御曹司のボディーガード!?」相川真作;葛西尚絵 集英社(集英社みらい文庫) 2024年7月

「スパイガール![2]」相川真作;葛西尚絵 集英社(集英社みらい文庫) 2024年11月

「はちみつ色のキミとヒミツの恋をした。」小春りん著;かなめもにか絵 スターツ出版(野いちごジュニア文庫) 2024年1月

「総長さま、溺愛中につき。. 12」*あいら*著;茶乃ひなの絵 スターツ出版(野いちごジュニア文庫) 2024年12月

「溺愛チャレンジ!:恋愛ぎらいな私が、学園のモテ男子と秘密の婚約!?」高杉六花著;いのうえひなこ絵 スターツ出版(野いちごジュニア文庫) 2024年3月

移民

「インサイド = INSIDE : この壁の向こうへ」佐藤まどか著 静山社 2024年1月

「オラレ!タコスクィーン = Orale!Taco Queen―文研じゅべにーるYA」ジェニファー・トーレス作;おおつかのりこ訳 文研出版 2024年6月

「ボンジュール,トゥール」ハンユンソブ著;キムジナ絵;呉華順訳 影書房 2024年2月

入れ替わり

「12音のブックトーク」こまつあやこ作;友風子絵 あかね書房 2024年6月

「もしもわたしがあの子なら―ノベルズ・エクスプレス ; 57」ことさわみ作;あわい絵 ポプラ社 2024年6月

「霧島くんは普通じゃない. [11]」麻井深雪作;那流絵 集英社(集英社みらい文庫) 2024年12月

陰謀

「STAR WARSハイ・リパブリック : ミッドナイト・ホライズン. 下」ダニエル・ホセ・オールダー著;稲村広香訳 Gakken 2024年5月

「STAR WARSハイ・リパブリック : ミッドナイト・ホライズン. 上」ダニエル・ホセ・オールダー著;稲村広香訳 Gakken 2024年5月

「オカルト研究会と幽霊トンネル―オカルト研究会シリーズ ; 2」緑川聖司著;水輿ゆい絵 朝日新聞出版(ナゾノベル) 2024年2月

「紫の女王」小森香折作;平澤朋子絵 偕成社 2024年3月

「転生したらスライムだった件. 10[下]」伏瀬作;もりょ絵;みっつばーキャラクター原案 マイクロマガジン社(かなで文庫) 2024年3月

「妖怪コンビニ. 5」令丈ヒロ子作;トミイマサコ絵 あすなろ書房 2024年11月

裏切り

「スカンダーと裏切りのトライアル」A.F.ステッドマン著;金原瑞人;西田佳子訳 潮出版社 2024年6月

「トモダチデスゲーム. [6]」もえぎ桃作;久我山ぼん絵 講談社(講談社青い鳥文庫) 2024年1月

「人生終了ゲーム. [4]」cheeery著 スターツ出版(野いちごジュニア文庫) 2024年7月

「地球発!アストロアカデミー : うらぎり者はだれだ!?月からの大脱出!」天川栄人作;ゆうち巳くみ絵 集英社(集英社みらい文庫) 2024年3月

「無人島からの裏切り脱出ゲーム」蜂賀三月著;葛西尚絵 スターツ出版(野いちごジュニア文庫) 2024年3月

占い、おみくじ

「ふみきりペンギン―らいおんbooks」おくはらゆめ作・絵 あかね書房 2024年10月

噂、スキャンダル

「2つの意味の物語 : アイドルの妹は高校生 : ひとつの文に秘められたパラレルストーリー」 さささきかつお著 新星出版社 2024年7月

「アフェイリア国とメイドと最高のウソ」 ジェラルディン・マコックラン著;大谷真弓訳 小学館 2024年1月

「ウタイテ! 9」 *あいら*著;茶乃ひなの絵 スターツ出版(野いちごジュニア文庫) 2024年11月

「かくされた意味に気がつけるか?3分間ミステリー = Can you notice the hidden meaning? 3 minutes mystery : かさなる世界」 恵莉ひなこ著 ポプラ社 2024年4月

「ゴースト・イン・ザ・プリズム」 黒田八束 Hibiuta and Company日々詩編集室 2024年11月

「ドレスアップ!こくるん. 2」 久野遥子原作・監督;竹浪春花文 岩崎書店 2024年4月

「はちみつ色のキミとヒミツの恋をした。」 小春りん著;かなめもにか絵 スターツ出版(野いちごジュニア文庫) 2024年1月

「ひなたとひかり. 8」 高杉六花作;万冬しま絵 講談社(講談社青い鳥文庫) 2024年11月

「ふみきりペンギン―らいおんbooks」 おくはらゆめ作・絵 あかね書房 2024年10月

「意味がわかるとゾッとする怖い遊園地」 緑川聖司作 新星出版社 2024年7月

「科学探偵vs.終末の大予言. 前編―科学探偵謎野真実シリーズ」 佐東みどりほか作;kotona絵 朝日新聞出版 2024年11月

「呪ワレタ少年. 3」 佐東みどり;鶴田法男作;なこ絵 KADOKAWA(角川つばさ文庫) 2024年7月

「美少年カフェは知っている―探偵チームKZ事件ノート」 藤本ひとみ原作;住滝良文;駒形絵 講談社(講談社青い鳥文庫) 2024年3月

SF

「3倍速ドッペルゲンガー」 久米絵美里著;森川泉絵 アリス館 2024年11月

「おばけのアッチくるくるピザコンクール―小さなおばけ ; 48」 角野栄子さく;佐々木洋子え ポプラ社(ポプラ社の新・小さな童話) 2024年10月

「ペータヘンの月世界旅行」 田村明一著 書肆盛林堂(盛林堂ミステリアス文庫 プレゼント叢書) 2024年3月

「参上!ヌンチャクゴリラ」 川之上英子;川之上健作;朝倉世界一絵 岩崎書店 2024年10月

「星のカービィ. メタナイトと魔石の怪物」 高瀬美恵作;苅野タウ;ぽと絵 KADOKAWA(角川つばさ文庫) 2024年7月

「地球発!アストロアカデミー : うらぎり者はだれだ!?月からの大脱出!」 天川栄人作;ゆうち巳くみ絵 集英社(集英社みらい文庫) 2024年3月

SF＞タイムトラベル、タイムスリップ、タイムループ、ワープ

「JC紫式部. 1」石崎洋司作;阿倍野ちゃこ絵 講談社(講談社青い鳥文庫) 2024年2月

「JC紫式部. 2」石崎洋司作;阿倍野ちゃこ絵 講談社(講談社青い鳥文庫) 2024年6月

「JC紫式部. 3」石崎洋司作;阿倍野ちゃこ絵 講談社(講談社青い鳥文庫) 2024年10月

「アインシュタインをすくえ!:時間と空間をこえた8日間」コーネリア・フランツ作;若松宣子訳;スカイエマ絵 文溪堂 2024年1月

「からくり夢時計. 下」川口雅幸作;海ばたり絵 アルファポリス 星雲社(アルファポリスきずな文庫) 2024年12月

「からくり夢時計. 上」川口雅幸作;海ばたり絵 アルファポリス 星雲社(アルファポリスきずな文庫) 2024年12月

「ティアムーン帝国物語:断頭台から始まる、姫の転生逆転ストーリー. 5」餅月望作;U35絵;Gilseキャラクター原案 TOブックス(TOジュニア文庫) 2024年2月

「もう一度、あの日の僕らに会いに行く」小春りん著;四ノ宮しの絵 スターツ出版(野いちごジュニア文庫) 2024年2月

「もちもちぱんだもちぱんのタイムトラベルもちっとストーリーブック」Yuka原作・イラスト;たかはしみか著 Gakken(キラピチブックス) 2024年1月

「レベッカの見上げた空」マシュー・フォックス作;堀川志野舞訳 静山社 2024年2月

「わたしたちの帽子」高楼方子作;出久根育絵 フレーベル館 2024年1月

「悪魔の思考ゲーム = DEVIL'S THOUGHT GAME. 3」大塩哲史著;朝日川日和絵 朝日新聞出版(ナゾノベル) 2024年3月

「見つけ屋とお知らせ屋—十年屋と魔法街の住人たち;5」廣嶋玲子作;佐竹美保絵 静山社 2024年7月

「市立不思議議が丘小学校 = Primary School on the mysterious hills」神田たかし著 みらいパブリッシング 星雲社 2024年5月

「十年屋:児童版. 7」廣嶋玲子作;佐竹美保絵 ほるぷ出版 2024年12月

「小説映画ドラえもんのび太のひみつ道具博物館」藤子・F・不二雄原作;福島直浩著;清水東脚本;寺本幸代監督 小学館(小学館ジュニア文庫) 2024年10月

「真夜中の4分後 = Four Minutes Past Midnight」コニー・パルムクイスト作;堀川志野舞訳;まめふく絵 静山社 2024年2月

「虹色ほたる:永遠の夏休み. 下」川口雅幸作;ちゃこたた絵 アルファポリス 星雲社(アルファポリスきずな文庫) 2024年7月

「虹色ほたる:永遠の夏休み. 上」川口雅幸作;ちゃこたた絵 アルファポリス 星雲社(アルファポリスきずな文庫) 2024年7月

「幕末レボリューション! [2]」五十嵐美怜作;雪丸ぬん絵 集英社(集英社みらい文庫) 2024年2月

「夢船」合田芳弘著 美巧社 2024年7月

怨恨、憎悪

「スクール・フォー・グッド・アンド・イービル. 2」ソマン・チャイナニ著;金原瑞人;小林みき訳 すばる舎 2024年12月

「ねがいの木」岡田淳文;植田真絵 BL出版 2024年5月

「紫の女王」小森香折作;平澤朋子絵 偕成社 2024年3月

「夜の日記―金原瑞人選モダン・クラシックYA」ヴィーラ・ヒラナンダニ著;山田文訳 作品社 2024年7月

お金、財宝、財産、お宝

「100億円求人 = 10,000,000,000 yen job offer」あんのまる作;moto絵 KADOKAWA(KADOKAWA TSUBASA BOOKS) 2024年2月

「かかし―あんずの本. 現代中国文学 ; 少年少女編」葉聖陶著;福井ゆり子訳 尚斯国際出版社 日本出版制作センター 2024年3月

「トモダチデスゲーム. [6]」もえぎ桃作;久我山ぼん絵 講談社(講談社青い鳥文庫) 2024年1月

「ノトーリアス―スカーレット&ブラウン ; 2」ジョナサン・ストラウド著;金原瑞人;松山美保訳 静山社 2024年2月

「ポロンと夢を叶える旅 : 小学生から始める資産運用」Hakuba著 東京図書出版 リフレ出版 2024年2月

「みつばの郵便屋さん = Mitsuba's Postman. 4―小野寺史宜の「みつばの郵便屋さん」シリーズ ; 4」小野寺史宜著 ポプラ社 2024年9月

「ラッキーボトル号の冒険」クリス・ウォーメル作;柳井薫訳 徳間書店 2024年5月

「俺のマネースキルが爆上げな件. 1」ないとーえみ作;知己夕子絵 JTBパブリッシング 2024年12月

「科学探偵VS.幽霊船の海賊―科学探偵謎野真実シリーズ」佐東みどりほか作;kotona絵 朝日新聞出版 2024年7月

「杜子春―スラよみ!日本文学名作シリーズ ; 1」芥川龍之介作;松尾清貴現代語訳 理論社 2024年8月

「逃走中 : オリジナルストーリー. [12]」小川彗著 集英社(集英社みらい文庫) 2024年10月

お世話

「コケコココッコな毎日に―中学年よみものシリーズ」横田明子作;野村まり子絵 絵本塾出版 2024年6月

「セレブ学園の最強男子×4から、なぜか求愛されています。―取り扱い注意最強男子シリーズ」ゆいっと著;乙女坂心絵 スターツ出版(野いちごジュニア文庫) 2024年10月

「タクちゃんちのペット騒動」林マサ子 文芸社 2024年4月

「ひまな王女さま」きたがわ雅子著 文芸社 2024年6月

「ミルキーウェイ:竹雀農業高校牛部」堀米薫著 新日本出版社 2024年12月

「ロボットのたまごをひろったら―ノベルズ・エクスプレス;56」奈雅月ありす作;酒井以絵 ポプラ社 2024年3月

「可愛い小猫」織本季歩著 文芸社 2024年8月

「劇場版レッツゴー!まいぜんシスターズ:家族再会」石崎洋司文;林佳里絵 ポプラ社(ポプラキミノベル+) 2024年11月

「時を駆けるネコ:老人と猫の物語:ぬりえ版」秋月まさよし 文芸社 2024年1月

「森に帰らなかったカラス」ジーン・ウィリス作;山﨑美紀訳 徳間書店 2024年10月

「低学年版はりねずみのルーチカ:たまごのあかちゃんだーれだ?」かんのゆうこ作;北見葉胡絵 講談社(わくわくライブラリー) 2024年3月

「天国の犬ものがたり. [17]」藤咲あゆな著;堀田敦子原作;環方このみイラスト 小学館(小学館ジュニア文庫) 2024年10月

介護

「おばあちゃんのて」沖野和子著 文芸社 2024年5月

「介護の花子さん」あさばみゆき著 Gakken 2024年9月

開拓、復興、再建

「クロニクル千古の闇. 8」ミシェル・ペイヴァー作;さくまゆみこ訳 評論社 2024年8月

格差

「インサイド=INSIDE:この壁の向こうへ」佐藤まどか著 静山社 2024年1月

監禁、軟禁

「きょうふ小学校:1分で読めるこわい話」松本うみ作;小津絵 KADOKAWA(角川つばさ文庫) 2024年2月

「プレッツェモリーナ―語りの森昔話集;6」村上郁再話 語りの森 2024年11月

「迷宮教室.［11］」あいはらしゅう作;肘原えるぼ絵 集英社(集英社みらい文庫) 2024年1月

観察

「ひまりとふしぎなあの子」深山さくら作;北沢優子絵 岩崎書店 2024年10月

「星空としょかんの青い鳥」小手鞠るい作;近藤未奈絵 小峰書店 2024年9月

勧誘、スカウト

「ねずみのパンや：おいしいはなしにご用心」上野与志作;藤嶋えみこ絵 岩崎書店 2024年11月

記憶喪失、忘却、失念

「おもしろい話、集めました。. C」ひのひまりほか作;佐倉おりこほか絵 KADOKAWA(角川つばさ文庫) 2024年11月

「ときめき☆ダイアリー!：「好きな人」なんて、覚えてません! 1」佐織えり作;夕陽みか絵 KADOKAWA(角川つばさ文庫) 2024年10月

「絶叫学級. 黄泉に眠る記憶編」いしかわえみ原作/絵;はのまきみ著 集英社(集英社みらい文庫) 2024年3月

偽造

「美少年カフェは知っている―探偵チームKZ事件ノート」藤本ひとみ原作;住滝良文;駒形絵 講談社(講談社青い鳥文庫) 2024年3月

逆転

「ティアムーン帝国物語：断頭台から始まる、姫の転生逆転ストーリー. 6」餅月望作;U35絵;Gilseキャラクター原案 TOブックス(TOジュニア文庫) 2024年9月

「蟲神器オリジナルノベル：大逆転!カードバトル」土橋真二郎著;トリル絵 集英社(集英社みらい文庫) 2024年7月

キャラクター作品＞かいけつゾロリ一般

「かいけつゾロリいただき!!なぞのどデカダイアモンド―かいけつゾロリシリーズ；75」原ゆたかさく・え ポプラ社(ポプラ社の新・小さな童話) 2024年12月

キャラクター作品＞怪盗グルーシリーズ一般

「怪盗グルーのミニオン超変身」代田亜香子著 小学館(小学館ジュニア文庫) 2024年7月

キャラクター作品＞キャラクター作品一般

「TVシリーズ特別編集版名探偵コナンVS.怪盗キッド」青山剛昌原作;宮下隼一脚本・構成;水稀しま著 小学館(小学館ジュニア文庫) 2024年1月

「おしりたんていあらたなるかいとう―おしりたんていシリーズ. おしりたんていファイル ; 11」トロルさく・え ポプラ社 2024年3月

「おしりたんていかいとうUのおとしもの―おしりたんていシリーズ. おしりたんていファイル ; 12」トロルさく・え ポプラ社 2024年11月

「すずのまたたびデイズ. [4]―すずのまたたびデイズ ; 4」トロル原作;井上亜樹子文;雛川まつり絵 ポプラ社 2024年10月

「にじいろフェアリーしずくちゃん. 9」ぎぼりつこ絵;友永コリエ作 岩崎書店 2024年6月

「マインクラフトゴーレムにいどめ!―石の剣のものがたりシリーズ ; 5」ニック・エリオポラス文;アラン・バトソン;クリス・ヒル絵;酒井章文訳 技術評論社 2024年12月

「マインクラフトさいはての村」マックス・ブルックス作;北川由子訳 竹書房 2024年12月

「マインクラフトハチのなんもん―石の剣のものがたりシリーズ ; 4」ニック・エリオポラス;アラン・バトソン文;クリス・ヒル絵;酒井章文訳 技術評論社 2024年6月

「マインクラフトはみだし探検隊クリーパーなんか怖くない」デライラ・S.ドーソン作;金原瑞人;松浦直美共訳 竹書房 2024年7月

「マインクラフトレッドストーンの城」サルワット・チャダ作;北川由子訳 竹書房 2024年3月

「もちもちぱんだもちぱんのタイムトラベルもちっとストーリーブック」Yuka原作・イラスト;たかはしみか著 Gakken(キラピチブックス) 2024年1月

「映画おしりたんていさらば愛しき相棒よザ・ノベル」トロル原作;成田順文 ポプラ社(ポプラキミノベル) 2024年5月

「小説落第忍者乱太郎 : ドクタケ忍者隊最強の軍師」尼子騒兵衛原作・イラスト;阪口和久小説 朝日新聞出版(あさひコミックス) 2024年5月

「星のカービィ. プププ温泉はいい湯だな♪の巻」高瀬美恵作;苅野タウ;ぽと絵 KADOKAWA(角川つばさ文庫) 2024年3月

「星のカービィ. メタナイトと魔石の怪物」高瀬美恵作;苅野タウ;ぽと絵 KADOKAWA(角川つばさ文庫) 2024年7月

「名探偵コナン : 怪盗キッドセレクション月下の幻像」酒井匙著;青山剛昌原作・イラスト 小学館(小学館ジュニア文庫) 2024年4月

「名探偵コナン100万ドルの五稜星」水稀しま著;青山剛昌原作;大倉崇裕脚本 小学館(小学館ジュニア文庫) 2024年4月

「名探偵コナンの暗号博士 = DETECTIVE CONAN DOCTOR OF CRYPTOGRAPHY―BIG KOROTAN. まんがで学べる!コナン博士シリーズ」青山剛昌原作;情報通信研究機構(NICT)サイバーセキュリティ研究所セキュリティ基盤研究室監修;石井じゅんのすけほかイラスト 小学館 2024年12月

「名探偵コナン服部平次セレクション浪速の相棒」酒井匙著;青山剛昌原作・イラスト 小学館(小学館ジュニア文庫) 2024年5月

「名探偵コナン服部平次セレクション浪速の名探偵」酒井匙著;青山剛昌原作・イラスト 小学館(小学館ジュニア文庫) 2024年4月

キャラクター作品＞クレヨンしんちゃんシリーズ一般

「映画クレヨンしんちゃんオラたちの恐竜日記」蒔田陽平ノベライズ;臼井儀人原作;佐々木忍監督;モラル脚本 双葉社(双葉社ジュニア文庫) 2024年8月

キャラクター作品＞スター・ウォーズ一般

「STAR WARSハイ・リパブリック：ミッドナイト・ホライズン. 下」ダニエル・ホセ・オールダー著;稲村広香訳 Gakken 2024年5月

「STAR WARSハイ・リパブリック：ミッドナイト・ホライズン. 上」ダニエル・ホセ・オールダー著;稲村広香訳 Gakken 2024年5月

キャラクター作品＞ディズニー、PIXAR一般

「Disneyハロウィーンストーリーズ」ディズニー・ストーリーブック・アートチーム絵;大畑隆子訳・文 うさぎ出版 永岡書店 2024年9月

「インサイド・ヘッド2」テニー・ネルソン著;代田亜香子訳 小学館(小学館ジュニア文庫) 2024年8月

「ディズニー&ピクサー感動の名作ストーリー = Disney & Pixar Storybook Collection」ウォルト・ディズニー・カンパニー著;駒野谷理子訳 うさぎ出版 玄光社 2024年12月

「ディズニープリンセスなんども読みたい13人のおはなし」講談社編;駒田文子構成・文 講談社 2024年10月

「ビューティ&ビースト：野獣に呪いをかけた魔女がベルの母親だった〈もしも〉の世界. 下―ディズニーツイステッドテール. ゆがめられた世界」リズ・ブラスウェル著;池本尚美訳 Gakken 2024年10月

「ビューティ&ビースト：野獣に呪いをかけた魔女がベルの母親だった〈もしも〉の世界. 上―ディズニーツイステッドテール. ゆがめられた世界」リズ・ブラスウェル著;池本尚美訳 Gakken 2024年10月

「モアナと伝説の海2」エリザベス・ルドニック著;代田亜香子訳 小学館(小学館ジュニア文庫) 2024年12月

「もうひとつの『ピーター・パン』：キャプテン・フックの誕生―Disney VILLAINS」講談社編;ローリー・ラングドン著;岡田好惠訳 講談社(講談社KK文庫) 2024年5月

「レット・イット・ゴー：エルサとアナがおたがいを知らずに育った〈もしも〉の世界. 下―ディズニーツイステッドテール. ゆがめられた世界」ジェン・カロニータ著;池本尚美訳 Gakken 2024年6月

「レット・イット・ゴー：エルサとアナがおたがいを知らずに育った〈もしも〉の世界. 上―ディズニーツイステッドテール. ゆがめられた世界」ジェン・カロニータ著;池本尚美訳 Gakken 2024年6月

キャラクター作品＞ドラえもん一般

「小説映画ドラえもんのび太のひみつ道具博物館」藤子・F・不二雄原作;福島直浩著;清水東脚本;寺本幸代監督 小学館(小学館ジュニア文庫) 2024年10月

「小説映画ドラえもんのび太の地球交響楽(シンフォニー)」藤子・F・不二雄原作;今井一暁監督・脚本原案;内海照子著・脚本 小学館(小学館ジュニア文庫) 2024年2月

キャラクター作品＞ムーミン一般

「たのしいムーミン一家」トーベ・ヤンソン著;山室静訳 講談社 2024年7月

「ムーミン谷の彗星」トーベ・ヤンソン著;下村隆一訳 講談社 2024年7月

救出、救助

「SOS部! 1」くるたつむぎ作;朝日川日和絵 講談社(講談社青い鳥文庫) 2024年12月

「アポロンと5つの神託. 3-上―パーシー・ジャクソンとオリンポスの神々 ; シーズン3」リック・リオーダン作;金原瑞人;小林みき訳 静山社(静山社ペガサス文庫) 2024年1月

「いいわけはつづくよどこまでも」岡田淳作;田中六大絵 偕成社 2024年6月

「ガラパゴス島大噴火―マジック・ツリーハウス ; 52」メアリー・ポープ・オズボーン著;番由美子訳 KADOKAWA 2024年7月

「きょうふの店ゾクゾク. 1」マグダレナ・ハイ作;古市真由美訳;Nelnal絵 ほるぷ出版 2024年10月

「サバイバー!! 7」あさばみゆき作;葛西尚絵 KADOKAWA(角川つばさ文庫) 2024年2月

「サバイバー!! 8」あさばみゆき作;葛西尚絵 KADOKAWA(角川つばさ文庫) 2024年7月

「トモダチデスゲーム. [8]」もえぎ桃作;久我山ぼん絵 講談社(講談社青い鳥文庫) 2024年11月

「はなバト! 2」しおやまよる作;しちみ絵 KADOKAWA(角川つばさ文庫) 2024年2月

「ハリー・ポッターと不死鳥の騎士団. 5-1―ハリー・ポッター ; 10」J.K.ローリング作;松岡佑子訳 静山社(静山社ペガサス文庫) 2024年9月

「ふしぎな図書館とクリスマス大決戦―ストーリーマスターズ ; 6」廣嶋玲子作;江口夏実絵 講談社 2024年11月

「プロジェクト・モリアーティ = PROJECT MORIARTY : 絶対に成績が上がる塾. 01」斜線堂有紀著;kaworu絵 朝日新聞出版(ナゾノベル) 2024年4月

「ぼくらのイタリア(怪)戦争」宗田理作;YUME絵 KADOKAWA(角川つばさ文庫) 2024年3月

「ぼくらの魔大戦」宗田理作;YUME絵 KADOKAWA(角川つばさ文庫) 2024年8月

「ほたる姫」松田勉著 文芸社 2024年6月

「ほねほねザウルス. 29」カバヤ食品株式会社原案・監修;ぐるーぷ・アンモナイツ作・絵 岩崎書店 2024年7月

「ラナと竜の方舟 : 沙漠の空に歌え」新藤悦子作;佐竹美保絵 理論社 2024年4月

「リスたちの行進」堀直子作;平澤朋子絵 新日本出版社 2024年9月

「悪魔の思考ゲーム = DEVIL'S THOUGHT GAME. 3」大塩哲史著;朝日川日和絵 朝日新聞出版(ナゾノベル) 2024年3月

「怪盗レッド. 25」秋木真作;しゅー絵 KADOKAWA(角川つばさ文庫) 2024年3月

「死神はお断りです! [2]」紺谷綾作;小鳩ぐみ絵 集英社(集英社みらい文庫) 2024年4月

「私立探検家学園. 5」斉藤倫著;桑原太矩画 福音館書店 2024年9月

「拾った総長さまがなんか溺愛してくる〈泣〉」ふわ屋。著;あん豆絵 スターツ出版(野いちごジュニア文庫) 2024年2月

「小説魔入りました!入間くん. 9」西修原作・絵 ポプラ社(ポプラキミノベル) 2024年6月

「西遊記. 16—斉藤洋の西遊記シリーズ ; 16」呉承恩作;斉藤洋文;広瀬弦絵 理論社 2024年3月

「総長さま、溺愛中につき。. 12」*あいら*著;茶乃ひなの絵 スターツ出版(野いちごジュニア文庫) 2024年12月

「日本の神々の物語」小沢章友作;佐竹美保絵 講談社 2024年2月

「夢の終わりで、君に会いたい。: 正夢が教えてくれた奇跡の物語」いぬじゅん著;三湊かおり絵 スターツ出版(野いちごジュニア文庫) 2024年3月

「歴史ゴーストバスターズ. 8」あさばみゆき作;左近堂絵里絵 ポプラ社(ポプラキミノベル) 2024年6月

脅迫、脅し

「あいレコ!」遠藤まり著 講談社 2024年2月

協力

「イケメン深海魚は知っている—探偵チームKZ事件ノート」藤本ひとみ原作;住滝良文;駒形絵 講談社(講談社青い鳥文庫) 2024年9月

漁業>養殖

「いかだネコG氏12のぼうけん—読書の時間 ; 22」山下明生作;高畠那生絵 あかね書房 2024年10月

金銭トラブル

「プリンセス・ダイアリー = The Princess Diaries. 7」メグ・キャボット著;代田亜香子訳 静山社 2024年10月

「感動の童話五つの奇跡」にしぶのりあき著 パレード 星雲社(Parade Books) 2024年3月

経済

「ポロンと夢を叶える旅 : 小学生から始める資産運用」Hakuba著 東京図書出版 リフレ出版 2024年2月

「俺のマネースキルが爆上げな件. 1」ないとーえみ作;知己夕子絵 JTBパブリッシング 2024年12月

ゲーム、アニメ

「そしてパンプキンマンがあらわれた」ユソジョン作;キムサンウク絵;すんみ訳 小学館 2024年10月

「マインクラフトハチのなんもん―石の剣のものがたりシリーズ ; 4」ニック・エリオポラス;アラン・バトソン文;クリス・ヒル絵;酒井章文訳 技術評論社 2024年6月

「呪いのゲームぷうけえ!―カドカワ読書タイム」中靍水雲著;長谷梨加イラスト KADOKAWA 2024年9月

ゲーム、アニメ>カードゲーム

「蟲神器オリジナルノベル : 大逆転!カードバトル」土橋真二郎著;トリル絵 集英社(集英社みらい文庫) 2024年7月

けんか

「おねえちゃんって、もうさいこう!―おはなしトントン」いとうみく作;つじむらあゆこ絵 岩崎書店 2024年2月

「トラブル旅行社(トラベル). [3]」廣嶋玲子文;コマツシンヤ絵 金の星社 2024年1月

「ぼくたちは宇宙のなかで」カチャ・ベーレン作;こだまともこ訳 評論社 2024年11月

「天宮家の王子さま. [9]」白井ごはん作;ひと和絵 集英社(集英社みらい文庫) 2024年4月

「理花のおかしな実験室. 11」やまもとふみ作;nanao絵 KADOKAWA(角川つばさ文庫) 2024年3月

建築、工事

「星のカービィ. プププ温泉はいい湯だな♪の巻」高瀬美恵作;苅野タウ;ぽと絵 KADOKAWA(角川つばさ文庫) 2024年3月

恋人・配偶者作り、縁結び、お見合い

「キュリオとオウムの王子」斉藤洋作;ももろ絵 講談社(わくわくライブラリー) 2024年1月

「ケモカフェ!:獣人男子の花嫁候補になっちゃった!?」*あいら*作;しろこ絵 ポプラ社(ポプラキミノベル) 2024年9月

交換、引き換え

「こうかんや」小川としあき 文芸社 2024年4月

拷問、処刑、殺人

「ささやきの島」フランシス・ハーディング著;エミリー・グラヴェット絵;児玉敦子訳 東京創元社 2024年12月

「トモダチデスゲーム. [7]」もえぎ桃作;久我山ぼん絵 講談社(講談社青い鳥文庫) 2024年5月

「恐怖の谷―名探偵シャーロック・ホームズ」コナン・ドイル作;小林司;東山あかね訳;猫野クロ絵 金の星社 2024年3月

「鐘の鳴る夜は真実を隠す―LIAR:嘘つきは、誰だ?」田中佳祐著 Gakken 2024年4月

「緋色の習作―名探偵シャーロック・ホームズ」コナン・ドイル作;小林司;東山あかね訳;猫野クロ絵 金の星社 2024年1月

「名探偵コナン100万ドルの五稜星」水稀しま著;青山剛昌原作;大倉崇裕脚本 小学館(小学館ジュニア文庫) 2024年4月

「名探偵コナン服部平次セレクション浪速の名探偵」酒井匙著;青山剛昌原作・イラスト 小学館(小学館ジュニア文庫) 2024年4月

交流

「エマはみならいマーメイド. 4」ミランダ・ジョーンズ作;浜崎絵梨訳;谷朋絵 ポプラ社 2024年12月

「もし、世界にわたしがいなかったら」ビクター・サントス文;アンナ・フォルラティ絵;金原瑞人訳 西村書店 2024年5月

「安房直子絵ぶんこ. 7」安房直子文 あすなろ書房 2024年9月

「嘘吹きアンドロイド」久米絵美里著 PHP研究所(わたしたちの本棚) 2024年2月

「透明なルール」佐藤いつ子著 KADOKAWA 2024年4月

告白、カミングアウト

「55日後、きみへの告白予定日」麻沢奏著 PHP研究所 2024年11月

「Pの推しゴト. [4]」羽央えり作;三月リヒト絵 講談社(講談社青い鳥文庫) 2024年5月

「あの星が降る丘で、君とまた出会いたい。」汐見夏衛著;三湊かおり絵 スターツ出版(野いちごジュニア文庫) 2024年8月

「きみがキセキをくれたから. [3]」五十嵐美怜作;花芽宮るる絵 講談社(講談社青い鳥文庫) 2024年5月

「キングと兄ちゃんのトンボ―金原瑞人選モダン・クラシックYA」ケイスン・キャレンダー著;島田明美訳 作品社 2024年4月

「この恋はうさぎ色:5分でキュンとする結末」春間美幸著 講談社 2024年12月

「ドレスアップ!こくるん. 2」久野遥子原作・監督;竹浪春花文 岩崎書店 2024年4月

「ラストで君は「キュン!」とする. 君との365日―3分間ノンストップショートストーリー」PHP研究所編 PHP研究所 2024年8月

「雨宮くんにはウラがある!?:ないしょの放課後授業」夜野せせり著;藤原ゆんイラスト PHP研究所(PHPジュニアノベル) 2024年6月

「海色ダイアリー. [12]」みゆ作;加々見絵里絵 集英社(集英社みらい文庫) 2024年3月

「吸血鬼と薔薇少女 = VAMPIRE AND THE ROSE. 3」*あいら*著;朝香のりこ絵&原作 スターツ出版(野いちごジュニア文庫) 2024年10月

「見えるもの見えないもの―翔の四季;春」斉藤洋作;いとうあつき絵 講談社 2024年4月

「告白代行部、ただいま活動中! 1」石田空作;朝香のりこ絵 アルファポリス 星雲社(アルファポリスきずな文庫) 2024年3月

「七色スターズ! 3」深海ゆずは作;桂イチホ絵 KADOKAWA(角川つばさ文庫) 2024年9月

「人気者の如月くんは、私にウソコクするらしい」月瀬まは著;安芸緒絵 スターツ出版(野いちごジュニア文庫) 2024年2月

「生き残りゲームラストサバイバル. [20]」大久保開作;北野詠一絵 集英社(集英社みらい文庫) 2024年2月

「青星学園★チームEYE-Sの事件ノート. [19]」相川真作;立樹まや絵 集英社(集英社みらい文庫) 2024年3月

「総長さま、溺愛中につき。. 11」*あいら*著;茶乃ひなの絵 スターツ出版(野いちごジュニア文庫) 2024年4月

「歴史ゴーストバスターズ. 9」あさばみゆき作;左近堂絵里絵 ポプラ社(ポプラキミノベル) 2024年11月

コメディ

「かいけつゾロリいただき!!なぞのどデカダイアモンド―かいけつゾロリシリーズ;75」原ゆたかさく・え ポプラ社(ポプラ社の新・小さな童話) 2024年12月

「カップ・メン = CUP・MEN―カップ・メン;1」川之上英子;川之上健作;おおのこうへい絵 ポプラ社 2024年12月

「グレッグのダメ日記：すごいひみつ―グレッグのダメ日記；19」ジェフ・キニー作;中井はるの訳 ポプラ社 2024年11月

「トイレ野ようこさん」仙田学作;田中六大絵 静山社 2024年2月

「パインさんのおるすばん」レオナード・ケスラーさく;小宮由やく 大日本図書 2024年9月

「パインさんのごちゃまぜかんばん」レオナード・ケスラーさく;小宮由やく 大日本図書 2024年7月

「パインさんのむらさきのいえ」レオナード・ケスラーさく;小宮由やく 大日本図書 2024年8月

「都道府県男子! 1」あさばみゆき著;いのうえひなこ;かわぐちけい絵 スターツ出版(野いちごジュニア文庫) 2024年9月

「姫さまですよねっ!? 3」ソウマチ著;七海喜つゆりイラスト 小学館(小学館ジュニア文庫) 2024年8月

「放課後チェンジ：世界を救う?最強チーム結成!」藤並みなと作;こよせ絵 KADOKAWA(角川つばさ文庫) 2024年8月

孤立、孤独

「17シーズン＝17season：巡るふたりの五七五」百舌涼一著 講談社 2024年2月

「アドニスの声が聞こえる」フィル・アール作;杉田七重訳 小学館 2024年4月

「うそつき桃の夢」大竹弘志著 文芸社 2024年5月

「スペルホーストのパペット人形」ケイト・ディカミロ作;ジュリー・モースタッド絵;横山和江訳 偕成社 2024年8月

「銀樹」森埜こみち著;日下明絵 アリス館 2024年10月

「行く手、はるかなれど：グスタフ・ヴァーサ物語」菱木晃子作 徳間書店 2024年1月

「夢の終わりで、君に会いたい。：正夢が教えてくれた奇跡の物語」いぬじゅん著;三湊かおり絵 スターツ出版(野いちごジュニア文庫) 2024年3月

「翼はなくても」レベッカ・クレーン作;代田亜香子訳 静山社 2024年2月

再会

「あいたくてたまらない：ももいろの貝とやどかりぼうやのお話―福音館創作童話シリーズ」おくやまゆかさく 福音館書店 2024年5月

「ウイングス・オブ・ファイア. 2」トゥイ・タマラ・サザーランド著;田内志文訳;山村れぇイラスト 平凡社 2024年11月

「カメくんとイモリくん雪だより花だより」いけだけい作;高畠純絵 偕成社 2024年10月

「サキヨミ! 11」七海まち作;駒形絵 KADOKAWA(角川つばさ文庫) 2024年3月

「ねこじーちゃん」杉野淳著 文芸社 2024年5月

「ぼくの家族」ふるたえつこ著 文芸社 2024年2月

「みかんファミリー」椰月美智子著 講談社 2024年8月

「わたしと話したくないあの子―ノベルズ・エクスプレス ; 58」朝比奈蓉子作;双森文絵 ポプラ社 2024年9月

「一生に一度の「好き」を、全部きみに。」みなと著;三湊かおり絵 スターツ出版(野いちごジュニア文庫) 2024年1月

「恐怖コレクター. 巻ノ23」佐東みどり;鶴田法男作;よん絵 KADOKAWA(角川つばさ文庫) 2024年5月

「再会の日に」中山聖子作 岩崎書店 2024年4月

「拾った総長さまがなんか溺愛してくる〈泣〉」ふわ屋。著;あん豆絵 スターツ出版(野いちごジュニア文庫) 2024年2月

「理花のおかしな実験室. 12」やまもとふみ作;nanao絵 KADOKAWA(角川つばさ文庫) 2024年7月

「流れ星の約束 : 再会したきみは芸能人!?伝えたい想い」みずのまい作;雪丸ぬん絵 集英社(集英社みらい文庫) 2024年11月

再起、回復、復活

「コメディ・クイーン」イェニー・ヤーゲルフェルト作;ヘレンハルメ美穂訳 岩波書店 2024年10月

「チカクサク―くもんの児童文学」今井恭子作;いとうあつき画 くもん出版 2024年10月

「駄菓子屋をまもれ!つくも神大作戦―えんぴつはだまってて ; 2」あんずゆき作;たごもりのりこ絵 文溪堂 2024年4月

「復活!まぼろしの小瀬菜だいこん―ステップノベル」野泉マヤ文;丹地陽子絵 文研出版 2024年8月

サイバー

「3倍速ドッペルゲンガー」久米絵美里著;森川泉絵 アリス館 2024年11月

「転生魔王のネット戦略. 1」ないとーえみ作;しらたま絵 JTBパブリッシング 2024年12月

サイバー>インターネット、SNS、メール、ブログ

「Occult-オカルト- : 闇とつながるSNS. 3」むくろ幽介文;icula本文イラスト 大泉書店 2024年7月

「Sweet & Bitter : 甘いだけじゃない4つの恋のストーリー. [3]」合田文監修;中島梨絵絵 岩崎書店 2024年11月

「アオハル100% : 行動しないと青春じゃないぜ」無月蒼作;水玉子絵 KADOKAWA(角川つばさ文庫) 2024年10月

「オンライン・フレンズ@さくら = Online Friends @Sakura」 神戸遥真著;カシワイ画 講談社 2024年8月

「キッズバースアドベンチャー = KIDSVERSE ADVENTURE―文研ブックランド」 桐谷直文;雛川まつり画 文研出版 2024年7月

「ハルトくんのいうことは絶対! [3]」 内田八尋作;茶乃ひなの絵 集英社(集英社みらい文庫) 2024年3月

「ピーチとチョコレート」 福木はる著 講談社 2024年11月

「ひみつの小学生探偵. 2」 チームD編;NOEYEBROW絵 Gakken 2024年3月

「学校の怪談5分間の恐怖〈行事編〉. [5]」 中村まさみ作 金の星社 2024年3月

「学校の怪談5分間の恐怖行事編. [2]」 中村まさみ作 金の星社 2024年1月

「学校の怪談5分間の恐怖行事編. [3]」 中村まさみ作 金の星社 2024年2月

「学校の怪談5分間の恐怖行事編. [4]」 中村まさみ作 金の星社 2024年2月

「全校生徒ラジオ」 有沢佳映著 講談社 2024年8月

「溺愛プラネット! 2」 *あいら*著;小鳩ぐみイラスト PHP研究所(PHPジュニアノベル) 2024年1月

「転生魔王のネット戦略. 1」 ないとーえみ作;しらたま絵 JTBパブリッシング 2024年12月

「電子仕掛けのラビリンス」 石川宏千花作 理論社 2024年3月

サイバー＞AI

「5分後に世界が変わる : おどろいて最後は泣ける物語」 白井くもほか著;Lyon絵 スターツ出版(野いちごジュニア文庫) 2024年3月

「きまぐれ未来寄席」 江坂遊著;はしゃ絵 Gakken 2024年4月

「たとえリセットされても―文研ブックランド」 森川成美作;双森文絵 文研出版 2024年3月

「君色パレット = PALETTES OF YOUR COLORS : 多様性をみつめるショートストーリー. 2-[1]」 岩崎書店 2024年1月

サイバー＞動画投稿、YouTube

「Re:cycle : たったひとりのアイドル」 十夜原作;木野誠太郎著 PHP研究所(カラフルノベル) 2024年1月

「サッシーは大まじめ. [2]」 マギー・ギブソン著;松田綾花訳 小鳥遊書房 2024年6月

「セカイの千怪奇. 3」 木滝りま;太田守信作 岩崎書店 2024年5月

「ブラックチャンネル. [3]」 すけたけしん著;きさいちさとし原作・イラスト 小学館(小学館ジュニア文庫) 2024年10月

「学園トップ男子の溺愛は配信禁止です!―取り扱い注意最強男子シリーズ」 高杉六花著;カトウロカ絵 スターツ出版(野いちごジュニア文庫) 2024年8月

「小説劇場版すとぷりはじまりの物語：Strawberry School Festival!!!」柏原真人原作;江坂純著;STPRStudio監修 小学館(小学館ジュニア文庫) 2024年7月

サイバー＞VR、AR

「キッズバースアドベンチャー = KIDSVERSE ADVENTURE—文研ブックランド」桐谷直文;雛川まつり画 文研出版 2024年7月

「そしてパンプキンマンがあらわれた」ユソジョン作;キムサンウク絵;すんみ訳 小学館 2024年10月

「逃走中：オリジナルストーリー. [11]」小川彗著 集英社(集英社みらい文庫) 2024年5月

さがしもの、人探し

「アポロンと5つの神託. 3-下—パーシー・ジャクソンとオリンポスの神々 ; シーズン3」リック・リオーダン作;金原瑞人;小林みき訳 静山社(静山社ペガサス文庫) 2024年1月

「いばらの髪のノラ = thorn-haired Nora. 1」日向理恵子作;吉田尚令絵 童心社 2024年4月

「いばらの髪のノラ = thorn-haired Nora. 2」日向理恵子作;吉田尚令絵 童心社 2024年6月

「いばらの髪のノラ = thorn-haired Nora. 3」日向理恵子作;吉田尚令絵 童心社 2024年8月

「おしりたんていかいとうUのおとしもの—おしりたんていシリーズ. おしりたんていファイル ; 12」トロルさく・え ポプラ社 2024年11月

「キット：父さんをさがしに」中村応子 パレード(Parade books) 2024年8月

「きみの最後の笑顔を忘れない」cheeery著;ねこじし絵 スターツ出版(野いちごジュニア文庫) 2024年5月

「きょうふの店ゾクゾク. 2」マグダレナ・ハイ作;古市真由美訳;Nelnal絵 ほるぷ出版 2024年12月

「ぐうたら魔女ホーライまた来た!」柏葉幸子作;長田恵子絵 理論社 2024年11月

「クレクス先生のがいせん」ヤン・ブジェフファ ロッカクリエイト 2024年1月

「クレクス先生のふしぎな旅」ヤン・ブジェフファ ロッカクリエイト 2024年1月

「この銃弾を忘れない」マイテ・カランサ作;宇野和美訳 徳間書店 2024年12月

「シロガラス. 6」佐藤多佳子著 偕成社 2024年11月

「すずのまたたびデイズ. [4]—すずのまたたびデイズ ; 4」トロル原作;井上亜樹子文;雛川まつり絵 ポプラ社 2024年10月

「ツクルとひみつの改造ボット. 2」辻貴司作;TAKA絵 岩崎書店 2024年12月

「ときめき☆ダイアリー!：「好きな人」なんて、覚えてません! 1」佐織えり作;夕陽みか絵 KADOKAWA(角川つばさ文庫) 2024年10月

「となりの魔女フレンズ. 2」宮下恵茉作;子兎。絵 Gakken 2024年7月

「となりの魔女フレンズ. 3」宮下恵茉作;子兎。絵 Gakken 2024年12月

「ハリー・ポッターと死の秘宝. 7-2―ハリー・ポッター ; 18」J.K.ローリング作;松岡佑子訳 静山社(静山社ペガサス文庫) 2024年11月

「ハリー・ポッターと死の秘宝. 7-3―ハリー・ポッター ; 19」J.K.ローリング作;松岡佑子訳 静山社(静山社ペガサス文庫) 2024年11月

「ふしぎな鏡をさがせ」キムチェリン作;イソヨン絵;カンバンファ訳 小学館 2024年7月

「ペット探偵事件ノート = Pet Detective Case Notebook : 消えたまいごねこをさがせ」赤羽じゅんこ作;中田いくみ絵 講談社(わくわくライブラリー) 2024年4月

「ぼくのねこポー―とっておきのどうわ」岩瀬成子作;松成真理子絵 PHP研究所 2024年3月

「マインクラフトはみだし探検隊クリーパーなんか怖くない」デライラ・S.ドーソン作;金原瑞人;松浦直美共訳 竹書房 2024年7月

「みつばの郵便屋さん = Mitsuba's Postman. 4―小野寺史宜の「みつばの郵便屋さん」シリーズ ; 4」小野寺史宜著 ポプラ社 2024年9月

「みつばの郵便屋さん = Mitsuba's Postman. 6―小野寺史宜の「みつばの郵便屋さん」シリーズ ; 6」小野寺史宜著 ポプラ社 2024年9月

「モアナと伝説の海2」エリザベス・ルドニック著;代田亜香子訳 小学館(小学館ジュニア文庫) 2024年12月

「リセット. 6」如月ゆすら作;市井あさ絵 アルファポリス 星雲社(アルファポリスきずな文庫) 2024年10月

「レット・イット・ゴー : エルサとアナがおたがいを知らずに育った〈もしも〉の世界. 下―ディズニーツイステッドテール. ゆがめられた世界」ジェン・カロニータ著;池本尚美訳 Gakken 2024年6月

「怪盗クイーンインド『もう一つの0』」はやみねかおる作;K2商会絵 講談社(講談社青い鳥文庫) 2024年7月

「見つけ屋とお知らせ屋―十年屋と魔法街の住人たち ; 5」廣嶋玲子作;佐竹美保絵 静山社 2024年7月

「好きでも嫌いなあまのじゃく」三國月々子文;YUME挿絵;柴山智隆;コロリド・ツインエンジン原作 KADOKAWA(角川つばさ文庫) 2024年5月

「資料室の日曜日 : にげたひこぼしをさがせ!」村上しいこ作;田中六大絵 講談社(わくわくライブラリー) 2024年5月

「青鬼. [12]」noprops原作;黒田研二著;鈴羅木かりんイラスト PHP研究所(PHPジュニアノベル) 2024年2月

「敵討まぜこぜ噺 : 刀の行方タカの使手. 上―絵草紙風絵本シリーズ」游古庵てんてまりさく・え 和ん古堂ゑざうし部 2024年2月

「転生したらスライムだった件. 11[上]」伏瀬作;もりょ絵;みっつばーキャラクター原案 マイクロマガジン社(かなで文庫) 2024年5月

「迷い沼の娘たち」ルーシー・ストレンジ作;中野怜奈訳 静山社 2024年11月

「翼はなくても」レベッカ・クレーン作;代田亜香子訳 静山社 2024年2月

「竜が呼んだ娘. 3」柏葉幸子作;佐竹美保絵 講談社 2024年5月

「旅する妖精たち」有間カオル著;飯田愛絵 アリス館 2024年3月

撮影

「キ・ス・リ・ハ：共演者は、学校イチのモテ男子!?ないしょの放課後リハーサル—カドカワ読書タイム」pico著;久我山ぼんイラスト KADOKAWA 2024年10月

「セカイの千怪奇. 4」木滝りま;太田守信作 岩崎書店 2024年12月

「華麗なる探偵アリス&ペンギン. [24]」南房秀久著;あるやイラスト 小学館(小学館ジュニア文庫) 2024年10月

「中学生ウィーチューバーの心霊スポットMAP. 1」じゅんれいか作;冬木絵 アルファポリス 星雲社(アルファポリスきずな文庫) 2024年8月

サバイバル

「3分間サバイバルNEO：美食の迷宮」粟生こずえ作 あかね書房 2024年11月

「サバイバー!! 7」あさばみゆき作;葛西尚絵 KADOKAWA(角川つばさ文庫) 2024年2月

「サバイバー!! 8」あさばみゆき作;葛西尚絵 KADOKAWA(角川つばさ文庫) 2024年7月

「トモダチデスゲーム. [6]」もえぎ桃作;久我山ぼん絵 講談社(講談社青い鳥文庫) 2024年1月

「トモダチデスゲーム. [7]」もえぎ桃作;久我山ぼん絵 講談社(講談社青い鳥文庫) 2024年5月

「トモダチデスゲーム. [8]」もえぎ桃作;久我山ぼん絵 講談社(講談社青い鳥文庫) 2024年11月

「ぼくとロボ型フレンド」サイモン・パッカム著;千葉茂樹訳 あすなろ書房 2024年11月

「リアル鬼ごっこファイナル. 下」江坂純著;山田悠介原案・監修;さくしゃ2イラスト 小学館(小学館ジュニア文庫) 2024年11月

「リアル鬼ごっこファイナル. 上」江坂純著;山田悠介原案・監修;さくしゃ2イラスト 小学館(小学館ジュニア文庫) 2024年7月

「レッツゴー!まいぜんシスターズ. [2]」石崎洋司文;佐久間さのすけ絵 ポプラ社(ポプラキミノベル) 2024年3月

「レッツゴー!まいぜんシスターズ. [3]」石崎洋司文;佐久間さのすけ絵 ポプラ社(ポプラキミノベル) 2024年7月

「学級崩壊ゲーム：仲よしクラスの絆は本物?」野月よひら著;アルセチカ絵 スターツ出版(野いちごジュニア文庫) 2024年5月

「小説魔入りました!入間くん. 8」西修原作・絵 ポプラ社(ポプラキミノベル) 2024年3月

「小説魔入りました!入間くん. 9」 西修原作・絵 ポプラ社(ポプラキミノベル) 2024年6月

「人生終了ゲーム. [4]」 cheeery著 スターツ出版(野いちごジュニア文庫) 2024年7月

「人狼サバイバル. [17]」 甘雪こおり作;himesuz絵 講談社(講談社青い鳥文庫) 2024年4月

「人狼サバイバル. [18]」 甘雪こおり作;himesuz絵 講談社(講談社青い鳥文庫) 2024年8月

「人狼サバイバル. [19]」 甘雪こおり作;himesuz絵 講談社(講談社青い鳥文庫) 2024年9月

「生き残りゲームラストサバイバル. [20]」 大久保開作;北野詠一絵 集英社(集英社みらい文庫) 2024年2月

「生き残りゲームラストサバイバル. [21]」 大久保開作;北野詠一絵 集英社(集英社みらい文庫) 2024年8月

「絶体絶命ゲーム. 15」 藤ダリオ作 KADOKAWA(角川つばさ文庫) 2024年6月

「脱獄サバイバル」 cheeery著;狐火絵 スターツ出版(野いちごジュニア文庫) 2024年10月

「怖い標識デスゲーム―5分シリーズ+」 藤白圭著;トミイマサコイラスト 河出書房新社 2024年10月

「無人島からの裏切り脱出ゲーム」 蜂賀三月著;葛西尚絵 スターツ出版(野いちごジュニア文庫) 2024年3月

死、別れ

「あの空にとどけ―文研ステップノベル」 熊谷千世子作;かない絵 文研出版 2024年11月

「カゲキリムシ」 西沢杏子作;山口まさよし絵 てらいんく 2024年6月

「キミが死ぬまで、あと5日 : 逃げられない呪いの動画」 西羽咲花月著;黎絵 スターツ出版(野いちごジュニア文庫) 2024年6月

「ささやきの島」 フランシス・ハーディング著;エミリー・グラヴェット絵;児玉敦子訳 東京創元社 2024年12月

「しょぼくれしょぼ造」 アソウカズマサ作・イラスト 幻冬舎メディアコンサルティング 幻冬舎 2024年4月

「それでも私が、ホスピスナースを続ける理由―感動のお仕事シリーズ」 ラプレツィオーサ伸子著 Gakken 2024年5月

「トモダチデスゲーム. [8]」 もえぎ桃作;久我山ぼん絵 講談社(講談社青い鳥文庫) 2024年11月

「ねこじーちゃん」 杉野淳著 文芸社 2024年5月

「バスカヴィル家の犬―名探偵シャーロック・ホームズ」 コナン・ドイル作;小林司;東山あかね訳;猫野クロ絵 金の星社 2024年6月

「ハリー・ポッターと死の秘宝. 7-2―ハリー・ポッター ; 18」 J.K.ローリング作;松岡佑子訳 静山社(静山社ペガサス文庫) 2024年11月

「ハリー・ポッターと死の秘宝. 7-3—ハリー・ポッター ; 19」J.K.ローリング作;松岡佑子訳 静山社(静山社ペガサス文庫) 2024年11月

「ハリー・ポッターと死の秘宝. 7-4—ハリー・ポッター ; 20」J.K.ローリング作;松岡佑子訳 静山社(静山社ペガサス文庫) 2024年11月

「ひまりとふしぎなあの子」深山さくら作;北沢優子絵 岩崎書店 2024年10月

「ぼくのはじまったばかりの人生のたぶんわすれない日々—鈴木出版の児童文学 : この地球を生きる子どもたち」イーサン・ロング作・絵;代田亜香子訳 鈴木出版 2024年10月

「ぼくはないた」ほんだよしこ著 幻冬舎メディアコンサルティング 幻冬舎 2024年2月

「ボンジュール,トゥール」ハンユンソブ著;キムジナ絵;呉華順訳 影書房 2024年2月

「まだらのひも—名探偵シャーロック・ホームズ」コナン・ドイル作;小林司;東山あかね訳;猫野クロ絵 金の星社 2024年7月

「再会の日に」中山聖子作 岩崎書店 2024年4月

「死の森の犬たち—STAMP BOOKS」アンソニー・マゴーワン作;尾﨑愛子訳 岩波書店 2024年3月

「死神はお断りです! [2]」紺谷綾作;小鳩ぐみ絵 集英社(集英社みらい文庫) 2024年4月

「消された1行がわかるといきなり怖くなる話」藤白圭著 ワニブックス 2024年8月

「人生終了ゲーム. [4]」cheeery著 スターツ出版(野いちごジュニア文庫) 2024年7月

「脱獄サバイバル」cheeery著;狐火絵 スターツ出版(野いちごジュニア文庫) 2024年10月

「天国までの49日間 : 最後の夏、君がくれた奇跡」櫻井千姫著;noka絵 スターツ出版(野いちごジュニア文庫) 2024年7月

「童話のレストラン」富田まほ著 文芸社 2024年8月

「余命88日の僕が、同じ日に死ぬ君と出会った話—森田碧の「よめぼく」シリーズ ; 4」森田碧著 ポプラ社 2024年9月

「余命99日の僕が、死の見える君と出会った話—森田碧の「よめぼく」シリーズ ; 3」森田碧著 ポプラ社 2024年9月

「余命一年と宣告された君と、消えたいと願う僕が出会った話—森田碧の「よめぼく」シリーズ ; 6」森田碧著 ポプラ社 2024年9月

「余命一年と宣告された僕が、余命半年の君と出会った話—森田碧の「よめぼく」シリーズ ; 1」森田碧著 ポプラ社 2024年9月

試合、競争、コンテスト、競合

「ウタイテ! 8」*あいら*著;茶乃ひなの絵 スターツ出版(野いちごジュニア文庫) 2024年7月

「エトワール! 15」梅田みか作;結布絵 講談社(講談社青い鳥文庫) 2024年12月

「おおなわ跳びません」赤羽じゅんこ作;マコカワイ絵 静山社 2024年10月

「おばけのアッチくるくるピザコンクール―小さなおばけ ; 48」角野栄子さく;佐々木洋子え ポプラ社(ポプラ社の新・小さな童話) 2024年10月

「おばけ野球チーム―水木しげるのおばけ学校 ; 1」水木しげる著 ポプラ社 2024年9月

「ココロの花 : 華道部&サッカー部―こんな部活あります」八束澄子作;あわい絵 新日本出版社 2024年1月

「サーファーガール = Surfer Girl : かがやく波に乗れ!」麻生かづこ作;かわいちひろ絵 小峰書店(ブルーバトンブックス) 2024年5月

「だるまさんがころんで」林けんじろう作 岩崎書店 2024年10月

「はなしをきいて : 決戦のスピーチコンテスト」マギー・ホーン著;三辺律子訳 理論社 2024年5月

「ハリー・ポッターと炎のゴブレット. 4-1―ハリー・ポッター ; 7」J.K.ローリング作;松岡佑子訳 静山社(静山社ペガサス文庫) 2024年8月

「ハリー・ポッターと炎のゴブレット. 4-2―ハリー・ポッター ; 8」J.K.ローリング作;松岡佑子訳 静山社(静山社ペガサス文庫) 2024年8月

「ハリー・ポッターと炎のゴブレット. 4-3―ハリー・ポッター ; 9」J.K.ローリング作;松岡佑子訳 静山社(静山社ペガサス文庫) 2024年8月

「リトル☆バレリーナ = little ballerina. SP2」工藤純子作;佐々木メエ絵;村山久美子監修 Gakken 2024年3月

「レーシング!ZOO : キャッ飛ばしレーサー登場! 1」こざきゆう文;やぶのてんや絵 Gakken 2024年10月

「記憶バトルロイヤル : 覚えて勝ちぬけ!100万円をかけた戦い」相羽鈴作;木乃ひのき絵;青木健監修 集英社(集英社みらい文庫) 2024年11月

「泣き虫スマッシュ! 4」平河ゆうき作;むっしゅ絵 KADOKAWA(角川つばさ文庫) 2024年1月

「七瀬くん家の3兄弟. [4]」青山そらら作;たしろみや絵 集英社(集英社みらい文庫) 2024年3月

「小説ブルーロック = BLUE LOCK. 6」金城宗幸原作;ノ村優介絵;吉岡みつる文 講談社(講談社KK文庫) 2024年2月

「小説ブルーロック = BLUELOCK. 7」金城宗幸原作;ノ村優介絵;吉岡みつる文 講談社(講談社KK文庫) 2024年6月

「小説ブルーロック = BLUELOCK. 8」金城宗幸原作;ノ村優介絵;吉岡みつる文 講談社(講談社KK文庫) 2024年8月

「小説ブルーロック = BLUELOCK. 9」金城宗幸原作;ノ村優介絵;吉岡みつる文 講談社(講談社KK文庫) 2024年11月

「小説ブルーロック-EPISODE凪-. 1」 金城宗幸原作;三宮宏太絵;もえぎ桃文 講談社(講談社KK文庫) 2024年4月

「小説ブルーロック-EPISODE凪-. 2」 金城宗幸原作;三宮宏太絵;もえぎ桃文 講談社(講談社KK文庫) 2024年5月

「小説弱虫ペダル. 14」 渡辺航原作;輔老心ノベライズ 岩崎書店(フォア文庫) 2024年2月

「小説弱虫ペダル. 15」 渡辺航原作;輔老心ノベライズ 岩崎書店(フォア文庫) 2024年6月

「神スキル!!! [4]」 大空なつき作;アルセチカ絵 KADOKAWA(角川つばさ文庫) 2024年3月

「世界一クラブ. [19]」 大空なつき作;明菜絵 KADOKAWA(角川つばさ文庫) 2024年8月

「都会のトム&ソーヤ. 21」 はやみねかおる著 講談社(YA!ENTERTAINMENT) 2024年3月

事件、事故

「100年後も、君のいた奇跡を忘れない」 湊祥著;noka絵 スターツ出版(野いちごジュニア文庫) 2024年6月

「いのちのつぼみ」 志津谷元子著 偕成社 2024年9月

「ギリシャ語通訳—名探偵シャーロック・ホームズ」 コナン・ドイル作;小林司;東山あかね訳;猫野クロ絵 金の星社 2024年12月

「グロリア・スコット号事件—名探偵シャーロック・ホームズ」 コナン・ドイル作;小林司;東山あかね訳;猫野クロ絵 金の星社 2024年2月

「サキヨミ! 12」 七海まち作;駒形絵 KADOKAWA(角川つばさ文庫) 2024年6月

「スターライト!」 ゆいっと作;魚師絵 講談社(講談社青い鳥文庫) 2024年6月

「そしてパンプキンマンがあらわれた」 ユソジョン作;キムサンウク絵;すんみ訳 小学館 2024年10月

「チカクサク—くもんの児童文学」 今井恭子作;いとうあつき画 くもん出版 2024年10月

「ハリー・ポッターと炎のゴブレット. 4-1—ハリー・ポッター ; 7」 J.K.ローリング作;松岡佑子訳 静山社(静山社ペガサス文庫) 2024年8月

「ハリー・ポッターと謎のプリンス. 6-3—ハリー・ポッター ; 16」 J.K.ローリング作;松岡佑子訳 静山社(静山社ペガサス文庫) 2024年10月

「ひみつの小学生探偵. 3」 チームD編;NOEYEBROW絵 Gakken 2024年8月

「ぼくらナイトバス・ヒーロー」 オンジャリQ.ラウフ作;久保陽子訳 静山社 2024年6月

「みえちゃうなんて、ヒミツです。:イケメン男子と学園鑑定団」 陽炎氷柱作;雪丸ぬん絵 アルファポリス 星雲社(アルファポリスきずな文庫) 2024年10月

「ミス・マープルの名推理 火曜クラブ」 アガサ・クリスティー著;矢沢聖子訳;藤森カンナイラスト 早川書房(ハヤカワ・ジュニア・ミステリ) 2024年1月

「運命を考える」ぬまかおる著 みらいパブリッシング 星雲社 2024年11月

「花よめ失そう事件―名探偵シャーロック・ホームズ」コナン・ドイル作;小林司;東山あかね訳;猫野クロ絵 金の星社 2024年2月

「怪帰師のお仕事. 4」佐東みどり作;榎のと絵 アルファポリス 星雲社(アルファポリスきずな文庫) 2024年8月

「恐怖の谷―名探偵シャーロック・ホームズ」コナン・ドイル作;小林司;東山あかね訳;猫野クロ絵 金の星社 2024年3月

「好きでも嫌いなあまのじゃく」三國月々子文;YUME挿絵;柴山智隆;コロリド・ツインエンジン原作 KADOKAWA(角川つばさ文庫) 2024年5月

「死の森の犬たち―STAMP BOOKS」アンソニー・マゴーワン作;尾﨑愛子訳 岩波書店 2024年3月

「小説映画ドラえもんのび太のひみつ道具博物館」藤子・F・不二雄原作;福島直浩著;清水東脚本;寺本幸代監督 小学館(小学館ジュニア文庫) 2024年10月

「神々の集う生徒会:生徒会のイケメンたちが神様って本当ですか?」狐塚冬里著;白峰かなイラスト PHP研究所(PHPジュニアノベル) 2024年6月

「人間椅子―スラよみ!日本文学名作シリーズ;2」江戸川乱歩作;川北亮司現代語訳 理論社 2024年9月

「世界一クラブ.[19]」大空なつき作;明菜絵 KADOKAWA(角川つばさ文庫) 2024年8月

「切り裂かれた絵画―LIAR:嘘つきは、誰だ?」野月よひら著 Gakken 2024年12月

「絶命教室:怪人ミラーとの恐怖のゲーム. 3」ウェルザード作;赤身ふみお絵 アルファポリス 星雲社(アルファポリスきずな文庫) 2024年3月

「探偵七音はためらわない」秋木真作;ななミツ絵 KADOKAWA(角川つばさ文庫) 2024年6月

「超一流インストール:プロの力で大事件解決!?」吹井乃菜作;逢坂レイ絵 KADOKAWA(角川つばさ文庫) 2024年1月

「謎が解けると怖いある学校の話:260字の戦慄〈闇〉体験―「怖い場所」超短編シリーズ」藤白圭著 主婦と生活社 2024年7月

「謎解きミステリー東大クロスワード」西岡壱誠監修;東大カルペ・ディエム著 リベラル社 星雲社 2024年3月

「二つの顔を持つ男―名探偵シャーロック・ホームズ」コナン・ドイル作;小林司;東山あかね訳;猫野クロ絵 金の星社 2024年11月

「忍びの里の青い影―家守神;5」おおぎやなぎちか作;トミイマサコ絵 フレーベル館 2024年12月

「破ると怖い海の6つのルール:繰り返す夏の戦慄〈闇〉体験―「怖い場所」超短編シリーズ」ウェルザード著 主婦と生活社 2024年7月

「緋色の習作―名探偵シャーロック・ホームズ」コナン・ドイル作;小林司;東山あかね訳;猫野クロ絵 金の星社 2024年1月

「北緯44度浩太の夏：ぼくらは戦争を知らなかった」有島希音作;ゆの絵 岩崎書店 2024年5月

「魔女学校のギュービッド―黒魔女さんが通る!!スペシャル」石崎洋司作;亜沙美絵 講談社(講談社青い鳥文庫) 2024年5月

「名探偵コナン服部平次セレクション浪速の相棒」酒井匙著;青山剛昌原作・イラスト 小学館(小学館ジュニア文庫) 2024年5月

「名探偵犬コースケ. 2」太田忠司著;NOEYEBROW絵 朝日新聞出版(ナゾノベル) 2024年12月

地獄

「じごく小学校. [3]―じごく小学校シリーズ；3」有田奈央作;安楽雅志絵 ポプラ社 2024年3月

「じごく小学校. [4]―じごく小学校シリーズ；4」有田奈央作;安楽雅志絵 ポプラ社 2024年8月

「絶体絶命ゲーム. 15」藤ダリオ作 KADOKAWA(角川つばさ文庫) 2024年6月

「絶望鬼ごっこ. [23]」針とら作;みもり絵 集英社(集英社みらい文庫) 2024年2月

「絶望鬼ごっこ. [24]」針とら作;みもり絵 集英社(集英社みらい文庫) 2024年7月

仕事

「あいレコ!」遠藤まり著 講談社 2024年2月

「アフガンの息子たち」エーリン・ペーション著;ヘレンハルメ美穂訳 小学館 2024年2月

「いかだネコG氏12のぼうけん―読書の時間；22」山下明生作;高畠那生絵 あかね書房 2024年10月

「エマはみならいマーメイド. 3」ミランダ・ジョーンズ作;浜崎絵梨訳;谷朋絵 ポプラ社 2024年7月

「おにのおしごと」花野猫著 文芸社 2024年7月

「そしてパンプキンマンがあらわれた」ユソジョン作;キムサンウク絵;すんみ訳 小学館 2024年10月

「それでも私が、ホスピスナースを続ける理由―感動のお仕事シリーズ」ラプレツィオーサ伸子著 Gakken 2024年5月

「たい焼き総選挙―読書の時間；20」新井けいこ作;いちろう絵 あかね書房 2024年9月

「トップ・シークレット. 6」あんのまる作;シソ絵 KADOKAWA(角川つばさ文庫) 2024年1月

「パインさんのごちゃまぜかんばん」レオナード・ケスラーさく;小宮由やく 大日本図書 2024年7月

「はたらく細胞 : 映画ノベライズ」清水茜;原田重光;初嘉屋一生原作;徳永友一脚本;時海結以文 講談社(講談社KK文庫) 2024年11月

「ベビーシッターズクラブ. [2]」アン・M.マーティン作;山本祐美子訳;くろでこ絵 ポプラ社 2024年9月

「ミタちゃんが見ちゃった!? : 家事代行サービス事件簿」藤咲あゆな;ハニーカンパニー著;中嶋ゆかイラスト 小学館(小学館ジュニア文庫) 2024年8月

「安房直子絵ぶんこ. 8」安房直子文 あすなろ書房 2024年8月

「介護の花子さん」あさばみゆき著 Gakken 2024年9月

「怪帰師のお仕事. 3」佐東みどり作;榎のと絵 アルファポリス 星雲社(アルファポリスきずな文庫) 2024年1月

「怪帰師のお仕事. 4」佐東みどり作;榎のと絵 アルファポリス 星雲社(アルファポリスきずな文庫) 2024年8月

「犬にかまれたチイちゃん、動物のおいしゃさんになる」今西乃子作;あたちたち絵 岩崎書店 2024年7月

「見つけ屋とお知らせ屋―十年屋と魔法街の住人たち ; 5」廣嶋玲子作;佐竹美保絵 静山社 2024年7月

「江戸を照らせ : 蔦屋重三郎の挑戦」小前亮作;中島花野画 小峰書店 2024年11月

「社長ですがなにか? 2」あさつじみか作;はちべもつ絵 KADOKAWA(角川つばさ文庫) 2024年1月

「社長ですがなにか? 3」あさつじみか作;はちべもつ絵 KADOKAWA(角川つばさ文庫) 2024年5月

「世界のふしぎは、きっと誰かの仕事でできている。」田丸雅智著;フルカワマモる絵 Gakken 2024年7月

「本好きの下剋上. 第3部[2]」香月美夜作;椎名優絵 TOブックス(TOジュニア文庫) 2024年5月

「無法施展的時間魔法―樂讀456 ; 初階 108 魔法十年屋 ; 5」廣嶋玲子文;佐竹美保圖;王蘊潔譯 親子天下 2024年1月

「妖怪コンビニ. 4」令丈ヒロ子作;トミイマサコ絵 あすなろ書房 2024年3月

自殺、自殺未遂、自殺志願

「コメディ・クイーン」イェニー・ヤーゲルフェルト作;ヘレンハルメ美穂訳 岩波書店 2024年10月

「もう一度、あの日の僕らに会いに行く」小春りん著;四ノ宮しの絵 スターツ出版(野いちごジュニア文庫) 2024年2月

「余命一年と宣告された君と、消えたいと願う僕が出会った話―森田碧の「よめぼく」シリーズ ; 6」森田碧著 ポプラ社 2024年9月

実験、研究

「5分間思考実験ストーリー：キミの答えで結末が変わる. 未来編」北村良子著;あすぱら絵 幻冬舎 2024年12月

「恐竜博物館のひみつ―文研ステップノベル」別司芳子作;ながおかえつこ絵 文研出版 2024年7月

「理花のおかしな実験室. 11」やまもとふみ作;nanao絵 KADOKAWA(角川つばさ文庫) 2024年3月

「理花のおかしな実験室. 12」やまもとふみ作;nanao絵 KADOKAWA(角川つばさ文庫) 2024年7月

失踪、誘拐、人身売買

「〈小説〉言えない秘密 = Secret」時海結以著 講談社(講談社KK文庫) 2024年6月

「JC紫式部. 3」石崎洋司作;阿倍野ちゃこ絵 講談社(講談社青い鳥文庫) 2024年10月

「Vチューバー探偵団. [2]」木滝りま;舟崎泉美著;榎のと絵 朝日新聞出版(ナゾノベル) 2024年11月

「この銃弾を忘れない」マイテ・カランサ作;宇野和美訳 徳間書店 2024年12月

「シロガラス. 6」佐藤多佳子著 偕成社 2024年11月

「すずのまたたびデイズ. [4]―すずのまたたびデイズ；4」トロル原作;井上亜樹子文;雛川まつり絵 ポプラ社 2024年10月

「てんぐ先生は一年生」大石真;大石夏也作;村上豊絵 ポプラ社(子どもたちにつたえたい傑作選) 2024年3月

「トモダチデスゲーム. [8]」もえぎ桃作;久我山ぼん絵 講談社(講談社青い鳥文庫) 2024年11月

「ペット探偵事件ノート = Pet Detective Case Notebook：消えたまいごねこをさがせ」赤羽じゅんこ作;中田いくみ絵 講談社(わくわくライブラリー) 2024年4月

「ぼくらのイタリア(怪)戦争」宗田理作;YUME絵 KADOKAWA(角川つばさ文庫) 2024年3月

「ヤング・シャーロック・ホームズ：児童版. 3」アンドリュー・レーン作 静山社 ほるぷ出版 2024年2月

「ヤング・シャーロック・ホームズ：児童版. 4」アンドリュー・レーン作 静山社 ほるぷ出版 2024年2月

「リセット. 6」如月ゆすら作;市井あさ絵 アルファポリス 星雲社(アルファポリスきずな文庫) 2024年10月

「科学探偵vs.終末の大予言. 前編―科学探偵謎野真実シリーズ」佐東みどりほか作;kotona絵 朝日新聞出版 2024年11月

「花よめ失そう事件―名探偵シャーロック・ホームズ」コナン・ドイル作;小林司;東山あかね訳;猫野クロ絵 金の星社 2024年2月

「山椒大夫―スラよみ!日本文学名作シリーズ ; 3」森鷗外作;渡邉文幸現代語訳 理論社 2024年10月

「出来損ないと呼ばれた元英雄は、実家から追放されたので好き勝手に生きることにした. 3」紅月シン作;柚希きひろ絵;ちょこ庵キャラクター原案 TOブックス(TOジュニア文庫) 2024年6月

「消えた校長先生―ジュニア文学館」西村友里作;大庭賢哉絵 Gakken 2024年7月

「青鬼. [12]」noprops原作;黒田研二著;鈴羅木かりんイラスト PHP研究所(PHPジュニアノベル) 2024年2月

「青鬼. [13]」noprops原作;黒田研二著;鈴羅木かりんイラスト PHP研究所(PHPジュニアノベル) 2024年8月

「絶望鬼ごっこ. [23]」針とら作;みもり絵 集英社(集英社みらい文庫) 2024年2月

「超一流インストール : プロの力で大事件解決!?」吹井乃菜作;逢坂レイ絵 KADOKAWA(角川つばさ文庫) 2024年1月

「二つの顔を持つ男―名探偵シャーロック・ホームズ」コナン・ドイル作;小林司;東山あかね訳;猫野クロ絵 金の星社 2024年11月

「二人と一匹の本格捜査ミステリー. 2―文研じゅべにーる」村松由紀子作;ao絵 文研出版 2024年4月

「変身 : 消えた少女と昆虫標本―文研ステップノベル」佐藤いつ子作;かない絵 文研出版 2024年5月

「放課後ミステリクラブ. 4」知念実希人作;Gurin.絵 ライツ社 2024年6月

「魔法使いアルル. 4」羽織かのん作;kaworu絵 アルファポリス 星雲社(アルファポリスきずな文庫) 2024年5月

「迷い沼の娘たち」ルーシー・ストレンジ作;中野怜奈訳 静山社 2024年11月

「翼はなくても」レベッカ・クレーン作;代田亜香子訳 静山社 2024年2月

「竜が呼んだ娘. 3」柏葉幸子作;佐竹美保絵 講談社 2024年5月

失踪、誘拐、人身売買＞神隠し

「呪いのゲームぷうけえ!―カドカワ読書タイム」中靍水雲著;長谷梨加イラスト KADOKAWA 2024年9月

失敗、破滅、転落、挫折

「トモダチデスゲーム. [8]」もえぎ桃作;久我山ぼん絵 講談社(講談社青い鳥文庫) 2024年11月

「黒猫:ポー短編集—ホラー・クリッパー」エドガー・アラン・ポー原作;にかいどう青文;スカイエマ絵 ポプラ社 2024年2月

使命、任務

「SCPハンター:シャイガイを確保せよ!」黒史郎作;古澤あつし絵 ポプラ社(ポプラキミノベル) 2024年12月

「ハリー・ポッターと死の秘宝. 7-1—ハリー・ポッター ; 17」J.K.ローリング作;松岡佑子訳 静山社(静山社ペガサス文庫) 2024年11月

「マインクラフトゴーレムにいどめ!—石の剣のものがたりシリーズ ; 5」ニック・エリオポラス文;アラン・バトソン;クリス・ヒル絵;酒井章文訳 技術評論社 2024年12月

「怪帰師のお仕事. 3」佐東みどり作;榎のと絵 アルファポリス 星雲社(アルファポリスきずな文庫) 2024年1月

「怪帰師のお仕事. 4」佐東みどり作;榎のと絵 アルファポリス 星雲社(アルファポリスきずな文庫) 2024年8月

「探偵ハイネは予言をはずさない. [5]」南房秀久著;わたあめイラスト 小学館(小学館ジュニア文庫) 2024年7月

使命、任務>撲滅運動、退治、駆除

「はたらく細胞:映画ノベライズ」清水茜;原田重光;初嘉屋一生原作;徳永友一脚本;時海結以文 講談社(講談社KK文庫) 2024年11月

「ハミングベアのくる村」キャサリン・アップルゲイト作;尾高薫訳 偕成社 2024年1月

「ユメコネクト. 2」成井露丸作;くずもち絵 アルファポリス 星雲社(アルファポリスきずな文庫) 2024年6月

「鬼八伝説」中村地平作;せきやよいイラスト ヒムカ出版 2024年5月

「地味子の秘密。:学園の平和を守るはずが、イケメン王子に気に入られちゃった!? 1」牡丹杏著;ななミツ挿絵 スターツ出版(野いちごジュニア文庫) 2024年12月

「日本の神々の物語」小沢章友作;佐竹美保絵 講談社 2024年2月

「歴史ゴーストバスターズ. 9」あさばみゆき作;左近堂絵里絵 ポプラ社(ポプラキミノベル) 2024年11月

宗教

「夜の日記—金原瑞人選モダン・クラシックYA」ヴィーラ・ヒラナンダニ著;山田文訳 作品社 2024年7月

修理、修繕

「モジモジばあは、本のおいしゃさん」仁科幸子作 文溪堂 2024年3月

「りりかさんのぬいぐるみ診療所. [4]」 かんのゆうこ作;北見葉胡絵 講談社(わくわくライブラリー) 2024年4月

修行、トレーニング、試練、練習

「ウイングス・オブ・ファイア. 1」 トゥイ・タマラ・サザーランド著;田内志文訳;山村れぇイラスト 平凡社 2024年7月

「エトワール! 13」 梅田みか作;結布絵 講談社(講談社青い鳥文庫) 2024年2月

「エトワール! 14」 梅田みか作;結布絵 講談社(講談社青い鳥文庫) 2024年7月

「エマはみならいマーメイド. 3」 ミランダ・ジョーンズ作;浜崎絵梨訳;谷朋絵 ポプラ社 2024年7月

「おれは太巻大左衛門―文研ブックランド」 片平直樹作;高畠那生絵 文研出版 2024年7月

「カトーレンの王」 ヤン・テルラウ作;西村由美訳;にしざかひろみ絵 小学館(小学館世界J文学館セレクション) 2024年11月

「カラフル = Colorful」 森絵都著;カシワイ画 文藝春秋 2024年7月

「カンタの訓練 : 盲導犬への道」 草野あきこ作;かけひさとこ絵 岩崎書店 2024年6月

「キ・ス・リ・ハ : 共演者は、学校イチのモテ男子!?ないしょの放課後リハーサル―カドカワ読書タイム」 pico著;久我山ぼんイラスト KADOKAWA 2024年10月

「コスモ★スケッチ. [3]」 琴織ゆき作;そと絵 集英社(集英社みらい文庫) 2024年6月

「サバイバー!! 7」 あさばみゆき作;葛西尚絵 KADOKAWA(角川つばさ文庫) 2024年2月

「サバイバー!! 8」 あさばみゆき作;葛西尚絵 KADOKAWA(角川つばさ文庫) 2024年7月

「シンデレラ・バレリーナ : Lira. 2―シンデレラ・バレリーナ ; 2」 グエナエル・バリュソー作;清水玲奈訳;森野眠子絵 ポプラ社 2024年8月

「スカンダーと裏切りのトライアル」 A.F.ステッドマン著;金原瑞人;西田佳子訳 潮出版社 2024年6月

「どろぼう猫とモヤモヤのこいつ」 小手鞠るい作;早川世詩男絵 静山社 2024年9月

「ひみつのとっくん」 工藤純子作;田中六大絵 金の星社 2024年7月

「マス×コン! 2」 こぐれ京文;ももこっこ絵 KADOKAWA(角川つばさ文庫) 2024年8月

「やなせたかしの新アラビアンナイト. 3」 やなせたかし著 クレヴィス 2024年3月

「ようかいばあちゃんと子ようかいすみれちゃん」 最上一平作;種村有希子絵 新日本出版社 2024年9月

「星中バスケ部オレンジガール. [2]」 広瀬未衣作;星屋ハイコ絵 集英社(集英社みらい文庫) 2024年1月

「正射必中!弓道部―こんな部活あります」 斎藤貴男作;おとないちあき絵 新日本出版社 2024年3月

守護、護衛

「スパイガール!:ミッションは御曹司のボディーガード!?」 相川真作;葛西尚絵 集英社(集英社みらい文庫) 2024年7月

「スパイガール! [2]」 相川真作;葛西尚絵 集英社(集英社みらい文庫) 2024年11月

「ハリー・ポッターとアズカバンの囚人. 3-2―ハリー・ポッター ; 6」 J.K.ローリング作;松岡佑子訳 静山社(静山社ペガサス文庫) 2024年7月

「ふたごの最強総長さまが甘々に独占してくる〈汗〉―取り扱い注意最強男子シリーズ」 みゅーな**著;久我山ぼん絵 スターツ出版(野いちごジュニア文庫) 2024年11月

「マインクラフトさいはての村」 マックス・ブルックス作;北川由子訳 竹書房 2024年12月

「レッツゴー!まいぜんシスターズ. [2]」 石崎洋司文;佐久間さのすけ絵 ポプラ社(ポプラキミノベル) 2024年3月

「ロボットのたまごをひろったら―ノベルズ・エクスプレス ; 56」 奈雅月ありす作;酒井以絵 ポプラ社 2024年3月

「鬼の花嫁. 2」 クレハ著;ニナハチ絵 スターツ出版(野いちごジュニア文庫) 2024年11月

「最強ボディガードの幼なじみが、絶対に離してくれません!―取り扱い注意最強男子シリーズ」 梶ゆいな著;あん豆絵 スターツ出版(野いちごジュニア文庫) 2024年9月

寿命、余命

「100日間、あふれるほどの「好き」を教えてくれたきみへ」 永良サチ著;三湊かおり絵 スターツ出版(野いちごジュニア文庫) 2024年10月

「きみと100年分の恋をしよう. [12]」 折原みと作;フカヒレ絵 講談社(講談社青い鳥文庫) 2024年3月

「一生に一度の「好き」を、全部きみに。」 みなと著;三湊かおり絵 スターツ出版(野いちごジュニア文庫) 2024年1月

「一番星のキミに、恋するほどにせつなくて。」 涙鳴著;丈ゆきみ絵 スターツ出版(野いちごジュニア文庫) 2024年12月

「余命88日の僕が、同じ日に死ぬ君と出会った話―森田碧の「よめぼく」シリーズ ; 4」 森田碧著 ポプラ社 2024年9月

「余命99日の僕が、死の見える君と出会った話―森田碧の「よめぼく」シリーズ ; 3」 森田碧著 ポプラ社 2024年9月

「余命一年と宣告された君と、消えたいと願う僕が出会った話―森田碧の「よめぼく」シリーズ ; 6」 森田碧著 ポプラ社 2024年9月

「余命一年と宣告された僕が、余命半年の君と出会った話：Ayaka's story―森田碧の「よめぼく」シリーズ；2」森田碧著 ポプラ社 2024年9月

「余命一年と宣告された僕が、余命半年の君と出会った話―森田碧の「よめぼく」シリーズ；1」森田碧著 ポプラ社 2024年9月

「余命半年、きみと一生分の恋をした。」みなと著;Sakura絵 スターツ出版（野いちごジュニア文庫）2024年9月

障がい

「おおなわ跳びません」赤羽じゅんこ作;マコカワイ絵 静山社 2024年10月

「おじいちゃんの目ぼくの目」パトリシア・マクラクラン作;若林千鶴訳;黒井健絵 リーブル 2024年7月

「それでも君に伝えたい. [2]」安芸咲良作;池田春香絵 集英社（集英社みらい文庫）2024年6月

「なかよしだいすきさ!」さとかずえ文・絵 文芸社 2024年5月

「ぼくの色、見つけた!」志津栄子作;末山りん絵 講談社（講談社文学の扉）2024年5月

「みんなにもっとひかりあれ!：ダウン症の妹がいるあかりと、みんなの二分の一成人式」金子あつし作;ぽえ絵 読書日和 2024年10月

「ワンダー」R.J.パラシオ作;中井はるの訳 ほるぷ出版 2024年10月

招待、おもてなし、接待

「トッケビ梅雨時商店街」ユヨングァン著;岩井理子訳 静山社 2024年10月

「安房直子絵ぶんこ. 1」安房直子文 あすなろ書房 2024年4月

「安房直子絵ぶんこ. 2」安房直子文 あすなろ書房 2024年4月

植樹、植林

「パインさんのむらさきのいえ」レオナード・ケスラーさく;小宮由やく 大日本図書 2024年8月

侵略

「三国志. 9」小前亮文;中山けーしょー絵 静山社（静山社ペガサス文庫）2024年2月

頭脳、心理戦、対決

「オンライン! 26」雨蛙ミドリ作;大塚真一郎絵 KADOKAWA（角川つばさ文庫）2024年4月

「じごく小学校. [4]―じごく小学校シリーズ；4」有田奈央作;安楽雅志絵 ポプラ社 2024年8月

「シンカリオンチェンジザワールド：ノベライズ. 2」プロジェクトシンカリオン原作/監修;番棚葵著 集英社（集英社みらい文庫）2024年10月

「スイッチ! 14」深海ゆずは作;加々見絵里絵 KADOKAWA(角川つばさ文庫) 2024年5月

「プロジェクト・モリアーティ = PROJECT MORIARTY : 絶対に成績が上がる塾. 01」斜線堂有紀著;kaworu絵 朝日新聞出版(ナゾノベル) 2024年4月

「ミス・マープルの名推理 火曜クラブ」アガサ・クリスティー著;矢沢聖子訳;藤森カンナイラスト 早川書房(ハヤカワ・ジュニア・ミステリ) 2024年1月

「悪魔の思考ゲーム = DEVIL'S THOUGHT GAME. 3」大塩哲史著;朝日川日和絵 朝日新聞出版(ナゾノベル) 2024年3月

「怪盗グルーのミニオン超変身」代田亜香子著 小学館(小学館ジュニア文庫) 2024年7月

「人狼サバイバル. [17]」甘雪こおり作;himesuz絵 講談社(講談社青い鳥文庫) 2024年4月

「人狼サバイバル. [18]」甘雪こおり作;himesuz絵 講談社(講談社青い鳥文庫) 2024年8月

「人狼サバイバル. [19]」甘雪こおり作;himesuz絵 講談社(講談社青い鳥文庫) 2024年9月

「青星学園★チームEYE-Sの事件ノート. [20]」相川真作;立樹まや絵 集英社(集英社みらい文庫) 2024年9月

「日本一周ナゾトキ珍道中 : 5分でスカッとする結末. 西日本編」粟生こずえ著 講談社 2024年10月

正義

「Ita-zura—宇田川豪大戯曲文庫 ; 3」宇田川豪大 ブイツーソリューション 2024年3月

「プロジェクト・モリアーティ = PROJECT MORIARTY. 02」斜線堂有紀著;kaworu絵 朝日新聞出版(ナゾノベル) 2024年12月

「真実の口」いとうみく著 講談社 2024年4月

政治、行政、政府

「カトーレンの王」ヤン・テルラウ作;西村由美訳;にしざかひろみ絵 小学館(小学館世界J文学館セレクション) 2024年11月

青春

「5分後に恋の結末. [5]—「5分後に意外な結末」シリーズ」橘つばさ;桃戸ハル著;かとうれい絵 Gakken 2024年7月

「NEW HORIZON青春白書. Unit1」本田久作著;佳奈絵 東京書籍 2024年4月

「Re:cycle : たったひとりのアイドル」十夜原作;木野誠太郎著 PHP研究所(カラフルノベル) 2024年1月

「アオハル100% : 行動しないと青春じゃないぜ」無月蒼作;水玉子絵 KADOKAWA(角川つばさ文庫) 2024年10月

「おもしろい話、集めました。. C」ひのひまりほか作;佐倉おりこほか絵 KADOKAWA(角川つばさ文庫) 2024年11月

「ガールズ・ルール：愛され女子でいるには」キャンディス・ブシュネル;ケイティ・コトゥーニョ作;三辺律子訳 静山社 2024年10月

「スラムに水は流れない」ヴァルシャ・バジャージ著;村上利佳訳 あすなろ書房 2024年4月

「ピーチとチョコレート」福木はる著 講談社 2024年11月

「まだ青き神々の歌：「古事記」～スサノオ青春伝―青春訳名作シリーズ」エコツミ著 Gakken 2024年7月

「威風堂々キツネの尻尾. 4巻」Mr.GeneralStore絵;ソンウォンピョン作;渡辺麻土香訳 永岡書店 2024年6月

「青春サプリ。. [12]―心が元気になる、5つの部活ストーリー」 ポプラ社 2024年11月

「全校生徒ラジオ」有沢佳映著 講談社 2024年8月

成長、克服、成り上がり

「「歩」が「と」に大へんしん!」川北亮司作;藤本四郎絵 汐文社 2024年8月

「12音のブックトーク」こまつあやこ作;友風子絵 あかね書房 2024年6月

「あすなろ小学校は今日もにぎやか」白鳥樹一郎作;菊地敏明表紙デザイン・絵 阿古耶書房 2024年10月

「いつか、あの博物館で。：アンドロイドと不気味の谷」朝比奈あすか著 東京書籍 2024年7月

「インゴとインディの物語. 2」大矢純子作;佐藤勝則絵 鳥影社 2024年7月

「インサイド・ヘッド2」テニー・ネルソン著;代田亜香子訳 小学館(小学館ジュニア文庫) 2024年8月

「おばあちゃんがヤバすぎる!」エンマ・カーリンスドッテル作;ハンナ・グスタヴソン絵;中村冬美訳 静山社 2024年5月

「おばあちゃんのぞうきん：鹿石八千代児童文学集」鹿石八千代著 文芸社 2024年7月

「オラレ!タコスクィーン = Orale!Taco Queen―文研じゅべにーるYA」ジェニファー・トーレス作;おおつかのりこ訳 文研出版 2024年6月

「おれはケッコンした」本田久作作;市居みか絵 ポプラ社(ポプラ物語館) 2024年12月

「カミオカンデの神さま」松田悠八作;小林敏也イラストレーション ロクリン社 2024年11月

「きょうのフニフとあしたのフニフ」はせがわさとみ作・絵 佼成出版社 2024年4月

「しょぼくれしょぼ造」アソウカズマサ作・イラスト 幻冬舎メディアコンサルティング 幻冬舎 2024年4月

「タクちゃんちのペット騒動」林マサ子 文芸社 2024年4月

「トクベツキューカ、はじめました!」清水晴木作;いつか絵 岩崎書店 2024年5月

「ポロンと夢を叶える旅 : 小学生から始める資産運用」Hakuba著 東京図書出版 リフレ出版 2024年2月

「マザー・ブレイクタイム : 母は鬼、子は悪魔 : 絵本とコーヒーをともに」弦本あや華文;弦本ゆりか絵 文芸社 2024年12月

「まだ青き神々の歌 :「古事記」～スサノオ青春伝—青春訳名作シリーズ」エコツミ著 Gakken 2024年7月

「やん茶の夢は暫の出世鑑—絵草紙風絵本シリーズ」游古庵てんてまりさく・え 和ん古堂ゑざうし部 2024年8月

「犬を飼ったら、大さわぎ! 2」トゥイ・T.サザーランド作;相良倫子訳 徳間書店 2024年12月

「光の粒が舞いあがる」蒼沼洋人著 PHP研究所(カラフルノベル) 2024年7月

「星空としょかんの青い鳥」小手鞠るい作;近藤未奈絵 小峰書店 2024年9月

「雪娘のアリアナ」ソフィー・アンダーソン作;メリッサ・カストリヨン絵;長友恵子訳 小学館 2024年11月

「直紀とふしぎな庭」山下みゆき作;もなか絵 静山社 2024年1月

「杜子春—スラよみ!日本文学名作シリーズ ; 1」芥川龍之介作;松尾清貴現代語訳 理論社 2024年8月

「夢船」合田芳弘著 美巧社 2024年7月

世界の神話＞ギリシア神話

「5万年後に意外な結末 : プロメテウスの紅蓮の炎—「5分後に意外な結末」シリーズ」桃戸ハル編著;usi絵 Gakken 2024年8月

「アポロンと5つの神託. 3-下—パーシー・ジャクソンとオリンポスの神々 ; シーズン3」リック・リオーダン作;金原瑞人;小林みき訳 静山社(静山社ペガサス文庫) 2024年1月

「アポロンと5つの神託. 3-上—パーシー・ジャクソンとオリンポスの神々 ; シーズン3」リック・リオーダン作;金原瑞人;小林みき訳 静山社(静山社ペガサス文庫) 2024年1月

「アポロンと5つの神託. 4-下—パーシー・ジャクソンとオリンポスの神々 ; シーズン3」リック・リオーダン作;金原瑞人;小林みき訳 静山社(静山社ペガサス文庫) 2024年3月

「アポロンと5つの神託. 4-上—パーシー・ジャクソンとオリンポスの神々 ; シーズン3」リック・リオーダン作;金原瑞人;小林みき訳 静山社(静山社ペガサス文庫) 2024年3月

「アポロンと5つの神託. 5-下—パーシー・ジャクソンとオリンポスの神々 ; シーズン3」リック・リオーダン作;金原瑞人;小林みき訳 静山社(静山社ペガサス文庫) 2024年5月

「アポロンと5つの神託. 5-上—パーシー・ジャクソンとオリンポスの神々 ; シーズン3」リック・リオーダン作;金原瑞人;小林みき訳 静山社(静山社ペガサス文庫) 2024年5月

「神々の集う生徒会：生徒会のイケメンたちが神様って本当ですか?」狐塚冬里著;白峰かなイラスト PHP研究所(PHPジュニアノベル) 2024年6月

世界の物語＞赤毛のアン

「はじめて読む外国の物語. 2年生」横山洋子監修 Gakken(よみとく10分) 2024年3月

世界の物語＞アンデルセン童話＞アンデルセン童話一般

「夜ふけに読みたい森と海のアンデルセン童話」ハンス・クリスチャン・アンデルセン著;吉澤康子;和爾桃子編訳;アーサー・ラッカム挿絵 平凡社 2024年4月

「夜ふけに読みたい雪夜のアンデルセン童話」ハンス・クリスチャン・アンデルセン著;アーサー・ラッカム挿絵;吉澤康子;和爾桃子編訳 平凡社 2024年1月

世界の物語＞アンデルセン童話＞人魚姫

「夜ふけに読みたい森と海のアンデルセン童話」ハンス・クリスチャン・アンデルセン著;吉澤康子;和爾桃子編訳;アーサー・ラッカム挿絵 平凡社 2024年4月

世界の物語＞アンデルセン童話＞マッチうりの少女

「クリスマスに読みたい10のおはなし」神戸万知編著 成美堂出版 2024年11月

「夜ふけに読みたい雪夜のアンデルセン童話」ハンス・クリスチャン・アンデルセン著;アーサー・ラッカム挿絵;吉澤康子;和爾桃子編訳 平凡社 2024年1月

世界の物語＞アンデルセン童話＞みにくいあひるのこ

「夜ふけに読みたい森と海のアンデルセン童話」ハンス・クリスチャン・アンデルセン著;吉澤康子;和爾桃子編訳;アーサー・ラッカム挿絵 平凡社 2024年4月

世界の物語＞アンデルセン童話＞雪の女王

「夜ふけに読みたい雪夜のアンデルセン童話」ハンス・クリスチャン・アンデルセン著;アーサー・ラッカム挿絵;吉澤康子;和爾桃子編訳 平凡社 2024年1月

世界の物語＞オズの魔法使い

「はじめて読むがいこくの物語. 1年生」横山洋子監修 Gakken(よみとく10分) 2024年3月

世界の物語＞グリム童話＞赤ずきん

「グリム童話：こどもと大人のためのメルヘン」グリム著;西本鶏介文・編;藤田新策装丁・さし絵 ポプラ社(子どもたちにつたえたい傑作選) 2024年7月

世界の物語＞グリム童話＞グリム童話一般

「グリム童話：こどもと大人のためのメルヘン」グリム著;西本鶏介文・編;藤田新策装丁・さし絵 ポプラ社(子どもたちにつたえたい傑作選) 2024年7月

「ねえねえ、きょうのおはなしは……：世界の楽しいむかしばなし」大塚勇三再話・訳;PEIACO画 福音館書店 2024年1月

世界の物語＞西遊記

「ふしぎな図書館と消えた西遊記—ストーリーマスターズ；5」廣嶋玲子作;江口夏実絵 講談社 2024年3月

「西遊記」武田雅哉訳;トミイマサコ絵 小学館(小学館世界J文学館セレクション) 2024年11月

「西遊記. 16—斉藤洋の西遊記シリーズ；16」呉承恩作;斉藤洋文;広瀬弦絵 理論社 2024年3月

世界の物語＞三国志

「三国志. 10」小前亮文;中山けーしょー絵 静山社(静山社ペガサス文庫) 2024年4月

「三国志. 9」小前亮文;中山けーしょー絵 静山社(静山社ペガサス文庫) 2024年2月

世界の物語＞シンデレラ

「シンデレラのおねえさん—飛ぶ教室の本」おくはらゆめ文・絵 光村図書出版 2024年4月

世界の物語＞シンドバッドの冒険

「はじめて読むがいこくの物語. 1年生」横山洋子監修 Gakken(よみとく10分) 2024年3月

世界の物語＞世界の物語一般

「おはなしのろうそく. 34」東京子ども図書館編 東京子ども図書館 2024年8月

「かけがえのない贈りものGift：名作クリスマス童話集」小松原宏子文;矢島あづさ絵 いのちのことば社フォレストブックス(Forest Books) 2024年12月

「かこさとし童話集. 10」かこさとし作・絵 偕成社 2024年3月

「かこさとし童話集. 9」かこさとし作・絵 偕成社 2024年3月

「ギリシャ語通訳—名探偵シャーロック・ホームズ」コナン・ドイル作;小林司;東山あかね訳;猫野クロ絵 金の星社 2024年12月

「クリスマス・キャロル」チャールズ・ディケンズ;オスカー・ワイルド作;村岡花子作・訳;村岡美枝;村岡恵理訳編集 講談社 2024年10月

「クリスマスに読みたい10のおはなし」神戸万知編著 成美堂出版 2024年11月

「グロリア・スコット号事件―名探偵シャーロック・ホームズ」コナン・ドイル作;小林司;東山あかね訳;猫野クロ絵 金の星社 2024年2月

「スリーピー・ホローの伝説」ワシントン・アーヴィング作;齊藤昇訳;アンヴィル奈宝子絵 鳥影社 2024年10月

「ディズニープリンセスなんども読みたい13人のおはなし」講談社編;駒田文子構成・文 講談社 2024年10月

「ドリトル先生大航海記―10歳までに読みたい世界名作 ; 31」ヒュー・ロフティング作;那須田淳編訳;脚次郎絵 Gakken 2024年6月

「トルストイ童話集」トルストイ原著;水谷まさる編・譯 富山房企畫 冨山房インターナショナル 2024年8月

「ねえねえ、きょうのおはなしは……：世界の楽しいむかしばなし」大塚勇三再話・訳;PEIACO画 福音館書店 2024年1月

「はじめて読むがいこくの物語. 1年生」横山洋子監修 Gakken(よみとく10分) 2024年3月

「はじめて読む外国の物語. 2年生」横山洋子監修 Gakken(よみとく10分) 2024年3月

「はじめて読む外国の物語. 3年生」横山洋子監修 Gakken(よみとく10分) 2024年9月

「バスカヴィル家の犬―名探偵シャーロック・ホームズ」コナン・ドイル作;小林司;東山あかね訳;猫野クロ絵 金の星社 2024年6月

「ひまな王女さま」きたがわ雅子著 文芸社 2024年6月

「フランダースの犬―ビジュアル特別版」ウィーダ原作;森山京文;いせひでこ絵 世界文化社 2024年7月

「ボヘミアの醜聞―名探偵シャーロック・ホームズ」コナン・ドイル作;小林司;東山あかね訳;猫野クロ絵 金の星社 2024年8月

「まだらのひも―名探偵シャーロック・ホームズ」コナン・ドイル作;小林司;東山あかね訳;猫野クロ絵 金の星社 2024年7月

「一生役立つ〈自信〉が身につく!ひらがな名作」齋藤孝監修 日本図書センター 2024年10月

「花よめ失そう事件―名探偵シャーロック・ホームズ」コナン・ドイル作;小林司;東山あかね訳;猫野クロ絵 金の星社 2024年2月

「恐怖の谷―名探偵シャーロック・ホームズ」コナン・ドイル作;小林司;東山あかね訳;猫野クロ絵 金の星社 2024年3月

「黒猫：ポー短編集―ホラー・クリッパー」エドガー・アラン・ポー原作;にかいどう青文;スカイエマ絵 ポプラ社 2024年2月

「最後の授業 = La Dernière Classe：ドーデショートセレクション―世界ショートセレクション ; 25」アルフォンス・ドーデ作;平岡敦訳;ヨシタケシンスケ画 理論社 2024年3月

「星の王子さま」アントワーヌ・ド・サン=テグジュペリ著;青木智美訳 玄光社 2024年10月

「星の王子さま：新訳：王子さまがくれたバトン」サン=テグジュペリ;詩月心訳 学術研究出版 2024年4月

「青いガーネット―名探偵シャーロック・ホームズ」コナン・ドイル作;小林司;東山あかね訳;猫野クロ絵 金の星社 2024年3月

「赤毛組合―名探偵シャーロック・ホームズ」コナン・ドイル作;小林司;東山あかね訳;猫野クロ絵 金の星社 2024年3月

「二つの顔を持つ男―名探偵シャーロック・ホームズ」コナン・ドイル作;小林司;東山あかね訳;猫野クロ絵 金の星社 2024年11月

「秘密の花園」F.H.バーネット作;脇明子訳 教文館 2024年3月

「緋色の習作―名探偵シャーロック・ホームズ」コナン・ドイル作;小林司;東山あかね訳;猫野クロ絵 金の星社 2024年1月

世界の物語＞ピーターパン

「ピーター・パン：ミナリマ・デザイン版」J.M.バリ作;MINALIMAブックデザイン&イラスト;小松原宏子訳 静山社 2024年11月

世界の物語＞美女と野獣

「ビューティ&ビースト：野獣に呪いをかけた魔女がベルの母親だった〈もしも〉の世界. 下―ディズニーツイステッドテール. ゆがめられた世界」リズ・ブラスウェル著;池本尚美訳 Gakken 2024年10月

「ビューティ&ビースト：野獣に呪いをかけた魔女がベルの母親だった〈もしも〉の世界. 上―ディズニーツイステッドテール. ゆがめられた世界」リズ・ブラスウェル著;池本尚美訳 Gakken 2024年10月

窃盗、万引き、強盗

「イケメン深海魚は知っている―探偵チームKZ事件ノート」藤本ひとみ原作;住滝良文;駒形絵 講談社(講談社青い鳥文庫) 2024年9月

「ノトーリアス―スカーレット&ブラウン；2」ジョナサン・ストラウド著;金原瑞人;松山美保訳 静山社 2024年2月

「ぼくらナイトバス・ヒーロー」オンジャリQ.ラウフ作;久保陽子訳 静山社 2024年6月

「華麗なる探偵アリス&ペンギン. [24]」南房秀久著;あるやイラスト 小学館(小学館ジュニア文庫) 2024年10月

「日本一周ナゾトキ珍道中：5分でスカッとする結末. 西日本編」粟生こずえ著 講談社 2024年10月

選挙、投票

「ティアムーン帝国物語：断頭台から始まる、姫の転生逆転ストーリー. 6」 餅月望作;U35絵;Gilseキャラクター原案 TOブックス(TOジュニア文庫) 2024年9月

「プリンセス・ダイアリー = The Princess Diaries. 6」 メグ・キャボット著;代田亜香子訳 静山社 2024年8月

選択

「5分間思考実験ストーリー：キミの答えで結末が変わる. 未来編」 北村良子著;あすぱら絵 幻冬舎 2024年12月

「ギリギリチョイス天国か?地獄か?：選択型ショート・ストーリー」 粟生こずえ著;eskイラスト ポプラ社 2024年8月

「幽霊屋敷予定地―怪ぬしさまシリーズ」 地図十行路著;ニナハチ絵 朝日新聞出版(ナゾノベル) 2024年7月

捜査、捜索、潜入

「STAR WARSハイ・リパブリック：ミッドナイト・ホライズン. 下」 ダニエル・ホセ・オールダー著;稲村広香訳 Gakken 2024年5月

「STAR WARSハイ・リパブリック：ミッドナイト・ホライズン. 上」 ダニエル・ホセ・オールダー著;稲村広香訳 Gakken 2024年5月

「アポロンと5つの神託. 3-下―パーシー・ジャクソンとオリンポスの神々 ; シーズン3」 リック・リオーダン作;金原瑞人;小林みき訳 静山社(静山社ペガサス文庫) 2024年1月

「アポロンと5つの神託. 5-下―パーシー・ジャクソンとオリンポスの神々 ; シーズン3」 リック・リオーダン作;金原瑞人;小林みき訳 静山社(静山社ペガサス文庫) 2024年5月

「スパイガール!：ミッションは御曹司のボディーガード!?」 相川真作;葛西尚絵 集英社(集英社みらい文庫) 2024年7月

「トップ・シークレット. 8」 あんのまる作;シソ絵 KADOKAWA(角川つばさ文庫) 2024年11月

「ふしぎな図書館とクリスマス大決戦―ストーリーマスターズ ; 6」 廣嶋玲子作;江口夏実絵 講談社 2024年11月

「プロジェクト・モリアーティ = PROJECT MORIARTY：絶対に成績が上がる塾. 01」 斜線堂有紀著;kaworu絵 朝日新聞出版(ナゾノベル) 2024年4月

「プロジェクト・モリアーティ = PROJECT MORIARTY. 02」 斜線堂有紀著;kaworu絵 朝日新聞出版(ナゾノベル) 2024年12月

「ペット探偵事件ノート = Pet Detective Case Notebook：消えたまいごねこをさがせ」 赤羽じゅんこ作;中田いくみ絵 講談社(わくわくライブラリー) 2024年4月

「ボヘミアの醜聞―名探偵シャーロック・ホームズ」コナン・ドイル作;小林司;東山あかね訳;猫野クロ絵 金の星社 2024年8月

「華麗なる探偵アリス&ペンギン. [23]」南房秀久著;あるやイラスト 小学館(小学館ジュニア文庫) 2024年2月

「恐怖の谷―名探偵シャーロック・ホームズ」コナン・ドイル作;小林司;東山あかね訳;猫野クロ絵 金の星社 2024年3月

「二人と一匹の本格捜査ミステリー. 2―文研じゅべにーる」村松由紀子作;ao絵 文研出版 2024年4月

遭難、漂流

「6days遭難者たち」安田夏菜著 講談社 2024年5月

「ラッキーボトル号の冒険」クリス・ウォーメル作;柳井薫訳 徳間書店 2024年5月

「レッツゴー!まいぜんシスターズ. [3]」石崎洋司文;佐久間さのすけ絵 ポプラ社(ポプラキミノベル) 2024年7月

対立、抵抗

「アマリとグレイトゲーム. 下」B.B.オールストン作;橋本恵訳 小学館 2024年11月

「スクール・フォー・グッド・アンド・イービル. 2」ソマン・チャイナニ著;金原瑞人;小林みき訳 すばる舎 2024年12月

「ふたごの最強総長さまが甘々に独占してくる〈汗〉―取り扱い注意最強男子シリーズ」みゅーな**著;久我山ぼん絵 スターツ出版(野いちごジュニア文庫) 2024年11月

「プリンセス・ダイアリー = The Princess Diaries. 6」メグ・キャボット著;代田亜香子訳 静山社 2024年8月

「ミリとふしぎなクスクスさん : パスタの国の革命―GO!GO!ブックス ; 7」戸森しるこ作;木村いこ絵 ポプラ社 2024年3月

「真実の口」いとうみく著 講談社 2024年4月

脱出、逃亡、脱走

「SCPハンター : シャイガイを確保せよ!」黒史郎作;古澤あつし絵 ポプラ社(ポプラキミノベル) 2024年12月

「あいだのわたし―STAMP BOOKS」ユリア・ラビノヴィチ作;細井直子訳 岩波書店 2024年8月

「アフェイリア国とメイドと最高のウソ」ジェラルディン・マコックラン著;大谷真弓訳 小学館 2024年1月

「にげだしたガイコツくん」斎藤菖子え・ぶん 文芸社 2024年7月

「ノトーリアス―スカーレット&ブラウン ; 2」 ジョナサン・ストラウド著;金原瑞人;松山美保訳 静山社 2024年2月

「ハリー・ポッターとアズカバンの囚人. 3-1―ハリー・ポッター ; 5」 J.K.ローリング作;松岡佑子訳 静山社(静山社ペガサス文庫) 2024年7月

「ぼくらの魔大戦」 宗田理作;YUME絵 KADOKAWA(角川つばさ文庫) 2024年8月

「リアル鬼ごっこファイナル. 下」 江坂純著;山田悠介原案・監修;さくしゃ2イラスト 小学館(小学館ジュニア文庫) 2024年11月

「リアル鬼ごっこファイナル. 上」 江坂純著;山田悠介原案・監修;さくしゃ2イラスト 小学館(小学館ジュニア文庫) 2024年7月

「レッツゴー!まいぜんシスターズ. [3]」 石崎洋司文;佐久間さのすけ絵 ポプラ社(ポプラキミノベル) 2024年7月

「闇に願いを」 クリスティーナ・スーントーンヴァット著;こだまともこ;辻村万実訳 静山社 2024年3月

「科学探偵vs.不死身の黒魔術師―科学探偵謎野真実シリーズ」 佐東みどり;石川北二;木滝りま;田中智章作;kotona絵 朝日新聞出版 2024年2月

「行く手、はるかなれど : グスタフ・ヴァーサ物語」 菱木晃子作 徳間書店 2024年1月

「資料室の日曜日 : にげたひこぼしをさがせ!」 村上しいこ作;田中六大絵 講談社(わくわくライブラリー) 2024年5月

「世界一クラブ. [19]」 大空なつき作;明菜絵 KADOKAWA(角川つばさ文庫) 2024年8月

「青鬼調査クラブ. 9」 noprops;黒田研二原作;波摘著;鈴羅木かりんイラスト PHP研究所(PHPジュニアノベル) 2024年3月

「脱獄サバイバル」 cheeery著;狐火絵 スターツ出版(野いちごジュニア文庫) 2024年10月

「地球発!アストロアカデミー : うらぎり者はだれだ!?月からの大脱出!」 天川栄人作;ゆうち巳くみ絵 集英社(集英社みらい文庫) 2024年3月

「超一流インストール : プロの力で大事件解決!?」 吹井乃菜作;逢坂レイ絵 KADOKAWA(角川つばさ文庫) 2024年1月

「僕のヒーローアカデミアTHE MOVIEユアネクスト : ノベライズみらい文庫版」 堀越耕平原作/総監修/キャラクター原案;小川彗著;黒田洋介脚本 集英社(集英社みらい文庫) 2024年8月

「無人島からの裏切り脱出ゲーム」 蜂賀三月著;葛西尚絵 スターツ出版(野いちごジュニア文庫) 2024年3月

「命をつないだ路面電車」 テア・ランノ著;関口英子;山下愛純訳 小学館 2024年7月

「裏水族館からの脱出ゲーム」 cheeery作;ぴろ瀬絵 ポプラ社(ポプラキミノベル) 2024年4月

探検

「私立探検家学園. 5」斉藤倫著;桑原太矩画 福音館書店 2024年9月

ダンジョン、迷宮

「アポロンと5つの神託. 3-上―パーシー・ジャクソンとオリンポスの神々 ; シーズン3」リック・リオーダン作;金原瑞人;小林みき訳 静山社(静山社ペガサス文庫) 2024年1月

「青鬼. [13]」noprops原作;黒田研二著;鈴羅木かりんイラスト PHP研究所(PHPジュニアノベル) 2024年8月

「転生したらスライムだった件. 10[中]」伏瀬作;もりょ絵;みっつばーキャラクター原案 マイクロマガジン社(かなで文庫) 2024年1月

「白豚貴族ですが前世の記憶が生えたのでひよこな弟育てます. 3」やしろ作;玖珂つかさ絵;keepoutキャラクター原案 TOブックス(TOジュニア文庫) 2024年4月

「白豚貴族ですが前世の記憶が生えたのでひよこな弟育てます. 4」やしろ作;玖珂つかさ絵 TOブックス(TOジュニア文庫) 2024年8月

「迷宮教室. [11]」あいはらしゅう作;肘原えるぼ絵 集英社(集英社みらい文庫) 2024年1月

チート

「ほっといて下さい : 従魔とチートライフ楽しみたい! 4」三園七詩作;あめや絵 アルファポリス星雲社(アルファポリスきずな文庫) 2024年1月

調査

「STAR WARSハイ・リパブリック : ミッドナイト・ホライズン. 下」ダニエル・ホセ・オールダー著;稲村広香訳 Gakken 2024年5月

「STAR WARSハイ・リパブリック : ミッドナイト・ホライズン. 上」ダニエル・ホセ・オールダー著;稲村広香訳 Gakken 2024年5月

「アメリカから来た友情人形」今関信子作;双森文絵 新日本出版社 2024年8月

「こちら、ヒミツのムー調査団! 2」大久保開作;ゆえ絵;ムー編集部監修 Gakken 2024年2月

「こちら、ヒミツのムー調査団! 3」大久保開作;ゆえ絵;ムー編集部監修 Gakken 2024年7月

「ネコがおどれば、鬼が来る!―ホオズキくんのオバケ事件簿 ; 7」富安陽子作;小松良佳絵 ポプラ社 2024年9月

「ぼくの町の妖怪―休み時間で完結パステルショートストーリー ; Light Brown」野泉マヤ作;TAKA絵 国土社 2024年2月

「まだらのひも―名探偵シャーロック・ホームズ」コナン・ドイル作;小林司;東山あかね訳;猫野クロ絵 金の星社 2024年7月

「ムーミン谷の彗星」トーベ・ヤンソン著;下村隆一訳 講談社 2024年7月

「ラジコン大海獣―水木しげるのおばけ学校 ; 12」 水木しげる著 ポプラ社 2024年9月

「出来損ないと呼ばれた元英雄は、実家から追放されたので好き勝手に生きることにした. 2」 紅月シン作;柚希きひろ絵;ちょこ庵キャラクター原案 TOブックス(TOジュニア文庫) 2024年3月

「青鬼調査クラブ. 9」 noprops;黒田研二原作;波摘著;鈴羅木かりんイラスト PHP研究所(PHPジュニアノベル) 2024年3月

「赤毛組合―名探偵シャーロック・ホームズ」 コナン・ドイル作;小林司;東山あかね訳;猫野クロ絵 金の星社 2024年3月

「半妖リサーチ! 1」 秋木真作;灰色ルト絵 ポプラ社(ポプラキミノベル) 2024年3月

「半妖リサーチ! 2」 秋木真作;灰色ルト絵 ポプラ社(ポプラキミノベル) 2024年8月

「迷路探偵ピエール : 怪盗Xの挑戦状」 カミガキヒロフミ;IC4DESIGN原作;糸海みん著 永岡書店 2024年4月

挑戦

「あすなろ小学校は今日もにぎやか」 白鳥樹一郎作;菊地敏明表紙デザイン・絵 阿古耶書房 2024年10月

「エトワール! 14」 梅田みか作;結布絵 講談社(講談社青い鳥文庫) 2024年7月

「エトワール! 15」 梅田みか作;結布絵 講談社(講談社青い鳥文庫) 2024年12月

「おしりたんていあらたなるかいとう―おしりたんていシリーズ. おしりたんていファイル ; 11」 トロルさく・え ポプラ社 2024年3月

「おすしかめんサーモンスペシャル : お話・まんがもりあわせ」 土門トキオさく;川崎タカオえ Gakken 2024年6月

「カトーレンの王」 ヤン・テルラウ作;西村由美訳;にしざかひろみ絵 小学館(小学館世界J文学館セレクション) 2024年11月

「クラス崩壊すごろくゲーム」 野月よひら著;なこ絵 スターツ出版(野いちごジュニア文庫) 2024年12月

「ちいさなちょうせん」 河田由紀子著 文芸社 2024年8月

「ハリー・ポッターと炎のゴブレット. 4-3―ハリー・ポッター ; 9」 J.K.ローリング作;松岡佑子訳 静山社(静山社ペガサス文庫) 2024年8月

「ひみつの小学生探偵. 3」 チームD編;NOEYEBROW絵 Gakken 2024年8月

「ふたごチャレンジ! 7」 七都にい作;しめ子絵 KADOKAWA(角川つばさ文庫) 2024年3月

「七月の波をつかまえて―STAMP BOOKS」 ポール・モーシャー作;代田亜香子訳 岩波書店 2024年6月

「絶望鬼ごっこ. [24]」 針とら作;みもり絵 集英社(集英社みらい文庫) 2024年7月

「僕たちは星屑でできている―STAMP BOOKS」マンジート・マン作;長友恵子訳 岩波書店 2024年1月

追跡、尾行

「怖い標識デスゲーム―5分シリーズ+」藤白圭著;トミイマサコイラスト 河出書房新社 2024年10月

追放

「ハルカの世界」小森香折作;さとうゆうすけ絵 BL出版 2024年12月

「出来損ないと呼ばれた元英雄は、実家から追放されたので好き勝手に生きることにした. 2」紅月シン作;柚希きひろ絵;ちょこ庵キャラクター原案 TOブックス(TOジュニア文庫) 2024年3月

出会い

「あの星が降る丘で、君とまた出会いたい。」汐見夏衛著;三湊かおり絵 スターツ出版(野いちごジュニア文庫) 2024年8月

「エマはみならいマーメイド. 4」ミランダ・ジョーンズ作;浜崎絵梨訳;谷朋絵 ポプラ社 2024年12月

「カゲキリムシ」西沢杏子作;山口まさよし絵 てらいんく 2024年6月

「ジョン」エマニュエル・ブルディエ著;平岡敦訳 あすなろ書房 2024年2月

「ボンジュール,トゥール」ハンユンソブ著;キムジナ絵;呉華順訳 影書房 2024年2月

「みつばの郵便屋さん = Mitsuba's Postman. 5―小野寺史宜の「みつばの郵便屋さん」シリーズ ; 5」小野寺史宜著 ポプラ社 2024年9月

「るりのワンピース」花里真希作;北見葉胡絵 講談社 2024年4月

「レベッカの見上げた空」マシュー・フォックス作;堀川志野舞訳 静山社 2024年2月

「劇場版レッツゴー!まいぜんシスターズ : 家族再会」石崎洋司文;林佳里絵 ポプラ社(ポプラキミノベル+) 2024年11月

「光の粒が舞いあがる」蒼沼洋人著 PHP研究所(カラフルノベル) 2024年7月

「直紀とふしぎな庭」山下みゆき作;もなか絵 静山社 2024年1月

「電子仕掛けのラビリンス」石川宏千花作 理論社 2024年3月

「答えは旅の中にある」小手鞠るい著 あすなろ書房 2024年1月

「童話のレストラン」富田まほ著 文芸社 2024年8月

「余命88日の僕が、同じ日に死ぬ君と出会った話―森田碧の「よめぼく」シリーズ ; 4」森田碧著 ポプラ社 2024年9月

「余命一年と宣告された僕が、余命半年の君と出会った話：Ayaka's story―森田碧の「よめぼく」シリーズ；2」森田碧著 ポプラ社 2024年9月

「余命半年、きみと一生分の恋をした。」みなと著;Sakura絵 スターツ出版(野いちごジュニア文庫) 2024年9月

天国、極楽

「感動の童話五つの奇跡」にしぶのりあき著 パレード 星雲社(Parade Books) 2024年3月

「天国の犬ものがたり. [16]」堀田敦子原作;藤咲あゆな著;環方このみイラスト 小学館(小学館ジュニア文庫) 2024年2月

転生、転移、よみがえり、リプレイ

「〈推しの子〉-The Final Act-：映画ノベライズみらい文庫版」赤坂アカ;横槍メンゴ原作;はのまきみ著;北川亜矢子脚本 集英社(集英社みらい文庫) 2024年12月

「〈推しの子〉まんがノベライズ：アクアとルビー、運命のはじまり」赤坂アカ;横槍メンゴ原作/絵;はのまきみ著 集英社(集英社みらい文庫) 2024年8月

「〈推しの子〉まんがノベライズ. [2]」赤坂アカ;横槍メンゴ原作/絵;はのまきみ著 集英社(集英社みらい文庫) 2024年11月

「カラフル = Colorful」森絵都著;カシワイ画 文藝春秋 2024年7月

「ティアムーン帝国物語：断頭台から始まる、姫の転生逆転ストーリー. 6」餅月望作;U35絵;Gilseキャラクター原案 TOブックス(TOジュニア文庫) 2024年9月

「転生魔王のネット戦略. 1」ないとーえみ作;しらたま絵 JTBパブリッシング 2024年12月

ドキュメント

「5万年後に意外な結末：プロメテウスの紅蓮の炎―「5分後に意外な結末」シリーズ」桃戸ハル編著;usi絵 Gakken 2024年8月

「ジョン」エマニュエル・ブルディエ著;平岡敦訳 あすなろ書房 2024年2月

「聖女様だった浅舞村の忠猫の物語」石原祁子文;石原法子画 イズミヤ出版 2024年3月

「北緯44度浩太の夏：ぼくらは戦争を知らなかった」有島希音作;ゆの絵 岩崎書店 2024年5月

「名探偵コナンの暗号博士 = DETECTIVE CONAN DOCTOR OF CRYPTOGRAPHY―BIG KOROTAN. まんがで学べる!コナン博士シリーズ」青山剛昌原作;情報通信研究機構(NICT)サイバーセキュリティ研究所セキュリティ基盤研究室監修;石井じゅんのすけほかイラスト 小学館 2024年12月

仲直り

「おりひめ寮からごきげんよう. [2]」小湊悠貴作;なもり絵 集英社(集英社みらい文庫) 2024年7月

日常

「5分後に取り残されるラスト―5分シリーズ」 梨編著 河出書房新社 2024年10月

「おくりうた」 上宿歩文;坂道なつ絵 文芸社 2024年5月

「おじいちゃんの目ぼくの目」 パトリシア・マクラクラン作;若林千鶴訳;黒井健絵 リーブル 2024年7月

「かこさとし童話集. 8」 かこさとし作・絵 偕成社 2024年3月

「すきまのむこうがわ―休み時間で完結パステルショートストーリー ; Deep Red」 巣山ひろみ作;三上唯絵 国土社 2024年3月

「バッタマンション = MAISON DE GRASSHOPPER」 北川佳奈作;九ポ堂絵 アリス館 2024年9月

「ポケットの中の赤ちゃん」 宇野和子作・絵 復刊ドットコム 2024年5月

「銀の鈴ものがたりの小径届く : アンソロジー―年刊短編童話アンソロジー ; 第7回」 銀の鈴ものがたりの小径編集委員会編 銀の鈴社 2024年5月

「見えるもの見えないもの―翔の四季 ; 春」 斉藤洋作;いとうあつき絵 講談社 2024年4月

「歴史がおもしろい枕草子 = MAKURA-NO-SOSHI:HISTORY'S FASCINATING SIDE―ジュニア版名作に強くなる!」 清少納言著;時海結以著;赤間恵都子監修 世界文化社 2024年10月

日本の古典一般

「ほたる姫」 松田勉著 文芸社 2024年6月

「源氏物語 : 光る君とみやびなる姫たち」 紫式部作;藤咲あゆな訳;マルイノ絵 集英社(集英社みらい文庫) 2024年5月

「十四才の娘のための源氏物語 : いつの日か、君が原文に挑むことを願いつつ」 三輪純也著 銀河書籍 2024年10月

「日本の神々の物語」 小沢章友作;佐竹美保絵 講談社 2024年2月

「歴史がおもしろい枕草子 = MAKURA-NO-SOSHI:HISTORY'S FASCINATING SIDE―ジュニア版名作に強くなる!」 清少納言著;時海結以著;赤間恵都子監修 世界文化社 2024年10月

日本の物語＞芥川龍之介一般

「杜子春―スラよみ!日本文学名作シリーズ ; 1」 芥川龍之介作;松尾清貴現代語訳 理論社 2024年8月

日本の物語＞いっすんぼうし

「地頭がよくなり生きる力がつく日本の昔ばなし25」 高濱正伸監修 西東社 2024年6月

日本の物語＞江戸川乱歩一般

「人間椅子—スラよみ!日本文学名作シリーズ；2」江戸川乱歩作;川北亮司現代語訳 理論社 2024年9月

日本の物語＞したきりすずめ

「むかしむかしあるところに：たのしい日本のむかしばなし」竹中淑子;根岸貴子文;堀川理万子絵 徳間書店 2024年6月

日本の物語＞太宰治一般

「富嶽百景—スラよみ!日本文学名作シリーズ；4」太宰治作;黒野伸一現代語訳 理論社 2024年12月

日本の物語＞鳥のみじい

「むかしむかしあるところに：たのしい日本のむかしばなし」竹中淑子;根岸貴子文;堀川理万子絵 徳間書店 2024年6月

日本の物語＞日本の物語一般

「おにのおしごと」花野猫著 文芸社 2024年7月

「おはなしのろうそく. 34」東京子ども図書館編 東京子ども図書館 2024年8月

「かこさとし童話集. 10」かこさとし作・絵 偕成社 2024年3月

「かこさとし童話集. 7」かこさとし作/絵 偕成社 2024年2月

「かこさとし童話集. 8」かこさとし作・絵 偕成社 2024年3月

「こどもに聞かせる一日一話：「母の友」特選童話集. 2」福音館書店「母の友」編集部編 福音館書店 2024年6月

「さんごいろの雲」やえがしなおこ作;出口春菜絵 講談社(わくわくライブラリー) 2024年2月

「どろだんご小太郎」彩夏香 文芸社(文芸社セレクション) 2024年6月

「むかしむかしあるところに：たのしい日本のむかしばなし」竹中淑子;根岸貴子文;堀川理万子絵 徳間書店 2024年6月

「一生役立つ〈自信〉が身につく!ひらがな名作」齋藤孝監修 日本図書センター 2024年10月

「花と星とイルカと河童：吉尾令子童話集」吉尾令子 吉尾令子 熊日出版 2024年7月

「感動の童話五つの奇跡」にしぶのりあき著 パレード 星雲社(Parade Books) 2024年3月

「鬼八伝説」中村地平作;せきやよいイラスト ヒムカ出版 2024年5月

「丘修三児童文学作品集」丘修三著 国土社 2024年9月

「聖女様だった浅舞村の忠猫の物語」石原礼子文;石原法子画 イズミヤ出版 2024年3月

「地頭がよくなり生きる力がつく日本の昔ばなし25」高濱正伸監修 西東社 2024年6月

「童話のレストラン」富田まほ著 文芸社 2024年8月

「檸檬 = Lemon―エコトバ」梶井基次郎著;三永ワヲイラスト 文研出版 2024年6月

日本の物語>宮沢賢治一般

「サザンクロスクラブ」松田輝実著 文彩堂出版 2024年10月

「宮沢賢治童話集:雨ニモマケズ・風の又三郎など―100年読み継がれる名作」宮沢賢治著;日下明絵;小埜裕二監修 世界文化ブックス 世界文化社 2024年1月

日本の物語>椋鳩十一般

「椋鳩十童話集:大造じいさんとガン・マヤの一生など―100年読み継がれる名作」椋鳩十著;くぼあやこ絵;久保田里花監修 世界文化ブックス 世界文化社 2024年1月

日本の物語>ももたろう

「むかしむかしあるところに:たのしい日本のむかしばなし」竹中淑子;根岸貴子文;堀川理万子絵 徳間書店 2024年6月

「地頭がよくなり生きる力がつく日本の昔ばなし25」高濱正伸監修 西東社 2024年6月

日本の物語>森鷗外一般

「山椒大夫―スラよみ!日本文学名作シリーズ;3」森鷗外作;渡邉文幸現代語訳 理論社 2024年10月

入院

「きみの最後の笑顔を忘れない」cheeery著;ねこじし絵 スターツ出版(野いちごジュニア文庫)2024年5月

「折り紙のおばちゃん」平本やえこ著 文芸社 2024年2月

妊娠、出産

「〈推しの子〉まんがノベライズ:アクアとルビー、運命のはじまり」赤坂アカ;横槍メンゴ原作/絵;はのまきみ著 集英社(集英社みらい文庫)2024年8月

濡れ衣、冤罪

「ヤング・シャーロック・ホームズ:児童版. 3」アンドリュー・レーン作 静山社 ほるぷ出版 2024年2月

「高宮学園バスケ部の氷姫:愛されすぎのマネージャー生活、スタート!」*あいら*作;ムネヤマヨシミ絵 集英社(集英社みらい文庫)2024年10月

「日本一周ナゾトキ珍道中：5分でスカッとする結末. 西日本編」栗生こずえ著 講談社 2024年10月

農業

「ミルキーウェイ：竹雀農業高校牛部」堀米薫著 新日本出版社 2024年12月

「復活!まぼろしの小瀬菜だいこん―ステップノベル」野泉マヤ文;丹地陽子絵 文研出版 2024年8月

呪い、呪術、呪文、祟り

「Occult-オカルト-：闇とつながるSNS. 3」むくろ幽介文;icula本文イラスト 大泉書店 2024年7月

「キミが死ぬまで、あと5日：逃げられない呪いの動画」西羽咲花月著;黎絵 スターツ出版(野いちごジュニア文庫) 2024年6月

「シニカル探偵安土真 = CYnICAL DETECTIVE ADUCHI MAKOTO. 4」齊藤飛鳥作;十々夜絵 国土社 2024年7月

「セカイの千怪奇. 3」木滝りま;太田守信作 岩崎書店 2024年5月

「だるまさんがころんで」林けんじろう作 岩崎書店 2024年10月

「とけるとゾッとするこわい算数. 2」小林丸々作;亜樹新絵 ポプラ社(ポプラキミノベル) 2024年3月

「バスカヴィル家の犬―名探偵シャーロック・ホームズ」コナン・ドイル作;小林司;東山あかね訳;猫野クロ絵 金の星社 2024年6月

「バラの咲く日に：生きづらさの庭で」藤原千奈 文芸社 2024年4月

「ハリー・ポッターと死の秘宝. 7-1―ハリー・ポッター；17」J.K.ローリング作;松岡佑子訳 静山社(静山社ペガサス文庫) 2024年11月

「ハリー・ポッターと呪いの子：舞台脚本東京版―ハリー・ポッター；27」J.K.ローリング;ジョン・ティファニー;ジャック・ソーン原作;ジャック・ソーン脚本;小田島恒志;小田島則子;松岡佑子訳 静山社(静山社ペガサス文庫) 2024年7月

「ビューティ&ビースト：野獣に呪いをかけた魔女がベルの母親だった〈もしも〉の世界. 下―ディズニーツイステッドテール. ゆがめられた世界」リズ・ブラスウェル著;池本尚美訳 Gakken 2024年10月

「ビューティ&ビースト：野獣に呪いをかけた魔女がベルの母親だった〈もしも〉の世界. 上―ディズニーツイステッドテール. ゆがめられた世界」リズ・ブラスウェル著;池本尚美訳 Gakken 2024年10月

「レッツゴー!まいぜんシスターズ. [2]」石崎洋司文;佐久間さのすけ絵 ポプラ社(ポプラキミノベル) 2024年3月

「恐怖コレクター. 巻ノ23」佐東みどり;鶴田法男作;よん絵 KADOKAWA(角川つばさ文庫) 2024年5月

「呪いのゲームぷうけえ!―カドカワ読書タイム」中靍水雲著;長谷梨加イラスト KADOKAWA 2024年9月

「呪ワレタ少年. 2」佐東みどり;鶴田法男作;なこ絵 KADOKAWA(角川つばさ文庫) 2024年2月

「呪ワレタ少年. 3」佐東みどり;鶴田法男作;なこ絵 KADOKAWA(角川つばさ文庫) 2024年7月

「探偵七音はためらわない」秋木真作;ななミツ絵 KADOKAWA(角川つばさ文庫) 2024年6月

「謎が解けると怖いある学校の話:260字の戦慄〈闇〉体験―「怖い場所」超短編シリーズ」藤白圭著 主婦と生活社 2024年7月

「迷い沼の娘たち」ルーシー・ストレンジ作;中野怜奈訳 静山社 2024年11月

「訳ありイケメンと同居中です!!:推し活女子、俺様王子を拾う」東里胡著;八神千歳イラスト 小学館(小学館ジュニア文庫) 2024年10月

「竜が呼んだ娘. 1」柏葉幸子作;佐竹美保絵 講談社 2024年1月

「竜が呼んだ娘. 2」柏葉幸子作;佐竹美保絵 講談社 2024年3月

発明、モノづくり

「超一流インストール:プロの力で大事件解決!?」吹井乃菜作;逢坂レイ絵 KADOKAWA(角川つばさ文庫) 2024年1月

バトル、奇襲、戦闘、抗争

「STAR WARSハイ・リパブリック:ミッドナイト・ホライズン. 下」ダニエル・ホセ・オールダー著;稲村広香訳 Gakken 2024年5月

「STAR WARSハイ・リパブリック:ミッドナイト・ホライズン. 上」ダニエル・ホセ・オールダー著;稲村広香訳 Gakken 2024年5月

「アポロンと5つの神託. 4-下―パーシー・ジャクソンとオリンポスの神々;シーズン3」リック・リオーダン作;金原瑞人;小林みき訳 静山社(静山社ペガサス文庫) 2024年3月

「アポロンと5つの神託. 4-上―パーシー・ジャクソンとオリンポスの神々;シーズン3」リック・リオーダン作;金原瑞人;小林みき訳 静山社(静山社ペガサス文庫) 2024年3月

「アポロンと5つの神託. 5-下―パーシー・ジャクソンとオリンポスの神々;シーズン3」リック・リオーダン作;金原瑞人;小林みき訳 静山社(静山社ペガサス文庫) 2024年5月

「アポロンと5つの神託. 5-上―パーシー・ジャクソンとオリンポスの神々;シーズン3」リック・リオーダン作;金原瑞人;小林みき訳 静山社(静山社ペガサス文庫) 2024年5月

「おばけ宇宙大戦争―水木しげるのおばけ学校;4」水木しげる著 ポプラ社 2024年9月

「おれは太巻大左衛門―文研ブックランド」片平直樹作;高畠那生絵 文研出版 2024年7月

「オンライン! 26」雨蛙ミドリ作;大塚真一郎絵 KADOKAWA(角川つばさ文庫) 2024年4月

「オンライン! 27」雨蛙ミドリ作;大塚真一郎絵 KADOKAWA(角川つばさ文庫) 2024年5月

「シンカリオンチェンジザワールド : ノベライズ. 1」プロジェクトシンカリオン原作/監修;番棚葵著 集英社(集英社みらい文庫) 2024年6月

「シンカリオンチェンジザワールド : ノベライズ. 2」プロジェクトシンカリオン原作/監修;番棚葵著 集英社(集英社みらい文庫) 2024年10月

「ドラゴンドリル・ストーリー火山の竜王」大門櫻子作;天野英絵 Gakken 2024年6月

「フィリムの翼 = Wings of Philim : 飛空騎士の伝説. 下」小前亮作;鈴木康士画 静山社 2024年7月

「フィリムの翼 = Wings of Philim : 飛空騎士の伝説. 上」小前亮作;鈴木康士画 静山社 2024年7月

「ほたる姫」松田勉著 文芸社 2024年6月

「ミラキュラス : レディバグ&シャノワール : サンドボーイ」ZAG原作;東映アニメーション監修;井上亜樹子作 ポプラ社 2024年12月

「リセット. 5」如月ゆすら作;市井あさ絵 アルファポリス 星雲社(アルファポリスきずな文庫) 2024年2月

「レッツゴー!まいぜんシスターズ. [4]」石崎洋司文;佐久間さのすけ絵 ポプラ社(ポプラキミノベル) 2024年11月

「月の目と赤耳 : 老人ホームの二千年物語. 早春編」木村桂子著 鳥影社 2024年6月

「三国志. 10」小前亮文;中山けーしょー絵 静山社(静山社ペガサス文庫) 2024年4月

「三国志. 9」小前亮文;中山けーしょー絵 静山社(静山社ペガサス文庫) 2024年2月

「呪ワレタ少年. 3」佐東みどり;鶴田法男作;なこ絵 KADOKAWA(角川つばさ文庫) 2024年7月

「小説落第忍者乱太郎 : ドクタケ忍者隊最強の軍師」尼子騒兵衛原作・イラスト;阪口和久小説 朝日新聞出版(あさひコミックス) 2024年5月

「星のカービィ. メタナイトと魔石の怪物」高瀬美恵作;苅野タウ;ぽと絵 KADOKAWA(角川つばさ文庫) 2024年7月

「生き残りゲームラストサバイバル. [21]」大久保開作;北野詠一絵 集英社(集英社みらい文庫) 2024年8月

「絶望鬼ごっこ. [24]」針とら作;みもり絵 集英社(集英社みらい文庫) 2024年7月

「誰も知らないのら猫クロの小さな一生」なりゆきわかこ著;酒井以絵 Gakken 2024年7月

「転生したらスライムだった件. 10[下]」伏瀬作;もりょ絵;みっつばーキャラクター原案 マイクロマガジン社(かなで文庫) 2024年3月

「転生したらスライムだった件. 10[中]」 伏瀬作;もりょ絵;みっつばーキャラクター原案 マイクロマガジン社(かなで文庫) 2024年1月

「転生したらスライムだった件. 11[下]」 伏瀬作;もりょ絵 マイクロマガジン社(かなで文庫) 2024年9月

「不可説不可説転」 櫻船鐘寅著;柳屋本舗監修 トライ 2024年10月

「僕のヒーローアカデミアTHE MOVIEユアネクスト : ノベライズみらい文庫版」 堀越耕平原作/総監修/キャラクター原案;小川彗著;黒田洋介脚本 集英社(集英社みらい文庫) 2024年8月

「魔笛の調べ = A THUNDER OF MONSTERS. 3」 S.A.パトリック作;岩城義人訳 評論社 2024年3月

「妖怪大戦争―水木しげるのおばけ学校 ; 9」 水木しげる著 ポプラ社 2024年9月

「妖怪捕物帖×. 八眷伝篇3―ようかいとりものちょう ; 19」 大崎悌造作;ありがひとし画 岩崎書店 2024年8月

「蟲神器オリジナルノベル : 大逆転!カードバトル」 土橋真二郎著;トリル絵 集英社(集英社みらい文庫) 2024年7月

引きこもり、寄生

「引きこもり姉ちゃんのアルゴリズム推理」 井上真偽著;くろでこ絵 朝日新聞出版(ナゾノベル) 2024年12月

「出てこい、写楽! : 蔦重編集日記」 楠木誠一郎作;平沢下戸絵 静山社 2024年9月

悲劇、残酷

「かかし―あんずの本. 現代中国文学 ; 少年少女編」 葉聖陶著;福井ゆり子訳 尚斯国際出版社 日本出版制作センター 2024年3月

秘密、隠し事、秘話

「〈小説〉言えない秘密 = Secret」 時海結以著 講談社(講談社KK文庫) 2024年6月

「100億円求人 = 10,000,000,000 yen job offer」 あんのまる作;moto絵 KADOKAWA(KADOKAWA TSUBASA BOOKS) 2024年2月

「12音のブックトーク」 こまつあやこ作;友風子絵 あかね書房 2024年6月

「1話10分秘密文庫」 日本児童文芸家協会編 新星出版社 2024年11月

「5分後に世界が変わる : おどろいて最後は泣ける物語」 白井くもほか著;Lyon絵 スターツ出版(野いちごジュニア文庫) 2024年3月

「5分後に恋がはじまる―5分シリーズ」 似鳥鶏編著 河出書房新社 2024年10月

「6年2組なぞめいて―短編小学校 ; 5」 吉野万理子作;丹地陽子絵 静山社 2024年6月

「SOS部! 1」 くるたつむぎ作;朝日川日和絵 講談社(講談社青い鳥文庫) 2024年12月

「Sweet & Bitter : 甘いだけじゃない4つの恋のストーリー. [1]」 合田文監修;中島梨絵絵 岩崎書店 2024年11月

「Vチューバー探偵団 : 目指せ!登録者100万人」 木滝りま;舟崎泉美著;榎のと絵 朝日新聞出版(ナゾノベル) 2024年10月

「アオハル100% : 行動しないと青春じゃないぜ」 無月蒼作;水玉子絵 KADOKAWA(角川つばさ文庫) 2024年10月

「イケメン深海魚は知っている―探偵チームKZ事件ノート」 藤本ひとみ原作;住滝良文;駒形絵 講談社(講談社青い鳥文庫) 2024年9月

「うどんねこ. 2―どどんと!うどんねこ ; 2」 スケラッコさく・え ポプラ社 2024年8月

「オンライン! 26」 雨蛙ミドリ作;大塚真一郎絵 KADOKAWA(角川つばさ文庫) 2024年4月

「かなたのif」 村上雅郁作 フレーベル館(フレーベル館文学の森) 2024年6月

「かわいいわたしのFe―文研じゅべにーるYA」 神戸遥真作;はーみん絵 文研出版 2024年6月

「きみと100年分の恋をしよう. [12]」 折原みと作;フカヒレ絵 講談社(講談社青い鳥文庫) 2024年3月

「きみの声を聴かせてよ! : 氷王子の裏の顔はイケボな配信者!?」 甘水さら作;瀬川あや絵 集英社(集英社みらい文庫) 2024年8月

「グレッグのダメ日記 : すごいひみつ―グレッグのダメ日記 ; 19」 ジェフ・キニー作;中井はるの訳 ポプラ社 2024年11月

「コスモ★スケッチ. [3]」 琴織ゆき作;そと絵 集英社(集英社みらい文庫) 2024年6月

「こそあどの森のないしょの時間 : Other Stories of the Kosoado Woods―こそあどの森の物語」 岡田淳作 理論社 2024年5月

「こそあどの森のひみつの場所 : Other Stories of the Kosoado Woods―こそあどの森の物語」 岡田淳作 理論社 2024年10月

「この恋は、ぜったいヒミツ。. [4]」 このはなさくら著;遠山えま絵 スターツ出版(野いちごジュニア文庫) 2024年4月

「ショコラ・アソート : あの子からの贈りもの」 村上雅郁作 フレーベル館(フレーベル館文学の森) 2024年12月

「スラムに水は流れない」 ヴァルシャ・バジャージ著;村上利佳訳 あすなろ書房 2024年4月

「ぜったいヒミツの両想い. [3]」 神戸遥真作;千秋りえ絵 講談社(講談社青い鳥文庫) 2024年4月

「ときめき虹色ライフ : ないしょで子どもぐらしはじめます! 1」 皐月なおみ作;森乃なっぱ絵 アルファポリス 星雲社(アルファポリスきずな文庫) 2024年4月

「ときめき虹色ライフ. 2」 皐月なおみ作;森乃なっぱ絵 アルファポリス 星雲社(アルファポリスきずな文庫) 2024年9月

「トップ・シークレット. 6」あんのまる作;シソ絵 KADOKAWA(角川つばさ文庫) 2024年1月

「となりのふたごは闇使い」緑川聖司作;三湊かおり絵 ポプラ社(ポプラキミノベル) 2024年1月

「ハリー・ポッターと謎のプリンス. 6-2—ハリー・ポッター ; 15」J.K.ローリング作;松岡佑子訳 静山社(静山社ペガサス文庫) 2024年10月

「ハリー・ポッターと謎のプリンス. 6-3—ハリー・ポッター ; 16」J.K.ローリング作;松岡佑子訳 静山社(静山社ペガサス文庫) 2024年10月

「ハリー・ポッターと秘密の部屋. 2-2—ハリー・ポッター ; 4」J.K.ローリング作;松岡佑子訳 静山社(静山社ペガサス文庫) 2024年6月

「ハリー・ポッターと不死鳥の騎士団. 5-4—ハリー・ポッター ; 13」J.K.ローリング作;松岡佑子訳 静山社(静山社ペガサス文庫) 2024年9月

「ひな祭り」くどうてるこ著 文芸社 2024年10月

「ひみつのとっくん」工藤純子作;田中六大絵 金の星社 2024年7月

「ひみつの小学生探偵. 3」チームD編;NOEYEBROW絵 Gakken 2024年8月

「ひみつの相関図ノート」望月麻衣ほか作;日本児童文芸家協会編 ポプラ社 2024年6月

「ふたりの秘密」斉藤栄美作;佐竹美保絵 金の星社 2024年10月

「みおちゃんも猫好きだよね?」神戸遥真作 金の星社 2024年7月

「ミヤモトさんちの4男子!? [2]」深海ゆずは作;かるき春絵 講談社(講談社青い鳥文庫) 2024年5月

「羽根にねがいを!」西沢杏子作;小松良佳絵 国土社 2024年2月

「科学でナゾとき! [4]」あさだりん作;佐藤おどり絵 偕成社(偕成社ノベルフリーク) 2024年7月

「恐竜博物館のひみつ—文研ステップノベル」別司芳子作;ながおかえつこ絵 文研出版 2024年7月

「好きでも嫌いなあまのじゃく」三國月々子文;YUME挿絵;柴山智隆;コロリド・ツインエンジン原作 KADOKAWA(角川つばさ文庫) 2024年5月

「最強総長さまは、女総長のわたしに溺愛全開!?」ふわ屋。著;あん豆絵 スターツ出版(野いちごジュニア文庫) 2024年6月

「最後の授業 = La Dernière Classe : ドーデショートセレクション—世界ショートセレクション ; 25」アルフォンス・ドーデ作;平岡敦訳;ヨシタケシンスケ画 理論社 2024年3月

「四つ子ぐらし. 19」ひのひまり作;佐倉おりこ絵 KADOKAWA(角川つばさ文庫) 2024年11月

「私立探検家学園. 4」斉藤倫著;桑原太矩画 福音館書店 2024年4月

「呪ワレタ少年. 2」佐東みどり;鶴田法男作;なこ絵 KADOKAWA(角川つばさ文庫) 2024年2月

「小説劇場版すとぷりはじまりの物語 : Strawberry School Festival!!!」柏原真人原作;江坂純著;STPRStudio監修 小学館(小学館ジュニア文庫) 2024年7月

「人気者男子のヒミツを知ったら、溺愛関係がはじまりました!」星乃びこ著;桂イチホ絵 スターツ出版(野いちごジュニア文庫) 2024年6月

「晴れ、ときどき雪」小手鞠るい作;松倉香子画 講談社 2024年10月

「絶命教室:怪人ミラーとの恐怖のゲーム. 3」ウェルザード作;赤身ふみお絵 アルファポリス 星雲社(アルファポリスきずな文庫) 2024年3月

「誰も知らない小さな魔法」大庭賢哉作・絵 静山社 2024年3月

「地味子の秘密。:学園の平和を守るはずが、イケメン王子に気に入られちゃった!? 1」牡丹杏著;ななミツ挿絵 スターツ出版(野いちごジュニア文庫) 2024年12月

「直紀とひみつの鏡池」山下みゆき作;もなか絵 静山社 2024年12月

「溺愛チャレンジ!:恋愛ぎらいな私が、学園のモテ男子と秘密の婚約!?」高杉六花著;いのうえひなこ絵 スターツ出版(野いちごジュニア文庫) 2024年3月

「天国までの49日間:最後の夏、君がくれた奇跡」櫻井千姫著;noka絵 スターツ出版(野いちごジュニア文庫) 2024年7月

「同居中の総長さま×4が距離感バグってます!」中小路かほ著;川名すず絵 スターツ出版(野いちごジュニア文庫) 2024年5月

「虹色ほたる:永遠の夏休み. 下」川口雅幸作;ちゃこたた絵 アルファポリス 星雲社(アルファポリスきずな文庫) 2024年7月

「虹色ほたる:永遠の夏休み. 上」川口雅幸作;ちゃこたた絵 アルファポリス 星雲社(アルファポリスきずな文庫) 2024年7月

「爆モテ男子からの「大好き」がとまりません!」ゆいっと著;覡あおひ絵 スターツ出版(野いちごジュニア文庫) 2024年5月

「秘密に満ちた魔石館. 5」廣嶋玲子作;佐竹美保絵 PHP研究所 2024年2月

「友だちは給食室のゆうれい」草野あきこ文;山田花菜絵 金の星社 2024年9月

「余命0日の僕が、死と隣り合わせの君と出会った話―森田碧の「よめぼく」シリーズ ; 5」森田碧著 ポプラ社 2024年9月

病気、怪我、医療

「きみと100年分の恋をしよう. [12]」折原みと作;フカヒレ絵 講談社(講談社青い鳥文庫) 2024年3月

「きみと100年分の恋をしよう. [13]」折原みと作;フカヒレ絵 講談社(講談社青い鳥文庫) 2024年8月

「きみの最後の笑顔を忘れない」cheeery著;ねこじし絵 スターツ出版(野いちごジュニア文庫) 2024年5月

「サキヨミ! 11」七海まち作;駒形絵 KADOKAWA(角川つばさ文庫) 2024年3月

「それでも私が、ホスピスナースを続ける理由―感動のお仕事シリーズ」ラプレツィオーサ伸子著 Gakken 2024年5月

「なかよしだいすきさ!」さとかずえ文・絵 文芸社 2024年5月

「マインクラフトはみだし探検隊クリーパーなんか怖くない」デライラ・S.ドーソン作;金原瑞人;松浦直美共訳 竹書房 2024年7月

「まじょのナニーさん石のまほうとミラクル☆ダンス」藤真知子作;はっとりななみ絵 ポプラ社 2024年6月

「一生に一度の「好き」を、全部きみに。」みなと著;三湊かおり絵 スターツ出版(野いちごジュニア文庫) 2024年1月

「一番星のキミに、恋するほどにせつなくて。」涙鳴著;丈ゆきみ絵 スターツ出版(野いちごジュニア文庫) 2024年12月

「犬にかまれたチイちゃん、動物のおいしゃさんになる」今西乃子作;あたちたち絵 岩崎書店 2024年7月

「犬の謎」マリオローディ作;ディレッタリベラーニ絵;平田真理訳 カジワラ書房 2024年10月

「桜の下、永遠の約束をしよう」折原みと著;葛西尚絵 スターツ出版(野いちごジュニア文庫) 2024年4月

「真夜中の4分後 = Four Minutes Past Midnight」コニー・パルムクイスト作;堀川志野舞訳;まめふく絵 静山社 2024年2月

「彼女たちのバックヤード」森埜こみち作 講談社 2024年1月

「余命0日の僕が、死と隣り合わせの君と出会った話―森田碧の「よめぼく」シリーズ ; 5」森田碧著 ポプラ社 2024年9月

「余命88日の僕が、同じ日に死ぬ君と出会った話―森田碧の「よめぼく」シリーズ ; 4」森田碧著 ポプラ社 2024年9月

「余命半年、きみと一生分の恋をした。」みなと著;Sakura絵 スターツ出版(野いちごジュニア文庫) 2024年9月

病気、怪我、医療＞心臓病

「余命一年と宣告された僕が、余命半年の君と出会った話―森田碧の「よめぼく」シリーズ ; 1」森田碧著 ポプラ社 2024年9月

病気、怪我、医療＞診療、治療、手術

「ゴール!おねしょにアシスト」井嶋敦子作;こばやしまちこ絵 国土社 2024年11月

「りりかさんのぬいぐるみ診療所. [4]」かんのゆうこ作;北見葉胡絵 講談社(わくわくライブラリー) 2024年4月

病気、怪我、医療＞認知症

「おばあちゃんのあかね色―こころのつばさシリーズ」 楠章子作;あわい絵 佼成出版社 2024年11月

「おばあちゃんのて」 沖野和子著 文芸社 2024年5月

「おばあちゃんの忘れもの探偵団」 織田祥代作;平出あや絵 OfficeOda 2024年1月

「マナティーがいた夏―ほるぷ読み物シリーズ. セカイへの窓」 エヴァン・グリフィス作;多賀谷正子訳 ほるぷ出版 2024年7月

病気、怪我、医療＞メンタルヘルス

「ダンス★フレンド」 カミラ・チェスター作;櫛田理絵訳;早川世詩男絵 小峰書店(ブルーバトンブックス) 2024年10月

「プラテーロとぼく」 フアン・ラモン・ヒメネス作;宇野和美訳;早川世詩男絵 小学館(小学館世界J文学館セレクション) 2024年11月

「わたしは食べるのが下手」 天川栄人作 小峰書店(Sunnyside Books) 2024年6月

復讐、逆襲、リベンジ

「〈推しの子〉-The Final Act-：映画ノベライズみらい文庫版」 赤坂アカ;横槍メンゴ原作;はのまきみ著;北川亜矢子脚本 集英社(集英社みらい文庫) 2024年12月

「イジメ返し：イジメっ子3人に仕返しします」 なぁな著;fuo絵 スターツ出版(野いちごジュニア文庫) 2024年8月

「ハロウィーンまで、まってなさい」 ミリアム・ヤング作;小宮由訳;平澤朋子絵 岩波書店 2024年9月

変身、変形、変装

「「歩」が「と」に大へんしん!」 川北亮司作;藤本四郎絵 汐文社 2024年8月

「TVシリーズ特別編集版名探偵コナンVS.怪盗キッド」 青山剛昌原作;宮下隼一脚本・構成;水稀しま著 小学館(小学館ジュニア文庫) 2024年1月

「エマはみならいマーメイド. 4」 ミランダ・ジョーンズ作;浜崎絵梨訳;谷朋絵 ポプラ社 2024年12月

「にじいろフェアリーしずくちゃん. 9」 ぎぼりつこ絵;友永コリエ作 岩崎書店 2024年6月

「ふしぎアイテム博物館：変身手紙・過去カメラほか」 星奈さき作;Lyon絵 KADOKAWA(角川つばさ文庫) 2024年4月

「ふしぎなフーセンガム―わくわくえどうわ」 麻生かづこ作;くすはら順子絵 文研出版 2024年1月

「ぼくがぼくに変身する方法」 やませたかゆき作;はせがわはっち絵 岩崎書店 2024年8月

「らくだい魔女と黒の城の王子」成田サトコ作;千野えなが絵 ポプラ社(ポプラポケット文庫) 2024年3月

「ララ姫はときどき☆こねこ. 5」みおちづる作;水玉子絵 Gakken 2024年7月

「レッツゴー!まいぜんシスターズ. [2]」石崎洋司文;佐久間さのすけ絵 ポプラ社(ポプラキミノベル) 2024年3月

「犬のふくびき」木内南緒作;よしむらめぐ絵 岩崎書店 2024年3月

「参上!ヌンチャクゴリラ」川之上英子;川之上健作;朝倉世界一絵 岩崎書店 2024年10月

「都道府県男子! 1」あさばみゆき著;いのうえひなこ;かわぐちけい絵 スターツ出版(野いちごジュニア文庫) 2024年9月

「変身:消えた少女と昆虫標本—文研ステップノベル」佐藤いつ子作;かない絵 文研出版 2024年5月

「名探偵コナン:怪盗キッドセレクション月下の幻像」酒井匙著;青山剛昌原作・イラスト 小学館(小学館ジュニア文庫) 2024年4月

「名探偵コナン100万ドルの五稜星」水稀しま著;青山剛昌原作;大倉崇裕脚本 小学館(小学館ジュニア文庫) 2024年4月

「名探偵コナン服部平次セレクション浪速の相棒」酒井匙著;青山剛昌原作・イラスト 小学館(小学館ジュニア文庫) 2024年5月

「名探偵コナン服部平次セレクション浪速の名探偵」酒井匙著;青山剛昌原作・イラスト 小学館(小学館ジュニア文庫) 2024年4月

冒険、旅

「あなたの国では = What's It Like Where You Live?」小手鞠るい著 さ・え・ら書房 2024年6月

「アポロンと5つの神託. 3-下—パーシー・ジャクソンとオリンポスの神々 ; シーズン3」リック・リオーダン作;金原瑞人;小林みき訳 静山社(静山社ペガサス文庫) 2024年1月

「アポロンと5つの神託. 3-上—パーシー・ジャクソンとオリンポスの神々 ; シーズン3」リック・リオーダン作;金原瑞人;小林みき訳 静山社(静山社ペガサス文庫) 2024年1月

「アポロンと5つの神託. 4-下—パーシー・ジャクソンとオリンポスの神々 ; シーズン3」リック・リオーダン作;金原瑞人;小林みき訳 静山社(静山社ペガサス文庫) 2024年3月

「アポロンと5つの神託. 4-上—パーシー・ジャクソンとオリンポスの神々 ; シーズン3」リック・リオーダン作;金原瑞人;小林みき訳 静山社(静山社ペガサス文庫) 2024年3月

「アポロンと5つの神託. 5-下—パーシー・ジャクソンとオリンポスの神々 ; シーズン3」リック・リオーダン作;金原瑞人;小林みき訳 静山社(静山社ペガサス文庫) 2024年5月

「アポロンと5つの神託. 5-上—パーシー・ジャクソンとオリンポスの神々 ; シーズン3」リック・リオーダン作;金原瑞人;小林みき訳 静山社(静山社ペガサス文庫) 2024年5月

「いばらの髪のノラ = thorn-haired Nora. 1」日向理恵子作;吉田尚令絵 童心社 2024年4月

「ウイングス・オブ・ファイア. 1」トゥイ・タマラ・サザーランド著;田内志文訳;山村れぇイラスト 平凡社 2024年7月

「ウイングス・オブ・ファイア. 2」トゥイ・タマラ・サザーランド著;田内志文訳;山村れぇイラスト 平凡社 2024年11月

「うどんねこ. 2―どどんと!うどんねこ ; 2」スケラッコさく・え ポプラ社 2024年8月

「エマはみならいマーメイド. 4」ミランダ・ジョーンズ作;浜崎絵梨訳;谷朋絵 ポプラ社 2024年12月

「エンジェリック・セボンスター. 1」菊田みちよ著 ポプラ社 2024年6月

「オーセッセン・ベーイプイプイの物語」麻野あさ著 文芸社 2024年5月

「オオルリ物語 = A tail of the blue bird. 第1部」前野佳彦絵と文 テクネ 2024年3月

「オリバーと金色の瞳. 上」栗須海作・絵 Rose of May 2024年5月

「おれは太巻大左衛門―文研ブックランド」片平直樹作;高畠那生絵 文研出版 2024年7月

「かいけつゾロリいただき!!なぞのどデカダイアモンド―かいけつゾロリシリーズ ; 75」原ゆたかさく・え ポプラ社(ポプラ社の新・小さな童話) 2024年12月

「キッズバースアドベンチャー = KIDSVERSE ADVENTURE―文研ブックランド」桐谷直文;雛川まつり画 文研出版 2024年7月

「クレクス先生のがいせん」ヤン・ブジェフファ ロッカクリエイト 2024年1月

「クレクス先生のふしぎな学園」ヤン・ブジェフファ ロッカクリエイト 2024年1月

「クレクス先生のふしぎな旅」ヤン・ブジェフファ ロッカクリエイト 2024年1月

「クロニクル千古の闇. 8」ミシェル・ペイヴァー作;さくまゆみこ訳 評論社 2024年8月

「ゴースト・イン・ザ・プリズム」黒田八束 Hibiuta and Company日々詩編集室 2024年11月

「こぎつねキッペのそらのたび」今村葦子作;降矢奈々絵 ポプラ社(子どもたちにつたえたい傑作選) 2024年4月

「シロガラス. 6」佐藤多佳子著 偕成社 2024年11月

「ステラとチョコレートの星のプリンセス―おはなしトントン」深谷しずく作;星谷ゆき絵 岩崎書店 2024年11月

「ちいちゃんのおもちゃたち : はなびのよるに」斉藤洋さく;武田美穂え 理論社 2024年11月

「ディズニー&ピクサー感動の名作ストーリー = Disney & Pixar Storybook Collection」ウォルト・ディズニー・カンパニー著;駒野谷理子訳 うさぎ出版 玄光社 2024年12月

「ドラゴンドリル・ストーリー火山の竜王」大門櫻子作;天野英絵 Gakken 2024年6月

「トラブル旅行社(トラベル). [3]」廣嶋玲子文;コマツシンヤ絵 金の星社 2024年1月

「ドリトル先生大航海記―10歳までに読みたい世界名作；31」ヒュー・ロフティング作;那須田淳編訳;脚次郎絵 Gakken 2024年6月

「にじいろフェアリーしずくちゃん. 9」ぎぼりつこ絵;友永コリエ作 岩崎書店 2024年6月

「はくたとおる童話集」はくたとおる 文芸社(文芸社セレクション) 2024年6月

「はじめて読む外国の物語. 2年生」横山洋子監修 Gakken(よみとく10分) 2024年3月

「ハリー・ポッターと死の秘宝. 7-2―ハリー・ポッター；18」J.K.ローリング作;松岡佑子訳 静山社(静山社ペガサス文庫) 2024年11月

「ハリー・ポッターと秘密の部屋. 2-1―ハリー・ポッター；3」J.K.ローリング作;松岡佑子訳 静山社(静山社ペガサス文庫) 2024年6月

「ピーター・パン：ミナリマ・デザイン版」J.M.バリ作;MINALIMAブックデザイン&イラスト;小松原宏子訳 静山社 2024年11月

「フィリムの翼 = Wings of Philim：飛空騎士の伝説. 下」小前亮作;鈴木康士画 静山社 2024年7月

「フィリムの翼 = Wings of Philim：飛空騎士の伝説. 上」小前亮作;鈴木康士画 静山社 2024年7月

「ふしぎな図書館と消えた西遊記―ストーリーマスターズ；5」廣嶋玲子作;江口夏実絵 講談社 2024年3月

「ふでばこのくにの冒険：ぼくを取りもどすために」村上しいこ作;岡本順絵 童心社 2024年2月

「ページズ書店の仲間たち. 3」アナ・ジェームス作;池本尚美訳;淵゛絵 文響社 2024年2月

「ペータヘンの月世界旅行」田村明一著 書肆盛林堂(盛林堂ミステリアス文庫 プレゼント叢書) 2024年3月

「ぼくらのイタリア(怪)戦争」宗田理作;YUME絵 KADOKAWA(角川つばさ文庫) 2024年3月

「ぼくらの魔大戦」宗田理作;YUME絵 KADOKAWA(角川つばさ文庫) 2024年8月

「ポケットの中の赤ちゃん」宇野和子作・絵 復刊ドットコム 2024年5月

「ほねほねザウルス. 29」カバヤ食品株式会社原案・監修;ぐるーぷ・アンモナイツ作・絵 岩崎書店 2024年7月

「ポロンと夢を叶える旅：小学生から始める資産運用」Hakuba著 東京図書出版 リフレ出版 2024年2月

「マインクラフトさいはての村」マックス・ブルックス作;北川由子訳 竹書房 2024年12月

「マインクラフトはみだし探検隊クリーパーなんか怖くない」デライラ・S.ドーソン作;金原瑞人;松浦直美共訳 竹書房 2024年7月

「マインクラフトレッドストーンの城」サルワット・チャダ作;北川由子訳 竹書房 2024年3月

「マメクジラくん、海へいく」山下明生文;村上康成絵 偕成社 2024年9月

「モアナと伝説の海2」エリザベス・ルドニック著;代田亜香子訳 小学館(小学館ジュニア文庫) 2024年12月

「もうひとつの『ピーター・パン』: キャプテン・フックの誕生―Disney VILLAINS」講談社編;ローリー・ラングドン著;岡田好惠訳 講談社(講談社KK文庫) 2024年5月

「やなせたかしの新アラビアンナイト. 3」やなせたかし著 クレヴィス 2024年3月

「ゆうやけトンボジェット―くもんの児童文学」吉野万理子作;村上幸織絵;二橋亮監修 くもん出版 2024年11月

「ヨタカの遺書」川崎浩作・絵 三恵社 2024年1月

「ラッキーボトル号の冒険」クリス・ウォーメル作;柳井薫訳 徳間書店 2024年5月

「リセット. 6」如月ゆすら作;市井あさ絵 アルファポリス 星雲社(アルファポリスきずな文庫) 2024年10月

「レッツゴー!まいぜんシスターズ. [4]」石崎洋司文;佐久間さのすけ絵 ポプラ社(ポプラキミノベル) 2024年11月

「机の下のウサキチ」岡田淳作 偕成社 2024年5月

「劇場版ACMA:GAME最後の鍵 : 映画ノベライズ」百舌涼一文;メーブ原作;恵広史作画;いずみ吉紘;谷口純一郎脚本 講談社(講談社KK文庫) 2024年9月

「劇場版レッツゴー!まいぜんシスターズ : 家族再会」石崎洋司文;林佳里絵 ポプラ社(ポプラキミノベル+) 2024年11月

「見つけ屋とお知らせ屋―十年屋と魔法街の住人たち ; 5」廣嶋玲子作;佐竹美保絵 静山社 2024年7月

「呼人は旅をする」長谷川まりる著 偕成社 2024年10月

「最弱テイマーはゴミ拾いの旅を始めました。. 5」ほのぼのる500作;Tobi絵;なまキャラクター原案 TOブックス(TOジュニア文庫) 2024年2月

「最弱テイマーはゴミ拾いの旅を始めました。. 6」ほのぼのる500作;Tobi絵;なまキャラクター原案 TOブックス(TOジュニア文庫) 2024年2月

「最弱テイマーはゴミ拾いの旅を始めました。. 7」ほのぼのる500作;Tobi絵 TOブックス(TOジュニア文庫) 2024年7月

「死の森の犬たち―STAMP BOOKS」アンソニー・マゴーワン作;尾崎愛子訳 岩波書店 2024年3月

「私立探検家学園. 4」斉藤倫著;桑原太矩画 福音館書店 2024年4月

「呪ワレタ少年. 2」佐東みどり;鶴田法男作;なこ絵 KADOKAWA(角川つばさ文庫) 2024年2月

「呪ワレタ少年. 3」佐東みどり;鶴田法男作;なこ絵 KADOKAWA(角川つばさ文庫) 2024年7月

「図書館のぬいぐるみかします. 2―ブック・フレンド ; 2」シンシア・ロード作;ステファニー・グラエギン絵;田中奈津子訳 ポプラ社 2024年7月

「水属性の魔法使い. 第1部[2]」久宝忠作;たく絵 TOブックス(TOジュニア文庫) 2024年2月

「水属性の魔法使い. 第1部[3]」久宝忠作;たく絵 TOブックス(TOジュニア文庫) 2024年11月

「西遊記」武田雅哉訳;トミイマサコ絵 小学館(小学館世界J文学館セレクション) 2024年11月

「西遊記. 16—斉藤洋の西遊記シリーズ ; 16」呉承恩作;斉藤洋文;広瀬弦絵 理論社 2024年3月

「転生したらスライムだった件. 10[下]」伏瀬作;もりょ絵;みっつばーキャラクター原案 マイクロマガジン社(かなで文庫) 2024年3月

「転生したらスライムだった件. 10[中]」伏瀬作;もりょ絵;みっつばーキャラクター原案 マイクロマガジン社(かなで文庫) 2024年1月

「転生したらスライムだった件. 11[下]」伏瀬作;もりょ絵 マイクロマガジン社(かなで文庫) 2024年9月

「答えは旅の中にある」小手鞠るい著 あすなろ書房 2024年1月

「童話のレストラン」富田まほ著 文芸社 2024年8月

「日本一周ナゾトキ珍道中 : 5分でスカッとする結末. 西日本編」栗生こずえ著 講談社 2024年10月

「秘密に満ちた魔石館. 5」廣嶋玲子作;佐竹美保絵 PHP研究所 2024年2月

「名探偵犬コースケ. 2」太田忠司著;NOEYEBROW絵 朝日新聞出版(ナゾノベル) 2024年12月

「妖怪島のレストラン. 1」キムミンジョン作;山岸由佳訳 評論社 2024年11月

「竜が呼んだ娘. 2」柏葉幸子作;佐竹美保絵 講談社 2024年3月

「旅する妖精たち」有間カオル著;飯田愛絵 アリス館 2024年3月

冒険、旅＞クエスト、攻略

「そしてパンプキンマンがあらわれた」ユソジョン作;キムサンウク絵;すんみ訳 小学館 2024年10月

「マインクラフトゴーレムにいどめ!—石の剣のものがたりシリーズ ; 5」ニック・エリオポラス文;アラン・バトソン;クリス・ヒル絵;酒井章文訳 技術評論社 2024年12月

奉公

「やん茶の夢は暫の出世鑑—絵草紙風絵本シリーズ」游古庵てんてまりさく・え 和ん古堂ゑざうし部 2024年8月

奉仕活動、ボランティア

「僕たちは星屑でできている—STAMP BOOKS」マンジート・マン作;長友恵子訳 岩波書店 2024年1月

捕獲、捕縛、捕物

「ぼくはクルルをまもりたい―本はともだち♪；29」なりゆきわかこ文;いりやまさとし絵 ポプラ社 2024年12月

「リスたちの行進」堀直子作;平澤朋子絵 新日本出版社 2024年9月

「闇に願いを」クリスティーナ・スーントーンヴァット著;こだまともこ;辻村万実訳 静山社 2024年3月

「夏日祭典驚魂記―樂讀456；初階 111 妖怪一族；2」富安陽子文;山村浩二圖;游韻馨譯 親子天下 2024年2月

「絶滅動物物語. 2」うすくらふみ原作・絵;藤咲あゆな著;今泉忠明監修 小学館(小学館ジュニア文庫) 2024年1月

「妖怪捕物帖×. 八眷伝篇3―ようかいとりものちょう；19」大崎悌造作;ありがひとし画 岩崎書店 2024年8月

ほのぼの

「いつまでもともだち」仁科幸子著 偕成社 2024年11月

ホラー、オカルト、グロテスク、怪談

「3年A組おばけ教室―水木しげるのおばけ学校；6」水木しげる著 ポプラ社 2024年9月

「3分後にゾッとする話最凶スポット」野宮麻未;怖い話研究会著;マニアニイラスト 理論社 2024年11月

「3分後にゾッとする話絶叫交差点」野宮麻未;怖い話研究会著;マニアニイラスト 理論社 2024年6月

「5分怪談」ナナフシギ著 幻冬舎 2024年6月

「5分後に取り残されるラスト―5分シリーズ」梨編著 河出書房新社 2024年10月

「5分後に不気味なラスト―5分シリーズ」エブリスタ編 河出書房新社 2024年6月

「Occult-オカルト-：闇とつながるSNS. 3」むくろ幽介文;icula本文イラスト 大泉書店 2024年7月

「いつも会う人―休み時間で完結パステルショートストーリー；Gray」新井けいこ作;Lico絵 国土社 2024年10月

「オカルト研究会と幽霊トンネル―オカルト研究会シリーズ；2」緑川聖司著;水輿ゆい絵 朝日新聞出版(ナゾノベル) 2024年2月

「おばけマイコンじゅく―水木しげるのおばけ学校；11」水木しげる著 ポプラ社 2024年9月

「おばけレストラン―水木しげるのおばけ学校；10」水木しげる著 ポプラ社 2024年9月

「おばけ宇宙大戦争―水木しげるのおばけ学校；4」水木しげる著 ポプラ社 2024年9月

「おばけ野球チーム―水木しげるのおばけ学校；1」水木しげる著 ポプラ社 2024年9月

「オンライン! 26」雨蛙ミドリ作;大塚真一郎絵 KADOKAWA(角川つばさ文庫) 2024年4月

「オンライン! 27」雨蛙ミドリ作;大塚真一郎絵 KADOKAWA(角川つばさ文庫) 2024年5月

「かいけつ!おばけミステリー―おばけのポーちゃん；15」吉田純子作;つじむらあゆこ絵 あかね書房 2024年10月

「カッパの三平水泳大会―水木しげるのおばけ学校；7」水木しげる著 ポプラ社 2024年9月

「カッパの三平魔法だぬき―水木しげるのおばけ学校；8」水木しげる著 ポプラ社 2024年9月

「キミが死ぬまで、あと5日：逃げられない呪いの動画」西羽咲花月著;黎絵 スターツ出版(野いちごジュニア文庫) 2024年6月

「きょうふの店ゾクゾク. 1」マグダレナ・ハイ作;古市真由美訳;Nelnal絵 ほるぷ出版 2024年10月

「きょうふの店ゾクゾク. 2」マグダレナ・ハイ作;古市真由美訳;Nelnal絵 ほるぷ出版 2024年12月

「きょうふ小学校：1分で読めるこわい話」松本うみ作;小津絵 KADOKAWA(角川つばさ文庫) 2024年2月

「こちら、ヒミツのムー調査団! 3」大久保開作;ゆえ絵;ムー編集部監修 Gakken 2024年7月

「この世で一番妖しい答え・赤―意味がわかると怖い3分間ホラー」意味怖P編;魔夜妖一;えいとえふ作 あかね書房 2024年2月

「こらしめじぞう. 2」村上しいこ著;軽部武宏絵 静山社 2024年6月

「セカイの千怪奇. 3」木滝りま;太田守信作 岩崎書店 2024年5月

「セカイの千怪奇. 4」木滝りま;太田守信作 岩崎書店 2024年12月

「トイレ野ようこさん」仙田学作;田中六大絵 静山社 2024年2月

「とけるとゾッとするこわい算数. 2」小林丸々作;亜樹新絵 ポプラ社(ポプラキミノベル) 2024年3月

「どこかがおかしい」佐東みどり;にかいどう青;緑川聖司著 PHP研究所 2024年3月

「となりのふたごは闇使い」緑川聖司作;三湊かおり絵 ポプラ社(ポプラキミノベル) 2024年1月

「ブルートレインおばけ号―水木しげるのおばけ学校；3」水木しげる著 ポプラ社 2024年9月

「ぼくの町の妖怪―休み時間で完結パステルショートストーリー；Light Brown」野泉マヤ作;TAKA絵 国土社 2024年2月

「みちのく妖怪ツアー. 宝探し編」佐々木ひとみ;野泉マヤ;堀米薫作;東京モノノケ絵 新日本出版社 2024年7月

「ミラクルきょうふ!意味がわかると怖いストーリーQ」白夜月杏編著 西東社 2024年7月

「ゆうれい電車―水木しげるのおばけ学校；2」水木しげる著 ポプラ社 2024年9月

「ラジコン大海獣―水木しげるのおばけ学校；12」水木しげる著 ポプラ社 2024年9月

「ラストで君は「まさか!」と言う. 学校の怪談―3分間ノンストップショートストーリー」 PHP研究所編 PHP研究所 2024年8月

「ラストで君はゾッとする：意味がわかると怖い3分間ノンストップショートストーリー」 PHP研究所編;TAKAイラスト PHP研究所(PHPジュニアノベル) 2024年4月

「リアル鬼ごっこファイナル. 下」 江坂純著;山田悠介原案・監修;さくしゃ2イラスト 小学館(小学館ジュニア文庫) 2024年11月

「リアル鬼ごっこファイナル. 上」 江坂純著;山田悠介原案・監修;さくしゃ2イラスト 小学館(小学館ジュニア文庫) 2024年7月

「意味がわかるとゾッとする怖い遊園地」 緑川聖司作 新星出版社 2024年7月

「異形怪異：お化けが出てこない怖い話」 むくろ幽介文;fracocoイラスト イカロス出版 2024年12月

「陰陽師クラブへようこそ. 3」 卯月みか作;雨宮もえ絵 アルファポリス 星雲社(アルファポリスきずな文庫) 2024年5月

「怪活倶楽部―5分間ノンストップショートストーリー」 永良サチ著 PHP研究所 2024年9月

「怪帰師のお仕事. 3」 佐東みどり作;榎のと絵 アルファポリス 星雲社(アルファポリスきずな文庫) 2024年1月

「怪帰師のお仕事. 4」 佐東みどり作;榎のと絵 アルファポリス 星雲社(アルファポリスきずな文庫) 2024年8月

「怪談十二か月. 夏」 福井蓮著 汐文社 2024年8月

「怪談十二か月. 秋」 福井蓮著 汐文社 2024年10月

「学校の怪談5分間の恐怖〈行事編〉. [5]」 中村まさみ作 金の星社 2024年3月

「学校の怪談5分間の恐怖行事編. [2]」 中村まさみ作 金の星社 2024年1月

「学校の怪談5分間の恐怖行事編. [3]」 中村まさみ作 金の星社 2024年2月

「学校の怪談5分間の恐怖行事編. [4]」 中村まさみ作 金の星社 2024年2月

「鎌倉猫ヶ丘小ミステリー倶楽部」 澤田慎梧作;のえる絵 アルファポリス 星雲社(アルファポリスきずな文庫) 2024年9月

「吸血鬼チャランポラン―水木しげるのおばけ学校；5」 水木しげる著 ポプラ社 2024年9月

「恐怖コレクター. 巻ノ23」 佐東みどり;鶴田法男作;よん絵 KADOKAWA(角川つばさ文庫) 2024年5月

「恐怖コレクター. 巻ノ24」 佐東みどり;鶴田法男作;よん絵 KADOKAWA(角川つばさ文庫) 2024年10月

「恐怖のなぞが解けるとき3分後にゾッとするラストやっと会えたね」 福井蓮著 汐文社 2024年2月

「教室の怖い噂—キミが開く恐怖の扉ホラー傑作コレクション」辻村深月;近藤史恵;澤村伊智著;朝宮運河編 汐文社 2024年11月

「黒猫 : ポー短編集—ホラー・クリッパー」エドガー・アラン・ポー原作;にかいどう青文;スカイエマ絵 ポプラ社 2024年2月

「呪いのゲームぷうけえ!—カドカワ読書タイム」中靏水雲著;長谷梨加イラスト KADOKAWA 2024年9月

「呪ワレタ少年. 2」佐東みどり;鶴田法男作;なこ絵 KADOKAWA(角川つばさ文庫) 2024年2月

「呪ワレタ少年. 3」佐東みどり;鶴田法男作;なこ絵 KADOKAWA(角川つばさ文庫) 2024年7月

「消された1行がわかるといきなり怖くなる話」藤白圭著 ワニブックス 2024年8月

「人間椅子—スラよみ!日本文学名作シリーズ ; 2」江戸川乱歩作;川北亮司現代語訳 理論社 2024年9月

「人生終了ゲーム. [4]」cheeery著 スターツ出版(野いちごジュニア文庫) 2024年7月

「世にもこわい博物館 : 5分でゾッとする結末」黒史郎著 講談社 2024年7月

「青鬼. [12]」noprops原作;黒田研二著;鈴羅木かりんイラスト PHP研究所(PHPジュニアノベル) 2024年2月

「青鬼. [13]」noprops原作;黒田研二著;鈴羅木かりんイラスト PHP研究所(PHPジュニアノベル) 2024年8月

「青鬼調査クラブ. 10」noprops;黒田研二原作;波摘著;鈴羅木かりんイラスト PHP研究所(PHPジュニアノベル) 2024年10月

「青鬼調査クラブ. 9」noprops;黒田研二原作;波摘著;鈴羅木かりんイラスト PHP研究所(PHPジュニアノベル) 2024年3月

「絶叫学級. 黄泉に眠る記憶編」いしかわえみ原作/絵;はのまきみ著 集英社(集英社みらい文庫) 2024年3月

「絶叫学級. 檻のなかの怨念編」いしかわえみ原作/絵;はのまきみ著 集英社(集英社みらい文庫) 2024年6月

「絶叫学級. 罠に落ちたライバル編」いしかわえみ原作/絵;はのまきみ著 集英社(集英社みらい文庫) 2024年10月

「絶望鬼ごっこ. [23]」針とら作;みもり絵 集英社(集英社みらい文庫) 2024年2月

「絶望鬼ごっこ. [24]」針とら作;みもり絵 集英社(集英社みらい文庫) 2024年7月

「絶命教室 : 怪人ミラーとの恐怖のゲーム. 3」ウェルザード作;赤身ふみお絵 アルファポリス 星雲社(アルファポリスきずな文庫) 2024年3月

「絶命教室 : 怪人ミラーとの恐怖のゲーム. 4」ウェルザード作;赤身ふみお絵 アルファポリス 星雲社(アルファポリスきずな文庫) 2024年11月

「中学生ウィーチューバーの心霊スポットMAP. 1」じゅんれいか作;冬木絵 アルファポリス 星雲社(アルファポリスきずな文庫) 2024年8月

「東北こわい物語―東北6つの物語」みちのく童話会編著;おしのともこ挿画 国土社 2024年11月

「謎が解けると怖いある学校の話:260字の戦慄〈闇〉体験―「怖い場所」超短編シリーズ」藤白圭著 主婦と生活社 2024年7月

「破ると怖い海の6つのルール:繰り返す夏の戦慄〈闇〉体験―「怖い場所」超短編シリーズ」ウェルザード著 主婦と生活社 2024年7月

「半妖リサーチ! 1」秋木真作;灰色ルト絵 ポプラ社(ポプラキミノベル) 2024年3月

「半妖リサーチ! 2」秋木真作;灰色ルト絵 ポプラ社(ポプラキミノベル) 2024年8月

「怖い噂のあるお店:99秒の戦慄〈闇〉体験―「怖い場所」超短編シリーズ」八月美咲著 主婦と生活社 2024年10月

「怖い標識デスゲーム―5分シリーズ+」藤白圭著;トミイマサコイラスト 河出書房新社 2024年10月

「魔女やしきのサーカス:ちょっと不思議!?めっちゃこわい!10話のおはなし」ふろむ編 国土社 2024年4月

「無人島からの裏切り脱出ゲーム」蜂賀三月著;葛西尚絵 スターツ出版(野いちごジュニア文庫) 2024年3月

「迷宮教室. [11]」あいはらしゅう作;肘原えるぼ絵 集英社(集英社みらい文庫) 2024年1月

「迷路を解いたら怖い話」藤白圭作;浮雲宇一絵 静山社 2024年9月

「友だちは給食室のゆうれい」草野あきこ文;山田花菜絵 金の星社 2024年9月

「幽霊屋敷予定地―怪ぬしさまシリーズ」地図十行路著;ニナハチ絵 朝日新聞出版(ナゾノベル) 2024年7月

「妖怪大戦争―水木しげるのおばけ学校;9」水木しげる著 ポプラ社 2024年9月

「裏水族館からの脱出ゲーム」cheeery作;ぴろ瀬絵 ポプラ社(ポプラキミノベル) 2024年4月

身代わり、代役、代行

「3倍速ドッペルゲンガー」久米絵美里著;森川泉絵 アリス館 2024年11月

「あいレコ!」遠藤まり著 講談社 2024年2月

「アフェイリア国とメイドと最高のウソ」ジェラルディン・マコックラン著;大谷真弓訳 小学館 2024年1月

「ひなたとひかり. 7」高杉六花作;万冬しま絵 講談社(講談社青い鳥文庫) 2024年7月

「ふしぎな図書館と消えた西遊記―ストーリーマスターズ;5」廣嶋玲子作;江口夏実絵 講談社 2024年3月

「告白代行部、ただいま活動中! 1」石田空作;朝香のりこ絵 アルファポリス 星雲社(アルファポリスきずな文庫) 2024年3月

ミステリー、サスペンス、謎解き

「3分間サバイバルNEO : 美食の迷宮」栗生こずえ作 あかね書房 2024年11月

「5分後に意外な結末Q そして、パズルだけが残った。」桃戸ハル;伊月咲著;usi絵 Gakken 2024年12月

「TVシリーズ特別編集版名探偵コナンVS.怪盗キッド」青山剛昌原作;宮下隼一脚本・構成;水稀しま著 小学館(小学館ジュニア文庫) 2024年1月

「Vチューバー探偵団 : 目指せ!登録者100万人」木滝りま;舟崎泉美著;榎のと絵 朝日新聞出版(ナゾノベル) 2024年10月

「Vチューバー探偵団.[2]」木滝りま;舟崎泉美著;榎のと絵 朝日新聞出版(ナゾノベル) 2024年11月

「アマリとグレイトゲーム. 下」B.B.オールストン作;橋本恵訳 小学館 2024年11月

「アマリとグレイトゲーム. 上」B.B.オールストン作;橋本恵訳 小学館 2024年11月

「イケメン深海魚は知っている―探偵チームKZ事件ノート」藤本ひとみ原作;住滝良文;駒形絵 講談社(講談社青い鳥文庫) 2024年9月

「ヴィンデビー・パズル」ロイス・ローリー著;島津やよい訳 新評論 2024年2月

「おくれてきた名探偵」杉山亮作;中川大輔絵 偕成社 2024年5月

「おしりたんていあらたなるかいとう―おしりたんていシリーズ. おしりたんていファイル ; 11」トロルさく・え ポプラ社 2024年3月

「おしりたんていかいとうUのおとしもの―おしりたんていシリーズ. おしりたんていファイル ; 12」トロルさく・え ポプラ社 2024年11月

「オンライン! 26」雨蛙ミドリ作;大塚真一郎絵 KADOKAWA(角川つばさ文庫) 2024年4月

「オンライン! 27」雨蛙ミドリ作;大塚真一郎絵 KADOKAWA(角川つばさ文庫) 2024年5月

「かいけつ!おばけミステリー―おばけのポーちゃん ; 15」吉田純子作;つじむらあゆこ絵 あかね書房 2024年10月

「かくされた意味に気がつけるか?3分間ミステリー = Can you notice the hidden meaning? 3 minutes mystery : かさなる世界」恵莉ひなこ著 ポプラ社 2024年4月

「かくされた意味に気がつけるか?3分間ミステリー = Can you notice the hidden meaning?3 minutes mystery : 5つのパズル」早瀬春著 ポプラ社 2024年8月

「かくされた意味に気がつけるか?3分間ミステリー = Can you notice the hidden meaning?3 minutes mystery : 時渡りの鐘」恵莉ひなこ著 ポプラ社 2024年11月

「キャベたまたんていてんぐ山で七ふしぎ―キャベたまたんていシリーズ」三田村信行作;宮本えつよし絵 金の星社 2024年7月

「ギリシャ語通訳―名探偵シャーロック・ホームズ」コナン・ドイル作;小林司;東山あかね訳;猫野クロ絵 金の星社 2024年12月

「グロリア・スコット号事件―名探偵シャーロック・ホームズ」コナン・ドイル作;小林司;東山あかね訳;猫野クロ絵 金の星社 2024年2月

「クンペイの探偵ノート. 2」昼田弥子作;クリハラタカシ絵 あかね書房 2024年11月

「こちら、ヒミツのムー調査団! 3」大久保開作;ゆえ絵;ムー編集部監修 Gakken 2024年7月

「シニカル探偵安土真 = CYnICAL DETECTIVE ADUCHI MAKOTO. 3」齊藤飛鳥作;十々夜絵 国土社 2024年3月

「シニカル探偵安土真 = CYnICAL DETECTIVE ADUCHI MAKOTO. 4」齊藤飛鳥作;十々夜絵 国土社 2024年7月

「チョコレートスイッチ! : 無気力男子、チョコを食べて大変身!」植原翠作;双葉陽絵 ポプラ社(ポプラキミノベル) 2024年1月

「どこかがおかしい」佐東みどり;にかいどう青;緑川聖司著 PHP研究所 2024年3月

「トップ・シークレット. 6」あんのまる作;シソ絵 KADOKAWA(角川つばさ文庫) 2024年1月

「トップ・シークレット. 7」あんのまる作;シソ絵 KADOKAWA(角川つばさ文庫) 2024年6月

「トップ・シークレット. 8」あんのまる作;シソ絵 KADOKAWA(角川つばさ文庫) 2024年11月

「ハリー・ポッターと秘密の部屋. 2-2―ハリー・ポッター ; 4」J.K.ローリング作;松岡佑子訳 静山社(静山社ペガサス文庫) 2024年6月

「ひみつの小学生探偵. 2」チームD編;NOEYEBROW絵 Gakken 2024年3月

「ひみつの小学生探偵. 3」チームD編;NOEYEBROW絵 Gakken 2024年8月

「プロジェクト・モリアーティ = PROJECT MORIARTY : 絶対に成績が上がる塾. 01」斜線堂有紀著;kaworu絵 朝日新聞出版(ナゾノベル) 2024年4月

「プロジェクト・モリアーティ = PROJECT MORIARTY. 02」斜線堂有紀著;kaworu絵 朝日新聞出版(ナゾノベル) 2024年12月

「ぼくらナイトバス・ヒーロー」オンジャリQ.ラウフ作;久保陽子訳 静山社 2024年6月

「ぼくらのイタリア(怪)戦争」宗田理作;YUME絵 KADOKAWA(角川つばさ文庫) 2024年3月

「ぼくらの魔大戦」宗田理作;YUME絵 KADOKAWA(角川つばさ文庫) 2024年8月

「ボヘミアの醜聞―名探偵シャーロック・ホームズ」コナン・ドイル作;小林司;東山あかね訳;猫野クロ絵 金の星社 2024年8月

「マインクラフトハチのなんもん―石の剣のものがたりシリーズ ; 4」ニック・エリオポラス;アラン・バトソン文;クリス・ヒル絵;酒井章文訳 技術評論社 2024年6月

「マインクラフトレッドストーンの城」サルワット・チャダ作;北川由子訳 竹書房 2024年3月

「まだらのひも—名探偵シャーロック・ホームズ」コナン・ドイル作;小林司;東山あかね訳;猫野クロ絵 金の星社 2024年7月

「ミス・マープルの名推理 火曜クラブ」アガサ・クリスティー著;矢沢聖子訳;藤森カンナイラスト 早川書房(ハヤカワ・ジュニア・ミステリ) 2024年1月

「ミタちゃんが見ちゃった!?:家事代行サービス事件簿」藤咲あゆな;ハニーカンパニー著;中嶋ゆかイラスト 小学館(小学館ジュニア文庫) 2024年8月

「やらなくてもいい宿題:謎の転校生. 算数バトル編」結城真一郎作 主婦の友社 2024年8月

「ヤング・シャーロック・ホームズ:児童版. 2」アンドリュー・レーン作 静山社 ほるぷ出版 2024年2月

「ヤング・シャーロック・ホームズ:児童版. 3」アンドリュー・レーン作 静山社 ほるぷ出版 2024年2月

「ヤング・シャーロック・ホームズ:児童版. 4」アンドリュー・レーン作 静山社 ほるぷ出版 2024年2月

「悪魔の思考ゲーム = DEVIL'S THOUGHT GAME. 3」大塩哲史著;朝日川日和絵 朝日新聞出版(ナゾノベル) 2024年3月

「引きこもり姉ちゃんのアルゴリズム推理」井上真偽著;くろでこ絵 朝日新聞出版(ナゾノベル) 2024年12月

「陰陽師クラブへようこそ. 3」卯月みか作;雨宮もえ絵 アルファポリス 星雲社(アルファポリスきずな文庫) 2024年5月

「科学でナゾとき! [4]」あさだりん作;佐藤おどり絵 偕成社(偕成社ノベルフリーク) 2024年7月

「科学探偵vs.終末の大予言. 前編—科学探偵謎野真実シリーズ」佐東みどりほか作;kotona絵 朝日新聞出版 2024年11月

「科学探偵vs.不死身の黒魔術師—科学探偵謎野真実シリーズ」佐東みどり;石川北二;木滝りま;田中智章作;kotona絵 朝日新聞出版 2024年2月

「科学探偵VS.幽霊船の海賊—科学探偵謎野真実シリーズ」佐東みどりほか作;kotona絵 朝日新聞出版 2024年7月

「花よめ失そう事件—名探偵シャーロック・ホームズ」コナン・ドイル作;小林司;東山あかね訳;猫野クロ絵 金の星社 2024年2月

「華麗なる探偵アリス&ペンギン. [23]」南房秀久著;あるやイラスト 小学館(小学館ジュニア文庫) 2024年2月

「華麗なる探偵アリス&ペンギン. [24]」南房秀久著;あるやイラスト 小学館(小学館ジュニア文庫) 2024年10月

「怪盗クイーンインド『もう一つの0』」はやみねかおる作;K2商会絵 講談社(講談社青い鳥文庫) 2024年7月

「鎌倉猫ヶ丘小ミステリー倶楽部」澤田慎梧作;のえる絵 アルファポリス 星雲社（アルファポリスきずな文庫） 2024年9月

「恐怖のなぞが解けるとき3分後にゾッとするラストやっと会えたね」福井蓮著 汐文社 2024年2月

「恐怖の谷―名探偵シャーロック・ホームズ」コナン・ドイル作;小林司;東山あかね訳;猫野クロ絵 金の星社 2024年3月

「四つ子ぐらし. 19」ひのひまり作;佐倉おりこ絵 KADOKAWA（角川つばさ文庫） 2024年11月

「鐘の鳴る夜は真実を隠す―LIAR：嘘つきは、誰だ?」田中佳祐著 Gakken 2024年4月

「人間椅子―スラよみ!日本文学名作シリーズ；2」江戸川乱歩作;川北亮司現代語訳 理論社 2024年9月

「人狼サバイバル. [17]」甘雪こおり作;himesuz絵 講談社（講談社青い鳥文庫） 2024年4月

「人狼サバイバル. [18]」甘雪こおり作;himesuz絵 講談社（講談社青い鳥文庫） 2024年8月

「人狼サバイバル. [19]」甘雪こおり作;himesuz絵 講談社（講談社青い鳥文庫） 2024年9月

「世界一クラブ. [19]」大空なつき作;明菜絵 KADOKAWA（角川つばさ文庫） 2024年8月

「青いガーネット―名探偵シャーロック・ホームズ」コナン・ドイル作;小林司;東山あかね訳;猫野クロ絵 金の星社 2024年3月

「赤毛組合―名探偵シャーロック・ホームズ」コナン・ドイル作;小林司;東山あかね訳;猫野クロ絵 金の星社 2024年3月

「切り裂かれた絵画―LIAR：嘘つきは、誰だ?」野月よひら著 Gakken 2024年12月

「絶体絶命ゲーム. 15」藤ダリオ作 KADOKAWA（角川つばさ文庫） 2024年6月

「探偵ハイネは予言をはずさない. [5]」南房秀久著;わたあめイラスト 小学館（小学館ジュニア文庫） 2024年7月

「探偵七音はためらわない」秋木真作;ななミツ絵 KADOKAWA（角川つばさ文庫） 2024年6月

「天久鷹央の推理カルテ = Ameku Takao's Detective Karte：カッパの秘密とナゾの池」知念実希人作;一束挿絵 実業之日本社 2024年12月

「転ぶ。凸凹探偵チーム」佐々木志穂美作;よん絵 KADOKAWA（角川つばさ文庫） 2024年8月

「都会のトム&ソーヤ. 21」はやみねかおる著 講談社（YA!ENTERTAINMENT） 2024年3月

「動物探偵ミア. [13]―動物探偵ミア；13」ダイアナ・キンプトン作;武富博子訳;花珠絵 ポプラ社 2024年4月

「謎が解けると怖いある学校の話：260字の戦慄〈闇〉体験―「怖い場所」超短編シリーズ」藤白圭著 主婦と生活社 2024年7月

「謎解きミステリー東大クロスワード」西岡壱誠監修;東大カルペ・ディエム著 リベラル社 星雲社 2024年3月

「二つの顔を持つ男―名探偵シャーロック・ホームズ」コナン・ドイル作;小林司;東山あかね訳;猫野クロ絵 金の星社 2024年11月

「二人と一匹の本格捜査ミステリー. 2―文研じゅべにーる」村松由紀子作;ao絵 文研出版 2024年4月

「日本一周ナゾトキ珍道中：5分でスカッとする結末. 西日本編」粟生こずえ著 講談社 2024年10月

「日本一周ナゾトキ珍道中：5分でスカッとする結末. 東日本編」粟生こずえ著 講談社 2024年10月

「緋色の習作―名探偵シャーロック・ホームズ」コナン・ドイル作;小林司;東山あかね訳;猫野クロ絵 金の星社 2024年1月

「美少年カフェは知っている―探偵チームKZ事件ノート」藤本ひとみ原作;住滝良文;駒形絵 講談社(講談社青い鳥文庫) 2024年3月

「歩く。凸凹探偵チーム」佐々木志穂美作;よん絵 KADOKAWA(角川つばさ文庫) 2024年2月

「放課後ミステリクラブ. 3」知念実希人作;Gurin.絵 ライツ社 2024年2月

「放課後ミステリクラブ. 4」知念実希人作;Gurin.絵 ライツ社 2024年6月

「放課後ミステリクラブ. 5」知念実希人作;Gurin.絵 ライツ社 2024年10月

「名探偵コナン：怪盗キッドセレクション月下の幻像」酒井匙著;青山剛昌原作・イラスト 小学館(小学館ジュニア文庫) 2024年4月

「名探偵コナン100万ドルの五稜星」水稀しま著;青山剛昌原作;大倉崇裕脚本 小学館(小学館ジュニア文庫) 2024年4月

「名探偵コナンの暗号博士 = DETECTIVE CONAN DOCTOR OF CRYPTOGRAPHY―BIG KOROTAN. まんがで学べる!コナン博士シリーズ」青山剛昌原作;情報通信研究機構(NICT)サイバーセキュリティ研究所セキュリティ基盤研究室監修;石井じゅんのすけほかイラスト 小学館 2024年12月

「名探偵コナン服部平次セレクション浪速の相棒」酒井匙著;青山剛昌原作・イラスト 小学館(小学館ジュニア文庫) 2024年5月

「名探偵コナン服部平次セレクション浪速の名探偵」酒井匙著;青山剛昌原作・イラスト 小学館(小学館ジュニア文庫) 2024年4月

「名探偵犬コースケ. 2」太田忠司著;NOEYEBROW絵 朝日新聞出版(ナゾノベル) 2024年12月

「迷路探偵ピエール：怪盗Xの挑戦状」カミガキヒロフミ;IC4DESIGN原作;糸海みん著 永岡書店 2024年4月

「妖怪捕物帖×. 八眷伝篇3―ようかいとりものちょう ; 19」大﨑悌造作;ありがひとし画 岩崎書店 2024年8月

迷信、伝説

「3分後にゾッとする話最凶スポット」野宮麻未;怖い話研究会著;マニアニイラスト 理論社 2024年11月

「きつねの橋. 巻の3」久保田香里作;佐竹美保絵 偕成社 2024年8月

「こちら、ヒミツのムー調査団! 2」大久保開作;ゆえ絵;ムー編集部監修 Gakken 2024年2月

「こちら、ヒミツのムー調査団! 3」大久保開作;ゆえ絵;ムー編集部監修 Gakken 2024年7月

「スリーピー・ホローの伝説」ワシントン・アーヴィング作;齊藤昇訳;アンヴィル奈宝子絵 鳥影社 2024年10月

「バスカヴィル家の犬―名探偵シャーロック・ホームズ」コナン・ドイル作;小林司;東山あかね訳;猫野クロ絵 金の星社 2024年6月

「ハリー・ポッターと死の秘宝. 7-3―ハリー・ポッター ; 19」J.K.ローリング作;松岡佑子訳 静山社(静山社ペガサス文庫) 2024年11月

「ハリー・ポッターと秘密の部屋. 2-2―ハリー・ポッター ; 4」J.K.ローリング作;松岡佑子訳 静山社(静山社ペガサス文庫) 2024年6月

「ページズ書店の仲間たち. 3」アナ・ジェームス作;池本尚美訳;淵゛絵 文響社 2024年2月

「科学探偵VS.幽霊船の海賊―科学探偵謎野真実シリーズ」佐東みどりほか作;kotona絵 朝日新聞出版 2024年7月

「鬼八伝説」中村地平作;せきやよいイラスト ヒムカ出版 2024年5月

「恐怖コレクター. 巻ノ23」佐東みどり;鶴田法男作;よん絵 KADOKAWA(角川つばさ文庫) 2024年5月

「恐怖コレクター. 巻ノ24」佐東みどり;鶴田法男作;よん絵 KADOKAWA(角川つばさ文庫) 2024年10月

「星座のようせい : 12星座―ようせいじてん」小手鞠るい作;松倉香子絵 講談社(わくわくライブラリー) 2024年4月

「東北こわい物語―東北6つの物語」みちのく童話会編著;おしのともこ挿画 国土社 2024年11月

「妖花魔草物語」廣嶋玲子作;まくらくらま絵 小峰書店(Sunnyside Books) 2024年3月

「竜が呼んだ娘. 4」柏葉幸子作;佐竹美保絵 講談社 2024年8月

メルヘン

「グリム童話 : こどもと大人のためのメルヘン」グリム著;西本鶏介文・編;藤田新策装丁・さし絵 ポプラ社(子どもたちにつたえたい傑作選) 2024年7月

「シンデレラのおねえさん―飛ぶ教室の本」おくはらゆめ文・絵 光村図書出版 2024年4月

「ディズニープリンセスなんども読みたい13人のおはなし」講談社編;駒田文子構成・文 講談社 2024年10月

「ピーター・パン:ミナリマ・デザイン版」J.M.バリ作;MINALIMAブックデザイン&イラスト;小松原宏子訳 静山社 2024年11月

「プレッツェモリーナ―語りの森昔話集;6」村上郁再話 語りの森 2024年11月

「一生役立つ〈自信〉が身につく!ひらがな名作」齋藤孝監修 日本図書センター 2024年10月

「王女さまのお手紙つき. 4」ポーラ・ハリソン原作;チーム151E☆企画・構成;ajico;中島万璃絵 Gakken 2024年1月

「雪娘のアリアナ」ソフィー・アンダーソン作;メリッサ・カストリヨン絵;長友恵子訳 小学館 2024年11月

「夜ふけに読みたい森と海のアンデルセン童話」ハンス・クリスチャン・アンデルセン著;吉澤康子;和爾桃子編訳;アーサー・ラッカム挿絵 平凡社 2024年4月

「夜ふけに読みたい雪夜のアンデルセン童話」ハンス・クリスチャン・アンデルセン著;アーサー・ラッカム挿絵;吉澤康子;和爾桃子編訳 平凡社 2024年1月

問題解決

「SOS部! 1」くるたつむぎ作;朝日川日和絵 講談社(講談社青い鳥文庫) 2024年12月

「おおなわ跳びません」赤羽じゅんこ作;マコカワイ絵 静山社 2024年10月

「オセロのジャムとにじ色トカゲ」島村木綿子作;はしもとえつよ絵 国土社 2024年6月

「キミが死ぬまで、あと5日:逃げられない呪いの動画」西羽咲花月著;黎絵 スターツ出版(野いちごジュニア文庫) 2024年6月

「チョコレートスイッチ!:無気力男子、チョコを食べて大変身!」植原翠作;双葉陽絵 ポプラ社(ポプラキミノベル) 2024年1月

「トップ・シークレット. 8」あんのまる作;シソ絵 KADOKAWA(角川つばさ文庫) 2024年11月

「見習い占い師ルキは解決したい!:友情とキセキのカード」荒井寛子著;三星たまイラスト 小学館(小学館ジュニア文庫) 2024年7月

「死神はお断りです![2]」紺谷綾作;小鳩ぐみ絵 集英社(集英社みらい文庫) 2024年4月

「七不思議神社.[7]」緑川聖司作;TAKA絵 あかね書房 2024年10月

「呪いのゲームぷうけえ!―カドカワ読書タイム」中靍水雲著;長谷梨加イラスト KADOKAWA 2024年9月

「放課後チェンジ:世界を救う?最強チーム結成!」藤並みなと作;こよせ絵 KADOKAWA(角川つばさ文庫) 2024年8月

約束

「求愛されるにはワケがある!?：ナゾの四兄弟と薬指の約束」みゆ著;本田ロアロイラスト PHP研究所(PHPジュニアノベル) 2024年3月

「桜の下、永遠の約束をしよう」折原みと著;葛西尚絵 スターツ出版(野いちごジュニア文庫) 2024年4月

「小説劇場版すとぷりはじまりの物語：Strawberry School Festival!!!」柏原真人原作;江坂純著;STPRStudio監修 小学館(小学館ジュニア文庫) 2024年7月

「雪女とヒミツのやくそく」西村さとみ作;ao絵 国土社 2024年11月

「流れ星の約束：再会したきみは芸能人!?伝えたい想い」みずのまい作;雪丸ぬん絵 集英社(集英社みらい文庫) 2024年11月

友情

「5分後に恋の結末. [5]―「5分後に意外な結末」シリーズ」橘つばさ;桃戸ハル著;かとうれい絵 Gakken 2024年7月

「girls―くもんの児童文学」濱野京子作;牛久保雅美装画・挿絵 くもん出版 2024年6月

「アメリカから来た友情人形」今関信子作;双森文絵 新日本出版社 2024年8月

「アンネ・フランクの奇跡」橋本喜代次著 東京図書出版 リフレ出版 2024年3月

「インゴとインディの物語. 2」大矢純子作;佐藤勝則絵 鳥影社 2024年7月

「うた×バト：歌で紡ぐ恋と友情! 1」緋村燐作;ももこっこ絵 アルファポリス 星雲社(アルファポリスきずな文庫) 2024年8月

「うみへいったタマネギちゃんとピーマンちゃん―おはなしみーつけた!シリーズ」昼田弥子作;姫田真武絵 佼成出版社 2024年6月

「オンライン・フレンズ@さくら = Online Friends @Sakura」神戸遥真著;カシワイ画 講談社 2024年8月

「カメくんとイモリくん雪だより花だより」いけだけい作;高畠純絵 偕成社 2024年10月

「きみと100年分の恋をしよう. [13]」折原みと作;フカヒレ絵 講談社(講談社青い鳥文庫) 2024年8月

「キングと兄ちゃんのトンボ―金原瑞人選モダン・クラシックYA」ケイスン・キャレンダー著;島田明美訳 作品社 2024年4月

「スラムに水は流れない」ヴァルシャ・バジャージ著;村上利佳訳 あすなろ書房 2024年4月

「ちいさな花咲いた」野中柊作;くらはしれい絵 金の星社 2024年10月

「ディズニー&ピクサー感動の名作ストーリー = Disney & Pixar Storybook Collection」ウォルト・ディズニー・カンパニー著;駒野谷理子訳 うさぎ出版 玄光社 2024年12月

「となりの魔女フレンズ. 3」宮下恵茉作;子兎。絵 Gakken 2024年12月

「ともだち」椰月美智子作 小学館 2024年3月

「はくたとおる童話集」はくたとおる 文芸社(文芸社セレクション) 2024年6月

「はじめて読む外国の物語. 3年生」横山洋子監修 Gakken(よみとく10分) 2024年9月

「ハリー・ポッターと死の秘宝. 7-2—ハリー・ポッター ; 18」J.K.ローリング作;松岡佑子訳 静山社(静山社ペガサス文庫) 2024年11月

「ハリー・ポッターと不死鳥の騎士団. 5-2—ハリー・ポッター ; 11」J.K.ローリング作;松岡佑子訳 静山社(静山社ペガサス文庫) 2024年9月

「ピーチとチョコレート」福木はる著 講談社 2024年11月

「プラテーロとぼく」フアン・ラモン・ヒメネス作;宇野和美訳;早川世詩男絵 小学館(小学館世界J文学館セレクション) 2024年11月

「ボンジュール,トゥール」ハンユンソブ著;キムジナ絵;呉華順訳 影書房 2024年2月

「ほんとにともだち?」如月かずさ作;高橋和枝絵 小峰書店 2024年3月

「マインクラフトレッドストーンの城」サルワット・チャダ作;北川由子訳 竹書房 2024年3月

「ゆうやけトンボジェット—くもんの児童文学」吉野万理子作;村上幸織絵;二橋亮監修 くもん出版 2024年11月

「レベッカの見上げた空」マシュー・フォックス作;堀川志野舞訳 静山社 2024年2月

「ロボットのたまごをひろったら—ノベルズ・エクスプレス ; 56」奈雅月ありす作;酒井以絵 ポプラ社 2024年3月

「わたしと話したくないあの子—ノベルズ・エクスプレス ; 58」朝比奈蓉子作;双森文絵 ポプラ社 2024年9月

「学級崩壊ゲーム : 仲よしクラスの絆は本物?」野月よひら著;アルセチカ絵 スターツ出版(野いちごジュニア文庫) 2024年5月

「泣いちゃうわたしと泣けないあの子 = I can't stop crying and she can't cry」倉橋燿子著 講談社 2024年4月

「見習い占い師ルキは解決したい! : 友情とキセキのカード」荒井寛子著;三星たまイラスト 小学館(小学館ジュニア文庫) 2024年7月

「雪娘のアリアナ」ソフィー・アンダーソン作;メリッサ・カストリヨン絵;長友恵子訳 小学館 2024年11月

「窓の向こう、その先に」田村理江作;北見葉胡絵 岩崎書店 2024年11月

「逃走中 : オリジナルストーリー. [11]」小川彗著 集英社(集英社みらい文庫) 2024年5月

「逃走中 : オリジナルストーリー. [12]」小川彗著 集英社(集英社みらい文庫) 2024年10月

「虹の島のお手紙つき. ダイヤモンド編1」ジュリー・サイクス原作;チーム151E☆企画・構成 Gakken 2024年12月

「妖怪コンビニ. 4」令丈ヒロ子作;トミイマサコ絵 あすなろ書房 2024年3月

「要の台所」落合由佳著 講談社 2024年4月

夢、野望、野心

「アニメ映画トラペジウム」百瀬しのぶ文;高山一実原作;あきづきりょう挿絵 KADOKAWA(角川つばさ文庫) 2024年4月

「イナバさんと夢の金貨」野見山響子文絵 理論社 2024年2月

「オリバーと金色の瞳. 上」栗須海作・絵 Rose of May 2024年5月

「かなたのif」村上雅郁作 フレーベル館(フレーベル館文学の森) 2024年6月

「クレクス先生のふしぎな学園」ヤン・ブジェフファ ロッカクリエイト 2024年1月

「こちら、ヒミツのムー調査団! 2」大久保開作;ゆえ絵;ムー編集部監修 Gakken 2024年2月

「サッシーは大まじめ. [2]」マギー・ギブソン著;松田綾花訳 小鳥遊書房 2024年6月

「シンデレラ・バレリーナ : Lira. 1―シンデレラ・バレリーナ ; 1」グエナエル・バリュソー作;清水玲奈訳;森野眠子絵 ポプラ社 2024年3月

「スペルホーストのパペット人形」ケイト・ディカミロ作;ジュリー・モースタッド絵;横山和江訳 偕成社 2024年8月

「ディズニープリンセスなんども読みたい13人のおはなし」講談社編;駒田文子構成・文 講談社 2024年10月

「ハリー・ポッターと不死鳥の騎士団. 5-1―ハリー・ポッター ; 10」J.K.ローリング作;松岡佑子訳 静山社(静山社ペガサス文庫) 2024年9月

「ひみつの相関図ノート」望月麻衣ほか作;日本児童文芸家協会編 ポプラ社 2024年6月

「フランダースの犬―ビジュアル特別版」ウィーダ原作;森山京文;いせひでこ絵 世界文化社 2024年7月

「ポロンと夢を叶える旅 : 小学生から始める資産運用」Hakuba著 東京図書出版 リフレ出版 2024年2月

「ミラキュラス : レディバグ&シャノワール : サンドボーイ」ZAG原作;東映アニメーション監修;井上亜樹子作 ポプラ社 2024年12月

「やん茶の夢は暫の出世鑑―絵草紙風絵本シリーズ」游古庵てんてまりさく・え 和ん古堂ゑざうし部 2024年8月

「ユメコネクト. 2」成井露丸作;くずもち絵 アルファポリス 星雲社(アルファポリスきずな文庫) 2024年6月

「三国志. 10」小前亮文;中山けーしょー絵 静山社(静山社ペガサス文庫) 2024年4月

「初恋タイムリミット. [2]」やまもとふみ作;那流絵 ポプラ社(ポプラキミノベル) 2024年4月

「消された1行がわかるといきなり怖くなる話」藤白圭著 ワニブックス 2024年8月

「天宮家の王子さま. [11]」白井ごはん作;ひと和絵 集英社(集英社みらい文庫) 2024年12月

「夢の終わりで、君に会いたい。: 正夢が教えてくれた奇跡の物語」いぬじゅん著;三湊かおり絵 スターツ出版(野いちごジュニア文庫) 2024年3月

「夢船」合田芳弘著 美巧社 2024年7月

「歴史ゴーストバスターズ. 8」あさばみゆき作;左近堂絵里絵 ポプラ社(ポプラキミノベル) 2024年6月

予言、予報、予告

「TVシリーズ特別編集版名探偵コナンVS.怪盗キッド」青山剛昌原作;宮下隼一脚本・構成;水稀しま著 小学館(小学館ジュニア文庫) 2024年1月

「アポロンと5つの神託. 4-上—パーシー・ジャクソンとオリンポスの神々 ; シーズン3」リック・リオーダン作;金原瑞人;小林みき訳 静山社(静山社ペガサス文庫) 2024年3月

「アポロンと5つの神託. 5-上—パーシー・ジャクソンとオリンポスの神々 ; シーズン3」リック・リオーダン作;金原瑞人;小林みき訳 静山社(静山社ペガサス文庫) 2024年5月

「ウイングス・オブ・ファイア. 1」トゥイ・タマラ・サザーランド著;田内志文訳;山村れぇイラスト 平凡社 2024年7月

「おチビがうちにやってきた! [10]」柴野理奈子作;福きつね絵 集英社(集英社みらい文庫) 2024年4月

「おチビがうちにやってきた! [11]」柴野理奈子作;福きつね絵 集英社(集英社みらい文庫) 2024年9月

「ティアムーン帝国物語 : 断頭台から始まる、姫の転生逆転ストーリー. 5」餅月望作;U35絵;Gilseキャラクター原案 TOブックス(TOジュニア文庫) 2024年2月

「悪魔の思考ゲーム = DEVIL'S THOUGHT GAME. 3」大塩哲史著;朝日川日和絵 朝日新聞出版(ナゾノベル) 2024年3月

「科学探偵vs.終末の大予言. 前編—科学探偵謎野真実シリーズ」佐東みどりほか作;kotona絵 朝日新聞出版 2024年11月

「君色パレット = PALETTES OF YOUR COLORS : 多様性をみつめるショートストーリー. 2-[3]」岩崎書店 2024年2月

「探偵ハイネは予言をはずさない. [5]」南房秀久著;わたあめイラスト 小学館(小学館ジュニア文庫) 2024年7月

「転生したらスライムだった件. 12[上]」伏瀬作;もりょ絵 マイクロマガジン社(かなで文庫) 2024年11月

「名探偵コナン：怪盗キッドセレクション月下の幻像」酒井匙著;青山剛昌原作・イラスト 小学館（小学館ジュニア文庫） 2024年4月

「名探偵コナン100万ドルの五稜星」水稀しま著;青山剛昌原作;大倉崇裕脚本 小学館（小学館ジュニア文庫） 2024年4月

落語

「きまぐれ未来寄席」江坂遊著;はしゃ絵 Gakken 2024年4月

「一生役立つ〈自信〉が身につく!ひらがな名作」齋藤孝監修 日本図書センター 2024年10月

猟、狩り

「絶滅動物物語. 2」うすくらふみ原作・絵;藤咲あゆな著;今泉忠明監修 小学館（小学館ジュニア文庫） 2024年1月

料理

「オラレ!タコスクィーン = Orale!Taco Queen―文研じゅべにーるYA」ジェニファー・トーレス作;おおつかのりこ訳 文研出版 2024年6月

「この世で一番妖しい答え・赤―意味がわかると怖い3分間ホラー」意味怖P編;魔夜妖一;えいとえふ作 あかね書房 2024年2月

「ふしぎ町のふしぎレストラン. 8」三田村信行作;あさくらまや絵 あかね書房 2024年11月

「要の台所」落合由佳著 講談社 2024年4月

「理花のおかしな実験室. 13」やまもとふみ作;nanao絵 KADOKAWA（角川つばさ文庫） 2024年11月

「恋したら、料理男子にかこまれました. 1」若奈ちさ作;池田春香絵 アルファポリス 星雲社（アルファポリスきずな文庫） 2024年4月

ルール、マナー、掟

「透明なルール」佐藤いつ子著 KADOKAWA 2024年4月

「破ると怖い海の6つのルール：繰り返す夏の戦慄〈闇〉体験―「怖い場所」超短編シリーズ」ウェルザード著 主婦と生活社 2024年7月

「秘界マガムジャ村通信」尾張始著 吉備人出版 2024年8月

霊界、冥界

「5分怪談」ナナフシギ著 幻冬舎 2024年6月

歴史、時代もの

「JC紫式部. 3」石崎洋司作;阿倍野ちゃこ絵 講談社（講談社青い鳥文庫） 2024年10月

「ヴィンデビー・パズル」ロイス・ローリー著;島津やよい訳 新評論 2024年2月

「やん茶の夢は暫の出世鑑―絵草紙風絵本シリーズ」游古庵てんてまりさく・え 和ん古堂ゑざうし部 2024年8月

「夏がいく」伊多波碧作;おとないちあき絵 理論社 2024年6月

「江戸を照らせ : 蔦屋重三郎の挑戦」小前亮作;中島花野画 小峰書店 2024年11月

「出てこい、写楽! : 蔦重編集日記」楠木誠一郎作;平沢下戸絵 静山社 2024年9月

「東北ふしぎ物語―東北6つの物語」みちのく童話会編著;おしのともこ挿画 国土社 2024年7月

「美東物語 : 小学生、中学生の皆さんへ」野村典成 モルフプランニング 2024年10月

「姫さまですよねっ!? 3」ソウマチ著;七海喜つゆりイラスト 小学館(小学館ジュニア文庫) 2024年8月

「夢船」合田芳弘著 美巧社 2024年7月

「歴史ゴーストバスターズ. 9」あさばみゆき作;左近堂絵里絵 ポプラ社(ポプラキミノベル) 2024年11月

災い、災難、たたり

「呪ワレタ少年. 2」佐東みどり;鶴田法男作;なこ絵 KADOKAWA(角川つばさ文庫) 2024年2月

「呪ワレタ少年. 3」佐東みどり;鶴田法男作;なこ絵 KADOKAWA(角川つばさ文庫) 2024年7月

【キャラクター・立場】

あかちゃん

「エンジェリック・セボンスター. 1」菊田みちよ著 ポプラ社 2024年6月

「かこさとし童話集. 8」かこさとし作・絵 偕成社 2024年3月

「たとえリセットされても―文研ブックランド」森川成美作;双森文絵 文研出版 2024年3月

「ロボットのたまごをひろったら―ノベルズ・エクスプレス ; 56」奈雅月ありす作;酒井以絵 ポプラ社 2024年3月

「竜が呼んだ娘. 3」柏葉幸子作;佐竹美保絵 講談社 2024年5月

悪魔

「The cat and the devil = 猫と悪魔―絵本で広がる世界文学」JamesJoyce のどまる堂 2024年5月

「ブラックチャンネル. [3]」すけたけしん著;きさいちさとし原作・イラスト 小学館(小学館ジュニア文庫) 2024年10月

「宇都山くんはあくまで救世主 : イケメン悪魔に恋されました. 1」相葉すずか作;Noyu絵 アルファポリス 星雲社(アルファポリスきずな文庫) 2024年6月

「劇場版ACMA:GAME最後の鍵 : 映画ノベライズ」百舌涼一文;メーブ原作;恵広史作画;いずみ吉紘;谷口純一郎脚本 講談社(講談社KK文庫) 2024年9月

「出来損ないと呼ばれた元英雄は、実家から追放されたので好き勝手に生きることにした. 2」紅月シン作;柚希きひろ絵;ちょこ庵キャラクター原案 TOブックス(TOジュニア文庫) 2024年3月

「小説魔界の主役は我々だ! 1」津田沼篤原作・挿絵;吉岡みつる文;津田沼篤;西修;○○の主役は我々だ!監修 ポプラ社(ポプラキミノベル) 2024年10月

「小説魔入りました!入間くん. 8」西修原作・絵 ポプラ社(ポプラキミノベル) 2024年3月

「小説魔入りました!入間くん. 9」西修原作・絵 ポプラ社(ポプラキミノベル) 2024年6月

「水属性の魔法使い. 第1部[3]」久宝忠作;たく絵 TOブックス(TOジュニア文庫) 2024年11月

「転生したらスライムだった件. 11[中]」伏瀬作;もりょ絵 マイクロマガジン社(かなで文庫) 2024年7月

甘えん坊

「かみさまのベビーシッター. 4」廣嶋玲子作;木村いこ絵 理論社 2024年12月

アルバイト、パート、契約社員、派遣社員

「100億円求人 = 10,000,000,000 yen job offer」あんのまる作;moto絵 KADOKAWA (KADOKAWA TSUBASA BOOKS) 2024年2月

「イズミ」小手鞠るい著 偕成社 2024年12月

「ギリギリチョイス天国か?地獄か?:選択型ショート・ストーリー」粟生こずえ著;eskイラスト ポプラ社 2024年8月

アレルギー

「みおちゃんも猫好きだよね?」神戸遥真作 金の星社 2024年7月

偉人、歴史上人物

「JC紫式部. 1」石崎洋司作;阿倍野ちゃこ絵 講談社(講談社青い鳥文庫) 2024年2月

「JC紫式部. 2」石崎洋司作;阿倍野ちゃこ絵 講談社(講談社青い鳥文庫) 2024年6月

「JC紫式部. 3」石崎洋司作;阿倍野ちゃこ絵 講談社(講談社青い鳥文庫) 2024年10月

「アインシュタインをすくえ!:時間と空間をこえた8日間」コーネリア・フランツ作;若松宣子訳;スカイエマ絵 文溪堂 2024年1月

「アンネ・フランクの奇跡」橋本喜代次著 東京図書出版 リフレ出版 2024年3月

「きつねの橋. 巻の3」久保田香里作;佐竹美保絵 偕成社 2024年8月

「源氏物語:光る君とみやびなる姫たち」紫式部作;藤咲あゆな訳;マルイノ絵 集英社(集英社みらい文庫) 2024年5月

「江戸を照らせ:蔦屋重三郎の挑戦」小前亮作;中島花野画 小峰書店 2024年11月

「行く手、はるかなれど:グスタフ・ヴァーサ物語」菱木晃子作 徳間書店 2024年1月

「三国志. 10」小前亮文;中山けーしょー絵 静山社(静山社ペガサス文庫) 2024年4月

「三国志. 9」小前亮文;中山けーしょー絵 静山社(静山社ペガサス文庫) 2024年2月

「十四才の娘のための源氏物語:いつの日か、君が原文に挑むことを願いつつ」三輪純也著 銀河書籍 2024年10月

「出てこい、写楽!:蔦重編集日記」楠木誠一郎作;平沢下戸絵 静山社 2024年9月

「姫さまですよねっ!? 3」ソウマチ著;七海喜つゆりイラスト 小学館(小学館ジュニア文庫) 2024年8月

「幕末レボリューション![2]」五十嵐美怜作;雪丸ぬん絵 集英社(集英社みらい文庫) 2024年2月

「歴史ゴーストバスターズ. 7」あさばみゆき作;左近堂絵里絵 ポプラ社(ポプラキミノベル) 2024年1月

「歴史ゴーストバスターズ. 8」 あさばみゆき作;左近堂絵里絵 ポプラ社(ポプラキミノベル) 2024年6月

居候、同居人

「12星座男子. 2」 みずのまい作;福きつね絵 ポプラ社(ポプラキミノベル) 2024年2月

「アンネ・フランクの奇跡」 橋本喜代次著 東京図書出版 リフレ出版 2024年3月

「ヴァンパイアくん、溺愛注意報!:今日から吸血鬼の花嫁に!?―カドカワ読書タイム」 望月くらげ著;左近堂絵里イラスト KADOKAWA 2024年9月

「うちのキチント星人」 佐藤まどか作;中田いくみ絵 フレーベル館(ものがたりの庭) 2024年7月

「この恋は、ぜったいヒミツ。. [4]」 このはなさくら著;遠山えま絵 スターツ出版(野いちごジュニア文庫) 2024年4月

「スターライト!」 ゆいっと作;魚師絵 講談社(講談社青い鳥文庫) 2024年6月

「セレブ学園の最強男子×4から、なぜか求愛されています。―取り扱い注意最強男子シリーズ」 ゆいっと著;乙女坂心絵 スターツ出版(野いちごジュニア文庫) 2024年10月

「海色ダイアリー. [12]」 みゆ作;加々見絵里絵 集英社(集英社みらい文庫) 2024年3月

「海色ダイアリー. [13]」 みゆ作;加々見絵里絵 集英社(集英社みらい文庫) 2024年7月

「学園トップ男子の溺愛は配信禁止です!―取り扱い注意最強男子シリーズ」 高杉六花著;カトウロカ絵 スターツ出版(野いちごジュニア文庫) 2024年8月

「鬼の花嫁. 1」 クレハ著;ニナハチ絵 スターツ出版(野いちごジュニア文庫) 2024年11月

「求愛されるにはワケがある!?:ナゾの四兄弟と薬指の約束」 みゆ著;本田ロアロイラスト PHP研究所(PHPジュニアノベル) 2024年3月

「鮫嶋くんの甘い水槽」 蜂賀三月作;みすみ絵 アルファポリス 星雲社(アルファポリスきずな文庫) 2024年5月

「七瀬くん家の3兄弟. [4]」 青山そらら作;たしろみや絵 集英社(集英社みらい文庫) 2024年3月

「七瀬くん家の3兄弟. [5]」 青山そらら作;たしろみや絵 集英社(集英社みらい文庫) 2024年8月

「神さまの通り道. [2]」 村上しいこ作;柴田ゆう絵 偕成社 2024年12月

「同居中の総長さま×4が距離感バグってます!」 中小路かほ著;川名すず絵 スターツ出版(野いちごジュニア文庫) 2024年5月

「訳ありイケメンと同居中です!!:推し活女子、俺様王子を拾う」 東里胡著;八神千歳イラスト 小学館(小学館ジュニア文庫) 2024年10月

「恋するワケありシェアハウス:イケメンたちとのヒミツの同居生活はドキドキです!」 青山そらら著;お天気屋イラスト PHP研究所(PHPジュニアノベル) 2024年11月

いたずらっ子、悪ガキ、わんぱく、ガキ大将

「じごく小学校. [3]―じごく小学校シリーズ；3」有田奈央作;安楽雅志絵 ポプラ社 2024年3月

「じごく小学校. [4]―じごく小学校シリーズ；4」有田奈央作;安楽雅志絵 ポプラ社 2024年8月

宇宙人、異星人

「おばけ宇宙大戦争―水木しげるのおばけ学校；4」水木しげる著 ポプラ社 2024年9月

「セカイの千怪奇. 4」木滝りま;太田守信作 岩崎書店 2024年12月

「参上!ヌンチャクゴリラ」川之上英子;川之上健作;朝倉世界一絵 岩崎書店 2024年10月

エリート、優等生

「17シーズン = 17season：巡るふたりの五七五」百舌涼一著 講談社 2024年2月

「アオハルロック宣言!：クラスの問題児はギター男子!?」清谷ロジィ作;花瀬はる絵 集英社(集英社みらい文庫) 2024年4月

「ケモカフェ!：獣人男子の花嫁候補になっちゃった!?」*あいら*作;しろこ絵 ポプラ社(ポプラキミノベル) 2024年9月

「じごく小学校. [4]―じごく小学校シリーズ；4」有田奈央作;安楽雅志絵 ポプラ社 2024年8月

「バラの咲く日に：生きづらさの庭で」藤原千奈 文芸社 2024年4月

「ハリー・ポッターと謎のプリンス. 6-2―ハリー・ポッター；15」J.K.ローリング作;松岡佑子訳 静山社(静山社ペガサス文庫) 2024年10月

「学級委員は負けない：ジュニア版―青空小学校いろいろ委員会；8」小松原宏子作;あわい絵 ほるぷ出版 2024年1月

「吸血鬼と薔薇少女 = VAMPIRE AND THE ROSE. 3」*あいら*著;朝香のりこ絵&原作 スターツ出版(野いちごジュニア文庫) 2024年10月

「七色スターズ! 2」深海ゆずは作;桂イチホ絵 KADOKAWA(角川つばさ文庫) 2024年2月

「七色スターズ! 3」深海ゆずは作;桂イチホ絵 KADOKAWA(角川つばさ文庫) 2024年9月

「超一流インストール：プロの力で大事件解決!?」吹井乃菜作;逢坂レイ絵 KADOKAWA(角川つばさ文庫) 2024年1月

LGBTQ

「かわいく〈なく〉てごめん：恋と結婚について(本気で)考えてみた」小林深雪作;牧村久実絵 講談社(講談社青い鳥文庫) 2024年9月

「きのうの君とみらいの君へ：思春期の6人の物語」天川栄人作;くりたゆき本文イラスト 集英社(集英社みらい文庫) 2024年6月

「キングと兄ちゃんのトンボ―金原瑞人選モダン・クラシックYA」ケイスン・キャレンダー著;島田明美訳 作品社 2024年4月

「スタート = START―読書の時間 ; 19」楠章子作;みなはむ絵 あかね書房 2024年3月

王様、皇帝

「5秒後に意外な結末 : ミダス王の黄金の指先―「5分後に意外な結末」シリーズ」桃戸ハル編著;usi絵 Gakken 2024年1月

「アポロンと5つの神託. 3-下―パーシー・ジャクソンとオリンポスの神々 ; シーズン3」リック・リオーダン作;金原瑞人;小林みき訳 静山社(静山社ペガサス文庫) 2024年1月

「アポロンと5つの神託. 4-上―パーシー・ジャクソンとオリンポスの神々 ; シーズン3」リック・リオーダン作;金原瑞人;小林みき訳 静山社(静山社ペガサス文庫) 2024年3月

「いいわけはつづくよどこまでも」岡田淳作;田中六大絵 偕成社 2024年6月

「カトーレンの王」ヤン・テルラウ作;西村由美訳;にしざかひろみ絵 小学館(小学館世界J文学館セレクション) 2024年11月

「こそあどの森のないしょの時間 : Other Stories of the Kosoado Woods―こそあどの森の物語」岡田淳作 理論社 2024年5月

「バーティミアス ソロモンの指輪. 1」ジョナサン・ストラウド作;金原瑞人;松山美保訳 静山社(静山社ペガサス文庫) 2024年3月

「バーティミアス ソロモンの指輪. 2」ジョナサン・ストラウド作;金原瑞人;松山美保訳 静山社(静山社ペガサス文庫) 2024年3月

「バーティミアス ソロモンの指輪. 3」ジョナサン・ストラウド作;金原瑞人;松山美保訳 静山社(静山社ペガサス文庫) 2024年3月

「王様のキャリー = King's Carry」まひる著 講談社 2024年8月

「三国志. 9」小前亮文;中山けーしょー絵 静山社(静山社ペガサス文庫) 2024年2月

王子様

「キュリオとオウムの王子」斉藤洋作;ももろ絵 講談社(わくわくライブラリー) 2024年1月

「クリスマス・キャロル」チャールズ・ディケンズ;オスカー・ワイルド作;村岡花子作・訳;村岡美枝;村岡恵理訳編集 講談社 2024年10月

「ジューナとベール」中村応子 パレード(Parade books) 2024年2月

「シンデレラのおねえさん―飛ぶ教室の本」おくはらゆめ文・絵 光村図書出版 2024年4月

「らくだい魔女と黒の城の王子」成田サトコ作;千野えなが絵 ポプラ社(ポプラポケット文庫) 2024年3月

「小説星降る王国のニナ」リカチ原作・絵;もえぎ桃文 講談社(講談社青い鳥文庫) 2024年11月

「星の王子さま」アントワーヌ・ド・サン=テグジュペリ著;青木智美訳 玄光社 2024年10月

「星の王子さま：新訳：王子さまがくれたバトン」サン=テグジュペリ;詩月心訳 学術研究出版 2024年4月

「天宮家の王子さま. [11]」白井ごはん作;ひと和絵 集英社(集英社みらい文庫) 2024年12月

「天宮家の王子さま. [9]」白井ごはん作;ひと和絵 集英社(集英社みらい文庫) 2024年4月

王女、お姫様、女王、お妃

「Disneyハロウィーンストーリーズ」ディズニー・ストーリーブック・アートチーム絵;大畑隆子訳・文 うさぎ出版 永岡書店 2024年9月

「アミとミアのプリンセス・ドレス：かがみの国のときめきジュエル」和田奈津子文;七海喜つゆり絵 KADOKAWA 2024年2月

「ウイングス・オブ・ファイア. 2」トゥイ・タマラ・サザーランド著;田内志文訳;山村れぇイラスト 平凡社 2024年11月

「ジューナとベール」中村応子 パレード(Parade books) 2024年2月

「ジュディ★モード、女王さまになる!?―ジュディ・モードとなかまたち；14」メーガン・マクドナルド作;ピーター・レイノルズ絵;宮坂宏美訳 小峰書店 2024年8月

「シンデレラのおねえさん―飛ぶ教室の本」おくはらゆめ文・絵 光村図書出版 2024年4月

「ステラとチョコレートの星のプリンセス―おはなしトントン」深谷しずく作;星谷ゆき絵 岩崎書店 2024年11月

「ティアムーン帝国物語：断頭台から始まる、姫の転生逆転ストーリー. 5」餅月望作;U35絵;Gilseキャラクター原案 TOブックス(TOジュニア文庫) 2024年2月

「ティアムーン帝国物語：断頭台から始まる、姫の転生逆転ストーリー. 6」餅月望作;U35絵;Gilseキャラクター原案 TOブックス(TOジュニア文庫) 2024年9月

「ディズニープリンセスなんども読みたい13人のおはなし」講談社編;駒田文子構成・文 講談社 2024年10月

「ひまな王女さま」きたがわ雅子著 文芸社 2024年6月

「プリンセス・ダイアリー = The Princess Diaries. 6」メグ・キャボット著;代田亜香子訳 静山社 2024年8月

「プリンセス・ダイアリー = The Princess Diaries. 8」メグ・キャボット著;代田亜香子訳 静山社 2024年12月

「ほたる姫」松田勉著 文芸社 2024年6月

「やなせたかしの新アラビアンナイト. 3」やなせたかし著 クレヴィス 2024年3月

「レット・イット・ゴー：エルサとアナがおたがいを知らずに育った〈もしも〉の世界. 下―ディズニーツイステッドテール. ゆがめられた世界」ジェン・カロニータ著;池本尚美訳 Gakken 2024年6月

「レット・イット・ゴー：エルサとアナがおたがいを知らずに育った〈もしも〉の世界. 上―ディズニーツイステッドテール. ゆがめられた世界」ジェン・カロニータ著;池本尚美訳 Gakken 2024年6月

「王女さまのお手紙つき. 4」ポーラ・ハリソン原作;チーム151E☆企画・構成;ajico;中島万璃絵 Gakken 2024年1月

「源氏物語：光る君とみやびなる姫たち」紫式部作;藤咲あゆな訳;マルイノ絵 集英社(集英社みらい文庫) 2024年5月

「紫の女王」小森香折作;平澤朋子絵 偕成社 2024年3月

「十四才の娘のための源氏物語：いつの日か、君が原文に挑むことを願いつつ」三輪純也著 銀河書籍 2024年10月

「小説星降る王国のニナ」リカチ原作・絵;もえぎ桃文 講談社(講談社青い鳥文庫) 2024年11月

「色のようせい：12色+1―ようせいじてん」小手鞠るい作;くまあやこ絵 講談社(わくわくライブラリー) 2024年6月

「白豚貴族ですが前世の記憶が生えたのでひよこな弟育てます. 3」やしろ作;玖珂つかさ絵;keepoutキャラクター原案 TOブックス(TOジュニア文庫) 2024年4月

「姫さまですよねっ!? 3」ソウマチ著;七海喜つゆりイラスト 小学館(小学館ジュニア文庫) 2024年8月

狼男

「吸血鬼と薔薇少女 = VAMPIRE AND THE ROSE. 2」*あいら*著;朝香のりこ絵&原作 スターツ出版(野いちごジュニア文庫) 2024年6月

お客、訪問客、客人

「カフェ・スノードーム」石井睦美文;杉本さなえ絵 アリス館 2024年12月

「こうかんや」小川としあき 文芸社 2024年4月

「シュガーココムー小さなお菓子屋さんの物語：たいせつなきもち」サンエックス原作・絵;白井かなこ著 小学館(小学館ジュニア文庫) 2024年11月

「スナックこども」令丈ヒロ子さく;まつながもええ 理論社 2024年4月

「ハロウィーンまで、まってなさい」ミリアム・ヤング作;小宮由訳;平澤朋子絵 岩波書店 2024年9月

「へんてこもりのころがりざか―へんてこもりのはなし；6」たかどのほうこ作・絵 偕成社 2024年10月

「安房直子絵ぶんこ. 5」安房直子文 あすなろ書房 2024年6月

「安房直子絵ぶんこ. 6」安房直子文 あすなろ書房 2024年7月

「安房直子絵ぶんこ. 9」安房直子文 あすなろ書房 2024年10月

「銭天堂 : ふしぎ駄菓子屋. 吉凶通り1」廣嶋玲子作;jyajya絵 偕成社 2024年5月

おじさん

「直紀とひみつの鏡池」山下みゆき作;もなか絵 静山社 2024年12月

おじぞうさま

「こらしめじぞう. 2」村上しいこ著;軽部武宏絵 静山社 2024年6月

おしゃべり

「うさぎになった日」村中李衣文;しらとあきこ絵 世界文化ブックス 世界文化社 2024年3月

「ワンダー」R.J.パラシオ作;中井はるの訳 ほるぷ出版 2024年10月

「女の子とバケツのおはなし」こえちかな著 みらいパブリッシング 星雲社 2024年11月

「朝読みのライスおばさん」長江優子作;みずうちさとみ絵 理論社 2024年11月

大人

「となりのきみのクライシス」濱野京子作;トミイマサコ絵 さ・え・ら書房 2024年1月

鬼

「おにのおしごと」花野猫著 文芸社 2024年7月

「クラス崩壊すごろくゲーム」野月よひら著;なこ絵 スターツ出版(野いちごジュニア文庫) 2024年12月

「ネコがおどれば、鬼が来る!―ホオズキくんのオバケ事件簿 ; 7」富安陽子作;小松良佳絵 ポプラ社 2024年9月

「ふしぎ町のふしぎレストラン. 7」三田村信行作;あさくらまや絵 あかね書房 2024年1月

「リアル鬼ごっこファイナル. 下」江坂純著;山田悠介原案・監修;さくしゃ2イラスト 小学館(小学館ジュニア文庫) 2024年11月

「リアル鬼ごっこファイナル. 上」江坂純著;山田悠介原案・監修;さくしゃ2イラスト 小学館(小学館ジュニア文庫) 2024年7月

「夏日祭典驚魂記―樂讀456 ; 初階 111 妖怪一族 ; 2」富安陽子文;山村浩二圖;游韻馨譯 親子天下 2024年2月

「鬼の花嫁. 1」クレハ著;ニナハチ絵 スターツ出版(野いちごジュニア文庫) 2024年11月

「鬼の花嫁. 2」クレハ著;ニナハチ絵 スターツ出版(野いちごジュニア文庫) 2024年11月

「鬼八伝説」中村地平作;せきやよいイラスト ヒムカ出版 2024年5月

「好きでも嫌いなあまのじゃく」三國月々子文;YUME挿絵;柴山智隆;コロリド・ツインエンジン原作 KADOKAWA(角川つばさ文庫) 2024年5月

「青鬼. [12]」noprops原作;黒田研二著;鈴羅木かりんイラスト PHP研究所(PHPジュニアノベル) 2024年2月

「青鬼調査クラブ. 10」noprops;黒田研二原作;波摘著;鈴羅木かりんイラスト PHP研究所(PHPジュニアノベル) 2024年10月

「青鬼調査クラブ. 9」noprops;黒田研二原作;波摘著;鈴羅木かりんイラスト PHP研究所(PHPジュニアノベル) 2024年3月

「絶望鬼ごっこ. [23]」針とら作;みもり絵 集英社(集英社みらい文庫) 2024年2月

「絶望鬼ごっこ. [24]」針とら作;みもり絵 集英社(集英社みらい文庫) 2024年7月

「転校生はおんみょうじ!」咲間咲良作;riri絵 アルファポリス 星雲社(アルファポリスきずな文庫) 2024年11月

鬼>吸血鬼

「ヴァンパイアくん、溺愛注意報!:今日から吸血鬼の花嫁に!?―カドカワ読書タイム」望月くらげ著;左近堂絵里イラスト KADOKAWA 2024年9月

「きょうふの店ゾクゾク. 2」マグダレナ・ハイ作;古市真由美訳;Nelnal絵 ほるぷ出版 2024年12月

「吸血鬼チャランポラン―水木しげるのおばけ学校;5」水木しげる著 ポプラ社 2024年9月

「吸血鬼と薔薇少女 = VAMPIRE AND THE ROSE. 2」*あいら*著;朝香のりこ絵&原作 スターツ出版(野いちごジュニア文庫) 2024年6月

「吸血鬼と薔薇少女 = VAMPIRE AND THE ROSE. 3」*あいら*著;朝香のりこ絵&原作 スターツ出版(野いちごジュニア文庫) 2024年10月

「吸血鬼と薔薇少女. 1」朝香のりこ絵&原作;*あいら*著 スターツ出版(野いちごジュニア文庫) 2024年2月

「溺愛限界レベルヴァンパイア祭!」*あいら*ほか著;朝香のりこ絵 スターツ出版(野いちごジュニア文庫) 2024年7月

「霧島くんは普通じゃない. [10]」麻井深雪作;那流絵 集英社(集英社みらい文庫) 2024年4月

「霧島くんは普通じゃない. [11]」麻井深雪作;那流絵 集英社(集英社みらい文庫) 2024年12月

おばけ、幽霊、生霊

「3年A組おばけ教室―水木しげるのおばけ学校;6」水木しげる著 ポプラ社 2024年9月

「3分後にゾッとする話最凶スポット」野宮麻未;怖い話研究会著;マニアニイラスト 理論社 2024年11月

「オカルト研究会と幽霊トンネル—オカルト研究会シリーズ；2」緑川聖司著;水輿ゆい絵 朝日新聞出版(ナゾノベル) 2024年2月

「おばけのアッチくるくるピザコンクール—小さなおばけ；48」角野栄子さく;佐々木洋子え ポプラ社(ポプラ社の新・小さな童話) 2024年10月

「おばけマイコンじゅく—水木しげるのおばけ学校；11」水木しげる著 ポプラ社 2024年9月

「おばけレストラン—水木しげるのおばけ学校；10」水木しげる著 ポプラ社 2024年9月

「かいけつ!おばけミステリー—おばけのポーちゃん；15」吉田純子作;つじむらあゆこ絵 あかね書房 2024年10月

「きょうふの店ゾクゾク. 1」マグダレナ・ハイ作;古市真由美訳;Nelnal絵 ほるぷ出版 2024年10月

「きょうふの店ゾクゾク. 2」マグダレナ・ハイ作;古市真由美訳;Nelnal絵 ほるぷ出版 2024年12月

「ぐうたら魔女ホーライまた来た!」柏葉幸子作;長田恵子絵 理論社 2024年11月

「こらしめじぞう. 2」村上しいこ著;軽部武宏絵 静山社 2024年6月

「スリーピー・ホローの伝説」ワシントン・アーヴィング作;齊藤昇訳;アンヴィル奈宝子絵 鳥影社 2024年10月

「セカイの千怪奇. 3」木滝りま;太田守信作 岩崎書店 2024年5月

「ネコがおどれば、鬼が来る!—ホオズキくんのオバケ事件簿；7」富安陽子作;小松良佳絵 ポプラ社 2024年9月

「ブルートレインおばけ号—水木しげるのおばけ学校；3」水木しげる著 ポプラ社 2024年9月

「モンスター・ホテルでめしあがれ」柏葉幸子作;高畠純絵 小峰書店 2024年3月

「ゆうれい電車—水木しげるのおばけ学校；2」水木しげる著 ポプラ社 2024年9月

「ラストで君は「まさか!」と言う. 溺れるほどの涙—3分間ノンストップショートストーリー」PHP研究所編 PHP研究所 2024年3月

「夏がいく」伊多波碧作;おとないちあき絵 理論社 2024年6月

「科学探偵VS.幽霊船の海賊—科学探偵謎野真実シリーズ」佐東みどりほか作;kotona絵 朝日新聞出版 2024年7月

「海のこびとと霧のおばけ」サリー・ガードナー作;リディア・コーリー絵;中井はるの訳 ポプラ社 2024年2月

「教室の怖い噂—キミが開く恐怖の扉ホラー傑作コレクション」辻村深月;近藤史恵;澤村伊智著;朝宮運河編 汐文社 2024年11月

「守護霊探偵アンバー：怪盗ムーンからペンダントを守れ!」小谷杏子作;ほし絵 アルファポリス 星雲社(アルファポリスきずな文庫) 2024年2月

「出来損ないと呼ばれた元英雄は、実家から追放されたので好き勝手に生きることにした. 3」紅月シン作;柚希きひろ絵;ちょこ庵キャラクター原案 TOブックス(TOジュニア文庫) 2024年6月

「青星学園★チームEYE-Sの事件ノート. [19]」相川真作;立樹まや絵 集英社(集英社みらい文庫) 2024年3月

「切り裂かれた絵画―LIAR：嘘つきは、誰だ?」野月よひら著 Gakken 2024年12月

「中学生ウィーチューバーの心霊スポットMAP. 1」じゅんれいか作;冬木絵 アルファポリス 星雲社(アルファポリスきずな文庫) 2024年8月

「友だちは給食室のゆうれい」草野あきこ文;山田花菜絵 金の星社 2024年9月

「幽霊屋敷予定地―怪ぬしさまシリーズ」地図十行路著;ニナハチ絵 朝日新聞出版(ナゾノベル) 2024年7月

「歴史ゴーストバスターズ. 7」あさばみゆき作;左近堂絵里絵 ポプラ社(ポプラキミノベル) 2024年1月

「歴史ゴーストバスターズ. 8」あさばみゆき作;左近堂絵里絵 ポプラ社(ポプラキミノベル) 2024年6月

「歴史ゴーストバスターズ. 9」あさばみゆき作;左近堂絵里絵 ポプラ社(ポプラキミノベル) 2024年11月

おばさん

「朝読みのライスおばさん」長江優子作;みずうちさとみ絵 理論社 2024年11月

御曹司、後継者

「スパイガール!：ミッションは御曹司のボディーガード!?」相川真作;葛西尚絵 集英社(集英社みらい文庫) 2024年7月

「スパイガール! [2]」相川真作;葛西尚絵 集英社(集英社みらい文庫) 2024年11月

「夏がいく」伊多波碧作;おとないちあき絵 理論社 2024年6月

外国人

「NEW HORIZON青春白書. Unit1」本田久作著;佳奈絵 東京書籍 2024年4月

「あなたの国では = What's It Like Where You Live?」小手鞠るい著 さ・え・ら書房 2024年6月

「アンネ・フランクの奇跡」橋本喜代次著 東京図書出版 リフレ出版 2024年3月

「エトワール! 14」梅田みか作;結布絵 講談社(講談社青い鳥文庫) 2024年7月

「おとひめさまのうた」いまむらきよみ;ラヘル・ファン・コーイさく てらいんく 2024年7月

「みんなにもっとひかりあれ!：ダウン症の妹がいるあかりと、みんなの二分の一成人式」金子あつし作;ぽえ絵 読書日和 2024年10月

「要の台所」落合由佳著 講談社 2024年4月

怪人

「絶命教室：怪人ミラーとの恐怖のゲーム. 3」ウェルザード作;赤身ふみお絵 アルファポリス 星雲社(アルファポリスきずな文庫) 2024年3月

海賊、盗賊、泥棒、怪盗、義賊

「TVシリーズ特別編集版名探偵コナンVS.怪盗キッド」青山剛昌原作;宮下隼一脚本・構成;水稀しま著 小学館(小学館ジュニア文庫) 2024年1月

「おしりたんていあらたなるかいとう―おしりたんていシリーズ. おしりたんていファイル ; 11」トロルさく・え ポプラ社 2024年3月

「おしりたんていかいとうUのおとしもの―おしりたんていシリーズ. おしりたんていファイル ; 12」トロルさく・え ポプラ社 2024年11月

「カーニバルに消えたダイヤを追え―痛快!マジック同盟ミスフィッツ ; A」ニール・パトリック・ハリス;アレック・アザム作;松山美保訳 静山社 2024年7月

「かいけつゾロリいただき!!なぞのどデカダイアモンド―かいけつゾロリシリーズ ; 75」原ゆたかさく・え ポプラ社(ポプラ社の新・小さな童話) 2024年12月

「もうひとつの『ピーター・パン』：キャプテン・フックの誕生―Disney VILLAINS」講談社編;ローリー・ラングドン著;岡田好惠訳 講談社(講談社KK文庫) 2024年5月

「リセット. 6」如月ゆすら作;市井あさ絵 アルファポリス 星雲社(アルファポリスきずな文庫) 2024年10月

「科学探偵VS.幽霊船の海賊―科学探偵謎野真実シリーズ」佐東みどりほか作;kotona絵 朝日新聞出版 2024年7月

「華麗なる探偵アリス&ペンギン. [23]」南房秀久著;あるやイラスト 小学館(小学館ジュニア文庫) 2024年2月

「怪盗クイーンインド『もう一つの0』」はやみねかおる作;K2商会絵 講談社(講談社青い鳥文庫) 2024年7月

「怪盗グルーのミニオン超変身」代田亜香子著 小学館(小学館ジュニア文庫) 2024年7月

「怪盗レッド. 25」秋木真作;しゅー絵 KADOKAWA(角川つばさ文庫) 2024年3月

「山のバルナボ」ディーノ・ブッツァーティ作;川端則子訳;山村浩二絵 岩波書店(岩波少年文庫) 2024年7月

「小説映画ドラえもんのび太のひみつ道具博物館」藤子・F・不二雄原作;福島直浩著;清水東脚本;寺本幸代監督 小学館(小学館ジュニア文庫) 2024年10月

「青星学園★チームEYE-Sの事件ノート. [20]」相川真作;立樹まや絵 集英社(集英社みらい文庫) 2024年9月

「謎解きミステリー東大クロスワード」西岡壱誠監修;東大カルペ・ディエム著 リベラル社 星雲社 2024年3月

「名探偵コナン：怪盗キッドセレクション月下の幻像」酒井匙著;青山剛昌原作・イラスト 小学館(小学館ジュニア文庫) 2024年4月

「名探偵コナン100万ドルの五稜星」水稀しま著;青山剛昌原作;大倉崇裕脚本 小学館(小学館ジュニア文庫) 2024年4月

飼い主

「おいら、すてネコ『たまご』です―文研ブックランド」山口理作;こがしわかおり絵 文研出版 2024年6月

「さかのうえのねこ」いとうみく作;よしむらめぐ絵 あかね書房 2024年4月

「ジョンの贈り物」高橋幸枝作;圭太絵 文芸社 2024年4月

「しろいねこリリー」くさのたき作;よしむらめぐ絵 金の星社 2024年9月

「ぼくの家族」ふるたえつこ著 文芸社 2024年2月

「犬のふくびき」木内南緒作;よしむらめぐ絵 岩崎書店 2024年3月

「犬を飼ったら、大さわぎ! 1」トゥイ・T.サザーランド作;相良倫子訳 徳間書店 2024年8月

「犬を飼ったら、大さわぎ! 2」トゥイ・T.サザーランド作;相良倫子訳 徳間書店 2024年12月

「動物探偵ミア. [13]―動物探偵ミア；13」ダイアナ・キンプトン作;武富博子訳;花珠絵 ポプラ社 2024年4月

怪物、怪獣

「青鬼. [12]」noprops原作;黒田研二著;鈴羅木かりんイラスト PHP研究所(PHPジュニアノベル) 2024年2月

「青鬼調査クラブ. 10」noprops;黒田研二原作;波摘著;鈴羅木かりんイラスト PHP研究所(PHPジュニアノベル) 2024年10月

「青鬼調査クラブ. 9」noprops;黒田研二原作;波摘著;鈴羅木かりんイラスト PHP研究所(PHPジュニアノベル) 2024年3月

架空生物、未確認生物

「こちら、ヒミツのムー調査団! 2」大久保開作;ゆえ絵;ムー編集部監修 Gakken 2024年2月

「こちら、ヒミツのムー調査団! 3」大久保開作;ゆえ絵;ムー編集部監修 Gakken 2024年7月

かっぱ

「カッパの三平水泳大会―水木しげるのおばけ学校；7」水木しげる著 ポプラ社 2024年9月

「カッパの三平魔法だぬき―水木しげるのおばけ学校；8」水木しげる著 ポプラ社 2024年9月

「へのへのカッパせんせい. [8]―へのへのカッパせんせいシリーズ；8」樫本学ヴさく・え 小学館 2024年8月

「ぼくの町の妖怪―休み時間で完結パステルショートストーリー ; Light Brown」野泉マヤ作;TAKA絵 国土社 2024年2月

「花と星とイルカと河童 : 吉尾令子童話集」吉尾令子 吉尾令子 熊日出版 2024年7月

「天久鷹央の推理カルテ = Ameku Takao's Detective Karte : カッパの秘密とナゾの池」知念実希人作;一束挿絵 実業之日本社 2024年12月

神様、女神、観音様、仏様

「アーバンドラゴン : ゲリラ豪雨と神様」髙橋宏美著 文芸社 2024年5月

「いばらの髪のノラ = thorn-haired Nora. 2」日向理恵子作;吉田尚令絵 童心社 2024年6月

「かみさまのベビーシッター. 4」廣嶋玲子作;木村いこ絵 理論社 2024年12月

「トルストイ童話集」トルストイ原著;水谷まさる編・譯 富山房企畫 冨山房インターナショナル 2024年8月

「ほたる姫」松田勉著 文芸社 2024年6月

「まだ青き神々の歌 :「古事記」～スサノオ青春伝―青春訳名作シリーズ」エコツミ著 Gakken 2024年7月

「みえちゃうなんて、ヒミツです。: イケメン男子と学園鑑定団」陽炎氷柱作;雪丸ぬん絵 アルファポリス 星雲社(アルファポリスきずな文庫) 2024年10月

「神さまの通り道. [2]」村上しいこ作;柴田ゆう絵 偕成社 2024年12月

「駄菓子屋をまもれ!つくも神大作戦―えんぴつはだまってて ; 2」あんずゆき作;たごもりのりこ絵 文溪堂 2024年4月

「日本の神々の物語」小沢章友作;佐竹美保絵 講談社 2024年2月

帰国子女

「君色パレット = PALETTES OF YOUR COLORS : 多様性をみつめるショートストーリー. 2-[2]」岩崎書店 2024年2月

騎士、剣士

「水属性の魔法使い. 第1部[2]」久宝忠作;たく絵 TOブックス(TOジュニア文庫) 2024年2月

貴族

「おかしな転生 : 最強パティシエ異世界降臨. 5」古流望作;kaworu絵;珠梨やすゆきキャラクター原案 TOブックス(TOジュニア文庫) 2024年3月

「ジュディ★モード、女王さまになる!?―ジュディ・モードとなかまたち ; 14」メーガン・マクドナルド作;ピーター・レイノルズ絵;宮坂宏美訳 小峰書店 2024年8月

「十四才の娘のための源氏物語：いつの日か、君が原文に挑むことを願いつつ」三輪純也著 銀河書籍 2024年10月

「白豚貴族ですが前世の記憶が生えたのでひよこな弟育てます. 2」やしろ作;玖珂つかさ絵;keepoutキャラクター原案 TOブックス(TOジュニア文庫) 2024年2月

「白豚貴族ですが前世の記憶が生えたのでひよこな弟育てます. 3」やしろ作;玖珂つかさ絵;keepoutキャラクター原案 TOブックス(TOジュニア文庫) 2024年4月

「白豚貴族ですが前世の記憶が生えたのでひよこな弟育てます. 4」やしろ作;玖珂つかさ絵 TOブックス(TOジュニア文庫) 2024年8月

「歴史がおもしろい枕草子 = MAKURA-NO-SOSHI:HISTORY'S FASCINATING SIDE―ジュニア版名作に強くなる!」清少納言著;時海結以著;赤間恵都子監修 世界文化社 2024年10月

キャプテン、リーダー

「ふたごの最強総長さまが甘々に独占してくる〈汗〉―取り扱い注意最強男子シリーズ」みゅーな**著;久我山ぼん絵 スターツ出版(野いちごジュニア文庫) 2024年11月

「総長さま、溺愛中につき。. 12」*あいら*著;茶乃ひなの絵 スターツ出版(野いちごジュニア文庫) 2024年12月

強迫性障害、強迫的ホーディング(強迫性貯蔵症)、不安障害

「ダンス★フレンド」カミラ・チェスター作;櫛田理絵訳;早川世詩男絵 小峰書店(ブルーバトンブックス) 2024年10月

「わたしは食べるのが下手」天川栄人作 小峰書店(Sunnyside Books) 2024年6月

嫌われ者

「もしもわたしがあの子なら―ノベルズ・エクスプレス；57」ことさわみ作;あわい絵 ポプラ社 2024年6月

食いしん坊、大食い

「オセロのジャムとにじ色トカゲ」島村木綿子作;はしもとえつよ絵 国土社 2024年6月

「わたしのカレーな夏休み」谷口雅美著;KOUME画 講談社 2024年6月

ゲーマー

「放課後チェンジ：世界を救う?最強チーム結成!」藤並みなと作;こよせ絵 KADOKAWA(角川つばさ文庫) 2024年8月

幻獣

「アーバンドラゴン：ゲリラ豪雨と神様」髙橋宏美著 文芸社 2024年5月

「ウイングス・オブ・ファイア. 1」トゥイ・タマラ・サザーランド著;田内志文訳;山村れぇイラスト 平凡社 2024年7月

「ウイングス・オブ・ファイア. 2」トゥイ・タマラ・サザーランド著;田内志文訳;山村れぇイラスト 平凡社 2024年11月

「スカンダーと裏切りのトライアル」A.F.ステッドマン著;金原瑞人;西田佳子訳 潮出版社 2024年6月

「ドラゴンドリル・ストーリー火山の竜王」大門櫻子作;天野英絵 Gakken 2024年6月

「ハルカの世界」小森香折作;さとうゆうすけ絵 BL出版 2024年12月

「ラナと竜の方舟：沙漠の空に歌え」新藤悦子作;佐竹美保絵 理論社 2024年4月

「ルナとふしぎの国のユニコーン：キズナが生まれるシャボンの島」小春りん作;ao.絵 スターツ出版(野いちごぽっぷ) 2024年11月

「虹の島のお手紙つき. ダイヤモンド編1」ジュリー・サイクス原作;チーム151E☆企画・構成 Gakken 2024年12月

「放課後ミステリクラブ. 5」知念実希人作;Gurin.絵 ライツ社 2024年10月

「魔笛の調べ = A THUNDER OF MONSTERS. 3」S.A.パトリック作;岩城義人訳 評論社 2024年3月

「竜が呼んだ娘. 1」柏葉幸子作;佐竹美保絵 講談社 2024年1月

「竜が呼んだ娘. 2」柏葉幸子作;佐竹美保絵 講談社 2024年3月

「竜が呼んだ娘. 3」柏葉幸子作;佐竹美保絵 講談社 2024年5月

「竜が呼んだ娘. 4」柏葉幸子作;佐竹美保絵 講談社 2024年8月

孤児

「インサイド = INSIDE：この壁の向こうへ」佐藤まどか著 静山社 2024年1月

「オオルリ物語 = A tail of the blue bird. 第1部」前野佳彦絵と文 テクネ 2024年3月

「秘密の花園」F.H.バーネット作;脇明子訳 教文館 2024年3月

「本好きの下剋上. 第3部[3]」香月美夜作;椎名優絵 TOブックス(TOジュニア文庫) 2024年10月

子ども、少年、少女

「あいたくてたまらない：ももいろの貝とやどかりぼうやのお話―福音館創作童話シリーズ」おくやまゆかさく 福音館書店 2024年5月

「アインシュタインをすくえ!：時間と空間をこえた8日間」コーネリア・フランツ作;若松宣子訳;スカイエマ絵 文溪堂 2024年1月

「アドニスの声が聞こえる」フィル・アール作;杉田七重訳 小学館 2024年4月

「アフガンの息子たち」エーリン・ペーション著;ヘレンハルメ美穂訳 小学館 2024年2月

「アミとミアのプリンセス・ドレス：かがみの国のときめきジュエル」和田奈津子文;七海喜つゆり絵 KADOKAWA 2024年2月

「あやし、おそろし、天獄園：銭天堂番外編. 2」廣嶋玲子作;jyajya絵 偕成社 2024年7月

「アンリくん、どうぶつだいすき」エディット・ヴァシュロン文;ヴァージニア・カール文・絵;松井るり子訳 徳間書店 2024年4月

「いつも会う人―休み時間で完結パステルショートストーリー；Gray」新井けいこ作;Lico絵 国土社 2024年10月

「インサイド＝INSIDE：この壁の向こうへ」佐藤まどか著 静山社 2024年1月

「インサイド・ヘッド2」テニー・ネルソン著;代田亜香子訳 小学館（小学館ジュニア文庫）2024年8月

「ヴィンデビー・パズル」ロイス・ローリー著;島津やよい訳 新評論 2024年2月

「オーセッセン・ベーイプイプイの物語」麻野あさ著 文芸社 2024年5月

「おかしな転生：最強パティシエ異世界降臨. 5」古流望作;kaworu絵;珠梨やすゆきキャラクター原案 TOブックス（TOジュニア文庫）2024年3月

「おじいちゃんの目ぼくの目」パトリシア・マクラクラン作;若林千鶴訳;黒井健絵 リーブル 2024年7月

「おねえちゃんって、もうさいこう!―おはなしトントン」いとうみく作;つじむらあゆこ絵 岩崎書店 2024年2月

「おばあちゃんのあかね色―こころのつばさシリーズ」楠章子作;あわい絵 佼成出版社 2024年11月

「おばけマイコンじゅく―水木しげるのおばけ学校；11」水木しげる著 ポプラ社 2024年9月

「オラレ!タコスクィーン＝Orale!Taco Queen―文研じゅべにーるYA」ジェニファー・トーレス作;おおつかのりこ訳 文研出版 2024年6月

「オリバーと金色の瞳. 上」栗須海作・絵 Rose of May 2024年5月

「カーニバルに消えたダイヤを追え―痛快!マジック同盟ミスフィッツ；A」ニール・パトリック・ハリス;アレック・アザム作;松山美保訳 静山社 2024年7月

「かくされた意味に気がつけるか?3分間ミステリー＝Can you notice the hidden meaning?3 minutes mystery：時渡りの鐘」恵莉ひなこ著 ポプラ社 2024年11月

「カッパの三平水泳大会―水木しげるのおばけ学校；7」水木しげる著 ポプラ社 2024年9月

「カッパの三平魔法だぬき―水木しげるのおばけ学校；8」水木しげる著 ポプラ社 2024年9月

「カトーレンの王」ヤン・テルラウ作;西村由美訳;にしざかひろみ絵 小学館（小学館世界J文学館セレクション）2024年11月

「かほちゃんのぼうけん」野神卓夫著 文芸社 2024年7月

「かみさまのベビーシッター. 4」廣嶋玲子作;木村いこ絵 理論社 2024年12月

「キッズバースアドベンチャー = KIDSVERSE ADVENTURE—文研ブックランド」桐谷直文;雛川まつり画 文研出版 2024年7月

「キット：父さんをさがしに」中村応子 パレード(Parade books) 2024年8月

「キュリオとオウムの王子」斉藤洋作;ももろ絵 講談社(わくわくライブラリー) 2024年1月

「グリム童話：こどもと大人のためのメルヘン」グリム著;西本鶏介文・編;藤田新策装丁・さし絵 ポプラ社(子どもたちにつたえたい傑作選) 2024年7月

「グレッグのダメ日記：すごいひみつ—グレッグのダメ日記；19」ジェフ・キニー作;中井はるの訳 ポプラ社 2024年11月

「クロニクル千古の闇. 8」ミシェル・ペイヴァー作;さくまゆみこ訳 評論社 2024年8月

「こねこのモモちゃん美容室」なりゆきわかこ作;トビイルツ絵 ポプラ社(子どもたちにつたえたい傑作選) 2024年11月

「この世で一番妖しい答え・赤—意味がわかると怖い3分間ホラー」意味怖P編;魔夜妖一;えいとえふ作 あかね書房 2024年2月

「コメディ・クイーン」イェニー・ヤーゲルフェルト作;ヘレンハルメ美穂訳 岩波書店 2024年10月

「サッシーは大まじめ. [2]」マギー・ギブソン著;松田綾花訳 小鳥遊書房 2024年6月

「ショコラ・アソート：あの子からの贈りもの」村上雅郁作 フレーベル館(フレーベル館文学の森) 2024年12月

「しろいねこリリー」くさのたき作;よしむらめぐ絵 金の星社 2024年9月

「スナックこども」令丈ヒロ子さく;まつながもええ 理論社 2024年4月

「そしてパンプキンマンがあらわれた」ユソジョン作;キムサンウク絵;すんみ訳 小学館 2024年10月

「だるまさんがころんで」林けんじろう作 岩崎書店 2024年10月

「チカクサク—くもんの児童文学」今井恭子作;いとうあつき画 くもん出版 2024年10月

「ツクルとひみつの改造ボット. 2」辻貴司作;TAKA絵 岩崎書店 2024年12月

「ときめき虹色ライフ：ないしょで子どもぐらしはじめます! 1」皐月なおみ作;森乃なっぱ絵 アルファポリス 星雲社(アルファポリスきずな文庫) 2024年4月

「ドラゴンドリル・ストーリー火山の竜王」大門櫻子作;天野英絵 Gakken 2024年6月

「ななのまほうのふとん—あいち・どくしょタイムぶんこ」愛知県小中学校長会;名古屋市立小中学校長会;愛知県小中学校PTA連絡協議会;名古屋市立小中学校PTA協議会編集 愛知県教育振興会 2024年11月

「はじめて読むがいこくの物語. 1年生」横山洋子監修 Gakken(よみとく10分) 2024年3月

「はじめて読む外国の物語. 2年生」横山洋子監修 Gakken(よみとく10分) 2024年3月

「ハミングベアのくる村」キャサリン・アップルゲイト作;尾高薫訳 偕成社 2024年1月

「ピアノようせいレミーとメロディーのまほう―マジカル☆ピアノレッスン」しめのゆき作;とこゆ絵 ポプラ社 2024年7月

「ひな祭り」くどうてるこ著 文芸社 2024年10月

「ふたご魔女とひみつのお手紙:はじめての魔法学校」櫻いいよ作;佐々木メエ絵 スターツ出版(野いちごぽっぷ) 2024年11月

「フランダースの犬―ビジュアル特別版」ウィーダ原作;森山京文;いせひでこ絵 世界文化社 2024年7月

「プレッツェモリーナ―語りの森昔話集;6」村上郁再話 語りの森 2024年11月

「ぼくがぼくに変身する方法」やませたかゆき作;はせがわはっち絵 岩崎書店 2024年8月

「ぼくたちは宇宙のなかで」カチャ・ベーレン作;こだまともこ訳 評論社 2024年11月

「ぼくのはじまったばかりの人生のたぶんわすれない日々―鈴木出版の児童文学:この地球を生きる子どもたち」イーサン・ロング作・絵;代田亜香子訳 鈴木出版 2024年10月

「ぼくの心は炎に焼かれる:植民地のふたりの少年」ビヴァリー・ナイドゥー作;野沢佳織訳 徳間書店 2024年3月

「ぼくはクルルをまもりたい―本はともだち♪;29」なりゆきわかこ文;いりやまさとし絵 ポプラ社 2024年12月

「ポケットの中の赤ちゃん」宇野和子作・絵 復刊ドットコム 2024年5月

「ほっといて下さい:従魔とチートライフ楽しみたい! 4」三園七詩作;あめや絵 アルファポリス 星雲社(アルファポリスきずな文庫) 2024年1月

「ボンジュール,トゥール」ハンユンソプ著;キムジナ絵;呉華順訳 影書房 2024年2月

「マナティーがいた夏―ほるぷ読み物シリーズ. セカイへの窓」エヴァン・グリフィス作;多賀谷正子訳 ほるぷ出版 2024年7月

「みちのく妖怪ツアー. 宝探し編」佐々木ひとみ;野泉マヤ;堀米薫作;東京モノノケ絵 新日本出版社 2024年7月

「みつばの郵便屋さん = Mitsuba's Postman. 2―小野寺史宜の「みつばの郵便屋さん」シリーズ;2」小野寺史宜著 ポプラ社 2024年9月

「ミヤモトさんちの4男子!? [2]」深海ゆずは作;かるき春絵 講談社(講談社青い鳥文庫) 2024年5月

「ミラクルきょうふ!意味がわかると怖いストーリーQ」白夜月杏編著 西東社 2024年7月

「モアナと伝説の海2」エリザベス・ルドニック著;代田亜香子訳 小学館(小学館ジュニア文庫) 2024年12月

「ようかいばあちゃんと子ようかいすみれちゃん」最上一平作;種村有希子絵 新日本出版社 2024年9月

「ラジコン大海獣—水木しげるのおばけ学校 ; 12」水木しげる著 ポプラ社 2024年9月

「ラッキーボトル号の冒険」クリス・ウォーメル作;柳井薫訳 徳間書店 2024年5月

「ラナと竜の方舟 : 沙漠の空に歌え」新藤悦子作;佐竹美保絵 理論社 2024年4月

「ルナとふしぎの国のユニコーン : キズナが生まれるシャボンの島」小春りん作;ao.絵 スターツ出版(野いちごぽっぷ) 2024年11月

「るりのワンピース」花里真希作;北見葉胡絵 講談社 2024年4月

「ルルとララのかみかみグミ—Maple Street」あんびるやすこ作・絵 岩崎書店 2024年7月

「ワンダー」R.J.パラシオ作;中井はるの訳 ほるぷ出版 2024年10月

「安房直子絵ぶんこ. 3」安房直子文 あすなろ書房 2024年5月

「安房直子絵ぶんこ. 4」安房直子文 あすなろ書房 2024年6月

「闇に願いを」クリスティーナ・スーントーンヴァット著;こだまともこ;辻村万実訳 静山社 2024年3月

「科学探偵vs.終末の大予言. 前編—科学探偵謎野真実シリーズ」佐東みどりほか作;kotona絵 朝日新聞出版 2024年11月

「丘修三児童文学作品集」丘修三著 国土社 2024年9月

「宮沢賢治童話集 : 雨ニモマケズ・風の又三郎など—100年読み継がれる名作」宮沢賢治著;日下明絵;小埜裕二監修 世界文化ブックス 世界文化社 2024年1月

「銀の鈴ものがたりの小径届く : アンソロジー—年刊短編童話アンソロジー ; 第7回」銀の鈴ものがたりの小径編集委員会編 銀の鈴社 2024年5月

「月の目と赤耳 : 老人ホームの二千年物語. 早春編」木村桂子著 鳥影社 2024年6月

「犬にかまれたチイちゃん、動物のおいしゃさんになる」今西乃子作;あたちたち絵 岩崎書店 2024年7月

「犬のふくびき」木内南緒作;よしむらめぐ絵 岩崎書店 2024年3月

「犬を飼ったら、大さわぎ! 1」トゥイ・T.サザーランド作;相良倫子訳 徳間書店 2024年8月

「犬を飼ったら、大さわぎ! 2」トゥイ・T.サザーランド作;相良倫子訳 徳間書店 2024年12月

「見えるもの見えないもの—翔の四季 ; 春」斉藤洋作;いとうあつき絵 講談社 2024年4月

「光の粒が舞いあがる」蒼沼洋人著 PHP研究所(カラフルノベル) 2024年7月

「好きでも嫌いなあまのじゃく」三國月々子文;YUME挿絵;柴山智隆;コロリド・ツインエンジン原作 KADOKAWA(角川つばさ文庫) 2024年5月

「最後の授業 = La Dernière Classe : ドーデショートセレクション―世界ショートセレクション ; 25」 アルフォンス・ドーデ作;平岡敦訳;ヨシタケシンスケ画 理論社 2024年3月

「私立探検家学園. 5」 斉藤倫著;桑原太矩画 福音館書店 2024年9月

「呪ワレタ少年. 2」 佐東みどり;鶴田法男作;なこ絵 KADOKAWA(角川つばさ文庫) 2024年2月

「呪ワレタ少年. 3」 佐東みどり;鶴田法男作;なこ絵 KADOKAWA(角川つばさ文庫) 2024年7月

「女の子とバケツのおはなし」 こえちかな著 みらいパブリッシング 星雲社 2024年11月

「小説星降る王国のニナ」 リカチ原作・絵;もえぎ桃文 講談社(講談社青い鳥文庫) 2024年11月

「少女ソフィアの夏」 トーベ・ヤンソン著;渡部翠訳 講談社 2024年7月

「森と、母と、わたしの一週間」 八束澄子著 ポプラ社(teens' best selections) 2024年10月

「森に帰らなかったカラス」 ジーン・ウィリス作;山﨑美紀訳 徳間書店 2024年10月

「真実の口」 いとうみく著 講談社 2024年4月

「静音と琴音」 HAREMI絵・文 文芸社 2024年10月

「雪女とヒミツのやくそく」 西村さとみ作;ao絵 国土社 2024年11月

「雪娘のアリアナ」 ソフィー・アンダーソン作;メリッサ・カストリヨン絵;長友恵子訳 小学館 2024年11月

「窓の向こう、その先に」 田村理江作;北見葉胡絵 岩崎書店 2024年11月

「中国のフェアリー・テール」 ローレンス・ハウスマン作;松岡享子訳 福音館書店 2024年9月

「直紀とひみつの鏡池」 山下みゆき作;もなか絵 静山社 2024年12月

「直紀とふしぎな庭」 山下みゆき作;もなか絵 静山社 2024年1月

「転ぶ。凸凹探偵チーム」 佐々木志穂美作;よん絵 KADOKAWA(角川つばさ文庫) 2024年8月

「転生したらスライムだった件. 11[下]」 伏瀬作;もりょ絵 マイクロマガジン社(かなで文庫) 2024年9月

「転生したらスライムだった件. 11[上]」 伏瀬作;もりょ絵;みっつばーキャラクター原案 マイクロマガジン社(かなで文庫) 2024年5月

「電子仕掛けのラビリンス」 石川宏千花作 理論社 2024年3月

「逃走中 : オリジナルストーリー. [11]」 小川彗著 集英社(集英社みらい文庫) 2024年5月

「逃走中 : オリジナルストーリー. [12]」 小川彗著 集英社(集英社みらい文庫) 2024年10月

「白豚貴族ですが前世の記憶が生えたのでひよこな弟育てます. 2」 やしろ作;玖珂つかさ絵;keepoutキャラクター原案 TOブックス(TOジュニア文庫) 2024年2月

「白豚貴族ですが前世の記憶が生えたのでひよこな弟育てます. 3」やしろ作;玖珂つかさ絵;keepoutキャラクター原案 TOブックス(TOジュニア文庫) 2024年4月

「白豚貴族ですが前世の記憶が生えたのでひよこな弟育てます. 4」やしろ作;玖珂つかさ絵 TOブックス(TOジュニア文庫) 2024年8月

「秘界マガムジャ村通信」尾張始著 吉備人出版 2024年8月

「変身:消えた少女と昆虫標本—文研ステップノベル」佐藤いつ子作;かない絵 文研出版 2024年5月

「保健室には魔女が必要. [2]」石川宏千花作;赤絵 偕成社(偕成社ノベルフリーク) 2024年11月

「歩く。凸凹探偵チーム」佐々木志穂美作;よん絵 KADOKAWA(角川つばさ文庫) 2024年2月

「僕、ブルーのサウスポー」どれみchan作・絵 文芸社 2024年5月

「魔笛の調べ = A THUNDER OF MONSTERS. 3」S.A.パトリック作;岩城義人訳 評論社 2024年3月

「夢船」合田芳弘著 美巧社 2024年7月

「名探偵コナンの暗号博士 = DETECTIVE CONAN DOCTOR OF CRYPTOGRAPHY—BIG KOROTAN. まんがで学べる!コナン博士シリーズ」青山剛昌原作;情報通信研究機構(NICT)サイバーセキュリティ研究所セキュリティ基盤研究室監修;石井じゅんのすけほかイラスト 小学館 2024年12月

「命をつないだ路面電車」テア・ランノ著;関口英子;山下愛純訳 小学館 2024年7月

「妖怪コンビニ. 5」令丈ヒロ子作;トミイマサコ絵 あすなろ書房 2024年11月

「妖怪大戦争—水木しげるのおばけ学校;9」水木しげる著 ポプラ社 2024年9月

「妖怪島のレストラン. 1」キムミンジョン作;山岸由佳訳 評論社 2024年11月

「翼はなくても」レベッカ・クレーン作;代田亜香子訳 静山社 2024年2月

「竜が呼んだ娘. 4」柏葉幸子作;佐竹美保絵 講談社 2024年8月

「蟲神器オリジナルノベル:大逆転!カードバトル」土橋真二郎著;トリル絵 集英社(集英社みらい文庫) 2024年7月

小人

「海のこびとと霧のおばけ」サリー・ガードナー作;リディア・コーリー絵;中井はるの訳 ポプラ社 2024年2月

「森のちいさな三姉妹 = Three little sisters in the forest:はじめてのおたんじょう日!—ジュニア文学館」楠章子作;井田千秋絵 Gakken 2024年7月

侍、武将、武士、大名、武人

「エイ・エイ・オー！：ぼくが足軽だった夏」佐々木ひとみ作;浮雲宇一絵 新日本出版社 2024年6月

「おれは太巻大左衛門―文研ブックランド」片平直樹作;高畠那生絵 文研出版 2024年7月

「三国志. 10」小前亮文;中山けーしょー絵 静山社（静山社ペガサス文庫） 2024年4月

「三国志. 9」小前亮文;中山けーしょー絵 静山社（静山社ペガサス文庫） 2024年2月

死神

「プロジェクト・モリアーティ = PROJECT MORIARTY. 02」斜線堂有紀著;kaworu絵 朝日新聞出版（ナゾノベル） 2024年12月

「宇都山くんはあくまで救世主：イケメン悪魔に恋されました. 1」相葉すずか作;Noyu絵 アルファポリス 星雲社（アルファポリスきずな文庫） 2024年6月

「死神はお断りです！[2]」紺谷綾作;小鳩ぐみ絵 集英社（集英社みらい文庫） 2024年4月

「余命88日の僕が、同じ日に死ぬ君と出会った話―森田碧の「よめぼく」シリーズ；4」森田碧著 ポプラ社 2024年9月

支配者、権力者

「妖怪島のレストラン. 1」キムミンジョン作;山岸由佳訳 評論社 2024年11月

獣人、エルフ、魚人

「ケモカフェ！：獣人男子の花嫁候補になっちゃった!?」*あいら*作;しろこ絵 ポプラ社（ポプラキミノベル） 2024年9月

「初音一族のキツネたち―シノダ！」富安陽子著;大庭賢哉絵 偕成社 2024年10月

正直者

「ワルイコいねが」安東みきえ著 講談社 2024年11月

シングルマザー、シングルファザー

「ぼくの中にある光」カチャ・ベーレン作;原田勝訳 岩波書店 2024年11月

「みかんファミリー」椰月美智子著 講談社 2024年8月

「光の粒が舞いあがる」蒼沼洋人著 PHP研究所（カラフルノベル） 2024年7月

新人、新米、見習い

「エマはみならいマーメイド. 3」ミランダ・ジョーンズ作;浜崎絵梨訳;谷朋絵 ポプラ社 2024年7月

「フィリムの翼 = Wings of Philim : 飛空騎士の伝説. 下」小前亮作;鈴木康士画 静山社 2024年7月

「みつばの郵便屋さん = Mitsuba's Postman. 2―小野寺史宜の「みつばの郵便屋さん」シリーズ ; 2」小野寺史宜著 ポプラ社 2024年9月

「レーシング!ZOO : キャッ飛ばしレーサー登場! 1」こざきゆう文;やぶのてんや絵 Gakken 2024年10月

「見習い占い師ルキは解決したい! : 友情とキセキのカード」荒井寛子著;三星たまイラスト 小学館(小学館ジュニア文庫) 2024年7月

「守護霊探偵アンバー : 怪盗ムーンからペンダントを守れ!」小谷杏子作;ほし絵 アルファポリス 星雲社(アルファポリスきずな文庫) 2024年2月

スター、人気者

「100年後も、君のいた奇跡を忘れない」湊祥著;noka絵 スターツ出版(野いちごジュニア文庫) 2024年6月

「2分の1フレンズ. 1」浪速ゆう作;さくろ絵 KADOKAWA(角川つばさ文庫) 2024年6月

「5分でスカッと! : この溺愛はまさかすぎ!?」中小路かほほか著;かなめもにか絵 スターツ出版(野いちごジュニア文庫) 2024年4月

「ウタイテ! 7」*あいら*著;茶乃ひなの絵 スターツ出版(野いちごジュニア文庫) 2024年3月

「ウタイテ! 8」*あいら*著;茶乃ひなの絵 スターツ出版(野いちごジュニア文庫) 2024年7月

「ウタイテ! 9」*あいら*著;茶乃ひなの絵 スターツ出版(野いちごジュニア文庫) 2024年11月

「キミにはないしょ! [5]」汐月うた作;こきち絵 集英社(集英社みらい文庫) 2024年2月

「この恋は、ぜったいヒミツ。. [4]」このはなさくら著;遠山えま絵 スターツ出版(野いちごジュニア文庫) 2024年4月

「スイッチ! 14」深海ゆずは作;加々見絵里絵 KADOKAWA(角川つばさ文庫) 2024年5月

「はちみつ色のキミとヒミツの恋をした。」小春りん著;かなめもにか絵 スターツ出版(野いちごジュニア文庫) 2024年1月

「はなしをきいて : 決戦のスピーチコンテスト」マギー・ホーン著;三辺律子訳 理論社 2024年5月

「わたしが少女漫画のヒロインなんて困りますっ!」凩ちの著;阿古わざき絵 スターツ出版(野いちごジュニア文庫) 2024年7月

「学園トップ男子の溺愛は配信禁止です!―取り扱い注意最強男子シリーズ」高杉六花著;カトウロカ絵 スターツ出版(野いちごジュニア文庫) 2024年8月

「吸血鬼と薔薇少女. 1」朝香のりこ絵&原作;*あいら*著 スターツ出版(野いちごジュニア文庫) 2024年2月

「最強クール男子は、本当はずっと溺愛中!?」月瀬まは著;間明田絵 スターツ出版(野いちごジュニア文庫) 2024年5月

「七色スターズ! 3」深海ゆずは作;桂イチホ絵 KADOKAWA(角川つばさ文庫) 2024年9月

「森に帰らなかったカラス」ジーン・ウィリス作;山崎美紀訳 徳間書店 2024年10月

「人気者の如月くんは、私にウソコクするらしい」月瀬まは著;安芸緒絵 スターツ出版(野いちごジュニア文庫) 2024年2月

「人気者男子のヒミツを知ったら、溺愛関係がはじまりました!」星乃びこ著;桂イチホ絵 スターツ出版(野いちごジュニア文庫) 2024年6月

「窓の向こう、その先に」田村理江作;北見葉胡絵 岩崎書店 2024年11月

「爆モテ男子からの「大好き」がとまりません!」ゆいっと著;覡あおひ絵 スターツ出版(野いちごジュニア文庫) 2024年5月

「保健室で寝ていたら、爽やかモテ男子に甘く迫られちゃいました。」凩ちの著;覡あおひ絵 スターツ出版(野いちごジュニア文庫) 2024年9月

「迷子のトウモロコシ」嘉成晴香作 金の星社 2024年9月

「余命88日の僕が、同じ日に死ぬ君と出会った話—森田碧の「よめぼく」シリーズ ; 4」森田碧著 ポプラ社 2024年9月

先輩、上司

「5分でスカッと! : この溺愛はまさかすぎ!?」中小路かほほか著;かなめもにか絵 スターツ出版(野いちごジュニア文庫) 2024年4月

「きみがキセキをくれたから. [3]」五十嵐美怜作;花芽宮るる絵 講談社(講談社青い鳥文庫) 2024年5月

「ぜったいヒミツの両想い. [3]」神戸遥真作;千秋りえ絵 講談社(講談社青い鳥文庫) 2024年4月

「それでも君に伝えたい. [2]」安芸咲良作;池田春香絵 集英社(集英社みらい文庫) 2024年6月

「ひまわりが咲く頃、君と最後の恋をした」汐月うた著;福きつね絵 スターツ出版(野いちごジュニア文庫) 2024年11月

「プリンセス・ダイアリー = The Princess Diaries. 7」メグ・キャボット著;代田亜香子訳 静山社 2024年10月

「紅桃の百色メイク. 1」羽央えり作;星乃屑ありす絵 講談社(講談社青い鳥文庫) 2024年12月

「七瀬くん家の3兄弟. [4]」青山そらら作;たしろみや絵 集英社(集英社みらい文庫) 2024年3月

「小説魔界の主役は我々だ! 1」津田沼篤原作・挿絵;吉岡みつる文;津田沼篤;西修;○○の主役は我々だ!監修 ポプラ社(ポプラキミノベル) 2024年10月

「星中バスケ部オレンジガール. [2]」広瀬未衣作;星屋ハイコ絵 集英社(集英社みらい文庫) 2024年1月

「絶対好きにならない同盟. [8]」夜野せせり作;朝香のりこ絵 集英社(集英社みらい文庫) 2024年5月

「年下男子のルイくんはわたしのことが好きすぎる! [2]」浪速ゆう作;間明田絵 集英社(集英社みらい文庫) 2024年3月

「保健室経由、かねやま本館。. 7」松素めぐり著;おとないちあき装画・挿画 講談社 2024年2月

孫悟空

「はじめて読むがいこくの物語. 1年生」横山洋子監修 Gakken(よみとく10分) 2024年3月

「ふしぎな図書館と消えた西遊記―ストーリーマスターズ ; 5」廣嶋玲子作;江口夏実絵 講談社 2024年3月

「西遊記」武田雅哉訳;トミイマサコ絵 小学館(小学館世界J文学館セレクション) 2024年11月

「西遊記. 16―斉藤洋の西遊記シリーズ ; 16」呉承恩作;斉藤洋文;広瀬弦絵 理論社 2024年3月

ゾンビ、ミイラ、死者

「ささやきの島」フランシス・ハーディング著;エミリー・グラヴェット絵;児玉敦子訳 東京創元社 2024年12月

「さよならミイラ男」福田隆浩著 講談社 2024年2月

「出来損ないと呼ばれた元英雄は、実家から追放されたので好き勝手に生きることにした. 3」紅月シン作;柚希きひろ絵;ちょこ庵キャラクター原案 TOブックス(TOジュニア文庫) 2024年6月

大臣

「カトーレンの王」ヤン・テルラウ作;西村由美訳;にしざかひろみ絵 小学館(小学館世界J文学館セレクション) 2024年11月

「ハリー・ポッターと謎のプリンス. 6-1―ハリー・ポッター ; 14」J.K.ローリング作;松岡佑子訳 静山社(静山社ペガサス文庫) 2024年10月

探偵犬

「名探偵犬コースケ. 2」太田忠司著;NOEYEBROW絵 朝日新聞出版(ナゾノベル) 2024年12月

知的障害、知恵おくれ

「シンプルとウサギのパンパンくん」マリー=オード・ミュライユ作;河野万里子訳 小学館 2024年7月

弟子、後輩、部下、助手、家来、家臣

「エトワール! 13」梅田みか作;結布絵 講談社(講談社青い鳥文庫) 2024年2月

「おくれてきた名探偵」杉山亮作;中川大輔絵 偕成社 2024年5月

「ドリトル先生大航海記―10歳までに読みたい世界名作 ; 31」ヒュー・ロフティング作;那須田淳編訳;脚次郎絵 Gakken 2024年6月

「ひまな王女さま」きたがわ雅子著 文芸社 2024年6月

「ようかいばあちゃんと子ようかいすみれちゃん」最上一平作;種村有希子絵 新日本出版社 2024年9月

「羽根にねがいを!」西沢杏子作;小松良佳絵 国土社 2024年2月

「華麗なる探偵アリス&ペンギン. [23]」南房秀久著;あるやイラスト 小学館(小学館ジュニア文庫) 2024年2月

「西遊記」武田雅哉訳;トミイマサコ絵 小学館(小学館世界J文学館セレクション) 2024年11月

「誰も知らない小さな魔法」大庭賢哉作・絵 静山社 2024年3月

「日本一周ナゾトキ珍道中 : 5分でスカッとする結末. 東日本編」粟生こずえ著 講談社 2024年10月

「迷路探偵ピエール : 怪盗Xの挑戦状」カミガキヒロフミ;IC4DESIGN原作;糸海みん著 永岡書店 2024年4月

「貓學徒的實習時間―樂讀456 ; 初階 109 魔法十年屋 ; 6」廣嶋玲子文;佐竹美保圖;王蘊潔譯 親子天下 2024年1月

天狗

「かこさとし童話集. 7」かこさとし作/絵 偕成社 2024年2月

「キャベたまたんていてんぐ山で七ふしぎ―キャベたまたんていシリーズ」三田村信行作;宮本えつよし絵 金の星社 2024年7月

「こてんちゃんがきた!」いとうみく作;かのうかりん絵 理論社 2024年10月

「てんぐ先生は一年生」大石真;大石夏也作;村上豊絵 ポプラ社(子どもたちにつたえたい傑作選) 2024年3月

天使

「カラフル = Colorful」森絵都著;カシワイ画 文藝春秋 2024年7月

透明人間

「直紀とひみつの鏡池」山下みゆき作;もなか絵 静山社 2024年12月

同僚、同級生

「1ねん1くみの女王さま. 4」 いとうみく作;モカ子絵 Gakken(キッズ文学館) 2024年7月

「2分の1フレンズ. 1」 浪速ゆう作;さくろ絵 KADOKAWA(角川つばさ文庫) 2024年6月

「6年1組すきなんだ―短編小学校 ; 4」 吉野万理子作;丹地陽子絵 静山社 2024年5月

「6年1組すきなんだ―短編小学校 ; 4」 吉野万理子作;丹地陽子絵 ほるぷ出版 2024年12月

「6年2組なぞめいて―短編小学校 ; 5」 吉野万理子作;丹地陽子絵 静山社 2024年6月

「6年3組さらばです―短編小学校 ; 6」 吉野万理子作;丹地陽子絵 静山社 2024年7月

「SOS部! 1」 くるたつむぎ作;朝日川日和絵 講談社(講談社青い鳥文庫) 2024年12月

「アオくんは猫男子 : モフれる子、見つけた!?」 七海まち著;ななミツイラスト PHP研究所(PHPジュニアノベル) 2024年4月

「あかね雲のすき間から―あいち・読書タイム文庫」 愛知県小中学校長会;名古屋市立小中学校長会;愛知県小中学校PTA連絡協議会;名古屋市立小中学校PTA協議会編集 愛知県教育振興会 2024年11月

「あの星が降る丘で、君とまた出会いたい。」 汐見夏衛著;三湊かおり絵 スターツ出版(野いちごジュニア文庫) 2024年8月

「イジメ返し : イジメっ子3人に仕返しします」 なぁな著;fuo絵 スターツ出版(野いちごジュニア文庫) 2024年8月

「うた×バト : 歌で紡ぐ恋と友情! 1」 緋村燐作;ももこっこ絵 アルファポリス 星雲社(アルファポリスきずな文庫) 2024年8月

「かわいいわたしのFe―文研じゅべにーるYA」 神戸遥真作;はーみん絵 文研出版 2024年6月

「きみと100年分の恋をしよう. [12]」 折原みと作;フカヒレ絵 講談社(講談社青い鳥文庫) 2024年3月

「きみの前だけウソをつけない」 甘水さら作;朝香のりこ絵 ポプラ社(ポプラキミノベル) 2024年5月

「チョコレートスイッチ! : 無気力男子、チョコを食べて大変身!」 植原翠作;双葉陽絵 ポプラ社(ポプラキミノベル) 2024年1月

「ツクルとひみつの改造ボット. 2」 辻貴司作;TAKA絵 岩崎書店 2024年12月

「ハニーレモンソーダ : あなたを好きでいる勇気 : まんがノベライズ」 村田真優原作/絵;ワダヒトミ著 集英社(集英社みらい文庫) 2024年9月

「バラクラバ・ボーイ―文研ブックランド」 ジェニー・ロブソン作;もりうちすみこ訳;黒須高嶺絵 文研出版 2024年5月

「ハロハロ = Halo-Halo」 こまつあやこ著 講談社 2024年12月

「ベビーシッターズクラブ. [2]」アン・M.マーティン作;山本祐美子訳;くろでこ絵 ポプラ社 2024年9月

「みかんファミリー」椰月美智子著 講談社 2024年8月

「もしもわたしがあの子なら―ノベルズ・エクスプレス ; 57」ことさわみ作;あわい絵 ポプラ社 2024年6月

「わたしとあっちゃん」橘亜紀著 文芸社 2024年5月

「ワルイコいねが」安東みきえ著 講談社 2024年11月

「学級崩壊ゲーム : 仲よしクラスの絆は本物?」野月よひら著;アルセチカ絵 スターツ出版(野いちごジュニア文庫) 2024年5月

「吸血鬼と薔薇少女. 1」朝香のりこ絵&原作;*あいら*著 スターツ出版(野いちごジュニア文庫) 2024年2月

「泣いちゃうわたしと泣けないあの子 = I can't stop crying and she can't cry」倉橋燿子著 講談社 2024年4月

「君色パレット = PALETTES OF YOUR COLORS : 多様性をみつめるショートストーリー. 2-[1]」岩崎書店 2024年1月

「君色パレット = PALETTES OF YOUR COLORS : 多様性をみつめるショートストーリー. 2-[3]」岩崎書店 2024年2月

「作戦会議は疫病神と!?」田部智子作;黒須高嶺絵 国土社 2024年9月

「鮫嶋くんの甘い水槽」蜂賀三月作;みすみ絵 アルファポリス 星雲社(アルファポリスきずな文庫) 2024年5月

「神さまの通り道. [2]」村上しいこ作;柴田ゆう絵 偕成社 2024年12月

「脱獄サバイバル」cheeery著;狐火絵 スターツ出版(野いちごジュニア文庫) 2024年10月

「探偵七音はためらわない」秋木真作;ななミツ絵 KADOKAWA(角川つばさ文庫) 2024年6月

「溺愛チャレンジ! : 恋愛ぎらいな私が、学園のモテ男子と秘密の婚約!?」高杉六花著;いのうえひなこ絵 スターツ出版(野いちごジュニア文庫) 2024年3月

「忍びの里の青い影―家守神 ; 5」おおぎやなぎちか作;トミイマサコ絵 フレーベル館 2024年12月

「余命一年と宣告された君と、消えたいと願う僕が出会った話―森田碧の「よめぼく」シリーズ ; 6」森田碧著 ポプラ社 2024年9月

「歴史ゴーストバスターズ. 9」あさばみゆき作;左近堂絵里絵 ポプラ社(ポプラキミノベル) 2024年11月

どくろ、がいこつ

「にげだしたガイコツくん」斎藤菖子え・ぶん 文芸社 2024年7月

怠け者

「ぐうたら魔女ホーライまた来た!」柏葉幸子作;長田恵子絵 理論社 2024年11月

難民

「あいだのわたし―STAMP BOOKS」ユリア・ラビノヴィチ作;細井直子訳 岩波書店 2024年8月

「アフガンの息子たち」エーリン・ペーション著;ヘレンハルメ美穂訳 小学館 2024年2月

「おとひめさまのうた」いまむらきよみ;ラヘル・ファン・コーイさく てらいんく 2024年7月

「僕たちは星屑でできている―STAMP BOOKS」マンジート・マン作;長友恵子訳 岩波書店 2024年1月

人魚、半魚人

「エマはみならいマーメイド. 3」ミランダ・ジョーンズ作;浜崎絵梨訳;谷朋絵 ポプラ社 2024年7月

「エマはみならいマーメイド. 4」ミランダ・ジョーンズ作;浜崎絵梨訳;谷朋絵 ポプラ社 2024年12月

忍者、忍び

「カゲキリムシ」西沢杏子作;山口まさよし絵 てらいんく 2024年6月

「トップ・シークレット. 7」あんのまる作;シソ絵 KADOKAWA(角川つばさ文庫) 2024年6月

「小説落第忍者乱太郎:ドクタケ忍者隊最強の軍師」尼子騒兵衛原作・イラスト;阪口和久小説 朝日新聞出版(あさひコミックス) 2024年5月

「忍びの里の青い影―家守神;5」おおぎやなぎちか作;トミイマサコ絵 フレーベル館 2024年12月

「歴史ゴーストバスターズ. 7」あさばみゆき作;左近堂絵里絵 ポプラ社(ポプラキミノベル) 2024年1月

発達障害

「いちかちゃん―くもんの児童文学」いとうみく作;中田いくみ絵 くもん出版 2024年5月

「バラの咲く日に:生きづらさの庭で」藤原千奈 文芸社 2024年4月

「ぼくの中にある光」カチャ・ベーレン作;原田勝訳 岩波書店 2024年11月

発達障害＞学習障害

「さよならミイラ男」福田隆浩著 講談社 2024年2月

発達障害＞自閉症スペクトラム

「ゴースト・イン・ザ・プリズム」黒田八束 Hibiuta and Company日々詩編集室 2024年11月

「転ぶ。凸凹探偵チーム」佐々木志穂美作;よん絵 KADOKAWA（角川つばさ文庫）2024年8月

「歩く。凸凹探偵チーム」佐々木志穂美作;よん絵 KADOKAWA（角川つばさ文庫）2024年2月

犯人、凶悪犯罪者、囚人

「おくれてきた名探偵」杉山亮作;中川大輔絵 偕成社 2024年5月

「ハリー・ポッターとアズカバンの囚人. 3-1―ハリー・ポッター ; 5」J.K.ローリング作;松岡佑子訳 静山社（静山社ペガサス文庫）2024年7月

「ヤング・シャーロック・ホームズ：児童版. 2」アンドリュー・レーン作 静山社 ほるぷ出版 2024年2月

「ヤング・シャーロック・ホームズ：児童版. 3」アンドリュー・レーン作 静山社 ほるぷ出版 2024年2月

「科学探偵vs.不死身の黒魔術師―科学探偵謎野真実シリーズ」佐東みどり;石川北二;木滝りま;田中智章作;kotona絵 朝日新聞出版 2024年2月

「鐘の鳴る夜は真実を隠す―LIAR：嘘つきは、誰だ?」田中佳祐著 Gakken 2024年4月

「切り裂かれた絵画―LIAR：嘘つきは、誰だ?」野月よひら著 Gakken 2024年12月

「転生したらスライムだった件. 10[下]」伏瀬作;もりょ絵;みっつばーキャラクター原案 マイクロマガジン社（かなで文庫）2024年3月

「日本一周ナゾトキ珍道中：5分でスカッとする結末. 東日本編」粟生こずえ著 講談社 2024年10月

ヒーロー、勇者、英雄

「ぼくがぼくに変身する方法」やませたかゆき作;はせがわはっち絵 岩崎書店 2024年8月

「まだ青き神々の歌：「古事記」～スサノオ青春伝―青春訳名作シリーズ」エコツミ著 Gakken 2024年7月

「ミラキュラス：レディバグ&シャノワール：サンドボーイ」ZAG原作;東映アニメーション監修;井上亜樹子作 ポプラ社 2024年12月

「出来損ないと呼ばれた元英雄は、実家から追放されたので好き勝手に生きることにした. 2」紅月シン作;柚希きひろ絵;ちょこ庵キャラクター原案 TOブックス（TOジュニア文庫）2024年3月

「転生したらスライムだった件. 12[上]」伏瀬作;もりょ絵 マイクロマガジン社（かなで文庫）2024年11月

「僕のヒーローアカデミアTHE MOVIEユアネクスト：ノベライズみらい文庫版」堀越耕平原作/総監修/キャラクター原案;小川彗著;黒田洋介脚本 集英社(集英社みらい文庫) 2024年8月

ピエロ、道化師

「意味がわかるとゾッとする怖い遊園地」緑川聖司作 新星出版社 2024年7月

美少女、美女

「イジメ返し：イジメっ子3人に仕返しします」なぁな著;fuo絵 スターツ出版(野いちごジュニア文庫) 2024年8月

「エトワール! 14」梅田みか作;結布絵 講談社(講談社青い鳥文庫) 2024年7月

「キミの知らない恋の物語. ナゾメク」瀧井朝世編 汐文社 2024年3月

「もしもわたしがあの子なら―ノベルズ・エクスプレス；57」ことさわみ作;あわい絵 ポプラ社 2024年6月

「やなせたかしの新アラビアンナイト. 3」やなせたかし著 クレヴィス 2024年3月

「華麗なる探偵アリス&ペンギン. [24]」南房秀久著;あるやイラスト 小学館(小学館ジュニア文庫) 2024年10月

「神々の集う生徒会：生徒会のイケメンたちが神様って本当ですか?」狐塚冬里著;白峰かなイラスト PHP研究所(PHPジュニアノベル) 2024年6月

美少年、美男子、美青年

「JC紫式部. 1」石崎洋司作;阿倍野ちゃこ絵 講談社(講談社青い鳥文庫) 2024年2月

「アイドル幼なじみと溺愛学園生活：君だけが欲しいんです―カドカワ読書タイム」木下すなす著;あさぎ屋イラスト KADOKAWA 2024年6月

「イケメン深海魚は知っている―探偵チームKZ事件ノート」藤本ひとみ原作;住滝良文;駒形絵 講談社(講談社青い鳥文庫) 2024年9月

「ヴァンパイアくん、溺愛注意報!：今日から吸血鬼の花嫁に!?―カドカワ読書タイム」望月くらげ著;左近堂絵里イラスト KADOKAWA 2024年9月

「おチビがうちにやってきた! [10]」柴野理奈子作;福きつね絵 集英社(集英社みらい文庫) 2024年4月

「キミに胸きゅんしすぎて困る!：ワケありお隣さんは、天敵男子!?」ゆいっと著;覡あおひ絵 スターツ出版(野いちごジュニア文庫) 2024年1月

「ご相談はお決まりですか?：学園内で執事&メイド喫茶はじめました」伊藤クミコ著;ハモンド華麗イラスト PHP研究所(PHPジュニアノベル) 2024年11月

「セレブ学園の最強男子×4から、なぜか求愛されています。―取り扱い注意最強男子シリーズ」ゆいっと著;乙女坂心絵 スターツ出版(野いちごジュニア文庫) 2024年10月

「チョコレートスイッチ!：無気力男子、チョコを食べて大変身!」植原翠作;双葉陽絵 ポプラ社(ポプラキミノベル) 2024年1月

「みえちゃうなんて、ヒミツです。：イケメン男子と学園鑑定団」陽炎氷柱作;雪丸ぬん絵 アルファポリス 星雲社(アルファポリスきずな文庫) 2024年10月

「ユメコネクト. 2」成井露丸作;くずもち絵 アルファポリス 星雲社(アルファポリスきずな文庫) 2024年6月

「宇宙級初恋：地球でいちばんステキな恋!?」水無仙丸作;たしろみや絵 KADOKAWA(角川つばさ文庫) 2024年1月

「宇都山くんはあくまで救世主：イケメン悪魔に恋されました. 1」相葉すずか作;Noyu絵 アルファポリス 星雲社(アルファポリスきずな文庫) 2024年6月

「怪活倶楽部―5分間ノンストップショートストーリー」永良サチ著 PHP研究所 2024年9月

「怪帰師のお仕事. 3」佐東みどり作;榎のと絵 アルファポリス 星雲社(アルファポリスきずな文庫) 2024年1月

「怪帰師のお仕事. 4」佐東みどり作;榎のと絵 アルファポリス 星雲社(アルファポリスきずな文庫) 2024年8月

「鬼の花嫁. 1」クレハ著;ニナハチ絵 スターツ出版(野いちごジュニア文庫) 2024年11月

「吸血鬼と薔薇少女 = VAMPIRE AND THE ROSE. 2」*あいら*著;朝香のりこ絵&原作 スターツ出版(野いちごジュニア文庫) 2024年6月

「吸血鬼と薔薇少女 = VAMPIRE AND THE ROSE. 3」*あいら*著;朝香のりこ絵&原作 スターツ出版(野いちごジュニア文庫) 2024年10月

「求愛されるにはワケがある!?：ナゾの四兄弟と薬指の約束」みゆ著;本田ロアロイラスト PHP研究所(PHPジュニアノベル) 2024年3月

「君色パレット = PALETTES OF YOUR COLORS：多様性をみつめるショートストーリー. 2-[2]」岩崎書店 2024年2月

「時間割男子. 14」一ノ瀬三葉作;榎のと絵 KADOKAWA(角川つばさ文庫) 2024年8月

「神々の集う生徒会：生徒会のイケメンたちが神様って本当ですか?」狐塚冬里著;白峰かなイラスト PHP研究所(PHPジュニアノベル) 2024年6月

「地味子の秘密。：学園の平和を守るはずが、イケメン王子に気に入られちゃった!? 1」牡丹杏著;ななミツ挿絵 スターツ出版(野いちごジュニア文庫) 2024年12月

「溺愛MAXな恋スペシャルPink：野いちごジュニア文庫超人気シリーズ集!」*あいら*ほか著;茶乃ひなのほか絵 スターツ出版(野いちごジュニア文庫) 2024年9月

「溺愛プラネット! 2」*あいら*著;小鳩ぐみイラスト PHP研究所(PHPジュニアノベル) 2024年1月

「転校生はおんみょうじ!」咲間咲良作;riri絵 アルファポリス 星雲社(アルファポリスきずな文庫) 2024年11月

「都道府県男子! 1」あさばみゆき著;いのうえひなこ;かわぐちけい絵 スターツ出版(野いちごジュニア文庫) 2024年9月

「半妖リサーチ! 2」秋木真作;灰色ルト絵 ポプラ社(ポプラキミノベル) 2024年8月

「美少年カフェは知っている—探偵チームKZ事件ノート」藤本ひとみ原作;住滝良文;駒形絵 講談社(講談社青い鳥文庫) 2024年3月

「霧島くんは普通じゃない.[10]」麻井深雪作;那流絵 集英社(集英社みらい文庫) 2024年4月

「霧島くんは普通じゃない.[11]」麻井深雪作;那流絵 集英社(集英社みらい文庫) 2024年12月

「訳ありイケメンと同居中です!!:推し活女子、俺様王子を拾う」東里胡著;八神千歳イラスト 小学館(小学館ジュニア文庫) 2024年10月

「恋したら、料理男子にかこまれました.1」若奈ちさ作;池田春香絵 アルファポリス 星雲社(アルファポリスきずな文庫) 2024年4月

「恋するワケありシェアハウス:イケメンたちとのヒミツの同居生活はドキドキです!」青山そらら著;お天気屋イラスト PHP研究所(PHPジュニアノベル) 2024年11月

病人、患者

「やまの動物病院.3」なかがわちひろ作・絵 徳間書店 2024年11月

貧乏、ケチ、守銭奴

「中国のフェアリー・テール」ローレンス・ハウスマン作;松岡享子訳 福音館書店 2024年9月

「杜子春—スラよみ!日本文学名作シリーズ;1」芥川龍之介作;松尾清貴現代語訳 理論社 2024年8月

貧乏神、福の神

「俺のマネースキルが爆上げな件.1」ないとーえみ作;知己夕子絵 JTBパブリッシング 2024年12月

フェニックス、不死鳥

「バーティミアス ソロモンの指輪.1」ジョナサン・ストラウド作;金原瑞人;松山美保訳 静山社(静山社ペガサス文庫) 2024年3月

富豪、長者

「かかし—あんずの本.現代中国文学;少年少女編」葉聖陶著;福井ゆり子訳 尚斯国際出版社 日本出版制作センター 2024年3月

「セレブ学園の最強男子×4から、なぜか求愛されています。—取り扱い注意最強男子シリーズ」ゆいっと著;乙女坂心絵 スターツ出版(野いちごジュニア文庫) 2024年10月

冒険者、旅人

「あの日のあなた―くもんの児童文学」中川なをみ作;大野八生絵 くもん出版 2024年6月

「ほっといて下さい：従魔とチートライフ楽しみたい! 4」三園七詩作;あめや絵 アルファポリス 星雲社(アルファポリスきずな文庫) 2024年1月

「最弱テイマーはゴミ拾いの旅を始めました。. 5」ほのぼのる500作;Tobi絵;なまキャラクター原案 TOブックス(TOジュニア文庫) 2024年2月

「最弱テイマーはゴミ拾いの旅を始めました。. 6」ほのぼのる500作;Tobi絵;なまキャラクター原案 TOブックス(TOジュニア文庫) 2024年2月

「最弱テイマーはゴミ拾いの旅を始めました。. 7」ほのぼのる500作;Tobi絵 TOブックス(TOジュニア文庫) 2024年7月

暴走族、不良、ヤンキー、番長

「アオハルロック宣言!：クラスの問題児はギター男子!?」清谷ロジィ作;花瀬はる絵 集英社(集英社みらい文庫) 2024年4月

「一番星のキミに、恋するほどにせつなくて。」涙鳴著;丈ゆきみ絵 スターツ出版(野いちごジュニア文庫) 2024年12月

「雨宮くんにはウラがある!?：ないしょの放課後授業」夜野せせり著;藤原ゆんイラスト PHP研究所(PHPジュニアノベル) 2024年6月

「最強総長さまは、女総長のわたしに溺愛全開!?」ふわ屋。著;あん豆絵 スターツ出版(野いちごジュニア文庫) 2024年6月

「拾った総長さまがなんか溺愛してくる〈泣〉」ふわ屋。著;あん豆絵 スターツ出版(野いちごジュニア文庫) 2024年2月

「総長さま、溺愛中につき。. 11」*あいら*著;茶乃ひなの絵 スターツ出版(野いちごジュニア文庫) 2024年4月

「総長さま、溺愛中につき。. 11.5」*あいら*著;茶乃ひなの絵 スターツ出版(野いちごジュニア文庫) 2024年8月

「総長さまスペシャルもっと甘々」*あいら*ほか著;茶乃ひなの;カトウロカ絵 スターツ出版(野いちごジュニア文庫) 2024年10月

「同居中の総長さま×4が距離感バグってます!」中小路かほ著;川名すず絵 スターツ出版(野いちごジュニア文庫) 2024年5月

ホームレス

「ぼくらナイトバス・ヒーロー」オンジャリQ.ラウフ作;久保陽子訳 静山社 2024年6月

捕虜、人質

「トモダチデスゲーム. [6]」もえぎ桃作;久我山ぼん絵 講談社(講談社青い鳥文庫) 2024年1月

「行く手、はるかなれど : グスタフ・ヴァーサ物語」菱木晃子作 徳間書店 2024年1月

迷子

「ブルートレインおばけ号—水木しげるのおばけ学校 ; 3」水木しげる著 ポプラ社 2024年9月

「ぼくの家族」ふるたえつこ著 文芸社 2024年2月

「まいごのかあたん」かとうゆみこ著 文芸社 2024年7月

魔王、魔族、魔人、邪神

「ふしぎな図書館とクリスマス大決戦—ストーリーマスターズ ; 6」廣嶋玲子作;江口夏実絵 講談社 2024年11月

「ふしぎな図書館と消えた西遊記—ストーリーマスターズ ; 5」廣嶋玲子作;江口夏実絵 講談社 2024年3月

「やなせたかしの新アラビアンナイト. 3」やなせたかし著 クレヴィス 2024年3月

「転生したらスライムだった件. 11[上]」伏瀬作;もりょ絵;みっつばーキャラクター原案 マイクロマガジン社(かなで文庫) 2024年5月

「転生魔王のネット戦略. 1」ないとーえみ作;しらたま絵 JTBパブリッシング 2024年12月

魔女

「いばらの髪のノラ = thorn-haired Nora. 1」日向理恵子作;吉田尚令絵 童心社 2024年4月

「いばらの髪のノラ = thorn-haired Nora. 2」日向理恵子作;吉田尚令絵 童心社 2024年6月

「いばらの髪のノラ = thorn-haired Nora. 3」日向理恵子作;吉田尚令絵 童心社 2024年8月

「ぐうたら魔女ホーライまた来た!」柏葉幸子作;長田恵子絵 理論社 2024年11月

「となりの魔女フレンズ. 2」宮下恵茉作;子兎。絵 Gakken 2024年7月

「となりの魔女フレンズ. 3」宮下恵茉作;子兎。絵 Gakken 2024年12月

「ドレスアップ!こくるん. 2」久野遥子原作・監督;竹浪春花文 岩崎書店 2024年4月

「ハルカの世界」小森香折作;さとうゆうすけ絵 BL出版 2024年12月

「ハロウィーンまで、まってなさい」ミリアム・ヤング作;小宮由訳;平澤朋子絵 岩波書店 2024年9月

「ビューティ&ビースト : 野獣に呪いをかけた魔女がベルの母親だった〈もしも〉の世界. 上—ディズニーツイステッドテール. ゆがめられた世界」リズ・ブラスウェル著;池本尚美訳 Gakken 2024年10月

「ふたご魔女とひみつのお手紙：はじめての魔法学校」櫻いいよ作;佐々木メエ絵 スターツ出版(野いちごぽっぷ) 2024年11月

「プレッツェモリーナ―語りの森昔話集；6」村上郁再話 語りの森 2024年11月

「ぼくらのイタリア(怪)戦争」宗田理作;YUME絵 KADOKAWA(角川つばさ文庫) 2024年3月

「ぼくらの魔大戦」宗田理作;YUME絵 KADOKAWA(角川つばさ文庫) 2024年8月

「まじょのナニーさん石のまほうとミラクル☆ダンス」藤真知子作;はっとりななみ絵 ポプラ社 2024年6月

「らくだい魔女と黒の城の王子」成田サトコ作;千野えなが絵 ポプラ社(ポプラポケット文庫) 2024年3月

「ララ姫はときどき☆こねこ. 5」みおちづる作;水玉子絵 Gakken 2024年7月

「誰も知らない小さな魔法」大庭賢哉作・絵 静山社 2024年3月

「保健室には魔女が必要. [2]」石川宏千花作;赤絵 偕成社(偕成社ノベルフリーク) 2024年11月

「魔女がやってきた!」マーガレット・マーヒー作;尾崎愛子訳;はたこうしろう絵 徳間書店 2024年6月

「魔女やしきのサーカス：ちょっと不思議!?めっちゃこわい!10話のおはなし」ふろむ編 国土社 2024年4月

「魔女学校のギュービッド―黒魔女さんが通る!!スペシャル」石崎洋司作;亜沙美絵 講談社(講談社青い鳥文庫) 2024年5月

「妖怪大戦争―水木しげるのおばけ学校；9」水木しげる著 ポプラ社 2024年9月

「竜が呼んだ娘. 1」柏葉幸子作;佐竹美保絵 講談社 2024年1月

「竜が呼んだ娘. 2」柏葉幸子作;佐竹美保絵 講談社 2024年3月

「竜が呼んだ娘. 3」柏葉幸子作;佐竹美保絵 講談社 2024年5月

「竜が呼んだ娘. 4」柏葉幸子作;佐竹美保絵 講談社 2024年8月

マネージャー

「もう一度、あの日の僕らに会いに行く」小春りん著;四ノ宮しの絵 スターツ出版(野いちごジュニア文庫) 2024年2月

「高宮学園バスケ部の氷姫：愛されすぎのマネージャー生活、スタート!」*あいら*作;ムネヤマヨシミ絵 集英社(集英社みらい文庫) 2024年10月

「初恋キックオフ!：わたし、マネージャーはじめます! 1」小桜すず作;小森チヒロ絵 KADOKAWA(角川つばさ文庫) 2024年5月

「相方なんかになりません! [4]」遠山彼方作;双葉陽絵 集英社(集英社みらい文庫) 2024年1月

魔法使い、魔導士、魔術師

「クロニクル千古の闇. 8」ミシェル・ペイヴァー作;さくまゆみこ訳 評論社 2024年8月

「ハリー・ポッターとアズカバンの囚人. 3-1―ハリー・ポッター ; 5」J.K.ローリング作;松岡佑子訳 静山社(静山社ペガサス文庫) 2024年7月

「ハリー・ポッターとアズカバンの囚人. 3-2―ハリー・ポッター ; 6」J.K.ローリング作;松岡佑子訳 静山社(静山社ペガサス文庫) 2024年7月

「ハリー・ポッターと炎のゴブレット. 4-1―ハリー・ポッター ; 7」J.K.ローリング作;松岡佑子訳 静山社(静山社ペガサス文庫) 2024年8月

「ハリー・ポッターと炎のゴブレット. 4-2―ハリー・ポッター ; 8」J.K.ローリング作;松岡佑子訳 静山社(静山社ペガサス文庫) 2024年8月

「ハリー・ポッターと炎のゴブレット. 4-3―ハリー・ポッター ; 9」J.K.ローリング作;松岡佑子訳 静山社(静山社ペガサス文庫) 2024年8月

「ハリー・ポッターと賢者の石. 1-1―ハリー・ポッター ; 1」J.K.ローリング作;松岡佑子訳 静山社(静山社ペガサス文庫) 2024年4月

「ハリー・ポッターと賢者の石. 1-2―ハリー・ポッター ; 2」J.K.ローリング作;松岡佑子訳 静山社(静山社ペガサス文庫) 2024年4月

「ハリー・ポッターと死の秘宝. 7-1―ハリー・ポッター ; 17」J.K.ローリング作;松岡佑子訳 静山社(静山社ペガサス文庫) 2024年11月

「ハリー・ポッターと死の秘宝. 7-2―ハリー・ポッター ; 18」J.K.ローリング作;松岡佑子訳 静山社(静山社ペガサス文庫) 2024年11月

「ハリー・ポッターと死の秘宝. 7-3―ハリー・ポッター ; 19」J.K.ローリング作;松岡佑子訳 静山社(静山社ペガサス文庫) 2024年11月

「ハリー・ポッターと死の秘宝. 7-4―ハリー・ポッター ; 20」J.K.ローリング作;松岡佑子訳 静山社(静山社ペガサス文庫) 2024年11月

「ハリー・ポッターと呪いの子 : 舞台脚本東京版―ハリー・ポッター ; 27」J.K.ローリング;ジョン・ティファニー;ジャック・ソーン原作;ジャック・ソーン脚本;小田島恒志;小田島則子;松岡佑子訳 静山社(静山社ペガサス文庫) 2024年7月

「ハリー・ポッターと謎のプリンス. 6-1―ハリー・ポッター ; 14」J.K.ローリング作;松岡佑子訳 静山社(静山社ペガサス文庫) 2024年10月

「ハリー・ポッターと謎のプリンス. 6-2―ハリー・ポッター ; 15」J.K.ローリング作;松岡佑子訳 静山社(静山社ペガサス文庫) 2024年10月

「ハリー・ポッターと謎のプリンス. 6-3―ハリー・ポッター ; 16」J.K.ローリング作;松岡佑子訳 静山社(静山社ペガサス文庫) 2024年10月

「ハリー・ポッターと秘密の部屋. 2-1―ハリー・ポッター ; 3」J.K.ローリング作;松岡佑子訳 静山社(静山社ペガサス文庫) 2024年6月

「ハリー・ポッターと秘密の部屋. 2-2―ハリー・ポッター ; 4」J.K.ローリング作;松岡佑子訳 静山社(静山社ペガサス文庫) 2024年6月

「ハリー・ポッターと不死鳥の騎士団. 5-1―ハリー・ポッター ; 10」J.K.ローリング作;松岡佑子訳 静山社(静山社ペガサス文庫) 2024年9月

「ハリー・ポッターと不死鳥の騎士団. 5-2―ハリー・ポッター ; 11」J.K.ローリング作;松岡佑子訳 静山社(静山社ペガサス文庫) 2024年9月

「ハリー・ポッターと不死鳥の騎士団. 5-3―ハリー・ポッター ; 12」J.K.ローリング作;松岡佑子訳 静山社(静山社ペガサス文庫) 2024年9月

「ハリー・ポッターと不死鳥の騎士団. 5-4―ハリー・ポッター ; 13」J.K.ローリング作;松岡佑子訳 静山社(静山社ペガサス文庫) 2024年9月

「科学探偵vs.不死身の黒魔術師―科学探偵謎野真実シリーズ」佐東みどり;石川北二;木滝りま;田中智章作;kotona絵 朝日新聞出版 2024年2月

「水属性の魔法使い. 第1部[2]」久宝忠作;たく絵 TOブックス(TOジュニア文庫) 2024年2月

「水属性の魔法使い. 第1部[3]」久宝忠作;たく絵 TOブックス(TOジュニア文庫) 2024年11月

「魔笛の調べ = A THUNDER OF MONSTERS. 3」S.A.パトリック作;岩城義人訳 評論社 2024年3月

「魔法使いアルル. 4」羽織かのん作;kaworu絵 アルファポリス 星雲社(アルファポリスきずな文庫) 2024年5月

「無法施展的時間魔法―樂讀456 ; 初階 108 魔法十年屋 ; 5」廣嶋玲子文;佐竹美保圖;王蘊潔譯 親子天下 2024年1月

「貓學徒的實習時間―樂讀456 ; 初階 109 魔法十年屋 ; 6」廣嶋玲子文;佐竹美保圖;王蘊潔譯 親子天下 2024年1月

皇子、皇女

「源氏物語 : 光る君とみやびなる姫たち」紫式部作;藤咲あゆな訳;マルイノ絵 集英社(集英社みらい文庫) 2024年5月

未来人

「ティアムーン帝国物語 : 断頭台から始まる、姫の転生逆転ストーリー. 5」餅月望作;U35絵;Gilseキャラクター原案 TOブックス(TOジュニア文庫) 2024年2月

名人、天才

「きまぐれ未来寄席」江坂遊著;はしゃ絵 Gakken 2024年4月

「きょうふの店ゾクゾク. 1」マグダレナ・ハイ作;古市真由美訳;Nelnal絵 ほるぷ出版 2024年10月

「きょうふの店ゾクゾク. 2」マグダレナ・ハイ作;古市真由美訳;Nelnal絵 ほるぷ出版 2024年12月

「やらなくてもいい宿題：謎の転校生. 算数バトル編」結城真一郎作 主婦の友社 2024年8月

「七色スターズ! 2」深海ゆずは作;桂イチホ絵 KADOKAWA(角川つばさ文庫) 2024年2月

「初恋キックオフ!：わたし、マネージャーはじめます! 1」小桜すず作;小森チヒロ絵 KADOKAWA(角川つばさ文庫) 2024年5月

「青星学園★チームEYE-Sの事件ノート. [20]」相川真作;立樹まや絵 集英社(集英社みらい文庫) 2024年9月

盲導犬、聴導犬、介助犬

「カンタの訓練：盲導犬への道」草野あきこ作;かけひさとこ絵 岩崎書店 2024年6月

モンスター、魔物、魔獣、怪物、怪獣、怪鳥

「SCPハンター：シャイガイを確保せよ!」黒史郎作;古澤あつし絵 ポプラ社(ポプラキミノベル) 2024年12月

「バスカヴィル家の犬―名探偵シャーロック・ホームズ」コナン・ドイル作;小林司;東山あかね訳;猫野クロ絵 金の星社 2024年6月

「ハリー・ポッターとアズカバンの囚人. 3-2―ハリー・ポッター；6」J.K.ローリング作;松岡佑子訳 静山社(静山社ペガサス文庫) 2024年7月

「ほたる姫」松田勉著 文芸社 2024年6月

「ほっといて下さい：従魔とチートライフ楽しみたい! 4」三園七詩作;あめや絵 アルファポリス 星雲社(アルファポリスきずな文庫) 2024年1月

「モンスター・ホテルでめしあがれ」柏葉幸子作;高畠純絵 小峰書店 2024年3月

「ユメコネクト. 2」成井露丸作;くずもち絵 アルファポリス 星雲社(アルファポリスきずな文庫) 2024年6月

「ラジコン大海獣―水木しげるのおばけ学校；12」水木しげる著 ポプラ社 2024年9月

「怪帰師のお仕事. 4」佐東みどり作;榎のと絵 アルファポリス 星雲社(アルファポリスきずな文庫) 2024年8月

「菜々ちゃんのビーチボール」あんざいまさなり あんざいまさなり ぶんしん出版 2024年7月

「出来損ないと呼ばれた元英雄は、実家から追放されたので好き勝手に生きることにした. 2」紅月シン作;柚希きひろ絵;ちょこ庵キャラクター原案 TOブックス(TOジュニア文庫) 2024年3月

「星のカービィ. ブブブ温泉はいい湯だな♪の巻」高瀬美恵作;苅野タウ;ぽと絵 KADOKAWA(角川つばさ文庫) 2024年3月

「星のカービィ. メタナイトと魔石の怪物」高瀬美恵作;苅野タウ;ぽと絵 KADOKAWA(角川つばさ文庫) 2024年7月

「青鬼. [13]」noprops原作;黒田研二著;鈴羅木かりんイラスト PHP研究所(PHPジュニアノベル) 2024年8月

「絶命教室：怪人ミラーとの恐怖のゲーム. 4」ウェルザード作;赤身ふみお絵 アルファポリス 星雲社(アルファポリスきずな文庫) 2024年11月

「探偵ハイネは予言をはずさない. [5]」南房秀久著;わたあめイラスト 小学館(小学館ジュニア文庫) 2024年7月

「転生したらスライムだった件. 10[下]」伏瀬作;もりょ絵;みっつばーキャラクター原案 マイクロマガジン社(かなで文庫) 2024年3月

「転生したらスライムだった件. 10[中]」伏瀬作;もりょ絵;みっつばーキャラクター原案 マイクロマガジン社(かなで文庫) 2024年1月

「転生したらスライムだった件. 11[下]」伏瀬作;もりょ絵 マイクロマガジン社(かなで文庫) 2024年9月

「転生したらスライムだった件. 11[上]」伏瀬作;もりょ絵;みっつばーキャラクター原案 マイクロマガジン社(かなで文庫) 2024年5月

「転生したらスライムだった件. 11[中]」伏瀬作;もりょ絵 マイクロマガジン社(かなで文庫) 2024年7月

「転生したらスライムだった件. 12[上]」伏瀬作;もりょ絵 マイクロマガジン社(かなで文庫) 2024年11月

「白豚貴族ですが前世の記憶が生えたのでひよこな弟育てます. 4」やしろ作;玖珂つかさ絵 TOブックス(TOジュニア文庫) 2024年8月

役人

「ハリー・ポッターと不死鳥の騎士団. 5-2―ハリー・ポッター；11」J.K.ローリング作;松岡佑子訳 静山社(静山社ペガサス文庫) 2024年9月

疫病神

「作戦会議は疫病神と!?」田部智子作;黒須高嶺絵 国土社 2024年9月

やまんば

「夏日祭典驚魂記―樂讀456；初階 111 妖怪一族；2」富安陽子文;山村浩二圖;游韻馨譯 親子天下 2024年2月

雪男

「こちら、ヒミツのムー調査団! 3」大久保開作;ゆえ絵;ムー編集部監修 Gakken 2024年7月

雪女

「雪女とヒミツのやくそく」西村さとみ作;ao絵 国土社 2024年11月

ユダヤ人

「命をつないだ路面電車」テア・ランノ著;関口英子;山下愛純訳 小学館 2024年7月

妖怪

「3年A組おばけ教室—水木しげるのおばけ学校；6」水木しげる著 ポプラ社 2024年9月

「おばけマイコンじゅく—水木しげるのおばけ学校；11」水木しげる著 ポプラ社 2024年9月

「おばけレストラン—水木しげるのおばけ学校；10」水木しげる著 ポプラ社 2024年9月

「おばけ宇宙大戦争—水木しげるのおばけ学校；4」水木しげる著 ポプラ社 2024年9月

「おばけ野球チーム—水木しげるのおばけ学校；1」水木しげる著 ポプラ社 2024年9月

「かこさとし童話集. 10」かこさとし作・絵 偕成社 2024年3月

「カッパの三平水泳大会—水木しげるのおばけ学校；7」水木しげる著 ポプラ社 2024年9月

「ブルートレインおばけ号—水木しげるのおばけ学校；3」水木しげる著 ポプラ社 2024年9月

「ぼくの町の妖怪—休み時間で完結パステルショートストーリー；Light Brown」野泉マヤ作;TAKA絵 国土社 2024年2月

「みちのく妖怪ツアー. 宝探し編」佐々木ひとみ;野泉マヤ;堀米薫作;東京モノノケ絵 新日本出版社 2024年7月

「ゆうれい電車—水木しげるのおばけ学校；2」水木しげる著 ポプラ社 2024年9月

「ようかいばあちゃんと子ようかいすみれちゃん」最上一平作;種村有希子絵 新日本出版社 2024年9月

「ラジコン大海獣—水木しげるのおばけ学校；12」水木しげる著 ポプラ社 2024年9月

「威風堂々キツネの尻尾. 4巻」Mr.GeneralStore絵;ソンウォンピョン作;渡辺麻土香訳 永岡書店 2024年6月

「化け之島初恋さがし三つ巴. 3」石川宏千花著;脇田茜画 講談社(YA!ENTERTAINMENT) 2024年2月

「夏日祭典驚魂記—樂讀456；初階 111 妖怪一族；2」富安陽子文;山村浩二圖;游韻馨譯 親子天下 2024年2月

「吸血鬼チャランポラン—水木しげるのおばけ学校；5」水木しげる著 ポプラ社 2024年9月

「七不思議神社. [6]」緑川聖司作;TAKA絵 あかね書房 2024年1月

「七不思議神社. [7]」緑川聖司作;TAKA絵 あかね書房 2024年10月

「地味子の秘密。：学園の平和を守るはずが、イケメン王子に気に入られちゃった!? 1」牡丹杏著;ななミツ挿絵 スターツ出版(野いちごジュニア文庫) 2024年12月

「天久鷹央の推理カルテ = Ameku Takao's Detective Karte：カッパの秘密とナゾの池」知念実希人作;一束挿絵 実業之日本社 2024年12月

「妖怪コンビニ. 4」令丈ヒロ子作;トミイマサコ絵 あすなろ書房 2024年3月

「妖怪コンビニ. 5」令丈ヒロ子作;トミイマサコ絵 あすなろ書房 2024年11月

「妖怪の子、育てます. 4」廣嶋玲子作;Minoru絵 東京創元社 2024年6月

「妖怪九十九搬新家―樂讀456 ; 初階 110 妖怪一族 ; 1」富安陽子文;山村浩二圖;游韻馨譯 親子天下 2024年2月

「妖怪大戦争―水木しげるのおばけ学校 ; 9」水木しげる著 ポプラ社 2024年9月

「妖怪島のレストラン. 1」キムミンジョン作;山岸由佳訳 評論社 2024年11月

「妖怪捕物帖×. 八誊伝篇3―ようかいとりものちょう ; 19」大崎悌造作;ありがひとし画 岩崎書店 2024年8月

妖精、精霊

「インゴとインディの物語. 2」大矢純子作;佐藤勝則絵 鳥影社 2024年7月

「にじいろフェアリーしずくちゃん. 10」ぎぼりつこ絵;友永コリエ作 岩崎書店 2024年11月

「にじいろフェアリーしずくちゃん. 9」ぎぼりつこ絵;友永コリエ作 岩崎書店 2024年6月

「バーティミアス ソロモンの指輪. 2」ジョナサン・ストラウド作;金原瑞人;松山美保訳 静山社(静山社ペガサス文庫) 2024年3月

「ピアノようせいレミーとメロディーのまほう―マジカル☆ピアノレッスン」しめのゆき作;とこゆ絵 ポプラ社 2024年7月

「フルーツのようせい : 12か月―ようせいじてん」小手鞠るい作;たかすかずみ絵 講談社(わくわくライブラリー) 2024年5月

「ミラキュラス : レディバグ&シャノワール : サンドボーイ」ZAG原作;東映アニメーション監修;井上亜樹子作 ポプラ社 2024年12月

「花のようせい : 12か月―ようせいじてん」小手鞠るい作;永田萠絵 講談社(わくわくライブラリー) 2024年4月

「色のようせい : 12色+1―ようせいじてん」小手鞠るい作;くまあやこ絵 講談社(わくわくライブラリー) 2024年6月

「星座のようせい : 12星座―ようせいじてん」小手鞠るい作;松倉香子絵 講談社(わくわくライブラリー) 2024年4月

「魔法使いアルル. 4」羽織かのん作;kaworu絵 アルファポリス 星雲社(アルファポリスきずな文庫) 2024年5月

「夜ふけに読みたい森と海のアンデルセン童話」ハンス・クリスチャン・アンデルセン著;吉澤康子;和爾桃子編訳;アーサー・ラッカム挿絵 平凡社 2024年4月

「旅する妖精たち」有間カオル著;飯田愛絵 アリス館 2024年3月

幼稚園児、保育園児

「あいたかったよ」村井志音著 文芸社 2024年5月

「おチビがうちにやってきた! [11]」柴野理奈子作;福きつね絵 集英社(集英社みらい文庫) 2024年9月

「へんてこもりのころがりざか―へんてこもりのはなし ; 6」たかどのほうこ作・絵 偕成社 2024年10月

「映画クレヨンしんちゃんオラたちの恐竜日記」蒔田陽平ノベライズ;臼井儀人原作;佐々木忍監督;モラル脚本 双葉社(双葉社ジュニア文庫) 2024年8月

弱虫、泣き虫

「アイドル幼なじみと溺愛学園生活 : 君だけが欲しいんです―カドカワ読書タイム」木下すなす著;あさぎ屋イラスト KADOKAWA 2024年6月

「泣いちゃうわたしと泣けないあの子 = I can't stop crying and she can't cry」倉橋燿子著 講談社 2024年4月

隣人、ご近所

「シロガラス. 6」佐藤多佳子著 偕成社 2024年11月

「ダンス★フレンド」カミラ・チェスター作;櫛田理絵訳;早川世詩男絵 小峰書店(ブルーバトンブックス) 2024年10月

「となりのじいちゃんかんさつにっき」ななもりさちこ作;たまゑ絵 理論社 2024年5月

「ねずみのパンや : おいしいはなしにご用心」上野与志作;藤嶋えみこ絵 岩崎書店 2024年11月

「宇宙級初恋 : 地球でいちばんステキな恋!?」水無仙丸作;たしろみや絵 KADOKAWA(角川つばさ文庫) 2024年1月

「三姉妹は恋ができない!? : となりの幼なじみも三兄弟!新生活はドキドキの予感」永良サチ著;森乃なっぱ絵 スターツ出版(野いちごジュニア文庫) 2024年1月

「消された1行がわかるといきなり怖くなる話」藤白圭著 ワニブックス 2024年8月

「折り紙のおばちゃん」平本やえこ著 文芸社 2024年2月

「絶対好きにならない同盟. [9]」夜野せせり作;朝香のりこ絵 集英社(集英社みらい文庫) 2024年10月

「要の台所」落合由佳著 講談社 2024年4月

老人

「オーセッセン・ベーイプイプイの物語」麻野あさ著 文芸社 2024年5月

「きょうふの店ゾクゾク. 1」マグダレナ・ハイ作;古市真由美訳;Nelnal絵 ほるぷ出版 2024年10月

「グロリア・スコット号事件―名探偵シャーロック・ホームズ」コナン・ドイル作;小林司;東山あかね訳;猫野クロ絵 金の星社 2024年2月

「しじんのゆうびんやさん」斉藤倫作;牡丹靖佳画 偕成社 2024年11月

「スペルホーストのパペット人形」ケイト・ディカミロ作;ジュリー・モースタッド絵;横山和江訳 偕成社 2024年8月

「となりのじいちゃんかんさつにっき」ななもりさちこ作;たまゑ絵 理論社 2024年5月

「まほうのマーマレード―山猫マルシェへようこそ ; 1」茂市久美子作;ゆうこ絵 あかね書房 2024年5月

「みつばの郵便屋さん = Mitsuba's Postman. 3―小野寺史宜の「みつばの郵便屋さん」シリーズ ; 3」小野寺史宜著 ポプラ社 2024年9月

「リリの思い出せないものがたり―GO!GO!ブックス ; 8」たかどのほうこ作;高橋和枝絵 ポプラ社 2024年6月

「安房直子絵ぶんこ. 4」安房直子文 あすなろ書房 2024年6月

「介護の花子さん」あさばみゆき著 Gakken 2024年9月

「劇場版レッツゴー!まいぜんシスターズ : 家族再会」石崎洋司文;林佳里絵 ポプラ社(ポプラキミノベル+) 2024年11月

「月の目と赤耳 : 老人ホームの二千年物語. 早春編」木村桂子著 鳥影社 2024年6月

「最終バスのお客さん」小西ときこ著 信濃毎日新聞社(編集・制作) 小西ときこ 2024年2月

「時を駆けるネコ : 老人と猫の物語 : ぬりえ版」秋月まさよし 文芸社 2024年1月

「動物探偵ミア. [13]―動物探偵ミア ; 13」ダイアナ・キンプトン作;武富博子訳;花珠絵 ポプラ社 2024年4月

「椋鳩十童話集 : 大造じいさんとガン・マヤの一生など―100年読み継がれる名作」椋鳩十著;くぼあやこ絵;久保田里花監修 世界文化ブックス 世界文化社 2024年1月

ロボット、アンドロイド

「いつか、あの博物館で。: アンドロイドと不気味の谷」朝比奈あすか著 東京書籍 2024年7月

「ゴースト・イン・ザ・プリズム」黒田八束 Hibiuta and Company日々詩編集室 2024年11月

「シンカリオンチェンジザワールド : ノベライズ. 1」プロジェクトシンカリオン原作/監修;番棚葵著 集英社(集英社みらい文庫) 2024年6月

「シンカリオンチェンジザワールド : ノベライズ. 2」プロジェクトシンカリオン原作/監修;番棚葵著 集英社(集英社みらい文庫) 2024年10月

「すきまのむこうがわ―休み時間で完結パステルショートストーリー ; Deep Red」巣山ひろみ作;三上唯絵 国土社 2024年3月

「たとえリセットされても―文研ブックランド」 森川成美作;双森文絵 文研出版 2024年3月

「ツクルとひみつの改造ボット. 2」 辻貴司作;TAKA絵 岩崎書店 2024年12月

「ぼくとロボ型フレンド」 サイモン・パッカム著;千葉茂樹訳 あすなろ書房 2024年11月

「ロボットのたまごをひろったら―ノベルズ・エクスプレス ; 56」 奈雅月ありす作;酒井以絵 ポプラ社 2024年3月

「嘘吹きアンドロイド」 久米絵美里著 PHP研究所(わたしたちの本棚) 2024年2月

「小説映画ドラえもんのび太のひみつ道具博物館」 藤子・F・不二雄原作;福島直浩著;清水東脚本;寺本幸代監督 小学館(小学館ジュニア文庫) 2024年10月

「小説映画ドラえもんのび太の地球交響楽(シンフォニー)」 藤子・F・不二雄原作;今井一暁監督・脚本原案;内海照子著・脚本 小学館(小学館ジュニア文庫) 2024年2月

【職業】

アイドル、地下アイドル

「〈推しの子〉-The Final Act-：映画ノベライズみらい文庫版」赤坂アカ;横槍メンゴ原作;はのまきみ著;北川亜矢子脚本 集英社(集英社みらい文庫) 2024年12月

「〈推しの子〉まんがノベライズ：アクアとルビー、運命のはじまり」赤坂アカ;横槍メンゴ原作/絵;はのまきみ著 集英社(集英社みらい文庫) 2024年8月

「〈推しの子〉まんがノベライズ. [2]」赤坂アカ;横槍メンゴ原作/絵;はのまきみ著 集英社(集英社みらい文庫) 2024年11月

「2つの意味の物語：アイドルの妹は高校生：ひとつの文に秘められたパラレルストーリー」ささきかつお著 新星出版社 2024年7月

「Pの推しゴト. [4]」羽央えり作;三月リヒト絵 講談社(講談社青い鳥文庫) 2024年5月

「Re:cycle：たったひとりのアイドル」十夜原作;木野誠太郎著 PHP研究所(カラフルノベル) 2024年1月

「Vチューバー探偵団. [2]」木滝りま;舟崎泉美著;榎のと絵 朝日新聞出版(ナゾノベル) 2024年11月

「アイドル幼なじみと溺愛学園生活：君だけが欲しいんです—カドカワ読書タイム」木下すなす著;あさぎ屋イラスト KADOKAWA 2024年6月

「アニメ映画トラペジウム」百瀬しのぶ文;高山一実原作;あきづきりょう挿絵 KADOKAWA(角川つばさ文庫) 2024年4月

「うた×バト：歌で紡ぐ恋と友情! 1」緋村燐作;ももこっこ絵 アルファポリス 星雲社(アルファポリスきずな文庫) 2024年8月

「おくれてきた名探偵」杉山亮作;中川大輔絵 偕成社 2024年5月

「キ・ス・リ・ハ：共演者は、学校イチのモテ男子!?ないしょの放課後リハーサル—カドカワ読書タイム」pico著;久我山ぼんイラスト KADOKAWA 2024年10月

「スイッチ! 14」深海ゆずは作;加々見絵里絵 KADOKAWA(角川つばさ文庫) 2024年5月

「すずのまたたびデイズ. [4]—すずのまたたびデイズ；4」トロル原作;井上亜樹子文;雛川まつり絵 ポプラ社 2024年10月

「スターライト!」ゆいっと作;魚師絵 講談社(講談社青い鳥文庫) 2024年6月

「ハルトくんのいうことは絶対! [3]」内田八尋作;茶乃ひなの絵 集英社(集英社みらい文庫) 2024年3月

「ひなたとひかり. 6」高杉六花作;万冬しま絵 講談社(講談社青い鳥文庫) 2024年4月

「ひなたとひかり. 7」高杉六花作;万冬しま絵 講談社(講談社青い鳥文庫) 2024年7月

「ひなたとひかり. 8」高杉六花作;万冬しま絵 講談社(講談社青い鳥文庫) 2024年11月

「海色ダイアリー. [12]」みゆ作;加々見絵里絵 集英社(集英社みらい文庫) 2024年3月

「海色ダイアリー. [13]」みゆ作;加々見絵里絵 集英社(集英社みらい文庫) 2024年7月

「海色ダイアリー. [14]」みゆ作;加々見絵里絵 集英社(集英社みらい文庫) 2024年11月

「小説劇場版すとぷりはじまりの物語 : Strawberry School Festival!!!」柏原真人原作;江坂純著;STPRStudio監修 小学館(小学館ジュニア文庫) 2024年7月

「溺愛プラネット! 2」*あいら*著;小鳩ぐみイラスト PHP研究所(PHPジュニアノベル) 2024年1月

「裏水族館からの脱出ゲーム」cheeery作;ぴろ瀬絵 ポプラ社(ポプラキミノベル) 2024年4月

医者、看護師

「イズミ」小手鞠るい著 偕成社 2024年12月

「それでも私が、ホスピスナースを続ける理由—感動のお仕事シリーズ」ラプレツィオーサ伸子著 Gakken 2024年5月

「ドリトル先生大航海記—10歳までに読みたい世界名作 ; 31」ヒュー・ロフティング作;那須田淳編訳;脚次郎絵 Gakken 2024年6月

「銀樹」森埜こみち著;日下明絵 アリス館 2024年10月

運転手一般

「あいたかったよ」村井志音著 文芸社 2024年5月

「最終バスのお客さん」小西ときこ著 信濃毎日新聞社(編集・制作) 小西ときこ 2024年2月

営業、セールスマン

「いいわけはつづくよどこまでも」岡田淳作;田中六大絵 偕成社 2024年6月

エンジニア、技術者

「ツクルとひみつの改造ボット. 2」辻貴司作;TAKA絵 岩崎書店 2024年12月

陰陽師、占い師

「12星座男子. 2」みずのまい作;福きつね絵 ポプラ社(ポプラキミノベル) 2024年2月

「陰陽師クラブへようこそ. 3」卯月みか作;雨宮もえ絵 アルファポリス 星雲社(アルファポリスきずな文庫) 2024年5月

「見習い占い師ルキは解決したい! : 友情とキセキのカード」荒井寛子著;三星たまイラスト 小学館(小学館ジュニア文庫) 2024年7月

「地味子の秘密。: 学園の平和を守るはずが、イケメン王子に気に入られちゃった!? 1」牡丹杏著;ななミツ挿絵 スターツ出版(野いちごジュニア文庫) 2024年12月

「転校生はおんみょうじ!」咲間咲良作;riri絵 アルファポリス 星雲社(アルファポリスきずな文庫) 2024年11月

外交官

「名探偵コナン服部平次セレクション浪速の名探偵」酒井匙著;青山剛昌原作・イラスト 小学館(小学館ジュニア文庫) 2024年4月

介護士

「介護の花子さん」あさばみゆき著 Gakken 2024年9月

看板屋

「パインさんのごちゃまぜかんばん」レオナード・ケスラーさく;小宮由やく 大日本図書 2024年7月

汽車、電車の運転士、機関士

「シンカリオンチェンジザワールド：ノベライズ. 1」プロジェクトシンカリオン原作/監修;番棚葵著 集英社(集英社みらい文庫) 2024年6月

「シンカリオンチェンジザワールド：ノベライズ. 2」プロジェクトシンカリオン原作/監修;番棚葵著 集英社(集英社みらい文庫) 2024年10月

教師、講師、師匠、教授、准教授、家庭教師

「NEW HORIZON青春白書. Unit1」本田久作著;佳奈絵 東京書籍 2024年4月

「あやしの保健室2. 3」染谷果子作;HIZGI絵 小峰書店 2024年1月

「うさぎになった日」村中李衣文;しらとあきこ絵 世界文化ブックス 世界文化社 2024年3月

「エトワール! 15」梅田みか作;結布絵 講談社(講談社青い鳥文庫) 2024年12月

「ガールズ・ルール：愛され女子でいるには」キャンディス・ブシュネル;ケイティ・コトゥーニョ作;三辺律子訳 静山社 2024年10月

「クレクス先生のがいせん」ヤン・ブジェフファ ロッカクリエイト 2024年1月

「クレクス先生のふしぎな学園」ヤン・ブジェフファ ロッカクリエイト 2024年1月

「クレクス先生のふしぎな旅」ヤン・ブジェフファ ロッカクリエイト 2024年1月

「スクール・フォー・グッド・アンド・イービル. 2」ソマン・チャイナニ著;金原瑞人;小林みき訳 すばる舎 2024年12月

「たとえリセットされても―文研ブックランド」森川成美作;双森文絵 文研出版 2024年3月

「てんぐ先生は一年生」大石真;大石夏也作;村上豊絵 ポプラ社(子どもたちにつたえたい傑作選) 2024年3月

「ドリトル先生大航海記―10歳までに読みたい世界名作；31」ヒュー・ロフティング作;那須田淳編訳;脚次郎絵 Gakken 2024年6月

「ハリー・ポッターと謎のプリンス. 6-1―ハリー・ポッター；14」J.K.ローリング作;松岡佑子訳 静山社(静山社ペガサス文庫) 2024年10月

「ハリー・ポッターと不死鳥の騎士団. 5-3―ハリー・ポッター；12」J.K.ローリング作;松岡佑子訳 静山社(静山社ペガサス文庫) 2024年9月

「ハロハロ = Halo-Halo」こまつあやこ著 講談社 2024年12月

「へのへのカッパせんせい. [8]―へのへのカッパせんせいシリーズ；8」樫本学ヴさく・え 小学館 2024年8月

「ぼくの色、見つけた!」志津栄子作;末山りん絵 講談社(講談社文学の扉) 2024年5月

「マス×コン! 2」こぐれ京文;ももこっこ絵 KADOKAWA(角川つばさ文庫) 2024年8月

「ヤング・シャーロック・ホームズ：児童版. 4」アンドリュー・レーン作 静山社 ほるぷ出版 2024年2月

「科学でナゾとき! [4]」あさだりん作;佐藤おどり絵 偕成社(偕成社ノベルフリーク) 2024年7月

「小説落第忍者乱太郎：ドクタケ忍者隊最強の軍師」尼子騒兵衛原作・イラスト;阪口和久小説 朝日新聞出版(あさひコミックス) 2024年5月

「保健室には魔女が必要. [2]」石川宏千花作;赤絵 偕成社(偕成社ノベルフリーク) 2024年11月

「幕末レボリューション! [2]」五十嵐美怜作;雪丸ぬん絵 集英社(集英社みらい文庫) 2024年2月

「歴史ゴーストバスターズ. 9」あさばみゆき作;左近堂絵里絵 ポプラ社(ポプラキミノベル) 2024年11月

クリエイター＞作家、脚本家、絵本作家、書道家、放送作家

「イズミ」小手鞠るい著 偕成社 2024年12月

「ミス・マープルの名推理 火曜クラブ」アガサ・クリスティー著;矢沢聖子訳;藤森カンナイラスト 早川書房(ハヤカワ・ジュニア・ミステリ) 2024年1月

「みつばの郵便屋さん = Mitsuba's Postman. 6―小野寺史宜の「みつばの郵便屋さん」シリーズ；6」小野寺史宜著 ポプラ社 2024年9月

「異形怪異：お化けが出てこない怖い話」むくろ幽介文;fracocoイラスト イカロス出版 2024年12月

クリエイター＞漫画家、画家、芸術家、イラストレーター、絵師

「ウタイテ! 7」*あいら*著;茶乃ひなの絵 スターツ出版(野いちごジュニア文庫) 2024年3月

「ウタイテ! 8」*あいら*著;茶乃ひなの絵 スターツ出版(野いちごジュニア文庫) 2024年7月

「ウタイテ! 9」*あいら*著;茶乃ひなの絵 スターツ出版(野いちごジュニア文庫) 2024年11月

「クンペイの探偵ノート. 2」昼田弥子作;クリハラタカシ絵 あかね書房 2024年11月

「出てこい、写楽! : 蔦重編集日記」楠木誠一郎作;平沢下戸絵 静山社 2024年9月

「中国のフェアリー・テール」ローレンス・ハウスマン作;松岡享子訳 福音館書店 2024年9月

警察官、岡っ引き、保安官

「恐怖の谷—名探偵シャーロック・ホームズ」コナン・ドイル作;小林司;東山あかね訳;猫野クロ絵 金の星社 2024年3月

警備員、ガードマン

「山のバルナボ」ディーノ・ブッツァーティ作;川端則子訳;山村浩二絵 岩波書店(岩波少年文庫) 2024年7月

校長

「じごく小学校. [3]—じごく小学校シリーズ ; 3」有田奈央作;安楽雅志絵 ポプラ社 2024年3月

「消えた校長先生—ジュニア文学館」西村友里作;大庭賢哉絵 Gakken 2024年7月

コーチ

「雪女とヒミツのやくそく」西村さとみ作;ao絵 国土社 2024年11月

飼育員

「世界のふしぎは、きっと誰かの仕事でできている。」田丸雅智著;フルカワマモる絵 Gakken 2024年7月

司書、図書館員

「なんとかなる本 = The Book of Can-Do. [2]—樹本図書館のコトバ使い ; 2」令丈ヒロ子著;浮雲宇一絵 講談社 2024年4月

「なんとかなる本 = The Book of Can-Do. [3]—樹本図書館のコトバ使い ; 3」令丈ヒロ子著;浮雲宇一絵 講談社 2024年10月

「山の学校キツネのとしょいいん」葦原かもさく;高橋和枝え 講談社(わくわくライブラリー) 2024年11月

「図書館のぬいぐるみかします. 1—ブック・フレンド ; 1」シンシア・ロード作;ステファニー・グラエギン絵;田中奈津子訳 ポプラ社 2024年1月

侍女、メイド、家政婦、召使い、女中

「アフェイリア国とメイドと最高のウソ」ジェラルディン・マコックラン著;大谷真弓訳 小学館 2024年1月

「天宮家の王子さま. [10]」白井ごはん作;ひと和絵 集英社(集英社みらい文庫) 2024年8月

「天宮家の王子さま. [11]」白井ごはん作;ひと和絵 集英社(集英社みらい文庫) 2024年12月

「天宮家の王子さま. [9]」白井ごはん作;ひと和絵 集英社(集英社みらい文庫) 2024年4月

詩人、俳人、歌人

「しじんのゆうびんやさん」斉藤倫作;牡丹靖佳画 偕成社 2024年11月

実業家、経営者、社長

「あやし、おそろし、天獄園 : 銭天堂番外編. 2」廣嶋玲子作;jyajya絵 偕成社 2024年7月

「一番星のキミに、恋するほどにせつなくて。」涙鳴著;丈ゆきみ絵 スターツ出版(野いちごジュニア文庫) 2024年12月

「社長ですがなにか? 2」あさつじみか作;はちべもつ絵 KADOKAWA(角川つばさ文庫) 2024年1月

「社長ですがなにか? 3」あさつじみか作;はちべもつ絵 KADOKAWA(角川つばさ文庫) 2024年5月

「社長ですがなにか? 4」あさつじみか作;はちべもつ絵 KADOKAWA(角川つばさ文庫) 2024年9月

執事、家政夫

「十年屋 : 児童版. 7」廣嶋玲子作;佐竹美保絵 ほるぷ出版 2024年12月

獣医

「やまの動物病院. 3」なかがわちひろ作・絵 徳間書店 2024年11月

「犬にかまれたチイちゃん、動物のおいしゃさんになる」今西乃子作;あたちたち絵 岩崎書店 2024年7月

将校、軍人、スナイパー、傭兵、戦闘員、戦士、兵士

「バーティミアス ソロモンの指輪. 3」ジョナサン・ストラウド作;金原瑞人;松山美保訳 静山社(静山社ペガサス文庫) 2024年3月

消防士、救助隊

「世界のふしぎは、きっと誰かの仕事でできている。」田丸雅智著;フルカワマモる絵 Gakken 2024年7月

職人

「世界のふしぎは、きっと誰かの仕事でできている。」田丸雅智著;フルカワマモる絵 Gakken 2024年7月

鍼灸師

「きさらぎさんちは今日もお天気―ティーンズ文学館」古都こいと作;酒井以絵 Gakken 2024年12月

スパイ、諜報員

「スパイガール!:ミッションは御曹司のボディーガード!?」相川真作;葛西尚絵 集英社(集英社みらい文庫) 2024年7月

「スパイガール! [2]」相川真作;葛西尚絵 集英社(集英社みらい文庫) 2024年11月

「トップ・シークレット. 6」あんのまる作;シソ絵 KADOKAWA(角川つばさ文庫) 2024年1月

「トップ・シークレット. 7」あんのまる作;シソ絵 KADOKAWA(角川つばさ文庫) 2024年6月

「トップ・シークレット. 8」あんのまる作;シソ絵 KADOKAWA(角川つばさ文庫) 2024年11月

「ヤング・シャーロック・ホームズ:児童版. 3」アンドリュー・レーン作 静山社 ほるぷ出版 2024年2月

声優

「あいレコ!」遠藤まり著 講談社 2024年2月

僧侶、和尚、行者、神主、宮司、禰宜

「消えた校長先生―ジュニア文学館」西村友里作;大庭賢哉絵 Gakken 2024年7月

「西遊記」武田雅哉訳;トミイマサコ絵 小学館(小学館世界J文学館セレクション) 2024年11月

タレント、役者

「みつばの郵便屋さん = Mitsuba's Postman. 1―小野寺史宜の「みつばの郵便屋さん」シリーズ ; 1」小野寺史宜著 ポプラ社 2024年9月

「嘘泣き女王のクランクアップ = A film making story with a queen who cries crocodile tears..―ティーンズ文学館」神戸遥真著;萩森じあ絵 Gakken 2024年11月

「社長ですがなにか? 3」あさつじみか作;はちべもつ絵 KADOKAWA(角川つばさ文庫) 2024年5月

「流れ星の約束:再会したきみは芸能人!?伝えたい想い」みずのまい作;雪丸ぬん絵 集英社(集英社みらい文庫) 2024年11月

探検家、冒険家

「私立探検家学園. 5」斉藤倫著;桑原太矩画 福音館書店 2024年9月

「地球発!アストロアカデミー:うらぎり者はだれだ!?月からの大脱出!」天川栄人作;ゆうち巳くみ絵 集英社(集英社みらい文庫) 2024年3月

探偵

「TVシリーズ特別編集版名探偵コナンVS.怪盗キッド」青山剛昌原作;宮下隼一脚本・構成;水稀しま著 小学館(小学館ジュニア文庫) 2024年1月

「Vチューバー探偵団 : 目指せ!登録者100万人」木滝りま;舟崎泉美著;榎のと絵 朝日新聞出版(ナゾノベル) 2024年10月

「Vチューバー探偵団. [2]」木滝りま;舟崎泉美著;榎のと絵 朝日新聞出版(ナゾノベル) 2024年11月

「おくれてきた名探偵」杉山亮作;中川大輔絵 偕成社 2024年5月

「おしりたんていあらたなるかいとう―おしりたんていシリーズ. おしりたんていファイル ; 11」トロルさく・え ポプラ社 2024年3月

「おしりたんていかいとうUのおとしもの―おしりたんていシリーズ. おしりたんていファイル ; 12」トロルさく・え ポプラ社 2024年11月

「かいけつ!おばけミステリー―おばけのポーちゃん ; 15」吉田純子作;つじむらあゆこ絵 あかね書房 2024年10月

「ギリシャ語通訳―名探偵シャーロック・ホームズ」コナン・ドイル作;小林司;東山あかね訳;猫野クロ絵 金の星社 2024年12月

「グロリア・スコット号事件―名探偵シャーロック・ホームズ」コナン・ドイル作;小林司;東山あかね訳;猫野クロ絵 金の星社 2024年2月

「クンペイの探偵ノート. 2」昼田弥子作;クリハラタカシ絵 あかね書房 2024年11月

「シニカル探偵安土真 = CYnICAL DETECTIVE ADUCHI MAKOTO. 3」齊藤飛鳥作;十々夜絵 国土社 2024年3月

「シニカル探偵安土真 = CYnICAL DETECTIVE ADUCHI MAKOTO. 4」齊藤飛鳥作;十々夜絵 国土社 2024年7月

「ひみつの小学生探偵. 2」チームD編;NOEYEBROW絵 Gakken 2024年3月

「ひみつの小学生探偵. 3」チームD編;NOEYEBROW絵 Gakken 2024年8月

「プロジェクト・モリアーティ = PROJECT MORIARTY. 02」斜線堂有紀著;kaworu絵 朝日新聞出版(ナゾノベル) 2024年12月

「ペット探偵事件ノート = Pet Detective Case Notebook : 消えたまいごねこをさがせ」赤羽じゅんこ作;中田いくみ絵 講談社(わくわくライブラリー) 2024年4月

「ボヘミアの醜聞―名探偵シャーロック・ホームズ」コナン・ドイル作;小林司;東山あかね訳;猫野クロ絵 金の星社 2024年8月

「まだらのひも―名探偵シャーロック・ホームズ」コナン・ドイル作;小林司;東山あかね訳;猫野クロ絵 金の星社 2024年7月

「ヤング・シャーロック・ホームズ：児童版. 2」アンドリュー・レーン作 静山社 ほるぷ出版 2024年2月

「ヤング・シャーロック・ホームズ：児童版. 3」アンドリュー・レーン作 静山社 ほるぷ出版 2024年2月

「ヤング・シャーロック・ホームズ：児童版. 4」アンドリュー・レーン作 静山社 ほるぷ出版 2024年2月

「映画おしりたんていさらば愛しき相棒よザ・ノベル」トロル原作;成田順文 ポプラ社(ポプラキミノベル) 2024年5月

「科学探偵vs.終末の大予言. 前編―科学探偵謎野真実シリーズ」佐東みどりほか作;kotona絵 朝日新聞出版 2024年11月

「科学探偵vs.不死身の黒魔術師―科学探偵謎野真実シリーズ」佐東みどり;石川北二;木滝りま;田中智章作;kotona絵 朝日新聞出版 2024年2月

「科学探偵VS.幽霊船の海賊―科学探偵謎野真実シリーズ」佐東みどりほか作;kotona絵 朝日新聞出版 2024年7月

「花よめ失そう事件―名探偵シャーロック・ホームズ」コナン・ドイル作;小林司;東山あかね訳;猫野クロ絵 金の星社 2024年2月

「華麗なる探偵アリス&ペンギン. [23]」南房秀久著;あるやイラスト 小学館(小学館ジュニア文庫) 2024年2月

「華麗なる探偵アリス&ペンギン. [24]」南房秀久著;あるやイラスト 小学館(小学館ジュニア文庫) 2024年10月

「鎌倉猫ヶ丘小ミステリー倶楽部」澤田慎梧作;のえる絵 アルファポリス 星雲社(アルファポリスきずな文庫) 2024年9月

「恐怖の谷―名探偵シャーロック・ホームズ」コナン・ドイル作;小林司;東山あかね訳;猫野クロ絵 金の星社 2024年3月

「私立探検家学園. 4」斉藤倫著;桑原太矩画 福音館書店 2024年4月

「守護霊探偵アンバー：怪盗ムーンからペンダントを守れ!」小谷杏子作;ほし絵 アルファポリス 星雲社(アルファポリスきずな文庫) 2024年2月

「青いガーネット―名探偵シャーロック・ホームズ」コナン・ドイル作;小林司;東山あかね訳;猫野クロ絵 金の星社 2024年3月

「赤毛組合―名探偵シャーロック・ホームズ」コナン・ドイル作;小林司;東山あかね訳;猫野クロ絵 金の星社 2024年3月

「探偵ハイネは予言をはずさない. [5]」南房秀久著;わたあめイラスト 小学館(小学館ジュニア文庫) 2024年7月

「探偵七音はためらわない」秋木真作;ななミツ絵 KADOKAWA(角川つばさ文庫) 2024年6月

「天久鷹央の推理カルテ = Ameku Takao's Detective Karte : カッパの秘密とナゾの池」知念実希人作;一東挿絵 実業之日本社 2024年12月

「転ぶ。凸凹探偵チーム」佐々木志穂美作;よん絵 KADOKAWA(角川つばさ文庫) 2024年8月

「動物探偵ミア. [13]—動物探偵ミア ; 13」ダイアナ・キンプトン作;武富博子訳;花珠絵 ポプラ社 2024年4月

「二つの顔を持つ男—名探偵シャーロック・ホームズ」コナン・ドイル作;小林司;東山あかね訳;猫野クロ絵 金の星社 2024年11月

「日本一周ナゾトキ珍道中 : 5分でスカッとする結末. 西日本編」粟生こずえ著 講談社 2024年10月

「日本一周ナゾトキ珍道中 : 5分でスカッとする結末. 東日本編」粟生こずえ著 講談社 2024年10月

「緋色の習作—名探偵シャーロック・ホームズ」コナン・ドイル作;小林司;東山あかね訳;猫野クロ絵 金の星社 2024年1月

「歩く。凸凹探偵チーム」佐々木志穂美作;よん絵 KADOKAWA(角川つばさ文庫) 2024年2月

「名探偵コナン : 怪盗キッドセレクション月下の幻像」酒井匙著;青山剛昌原作・イラスト 小学館(小学館ジュニア文庫) 2024年4月

「名探偵コナン100万ドルの五稜星」水稀しま著;青山剛昌原作;大倉崇裕脚本 小学館(小学館ジュニア文庫) 2024年4月

「名探偵コナンの暗号博士 = DETECTIVE CONAN DOCTOR OF CRYPTOGRAPHY—BIG KOROTAN. まんがで学べる!コナン博士シリーズ」青山剛昌原作;情報通信研究機構(NICT)サイバーセキュリティ研究所セキュリティ基盤研究室監修;石井じゅんのすけほかイラスト 小学館 2024年12月

「名探偵コナン服部平次セレクション浪速の相棒」酒井匙著;青山剛昌原作・イラスト 小学館(小学館ジュニア文庫) 2024年5月

「名探偵コナン服部平次セレクション浪速の名探偵」酒井匙著;青山剛昌原作・イラスト 小学館(小学館ジュニア文庫) 2024年4月

「迷路探偵ピエール : 怪盗Xの挑戦状」カミガキヒロフミ;IC4DESIGN原作;糸海みん著 永岡書店 2024年4月

通訳、翻訳家

「ギリシャ語通訳—名探偵シャーロック・ホームズ」コナン・ドイル作;小林司;東山あかね訳;猫野クロ絵 金の星社 2024年12月

店員、販売員

「シュガーココムー小さなお菓子屋さんの物語：たいせつなきもち」サンエックス原作・絵;白井かなこ著 小学館(小学館ジュニア文庫) 2024年11月

店長、店主

「アニメ版ふしぎ駄菓子屋銭天堂. [1]」廣嶋玲子;jyajya作 偕成社 2024年11月

「アニメ版ふしぎ駄菓子屋銭天堂. [2]」廣嶋玲子;jyajya作 偕成社 2024年11月

「アニメ版ふしぎ駄菓子屋銭天堂. [3]」廣嶋玲子;jyajya作 偕成社 2024年11月

「カフェ・スノードーム」石井睦美文;杉本さなえ絵 アリス館 2024年12月

「こうかんや」小川としあき 文芸社 2024年4月

「たい焼き総選挙―読書の時間；20」新井けいこ作;いちろう絵 あかね書房 2024年9月

「安房直子絵ぶんこ. 5」安房直子文 あすなろ書房 2024年6月

「運命を考える」ぬまかおる著 みらいパブリッシング 星雲社 2024年11月

「華麗なる探偵アリス&ペンギン. [23]」南房秀久著;あるやイラスト 小学館(小学館ジュニア文庫) 2024年2月

「十年屋：児童版. 7」廣嶋玲子作;佐竹美保絵 ほるぷ出版 2024年12月

「出てこい、写楽!：蔦重編集日記」楠木誠一郎作;平沢下戸絵 静山社 2024年9月

「銭天堂：ふしぎ駄菓子屋. 吉凶通り1」廣嶋玲子作;jyajya絵 偕成社 2024年5月

「銭天堂：ふしぎ駄菓子屋. 吉凶通り2」廣嶋玲子作;jyajya絵 偕成社 2024年10月

「無法施展的時間魔法―樂讀456；初階 108 魔法十年屋；5」廣嶋玲子文;佐竹美保圖;王蘊潔譯 親子天下 2024年1月

「貓學徒的實習時間―樂讀456；初階 109 魔法十年屋；6」廣嶋玲子文;佐竹美保圖;王蘊潔譯 親子天下 2024年1月

動画実況者、ゲーム実況者、YouTuber

「Vチューバー探偵団：目指せ!登録者100万人」木滝りま;舟崎泉美著;榎のと絵 朝日新聞出版(ナゾノベル) 2024年10月

「Vチューバー探偵団. [2]」木滝りま;舟崎泉美著;榎のと絵 朝日新聞出版(ナゾノベル) 2024年11月

「きみの声を聴かせてよ!：氷王子の裏の顔はイケボな配信者!?」甘水さら作;瀬川あや絵 集英社(集英社みらい文庫) 2024年8月

「ブラックチャンネル. [3]」すけたけしん著;きさいちさとし原作・イラスト 小学館(小学館ジュニア文庫) 2024年10月

「学園トップ男子の溺愛は配信禁止です!—取り扱い注意最強男子シリーズ」高杉六花著;カトウロカ絵 スターツ出版(野いちごジュニア文庫) 2024年8月

「中学生ウィーチューバーの心霊スポットMAP. 1」じゅんれいか作;冬木絵 アルファポリス 星雲社(アルファポリスきずな文庫) 2024年8月

ドライバー>レーサー

「レーシング!ZOO:キャッ飛ばしレーサー登場! 1」こざきゆう文;やぶのてんや絵 Gakken 2024年10月

ネイリスト

「余命一年と宣告された僕が、余命半年の君と出会った話:Ayaka's story—森田碧の「よめぼく」シリーズ;2」森田碧著 ポプラ社 2024年9月

農家、酪農家、百姓、作男

「復活!まぼろしの小瀬菜だいこん—ステップノベル」野泉マヤ文;丹地陽子絵 文研出版 2024年8月

博士、研究者、学者、発明家

「アインシュタインをすくえ!:時間と空間をこえた8日間」コーネリア・フランツ作;若松宣子訳;スカイエマ絵 文溪堂 2024年1月

「クレクス先生のがいせん」ヤン・ブジェフファ ロッカクリエイト 2024年1月

「クレクス先生のふしぎな旅」ヤン・ブジェフファ ロッカクリエイト 2024年1月

「ミヤモトさんちの4男子!? [2]」深海ゆずは作;かるき春絵 講談社(講談社青い鳥文庫) 2024年5月

「リアル鬼ごっこファイナル. 下」江坂純著;山田悠介原案・監修;さくしゃ2イラスト 小学館(小学館ジュニア文庫) 2024年11月

「怪盗クイーンインド『もう一つの0』」はやみねかおる作;K2商会絵 講談社(講談社青い鳥文庫) 2024年7月

「青鬼調査クラブ. 10」noprops;黒田研二原作;波摘著;鈴羅木かりんイラスト PHP研究所(PHPジュニアノベル) 2024年10月

ハンター、狩人

「SCPハンター:シャイガイを確保せよ!」黒史郎作;古澤あつし絵 ポプラ社(ポプラキミノベル) 2024年12月

「逃走中:オリジナルストーリー. [11]」小川彗著 集英社(集英社みらい文庫) 2024年5月

羊飼い、牛飼い

「おはなしのろうそく. 34」東京子ども図書館編 東京子ども図書館 2024年8月

ベビーシッター

「かみさまのベビーシッター. 4」廣嶋玲子作;木村いこ絵 理論社 2024年12月

「ぐうたら魔女ホーライまた来た!」柏葉幸子作;長田恵子絵 理論社 2024年11月

「ベビーシッターズクラブ. [2]」アン・M.マーティン作;山本祐美子訳;くろでこ絵 ポプラ社 2024年9月

弁護士

「ミス・マープルの名推理 火曜クラブ」アガサ・クリスティー著;矢沢聖子訳;藤森カンナイラスト 早川書房(ハヤカワ・ジュニア・ミステリ) 2024年1月

編集者、ライター、記者

「江戸を照らせ:蔦屋重三郎の挑戦」小前亮作;中島花野画 小峰書店 2024年11月

ボディーガード、用心棒

「最強ボディガードの幼なじみが、絶対に離してくれません!―取り扱い注意最強男子シリーズ」梶ゆいな著;あん豆絵 スターツ出版(野いちごジュニア文庫) 2024年9月

巫女、斎宮

「鎌倉猫ヶ丘小ミステリー倶楽部」澤田慎梧作;のえる絵 アルファポリス 星雲社(アルファポリスきずな文庫) 2024年9月

ミュージシャン、音楽家、歌手、楽師

「ウタイテ! 7」*あいら*著;茶乃ひなの絵 スターツ出版(野いちごジュニア文庫) 2024年3月

「ウタイテ! 8」*あいら*著;茶乃ひなの絵 スターツ出版(野いちごジュニア文庫) 2024年7月

「ウタイテ! 9」*あいら*著;茶乃ひなの絵 スターツ出版(野いちごジュニア文庫) 2024年11月

「サッシーは大まじめ. [2]」マギー・ギブソン著;松田綾花訳 小鳥遊書房 2024年6月

「さんごいろの雲」やえがしなおこ作;出口春菜絵 講談社(わくわくライブラリー) 2024年2月

「白豚貴族ですが前世の記憶が生えたのでひよこな弟育てます. 2」やしろ作;玖珂つかさ絵;keepoutキャラクター原案 TOブックス(TOジュニア文庫) 2024年2月

メイクアップアーティスト、ヘアスタイリスト、美容師

「紅桃の百色メイク. 1」羽央えり作;星乃屑ありす絵 講談社(講談社青い鳥文庫) 2024年12月

モデル

「キ・ス・リ・ハ：共演者は、学校イチのモテ男子!?ないしょの放課後リハーサル―カドカワ読書タイム」pico著;久我山ぼんイラスト KADOKAWA 2024年10月

郵便屋

「みつばの郵便屋さん = Mitsuba's Postman. 1―小野寺史宜の「みつばの郵便屋さん」シリーズ；1」小野寺史宜著 ポプラ社 2024年9月

「みつばの郵便屋さん = Mitsuba's Postman. 2―小野寺史宜の「みつばの郵便屋さん」シリーズ；2」小野寺史宜著 ポプラ社 2024年9月

「みつばの郵便屋さん = Mitsuba's Postman. 3―小野寺史宜の「みつばの郵便屋さん」シリーズ；3」小野寺史宜著 ポプラ社 2024年9月

「みつばの郵便屋さん = Mitsuba's Postman. 4―小野寺史宜の「みつばの郵便屋さん」シリーズ；4」小野寺史宜著 ポプラ社 2024年9月

「みつばの郵便屋さん = Mitsuba's Postman. 5―小野寺史宜の「みつばの郵便屋さん」シリーズ；5」小野寺史宜著 ポプラ社 2024年9月

「みつばの郵便屋さん = Mitsuba's Postman. 6―小野寺史宜の「みつばの郵便屋さん」シリーズ；6」小野寺史宜著 ポプラ社 2024年9月

「みつばの郵便屋さん = Mitsuba's Postman. 7―小野寺史宜の「みつばの郵便屋さん」シリーズ；7」小野寺史宜著 ポプラ社 2024年9月

「みつばの郵便屋さん = Mitsuba's Postman. 8―小野寺史宜の「みつばの郵便屋さん」シリーズ；8」小野寺史宜著 ポプラ社 2024年9月

料理人、パティシエ、菓子職人

「ふしぎ町のふしぎレストラン. 7」三田村信行作;あさくらまや絵 あかね書房 2024年1月

「ふしぎ町のふしぎレストラン. 8」三田村信行作;あさくらまや絵 あかね書房 2024年11月

「モンスター・ホテルでめしあがれ」柏葉幸子作;高畠純絵 小峰書店 2024年3月

霊媒師、霊能者

「探偵ハイネは予言をはずさない. [5]」南房秀久著;わたあめイラスト 小学館(小学館ジュニア文庫) 2024年7月

【人間関係】

許嫁

「ハルトくんのいうことは絶対! [3]」内田八尋作;茶乃ひなの絵 集英社(集英社みらい文庫) 2024年3月

いとこ

「いちかちゃん―くもんの児童文学」いとうみく作;中田いくみ絵 くもん出版 2024年5月

「いのちのつぼみ」志津谷元子著 偕成社 2024年9月

「シロガラス. 6」佐藤多佳子著 偕成社 2024年11月

「怪盗レッド. 25」秋木真作;しゅー絵 KADOKAWA(角川つばさ文庫) 2024年3月

「今日も誰かの誕生日―飛ぶ教室の本」二宮敦人作;中田いくみ絵 光村図書出版 2024年12月

「転ぶ。凸凹探偵チーム」佐々木志穂美作;よん絵 KADOKAWA(角川つばさ文庫) 2024年8月

幼なじみ

「5分でスカッと!:この溺愛はまさかすぎ!?」中小路かほほか著;かなめもにか絵 スターツ出版(野いちごジュニア文庫) 2024年4月

「アイドル幼なじみと溺愛学園生活:君だけが欲しいんです―カドカワ読書タイム」木下すなす著;あさぎ屋イラスト KADOKAWA 2024年6月

「おれは太巻大左衛門―文研ブックランド」片平直樹作;高畠那生絵 文研出版 2024年7月

「コスモ★スケッチ. [3]」琴織ゆき作;そと絵 集英社(集英社みらい文庫) 2024年6月

「この恋は、ぜったいヒミツ。. [4]」このはなさくら著;遠山えま絵 スターツ出版(野いちごジュニア文庫) 2024年4月

「つっきーとカーコのかぞく―おはなしみーつけた!シリーズ」おくはらゆめ作・絵 佼成出版社 2024年5月

「ペット探偵事件ノート = Pet Detective Case Notebook:消えたまいごねこをさがせ」赤羽じゅんこ作;中田いくみ絵 講談社(わくわくライブラリー) 2024年4月

「羽根にねがいを!」西沢杏子作;小松良佳絵 国土社 2024年2月

「告白代行部、ただいま活動中! 1」石田空作;朝香のりこ絵 アルファポリス 星雲社(アルファポリスきずな文庫) 2024年3月

「最強ボディガードの幼なじみが、絶対に離してくれません!―取り扱い注意最強男子シリーズ」梶ゆいな著;あん豆絵 スターツ出版(野いちごジュニア文庫) 2024年9月

「最強総長さまは、女総長のわたしに溺愛全開!?」ふわ屋。著;あん豆絵 スターツ出版(野いちごジュニア文庫) 2024年6月

「七瀬くん家の3兄弟. [5]」青山そらら作;たしろみや絵 集英社(集英社みらい文庫) 2024年8月

「初恋タイムリミット. [3]」やまもとふみ作;那流絵 ポプラ社(ポプラキミノベル) 2024年8月

「二人と一匹の本格捜査ミステリー. 2―文研じゅべにーる」村松由紀子作;ao絵 文研出版 2024年4月

「年下男子のルイくんはわたしのことが好きすぎる! [2]」浪速ゆう作;間明田絵 集英社(集英社みらい文庫) 2024年3月

「年下男子のルイくんはわたしのことが好きすぎる! [3]」浪速ゆう作;間明田絵 集英社(集英社みらい文庫) 2024年8月

「妖怪の子、育てます. 4」廣嶋玲子作;Minoru絵 東京創元社 2024年6月

叔父、伯父

「チカクサク―くもんの児童文学」今井恭子作;いとうあつき画 くもん出版 2024年10月

「わたしのカレーな夏休み」谷口雅美著;KOUME画 講談社 2024年6月

「出来損ないと呼ばれた元英雄は、実家から追放されたので好き勝手に生きることにした. 3」紅月シン作;柚希きひろ絵;ちょこ庵キャラクター原案 TOブックス(TOジュニア文庫) 2024年6月

「直紀とふしぎな庭」山下みゆき作;もなか絵 静山社 2024年1月

叔母、伯母

「ゴースト・イン・ザ・プリズム」黒田八束 Hibiuta and Company日々詩編集室 2024年11月

「ジョン」エマニュエル・ブルディエ著;平岡敦訳 あすなろ書房 2024年2月

家族＞親子

「girls―くもんの児童文学」濱野京子作;牛久保雅美装画・挿絵 くもん出版 2024年6月

「アゲインアゲイン―読書の時間 ; 21」おおぎやなぎちか作;坂口友佳子絵 あかね書房 2024年10月

「かたづけ大作戦」志津栄子作;森川泉絵 金の星社 2024年6月

「きさらぎさんちは今日もお天気―ティーンズ文学館」古都こいと作;酒井以絵 Gakken 2024年12月

「キッズバースアドベンチャー = KIDSVERSE ADVENTURE―文研ブックランド」桐谷直文;雛川まつり画 文研出版 2024年7月

「キット : 父さんをさがしに」中村応子 パレード(Parade books) 2024年8月

「きょうはおやすみします：がっこうのてんこちゃん―福音館創作童話シリーズ」ほそかわてんてんさく 福音館書店 2024年2月

「この銃弾を忘れない」マイテ・カランサ作;宇野和美訳 徳間書店 2024年12月

「サキヨミ! 11」七海まち作;駒形絵 KADOKAWA（角川つばさ文庫）2024年3月

「ささやきの島」フランシス・ハーディング著;エミリー・グラヴェット絵;児玉敦子訳 東京創元社 2024年12月

「しょぼくれしょぼ造」アソウカズマサ作・イラスト 幻冬舎メディアコンサルティング 幻冬舎 2024年4月

「ジョン」エマニュエル・ブルディエ著;平岡敦訳 あすなろ書房 2024年2月

「シロガラス. 6」佐藤多佳子著 偕成社 2024年11月

「スタート = START―読書の時間；19」楠章子作;みなはむ絵 あかね書房 2024年3月

「ひみつの相関図ノート」望月麻衣ほか作;日本児童文芸家協会編 ポプラ社 2024年6月

「ビューティ&ビースト：野獣に呪いをかけた魔女がベルの母親だった〈もしも〉の世界. 下―ディズニーツイステッドテール. ゆがめられた世界」リズ・ブラスウェル著;池本尚美訳 Gakken 2024年10月

「ビューティ&ビースト：野獣に呪いをかけた魔女がベルの母親だった〈もしも〉の世界. 上―ディズニーツイステッドテール. ゆがめられた世界」リズ・ブラスウェル著;池本尚美訳 Gakken 2024年10月

「ふたりの秘密」斉藤栄美作;佐竹美保絵 金の星社 2024年10月

「ぼくの色、見つけた!」志津栄子作;末山りん絵 講談社（講談社文学の扉）2024年5月

「ポケットの中の赤ちゃん」宇野和子作・絵 復刊ドットコム 2024年5月

「まいごのかあたん」かとうゆみこ著 文芸社 2024年7月

「マザー・ブレイクタイム：母は鬼、子は悪魔：絵本とコーヒーをともに」弦本あや華文;弦本ゆりか絵 文芸社 2024年12月

「みつばの郵便屋さん = Mitsuba's Postman. 3―小野寺史宜の「みつばの郵便屋さん」シリーズ；3」小野寺史宜著 ポプラ社 2024年9月

「みつばの郵便屋さん = Mitsuba's Postman. 8―小野寺史宜の「みつばの郵便屋さん」シリーズ；8」小野寺史宜著 ポプラ社 2024年9月

「ヤング・シャーロック・ホームズ：児童版. 4」アンドリュー・レーン作 静山社 ほるぷ出版 2024年2月

「ロボットのたまごをひろったら―ノベルズ・エクスプレス；56」奈雅月ありす作;酒井以絵 ポプラ社 2024年3月

「わたしの名前はオクトーバー」カチャ・ベーレン作;こだまともこ訳 評論社 2024年1月

「王女さまのお手紙つき. 4」ポーラ・ハリソン原作;チーム151E☆企画・構成;ajico;中島万璃絵 Gakken 2024年1月

「科学でナゾとき! [4]」あさだりん作;佐藤おどり絵 偕成社(偕成社ノベルフリーク) 2024年7月

「丘修三児童文学作品集」丘修三著 国土社 2024年9月

「泣き虫スマッシュ! 4」平河ゆうき作;むっしゅ絵 KADOKAWA(角川つばさ文庫) 2024年1月

「劇場版ACMA:GAME最後の鍵 : 映画ノベライズ」百舌涼一文;メーブ原作;恵広史作画;いずみ吉紘;谷口純一郎脚本 講談社(講談社KK文庫) 2024年9月

「参上!ヌンチャクゴリラ」川之上英子;川之上健作;朝倉世界一絵 岩崎書店 2024年10月

「森と、母と、わたしの一週間」八束澄子著 ポプラ社(teens' best selections) 2024年10月

「真夜中の4分後 = Four Minutes Past Midnight」コニー・パルムクイスト作;堀川志野舞訳;まめふく絵 静山社 2024年2月

「魔女がやってきた!」マーガレット・マーヒー作;尾崎愛子訳;はたこうしろう絵 徳間書店 2024年6月

「夢でみた庭」長崎夏海著;佐藤真紀子絵 講談社 2024年9月

「翼はなくても」レベッカ・クレーン作;代田亜香子訳 静山社 2024年2月

家族＞家族一般

「5分後に泣き笑いのラスト―5分シリーズ」エブリスタ編 河出書房新社 2024年6月

「あいだのわたし―STAMP BOOKS」ユリア・ラビノヴィチ作;細井直子訳 岩波書店 2024年8月

「いちかちゃん―くもんの児童文学」いとうみく作;中田いくみ絵 くもん出版 2024年5月

「うそつき桃の夢」大竹弘志著 文芸社 2024年5月

「おねえちゃんって、もうさいこう!―おはなしトントン」いとうみく作;つじむらあゆこ絵 岩崎書店 2024年2月

「おばあちゃんのあかね色―こころのつばさシリーズ」楠章子作;あわい絵 佼成出版社 2024年11月

「おばあちゃんのぞうきん : 鹿石八千代児童文学集」鹿石八千代著 文芸社 2024年7月

「おばあちゃんのて」沖野和子著 文芸社 2024年5月

「おばあちゃんの忘れもの探偵団」織田祥代作;平出あや絵 OfficeOda 2024年1月

「からくり夢時計. 下」川口雅幸作;海ばたり絵 アルファポリス 星雲社(アルファポリスきずな文庫) 2024年12月

「からくり夢時計. 上」川口雅幸作;海ばたり絵 アルファポリス 星雲社(アルファポリスきずな文庫) 2024年12月

「カラフル = Colorful」森絵都著;カシワイ画 文藝春秋 2024年7月

「キミの知らない恋の物語. ユレル」瀧井朝世編 汐文社 2024年2月

「キングと兄ちゃんのトンボ―金原瑞人選モダン・クラシックYA」ケイスン・キャレンダー著;島田明美訳 作品社 2024年4月

「グレッグのダメ日記 : すごいひみつ―グレッグのダメ日記 ; 19」ジェフ・キニー作;中井はるの訳 ポプラ社 2024年11月

「サーファーガール = Surfer Girl : かがやく波に乗れ!」麻生かづこ作;かわいちひろ絵 小峰書店(ブルーバトンブックス) 2024年5月

「ジョンの贈り物」高橋幸枝作;圭太絵 文芸社 2024年4月

「しろいねこリリー」くさのたき作;よしむらめぐ絵 金の星社 2024年9月

「スラムに水は流れない」ヴァルシャ・バジャージ著;村上利佳訳 あすなろ書房 2024年4月

「それでも私が、ホスピスナースを続ける理由―感動のお仕事シリーズ」ラプレツィオーサ伸子著 Gakken 2024年5月

「たのしいムーミン一家」トーベ・ヤンソン著;山室静訳 講談社 2024年7月

「つっきーとカーコのかぞく―おはなしみーつけた!シリーズ」おくはらゆめ作・絵 佼成出版社 2024年5月

「ディズニー&ピクサー感動の名作ストーリー = Disney & Pixar Storybook Collection」ウォルト・ディズニー・カンパニー著;駒野谷理子訳 うさぎ出版 玄光社 2024年12月

「なかよしだいすきさ!」さとかずえ文・絵 文芸社 2024年5月

「バラの咲く日に : 生きづらさの庭で」藤原千奈 文芸社 2024年4月

「ベビーシッターズクラブ. [2]」アン・M.マーティン作;山本祐美子訳;くろでこ絵 ポプラ社 2024年9月

「ぼくたちは宇宙のなかで」カチャ・ベーレン作;こだまともこ訳 評論社 2024年11月

「ぼくのはじまったばかりの人生のたぶんわすれない日々―鈴木出版の児童文学 : この地球を生きる子どもたち」イーサン・ロング作・絵;代田亜香子訳 鈴木出版 2024年10月

「ぼくの中にある光」カチャ・ベーレン作;原田勝訳 岩波書店 2024年11月

「マメクジラくん、海へいく」山下明生文;村上康成絵 偕成社 2024年9月

「みかんファミリー」椰月美智子著 講談社 2024年8月

「みんなにもっとひかりあれ! : ダウン症の妹がいるあかりと、みんなの二分の一成人式」金子あつし作;ぽえ絵 読書日和 2024年10月

「安房直子絵ぶんこ. 7」安房直子文 あすなろ書房 2024年9月

「宇宙級初恋 : 地球でいちばんステキな恋!?」水無仙丸作;たしろみや絵 KADOKAWA(角川つばさ文庫) 2024年1月

「怪盗グルーのミニオン超変身」代田亜香子著 小学館(小学館ジュニア文庫) 2024年7月

「感動の童話五つの奇跡」にしぶのりあき著 パレード 星雲社(Parade Books) 2024年3月

「劇場版レッツゴー!まいぜんシスターズ：家族再会」石崎洋司文;林佳里絵 ポプラ社(ポプラキミノベル+) 2024年11月

「犬を飼ったら、大さわぎ! 1」トゥイ・T.サザーランド作;相良倫子訳 徳間書店 2024年8月

「再会の日に」中山聖子作 岩崎書店 2024年4月

「七月の波をつかまえて―STAMP BOOKS」ポール・モーシャー作;代田亜香子訳 岩波書店 2024年6月

「初音一族のキツネたち―シノダ!」富安陽子著;大庭賢哉絵 偕成社 2024年10月

「小説二月の勝者：絶対合格の教室.[4]」伊豆平成著;高瀬志帆原作・イラスト 小学館(小学館ジュニア文庫) 2024年5月

「図書館のぬいぐるみかします.1―ブック・フレンド；1」シンシア・ロード作;ステファニー・グラエギン絵;田中奈津子訳 ポプラ社 2024年1月

「彼女たちのバックヤード」森埜こみち作 講談社 2024年1月

「変身：消えた少女と昆虫標本―文研ステップノベル」佐藤いつ子作;かない絵 文研出版 2024年5月

「迷い沼の娘たち」ルーシー・ストレンジ作;中野怜奈訳 静山社 2024年11月

「妖怪九十九搬新家―樂讀456；初階 110 妖怪一族；1」富安陽子文;山村浩二圖;游韻馨譯 親子天下 2024年2月

家族＞きょうだい

「2つの意味の物語：アイドルの妹は高校生：ひとつの文に秘められたパラレルストーリー」ささきかつお著 新星出版社 2024年7月

「あの空にとどけ―文研ステップノベル」熊谷千世子作;かない絵 文研出版 2024年11月

「インサイド＝INSIDE：この壁の向こうへ」佐藤まどか著 静山社 2024年1月

「うちの弟どもがすみません：映画ノベライズみらい文庫版」オザキアキラ原作/絵;ワダヒトミ著;根津理香脚本 集英社(集英社みらい文庫) 2024年11月

「おとひめさまのうた」いまむらきよみ;ラヘル・ファン・コーイさく てらいんく 2024年7月

「おにのおしごと」花野猫著 文芸社 2024年7月

「おねえちゃんって、もうさいこう!―おはなしトントン」いとうみく作;つじむらあゆこ絵 岩崎書店 2024年2月

「オリバーと金色の瞳.上」栗須海作・絵 Rose of May 2024年5月

「カミオカンデの神さま」松田悠八作;小林敏也イラストレーション ロクリン社 2024年11月

「きさらぎさんちは今日もお天気—ティーンズ文学館」古都こいと作;酒井以絵 Gakken 2024年12月

「ギリシャ語通訳—名探偵シャーロック・ホームズ」コナン・ドイル作;小林司;東山あかね訳;猫野クロ絵 金の星社 2024年12月

「キングと兄ちゃんのトンボ—金原瑞人選モダン・クラシックYA」ケイスン・キャレンダー著;島田明美訳 作品社 2024年4月

「グリム童話：こどもと大人のためのメルヘン」グリム著;西本鶏介文・編;藤田新策装丁・さし絵 ポプラ社(子どもたちにつたえたい傑作選) 2024年7月

「サバイバー!! 8」あさばみゆき作;葛西尚絵 KADOKAWA(角川つばさ文庫) 2024年7月

「シンデレラのおねえさん—飛ぶ教室の本」おくはらゆめ文・絵 光村図書出版 2024年4月

「シンプルとウサギのパンパンくん」マリー=オード・ミュライユ作;河野万里子訳 小学館 2024年7月

「スカンダーと裏切りのトライアル」A.F.ステッドマン著;金原瑞人;西田佳子訳 潮出版社 2024年6月

「ぜったいヒミツの両想い. [3]」神戸遥真作;千秋りえ絵 講談社(講談社青い鳥文庫) 2024年4月

「ちいさなちょうせん」河田由紀子著 文芸社 2024年8月

「チカクサク—くもんの児童文学」今井恭子作;いとうあつき画 くもん出版 2024年10月

「ときめき虹色ライフ：ないしょで子どもぐらしはじめます! 1」皐月なおみ作;森乃なっぱ絵 アルファポリス 星雲社(アルファポリスきずな文庫) 2024年4月

「ときめき虹色ライフ. 2」皐月なおみ作;森乃なっぱ絵 アルファポリス 星雲社(アルファポリスきずな文庫) 2024年9月

「ドレスアップ!こくるん. 2」久野遥子原作・監督;竹浪春花文 岩崎書店 2024年4月

「なかよしだいすきさ!」さとかずえ文・絵 文芸社 2024年5月

「ハロウィーンまで、まってなさい」ミリアム・ヤング作;小宮由訳;平澤朋子絵 岩波書店 2024年9月

「ひなたとひかり. 6」高杉六花作;万冬しま絵 講談社(講談社青い鳥文庫) 2024年4月

「ひな祭り」くどうてるこ著 文芸社 2024年10月

「ブルートレインおばけ号—水木しげるのおばけ学校；3」水木しげる著 ポプラ社 2024年9月

「ペータヘンの月世界旅行」田村明一著 書肆盛林堂(盛林堂ミステリアス文庫 プレゼント叢書) 2024年3月

「ぼくたちは宇宙のなかで」カチャ・ベーレン作;こだまともこ訳 評論社 2024年11月

「ミタちゃんが見ちゃった!?：家事代行サービス事件簿」藤咲あゆな;ハニーカンパニー著;中嶋ゆかイラスト 小学館(小学館ジュニア文庫) 2024年8月

「みつばの郵便屋さん = Mitsuba's Postman. 1—小野寺史宜の「みつばの郵便屋さん」シリーズ；1」小野寺史宜著 ポプラ社 2024年9月

「みんなにもっとひかりあれ!：ダウン症の妹がいるあかりと、みんなの二分の一成人式」金子あつし作;ぽえ絵 読書日和 2024年10月

「ヤング・シャーロック・ホームズ：児童版. 3」アンドリュー・レーン作 静山社 ほるぷ出版 2024年2月

「レベッカの見上げた空」マシュー・フォックス作;堀川志野舞訳 静山社 2024年2月

「引きこもり姉ちゃんのアルゴリズム推理」井上真偽著;くろでこ絵 朝日新聞出版(ナゾノベル) 2024年12月

「海色ダイアリー. [14]」みゆ作;加々見絵里絵 集英社(集英社みらい文庫) 2024年11月

「鬼の花嫁. 2」クレハ著;ニナハチ絵 スターツ出版(野いちごジュニア文庫) 2024年11月

「求愛されるにはワケがある!?：ナゾの四兄弟と薬指の約束」みゆ著;本田ロアロイラスト PHP研究所(PHPジュニアノベル) 2024年3月

「犬の謎」マリオローディ作;ディレッタリベラーニ絵;平田真理訳 カジワラ書房 2024年10月

「再会の日に」中山聖子作 岩崎書店 2024年4月

「三姉妹は恋ができない!?：となりの幼なじみも三兄弟!新生活はドキドキの予感」永良サチ著;森乃なっぱ絵 スターツ出版(野いちごジュニア文庫) 2024年1月

「山椒大夫—スラよみ!日本文学名作シリーズ；3」森鷗外作;渡邉文幸現代語訳 理論社 2024年10月

「七瀬くん家の3兄弟. [4]」青山そらら作;たしろみや絵 集英社(集英社みらい文庫) 2024年3月

「七瀬くん家の3兄弟. [5]」青山そらら作;たしろみや絵 集英社(集英社みらい文庫) 2024年8月

「森のちいさな三姉妹 = Three little sisters in the forest：はじめてのおたんじょう日!—ジュニア文学館」楠章子作;井田千秋絵 Gakken 2024年7月

「神スキル!!! [4]」大空なつき作;アルセチカ絵 KADOKAWA(角川つばさ文庫) 2024年3月

「星カフェ. [5]」倉橋燿子作;たま絵 講談社(講談社青い鳥文庫) 2024年5月

「天宮家の王子さま. [10]」白井ごはん作;ひと和絵 集英社(集英社みらい文庫) 2024年8月

「天宮家の王子さま. [11]」白井ごはん作;ひと和絵 集英社(集英社みらい文庫) 2024年12月

「天宮家の王子さま. [9]」白井ごはん作;ひと和絵 集英社(集英社みらい文庫) 2024年4月

「白豚貴族ですが前世の記憶が生えたのでひよこな弟育てます. 2」やしろ作;玖珂つかさ絵;keepoutキャラクター原案 TOブックス(TOジュニア文庫) 2024年2月

「白豚貴族ですが前世の記憶が生えたのでひよこな弟育てます. 3」やしろ作;玖珂つかさ絵;keepoutキャラクター原案 TOブックス(TOジュニア文庫) 2024年4月

「白豚貴族ですが前世の記憶が生えたのでひよこな弟育てます. 4」やしろ作;玖珂つかさ絵 TOブックス(TOジュニア文庫) 2024年8月

「彼女たちのバックヤード」森埜こみち作 講談社 2024年1月

「夢でみた庭」長崎夏海著;佐藤真紀子絵 講談社 2024年9月

「迷い沼の娘たち」ルーシー・ストレンジ作;中野怜奈訳 静山社 2024年11月

「迷子のトウモロコシ」嘉成晴香作 金の星社 2024年9月

「余命一年と宣告された君と、消えたいと願う僕が出会った話—森田碧の「よめぼく」シリーズ ; 6」森田碧著 ポプラ社 2024年9月

「翼はなくても」レベッカ・クレーン作;代田亜香子訳 静山社 2024年2月

家族＞ステップ・ファミリー

「うちの弟どもがすみません : 映画ノベライズみらい文庫版」オザキアキラ原作/絵;ワダヒトミ著;根津理香脚本 集英社(集英社みらい文庫) 2024年11月

「きさらぎさんちは今日もお天気—ティーンズ文学館」古都こいと作;酒井以絵 Gakken 2024年12月

「ぼくの中にある光」カチャ・ベーレン作;原田勝訳 岩波書店 2024年11月

「手話だからいえること泣いた青鬼の謎」丸山正樹作;高杉千明絵 偕成社 2024年1月

「彼女たちのバックヤード」森埜こみち作 講談社 2024年1月

家族＞毒親

「となりのきみのクライシス」濱野京子作;トミイマサコ絵 さ・え・ら書房 2024年1月

家族＞ふたご

「〈推しの子〉-The Final Act- : 映画ノベライズみらい文庫版」赤坂アカ;横槍メンゴ原作;はのまきみ著;北川亜矢子脚本 集英社(集英社みらい文庫) 2024年12月

「〈推しの子〉まんがノベライズ : アクアとルビー、運命のはじまり」赤坂アカ;横槍メンゴ原作/絵;はのまきみ著 集英社(集英社みらい文庫) 2024年8月

「〈推しの子〉まんがノベライズ. [2]」赤坂アカ;横槍メンゴ原作/絵;はのまきみ著 集英社(集英社みらい文庫) 2024年11月

「エンジェリック・セボンスター. 1」菊田みちよ著 ポプラ社 2024年6月

「おもしろい話、集めました。. C」ひのひまりほか作;佐倉おりこほか絵 KADOKAWA(角川つばさ文庫) 2024年11月

「セレブ学園の最強男子×4から、なぜか求愛されています。―取り扱い注意最強男子シリーズ」ゆいっと著;乙女坂心絵 スターツ出版(野いちごジュニア文庫) 2024年10月

「となりのふたごは闇使い」緑川聖司作;三湊かおり絵 ポプラ社(ポプラキミノベル) 2024年1月

「ひなたとひかり. 6」高杉六花作;万冬しま絵 講談社(講談社青い鳥文庫) 2024年4月

「ひなたとひかり. 7」高杉六花作;万冬しま絵 講談社(講談社青い鳥文庫) 2024年7月

「ひなたとひかり. 8」高杉六花作;万冬しま絵 講談社(講談社青い鳥文庫) 2024年11月

「ふたごチャレンジ! 7」七都にい作;しめ子絵 KADOKAWA(角川つばさ文庫) 2024年3月

「ふたごチャレンジ! 8」七都にい作;しめ子絵 KADOKAWA(角川つばさ文庫) 2024年7月

「ふたごの最強総長さまが甘々に独占してくる〈汗〉―取り扱い注意最強男子シリーズ」みゅーな**著;久我山ぼん絵 スターツ出版(野いちごジュニア文庫) 2024年11月

「ふたご魔女とひみつのお手紙:はじめての魔法学校」櫻いいよ作;佐々木メエ絵 スターツ出版(野いちごぽっぷ) 2024年11月

「まだらのひも―名探偵シャーロック・ホームズ」コナン・ドイル作;小林司;東山あかね訳;猫野クロ絵 金の星社 2024年7月

「ルルとララのかみかみグミ―Maple Street」あんびるやすこ作・絵 岩崎書店 2024年7月

「わたしが恋のセンターです!?:ダンスも恋もトラブルがいっぱい!」せあら波瑠作;瑛吉絵 講談社(講談社青い鳥文庫) 2024年3月

「鎌倉猫ヶ丘小ミステリー倶楽部」澤田慎梧作;のえる絵 アルファポリス 星雲社(アルファポリスきずな文庫) 2024年9月

「星カフェ. [6]」倉橋燿子作;たま絵 講談社(講談社青い鳥文庫) 2024年9月

「同居中の総長さま×4が距離感バグってます!」中小路かほ著;川名すず絵 スターツ出版(野いちごジュニア文庫) 2024年5月

「姫さまですよねっ!? 3」ソウマチ著;七海喜つゆりイラスト 小学館(小学館ジュニア文庫) 2024年8月

「霧島くんは普通じゃない. [11]」麻井深雪作;那流絵 集英社(集英社みらい文庫) 2024年12月

「妖怪の子、育てます. 4」廣嶋玲子作;Minoru絵 東京創元社 2024年6月

家族>みつご、よつご、いつつご、やつご

「おもしろい話、集めました。. C」ひのひまりほか作;佐倉おりこほか絵 KADOKAWA(角川つばさ文庫) 2024年11月

「海色ダイアリー. [12]」みゆ作;加々見絵里絵 集英社(集英社みらい文庫) 2024年3月

「海色ダイアリー. [13]」みゆ作;加々見絵里絵 集英社(集英社みらい文庫) 2024年7月

「四つ子ぐらし. 17」ひのひまり作;佐倉おりこ絵 KADOKAWA(角川つばさ文庫) 2024年3月

「四つ子ぐらし. 18」ひのひまり作;佐倉おりこ絵 KADOKAWA(角川つばさ文庫) 2024年7月

「四つ子ぐらし. 19」ひのひまり作;佐倉おりこ絵 KADOKAWA(角川つばさ文庫) 2024年11月

家族＞養子、養女

「本好きの下剋上. 第3部[2]」香月美夜作;椎名優絵 TOブックス(TOジュニア文庫) 2024年5月

「妖怪の子、育てます. 4」廣嶋玲子作;Minoru絵 東京創元社 2024年6月

主従関係、奴隷、下僕

「バーティミアス ソロモンの指輪. 1」ジョナサン・ストラウド作;金原瑞人;松山美保訳 静山社(静山社ペガサス文庫) 2024年3月

「山椒大夫—スラよみ!日本文学名作シリーズ ; 3」森鷗外作;渡邉文幸現代語訳 理論社 2024年10月

親戚

「うちのキチント星人」佐藤まどか作;中田いくみ絵 フレーベル館(ものがたりの庭) 2024年7月

「グリーンデイズ—ステップノベル」高田由紀子作;酒井以絵 文研出版 2024年5月

「ハリー・ポッターと賢者の石. 1-1—ハリー・ポッター ; 1」J.K.ローリング作;松岡佑子訳 静山社(静山社ペガサス文庫) 2024年4月

「マメクジラくん、海へいく」山下明生文;村上康成絵 偕成社 2024年9月

「初音一族のキツネたち—シノダ!」富安陽子著;大庭賢哉絵 偕成社 2024年10月

「秘密の花園」F.H.バーネット作;脇明子訳 教文館 2024年3月

先祖

「ジュディ★モード、女王さまになる!?—ジュディ・モードとなかまたち ; 14」メーガン・マクドナルド作;ピーター・レイノルズ絵;宮坂宏美訳 小峰書店 2024年8月

曽祖父母

「ようかいばあちゃんちのおおまがどき」最上一平作;種村有希子絵 新日本出版社 2024年7月

「ようかいばあちゃんとようかいだんしゃく」最上一平作;種村有希子絵 新日本出版社 2024年4月

「ようかいばあちゃんと子ようかいすみれちゃん」最上一平作;種村有希子絵 新日本出版社 2024年9月

祖父母

「Re:cycle：たったひとりのアイドル」十夜原作;木野誠太郎著 PHP研究所(カラフルノベル) 2024年1月

「あの空にとどけ―文研ステップノベル」熊谷千世子作;かない絵 文研出版 2024年11月

「いいわけはつづくよどこまでも」岡田淳作;田中六大絵 偕成社 2024年6月

「おじいちゃんの目ぼくの目」パトリシア・マクラクラン作;若林千鶴訳;黒井健絵 リーブル 2024年7月

「おばあちゃんがヤバすぎる!」エンマ・カーリンスドッテル作;ハンナ・グスタヴソン絵;中村冬美訳 静山社 2024年5月

「おばあちゃんのあかね色―こころのつばさシリーズ」楠章子作;あわい絵 佼成出版社 2024年11月

「おばあちゃんのぞうきん：鹿石八千代児童文学集」鹿石八千代著 文芸社 2024年7月

「おばあちゃんのて」沖野和子著 文芸社 2024年5月

「おばあちゃんの忘れもの探偵団」織田祥代作;平出あや絵 OfficeOda 2024年1月

「ケモカフェ!：獣人男子の花嫁候補になっちゃった!?」*あいら*作;しろこ絵 ポプラ社(ポプラキミノベル) 2024年9月

「ひまりとふしぎなあの子」深山さくら作;北沢優子絵 岩崎書店 2024年10月

「ふしぎな鏡をさがせ」キムチェリン作;イソヨン絵;カンバンファ訳 小学館 2024年7月

「マナティーがいた夏―ほるぷ読み物シリーズ. セカイへの窓」エヴァン・グリフィス作;多賀谷正子訳 ほるぷ出版 2024年7月

「リリの思い出せないものがたり―GO!GO!ブックス；8」たかどのほうこ作;高橋和枝絵 ポプラ社 2024年6月

「絵本りょうたとおじいちゃん」髙瀬泰子作;YOSHI絵 風詠社 星雲社 2024年7月

「見習い占い師ルキは解決したい!：友情とキセキのカード」荒井寛子著;三星たまイラスト 小学館(小学館ジュニア文庫) 2024年7月

「少女ソフィアの夏」トーベ・ヤンソン著;渡部翠訳 講談社 2024年7月

「静音と琴音」HAREMI絵・文 文芸社 2024年10月

「忍びの里の青い影―家守神；5」おおぎやなぎちか作;トミイマサコ絵 フレーベル館 2024年12月

チーム、パーティ、グループ

「ウタイテ! 7」*あいら*著;茶乃ひなの絵 スターツ出版(野いちごジュニア文庫) 2024年3月

「ウタイテ! 8」*あいら*著;茶乃ひなの絵 スターツ出版(野いちごジュニア文庫) 2024年7月

「ウタイテ! 9」*あいら*著;茶乃ひなの絵 スターツ出版(野いちごジュニア文庫) 2024年11月

「シニカル探偵安土真 = CYnICAL DETECTIVE ADUCHI MAKOTO. 3」齊藤飛鳥作;十々夜絵 国土社 2024年3月

「シニカル探偵安土真 = CYnICAL DETECTIVE ADUCHI MAKOTO. 4」齊藤飛鳥作;十々夜絵 国土社 2024年7月

「スイッチ! 14」深海ゆずは作;加々見絵里絵 KADOKAWA(角川つばさ文庫) 2024年5月

「へんてこもりのころがりざか―へんてこもりのはなし ; 6」たかどのほうこ作・絵 偕成社 2024年10月

「ミリとふしぎなクスクスさん : パスタの国の革命―GO!GO!ブックス ; 7」戸森しるこ作;木村いこ絵 ポプラ社 2024年3月

「小説ブルーロック = BLUE LOCK. 6」金城宗幸原作;ノ村優介絵;吉岡みつる文 講談社(講談社KK文庫) 2024年2月

「小説ブルーロック = BLUELOCK. 8」金城宗幸原作;ノ村優介絵;吉岡みつる文 講談社(講談社KK文庫) 2024年8月

「小説ブルーロック-EPISODE凪-. 1」金城宗幸原作;三宮宏太絵;もえぎ桃文 講談社(講談社KK文庫) 2024年4月

「小説ブルーロック-EPISODE凪-. 2」金城宗幸原作;三宮宏太絵;もえぎ桃文 講談社(講談社KK文庫) 2024年5月

「小説劇場版すとぷりはじまりの物語 : Strawberry School Festival!!!」柏原真人原作;江坂純著;STPRStudio監修 小学館(小学館ジュニア文庫) 2024年7月

「絶体絶命ゲーム. 15」藤ダリオ作 KADOKAWA(角川つばさ文庫) 2024年6月

「溺愛プラネット! 2」*あいら*著;小鳩ぐみイラスト PHP研究所(PHPジュニアノベル) 2024年1月

「転ぶ。凸凹探偵チーム」佐々木志穂美作;よん絵 KADOKAWA(角川つばさ文庫) 2024年8月

「歩く。凸凹探偵チーム」佐々木志穂美作;よん絵 KADOKAWA(角川つばさ文庫) 2024年2月

「放課後チェンジ : 世界を救う?最強チーム結成!」藤並みなと作;こよせ絵 KADOKAWA(角川つばさ文庫) 2024年8月

「放課後ミステリクラブ. 3」知念実希人作;Gurin.絵 ライツ社 2024年2月

「放課後ミステリクラブ. 4」知念実希人作;Gurin.絵 ライツ社 2024年6月

「放課後ミステリクラブ. 5」知念実希人作;Gurin.絵 ライツ社 2024年10月

友達

「あいたかったよ」村井志音著 文芸社 2024年5月

「アオくんは猫男子：モフれる子、見つけた!?」七海まち著;ななミツイラスト PHP研究所(PHPジュニアノベル) 2024年4月

「いつまでもともだち」仁科幸子著 偕成社 2024年11月

「いつも会う人—休み時間で完結パステルショートストーリー ; Gray」新井けいこ作;Lico絵 国土社 2024年10月

「いみちぇん!!廻. 1」あさばみゆき作;市井あさ絵 KADOKAWA(KADOKAWA TSUBASA BOOKS) 2024年10月

「インゴとインディの物語. 2」大矢純子作;佐藤勝則絵 鳥影社 2024年7月

「うみへいったタマネギちゃんとピーマンちゃん—おはなしみーつけた!シリーズ」昼田弥子作;姫田真武絵 佼成出版社 2024年6月

「オンライン・フレンズ@さくら = Online Friends @Sakura」神戸遥真著;カシワイ画 講談社 2024年8月

「かたづけ大作戦」志津栄子作;森川泉絵 金の星社 2024年6月

「かなたのif」村上雅郁作 フレーベル館(フレーベル館文学の森) 2024年6月

「サーファーガール = Surfer Girl：かがやく波に乗れ!」麻生かづこ作;かわいちひろ絵 小峰書店(ブルーバトンブックス) 2024年5月

「しょうがっこうが、きらいです!」山本悦子作;佐藤真紀子絵 あかね書房 2024年6月

「ステラとチョコレートの星のプリンセス—おはなしトントン」深谷しずく作;星谷ゆき絵 岩崎書店 2024年11月

「ダンス★フレンド」カミラ・チェスター作;櫛田理絵訳;早川世詩男絵 小峰書店(ブルーバトンブックス) 2024年10月

「となりの魔女フレンズ. 2」宮下恵茉作;子兎。絵 Gakken 2024年7月

「ともだち」椰月美智子作 小学館 2024年3月

「トモダチデスゲーム. [6]」もえぎ桃作;久我山ぼん絵 講談社(講談社青い鳥文庫) 2024年1月

「トモダチデスゲーム. [7]」もえぎ桃作;久我山ぼん絵 講談社(講談社青い鳥文庫) 2024年5月

「トモダチデスゲーム. [8]」もえぎ桃作;久我山ぼん絵 講談社(講談社青い鳥文庫) 2024年11月

「トモダチブルー」宮下恵茉作;遠山えま絵 集英社(集英社みらい文庫) 2024年9月

「トラブル旅行社(トラベル). [3]」廣嶋玲子文;コマツシンヤ絵 金の星社 2024年1月

「ハリー・ポッターと謎のプリンス. 6-1—ハリー・ポッター ; 14」J.K.ローリング作;松岡佑子訳 静山社(静山社ペガサス文庫) 2024年10月

「ふたごチャレンジ! 7」七都にい作;しめ子絵 KADOKAWA(角川つばさ文庫) 2024年3月

「ふたりの秘密」斉藤栄美作;佐竹美保絵 金の星社 2024年10月

「プリンセス・ダイアリー. 3」メグ・キャボット著;代田亜香子訳 静山社 2024年2月

「ぼくとロボ型フレンド」サイモン・パッカム著;千葉茂樹訳 あすなろ書房 2024年11月

「ほんとにともだち?」如月かずさ作;高橋和枝絵 小峰書店 2024年3月

「もしもの世界ルーレット. [2]」地図十行路作;みたう絵 KADOKAWA(角川つばさ文庫) 2024年3月

「わたしとあっちゃん」橘亜紀著 文芸社 2024年5月

「わたしの名前はオクトーバー」カチャ・ベーレン作;こだまともこ訳 評論社 2024年1月

「俺のマネースキルが爆上げな件. 1」ないとーえみ作;知己夕子絵 JTBパブリッシング 2024年12月

「夏がいく」伊多波碧作;おとないちあき絵 理論社 2024年6月

「環境委員はもやもやする:ジュニア版—青空小学校いろいろ委員会;9」小松原宏子作;あわい絵 ほるぷ出版 2024年5月

「恐怖コレクター. 巻ノ24」佐東みどり;鶴田法男作;よん絵 KADOKAWA(角川つばさ文庫) 2024年10月

「最強総長さまは、女総長のわたしに溺愛全開!?」ふわ屋。著;あん豆絵 スターツ出版(野いちごジュニア文庫) 2024年6月

「死神はお断りです! [2]」紺谷綾作;小鳩ぐみ絵 集英社(集英社みらい文庫) 2024年4月

「森と、母と、わたしの一週間」八束澄子著 ポプラ社(teens' best selections) 2024年10月

「人気者男子のヒミツを知ったら、溺愛関係がはじまりました!」星乃びこ著;桂イチホ絵 スターツ出版(野いちごジュニア文庫) 2024年6月

「人生終了ゲーム. [4]」cheeery著 スターツ出版(野いちごジュニア文庫) 2024年7月

「図書館のぬいぐるみかします. 2—ブック・フレンド;2」シンシア・ロード作;ステファニー・グラエギン絵;田中奈津子訳 ポプラ社 2024年7月

「雪娘のアリアナ」ソフィー・アンダーソン作;メリッサ・カストリヨン絵;長友恵子訳 小学館 2024年11月

「絶体絶命ゲーム. 15」藤ダリオ作 KADOKAWA(角川つばさ文庫) 2024年6月

「窓の向こう、その先に」田村理江作;北見葉胡絵 岩崎書店 2024年11月

「脱獄サバイバル」cheeery著;狐火絵 スターツ出版(野いちごジュニア文庫) 2024年10月

「電子仕掛けのラビリンス」石川宏千花作 理論社 2024年3月

「虹色ほたる:永遠の夏休み. 下」川口雅幸作;ちゃこたた絵 アルファポリス 星雲社(アルファポリスきずな文庫) 2024年7月

「変身:消えた少女と昆虫標本—文研ステップノベル」佐藤いつ子作;かない絵 文研出版 2024年5月

「僕、ブルーのサウスポー」どれみchan作・絵 文芸社 2024年5月

「名探偵コナン服部平次セレクション浪速の相棒」酒井匙著;青山剛昌原作・イラスト 小学館(小学館ジュニア文庫) 2024年5月

「友だちは給食室のゆうれい」草野あきこ文;山田花菜絵 金の星社 2024年9月

「蟲神器オリジナルノベル : 大逆転!カードバトル」土橋真二郎著;トリル絵 集英社(集英社みらい文庫) 2024年7月

仲間

「あしたをみがけ : 姫川中学校みがき部—こんな部活あります」横沢彰作;佐藤真紀子絵 新日本出版社 2024年3月

「アニメ映画がんばっていきまっしょい」敷村良子原作;岩佐まもる文;あきづきりょう挿絵 KADOKAWA(角川つばさ文庫) 2024年9月

「アニメ映画トラペジウム」百瀬しのぶ文;高山一実原作;あきづきりょう挿絵 KADOKAWA(角川つばさ文庫) 2024年4月

「アポロンと5つの神託. 5-下—パーシー・ジャクソンとオリンポスの神々 ; シーズン3」リック・リオーダン作;金原瑞人;小林みき訳 静山社(静山社ペガサス文庫) 2024年5月

「エマはみならいマーメイド. 3」ミランダ・ジョーンズ作;浜崎絵梨訳;谷朋絵 ポプラ社 2024年7月

「オンライン! 27」雨蛙ミドリ作;大塚真一郎絵 KADOKAWA(角川つばさ文庫) 2024年5月

「カーニバルに消えたダイヤを追え—痛快!マジック同盟ミスフィッツ ; A」ニール・パトリック・ハリス;アレック・アザム作;松山美保訳 静山社 2024年7月

「キット : 父さんをさがしに」中村応子 パレード(Parade books) 2024年8月

「クレクス先生のがいせん」ヤン・ブジェフファ ロッカクリエイト 2024年1月

「ゴール!おねしょにアシスト」井嶋敦子作;こばやしまちこ絵 国土社 2024年11月

「サバイバー!! 8」あさばみゆき作;葛西尚絵 KADOKAWA(角川つばさ文庫) 2024年7月

「ジュディ★モード、女王さまになる!?—ジュディ・モードとなかまたち ; 14」メーガン・マクドナルド作;ピーター・レイノルズ絵;宮坂宏美訳 小峰書店 2024年8月

「だるまさんがころんで」林けんじろう作 岩崎書店 2024年10月

「トモダチデスゲーム. [6]」もえぎ桃作;久我山ぼん絵 講談社(講談社青い鳥文庫) 2024年1月

「トモダチデスゲーム. [7]」もえぎ桃作;久我山ぼん絵 講談社(講談社青い鳥文庫) 2024年5月

「ネコがおどれば、鬼が来る!—ホオズキくんのオバケ事件簿 ; 7」富安陽子作;小松良佳絵 ポプラ社 2024年9月

「ノトーリアス—スカーレット&ブラウン ; 2」ジョナサン・ストラウド著;金原瑞人;松山美保訳 静山社 2024年2月

「ハリー・ポッターと不死鳥の騎士団. 5-3―ハリー・ポッター ; 12」J.K.ローリング作;松岡佑子訳 静山社(静山社ペガサス文庫) 2024年9月

「フィリムの翼 = Wings of Philim : 飛空騎士の伝説. 下」小前亮作;鈴木康士画 静山社 2024年7月

「フィリムの翼 = Wings of Philim : 飛空騎士の伝説. 上」小前亮作;鈴木康士画 静山社 2024年7月

「ふしぎな図書館とクリスマス大決戦―ストーリーマスターズ ; 6」廣嶋玲子作;江口夏実絵 講談社 2024年11月

「ページズ書店の仲間たち. 3」アナ・ジェームス作;池本尚美訳;淵゛絵 文響社 2024年2月

「ぼくらの魔大戦」宗田理作;YUME絵 KADOKAWA(角川つばさ文庫) 2024年8月

「ほっといて下さい : 従魔とチートライフ楽しみたい! 4」三園七詩作;あめや絵 アルファポリス 星雲社(アルファポリスきずな文庫) 2024年1月

「マインクラフトさいはての村」マックス・ブルックス作;北川由子訳 竹書房 2024年12月

「マインクラフトレッドストーンの城」サルワット・チャダ作;北川由子訳 竹書房 2024年3月

「モアナと伝説の海2」エリザベス・ルドニック著;代田亜香子訳 小学館(小学館ジュニア文庫) 2024年12月

「もうひとつの『ピーター・パン』: キャプテン・フックの誕生―Disney VILLAINS」講談社編;ローリー・ラングドン著;岡田好惠訳 講談社(講談社KK文庫) 2024年5月

「ゆうやけトンボジェット―くもんの児童文学」吉野万理子作;村上幸織絵;二橋亮監修 くもん出版 2024年11月

「ヨタカの遺書」川崎浩作・絵 三恵社 2024年1月

「リアル鬼ごっこファイナル. 下」江坂純著;山田悠介原案・監修;さくしゃ2イラスト 小学館(小学館ジュニア文庫) 2024年11月

「リスたちの行進」堀直子作;平澤朋子絵 新日本出版社 2024年9月

「わかったさんのスイートポテト―わかったさんのあたらしいおかしシリーズ ; 1」寺村輝夫原案;永井郁子作絵 あかね書房 2024年9月

「科学でナゾとき! [4]」あさだりん作;佐藤おどり絵 偕成社(偕成社ノベルフリーク) 2024年7月

「最弱テイマーはゴミ拾いの旅を始めました。. 5」ほのぼのる500作;Tobi絵;なまキャラクター原案 TOブックス(TOジュニア文庫) 2024年2月

「菜々ちゃんのビーチボール」あんざいまさなり あんざいまさなり ぶんしん出版 2024年7月

「私立探検家学園. 5」斉藤倫著;桑原太矩画 福音館書店 2024年9月

「七不思議神社. [6]」緑川聖司作;TAKA絵 あかね書房 2024年1月

「青鬼. [13]」noprops原作;黒田研二著;鈴羅木かりんイラスト PHP研究所(PHPジュニアノベル) 2024年8月

「転生したらスライムだった件. 11[中]」伏瀬作;もりょ絵 マイクロマガジン社(かなで文庫) 2024年7月

「迷宮教室. [11]」あいはらしゅう作;肘原えるぼ絵 集英社(集英社みらい文庫) 2024年1月

「旅する妖精たち」有間カオル著;飯田愛絵 アリス館 2024年3月

ハーレム、逆ハーレム、三角関係

「12星座男子. 2」みずのまい作;福きつね絵 ポプラ社(ポプラキミノベル) 2024年2月

「Sweet & Bitter : 甘いだけじゃない4つの恋のストーリー. [1]」合田文監修;中島梨絵絵 岩崎書店 2024年11月

「吸血鬼と薔薇少女 = VAMPIRE AND THE ROSE. 2」*あいら*著;朝香のりこ絵&原作 スターツ出版(野いちごジュニア文庫) 2024年6月

「吸血鬼と薔薇少女 = VAMPIRE AND THE ROSE. 3」*あいら*著;朝香のりこ絵&原作 スターツ出版(野いちごジュニア文庫) 2024年10月

「最強総長さまは、女総長のわたしに溺愛全開!?」ふわ屋。著;あん豆絵 スターツ出版(野いちごジュニア文庫) 2024年6月

「相方なんかになりません! [4]」遠山彼方作;双葉陽絵 集英社(集英社みらい文庫) 2024年1月

「総長さま、溺愛中につき。. 11」*あいら*著;茶乃ひなの絵 スターツ出版(野いちごジュニア文庫) 2024年4月

「総長さま、溺愛中につき。. 11.5」*あいら*著;茶乃ひなの絵 スターツ出版(野いちごジュニア文庫) 2024年8月

「総長さまスペシャルもっと甘々」*あいら*ほか著;茶乃ひなの;カトウロカ絵 スターツ出版(野いちごジュニア文庫) 2024年10月

「都道府県男子! 1」あさばみゆき著;いのうえひなこ;かわぐちけい絵 スターツ出版(野いちごジュニア文庫) 2024年9月

「同居中の総長さま×4が距離感バグってます!」中小路かほ著;川名すず絵 スターツ出版(野いちごジュニア文庫) 2024年5月

「恋したら、料理男子にかこまれました. 1」若奈ちさ作;池田春香絵 アルファポリス 星雲社(アルファポリスきずな文庫) 2024年4月

バディ、コンビ

「ノトーリアス―スカーレット&ブラウン ; 2」ジョナサン・ストラウド著;金原瑞人;松山美保訳 静山社 2024年2月

「プロジェクト・モリアーティ = PROJECT MORIARTY. 02」斜線堂有紀著;kaworu絵 朝日新聞出版(ナゾノベル) 2024年12月

「映画おしりたんていさらば愛しき相棒よザ・ノベル」トロル原作;成田順文 ポプラ社(ポプラキミノベル) 2024年5月

「怪盗レッド. 25」秋木真作;しゅー絵 KADOKAWA(角川つばさ文庫) 2024年3月

「最弱テイマーはゴミ拾いの旅を始めました。. 5」ほのぼのる500作;Tobi絵;なまキャラクター原案 TOブックス(TOジュニア文庫) 2024年2月

「最弱テイマーはゴミ拾いの旅を始めました。. 6」ほのぼのる500作;Tobi絵;なまキャラクター原案 TOブックス(TOジュニア文庫) 2024年2月

「最弱テイマーはゴミ拾いの旅を始めました。. 7」ほのぼのる500作;Tobi絵 TOブックス(TOジュニア文庫) 2024年7月

夫婦、結婚、結婚生活

「かわいく〈なく〉てごめん : 恋と結婚について(本気で)考えてみた」小林深雪作;牧村久実絵 講談社(講談社青い鳥文庫) 2024年9月

「パインさんのおるすばん」レオナード・ケスラーさく;小宮由やく 大日本図書 2024年9月

「安房直子絵ぶんこ. 2」安房直子文 あすなろ書房 2024年4月

「鬼の花嫁. 1」クレハ著;ニナハチ絵 スターツ出版(野いちごジュニア文庫) 2024年11月

「鬼の花嫁. 2」クレハ著;ニナハチ絵 スターツ出版(野いちごジュニア文庫) 2024年11月

「初×婚 : まんがノベライズ. [3]」黒崎みのり原作/絵;五十嵐美怜著 集英社(集英社みらい文庫) 2024年1月

「初音一族のキツネたち―シノダ!」富安陽子著;大庭賢哉絵 偕成社 2024年10月

部族、民族

「月の目と赤耳 : 老人ホームの二千年物語. 早春編」木村桂子著 鳥影社 2024年6月

ライバル、仇

「Pの推しゴト. [4]」羽央えり作;三月リヒト絵 講談社(講談社青い鳥文庫) 2024年5月

「あいレコ!」遠藤まり著 講談社 2024年2月

「ウタイテ! 7」*あいら*著;茶乃ひなの絵 スターツ出版(野いちごジュニア文庫) 2024年3月

「おれは太巻大左衛門―文研ブックランド」片平直樹作;高畠那生絵 文研出版 2024年7月

「コスモ★スケッチ. [3]」琴織ゆき作;そと絵 集英社(集英社みらい文庫) 2024年6月

「セカイの千怪奇. 3」木滝りま;太田守信作 岩崎書店 2024年5月

「はなしをきいて：決戦のスピーチコンテスト」マギー・ホーン著;三辺律子訳 理論社 2024年5月

「プリンセス・ダイアリー = The Princess Diaries. 6」メグ・キャボット著;代田亜香子訳 静山社 2024年8月

「怪盗グルーのミニオン超変身」代田亜香子著 小学館(小学館ジュニア文庫) 2024年7月

「記憶バトルロイヤル：覚えて勝ちぬけ!100万円をかけた戦い」相羽鈴作;木乃ひのき絵;青木健監修 集英社(集英社みらい文庫) 2024年11月

「初恋タイムリミット. [2]」やまもとふみ作;那流絵 ポプラ社(ポプラキミノベル) 2024年4月

「星中バスケ部オレンジガール. [2]」広瀬未衣作;星屋ハイコ絵 集英社(集英社みらい文庫) 2024年1月

「絶叫学級. 罠に落ちたライバル編」いしかわえみ原作/絵;はのまきみ著 集英社(集英社みらい文庫) 2024年10月

「絶対好きにならない同盟. [9]」夜野せせり作;朝香のりこ絵 集英社(集英社みらい文庫) 2024年10月

「敵討まぜこぜ噺：刀の行方タカの使手. 上—絵草紙風絵本シリーズ」游古庵てんてまりさく・え 和ん古堂ゑざうし部 2024年2月

「妖怪コンビニ. 5」令丈ヒロ子作;トミイマサコ絵 あすなろ書房 2024年11月

恋愛

「〈小説〉言えない秘密 = Secret」時海結以著 講談社(講談社KK文庫) 2024年6月

「100年後も、君のいた奇跡を忘れない」湊祥著;noka絵 スターツ出版(野いちごジュニア文庫) 2024年6月

「12星座男子. 2」みずのまい作;福きつね絵 ポプラ社(ポプラキミノベル) 2024年2月

「1話10分秘密文庫」日本児童文芸家協会編 新星出版社 2024年11月

「2分の1フレンズ. 2」浪速ゆう作;さくろ絵 KADOKAWA(角川つばさ文庫) 2024年11月

「55日後、きみへの告白予定日」麻沢奏著 PHP研究所 2024年11月

「5分後に恋がはじまる—5分シリーズ」似鳥鶏編著 河出書房新社 2024年10月

「5分後に恋の結末. [5]—「5分後に意外な結末」シリーズ」橘つばさ;桃戸ハル著;かとうれい絵 Gakken 2024年7月

「JC紫式部. 2」石崎洋司作;阿倍野ちゃこ絵 講談社(講談社青い鳥文庫) 2024年6月

「Pの推しゴト. [4]」羽央えり作;三月リヒト絵 講談社(講談社青い鳥文庫) 2024年5月

「Sweet & Bitter：甘いだけじゃない4つの恋のストーリー. [1]」合田文監修;中島梨絵絵 岩崎書店 2024年11月

「Sweet & Bitter : 甘いだけじゃない4つの恋のストーリー. [2]」 合田文監修;中島梨絵絵 岩崎書店 2024年11月

「Sweet & Bitter : 甘いだけじゃない4つの恋のストーリー. [3]」 合田文監修;中島梨絵絵 岩崎書店 2024年11月

「アイドル幼なじみと溺愛学園生活 : 君だけが欲しいんです―カドカワ読書タイム」 木下すなす著;あさぎ屋イラスト KADOKAWA 2024年6月

「あの星が降る丘で、君とまた出会いたい。」 汐見夏衛著;三湊かおり絵 スターツ出版(野いちごジュニア文庫) 2024年8月

「ヴァンパイアくん、溺愛注意報! : 今日から吸血鬼の花嫁に!?―カドカワ読書タイム」 望月くらげ著;左近堂絵里イラスト KADOKAWA 2024年9月

「うた×バト : 歌で紡ぐ恋と友情! 1」 緋村燐作;ももこっこ絵 アルファポリス 星雲社(アルファポリスきずな文庫) 2024年8月

「ウタイテ! 9」 *あいら*著;茶乃ひなの絵 スターツ出版(野いちごジュニア文庫) 2024年11月

「うちの弟どもがすみません : 映画ノベライズみらい文庫版」 オザキアキラ原作/絵;ワダヒトミ著;根津理香脚本 集英社(集英社みらい文庫) 2024年11月

「かわいく〈なく〉てごめん : 恋と結婚について(本気で)考えてみた」 小林深雪作;牧村久実絵 講談社(講談社青い鳥文庫) 2024年9月

「キ・ス・リ・ハ : 共演者は、学校イチのモテ男子!?ないしょの放課後リハーサル―カドカワ読書タイム」 pico著;久我山ぼんイラスト KADOKAWA 2024年10月

「きのうの君とみらいの君へ : 思春期の6人の物語」 天川栄人作;くりたゆき本文イラスト 集英社(集英社みらい文庫) 2024年6月

「きみと100年分の恋をしよう. [12]」 折原みと作;フカヒレ絵 講談社(講談社青い鳥文庫) 2024年3月

「きみと100年分の恋をしよう. [13]」 折原みと作;フカヒレ絵 講談社(講談社青い鳥文庫) 2024年8月

「キミにはないしょ! [5]」 汐月うた作;こきち絵 集英社(集英社みらい文庫) 2024年2月

「きみの前だけウソをつけない」 甘水さら作;朝香のりこ絵 ポプラ社(ポプラキミノベル) 2024年5月

「キミの知らない恋の物語. セツナイ」 瀧井朝世編 汐文社 2024年1月

「キミの知らない恋の物語. ナゾメク」 瀧井朝世編 汐文社 2024年3月

「キミの知らない恋の物語. ユレル」 瀧井朝世編 汐文社 2024年2月

「キングと兄ちゃんのトンボ―金原瑞人選モダン・クラシックYA」 ケイスン・キャレンダー著;島田明美訳 作品社 2024年4月

「クール男子の心の声は「大好き」だらけ!?」 神戸遥真著;九重かぼす絵 スターツ出版(野いちごジュニア文庫) 2024年8月

「この恋は、ぜったいヒミツ。. [4]」 このはなさくら著;遠山えま絵 スターツ出版(野いちごジュニア文庫) 2024年4月

「この恋はうさぎ色 : 5分でキュンとする結末」 春間美幸著 講談社 2024年12月

「サキヨミ! 11」 七海まち作;駒形絵 KADOKAWA(角川つばさ文庫) 2024年3月

「サキヨミ! 12」 七海まち作;駒形絵 KADOKAWA(角川つばさ文庫) 2024年6月

「サキヨミ! 13」 七海まち作;駒形絵 KADOKAWA(角川つばさ文庫) 2024年10月

「ぜったいヒミツの両想い. [3]」 神戸遥真作;千秋りえ絵 講談社(講談社青い鳥文庫) 2024年4月

「ときめき☆ダイアリー! : 「好きな人」なんて、覚えてません! 1」 佐織えり作;夕陽みか絵 KADOKAWA(角川つばさ文庫) 2024年10月

「はちみつ色のキミとヒミツの恋をした。」 小春りん著;かなめもにか絵 スターツ出版(野いちごジュニア文庫) 2024年1月

「ハニーレモンソーダ : あなたを好きでいる勇気 : まんがノベライズ」 村田真優原作/絵;ワダヒトミ著 集英社(集英社みらい文庫) 2024年9月

「ひなたとひかり. 6」 高杉六花作;万冬しま絵 講談社(講談社青い鳥文庫) 2024年4月

「ひまわりが咲く頃、君と最後の恋をした」 汐月うた著;福きつね絵 スターツ出版(野いちごジュニア文庫) 2024年11月

「ひみつの相関図ノート」 望月麻衣ほか作;日本児童文芸家協会編 ポプラ社 2024年6月

「プリンセス・ダイアリー = The Princess Diaries. 4」 メグ・キャボット著;代田亜香子訳 静山社 2024年4月

「プリンセス・ダイアリー = The Princess Diaries. 5」 メグ・キャボット著;代田亜香子訳 静山社 2024年6月

「プリンセス・ダイアリー. 3」 メグ・キャボット著;代田亜香子訳 静山社 2024年2月

「ベビーシッターズクラブ. [2]」 アン・M.マーティン作;山本祐美子訳;くろでこ絵 ポプラ社 2024年9月

「マス×コン! : 席替えで好きな人の隣になる確率って!?」 こぐれ京文;ももこっこ絵 KADOKAWA(角川つばさ文庫) 2024年3月

「マス×コン! 2」 こぐれ京文;ももこっこ絵 KADOKAWA(角川つばさ文庫) 2024年8月

「ミヤモトさんちの4男子!? [2]」 深海ゆずは作;かるき春絵 講談社(講談社青い鳥文庫) 2024年5月

「もうひとつの『ピーター・パン』 : キャプテン・フックの誕生—Disney VILLAINS」 講談社編;ローリー・ラングドン著;岡田好惠訳 講談社(講談社KK文庫) 2024年5月

「ラストで君は「キュン!」とする. 君との365日—3分間ノンストップショートストーリー」 PHP研究所編 PHP研究所 2024年8月

「わたしが少女漫画のヒロインなんて困りますっ!」 凧ちの著;阿古わざき絵 スターツ出版(野いちごジュニア文庫) 2024年7月

「わたしが恋のセンターです!?:ダンスも恋もトラブルがいっぱい!」 せあら波瑠作;瑛吉絵 講談社(講談社青い鳥文庫) 2024年3月

「一生に一度の「好き」を、全部きみに。」 みなと著;三湊かおり絵 スターツ出版(野いちごジュニア文庫) 2024年1月

「一番星のキミに、恋するほどにせつなくて。」 涙鳴著;丈ゆきみ絵 スターツ出版(野いちごジュニア文庫) 2024年12月

「宇宙級初恋:地球でいちばんステキな恋!?」 水無仙丸作;たしろみや絵 KADOKAWA(角川つばさ文庫) 2024年1月

「宇宙級初恋. [2]」 水無仙丸作;たしろみや絵 KADOKAWA(角川つばさ文庫) 2024年5月

「宇都山くんはあくまで救世主:イケメン悪魔に恋されました. 1」 相葉すずか作;Noyu絵 アルファポリス 星雲社(アルファポリスきずな文庫) 2024年6月

「雨宮くんにはウラがある!?:ないしょの放課後授業」 夜野せせり著;藤原ゆんイラスト PHP研究所(PHPジュニアノベル) 2024年6月

「海色ダイアリー. [12]」 みゆ作;加々見絵里絵 集英社(集英社みらい文庫) 2024年3月

「海色ダイアリー. [13]」 みゆ作;加々見絵里絵 集英社(集英社みらい文庫) 2024年7月

「吸血鬼と薔薇少女 = VAMPIRE AND THE ROSE. 2」 *あいら*著;朝香のりこ絵&原作 スターツ出版(野いちごジュニア文庫) 2024年6月

「吸血鬼と薔薇少女. 1」 朝香のりこ絵&原作;*あいら*著 スターツ出版(野いちごジュニア文庫) 2024年2月

「君色パレット = PALETTES OF YOUR COLORS:多様性をみつめるショートストーリー. 2-[1]」 岩崎書店 2024年1月

「最強クール男子は、本当はずっと溺愛中!?」 月瀬まは著;間明田絵 スターツ出版(野いちごジュニア文庫) 2024年5月

「桜の下、永遠の約束をしよう」 折原みと著;葛西尚絵 スターツ出版(野いちごジュニア文庫) 2024年4月

「三姉妹は恋ができない!?:となりの幼なじみも三兄弟!新生活はドキドキの予感」 永良サチ著;森乃なっぱ絵 スターツ出版(野いちごジュニア文庫) 2024年1月

「四つ子ぐらし. 17」 ひのひまり作;佐倉おりこ絵 KADOKAWA(角川つばさ文庫) 2024年3月

「四つ子ぐらし. 18」 ひのひまり作;佐倉おりこ絵 KADOKAWA(角川つばさ文庫) 2024年7月

「七色スターズ! 2」 深海ゆずは作;桂イチホ絵 KADOKAWA(角川つばさ文庫) 2024年2月

「七色スターズ! 3」深海ゆずは作;桂イチホ絵 KADOKAWA(角川つばさ文庫) 2024年9月

「七瀬くん家の3兄弟. [4]」青山そらら作;たしろみや絵 集英社(集英社みらい文庫) 2024年3月

「七瀬くん家の3兄弟. [5]」青山そらら作;たしろみや絵 集英社(集英社みらい文庫) 2024年8月

「拾った総長さまがなんか溺愛してくる〈泣〉」ふわ屋。著;あん豆絵 スターツ出版(野いちごジュニア文庫) 2024年2月

「初×婚:まんがノベライズ. [3]」黒崎みのり原作/絵;五十嵐美怜著 集英社(集英社みらい文庫) 2024年1月

「初恋キックオフ!:わたし、マネージャーはじめます! 1」小桜すず作;小森チヒロ絵 KADOKAWA(角川つばさ文庫) 2024年5月

「初恋タイムリミット. [2]」やまもとふみ作;那流絵 ポプラ社(ポプラキミノベル) 2024年4月

「人気者の如月くんは、私にウソコクするらしい」月瀬まは著;安芸緒絵 スターツ出版(野いちごジュニア文庫) 2024年2月

「人気者男子のヒミツを知ったら、溺愛関係がはじまりました!」星乃びこ著;桂イチホ絵 スターツ出版(野いちごジュニア文庫) 2024年6月

「星カフェ. [6]」倉橋燿子作;たま絵 講談社(講談社青い鳥文庫) 2024年9月

「晴れ、ときどき雪」小手鞠るい作;松倉香子画 講談社 2024年10月

「生き残りゲームラストサバイバル. [20]」大久保開作;北野詠一絵 集英社(集英社みらい文庫) 2024年2月

「青星学園★チームEYE-Sの事件ノート. [19]」相川真作;立樹まや絵 集英社(集英社みらい文庫) 2024年3月

「絶対好きにならない同盟. [8]」夜野せせり作;朝香のりこ絵 集英社(集英社みらい文庫) 2024年5月

「絶対好きにならない同盟. [9]」夜野せせり作;朝香のりこ絵 集英社(集英社みらい文庫) 2024年10月

「総長さま、溺愛中につき。. 11」*あいら*著;茶乃ひなの絵 スターツ出版(野いちごジュニア文庫) 2024年4月

「総長さま、溺愛中につき。. 11.5」*あいら*著;茶乃ひなの絵 スターツ出版(野いちごジュニア文庫) 2024年8月

「総長さま、溺愛中につき。. 12」*あいら*著;茶乃ひなの絵 スターツ出版(野いちごジュニア文庫) 2024年12月

「総長さまスペシャルもっと甘々」*あいら*ほか著;茶乃ひなの;カトウロカ絵 スターツ出版(野いちごジュニア文庫) 2024年10月

「溺愛MAXな恋スペシャルPink：野いちごジュニア文庫超人気シリーズ集!」*あいら*ほか著;茶乃ひなのほか絵 スターツ出版（野いちごジュニア文庫） 2024年9月

「溺愛チャレンジ!：恋愛ぎらいな私が、学園のモテ男子と秘密の婚約!?」高杉六花著;いのうえひなこ絵 スターツ出版（野いちごジュニア文庫） 2024年3月

「溺愛限界レベルヴァンパイア祭!」*あいら*ほか著;朝香のりこ絵 スターツ出版（野いちごジュニア文庫） 2024年7月

「都道府県男子! 1」あさばみゆき著;いのうえひなこ;かわぐちけい絵 スターツ出版（野いちごジュニア文庫） 2024年9月

「年下男子のルイくんはわたしのことが好きすぎる! [3]」浪速ゆう作;間明田絵 集英社（集英社みらい文庫） 2024年8月

「爆モテ男子からの「大好き」がとまりません!」ゆいっと著;覡あおひ絵 スターツ出版（野いちごジュニア文庫） 2024年5月

「氷の上のプリンセススペシャル短編集」風野潮作;Nardack絵 講談社（講談社青い鳥文庫） 2024年1月

「保健室で寝ていたら、爽やかモテ男子に甘く迫られちゃいました。」凧ちの著;覡あおひ絵 スターツ出版（野いちごジュニア文庫） 2024年9月

「余命一年と宣告された僕が、余命半年の君と出会った話：Ayaka's story―森田碧の「よめぼく」シリーズ；2」森田碧著 ポプラ社 2024年9月

「余命一年と宣告された僕が、余命半年の君と出会った話―森田碧の「よめぼく」シリーズ；1」森田碧著 ポプラ社 2024年9月

「余命半年、きみと一生分の恋をした。」みなと著;Sakura絵 スターツ出版（野いちごジュニア文庫） 2024年9月

「理花のおかしな実験室. 13」やまもとふみ作;nanao絵 KADOKAWA（角川つばさ文庫） 2024年11月

「歴史ゴーストバスターズ. 8」あさばみゆき作;左近堂絵里絵 ポプラ社（ポプラキミノベル） 2024年6月

「恋したら、料理男子にかこまれました. 1」若奈ちさ作;池田春香絵 アルファポリス 星雲社（アルファポリスきずな文庫） 2024年4月

「恋するワケありシェアハウス：イケメンたちとのヒミツの同居生活はドキドキです!」青山そらら著;お天気屋イラスト PHP研究所（PHPジュニアノベル） 2024年11月

恋愛＞遠距離

「プリンセス・ダイアリー = The Princess Diaries. 8」メグ・キャボット著;代田亜香子訳 静山社 2024年12月

恋愛＞求婚

「トップ・シークレット. 7」あんのまる作;シソ絵 KADOKAWA(角川つばさ文庫) 2024年6月

「相方なんかになりません! [4]」遠山彼方作;双葉陽絵 集英社(集英社みらい文庫) 2024年1月

恋愛＞婚約

「スイッチ! 14」深海ゆずは作;加々見絵里絵 KADOKAWA(角川つばさ文庫) 2024年5月

「総長さま、溺愛中につき。. 12」*あいら*著;茶乃ひなの絵 スターツ出版(野いちごジュニア文庫) 2024年12月

恋愛＞失恋

「5分でスカッと! : この溺愛はまさかすぎ!?」中小路かほほか著;かなめもにか絵 スターツ出版(野いちごジュニア文庫) 2024年4月

「きみがキセキをくれたから. [3]」五十嵐美怜作;花芽宮るる絵 講談社(講談社青い鳥文庫) 2024年5月

「月曜倶楽部へようこそ!—おはなし日本文化 ; 短歌・俳句」森埜こみち作;くりたゆき絵 講談社 2024年11月

恋愛＞ストーカー

「おくれてきた名探偵」杉山亮作;中川大輔絵 偕成社 2024年5月

恋愛＞同性愛＞女性同士

「きのうの君とみらいの君へ : 思春期の6人の物語」天川栄人作;くりたゆき本文イラスト 集英社(集英社みらい文庫) 2024年6月

恋愛＞同性愛＞男性同士

「きのうの君とみらいの君へ : 思春期の6人の物語」天川栄人作;くりたゆき本文イラスト 集英社(集英社みらい文庫) 2024年6月

恋愛＞初恋

「化け之島初恋さがし三つ巴. 3」石川宏千花著;脇田茜画 講談社(YA!ENTERTAINMENT) 2024年2月

「晴れ、ときどき雪」小手鞠るい作;松倉香子画 講談社 2024年10月

【学校・学園・学生・教育】

音楽室

「教室の怖い噂―キミが開く恐怖の扉ホラー傑作コレクション」辻村深月;近藤史恵;澤村伊智著;朝宮運河編 汐文社 2024年11月

学校、学園、学生、教育一般

「「歩」が「と」に大へんしん!」川北亮司作;藤本四郎絵 汐文社 2024年8月

「100日間、あふれるほどの「好き」を教えてくれたきみへ」永良サチ著;三湊かおり絵 スターツ出版(野いちごジュニア文庫) 2024年10月

「17シーズン = 17season : 巡るふたりの五七五」百舌涼一著 講談社 2024年2月

「2分の1フレンズ. 2」浪速ゆう作;さくろ絵 KADOKAWA(角川つばさ文庫) 2024年11月

「3年A組おばけ教室―水木しげるのおばけ学校 ; 6」水木しげる著 ポプラ社 2024年9月

「5分怪談」ナナフシギ著 幻冬舎 2024年6月

「5分後に意外な結末Q そして、パズルだけが残った。」桃戸ハル;伊月咲著;usi絵 Gakken 2024年12月

「5分後に取り残されるラスト―5分シリーズ」梨編著 河出書房新社 2024年10月

「5分後に恋がはじまる―5分シリーズ」似鳥鶏編著 河出書房新社 2024年10月

「5分後に恋の結末. [5]―「5分後に意外な結末」シリーズ」橘つばさ;桃戸ハル著;かとうれい絵 Gakken 2024年7月

「6年2組なぞめいて―短編小学校 ; 5」吉野万理子作;丹地陽子絵 静山社 2024年6月

「6年3組さらばです―短編小学校 ; 6」吉野万理子作;丹地陽子絵 静山社 2024年7月

「Ita-zura―宇田川豪大戯曲文庫 ; 3」宇田川豪大 ブイツーソリューション 2024年3月

「JC紫式部. 1」石崎洋司作;阿倍野ちゃこ絵 講談社(講談社青い鳥文庫) 2024年2月

「JC紫式部. 2」石崎洋司作;阿倍野ちゃこ絵 講談社(講談社青い鳥文庫) 2024年6月

「あいだのわたし―STAMP BOOKS」ユリア・ラビノヴィチ作;細井直子訳 岩波書店 2024年8月

「アオハル100% : 行動しないと青春じゃないぜ」無月蒼作;水玉子絵 KADOKAWA(角川つばさ文庫) 2024年10月

「アオハルロック宣言! : クラスの問題児はギター男子!?」清谷ロジィ作;花瀬はる絵 集英社(集英社みらい文庫) 2024年4月

「あすなろ小学校は今日もにぎやか」白鳥樹一郎作;菊地敏明表紙デザイン・絵 阿古耶書房 2024年10月

「イジメ返し：イジメっ子3人に仕返しします」なぁな著;fuo絵 スターツ出版(野いちごジュニア文庫) 2024年8月

「いちかちゃん―くもんの児童文学」いとうみく作;中田いくみ絵 くもん出版 2024年5月

「いつか、あの博物館で。：アンドロイドと不気味の谷」朝比奈あすか著 東京書籍 2024年7月

「ウタイテ! 8」*あいら*著;茶乃ひなの絵 スターツ出版(野いちごジュニア文庫) 2024年7月

「おりひめ寮からごきげんよう.[2]」小湊悠貴作;なもり絵 集英社(集英社みらい文庫) 2024年7月

「おれはケッコンした」本田久作作;市居みか絵 ポプラ社(ポプラ物語館) 2024年12月

「かくされた意味に気がつけるか?3分間ミステリー = Can you notice the hidden meaning? 3 minutes mystery：かさなる世界」恵莉ひなこ著 ポプラ社 2024年4月

「カラフル = Colorful」森絵都著;カシワイ画 文藝春秋 2024年7月

「きみの前だけウソをつけない」甘水さら作;朝香のりこ絵 ポプラ社(ポプラキミノベル) 2024年5月

「きょうはおやすみします：がっこうのてんこちゃん―福音館創作童話シリーズ」ほそかわてんてんさく 福音館書店 2024年2月

「クール男子の心の声は「大好き」だらけ!?」神戸遥真著;九重かぼす絵 スターツ出版(野いちごジュニア文庫) 2024年8月

「クラス崩壊すごろくゲーム」野月よひら著;なこ絵 スターツ出版(野いちごジュニア文庫) 2024年12月

「クレクス先生のふしぎな学園」ヤン・ブジェフファ ロッカクリエイト 2024年1月

「こてんちゃんがきた!」いとうみく作;かのうかりん絵 理論社 2024年10月

「シンデレラ・バレリーナ：Lira. 2―シンデレラ・バレリーナ；2」グエナエル・バリュソー作;清水玲奈訳;森野眠子絵 ポプラ社 2024年8月

「すきまのむこうがわ―休み時間で完結パステルショートストーリー；Deep Red」巣山ひろみ作;三上唯絵 国土社 2024年3月

「スクール・フォー・グッド・アンド・イービル.2」ソマン・チャイナニ著;金原瑞人;小林みき訳 すばる舎 2024年12月

「スパイガール! [2]」相川真作;葛西尚絵 集英社(集英社みらい文庫) 2024年11月

「セレブ学園の最強男子×4から、なぜか求愛されています。―取り扱い注意最強男子シリーズ」ゆいっと著;乙女坂心絵 スターツ出版(野いちごジュニア文庫) 2024年10月

「それでも君に伝えたい.[2]」安芸咲良作;池田春香絵 集英社(集英社みらい文庫) 2024年6月

「トイレ野ようこさん」仙田学作;田中六大絵 静山社 2024年2月

「トップ・シークレット. 6」あんのまる作;シソ絵 KADOKAWA(角川つばさ文庫) 2024年1月

「トップ・シークレット. 7」あんのまる作;シソ絵 KADOKAWA(角川つばさ文庫) 2024年6月

「トップ・シークレット. 8」あんのまる作;シソ絵 KADOKAWA(角川つばさ文庫) 2024年11月

「となりのきみのクライシス」濱野京子作;トミイマサコ絵 さ・え・ら書房 2024年1月

「ともだち」椰月美智子作 小学館 2024年3月

「トモダチブルー」宮下恵茉作;遠山えま絵 集英社(集英社みらい文庫) 2024年9月

「バラクラバ・ボーイ—文研ブックランド」ジェニー・ロブソン作;もりうちすみこ訳;黒須高嶺絵 文研出版 2024年5月

「ハルトくんのいうことは絶対! [3]」内田八尋作;茶乃ひなの絵 集英社(集英社みらい文庫) 2024年3月

「ふしぎなつうがくろ」花里真希さく;石井聖岳え 講談社(わくわくライブラリー) 2024年5月

「プリンセス・ダイアリー = The Princess Diaries. 7」メグ・キャボット著;代田亜香子訳 静山社 2024年10月

「へのへのカッパせんせい. [8]—へのへのカッパせんせいシリーズ ; 8」樫本学ヴさく・え 小学館 2024年8月

「マインクラフトハチのなんもん—石の剣のものがたりシリーズ ; 4」ニック・エリオポラス;アラン・バトソン文;クリス・ヒル絵;酒井章文訳 技術評論社 2024年6月

「まほうのアブラカタブレット—とっておきのどうわ」如月かずさ作;イシヤマアズサ絵 PHP研究所 2024年1月

「もしもの世界ルーレット. [2]」地図十行路作;みたう絵 KADOKAWA(角川つばさ文庫) 2024年3月

「ラストで君は「まさか!」と言う. 学校の怪談—3分間ノンストップショートストーリー」PHP研究所編 PHP研究所 2024年8月

「リトル☆バレリーナ = little ballerina. SP2」工藤純子作;佐々木メエ絵;村山久美子監修 Gakken 2024年3月

「わたしが少女漫画のヒロインなんて困りますっ!」凩ちの著;阿古わざき絵 スターツ出版(野いちごジュニア文庫) 2024年7月

「わたしは食べるのが下手」天川栄人作 小峰書店(Sunnyside Books) 2024年6月

「ワンダー」R.J.パラシオ作;中井はるの訳 ほるぷ出版 2024年10月

「雨宮くんにはウラがある!? : ないしょの放課後授業」夜野せせり著;藤原ゆんイラスト PHP研究所(PHPジュニアノベル) 2024年6月

「学園トップ男子の溺愛は配信禁止です!—取り扱い注意最強男子シリーズ」高杉六花著;カトウロカ絵 スターツ出版(野いちごジュニア文庫) 2024年8月

「学校の怪談5分間の恐怖〈行事編〉. [5]」中村まさみ作 金の星社 2024年3月

「学校の怪談5分間の恐怖行事編. [2]」中村まさみ作 金の星社 2024年1月

「学校の怪談5分間の恐怖行事編. [3]」中村まさみ作 金の星社 2024年2月

「学校の怪談5分間の恐怖行事編. [4]」中村まさみ作 金の星社 2024年2月

「鎌倉猫ヶ丘小ミステリー倶楽部」澤田慎梧作;のえる絵 アルファポリス 星雲社(アルファポリスきずな文庫) 2024年9月

「環境委員はもやもやする : ジュニア版—青空小学校いろいろ委員会 ; 9」小松原宏子作;あわい絵 ほるぷ出版 2024年5月

「吸血鬼と薔薇少女. 1」朝香のりこ絵&原作;*あいら*著 スターツ出版(野いちごジュニア文庫) 2024年2月

「君色パレット = PALETTES OF YOUR COLORS : 多様性をみつめるショートストーリー. 2-[2]」 岩崎書店 2024年2月

「高宮学園バスケ部の氷姫 : 愛されすぎのマネージャー生活、スタート!」*あいら*作;ムネヤマヨシミ絵 集英社(集英社みらい文庫) 2024年10月

「最強ボディガードの幼なじみが、絶対に離してくれません!—取り扱い注意最強男子シリーズ」梶ゆいな著;あん豆絵 スターツ出版(野いちごジュニア文庫) 2024年9月

「作戦会議は疫病神と!?」田部智子作;黒須高嶺絵 国土社 2024年9月

「桜の下、永遠の約束をしよう」折原みと著;葛西尚絵 スターツ出版(野いちごジュニア文庫) 2024年4月

「山の学校キツネのとしょいいん」葦原かもさく;高橋和枝え 講談社(わくわくライブラリー) 2024年11月

「市立不思議が丘小学校 = Primary School on the mysterious hills」神田たかし著 みらいパブリッシング 星雲社 2024年5月

「私立探検家学園. 4」斉藤倫著;桑原太矩画 福音館書店 2024年4月

「私立探検家学園. 5」斉藤倫著;桑原太矩画 福音館書店 2024年9月

「七色スターズ! 2」深海ゆずは作;桂イチホ絵 KADOKAWA(角川つばさ文庫) 2024年2月

「七色スターズ! 3」深海ゆずは作;桂イチホ絵 KADOKAWA(角川つばさ文庫) 2024年9月

「初×婚 : まんがノベライズ. [3]」黒崎みのり原作/絵;五十嵐美怜著 集英社(集英社みらい文庫) 2024年1月

「小説魔界の主役は我々だ! 1」津田沼篤原作・挿絵;吉岡みつる文;津田沼篤;西修;○○の主役は我々だ!監修 ポプラ社(ポプラキミノベル) 2024年10月

「小説魔入りました!入間くん. 10」西修原作・絵 ポプラ社(ポプラキミノベル) 2024年10月

「小説魔入りました!入間くん. 8」西修原作・絵 ポプラ社(ポプラキミノベル) 2024年3月

「小説魔入りました!入間くん. 9」西修原作・絵 ポプラ社(ポプラキミノベル) 2024年6月

「小説落第忍者乱太郎 : ドクタケ忍者隊最強の軍師」尼子騒兵衛原作・イラスト;阪口和久小説 朝日新聞出版(あさひコミックス) 2024年5月

「消された1行がわかるといきなり怖くなる話」藤白圭著 ワニブックス 2024年8月

「神スキル!!! [4]」大空なつき作;アルセチカ絵 KADOKAWA(角川つばさ文庫) 2024年3月

「神々の集う生徒会 : 生徒会のイケメンたちが神様って本当ですか?」狐塚冬里著;白峰かなイラスト PHP研究所(PHPジュニアノベル) 2024年6月

「人生終了ゲーム. [4]」cheeery著 スターツ出版(野いちごジュニア文庫) 2024年7月

「晴れ、ときどき雪」小手鞠るい作;松倉香子画 講談社 2024年10月

「生き残りゲームラストサバイバル. [21]」大久保開作;北野詠一絵 集英社(集英社みらい文庫) 2024年8月

「青蛙祭実行委員会よりお知らせです。—カドカワ読書タイム」遅河海原案;室岡ヨシミコ著;二反田こなイラスト KADOKAWA 2024年2月

「絶叫学級. 黄泉に眠る記憶編」いしかわえみ原作/絵;はのまきみ著 集英社(集英社みらい文庫) 2024年3月

「絶叫学級. 檻のなかの怨念編」いしかわえみ原作/絵;はのまきみ著 集英社(集英社みらい文庫) 2024年6月

「絶叫学級. 罠に落ちたライバル編」いしかわえみ原作/絵;はのまきみ著 集英社(集英社みらい文庫) 2024年10月

「絶命教室 : 怪人ミラーとの恐怖のゲーム. 3」ウェルザード作;赤身ふみお絵 アルファポリス 星雲社(アルファポリスきずな文庫) 2024年3月

「絶命教室 : 怪人ミラーとの恐怖のゲーム. 4」ウェルザード作;赤身ふみお絵 アルファポリス 星雲社(アルファポリスきずな文庫) 2024年11月

「朝読みのライスおばさん」長江優子作;みずうちさとみ絵 理論社 2024年11月

「溺愛MAXな恋スペシャルPink : 野いちごジュニア文庫超人気シリーズ集!」*あいら*ほか著;茶乃ひなのほか絵 スターツ出版(野いちごジュニア文庫) 2024年9月

「転生したらスライムだった件. 11[中]」伏瀬作;もりょ絵 マイクロマガジン社(かなで文庫) 2024年7月

「謎が解けると怖いある学校の話 : 260字の戦慄〈闇〉体験—「怖い場所」超短編シリーズ」藤白圭著 主婦と生活社 2024年7月

「日直もがんばってる : ジュニア版—青空小学校いろいろ委員会 ; 10」小松原宏子作;あわい絵 ほるぷ出版 2024年9月

「風花、推してまいる!」黒川裕子作;タカハシノブユキ絵 岩崎書店 2024年8月

「魔女学校のギュービッド―黒魔女さんが通る!!スペシャル」石崎洋司作;亜沙美絵 講談社(講談社青い鳥文庫) 2024年5月

「妖怪コンビニ. 4」令丈ヒロ子作;トミイマサコ絵 あすなろ書房 2024年3月

「裏水族館からの脱出ゲーム」cheeery作;ぴろ瀬絵 ポプラ社(ポプラキミノベル) 2024年4月

「恋するワケありシェアハウス:イケメンたちとのヒミツの同居生活はドキドキです!」青山そらら著;お天気屋イラスト PHP研究所(PHPジュニアノベル) 2024年11月

教科、科目

「時間割男子. 13」一ノ瀬三葉作;榎のと絵 KADOKAWA(角川つばさ文庫) 2024年2月

「時間割男子. 14」一ノ瀬三葉作;榎のと絵 KADOKAWA(角川つばさ文庫) 2024年8月

教科書

「ハリー・ポッターと謎のプリンス. 6-2―ハリー・ポッター ; 15」J.K.ローリング作;松岡佑子訳 静山社(静山社ペガサス文庫) 2024年10月

教室

「きょうふ小学校:1分で読めるこわい話」松本うみ作;小津絵 KADOKAWA(角川つばさ文庫) 2024年2月

「小説魔入りました!入間くん. 10」西修原作・絵 ポプラ社(ポプラキミノベル) 2024年10月

校外学習、移動教室

「学校の怪談5分間の恐怖行事編. [3]」中村まさみ作 金の星社 2024年2月

高校、高等専門学校、高校生、高専生

「〈推しの子〉-The Final Act-:映画ノベライズみらい文庫版」赤坂アカ;横槍メンゴ原作;はのまきみ著;北川亜矢子脚本 集英社(集英社みらい文庫) 2024年12月

「〈推しの子〉まんがノベライズ. [2]」赤坂アカ;横槍メンゴ原作/絵;はのまきみ著 集英社(集英社みらい文庫) 2024年11月

「2つの意味の物語:アイドルの妹は高校生:ひとつの文に秘められたパラレルストーリー」さささきかつお著 新星出版社 2024年7月

「3倍速ドッペルゲンガー」久米絵美里著;森川泉絵 アリス館 2024年11月

「55日後、きみへの告白予定日」麻沢奏著 PHP研究所 2024年11月

「6days遭難者たち」安田夏菜著 講談社 2024年5月

「アニメ映画がんばっていきまっしょい」敷村良子原作;岩佐まもる文;あきづきりょう挿絵 KADOKAWA(角川つばさ文庫) 2024年9月

「アニメ映画トラペジウム」 百瀬しのぶ文;高山一実原作;あきづきりょう挿絵 KADOKAWA(角川つばさ文庫) 2024年4月

「うちの弟どもがすみません : 映画ノベライズみらい文庫版」 オザキアキラ原作/絵;ワダヒトミ著;根津理香脚本 集英社(集英社みらい文庫) 2024年11月

「ガールズ・ルール : 愛され女子でいるには」 キャンディス・ブシュネル;ケイティ・コトゥーニョ作;三辺律子訳 静山社 2024年10月

「きみと100年分の恋をしよう. [12]」 折原みと作;フカヒレ絵 講談社(講談社青い鳥文庫) 2024年3月

「きみと100年分の恋をしよう. [13]」 折原みと作;フカヒレ絵 講談社(講談社青い鳥文庫) 2024年8月

「シンプルとウサギのパンパンくん」 マリー=オード・ミュライユ作;河野万里子訳 小学館 2024年7月

「はたらく細胞 : 映画ノベライズ」 清水茜;原田重光;初嘉屋一生原作;徳永友一脚本;時海結以文 講談社(講談社KK文庫) 2024年11月

「ハニーレモンソーダ : あなたを好きでいる勇気 : まんがノベライズ」 村田真優原作/絵;ワダヒトミ著 集英社(集英社みらい文庫) 2024年9月

「ハロハロ = Halo-Halo」 こまつあやこ著 講談社 2024年12月

「プリンセス・ダイアリー = The Princess Diaries. 4」 メグ・キャボット著;代田亜香子訳 静山社 2024年4月

「プリンセス・ダイアリー = The Princess Diaries. 5」 メグ・キャボット著;代田亜香子訳 静山社 2024年6月

「プリンセス・ダイアリー. 3」 メグ・キャボット著;代田亜香子訳 静山社 2024年2月

「ぼくらのイタリア(怪)戦争」 宗田理作;YUME絵 KADOKAWA(角川つばさ文庫) 2024年3月

「ミラキュラス : レディバグ&シャノワール : サンドボーイ」 ZAG原作;東映アニメーション監修;井上亜樹子作 ポプラ社 2024年12月

「ミルキーウェイ : 竹雀農業高校牛部」 堀米薫著 新日本出版社 2024年12月

「化け之島初恋さがし三つ巴. 3」 石川宏千花著;脇田茜画 講談社(YA!ENTERTAINMENT) 2024年2月

「紅桃の百色メイク. 1」 羽央えり作;星乃屑ありす絵 講談社(講談社青い鳥文庫) 2024年12月

「今日も誰かの誕生日—飛ぶ教室の本」 二宮敦人作;中田いくみ絵 光村図書出版 2024年12月

「小説ブルーロック-EPISODE凪-. 1」 金城宗幸原作;三宮宏太絵;もえぎ桃文 講談社(講談社KK文庫) 2024年4月

「小説ブルーロック-EPISODE凪-. 2」金城宗幸原作;三宮宏太絵;もえぎ桃文 講談社(講談社KK文庫) 2024年5月

「小説弱虫ペダル. 14」渡辺航原作;輔老心ノベライズ 岩崎書店(フォア文庫) 2024年2月

「小説弱虫ペダル. 15」渡辺航原作;輔老心ノベライズ 岩崎書店(フォア文庫) 2024年6月

「青春サプリ。. [12]—心が元気になる、5つの部活ストーリー」 ポプラ社 2024年11月

「総長さまスペシャルもっと甘々」*あいら*ほか著;茶乃ひなの;カトウロカ絵 スターツ出版(野いちごジュニア文庫) 2024年10月

「僕たちは星屑でできている—STAMP BOOKS」マンジート・マン作;長友恵子訳 岩波書店 2024年1月

「名探偵コナン服部平次セレクション浪速の名探偵」酒井匙著;青山剛昌原作・イラスト 小学館(小学館ジュニア文庫) 2024年4月

「余命0日の僕が、死と隣り合わせの君と出会った話—森田碧の「よめぼく」シリーズ ; 5」森田碧著 ポプラ社 2024年9月

「余命88日の僕が、同じ日に死ぬ君と出会った話—森田碧の「よめぼく」シリーズ ; 4」森田碧著 ポプラ社 2024年9月

「余命99日の僕が、死の見える君と出会った話—森田碧の「よめぼく」シリーズ ; 3」森田碧著 ポプラ社 2024年9月

「余命一年と宣告された君と、消えたいと願う僕が出会った話—森田碧の「よめぼく」シリーズ ; 6」森田碧著 ポプラ社 2024年9月

「余命一年と宣告された僕が、余命半年の君と出会った話 : Ayaka's story—森田碧の「よめぼく」シリーズ ; 2」森田碧著 ポプラ社 2024年9月

「余命一年と宣告された僕が、余命半年の君と出会った話—森田碧の「よめぼく」シリーズ ; 1」森田碧著 ポプラ社 2024年9月

校庭

「どろだんご小太郎」彩夏香 文芸社(文芸社セレクション) 2024年6月

「放課後ミステリクラブ. 3」知念実希人作;Gurin.絵 ライツ社 2024年2月

校内放送

「きみの声を聴かせてよ! : 氷王子の裏の顔はイケボな配信者!?」甘水さら作;瀬川あや絵 集英社(集英社みらい文庫) 2024年8月

黒板

「インゴとインディの物語. 2」大矢純子作;佐藤勝則絵 鳥影社 2024年7月

「おれはケッコンした」本田久作作;市居みか絵 ポプラ社(ポプラ物語館) 2024年12月

作文

「みんなにもっとひかりあれ!:ダウン症の妹がいるあかりと、みんなの二分の一成人式」金子あつし作;ぽえ絵 読書日和 2024年10月

授業

「クレクス先生のふしぎな学園」ヤン・ブジェフファ ロッカクリエイト 2024年1月

「ハリー・ポッターと謎のプリンス. 6-2—ハリー・ポッター ; 15」J.K.ローリング作;松岡佑子訳 静山社(静山社ペガサス文庫) 2024年10月

「最後の授業 = La Dernière Classe:ドーデショートセレクション—世界ショートセレクション ; 25」アルフォンス・ドーデ作;平岡敦訳;ヨシタケシンスケ画 理論社 2024年3月

宿題、課題

「となりのじいちゃんかんさつにっき」ななもりさちこ作;たまゑ絵 理論社 2024年5月

「マス×コン!:席替えで好きな人の隣になる確率って!?」こぐれ京文;ももこっこ絵 KADOKAWA(角川つばさ文庫) 2024年3月

「やらなくてもいい宿題:謎の転校生. 算数バトル編」結城真一郎作 主婦の友社 2024年8月

「初×婚:まんがノベライズ. [3]」黒崎みのり原作/絵;五十嵐美怜著 集英社(集英社みらい文庫) 2024年1月

「本好きの下剋上. 第3部[3]」香月美夜作;椎名優絵 TOブックス(TOジュニア文庫) 2024年10月

宿題、課題>自由研究

「ブルーラインから、はるか」林けんじろう作;坂内拓絵 講談社(講談社・文学の扉) 2024年5月

「わたしのカレーな夏休み」谷口雅美著;KOUME画 講談社 2024年6月

小学校、小学生>児童会

「科学でナゾとき! [4]」あさだりん作;佐藤おどり絵 偕成社(偕成社ノベルフリーク) 2024年7月

小学校、小学生>小学校1・2年生

「「歩」が「と」に大へんしん!」川北亮司作;藤本四郎絵 汐文社 2024年8月

「1ねん1くみの女王さま. 4」いとうみく作;モカ子絵 Gakken(キッズ文学館) 2024年7月

「いちかちゃん—くもんの児童文学」いとうみく作;中田いくみ絵 くもん出版 2024年5月

「しょうがっこうが、きらいです!」山本悦子作;佐藤真紀子絵 あかね書房 2024年6月

「ステラとチョコレートの星のプリンセス—おはなしトントン」深谷しずく作;星谷ゆき絵 岩崎書店 2024年11月

「ちいちゃんのおもちゃたち：はなびのよるに」斉藤洋さく;武田美穂え 理論社 2024年11月

「はじめて読むがいこくの物語. 1年生」横山洋子監修 Gakken(よみとく10分) 2024年3月

「はじめて読む外国の物語. 2年生」横山洋子監修 Gakken(よみとく10分) 2024年3月

「ふしぎなフーセンガム―わくわくえどうわ」麻生かづこ作;くすはら順子絵 文研出版 2024年1月

「リリの思い出せないものがたり―GO!GO!ブックス；8」たかどのほうこ作;高橋和枝絵 ポプラ社 2024年6月

「絵本りょうたとおじいちゃん」髙瀬泰子作;YOSHI絵 風詠社 星雲社 2024年7月

「市立不思議が丘小学校 = Primary School on the mysterious hills」神田たかし著 みらいパブリッシング 星雲社 2024年5月

「折り紙のおばちゃん」平本やえこ著 文芸社 2024年2月

小学校、小学生＞小学校5・6年生

「6年1組すきなんだ―短編小学校；4」吉野万理子作;丹地陽子絵 静山社 2024年5月

「6年1組すきなんだ―短編小学校；4」吉野万理子作;丹地陽子絵 ほるぷ出版 2024年12月

「6年2組なぞめいて―短編小学校；5」吉野万理子作;丹地陽子絵 静山社 2024年6月

「6年3組さらばです―短編小学校；6」吉野万理子作;丹地陽子絵 静山社 2024年7月

「アメリカから来た友情人形」今関信子作;双森文絵 新日本出版社 2024年8月

「エイ・エイ・オー!：ぼくが足軽だった夏」佐々木ひとみ作;浮雲宇一絵 新日本出版社 2024年6月

「おおなわ跳びません」赤羽じゅんこ作;マコカワイ絵 静山社 2024年10月

「おチビがうちにやってきた! [10]」柴野理奈子作;福きつね絵 集英社(集英社みらい文庫) 2024年4月

「おチビがうちにやってきた! [11]」柴野理奈子作;福きつね絵 集英社(集英社みらい文庫) 2024年9月

「からくり夢時計. 下」川口雅幸作;海ばたり絵 アルファポリス 星雲社(アルファポリスきずな文庫) 2024年12月

「からくり夢時計. 上」川口雅幸作;海ばたり絵 アルファポリス 星雲社(アルファポリスきずな文庫) 2024年12月

「きさらぎさんちは今日もお天気―ティーンズ文学館」古都こいと作;酒井以絵 Gakken 2024年12月

「サーファーガール = Surfer Girl：かがやく波に乗れ!」麻生かづこ作;かわいちひろ絵 小峰書店(ブルーバトンブックス) 2024年5月

「サザンクロスクラブ」松田輝実著 文彩堂出版 2024年10月

「サバイバー!! 7」あさばみゆき作;葛西尚絵 KADOKAWA(角川つばさ文庫) 2024年2月

「サバイバー!! 8」あさばみゆき作;葛西尚絵 KADOKAWA(角川つばさ文庫) 2024年7月

「さよならミイラ男」福田隆浩著 講談社 2024年2月

「ススキヶ原のキチとハル」渋谷代志枝著;山﨑尚志さし絵 能登印刷出版部 2024年5月

「ストピトラベラー花美 = Street Piano Traveler Hanami. 3」柴野理奈子作;まつだひかり絵;ハラミちゃん監修 Gakken 2024年7月

「ときめき虹色ライフ:ないしょで子どもぐらしはじめます! 1」皐月なおみ作;森乃なっぱ絵 アルファポリス 星雲社(アルファポリスきずな文庫) 2024年4月

「ときめき虹色ライフ. 2」皐月なおみ作;森乃なっぱ絵 アルファポリス 星雲社(アルファポリスきずな文庫) 2024年9月

「ともだち」椰月美智子作 小学館 2024年3月

「バラの咲く日に:生きづらさの庭で」藤原千奈 文芸社 2024年4月

「ブルーラインから、はるか」林けんじろう作;坂内拓絵 講談社(講談社・文学の扉) 2024年5月

「ぼくとロボ型フレンド」サイモン・パッカム著;千葉茂樹訳 あすなろ書房 2024年11月

「まさきの虎」濱野京子作;こうの史代絵 童心社 2024年12月

「マス×コン! 2」こぐれ京文;ももこっこ絵 KADOKAWA(角川つばさ文庫) 2024年8月

「やらなくてもいい宿題:謎の転校生. 算数バトル編」結城真一郎作 主婦の友社 2024年8月

「わたしと話したくないあの子―ノベルズ・エクスプレス;58」朝比奈蓉子作;双森文絵 ポプラ社 2024年9月

「わたしのカレーな夏休み」谷口雅美著;KOUME画 講談社 2024年6月

「宇宙級初恋:地球でいちばんステキな恋!?」水無仙丸作;たしろみや絵 KADOKAWA(角川つばさ文庫) 2024年1月

「怪帰師のお仕事. 3」佐東みどり作;榎のと絵 アルファポリス 星雲社(アルファポリスきずな文庫) 2024年1月

「学級崩壊ゲーム:仲よしクラスの絆は本物?」野月よひら著;アルセチカ絵 スターツ出版(野いちごジュニア文庫) 2024年5月

「願いがかなうふしぎな日記. [4]」本田有明著 PHP研究所(わたしたちの本棚) 2024年11月

「記憶バトルロイヤル:覚えて勝ちぬけ!100万円をかけた戦い」相羽鈴作;木乃ひのき絵;青木健監修 集英社(集英社みらい文庫) 2024年11月

「泣き虫スマッシュ! 4」平河ゆうき作;むっしゅ絵 KADOKAWA(角川つばさ文庫) 2024年1月

「月曜倶楽部へようこそ!—おはなし日本文化 ; 短歌・俳句」 森埜こみち作;くりたゆき絵 講談社 2024年11月

「見習い占い師ルキは解決したい! : 友情とキセキのカード」 荒井寛子著;三星たまイラスト 小学館(小学館ジュニア文庫) 2024年7月

「告白代行部、ただいま活動中! 1」 石田空作;朝香のりこ絵 アルファポリス 星雲社(アルファポリスきずな文庫) 2024年3月

「菜々ちゃんのビーチボール」 あんざいまさなり あんざいまさなり ぶんしん出版 2024年7月

「作戦会議は疫病神と!?」 田部智子作;黒須高嶺絵 国土社 2024年9月

「市立不思議が丘小学校 = Primary School on the mysterious hills」 神田たかし著 みらいパブリッシング 星雲社 2024年5月

「私立探検家学園. 4」 斉藤倫著;桑原太矩画 福音館書店 2024年4月

「時間割男子. 14」 一ノ瀬三葉作;榎のと絵 KADOKAWA(角川つばさ文庫) 2024年8月

「七不思議神社. [6]」 緑川聖司作;TAKA絵 あかね書房 2024年1月

「七不思議神社. [7]」 緑川聖司作;TAKA絵 あかね書房 2024年10月

「社長ですがなにか? 2」 あさつじみか作;はちべもつ絵 KADOKAWA(角川つばさ文庫) 2024年1月

「社長ですがなにか? 4」 あさつじみか作;はちべもつ絵 KADOKAWA(角川つばさ文庫) 2024年9月

「呪いのゲームぷうけえ!—カドカワ読書タイム」 中靍水雲著;長谷梨加イラスト KADOKAWA 2024年9月

「初恋タイムリミット. [2]」 やまもとふみ作;那流絵 ポプラ社(ポプラキミノベル) 2024年4月

「初恋タイムリミット. [3]」 やまもとふみ作;那流絵 ポプラ社(ポプラキミノベル) 2024年8月

「小説二月の勝者 : 絶対合格の教室. [4]」 伊豆平成著;高瀬志帆原作・イラスト 小学館(小学館ジュニア文庫) 2024年5月

「世界一クラブ. [19]」 大空なつき作;明菜絵 KADOKAWA(角川つばさ文庫) 2024年8月

「朝読みのライスおばさん」 長江優子作;みずうちさとみ絵 理論社 2024年11月

「超一流インストール : プロの力で大事件解決!?」 吹井乃菜作;逢坂レイ絵 KADOKAWA(角川つばさ文庫) 2024年1月

「転校生はおんみょうじ!」 咲間咲良作;riri絵 アルファポリス 星雲社(アルファポリスきずな文庫) 2024年11月

「風花、推してまいる!」 黒川裕子作;タカハシノブユキ絵 岩崎書店 2024年8月

「復活!まぼろしの小瀬菜だいこん—ステップノベル」 野泉マヤ文;丹地陽子絵 文研出版 2024年8月

「北緯44度浩太の夏：ぼくらは戦争を知らなかった」有島希音作;ゆの絵 岩崎書店 2024年5月

「迷宮教室.[11]」あいはらしゅう作;肘原えるぼ絵 集英社(集英社みらい文庫) 2024年1月

「迷子のトウモロコシ」嘉成晴香作 金の星社 2024年9月

「理花のおかしな実験室. 11」やまもとふみ作;nanao絵 KADOKAWA(角川つばさ文庫) 2024年3月

「理花のおかしな実験室. 12」やまもとふみ作;nanao絵 KADOKAWA(角川つばさ文庫) 2024年7月

「理花のおかしな実験室. 13」やまもとふみ作;nanao絵 KADOKAWA(角川つばさ文庫) 2024年11月

「流れ星の約束：再会したきみは芸能人!?伝えたい想い」みずのまい作;雪丸ぬん絵 集英社(集英社みらい文庫) 2024年11月

「歴史ゴーストバスターズ. 9」あさばみゆき作;左近堂絵里絵 ポプラ社(ポプラキミノベル) 2024年11月

小学校、小学生＞小学校3・4年生

「アゲインアゲイン―読書の時間；21」おおぎやなぎちか作;坂口友佳子絵 あかね書房 2024年10月

「あの日のあなた―くもんの児童文学」中川なをみ作;大野八生絵 くもん出版 2024年6月

「インゴとインディの物語. 2」大矢純子作;佐藤勝則絵 鳥影社 2024年7月

「うちのキチント星人」佐藤まどか作;中田いくみ絵 フレーベル館(ものがたりの庭) 2024年7月

「おれはケッコンした」本田久作作;市居みか絵 ポプラ社(ポプラ物語館) 2024年12月

「カップ・メン＝CUP・MEN―カップ・メン；1」川之上英子;川之上健作;おおのこうへい絵 ポプラ社 2024年12月

「きょうふ小学校：1分で読めるこわい話」松本うみ作;小津絵 KADOKAWA(角川つばさ文庫) 2024年2月

「クンペイの探偵ノート. 2」昼田弥子作;クリハラタカシ絵 あかね書房 2024年11月

「ゴール!おねしょにアシスト」井嶋敦子作;こばやしまちこ絵 国土社 2024年11月

「こちら、ヒミツのムー調査団! 3」大久保開作;ゆえ絵;ムー編集部監修 Gakken 2024年7月

「タクちゃんちのペット騒動」林マサ子 文芸社 2024年4月

「たとえリセットされても―文研ブックランド」森川成美作;双森文絵 文研出版 2024年3月

「チョコレートスイッチ!：無気力男子、チョコを食べて大変身!」植原翠作;双葉陽絵 ポプラ社(ポプラキミノベル) 2024年1月

「どろぼう猫とイガイガのあれ」小手鞠るい作;早川世詩男絵 静山社 2024年3月

「どろぼう猫とモヤモヤのこいつ」小手鞠るい作;早川世詩男絵 静山社 2024年9月

「ネコがおどれば、鬼が来る!―ホオズキくんのオバケ事件簿 ; 7」富安陽子作;小松良佳絵 ポプラ社 2024年9月

「はじめて読む外国の物語. 3年生」横山洋子監修 Gakken(よみとく10分) 2024年9月

「ふみきりペンギン―らいおんbooks」おくはらゆめ作・絵 あかね書房 2024年10月

「ミリとふしぎなクスクスさん : パスタの国の革命―GO!GO!ブックス ; 7」戸森しるこ作;木村いこ絵 ポプラ社 2024年3月

「わたしたちの帽子」高楼方子作;出久根育絵 フレーベル館 2024年1月

「学級委員は負けない : ジュニア版―青空小学校いろいろ委員会 ; 8」小松原宏子作;あわい絵 ほるぷ出版 2024年1月

「環境委員はもやもやする : ジュニア版―青空小学校いろいろ委員会 ; 9」小松原宏子作;あわい絵 ほるぷ出版 2024年5月

「日直もがんばってる : ジュニア版―青空小学校いろいろ委員会 ; 10」小松原宏子作;あわい絵 ほるぷ出版 2024年9月

「放課後ミステリクラブ. 4」知念実希人作;Gurin.絵 ライツ社 2024年6月

「放課後ミステリクラブ. 5」知念実希人作;Gurin.絵 ライツ社 2024年10月

「友だちは給食室のゆうれい」草野あきこ文;山田花菜絵 金の星社 2024年9月

小学校、小学生一般

「あすなろ小学校は今日もにぎやか」白鳥樹一郎作;菊地敏明表紙デザイン・絵 阿古耶書房 2024年10月

「あそび室の日曜日 : マグロおどりでおさきマっグロ」村上しいこ作;田中六大絵 講談社(わくわくライブラリー) 2024年11月

「コケコココッコな毎日に―中学年よみものシリーズ」横田明子作;野村まり子絵 絵本塾出版 2024年6月

「コミュニケーション34の力 : 【解題】小学生が作ったコミュニケーション大事典―コミュニケーション科叢書 ; 4」北九州市立香月小学校平成17年6年1組34名著;菊池省三監修 中村堂 2024年10月

「じごく小学校. [3]―じごく小学校シリーズ ; 3」有田奈央作;安楽雅志絵 ポプラ社 2024年3月

「じごく小学校. [4]―じごく小学校シリーズ ; 4」有田奈央作;安楽雅志絵 ポプラ社 2024年8月

「たい焼き総選挙―読書の時間 ; 20」新井けいこ作;いちろう絵 あかね書房 2024年9月

「ちいさなちょうせん」河田由紀子著 文芸社 2024年8月

「てんぐ先生は一年生」大石真;大石夏也作;村上豊絵 ポプラ社(子どもたちにつたえたい傑作選) 2024年3月

「トクベツキューカ、はじめました!」清水晴木作;いつか絵 岩崎書店 2024年5月

「となりのじいちゃんかんさつにっき」ななもりさちこ作;たまゑ絵 理論社 2024年5月

「ドレスアップ!こくるん. 2」久野遥子原作・監督;竹浪春花文 岩崎書店 2024年4月

「なんとかなる本 = The Book of Can-Do. [3]―樹本図書館のコトバ使い ; 3」令丈ヒロ子著;浮雲宇一絵 講談社 2024年10月

「ひまりとふしぎなあの子」深山さくら作;北沢優子絵 岩崎書店 2024年10月

「ひみつの小学生探偵. 2」チームD編;NOEYEBROW絵 Gakken 2024年3月

「ひみつの小学生探偵. 3」チームD編;NOEYEBROW絵 Gakken 2024年8月

「ふしぎなつうがくろ」花里真希さく;石井聖岳え 講談社(わくわくライブラリー) 2024年5月

「ふたごチャレンジ! 7」七都にい作;しめ子絵 KADOKAWA(角川つばさ文庫) 2024年3月

「ふたごチャレンジ! 8」七都にい作;しめ子絵 KADOKAWA(角川つばさ文庫) 2024年7月

「ブラックチャンネル. [3]」すけたけしん著;きさいちさとし原作・イラスト 小学館(小学館ジュニア文庫) 2024年10月

「ブルートレインおばけ号―水木しげるのおばけ学校 ; 3」水木しげる著 ポプラ社 2024年9月

「ぼくのねこポー―とっておきのどうわ」岩瀬成子作;松成真理子絵 PHP研究所 2024年3月

「ポロンと夢を叶える旅 : 小学生から始める資産運用」Hakuba著 東京図書出版 リフレ出版 2024年2月

「まねをしました―わくわくえどうわ」すずきみえ作;下平けーすけ絵 文研出版 2024年4月

「りりかさんのぬいぐるみ診療所. [4]」かんのゆうこ作;北見葉胡絵 講談社(わくわくライブラリー) 2024年4月

「わたしとあっちゃん」橘亜紀著 文芸社 2024年5月

「机の下のウサキチ」岡田淳作 偕成社 2024年5月

「恐竜博物館のひみつ―文研ステップノベル」別司芳子作;ながおかえつこ絵 文研出版 2024年7月

「教室の怖い噂―キミが開く恐怖の扉ホラー傑作コレクション」辻村深月;近藤史恵;澤村伊智著;朝宮運河編 汐文社 2024年11月

「今日も誰かの誕生日―飛ぶ教室の本」二宮敦人作;中田いくみ絵 光村図書出版 2024年12月

「資料室の日曜日 : にげたひこぼしをさがせ!」村上しいこ作;田中六大絵 講談社(わくわくライブラリー) 2024年5月

「社長ですがなにか? 3」あさつじみか作;はちべもつ絵 KADOKAWA(角川つばさ文庫) 2024年5月

「神さまの通り道. [2]」村上しいこ作;柴田ゆう絵 偕成社 2024年12月

「世にもこわい博物館 : 5分でゾッとする結末」黒史郎著 講談社 2024年7月

「探偵七音はためらわない」秋木真作;ななミツ絵 KADOKAWA(角川つばさ文庫) 2024年6月

「天久鷹央の推理カルテ = Ameku Takao's Detective Karte : カッパの秘密とナゾの池」知念実希人作;一束挿絵 実業之日本社 2024年12月

「天国の犬ものがたり. [17]」藤咲あゆな著;堀田敦子原作;環方このみイラスト 小学館(小学館ジュニア文庫) 2024年10月

「転生魔王のネット戦略. 1」ないとーえみ作;しらたま絵 JTBパブリッシング 2024年12月

「放課後ミステリクラブ. 3」知念実希人作;Gurin.絵 ライツ社 2024年2月

図工室

「まねをしました―わくわくえどうわ」すずきみえ作;下平けーすけ絵 文研出版 2024年4月

生徒会、委員会

「かわいいわたしのFe―文研じゅべにーるYA」神戸遥真作;はーみん絵 文研出版 2024年6月

「ティアムーン帝国物語 : 断頭台から始まる、姫の転生逆転ストーリー. 5」餅月望作;U35絵;Gilseキャラクター原案 TOブックス(TOジュニア文庫) 2024年2月

「ティアムーン帝国物語 : 断頭台から始まる、姫の転生逆転ストーリー. 6」餅月望作;U35絵;Gilseキャラクター原案 TOブックス(TOジュニア文庫) 2024年9月

「プリンセス・ダイアリー = The Princess Diaries. 6」メグ・キャボット著;代田亜香子訳 静山社 2024年8月

「プリンセス・ダイアリー = The Princess Diaries. 7」メグ・キャボット著;代田亜香子訳 静山社 2024年10月

「学級委員は負けない : ジュニア版―青空小学校いろいろ委員会 ; 8」小松原宏子作;あわい絵 ほるぷ出版 2024年1月

「環境委員はもやもやする : ジュニア版―青空小学校いろいろ委員会 ; 9」小松原宏子作;あわい絵 ほるぷ出版 2024年5月

「七色スターズ! 2」深海ゆずは作;桂イチホ絵 KADOKAWA(角川つばさ文庫) 2024年2月

「神々の集う生徒会 : 生徒会のイケメンたちが神様って本当ですか?」狐塚冬里著;白峰かなイラスト PHP研究所(PHPジュニアノベル) 2024年6月

「星カフェ. [6]」倉橋燿子作;たま絵 講談社(講談社青い鳥文庫) 2024年9月

「青蛙祭実行委員会よりお知らせです。―カドカワ読書タイム」遅河海原案;室岡ヨシミコ著;二反田こなイラスト KADOKAWA 2024年2月

「青春サプリ。. [12]―心が元気になる、5つの部活ストーリー」ポプラ社 2024年11月

「透明なルール」佐藤いつ子著 KADOKAWA 2024年4月

「爆モテ男子からの「大好き」がとまりません!」ゆいっと著;覗あおひ絵 スターツ出版(野いちごジュニア文庫) 2024年5月

席替え

「マス×コン!:席替えで好きな人の隣になる確率って!?」こぐれ京文;ももこっこ絵 KADOKAWA(角川つばさ文庫) 2024年3月

専門学校、大学、専門学校生、大学生、大学院生

「〈小説〉言えない秘密 = Secret」時海結以著 講談社(講談社KK文庫) 2024年6月

「イズミ」小手鞠るい著 偕成社 2024年12月

「いのちのつぼみ」志津谷元子著 偕成社 2024年9月

「プリンセス・ダイアリー = The Princess Diaries. 8」メグ・キャボット著;代田亜香子訳 静山社 2024年12月

「都会のトム&ソーヤ. 21」はやみねかおる著 講談社(YA!ENTERTAINMENT) 2024年3月

卒業

「6年3組さらばです―短編小学校;6」吉野万理子作;丹地陽子絵 静山社 2024年7月

「キミにはないしょ! [5]」汐月うた作;こきち絵 集英社(集英社みらい文庫) 2024年2月

「ふたごチャレンジ! 8」七都にい作;しめ子絵 KADOKAWA(角川つばさ文庫) 2024年7月

「プリンセス・ダイアリー = The Princess Diaries. 5」メグ・キャボット著;代田亜香子訳 静山社 2024年6月

「プリンセス・ダイアリー = The Princess Diaries. 7」メグ・キャボット著;代田亜香子訳 静山社 2024年10月

「願いがかなうふしぎな日記. [4]」本田有明著 PHP研究所(わたしたちの本棚) 2024年11月

中学校、中学生

「100億円求人 = 10,000,000,000 yen job offer」あんのまる作;moto絵 KADOKAWA(KADOKAWA TSUBASA BOOKS) 2024年2月

「100年後も、君のいた奇跡を忘れない」湊祥著;noka絵 スターツ出版(野いちごジュニア文庫) 2024年6月

「12音のブックトーク」こまつあやこ作;友風子絵 あかね書房 2024年6月

「2分の1フレンズ. 1」浪速ゆう作;さくろ絵 KADOKAWA(角川つばさ文庫) 2024年6月

「5分でスカッと!:この溺愛はまさかすぎ!?」中小路かほほか著;かなめもにか絵 スターツ出版(野いちごジュニア文庫) 2024年4月

「girls―くもんの児童文学」濱野京子作;牛久保雅美装画・挿絵 くもん出版 2024年6月

「Ita-zura―宇田川豪大戯曲文庫 ; 3」宇田川豪大 ブイツーソリューション 2024年3月

「Re:cycle : たったひとりのアイドル」十夜原作;木野誠太郎著 PHP研究所(カラフルノベル) 2024年1月

「SOS部! 1」くるたつむぎ作;朝日川日和絵 講談社(講談社青い鳥文庫) 2024年12月

「Vチューバー探偵団 : 目指せ!登録者100万人」木滝りま;舟崎泉美著;榎のと絵 朝日新聞出版(ナゾノベル) 2024年10月

「Vチューバー探偵団. [2]」木滝りま;舟崎泉美著;榎のと絵 朝日新聞出版(ナゾノベル) 2024年11月

「アイドル幼なじみと溺愛学園生活 : 君だけが欲しいんです―カドカワ読書タイム」木下すなす著;あさぎ屋イラスト KADOKAWA 2024年6月

「あいレコ!」遠藤まり著 講談社 2024年2月

「アオくんは猫男子 : モフれる子、見つけた!?」七海まち著;ななミツイラスト PHP研究所(PHPジュニアノベル) 2024年4月

「アオハル100% : 行動しないと青春じゃないぜ」無月蒼作;水玉子絵 KADOKAWA(角川つばさ文庫) 2024年10月

「あかね雲のすき間から―あいち・読書タイム文庫」愛知県小中学校長会;名古屋市立小中学校長会;愛知県小中学校PTA連絡協議会;名古屋市立小中学校PTA協議会編集 愛知県教育振興会 2024年11月

「あしたをみがけ : 姫川中学校みがき部―こんな部活あります」横沢彰作;佐藤真紀子絵 新日本出版社 2024年3月

「あの星が降る丘で、君とまた出会いたい。」汐見夏衛著;三湊かおり絵 スターツ出版(野いちごジュニア文庫) 2024年8月

「あるいは誰かのユーウツ = Someone's Melancholy」天川栄人著 講談社 2024年6月

「いつか、あの博物館で。 : アンドロイドと不気味の谷」朝比奈あすか著 東京書籍 2024年7月

「いのちのつぼみ」志津谷元子著 偕成社 2024年9月

「いみちぇん!!廻. 1」あさばみゆき作;市井あさ絵 KADOKAWA(KADOKAWA TSUBASA BOOKS) 2024年10月

「ヴァンパイアくん、溺愛注意報! : 今日から吸血鬼の花嫁に!?―カドカワ読書タイム」望月くらげ著;左近堂絵里イラスト KADOKAWA 2024年9月

「ウタイテ! 7」*あいら*著;茶乃ひなの絵 スターツ出版(野いちごジュニア文庫) 2024年3月

「ウタイテ! 9」*あいら*著;茶乃ひなの絵 スターツ出版(野いちごジュニア文庫) 2024年11月

「おりひめ寮からごきげんよう. [2]」小湊悠貴作;なもり絵 集英社(集英社みらい文庫) 2024年7月

「オンライン・フレンズ@さくら = Online Friends @Sakura」 神戸遥真著;カシワイ画 講談社 2024年8月

「かなたのif」 村上雅郁作 フレーベル館(フレーベル館文学の森) 2024年6月

「カラフル = Colorful」 森絵都著;カシワイ画 文藝春秋 2024年7月

「かわいいわたしのFe―文研じゅべにーるYA」 神戸遥真作;はーみん絵 文研出版 2024年6月

「かわいく〈なく〉てごめん:恋と結婚について(本気で)考えてみた」 小林深雪作;牧村久実絵 講談社(講談社青い鳥文庫) 2024年9月

「キ・ス・リ・ハ:共演者は、学校イチのモテ男子!?ないしょの放課後リハーサル―カドカワ読書タイム」 pico著;久我山ぼんイラスト KADOKAWA 2024年10月

「きみがキセキをくれたから. [3]」 五十嵐美怜作;花芽宮るる絵 講談社(講談社青い鳥文庫) 2024年5月

「キミが死ぬまで、あと5日:逃げられない呪いの動画」 西羽咲花月著;黎絵 スターツ出版(野いちごジュニア文庫) 2024年6月

「キミに胸きゅんしすぎて困る!:ワケありお隣さんは、天敵男子!?」 ゆいっと著;覗あおひ絵 スターツ出版(野いちごジュニア文庫) 2024年1月

「きみの最後の笑顔を忘れない」 cheeery著;ねこじし絵 スターツ出版(野いちごジュニア文庫) 2024年5月

「きみの声を聴かせてよ!:氷王子の裏の顔はイケボな配信者!?」 甘水さら作;瀬川あや絵 集英社(集英社みらい文庫) 2024年8月

「クール男子の心の声は「大好き」だらけ!?」 神戸遥真著;九重かぼす絵 スターツ出版(野いちごジュニア文庫) 2024年8月

「ケモカフェ!:獣人男子の花嫁候補になっちゃった!?」 *あいら*作;しろこ絵 ポプラ社(ポプラキミノベル) 2024年9月

「ゴースト・イン・ザ・プリズム」 黒田八束 Hibiuta and Company日々詩編集室 2024年11月

「ココロの花:華道部&サッカー部―こんな部活あります」 八束澄子作;あわい絵 新日本出版社 2024年1月

「この恋は、ぜったいヒミツ。. [4]」 このはなさくら著;遠山えま絵 スターツ出版(野いちごジュニア文庫) 2024年4月

「ご相談はお決まりですか?:学園内で執事&メイド喫茶はじめました」 伊藤クミコ著;ハモンド華麗イラスト PHP研究所(PHPジュニアノベル) 2024年11月

「サキヨミ! 11」 七海まち作;駒形絵 KADOKAWA(角川つばさ文庫) 2024年3月

「サキヨミ! 12」 七海まち作;駒形絵 KADOKAWA(角川つばさ文庫) 2024年6月

「サキヨミ! 13」 七海まち作;駒形絵 KADOKAWA(角川つばさ文庫) 2024年10月

「スターライト!」 ゆいっと作;魚師絵 講談社(講談社青い鳥文庫) 2024年6月

「スパイガール!：ミッションは御曹司のボディーガード!?」相川真作;葛西尚絵 集英社(集英社みらい文庫) 2024年7月

「セカイの千怪奇. 3」木滝りま;太田守信作 岩崎書店 2024年5月

「ぜったいヒミツの両想い. [3]」神戸遥真作;千秋りえ絵 講談社(講談社青い鳥文庫) 2024年4月

「ときめき☆ダイアリー!：「好きな人」なんて、覚えてません! 1」佐織えり作;夕陽みか絵 KADOKAWA(角川つばさ文庫) 2024年10月

「となりのふたごは闇使い」緑川聖司作;三湊かおり絵 ポプラ社(ポプラキミノベル) 2024年1月

「トモダチブルー」宮下恵茉作;遠山えま絵 集英社(集英社みらい文庫) 2024年9月

「ドレスアップ!こくるん. 2」久野遥子原作・監督;竹浪春花文 岩崎書店 2024年4月

「はちみつ色のキミとヒミツの恋をした。」小春りん著;かなめもにか絵 スターツ出版(野いちごジュニア文庫) 2024年1月

「はなしをきいて：決戦のスピーチコンテスト」マギー・ホーン著;三辺律子訳 理論社 2024年5月

「はなバト! 2」しおやまよる作;しちみ絵 KADOKAWA(角川つばさ文庫) 2024年2月

「ハルカの世界」小森香折作;さとうゆうすけ絵 BL出版 2024年12月

「ハルトくんのいうことは絶対! [3]」内田八尋作;茶乃ひなの絵 集英社(集英社みらい文庫) 2024年3月

「ピーチとチョコレート」福木はる著 講談社 2024年11月

「ひなたとひかり. 8」高杉六花作;万冬しま絵 講談社(講談社青い鳥文庫) 2024年11月

「ひまわりが咲く頃、君と最後の恋をした」汐月うた著;福きつね絵 スターツ出版(野いちごジュニア文庫) 2024年11月

「ふしぎアイテム博物館：変身手紙・過去カメラほか」星奈さき作;Lyon絵 KADOKAWA(角川つばさ文庫) 2024年4月

「ふしぎアイテム博物館. [2]」星奈さき作;Lyon絵 KADOKAWA(角川つばさ文庫) 2024年11月

「ふたごの最強総長さまが甘々に独占してくる〈汗〉―取り扱い注意最強男子シリーズ」みゅーな**著;久我山ぼん絵 スターツ出版(野いちごジュニア文庫) 2024年11月

「みえちゃうなんて、ヒミツです。：イケメン男子と学園鑑定団」陽炎氷柱作;雪丸ぬん絵 アルファポリス 星雲社(アルファポリスきずな文庫) 2024年10月

「みかんファミリー」椰月美智子著 講談社 2024年8月

「ミタちゃんが見ちゃった!?：家事代行サービス事件簿」藤咲あゆな;ハニーカンパニー著;中嶋ゆかイラスト 小学館(小学館ジュニア文庫) 2024年8月

「もう一度、あの日の僕らに会いに行く」小春りん著;四ノ宮しの絵 スターツ出版(野いちごジュニア文庫) 2024年2月

「もしもわたしがあの子なら―ノベルズ・エクスプレス ; 57」ことさわみ作;あわい絵 ポプラ社 2024年6月

「ユメコネクト. 2」成井露丸作;くずもち絵 アルファポリス 星雲社(アルファポリスきずな文庫) 2024年6月

「わたしが恋のセンターです!?:ダンスも恋もトラブルがいっぱい!」せあら波瑠作;瑛吉絵 講談社(講談社青い鳥文庫) 2024年3月

「一生に一度の「好き」を、全部きみに。」みなと著;三湊かおり絵 スターツ出版(野いちごジュニア文庫) 2024年1月

「宇都山くんはあくまで救世主:イケメン悪魔に恋されました. 1」相葉すずか作;Noyu絵 アルファポリス 星雲社(アルファポリスきずな文庫) 2024年6月

「嘘泣き女王のクランクアップ = A film making story with a queen who cries crocodile tears..―ティーンズ文学館」神戸遥真著;萩森じあ絵 Gakken 2024年11月

「王様のキャリー = King's Carry」まひる著 講談社 2024年8月

「怪活倶楽部―5分間ノンストップショートストーリー」永良サチ著 PHP研究所 2024年9月

「怪盗レッド. 25」秋木真作;しゅー絵 KADOKAWA(角川つばさ文庫) 2024年3月

「海のなかの観覧車 = Ferris Wheel in the Sea」菅野雪虫著 講談社 2024年4月

「海色ダイアリー. [12]」みゆ作;加々見絵里絵 集英社(集英社みらい文庫) 2024年3月

「海色ダイアリー. [13]」みゆ作;加々見絵里絵 集英社(集英社みらい文庫) 2024年7月

「海色ダイアリー. [14]」みゆ作;加々見絵里絵 集英社(集英社みらい文庫) 2024年11月

「学園トップ男子の溺愛は配信禁止です!―取り扱い注意最強男子シリーズ」高杉六花著;カトウロカ絵 スターツ出版(野いちごジュニア文庫) 2024年8月

「学校に行かない僕の学校」尾崎英子作 ポプラ社(teens' best selections) 2024年5月

「吸血鬼と薔薇少女 = VAMPIRE AND THE ROSE. 2」*あいら*著;朝香のりこ絵&原作 スターツ出版(野いちごジュニア文庫) 2024年6月

「吸血鬼と薔薇少女 = VAMPIRE AND THE ROSE. 3」*あいら*著;朝香のりこ絵&原作 スターツ出版(野いちごジュニア文庫) 2024年10月

「吸血鬼と薔薇少女. 1」朝香のりこ絵&原作;*あいら*著 スターツ出版(野いちごジュニア文庫) 2024年2月

「求愛されるにはワケがある!?:ナゾの四兄弟と薬指の約束」みゆ著;本田ロアロイラスト PHP研究所(PHPジュニアノベル) 2024年3月

「泣いちゃうわたしと泣けないあの子 = I can't stop crying and she can't cry」倉橋燿子著 講談社 2024年4月

「最強クール男子は、本当はずっと溺愛中!?」月瀬まは著;間明田絵 スターツ出版(野いちごジュニア文庫) 2024年5月

「最強ボディガードの幼なじみが、絶対に離してくれません!―取り扱い注意最強男子シリーズ」梶ゆいな著;あん豆絵 スターツ出版(野いちごジュニア文庫) 2024年9月

「最強総長さまは、女総長のわたしに溺愛全開!?」ふわ屋。著;あん豆絵 スターツ出版(野いちごジュニア文庫) 2024年6月

「鮫嶋くんの甘い水槽」蜂賀三月作;みすみ絵 アルファポリス 星雲社(アルファポリスきずな文庫) 2024年5月

「三姉妹は恋ができない!?:となりの幼なじみも三兄弟!新生活はドキドキの予感」永良サチ著;森乃なっぱ絵 スターツ出版(野いちごジュニア文庫) 2024年1月

「死神はお断りです! [2]」紺谷綾作;小鳩ぐみ絵 集英社(集英社みらい文庫) 2024年4月

「守護霊探偵アンバー:怪盗ムーンからペンダントを守れ!」小谷杏子作;ほし絵 アルファポリス 星雲社(アルファポリスきずな文庫) 2024年2月

「拾った総長さまがなんか溺愛してくる〈泣〉」ふわ屋。著;あん豆絵 スターツ出版(野いちごジュニア文庫) 2024年2月

「初恋キックオフ!:わたし、マネージャーはじめます! 1」小桜すず作;小森チヒロ絵 KADOKAWA(角川つばさ文庫) 2024年5月

「真実の口」いとうみく著 講談社 2024年4月

「人気者の如月くんは、私にウソコクするらしい」月瀬まは著;安芸緒絵 スターツ出版(野いちごジュニア文庫) 2024年2月

「人気者男子のヒミツを知ったら、溺愛関係がはじまりました!」星乃びこ著;桂イチホ絵 スターツ出版(野いちごジュニア文庫) 2024年6月

「人狼サバイバル. [17]」甘雪こおり作;himesuz絵 講談社(講談社青い鳥文庫) 2024年4月

「人狼サバイバル. [18]」甘雪こおり作;himesuz絵 講談社(講談社青い鳥文庫) 2024年8月

「人狼サバイバル. [19]」甘雪こおり作;himesuz絵 講談社(講談社青い鳥文庫) 2024年9月

「星中バスケ部オレンジガール. [2]」広瀬未衣作;星屋ハイコ絵 集英社(集英社みらい文庫) 2024年1月

「生き残りゲームラストサバイバル. [21]」大久保開作;北野詠一絵 集英社(集英社みらい文庫) 2024年8月

「青星学園★チームEYE-Sの事件ノート. [19]」相川真作;立樹まや絵 集英社(集英社みらい文庫) 2024年3月

「青星学園★チームEYE-Sの事件ノート. [20]」相川真作;立樹まや絵 集英社(集英社みらい文庫) 2024年9月

「絶対好きにならない同盟. [8]」夜野せせり作;朝香のりこ絵 集英社(集英社みらい文庫) 2024年5月

「全校生徒ラジオ」有沢佳映著 講談社 2024年8月

「総長さま、溺愛中につき。. 11」*あいら*著;茶乃ひなの絵 スターツ出版(野いちごジュニア文庫) 2024年4月

「総長さま、溺愛中につき。. 11.5」*あいら*著;茶乃ひなの絵 スターツ出版(野いちごジュニア文庫) 2024年8月

「地味子の秘密。:学園の平和を守るはずが、イケメン王子に気に入られちゃった!? 1」牡丹杏著;ななミツ挿絵 スターツ出版(野いちごジュニア文庫) 2024年12月

「中学生ウィーチューバーの心霊スポットMAP. 1」じゅんれいか作;冬木絵 アルファポリス 星雲社(アルファポリスきずな文庫) 2024年8月

「溺愛チャレンジ!:恋愛ぎらいな私が、学園のモテ男子と秘密の婚約!?」高杉六花著;いのうえひなこ絵 スターツ出版(野いちごジュニア文庫) 2024年3月

「溺愛プラネット! 2」*あいら*著;小鳩ぐみイラスト PHP研究所(PHPジュニアノベル) 2024年1月

「溺愛限界レベルヴァンパイア祭!」*あいら*ほか著;朝香のりこ絵 スターツ出版(野いちごジュニア文庫) 2024年7月

「天宮家の王子さま. [10]」白井ごはん作;ひと和絵 集英社(集英社みらい文庫) 2024年8月

「天宮家の王子さま. [11]」白井ごはん作;ひと和絵 集英社(集英社みらい文庫) 2024年12月

「天宮家の王子さま. [9]」白井ごはん作;ひと和絵 集英社(集英社みらい文庫) 2024年4月

「天国の犬ものがたり. [16]」堀田敦子原作;藤咲あゆな著;環方このみイラスト 小学館(小学館ジュニア文庫) 2024年2月

「天国までの49日間:最後の夏、君がくれた奇跡」櫻井千姫著;noka絵 スターツ出版(野いちごジュニア文庫) 2024年7月

「電子仕掛けのラビリンス」石川宏千花作 理論社 2024年3月

「都道府県男子! 1」あさばみゆき著;いのうえひなこ;かわぐちけい絵 スターツ出版(野いちごジュニア文庫) 2024年9月

「透明なルール」佐藤いつ子著 KADOKAWA 2024年4月

「同居中の総長さま×4が距離感バグってます!」中小路かほ著;川名すず絵 スターツ出版(野いちごジュニア文庫) 2024年5月

「年下男子のルイくんはわたしのことが好きすぎる! [2]」浪速ゆう作;間明田絵 集英社(集英社みらい文庫) 2024年3月

「年下男子のルイくんはわたしのことが好きすぎる! [3]」浪速ゆう作;間明田絵 集英社(集英社みらい文庫) 2024年8月

「爆モテ男子からの「大好き」がとまりません!」ゆいっと著;覡あおひ絵 スターツ出版(野いちごジュニア文庫) 2024年5月

「彼女たちのバックヤード」森埜こみち作 講談社 2024年1月

「怖い噂のあるお店:99秒の戦慄〈闇〉体験―「怖い場所」超短編シリーズ」八月美咲著 主婦と生活社 2024年10月

「復活!まぼろしの小瀬菜だいこん―ステップノベル」野泉マヤ文;丹地陽子絵 文研出版 2024年8月

「保健室で寝ていたら、爽やかモテ男子に甘く迫られちゃいました。」凩ちの著;覡あおひ絵 スターツ出版(野いちごジュニア文庫) 2024年9月

「保健室経由、かねやま本館。. 7」松素めぐり著;おとないちあき装画・挿画 講談社 2024年2月

「幕末レボリューション! [2]」五十嵐美怜作;雪丸ぬん絵 集英社(集英社みらい文庫) 2024年2月

「夢でみた庭」長崎夏海著;佐藤真紀子絵 講談社 2024年9月

「夢の終わりで、君に会いたい。:正夢が教えてくれた奇跡の物語」いぬじゅん著;三湊かおり絵 スターツ出版(野いちごジュニア文庫) 2024年3月

「無人島からの裏切り脱出ゲーム」蜂賀三月著;葛西尚絵 スターツ出版(野いちごジュニア文庫) 2024年3月

「霧島くんは普通じゃない. [10]」麻井深雪作;那流絵 集英社(集英社みらい文庫) 2024年4月

「霧島くんは普通じゃない. [11]」麻井深雪作;那流絵 集英社(集英社みらい文庫) 2024年12月

「訳ありイケメンと同居中です!!:推し活女子、俺様王子を拾う」東里胡著;八神千歳イラスト 小学館(小学館ジュニア文庫) 2024年10月

「幽霊屋敷予定地―怪ぬしさまシリーズ」地図十行路著;ニナハチ絵 朝日新聞出版(ナゾノベル) 2024年7月

「余命半年、きみと一生分の恋をした。」みなと著;Sakura絵 スターツ出版(野いちごジュニア文庫) 2024年9月

「要の台所」落合由佳著 講談社 2024年4月

「恋したら、料理男子にかこまれました. 1」若奈ちさ作;池田春香絵 アルファポリス 星雲社(アルファポリスきずな文庫) 2024年4月

「恋するワケありシェアハウス:イケメンたちとのヒミツの同居生活はドキドキです!」青山そらら著;お天気屋イラスト PHP研究所(PHPジュニアノベル) 2024年11月

寺子屋

「夏がいく」伊多波碧作;おとないちあき絵 理論社 2024年6月

転校、転校生、編入

「3年A組おばけ教室―水木しげるのおばけ学校；6」水木しげる著 ポプラ社 2024年9月

「JC紫式部. 1」石崎洋司作;阿倍野ちゃこ絵 講談社(講談社青い鳥文庫) 2024年2月

「JC紫式部. 2」石崎洋司作;阿倍野ちゃこ絵 講談社(講談社青い鳥文庫) 2024年6月

「あの星が降る丘で、君とまた出会いたい。」汐見夏衛著;三湊かおり絵 スターツ出版(野いちごジュニア文庫) 2024年8月

「ゴール!おねしょにアシスト」井嶋敦子作;こばやしまちこ絵 国土社 2024年11月

「サキヨミ! 11」七海まち作;駒形絵 KADOKAWA(角川つばさ文庫) 2024年3月

「スパイガール!：ミッションは御曹司のボディーガード!?」相川真作;葛西尚絵 集英社(集英社みらい文庫) 2024年7月

「トモダチブルー」宮下恵茉作;遠山えま絵 集英社(集英社みらい文庫) 2024年9月

「ネコがおどれば、鬼が来る!―ホオズキくんのオバケ事件簿；7」富安陽子作;小松良佳絵 ポプラ社 2024年9月

「バラクラバ・ボーイ―文研ブックランド」ジェニー・ロブソン作;もりうちすみこ訳;黒須高嶺絵 文研出版 2024年5月

「ハルトくんのいうことは絶対! [3]」内田八尋作;茶乃ひなの絵 集英社(集英社みらい文庫) 2024年3月

「ふたごの最強総長さまが甘々に独占してくる〈汗〉―取り扱い注意最強男子シリーズ」みゅーな**著;久我山ぼん絵 スターツ出版(野いちごジュニア文庫) 2024年11月

「ふたりの秘密」斉藤栄美作;佐竹美保絵 金の星社 2024年10月

「プロジェクト・モリアーティ = PROJECT MORIARTY：絶対に成績が上がる塾. 01」斜線堂有紀著;kaworu絵 朝日新聞出版(ナゾノベル) 2024年4月

「ぼくとロボ型フレンド」サイモン・パッカム著;千葉茂樹訳 あすなろ書房 2024年11月

「ぼくのねこポー―とっておきのどうわ」岩瀬成子作;松成真理子絵 PHP研究所 2024年3月

「みおちゃんも猫好きだよね?」神戸遥真作 金の星社 2024年7月

「もちもちぱんだもちぱんのタイムトラベルもちっとストーリーブック」Yuka原作・イラスト;たかはしみか著 Gakken(キラピチブックス) 2024年1月

「やらなくてもいい宿題：謎の転校生. 算数バトル編」結城真一郎作 主婦の友社 2024年8月

「わたしが少女漫画のヒロインなんて困りますっ!」凩ちの著;阿古わざき絵 スターツ出版(野いちごジュニア文庫) 2024年7月

「わたしと話したくないあの子―ノベルズ・エクスプレス；58」朝比奈蓉子作;双森文絵 ポプラ社 2024年9月

「ワルイコいねが」安東みきえ著 講談社 2024年11月

「怪帰師のお仕事. 3」佐東みどり作;榎のと絵 アルファポリス 星雲社(アルファポリスきずな文庫) 2024年1月

「怪帰師のお仕事. 4」佐東みどり作;榎のと絵 アルファポリス 星雲社(アルファポリスきずな文庫) 2024年8月

「君色パレット = PALETTES OF YOUR COLORS : 多様性をみつめるショートストーリー. 2-[2]」岩崎書店 2024年2月

「見習い占い師ルキは解決したい!:友情とキセキのカード」荒井寛子著;三星たまイラスト 小学館(小学館ジュニア文庫) 2024年7月

「最強ボディガードの幼なじみが、絶対に離してくれません!—取り扱い注意最強男子シリーズ」梶ゆいな著;あん豆絵 スターツ出版(野いちごジュニア文庫) 2024年9月

「最強総長さまは、女総長のわたしに溺愛全開!?」ふわ屋。著;あん豆絵 スターツ出版(野いちごジュニア文庫) 2024年6月

「桜の下、永遠の約束をしよう」折原みと著;葛西尚絵 スターツ出版(野いちごジュニア文庫) 2024年4月

「七瀬くん家の3兄弟. [5]」青山そらら作;たしろみや絵 集英社(集英社みらい文庫) 2024年8月

「手話だからいえること泣いた青鬼の謎」丸山正樹作;高杉千明絵 偕成社 2024年1月

「拾った総長さまがなんか溺愛してくる〈泣〉」ふわ屋。著;あん豆絵 スターツ出版(野いちごジュニア文庫) 2024年2月

「転校生はおんみょうじ!」咲間咲良作;riri絵 アルファポリス 星雲社(アルファポリスきずな文庫) 2024年11月

「透明なルール」佐藤いつ子著 KADOKAWA 2024年4月

「風花、推してまいる!」黒川裕子作;タカハシノブユキ絵 岩崎書店 2024年8月

「夢の終わりで、君に会いたい。:正夢が教えてくれた奇跡の物語」いぬじゅん著;三湊かおり絵 スターツ出版(野いちごジュニア文庫) 2024年3月

「霧島くんは普通じゃない. [10]」麻井深雪作;那流絵 集英社(集英社みらい文庫) 2024年4月

「霧島くんは普通じゃない. [11]」麻井深雪作;那流絵 集英社(集英社みらい文庫) 2024年12月

登校拒否、不登校

「アゲインアゲイン—読書の時間 ; 21」おおぎやなぎちか作;坂口友佳子絵 あかね書房 2024年10月

「きょうはおやすみします:がっこうのてんこちゃん—福音館創作童話シリーズ」ほそかわてんてんさく 福音館書店 2024年2月

「学校に行かない僕の学校」尾崎英子作 ポプラ社(teens' best selections) 2024年5月

「透明なルール」佐藤いつ子著 KADOKAWA 2024年4月

習いごと、塾

「ちいさなちょうせん」河田由紀子著 文芸社 2024年8月

「ハロハロ = Halo-Halo」こまつあやこ著 講談社 2024年12月

入学

「アオハルロック宣言!:クラスの問題児はギター男子!?」清谷ロジィ作;花瀬はる絵 集英社(集英社みらい文庫) 2024年4月

「うた×バト:歌で紡ぐ恋と友情! 1」緋村燐作;ももこっこ絵 アルファポリス 星雲社(アルファポリスきずな文庫) 2024年8月

部活、サークル、クラブ

「あかね雲のすき間から―あいち・読書タイム文庫」愛知県小中学校長会;名古屋市立小中学校長会;愛知県小中学校PTA連絡協議会;名古屋市立小中学校PTA協議会編集 愛知県教育振興会 2024年11月

「あしたをみがけ:姫川中学校みがき部―こんな部活あります」横沢彰作;佐藤真紀子絵 新日本出版社 2024年3月

「アニメ映画がんばっていきまっしょい」敷村良子原作;岩佐まもる文;あきづきりょう挿絵 KADOKAWA(角川つばさ文庫) 2024年9月

「エトワール! 13」梅田みか作;結布絵 講談社(講談社青い鳥文庫) 2024年2月

「エトワール! 14」梅田みか作;結布絵 講談社(講談社青い鳥文庫) 2024年7月

「オカルト研究会と幽霊トンネル―オカルト研究会シリーズ;2」緑川聖司著;水輿ゆい絵 朝日新聞出版(ナゾノベル) 2024年2月

「オンライン! 26」雨蛙ミドリ作;大塚真一郎絵 KADOKAWA(角川つばさ文庫) 2024年4月

「オンライン! 27」雨蛙ミドリ作;大塚真一郎絵 KADOKAWA(角川つばさ文庫) 2024年5月

「きみがキセキをくれたから. [3]」五十嵐美怜作;花芽宮るる絵 講談社(講談社青い鳥文庫) 2024年5月

「きみと100年分の恋をしよう. [13]」折原みと作;フカヒレ絵 講談社(講談社青い鳥文庫) 2024年8月

「きみの声を聴かせてよ!:氷王子の裏の顔はイケボな配信者!?」甘水さら作;瀬川あや絵 集英社(集英社みらい文庫) 2024年8月

「ココロの花:華道部&サッカー部―こんな部活あります」八東澄子作;あわい絵 新日本出版社 2024年1月

「ご相談はお決まりですか?:学園内で執事&メイド喫茶はじめました」伊藤クミコ著;ハモンド華麗イラスト PHP研究所(PHPジュニアノベル) 2024年11月

「サキヨミ! 12」七海まち作;駒形絵 KADOKAWA(角川つばさ文庫) 2024年6月

「サザンクロスクラブ」松田輝実著 文彩堂出版 2024年10月

「それでも君に伝えたい. [2]」安芸咲良作;池田春香絵 集英社(集英社みらい文庫) 2024年6月

「はなバト! 2」しおやまよる作;しちみ絵 KADOKAWA(角川つばさ文庫) 2024年2月

「ふしぎアイテム博物館. [2]」星奈さき作;Lyon絵 KADOKAWA(角川つばさ文庫) 2024年11月

「ふたごチャレンジ! 8」七都にい作;しめ子絵 KADOKAWA(角川つばさ文庫) 2024年7月

「マス×コン! 2」こぐれ京文;ももこっこ絵 KADOKAWA(角川つばさ文庫) 2024年8月

「ミルキーウェイ:竹雀農業高校牛部」堀米薫著 新日本出版社 2024年12月

「もう一度、あの日の僕らに会いに行く」小春りん著;四ノ宮しの絵 スターツ出版(野いちごジュニア文庫) 2024年2月

「ユメコネクト. 2」成井露丸作;くずもち絵 アルファポリス 星雲社(アルファポリスきずな文庫) 2024年6月

「陰陽師クラブへようこそ. 3」卯月みか作;雨宮もえ絵 アルファポリス 星雲社(アルファポリスきずな文庫) 2024年5月

「嘘泣き女王のクランクアップ = A film making story with a queen who cries crocodile tears..—ティーンズ文学館」神戸遥真著;萩森じあ絵 Gakken 2024年11月

「怪活倶楽部—5分間ノンストップショートストーリー」永良サチ著 PHP研究所 2024年9月

「泣き虫スマッシュ! 4」平河ゆうき作;むっしゅ絵 KADOKAWA(角川つばさ文庫) 2024年1月

「月曜倶楽部へようこそ!—おはなし日本文化;短歌・俳句」森埜こみち作;くりたゆき絵 講談社 2024年11月

「紅桃の百色メイク. 1」羽央えり作;星乃屑ありす絵 講談社(講談社青い鳥文庫) 2024年12月

「高宮学園バスケ部の氷姫:愛されすぎのマネージャー生活、スタート!」*あいら*作;ムネヤマヨシミ絵 集英社(集英社みらい文庫) 2024年10月

「告白代行部、ただいま活動中! 1」石田空作;朝香のりこ絵 アルファポリス 星雲社(アルファポリスきずな文庫) 2024年3月

「四つ子ぐらし. 18」ひのひまり作;佐倉おりこ絵 KADOKAWA(角川つばさ文庫) 2024年7月

「初恋キックオフ!:わたし、マネージャーはじめます! 1」小桜すず作;小森チヒロ絵 KADOKAWA(角川つばさ文庫) 2024年5月

「小説ブルーロック = BLUE LOCK. 6」金城宗幸原作;ノ村優介絵;吉岡みつる文 講談社(講談社KK文庫) 2024年2月

「小説ブルーロック = BLUELOCK. 7」 金城宗幸原作;ノ村優介絵;吉岡みつる文 講談社(講談社KK文庫) 2024年6月

「小説ブルーロック = BLUELOCK. 8」 金城宗幸原作;ノ村優介絵;吉岡みつる文 講談社(講談社KK文庫) 2024年8月

「小説ブルーロック = BLUELOCK. 9」 金城宗幸原作;ノ村優介絵;吉岡みつる文 講談社(講談社KK文庫) 2024年11月

「小説ブルーロック-EPISODE凪-. 1」 金城宗幸原作;三宮宏太絵;もえぎ桃文 講談社(講談社KK文庫) 2024年4月

「小説ブルーロック-EPISODE凪-. 2」 金城宗幸原作;三宮宏太絵;もえぎ桃文 講談社(講談社KK文庫) 2024年5月

「小説弱虫ペダル. 14」 渡辺航原作;輔老心ノベライズ 岩崎書店(フォア文庫) 2024年2月

「小説弱虫ペダル. 15」 渡辺航原作;輔老心ノベライズ 岩崎書店(フォア文庫) 2024年6月

「小説魔界の主役は我々だ! 1」 津田沼篤原作・挿絵;吉岡みつる文;津田沼篤;西修;○○の主役は我々だ!監修 ポプラ社(ポプラキミノベル) 2024年10月

「星中バスケ部オレンジガール. [2]」 広瀬未衣作;星屋ハイコ絵 集英社(集英社みらい文庫) 2024年1月

「正射必中!弓道部―こんな部活あります」 斎藤貴男作;おとないちあき絵 新日本出版社 2024年3月

「青春サプリ。. [12]―心が元気になる、5つの部活ストーリー」 ポプラ社 2024年11月

「絶命教室 : 怪人ミラーとの恐怖のゲーム. 3」 ウェルザード作;赤身ふみお絵 アルファポリス 星雲社(アルファポリスきずな文庫) 2024年3月

「絶命教室 : 怪人ミラーとの恐怖のゲーム. 4」 ウェルザード作;赤身ふみお絵 アルファポリス 星雲社(アルファポリスきずな文庫) 2024年11月

「年下男子のルイくんはわたしのことが好きすぎる! [3]」 浪速ゆう作;間明田絵 集英社(集英社みらい文庫) 2024年8月

「余命0日の僕が、死と隣り合わせの君と出会った話―森田碧の「よめぼく」シリーズ ; 5」 森田碧著 ポプラ社 2024年9月

「余命99日の僕が、死の見える君と出会った話―森田碧の「よめぼく」シリーズ ; 3」 森田碧著 ポプラ社 2024年9月

「理花のおかしな実験室. 11」 やまもとふみ作;nanao絵 KADOKAWA(角川つばさ文庫) 2024年3月

「理花のおかしな実験室. 12」 やまもとふみ作;nanao絵 KADOKAWA(角川つばさ文庫) 2024年7月

フリースクール

「学校に行かない僕の学校」尾崎英子作 ポプラ社(teens' best selections) 2024年5月

勉強

「マス×コン! 2」こぐれ京文;ももこっこ絵 KADOKAWA(角川つばさ文庫) 2024年8月

「年下男子のルイくんはわたしのことが好きすぎる! [2]」浪速ゆう作;間明田絵 集英社(集英社みらい文庫) 2024年3月

勉強＞試験、受験

「グリーンデイズ―ステップノベル」高田由紀子作;酒井以絵 文研出版 2024年5月

「トップ・シークレット. 8」あんのまる作;シソ絵 KADOKAWA(角川つばさ文庫) 2024年11月

「小説二月の勝者 : 絶対合格の教室. [4]」伊豆平成著;高瀬志帆原作・イラスト 小学館(小学館ジュニア文庫) 2024年5月

「小説魔入りました!入間くん. 8」西修原作・絵 ポプラ社(ポプラキミノベル) 2024年3月

「小説魔入りました!入間くん. 9」西修原作・絵 ポプラ社(ポプラキミノベル) 2024年6月

「理花のおかしな実験室. 13」やまもとふみ作;nanao絵 KADOKAWA(角川つばさ文庫) 2024年11月

魔法・魔術学校

「ハリー・ポッターとアズカバンの囚人. 3-2―ハリー・ポッター ; 6」J.K.ローリング作;松岡佑子訳 静山社(静山社ペガサス文庫) 2024年7月

「ハリー・ポッターと炎のゴブレット. 4-2―ハリー・ポッター ; 8」J.K.ローリング作;松岡佑子訳 静山社(静山社ペガサス文庫) 2024年8月

「ハリー・ポッターと炎のゴブレット. 4-3―ハリー・ポッター ; 9」J.K.ローリング作;松岡佑子訳 静山社(静山社ペガサス文庫) 2024年8月

「ハリー・ポッターと賢者の石. 1-2―ハリー・ポッター ; 2」J.K.ローリング作;松岡佑子訳 静山社(静山社ペガサス文庫) 2024年4月

「ハリー・ポッターと呪いの子 : 舞台脚本東京版―ハリー・ポッター ; 27」J.K.ローリング;ジョン・ティファニー;ジャック・ソーン原作;ジャック・ソーン脚本;小田島恒志;小田島則子;松岡佑子訳 静山社(静山社ペガサス文庫) 2024年7月

「ハリー・ポッターと謎のプリンス. 6-1―ハリー・ポッター ; 14」J.K.ローリング作;松岡佑子訳 静山社(静山社ペガサス文庫) 2024年10月

「ハリー・ポッターと謎のプリンス. 6-2―ハリー・ポッター ; 15」J.K.ローリング作;松岡佑子訳 静山社(静山社ペガサス文庫) 2024年10月

「ハリー・ポッターと謎のプリンス. 6-3―ハリー・ポッター ; 16」J.K.ローリング作;松岡佑子訳 静山社(静山社ペガサス文庫) 2024年10月

「ハリー・ポッターと秘密の部屋. 2-1―ハリー・ポッター ; 3」J.K.ローリング作;松岡佑子訳 静山社(静山社ペガサス文庫) 2024年6月

「ハリー・ポッターと不死鳥の騎士団. 5-2―ハリー・ポッター ; 11」J.K.ローリング作;松岡佑子訳 静山社(静山社ペガサス文庫) 2024年9月

「ハリー・ポッターと不死鳥の騎士団. 5-3―ハリー・ポッター ; 12」J.K.ローリング作;松岡佑子訳 静山社(静山社ペガサス文庫) 2024年9月

「ハリー・ポッターと不死鳥の騎士団. 5-4―ハリー・ポッター ; 13」J.K.ローリング作;松岡佑子訳 静山社(静山社ペガサス文庫) 2024年9月

「ふたご魔女とひみつのお手紙 : はじめての魔法学校」櫻いいよ作;佐々木メエ絵 スターツ出版(野いちごぽっぷ) 2024年11月

「魔女学校のギュービッド―黒魔女さんが通る!!スペシャル」石崎洋司作;亜沙美絵 講談社(講談社青い鳥文庫) 2024年5月

留学

「プリンセス・ダイアリー = The Princess Diaries. 8」メグ・キャボット著;代田亜香子訳 静山社 2024年12月

「リトル☆バレリーナ = little ballerina. SP2」工藤純子作;佐々木メエ絵;村山久美子監修 Gakken 2024年3月

「総長さま、溺愛中につき。. 11」*あいら*著;茶乃ひなの絵 スターツ出版(野いちごジュニア文庫) 2024年4月

【動物・生きもの】

アライグマ

「ぼくはクルルをまもりたい—本はともだち♪ ; 29」なりゆきわかこ文;いりやまさとし絵 ポプラ社 2024年12月

イヌ

「オリバーと金色の瞳. 上」栗須海作・絵 Rose of May 2024年5月

「かけがえのない贈りものGift : 名作クリスマス童話集」小松原宏子文;矢島あづさ絵 いのちのことば社フォレストブックス(Forest Books) 2024年12月

「カンタの訓練 : 盲導犬への道」草野あきこ作;かけひさとこ絵 岩崎書店 2024年6月

「ジョンの贈り物」高橋幸枝作;圭太絵 文芸社 2024年4月

「ちいさな花咲いた」野中柊作;くらはしれい絵 金の星社 2024年10月

「バスカヴィル家の犬—名探偵シャーロック・ホームズ」コナン・ドイル作;小林司;東山あかね訳;猫野クロ絵 金の星社 2024年6月

「フランダースの犬—ビジュアル特別版」ウィーダ原作;森山京文;いせひでこ絵 世界文化社 2024年7月

「映画クレヨンしんちゃんオラたちの恐竜日記」蒔田陽平ノベライズ;臼井儀人原作;佐々木忍監督;モラル脚本 双葉社(双葉社ジュニア文庫) 2024年8月

「犬にかまれたチイちゃん、動物のおいしゃさんになる」今西乃子作;あたちたち絵 岩崎書店 2024年7月

「犬のふくびき」木内南緒作;よしむらめぐ絵 岩崎書店 2024年3月

「犬の謎」マリオローディ作;ディレッタリベラーニ絵;平田真理訳 カジワラ書房 2024年10月

「犬を飼ったら、大さわぎ! 1」トゥイ・T.サザーランド作;相良倫子訳 徳間書店 2024年8月

「犬を飼ったら、大さわぎ! 2」トゥイ・T.サザーランド作;相良倫子訳 徳間書店 2024年12月

「四つ子ぐらし. 17」ひのひまり作;佐倉おりこ絵 KADOKAWA(角川つばさ文庫) 2024年3月

「死の森の犬たち—STAMP BOOKS」アンソニー・マゴーワン作;尾﨑愛子訳 岩波書店 2024年3月

「天国の犬ものがたり. [16]」堀田敦子原作;藤咲あゆな著;環方このみイラスト 小学館(小学館ジュニア文庫) 2024年2月

「天国の犬ものがたり. [17]」藤咲あゆな著;堀田敦子原作;環方このみイラスト 小学館(小学館ジュニア文庫) 2024年10月

「動物探偵ミア. [13]―動物探偵ミア ; 13」ダイアナ・キンプトン作;武富博子訳;花珠絵 ポプラ社 2024年4月

「椋鳩十童話集 : 大造じいさんとガン・マヤの一生など―100年読み継がれる名作」椋鳩十著;くぼあやこ絵;久保田里花監修 世界文化ブックス 世界文化社 2024年1月

「迷路探偵ピエール : 怪盗Xの挑戦状」カミガキヒロフミ;IC4DESIGN原作;糸海みん著 永岡書店 2024年4月

イノシシ

「安房直子絵ぶんこ. 1」安房直子文 あすなろ書房 2024年4月

イモリ

「カメくんとイモリくん雪だより花だより」いけだけい作;高畠純絵 偕成社 2024年10月

イルカ

「花と星とイルカと河童 : 吉尾令子童話集」吉尾令子 吉尾令子 熊日出版 2024年7月

ウサギ

「うさぎになった日」村中李衣文;しらとあきこ絵 世界文化ブックス 世界文化社 2024年3月

「かほちゃんのぼうけん」野神卓夫著 文芸社 2024年7月

「こどもに聞かせる一日一話 :「母の友」特選童話集. 2」福音館書店「母の友」編集部編 福音館書店 2024年6月

「この恋はうさぎ色 : 5分でキュンとする結末」春間美幸著 講談社 2024年12月

「シュガーココムー小さなお菓子屋さんの物語 : たいせつなきもち」サンエックス原作・絵;白井かなこ著 小学館(小学館ジュニア文庫) 2024年11月

「机の下のウサキチ」岡田淳作 偕成社 2024年5月

「日本の神々の物語」小沢章友作;佐竹美保絵 講談社 2024年2月

「怖い標識デスゲーム―5分シリーズ+」藤白圭著;トミイマサコイラスト 河出書房新社 2024年10月

「放課後ミステリクラブ. 4」知念実希人作;Gurin.絵 ライツ社 2024年6月

ウシ

「ミルキーウェイ : 竹雀農業高校牛部」堀米薫著 新日本出版社 2024年12月

「やまの動物病院. 3」なかがわちひろ作・絵 徳間書店 2024年11月

オオカミ

「グリム童話：こどもと大人のためのメルヘン」グリム著;西本鶏介文・編;藤田新策装丁・さし絵 ポプラ社(子どもたちにつたえたい傑作選) 2024年7月

カエル、オタマジャクシ

「かいけつ!おばけミステリー―おばけのポーちゃん ; 15」吉田純子作;つじむらあゆこ絵 あかね書房 2024年10月

「はくたとおる童話集」はくたとおる 文芸社(文芸社セレクション) 2024年6月

カメ

「カメくんとイモリくん雪だより花だより」いけだけい作;高畠純絵 偕成社 2024年10月

「タクちゃんちのペット騒動」林マサ子 文芸社 2024年4月

「劇場版レッツゴー!まいぜんシスターズ：家族再会」石崎洋司文;林佳里絵 ポプラ社(ポプラキミノベル+) 2024年11月

「放課後ミステリクラブ. 3」知念実希人作;Gurin.絵 ライツ社 2024年2月

カメ>ゾウガメ

「ガラパゴス島大噴火―マジック・ツリーハウス ; 52」メアリー・ポープ・オズボーン著;番由美子訳 KADOKAWA 2024年7月

キツネ

「かいけつゾロリいただき!!なぞのどデカダイアモンド―かいけつゾロリシリーズ ; 75」原ゆたかさく・え ポプラ社(ポプラ社の新・小さな童話) 2024年12月

「かこさとし童話集. 7」かこさとし作/絵 偕成社 2024年2月

「きつねの橋. 巻の3」久保田香里作;佐竹美保絵 偕成社 2024年8月

「こぎつねキッペのそらのたび」今村葦子作;降矢奈々絵 ポプラ社(子どもたちにつたえたい傑作選) 2024年4月

「るりのワンピース」花里真希作;北見葉胡絵 講談社 2024年4月

「威風堂々キツネの尻尾. 4巻」Mr.GeneralStore絵;ソンウォンピョン作;渡辺麻土香訳 永岡書店 2024年6月

「山の学校キツネのとしょいいん」葦原かもさく;高橋和枝え 講談社(わくわくライブラリー) 2024年11月

「初音一族のキツネたち―シノダ!」富安陽子著;大庭賢哉絵 偕成社 2024年10月

「半妖リサーチ! 1」秋木真作;灰色ルト絵 ポプラ社(ポプラキミノベル) 2024年3月

「半妖リサーチ! 2」秋木真作;灰色ルト絵 ポプラ社(ポプラキミノベル) 2024年8月

「妖怪捕物帖×. 八眷伝篇3―ようかいとりものちょう；19」大﨑悌造作;ありがひとし画 岩崎書店 2024年8月

恐竜

「ほねほねザウルス. 29」カバヤ食品株式会社原案・監修;ぐるーぷ・アンモナイツ作・絵 岩崎書店 2024年7月

「映画クレヨンしんちゃんオラたちの恐竜日記」蒔田陽平ノベライズ;臼井儀人原作;佐々木忍監督;モラル脚本 双葉社(双葉社ジュニア文庫) 2024年8月

「恐竜博物館のひみつ―文研ステップノベル」別司芳子作;ながおかえつこ絵 文研出版 2024年7月

クジラ

「オーセッセン・ベーイプイプイの物語」麻野あさ著 文芸社 2024年5月

「マメクジラくん、海へいく」山下明生文;村上康成絵 偕成社 2024年9月

クマ

「ねずみのパンや：おいしいはなしにご用心」上野与志作;藤嶋えみこ絵 岩崎書店 2024年11月

「ハミングベアのくる村」キャサリン・アップルゲイト作;尾高薫訳 偕成社 2024年1月

「ほんとにともだち?」如月かずさ作;高橋和枝絵 小峰書店 2024年3月

「安房直子絵ぶんこ. 7」安房直子文 あすなろ書房 2024年9月

「椋鳩十童話集：大造じいさんとガン・マヤの一生など―100年読み継がれる名作」椋鳩十著;くぼあやこ絵;久保田里花監修 世界文化ブックス 世界文化社 2024年1月

ゴリラ

「アドニスの声が聞こえる」フィル・アール作;杉田七重訳 小学館 2024年4月

「こうかんや」小川としあき 文芸社 2024年4月

「参上!ヌンチャクゴリラ」川之上英子;川之上健作;朝倉世界一絵 岩崎書店 2024年10月

魚、貝＞貝がら

「宮沢賢治童話集：雨ニモマケズ・風の又三郎など―100年読み継がれる名作」宮沢賢治著;日下明絵;小埜裕二監修 世界文化ブックス 世界文化社 2024年1月

魚、貝＞魚、貝一般

「あいたくてたまらない：ももいろの貝とやどかりぼうやのお話―福音館創作童話シリーズ」おくやまゆかさく 福音館書店 2024年5月

「おすしかめんサーモンスペシャル：お話・まんがもりあわせ」土門トキオさく;川崎タカオえ Gakken 2024年6月

「青蛙祭実行委員会よりお知らせです。―カドカワ読書タイム」遅河海原案;室岡ヨシミコ著;二反田こなイラスト KADOKAWA 2024年2月

「低学年版はりねずみのルーチカ：たまごのあかちゃんだーれだ?」かんのゆうこ作;北見葉胡絵 講談社(わくわくライブラリー) 2024年3月

魚、貝＞サメ

「まねをしました―わくわくえどうわ」すずきみえ作;下平けーすけ絵 文研出版 2024年4月

魚、貝＞タイ

「いかだネコG氏12のぼうけん―読書の時間；22」山下明生作;高畠那生絵 あかね書房 2024年10月

魚、貝＞タコ

「レッツゴー!まいぜんシスターズ.［4］」石崎洋司文;佐久間さのすけ絵 ポプラ社(ポプラキミノベル) 2024年11月

魚、貝＞ヒラメ

「安房直子絵ぶんこ.8」安房直子文 あすなろ書房 2024年8月

魚、貝＞マグロ

「あそび室の日曜日：マグロおどりでおさきマッグロ」村上しいこ作;田中六大絵 講談社(わくわくライブラリー) 2024年11月

魚、貝＞ヤドカリ

「あいたくてたまらない：ももいろの貝とやどかりぼうやのお話―福音館創作童話シリーズ」おくやまゆかさく 福音館書店 2024年5月

サル

「かこさとし童話集.9」かこさとし作・絵 偕成社 2024年3月

シカ

「にじいろフェアリーしずくちゃん.10」ぎぼりつこ絵;友永コリエ作 岩崎書店 2024年11月

「安房直子絵ぶんこ.9」安房直子文 あすなろ書房 2024年10月

「資料室の日曜日：にげたひこぼしをさがせ!」村上しいこ作;田中六大絵 講談社(わくわくライブラリー) 2024年5月

シロクマ、ホッキョクグマ

「キュリオとオウムの王子」 斉藤洋作;ももろ絵 講談社(わくわくライブラリー) 2024年1月

人類

「5万年後に意外な結末:プロメテウスの紅蓮の炎―「5分後に意外な結末」シリーズ」 桃戸ハル編著;usi絵 Gakken 2024年8月

生態

「5万年後に意外な結末:プロメテウスの紅蓮の炎―「5分後に意外な結末」シリーズ」 桃戸ハル編著;usi絵 Gakken 2024年8月

ゾウ

「きょうのフニフとあしたのフニフ」 はせがわさとみ作・絵 佼成出版社 2024年4月

タヌキ

「カッパの三平魔法だぬき―水木しげるのおばけ学校;8」 水木しげる著 ポプラ社 2024年9月

「ほんとにともだち?」 如月かずさ作;高橋和枝絵 小峰書店 2024年3月

たまご

「低学年版はりねずみのルーチカ:たまごのあかちゃんだーれだ?」 かんのゆうこ作;北見葉胡絵 講談社(わくわくライブラリー) 2024年3月

翼、羽

「こてんちゃんがきた!」 いとうみく作;かのうかりん絵 理論社 2024年10月

動物、生きもの一般

「ケモカフェ!:獣人男子の花嫁候補になっちゃった!?」 *あいら*作;しろこ絵 ポプラ社(ポプラキミノベル) 2024年9月

「こそあどの森のひみつの場所:Other Stories of the Kosoado Woods―こそあどの森の物語」 岡田淳作 理論社 2024年10月

「ドリトル先生大航海記―10歳までに読みたい世界名作;31」 ヒュー・ロフティング作;那須田淳編訳;脚次郎絵 Gakken 2024年6月

「のはらうた絵本」 工藤直子詩;あべ弘士画 童話屋 2024年12月

「マナティーがいた夏―ほるぷ読み物シリーズ. セカイへの窓」 エヴァン・グリフィス作;多賀谷正子訳 ほるぷ出版 2024年7月

「レーシング!ZOO:キャッ飛ばしレーサー登場! 1」 こざきゆう文;やぶのてんや絵 Gakken 2024年10月

「銀の鈴ものがたりの小径届く：アンソロジー―年刊短編童話アンソロジー；第7回」銀の鈴ものがたりの小径編集委員会編 銀の鈴社 2024年5月

「呼人は旅をする」長谷川まりる著 偕成社 2024年10月

「死の森の犬たち―STAMP BOOKS」アンソニー・マゴーワン作;尾崎愛子訳 岩波書店 2024年3月

「世界のふしぎは、きっと誰かの仕事でできている。」田丸雅智著;フルカワマモる絵 Gakken 2024年7月

「絶滅動物物語. 2」うすくらふみ原作・絵;藤咲あゆな著;今泉忠明監修 小学館(小学館ジュニア文庫) 2024年1月

トカゲ

「オセロのジャムとにじ色トカゲ」島村木綿子作;はしもとえつよ絵 国土社 2024年6月

トラ

「不可説不可説転」櫻船鐘寅著;柳屋本舗監修 トライ 2024年10月

鳥＞オウム

「キュリオとオウムの王子」斉藤洋作;ももろ絵 講談社(わくわくライブラリー) 2024年1月

鳥＞オンドリ

「おはなしのろうそく. 34」東京子ども図書館編 東京子ども図書館 2024年8月

鳥＞ガチョウ

「青いガーネット―名探偵シャーロック・ホームズ」コナン・ドイル作;小林司;東山あかね訳;猫野クロ絵 金の星社 2024年3月

鳥＞カラス

「つっきーとカーコのかぞく―おはなしみーつけた!シリーズ」おくはらゆめ作・絵 佼成出版社 2024年5月

「羽根にねがいを!」西沢杏子作;小松良佳絵 国土社 2024年2月

「森に帰らなかったカラス」ジーン・ウィリス作;山﨑美紀訳 徳間書店 2024年10月

「誰も知らないのら猫クロの小さな一生」なりゆきわかこ著;酒井以絵 Gakken 2024年7月

鳥＞ガン

「椋鳩十童話集：大造じいさんとガン・マヤの一生など―100年読み継がれる名作」椋鳩十著;くぼあやこ絵;久保田里花監修 世界文化ブックス 世界文化社 2024年1月

鳥＞コウモリ

「吸血鬼チャランポラン―水木しげるのおばけ学校；5」水木しげる著 ポプラ社 2024年9月

鳥＞タカ

「敵討まぜこぜ噺：刀の行方タカの使手. 上―絵草紙風絵本シリーズ」游古庵てんてまりさく・え 和ん古堂ゑざうし部 2024年2月

鳥＞ツバメ

「星空としょかんの青い鳥」小手鞠るい作;近藤未奈絵 小峰書店 2024年9月

鳥＞ニワトリ、ヒヨコ

「コケコココッコな毎日に―中学年よみものシリーズ」横田明子作;野村まり子絵 絵本塾出版 2024年6月

鳥＞フクロウ

「ふみきりペンギン―らいおんbooks」おくはらゆめ作・絵 あかね書房 2024年10月

鳥＞ペンギン

「ふみきりペンギン―らいおんbooks」おくはらゆめ作・絵 あかね書房 2024年10月

「華麗なる探偵アリス&ペンギン. [23]」南房秀久著;あるやイラスト 小学館（小学館ジュニア文庫）2024年2月

鳥＞ヨタカ、ヨダカ

「ヨタカの遺書」川崎浩作・絵 三恵社 2024年1月

鳥＞渡り鳥

「オオルリ物語 = A tail of the blue bird. 第1部」前野佳彦絵と文 テクネ 2024年3月

「ヨタカの遺書」川崎浩作・絵 三恵社 2024年1月

ネコ

「55日後、きみへの告白予定日」麻沢奏著 PHP研究所 2024年11月

「The cat and the devil = 猫と悪魔―絵本で広がる世界文学」JamesJoyce のどまる堂 2024年5月

「アオくんは猫男子：モフれる子、見つけた!?」七海まち著;ななミツイラスト PHP研究所（PHPジュニアノベル）2024年4月

「アンリくん、どうぶつだいすき」エディット・ヴァシュロン文;ヴァージニア・カール文・絵;松井るり子訳 徳間書店 2024年4月

「いかだネコG氏12のぼうけん―読書の時間；22」山下明生作;高畠那生絵 あかね書房 2024年10月

「うどんねこ. 2―どどんと!うどんねこ；2」スケラッコさく・え ポプラ社 2024年8月

「おいら、すてネコ『たまご』です―文研ブックランド」山口理作;こがしわかおり絵 文研出版 2024年6月

「オセロのジャムとにじ色トカゲ」島村木綿子作;はしもとえつよ絵 国土社 2024年6月

「くらくらのブックカフェ」まはら三桃ほか著 講談社(講談社・文学の扉) 2024年9月

「さかのうえのねこ」いとうみく作;よしむらめぐ絵 あかね書房 2024年4月

「しろいねこリリー」くさのたき作;よしむらめぐ絵 金の星社 2024年9月

「ススキヶ原のキチとハル」渋谷代志枝著;山﨑尚志さし絵 能登印刷出版部 2024年5月

「すずのまたたびデイズ. [4]―すずのまたたびデイズ；4」トロル原作;井上亜樹子文;雛川まつり絵 ポプラ社 2024年10月

「ソラ猫のそらごと = A Legendary Flying Cat in the Clouds」鈴木康子著 海青社 2024年3月

「ちいさな花咲いた」野中柊作;くらはしれい絵 金の星社 2024年10月

「つっきーとカーコのかぞく―おはなしみーつけた!シリーズ」おくはらゆめ作・絵 佼成出版社 2024年5月

「どろぼう猫とイガイガのあれ」小手鞠るい作;早川世詩男絵 静山社 2024年3月

「ねこじーちゃん」杉野淳著 文芸社 2024年5月

「バーティミアス ソロモンの指輪. 3」ジョナサン・ストラウド作;金原瑞人;松山美保訳 静山社(静山社ペガサス文庫) 2024年3月

「プレッツェモリーナ―語りの森昔話集；6」村上郁再話 語りの森 2024年11月

「ペット探偵事件ノート = Pet Detective Case Notebook：消えたまいごねこをさがせ」赤羽じゅんこ作;中田いくみ絵 講談社(わくわくライブラリー) 2024年4月

「ぼくのねこポー―とっておきのどうわ」岩瀬成子作;松成真理子絵 PHP研究所 2024年3月

「ぼくの家族」ふるたえつこ著 文芸社 2024年2月

「ぼくはないた」ほんだよしこ著 幻冬舎メディアコンサルティング 幻冬舎 2024年2月

「みおちゃんも猫好きだよね?」神戸遥真作 金の星社 2024年7月

「やまの動物病院. 3」なかがわちひろ作・絵 徳間書店 2024年11月

「ラストで君は「まさか!」と言う. 溺れるほどの涙―3分間ノンストップショートストーリー」PHP研究所編 PHP研究所 2024年3月

「ララ姫はときどき☆こねこ. 5」みおちづる作;水玉子絵 Gakken 2024年7月

「ルビとたいせつな宝もの―本屋さんのルビねこ」野中柊作;松本圭以子絵 理論社 2024年7月

「レーシング!ZOO：キャッ飛ばしレーサー登場! 1」こざきゆう文;やぶのてんや絵 Gakken 2024年10月

「安房直子絵ぶんこ. 2」安房直子文 あすなろ書房 2024年4月

「安房直子絵ぶんこ. 6」安房直子文 あすなろ書房 2024年7月

「可愛い小猫」織本季歩著 文芸社 2024年8月

「黒猫：ポー短編集—ホラー・クリッパー」エドガー・アラン・ポー原作;にかいどう青文;スカイエマ絵 ポプラ社 2024年2月

「四つ子ぐらし. 17」ひのひまり作;佐倉おりこ絵 KADOKAWA(角川つばさ文庫) 2024年3月

「時を駆けるネコ：老人と猫の物語：ぬりえ版」秋月まさよし 文芸社 2024年1月

「守護霊探偵アンバー：怪盗ムーンからペンダントを守れ!」小谷杏子作;ほし絵 アルファポリス 星雲社(アルファポリスきずな文庫) 2024年2月

「十年屋：児童版. 7」廣嶋玲子作;佐竹美保絵 ほるぷ出版 2024年12月

「聖女様だった浅舞村の忠猫の物語」石原祇子文;石原法子画 イズミヤ出版 2024年3月

「誰も知らないのら猫クロの小さな一生」なりゆきわかこ著;酒井以絵 Gakken 2024年7月

ネズミ

「ねずみのパンや：おいしいはなしにご用心」上野与志作;藤嶋えみこ絵 岩崎書店 2024年11月

「記憶バトルロイヤル：覚えて勝ちぬけ!100万円をかけた戦い」相羽鈴作;木乃ひのき絵;青木健監修 集英社(集英社みらい文庫) 2024年11月

「図書館のぬいぐるみかします. 2—ブック・フレンド；2」シンシア・ロード作;ステファニー・グラエギン絵;田中奈津子訳 ポプラ社 2024年7月

ハリネズミ

「いつまでもともだち」仁科幸子著 偕成社 2024年11月

「低学年版はりねずみのルーチカ：たまごのあかちゃんだーれだ?」かんのゆうこ作;北見葉胡絵 講談社(わくわくライブラリー) 2024年3月

パンダ

「もちもちぱんだもちぱんのタイムトラベルもちっとストーリーブック」Yuka原作・イラスト;たかはしみか著 Gakken(キラピチブックス) 2024年1月

「わがしやパンダ—福音館創作童話シリーズ」香桃もこ作;服部美法絵 福音館書店 2024年4月

ヒツジ

「こちら、ヒミツのムー調査団! 2」大久保開作;ゆえ絵;ムー編集部監修 Gakken 2024年2月

「ふしぎ町のふしぎレストラン. 7」三田村信行作;あさくらまや絵 あかね書房 2024年1月

ヘビ

「ふみきりペンギン―らいおんbooks」おくはらゆめ作・絵 あかね書房 2024年10月

「リスたちの行進」堀直子作;平澤朋子絵 新日本出版社 2024年9月

マナティ

「マナティーがいた夏―ほるぷ読み物シリーズ. セカイへの窓」エヴァン・グリフィス作;多賀谷正子訳 ほるぷ出版 2024年7月

虫＞アリ

「モジモジばあは、本のおいしゃさん」仁科幸子作 文溪堂 2024年3月

虫＞キリギリス

「バッタマンション = MAISON DE GRASSHOPPER」北川佳奈作;九ポ堂絵 アリス館 2024年9月

虫＞コガネムシ

「ペータヘンの月世界旅行」田村明一著 書肆盛林堂(盛林堂ミステリアス文庫 プレゼント叢書) 2024年3月

虫＞チョウ

「きょうのフニフとあしたのフニフ」はせがわさとみ作・絵 佼成出版社 2024年4月

「バッタマンション = MAISON DE GRASSHOPPER」北川佳奈作;九ポ堂絵 アリス館 2024年9月

虫＞テントウムシ

「ゆうやけトンボジェット―くもんの児童文学」吉野万理子作;村上幸織絵;二橋亮監修 くもん出版 2024年11月

虫＞トンボ

「ゆうやけトンボジェット―くもんの児童文学」吉野万理子作;村上幸織絵;二橋亮監修 くもん出版 2024年11月

虫＞ナメクジ

「マメクジラくん、海へいく」山下明生文;村上康成絵 偕成社 2024年9月

虫＞ハチ

「マインクラフトハチのなんもん―石の剣のものがたりシリーズ ; 4」ニック・エリオポラス;アラン・バトソン文;クリス・ヒル絵;酒井章文訳 技術評論社 2024年6月

虫＞虫一般

「のはらうた絵本」工藤直子詩;あべ弘士画 童話屋 2024年12月

「バッタマンション = MAISON DE GRASSHOPPER」北川佳奈作;九ポ堂絵 アリス館 2024年9月

「ほねほねザウルス. 29」カバヤ食品株式会社原案・監修;ぐるーぷ・アンモナイツ作・絵 岩崎書店 2024年7月

「変身：消えた少女と昆虫標本—文研ステップノベル」佐藤いつ子作;かない絵 文研出版 2024年5月

「蟲神器オリジナルノベル：大逆転!カードバトル」土橋真二郎著;トリル絵 集英社(集英社みらい文庫) 2024年7月

モグラ

「いつまでもともだち」仁科幸子著 偕成社 2024年11月

「カゲキリムシ」西沢杏子作;山口まさよし絵 てらいんく 2024年6月

「はくたとおる童話集」はくたとおる 文芸社(文芸社セレクション) 2024年6月

モルモット

「あやしの保健室2. 3」染谷果子作;HIZGI絵 小峰書店 2024年1月

「二人と一匹の本格捜査ミステリー. 2—文研じゅべに一る」村松由紀子作;ao絵 文研出版 2024年4月

ヤギ

「やまの動物病院. 3」なかがわちひろ作・絵 徳間書店 2024年11月

「最後の授業 = La Dernière Classe：ドーデショートセレクション—世界ショートセレクション；25」アルフォンス・ドーデ作;平岡敦訳;ヨシタケシンスケ画 理論社 2024年3月

ヤモリ

「バーティミアス ソロモンの指輪. 2」ジョナサン・ストラウド作;金原瑞人;松山美保訳 静山社(静山社ペガサス文庫) 2024年3月

ライオン

「ふしぎ町のふしぎレストラン. 7」三田村信行作;あさくらまや絵 あかね書房 2024年1月

「ふしぎ町のふしぎレストラン. 8」三田村信行作;あさくらまや絵 あかね書房 2024年11月

「ふみきりペンギン—らいおんbooks」おくはらゆめ作・絵 あかね書房 2024年10月

リス

「かいけつゾロリいただき!!なぞのどデカダイアモンド―かいけつゾロリシリーズ；75」原ゆたかさく・え ポプラ社（ポプラ社の新・小さな童話） 2024年12月

「ふしぎなフーセンガム―わくわくえどうわ」麻生かづこ作;くすはら順子絵 文研出版 2024年1月

「リスたちの行進」堀直子作;平澤朋子絵 新日本出版社 2024年9月

「ルルとララのかみかみグミ―Maple Street」あんびるやすこ作・絵 岩崎書店 2024年7月

ロバ

「プラテーロとぼく」フアン・ラモン・ヒメネス作;宇野和美訳;早川世詩男絵 小学館（小学館世界J文学館セレクション） 2024年11月

ワニ

「きょうのフニフとあしたのフニフ」はせがわさとみ作・絵 佼成出版社 2024年4月

「こどもに聞かせる一日一話：「母の友」特選童話集. 2」福音館書店「母の友」編集部編 福音館書店 2024年6月

【アイテム・能力】

アクセサリー、ジュエリー＞首輪、ペンダント

「100億円求人 = 10,000,000,000 yen job offer」あんのまる作;moto絵 KADOKAWA（KADOKAWA TSUBASA BOOKS）2024年2月

「エンジェリック・セボンスター．1」菊田みちよ著 ポプラ社 2024年6月

「ララ姫はときどき☆こねこ．5」みおちづる作;水玉子絵 Gakken 2024年7月

「リアル鬼ごっこファイナル．上」江坂純著;山田悠介原案・監修;さくしゃ2イラスト 小学館（小学館ジュニア文庫）2024年7月

アクセサリー、ジュエリー＞指輪

「バーティミアス ソロモンの指輪．1」ジョナサン・ストラウド作;金原瑞人;松山美保訳 静山社（静山社ペガサス文庫）2024年3月

「バーティミアス ソロモンの指輪．2」ジョナサン・ストラウド作;金原瑞人;松山美保訳 静山社（静山社ペガサス文庫）2024年3月

「バーティミアス ソロモンの指輪．3」ジョナサン・ストラウド作;金原瑞人;松山美保訳 静山社（静山社ペガサス文庫）2024年3月

「緋色の習作―名探偵シャーロック・ホームズ」コナン・ドイル作;小林司;東山あかね訳;猫野クロ絵 金の星社 2024年1月

「放課後チェンジ：世界を救う?最強チーム結成!」藤並みなと作;こよせ絵 KADOKAWA（角川つばさ文庫）2024年8月

「魔法のルビーの指輪」イヴォンヌ・マッグローリー作;加島葵訳;深山まや絵 朔北社 2024年7月

暗号

「グロリア・スコット号事件―名探偵シャーロック・ホームズ」コナン・ドイル作;小林司;東山あかね訳;猫野クロ絵 金の星社 2024年2月

「ヤング・シャーロック・ホームズ：児童版．4」アンドリュー・レーン作 静山社 ほるぷ出版 2024年2月

「四つ子ぐらし．19」ひのひまり作;佐倉おりこ絵 KADOKAWA（角川つばさ文庫）2024年11月

「名探偵コナンの暗号博士 = DETECTIVE CONAN DOCTOR OF CRYPTOGRAPHY―BIG KOROTAN. まんがで学べる!コナン博士シリーズ」青山剛昌原作;情報通信研究機構(NICT)サイバーセキュリティ研究所セキュリティ基盤研究室監修;石井じゅんのすけほかイラスト 小学館 2024年12月

「名探偵犬コースケ．2」太田忠司著;NOEYEBROW絵 朝日新聞出版（ナゾノベル）2024年12月

糸、ひも

「まだらのひも―名探偵シャーロック・ホームズ」コナン・ドイル作;小林司;東山あかね訳;猫野クロ絵 金の星社 2024年7月

異能力、スキル、レベル、特技

「SOS部! 1」くるたつむぎ作;朝日川日和絵 講談社(講談社青い鳥文庫) 2024年12月

「いみちぇん!!廻. 1」あさばみゆき作;市井あさ絵 KADOKAWA(KADOKAWA TSUBASA BOOKS) 2024年10月

「おチビがうちにやってきた! [10]」柴野理奈子作;福きつね絵 集英社(集英社みらい文庫) 2024年4月

「おチビがうちにやってきた! [11]」柴野理奈子作;福きつね絵 集英社(集英社みらい文庫) 2024年9月

「かいけつゾロリいただき!!なぞのどデカダイアモンド―かいけつゾロリシリーズ ; 75」原ゆたかさく・え ポプラ社(ポプラ社の新・小さな童話) 2024年12月

「クール男子の心の声は「大好き」だらけ!?」神戸遥真著;九重かぼす絵 スターツ出版(野いちごジュニア文庫) 2024年8月

「コスモ★スケッチ. [3]」琴織ゆき作;そと絵 集英社(集英社みらい文庫) 2024年6月

「サキヨミ! 11」七海まち作;駒形絵 KADOKAWA(角川つばさ文庫) 2024年3月

「サキヨミ! 12」七海まち作;駒形絵 KADOKAWA(角川つばさ文庫) 2024年6月

「サキヨミ! 13」七海まち作;駒形絵 KADOKAWA(角川つばさ文庫) 2024年10月

「ドリトル先生大航海記―10歳までに読みたい世界名作 ; 31」ヒュー・ロフティング作;那須田淳編訳;脚次郎絵 Gakken 2024年6月

「なんとかなる本 = The Book of Can-Do. [2]―樹本図書館のコトバ使い ; 2」令丈ヒロ子著;浮雲宇一絵 講談社 2024年4月

「なんとかなる本 = The Book of Can-Do. [3]―樹本図書館のコトバ使い ; 3」令丈ヒロ子著;浮雲宇一絵 講談社 2024年10月

「みえちゃうなんて、ヒミツです。:イケメン男子と学園鑑定団」陽炎氷柱作;雪丸ぬん絵 アルファポリス 星雲社(アルファポリスきずな文庫) 2024年10月

「ミタちゃんが見ちゃった!?:家事代行サービス事件簿」藤咲あゆな;ハニーカンパニー著;中嶋ゆかイラスト 小学館(小学館ジュニア文庫) 2024年8月

「ユメコネクト. 2」成井露丸作;くずもち絵 アルファポリス 星雲社(アルファポリスきずな文庫) 2024年6月

「俺のマネースキルが爆上げな件. 1」ないとーえみ作;知己夕子絵 JTBパブリッシング 2024年12月

「吸血鬼チャランポラン―水木しげるのおばけ学校 ; 5」水木しげる著 ポプラ社 2024年9月

「見えるもの見えないもの―翔の四季 ; 春」斉藤洋作;いとうあつき絵 講談社 2024年4月

「初音一族のキツネたち―シノダ!」富安陽子著;大庭賢哉絵 偕成社 2024年10月

「神スキル!!! [4]」大空なつき作;アルセチカ絵 KADOKAWA(角川つばさ文庫) 2024年3月

「動物探偵ミア. [13]―動物探偵ミア ; 13」ダイアナ・キンプトン作;武富博子訳;花珠絵 ポプラ社 2024年4月

「半妖リサーチ! 1」秋木真作;灰色ルト絵 ポプラ社(ポプラキミノベル) 2024年3月

「半妖リサーチ! 2」秋木真作;灰色ルト絵 ポプラ社(ポプラキミノベル) 2024年8月

「放課後チェンジ : 世界を救う?最強チーム結成!」藤並みなと作;こよせ絵 KADOKAWA(角川つばさ文庫) 2024年8月

「余命99日の僕が、死の見える君と出会った話―森田碧の「よめぼく」シリーズ ; 3」森田碧著 ポプラ社 2024年9月

「歴史ゴーストバスターズ. 7」あさばみゆき作;左近堂絵里絵 ポプラ社(ポプラキミノベル) 2024年1月

「歴史ゴーストバスターズ. 8」あさばみゆき作;左近堂絵里絵 ポプラ社(ポプラキミノベル) 2024年6月

違法薬物

「二つの顔を持つ男―名探偵シャーロック・ホームズ」コナン・ドイル作;小林司;東山あかね訳;猫野クロ絵 金の星社 2024年11月

扇、うちわ

「こてんちゃんがきた!」いとうみく作;かのうかりん絵 理論社 2024年10月

お守り

「消えた校長先生―ジュニア文学館」西村友里作;大庭賢哉絵 Gakken 2024年7月

鏡

「ふしぎな鏡をさがせ」キムチェリン作;イソヨン絵;カンバンファ訳 小学館 2024年7月

「意味がわかるとゾッとする怖い遊園地」緑川聖司作 新星出版社 2024年7月

「絶命教室 : 怪人ミラーとの恐怖のゲーム. 4」ウェルザード作;赤身ふみお絵 アルファポリス 星雲社(アルファポリスきずな文庫) 2024年11月

鍵

「からくり夢時計. 下」川口雅幸作;海ばたり絵 アルファポリス 星雲社(アルファポリスきずな文庫) 2024年12月

「からくり夢時計. 上」川口雅幸作;海ばたり絵 アルファポリス 星雲社(アルファポリスきずな文庫) 2024年12月

「劇場版ACMA:GAME最後の鍵 : 映画ノベライズ」百舌涼一文;メーブ原作;恵広史作画;いずみ吉紘;谷口純一郎脚本 講談社(講談社KK文庫) 2024年9月

「秘密の花園」F.H.バーネット作;脇明子訳 教文館 2024年3月

化石

「恐竜博物館のひみつ―文研ステップノベル」別司芳子作;ながおかえつこ絵 文研出版 2024年7月

刀、ナイフ

「敵討まぜこぜ噺 : 刀の行方タカの使手. 上―絵草紙風絵本シリーズ」游古庵てんてまりさく・え 和ん古堂ゑざうし部 2024年2月

カメラ

「ふしぎアイテム博物館 : 変身手紙・過去カメラほか」星奈さき作;Lyon絵 KADOKAWA(角川つばさ文庫) 2024年4月

カレンダー

「55日後、きみへの告白予定日」麻沢奏著 PHP研究所 2024年11月

玩具、人形、フィギュア、ぬいぐるみ

「あそび室の日曜日 : マグロおどりでおさきマっグロ」村上しいこ作;田中六大絵 講談社(わくわくライブラリー) 2024年11月

「アメリカから来た友情人形」今関信子作;双森文絵 新日本出版社 2024年8月

「シンプルとウサギのパンパンくん」マリー=オード・ミュライユ作;河野万里子訳 小学館 2024年7月

「スペルホーストのパペット人形」ケイト・ディカミロ作;ジュリー・モースタッド絵;横山和江訳 偕成社 2024年8月

「ちいちゃんのおもちゃたち : はなびのよるに」斉藤洋さく;武田美穂え 理論社 2024年11月

「ひな祭り」くどうてるこ著 文芸社 2024年10月

「りりかさんのぬいぐるみ診療所. [4]」かんのゆうこ作;北見葉胡絵 講談社(わくわくライブラリー) 2024年4月

「安房直子絵ぶんこ. 3」安房直子文 あすなろ書房 2024年5月

「図書館のぬいぐるみかします. 1―ブック・フレンド ; 1」シンシア・ロード作;ステファニー・グラエギン絵;田中奈津子訳 ポプラ社 2024年1月

「図書館のぬいぐるみかします. 2—ブック・フレンド ; 2」 シンシア・ロード作;ステファニー・グラエギン絵;田中奈津子訳 ポプラ社 2024年7月

「訳ありイケメンと同居中です!! : 推し活女子、俺様王子を拾う」 東里胡著;八神千歳イラスト 小学館(小学館ジュニア文庫) 2024年10月

玩具、人形、フィギュア、ぬいぐるみ＞ゴーレム

「マインクラフトゴーレムにいどめ!—石の剣のものがたりシリーズ ; 5」 ニック・エリオポラス文;アラン・バトソン;クリス・ヒル絵;酒井章文訳 技術評論社 2024年12月

機械

「ツクルとひみつの改造ボット. 2」 辻貴司作;TAKA絵 岩崎書店 2024年12月

薬、ポーション

「銀樹」 森埜こみち著;日下明絵 アリス館 2024年10月

「妖怪島のレストラン. 1」 キムミンジョン作;山岸由佳訳 評論社 2024年11月

コレクション

「恐怖コレクター. 巻ノ24」 佐東みどり;鶴田法男作;よん絵 KADOKAWA(角川つばさ文庫) 2024年10月

スマートフォン、携帯電話

「ラストで君はゾッとする : 意味がわかると怖い3分間ノンストップショートストーリー」 PHP研究所編;TAKAイラスト PHP研究所(PHPジュニアノベル) 2024年4月

宝物

「かなたのif」 村上雅郁作 フレーベル館(フレーベル館文学の森) 2024年6月

「クレクス先生のふしぎな旅」 ヤン・ブジェフファ ロッカクリエイト 2024年1月

「マインクラフトゴーレムにいどめ!—石の剣のものがたりシリーズ ; 5」 ニック・エリオポラス文;アラン・バトソン;クリス・ヒル絵;酒井章文訳 技術評論社 2024年12月

「ルビとたいせつな宝もの—本屋さんのルビねこ」 野中柊作;松本圭以子絵 理論社 2024年7月

「十年屋 : 児童版. 7」 廣嶋玲子作;佐竹美保絵 ほるぷ出版 2024年12月

挑戦状、脅迫状

「迷路探偵ピエール : 怪盗Xの挑戦状」 カミガキヒロフミ;IC4DESIGN原作;糸海みん著 永岡書店 2024年4月

手紙、日記、メモ

「5分後に世界が変わる：おどろいて最後は泣ける物語」白井くもほか著;Lyon絵 スターツ出版(野いちごジュニア文庫) 2024年3月

「アンネ・フランクの奇跡」橋本喜代次著 東京図書出版 リフレ出版 2024年3月

「グレッグのダメ日記：すごいひみつ―グレッグのダメ日記；19」ジェフ・キニー作;中井はるの訳 ポプラ社 2024年11月

「こそあどの森のないしょの時間：Other Stories of the Kosoado Woods―こそあどの森の物語」岡田淳作 理論社 2024年5月

「しじんのゆうびんやさん」斉藤倫作;牡丹靖佳画 偕成社 2024年11月

「スペルホーストのパペット人形」ケイト・ディカミロ作;ジュリー・モースタッド絵;横山和江訳 偕成社 2024年8月

「ダンス★フレンド」カミラ・チェスター作;櫛田理絵訳;早川世詩男絵 小峰書店(ブルーバトンブックス) 2024年10月

「ときめき☆ダイアリー!：「好きな人」なんて、覚えてません! 1」佐織えり作;夕陽みか絵 KADOKAWA(角川つばさ文庫) 2024年10月

「トッケビ梅雨時商店街」ユヨングァン著;岩井理子訳 静山社 2024年10月

「となりのじいちゃんかんさつにっき」ななもりさちこ作;たまゑ絵 理論社 2024年5月

「パインさんのおるすばん」レオナード・ケスラーさく;小宮由やく 大日本図書 2024年9月

「ハリー・ポッターと秘密の部屋. 2-2―ハリー・ポッター；4」J.K.ローリング作;松岡佑子訳 静山社(静山社ペガサス文庫) 2024年6月

「ふたご魔女とひみつのお手紙：はじめての魔法学校」櫻いいよ作;佐々木メエ絵 スターツ出版(野いちごぽっぷ) 2024年11月

「みつばの郵便屋さん = Mitsuba's Postman. 1―小野寺史宜の「みつばの郵便屋さん」シリーズ；1」小野寺史宜著 ポプラ社 2024年9月

「みつばの郵便屋さん = Mitsuba's Postman. 2―小野寺史宜の「みつばの郵便屋さん」シリーズ；2」小野寺史宜著 ポプラ社 2024年9月

「みつばの郵便屋さん = Mitsuba's Postman. 3―小野寺史宜の「みつばの郵便屋さん」シリーズ；3」小野寺史宜著 ポプラ社 2024年9月

「みつばの郵便屋さん = Mitsuba's Postman. 5―小野寺史宜の「みつばの郵便屋さん」シリーズ；5」小野寺史宜著 ポプラ社 2024年9月

「みつばの郵便屋さん = Mitsuba's Postman. 6―小野寺史宜の「みつばの郵便屋さん」シリーズ；6」小野寺史宜著 ポプラ社 2024年9月

「みつばの郵便屋さん = Mitsuba's Postman. 7―小野寺史宜の「みつばの郵便屋さん」シリーズ；7」小野寺史宜著 ポプラ社 2024年9月

「みつばの郵便屋さん = Mitsuba's Postman. 8—小野寺史宜の「みつばの郵便屋さん」シリーズ ; 8」 小野寺史宜著 ポプラ社 2024年9月

「ラストで君は「キュン!」とする. 君との365日—3分間ノンストップショートストーリー」 PHP研究所編 PHP研究所 2024年8月

「ラストで君は「まさか!」と言う. 溺れるほどの涙—3分間ノンストップショートストーリー」 PHP研究所編 PHP研究所 2024年3月

「海のなかの観覧車 = Ferris Wheel in the Sea」 菅野雪虫著 講談社 2024年4月

「学級委員は負けない : ジュニア版—青空小学校いろいろ委員会 ; 8」 小松原宏子作;あわい絵 ほるぷ出版 2024年1月

「願いがかなうふしぎな日記. [4]」 本田有明著 PHP研究所(わたしたちの本棚) 2024年11月

「手話だからいえること泣いた青鬼の謎」 丸山正樹作;高杉千明絵 偕成社 2024年1月

「星空としょかんの青い鳥」 小手鞠るい作;近藤未奈絵 小峰書店 2024年9月

「夜の日記—金原瑞人選モダン・クラシックYA」 ヴィーラ・ヒラナンダニ著;山田文訳 作品社 2024年7月

手紙、日記、メモ＞交換日記

「キミにはないしょ! [5]」 汐月うた作;こきち絵 集英社(集英社みらい文庫) 2024年2月

手紙、日記、メモ＞ハガキ

「かこさとし童話集. 8」 かこさとし作・絵 偕成社 2024年3月

「みつばの郵便屋さん = Mitsuba's Postman. 4—小野寺史宜の「みつばの郵便屋さん」シリーズ ; 4」 小野寺史宜著 ポプラ社 2024年9月

手品、マジック

「カーニバルに消えたダイヤを追え—痛快!マジック同盟ミスフィッツ ; A」 ニール・パトリック・ハリス;アレック・アザム作;松山美保訳 静山社 2024年7月

道具

「ふしぎアイテム博物館 : 変身手紙・過去カメラほか」 星奈さき作;Lyon絵 KADOKAWA(角川つばさ文庫) 2024年4月

毒

「妖花魔草物語」 廣嶋玲子作;まくらくらま絵 小峰書店(Sunnyside Books) 2024年3月

特異体質

「イナバさんと夢の金貨」 野見山響子文絵 理論社 2024年2月

「ミヤモトさんちの4男子!? [2]」深海ゆずは作;かるき春絵 講談社(講談社青い鳥文庫) 2024年5月

「呼人は旅をする」長谷川まりる著 偕成社 2024年10月

「夢の終わりで、君に会いたい。:正夢が教えてくれた奇跡の物語」いぬじゅん著;三湊かおり絵 スターツ出版(野いちごジュニア文庫) 2024年3月

時計、時間

「アマリとグレイトゲーム. 下」B.B.オールストン作;橋本恵訳 小学館 2024年11月

「アマリとグレイトゲーム. 上」B.B.オールストン作;橋本恵訳 小学館 2024年11月

「からくり夢時計. 下」川口雅幸作;海ばたり絵 アルファポリス 星雲社(アルファポリスきずな文庫) 2024年12月

「からくり夢時計. 上」川口雅幸作;海ばたり絵 アルファポリス 星雲社(アルファポリスきずな文庫) 2024年12月

「もし、世界にわたしがいなかったら」ビクター・サントス文;アンナ・フォルラティ絵;金原瑞人訳 西村書店 2024年5月

「ラストで君は「キュン!」とする. 君との365日―3分間ノンストップショートストーリー」PHP研究所編 PHP研究所 2024年8月

トランプ、カード

「かこさとし童話集. 9」かこさとし作・絵 偕成社 2024年3月

爆弾

「100億円求人 = 10,000,000,000 yen job offer」あんのまる作;moto絵 KADOKAWA(KADOKAWA TSUBASA BOOKS) 2024年2月

プレゼント、お土産

「アメリカから来た友情人形」今関信子作;双森文絵 新日本出版社 2024年8月

「あやし、おそろし、天獄園:銭天堂番外編. 2」廣嶋玲子作;jyajya絵 偕成社 2024年7月

「うさぎになった日」村中李衣文;しらとあきこ絵 世界文化ブックス 世界文化社 2024年3月

「かけがえのない贈りものGift:名作クリスマス童話集」小松原宏子文;矢島あづさ絵 いのちのことば社フォレストブックス(Forest Books) 2024年12月

「海色ダイアリー. [14]」みゆ作;加々見絵里絵 集英社(集英社みらい文庫) 2024年11月

「生き残りゲームラストサバイバル. [20]」大久保開作;北野詠一絵 集英社(集英社みらい文庫) 2024年2月

「絶対好きにならない同盟. [8]」夜野せせり作;朝香のりこ絵 集英社(集英社みらい文庫) 2024年5月

「歴史ゴーストバスターズ. 7」あさばみゆき作;左近堂絵里絵 ポプラ社(ポプラキミノベル) 2024年1月

文房具＞えんぴつ、色えんぴつ

「駄菓子屋をまもれ!つくも神大作戦—えんぴつはだまってて ; 2」あんずゆき作;たごもりのりこ絵 文溪堂 2024年4月

文房具＞ノート、手帳

「うさぎになった日」村中李衣文;しらとあきこ絵 世界文化ブックス 世界文化社 2024年3月

「デクノボー万歳!—コニボシのパロディー物語 ; 5. 読み聞かせ絵本」コニボシ作;専門学校穴吹デザインカレッジ学生絵 美巧社 2024年4月

文房具＞筆

「いみちぇん!!廻. 1」あさばみゆき作;市井あさ絵 KADOKAWA(KADOKAWA TSUBASA BOOKS) 2024年10月

文房具＞筆箱

「ふでばこのくにの冒険 : ぼくを取りもどすために」村上しいこ作;岡本順絵 童心社 2024年2月

文房具＞文房具一般

「ふでばこのくにの冒険 : ぼくを取りもどすために」村上しいこ作;岡本順絵 童心社 2024年2月

文房具＞ペン、万年筆

「じごく小学校. [3]—じごく小学校シリーズ ; 3」有田奈央作;安楽雅志絵 ポプラ社 2024年3月

宝石

「エンジェリック・セボンスター. 1」菊田みちよ著 ポプラ社 2024年6月

「かいけつゾロリいただき!!なぞのどデカダイアモンド—かいけつゾロリシリーズ ; 75」原ゆたかさく・え ポプラ社(ポプラ社の新・小さな童話) 2024年12月

「青いガーネット—名探偵シャーロック・ホームズ」コナン・ドイル作;小林司;東山あかね訳;猫野クロ絵 金の星社 2024年3月

「探偵七音はためらわない」秋木真作;ななミツ絵 KADOKAWA(角川つばさ文庫) 2024年6月

「魔法のルビーの指輪」イヴォンヌ・マッグローリー作;加島葵訳;深山まや絵 朔北社 2024年7月

「名探偵コナン : 怪盗キッドセレクション月下の幻像」酒井匙著;青山剛昌原作・イラスト 小学館(小学館ジュニア文庫) 2024年4月

ボール

「菜々ちゃんのビーチボール」あんざいまさなり あんざいまさなり ぶんしん出版 2024年7月

「僕、ブルーのサウスポー」どれみchan作・絵 文芸社 2024年5月

魔法、魔術、魔力、召喚術

「Disneyハロウィーンストーリーズ」ディズニー・ストーリーブック・アートチーム絵;大畑隆子訳・文 うさぎ出版 永岡書店 2024年9月

「アニメ版ふしぎ駄菓子屋銭天堂. [1]」廣嶋玲子;jyajya作 偕成社 2024年11月

「アニメ版ふしぎ駄菓子屋銭天堂. [2]」廣嶋玲子;jyajya作 偕成社 2024年11月

「アニメ版ふしぎ駄菓子屋銭天堂. [3]」廣嶋玲子;jyajya作 偕成社 2024年11月

「アマリとグレイトゲーム. 下」B.B.オールストン作;橋本恵訳 小学館 2024年11月

「アマリとグレイトゲーム. 上」B.B.オールストン作;橋本恵訳 小学館 2024年11月

「アミとミアのプリンセス・ドレス : かがみの国のときめきジュエル」和田奈津子文;七海喜つゆり絵 KADOKAWA 2024年2月

「あやし、おそろし、天獄園 : 銭天堂番外編. 2」廣嶋玲子作;jyajya絵 偕成社 2024年7月

「いばらの髪のノラ = thorn-haired Nora. 1」日向理恵子作;吉田尚令絵 童心社 2024年4月

「いばらの髪のノラ = thorn-haired Nora. 2」日向理恵子作;吉田尚令絵 童心社 2024年6月

「いばらの髪のノラ = thorn-haired Nora. 3」日向理恵子作;吉田尚令絵 童心社 2024年8月

「インゴとインディの物語. 2」大矢純子作;佐藤勝則絵 鳥影社 2024年7月

「エマはみならいマーメイド. 4」ミランダ・ジョーンズ作;浜崎絵梨訳;谷朋絵 ポプラ社 2024年12月

「カゲキリムシ」西沢杏子作;山口まさよし絵 てらいんく 2024年6月

「カッパの三平魔法だぬき―水木しげるのおばけ学校 ; 8」水木しげる著 ポプラ社 2024年9月

「さんごいろの雲」やえがしなおこ作;出口春菜絵 講談社(わくわくライブラリー) 2024年2月

「スクール・フォー・グッド・アンド・イービル. 2」ソマン・チャイナニ著;金原瑞人;小林みき訳 すばる舎 2024年12月

「ストピトラベラー花美 = Street Piano Traveler Hanami. 3」柴野理奈子作;まつだひかり絵;ハラミちゃん監修 Gakken 2024年7月

「たのしいムーミン一家」トーベ・ヤンソン著;山室静訳 講談社 2024年7月

「ディズニープリンセスなんども読みたい13人のおはなし」講談社編;駒田文子構成・文 講談社 2024年10月

「となりの魔女フレンズ. 2」宮下恵茉作;子兎。絵 Gakken 2024年7月

「となりの魔女フレンズ. 3」宮下恵茉作;子兎。絵 Gakken 2024年12月

「ドラゴンドリル・ストーリー火山の竜王」大門櫻子作;天野英絵 Gakken 2024年6月

「ななのまほうのふとん―あいち・どくしょタイムぶんこ」愛知県小中学校長会;名古屋市立小中学校長会;愛知県小中学校PTA連絡協議会;名古屋市立小中学校PTA協議会編集 愛知県教育振興会 2024年11月

「バーティミアス ソロモンの指輪. 1」ジョナサン・ストラウド作;金原瑞人;松山美保訳 静山社(静山社ペガサス文庫) 2024年3月

「バーティミアス ソロモンの指輪. 2」ジョナサン・ストラウド作;金原瑞人;松山美保訳 静山社(静山社ペガサス文庫) 2024年3月

「バーティミアス ソロモンの指輪. 3」ジョナサン・ストラウド作;金原瑞人;松山美保訳 静山社(静山社ペガサス文庫) 2024年3月

「ハリー・ポッターとアズカバンの囚人. 3-1―ハリー・ポッター ; 5」J.K.ローリング作;松岡佑子訳 静山社(静山社ペガサス文庫) 2024年7月

「ハリー・ポッターとアズカバンの囚人. 3-2―ハリー・ポッター ; 6」J.K.ローリング作;松岡佑子訳 静山社(静山社ペガサス文庫) 2024年7月

「ハリー・ポッターと炎のゴブレット. 4-1―ハリー・ポッター ; 7」J.K.ローリング作;松岡佑子訳 静山社(静山社ペガサス文庫) 2024年8月

「ハリー・ポッターと炎のゴブレット. 4-2―ハリー・ポッター ; 8」J.K.ローリング作;松岡佑子訳 静山社(静山社ペガサス文庫) 2024年8月

「ハリー・ポッターと炎のゴブレット. 4-3―ハリー・ポッター ; 9」J.K.ローリング作;松岡佑子訳 静山社(静山社ペガサス文庫) 2024年8月

「ハリー・ポッターと賢者の石. 1-1―ハリー・ポッター ; 1」J.K.ローリング作;松岡佑子訳 静山社(静山社ペガサス文庫) 2024年4月

「ハリー・ポッターと賢者の石. 1-2―ハリー・ポッター ; 2」J.K.ローリング作;松岡佑子訳 静山社(静山社ペガサス文庫) 2024年4月

「ハリー・ポッターと死の秘宝. 7-1―ハリー・ポッター ; 17」J.K.ローリング作;松岡佑子訳 静山社(静山社ペガサス文庫) 2024年11月

「ハリー・ポッターと死の秘宝. 7-2―ハリー・ポッター ; 18」J.K.ローリング作;松岡佑子訳 静山社(静山社ペガサス文庫) 2024年11月

「ハリー・ポッターと死の秘宝. 7-3―ハリー・ポッター ; 19」J.K.ローリング作;松岡佑子訳 静山社(静山社ペガサス文庫) 2024年11月

「ハリー・ポッターと死の秘宝. 7-4―ハリー・ポッター ; 20」J.K.ローリング作;松岡佑子訳 静山社(静山社ペガサス文庫) 2024年11月

「ハリー・ポッターと呪いの子：舞台脚本東京版―ハリー・ポッター；27」J.K.ローリング;ジョン・ティファニー;ジャック・ソーン原作;ジャック・ソーン脚本;小田島恒志;小田島則子;松岡佑子訳 静山社（静山社ペガサス文庫）2024年7月

「ハリー・ポッターと謎のプリンス. 6-1―ハリー・ポッター；14」J.K.ローリング作;松岡佑子訳 静山社（静山社ペガサス文庫）2024年10月

「ハリー・ポッターと謎のプリンス. 6-2―ハリー・ポッター；15」J.K.ローリング作;松岡佑子訳 静山社（静山社ペガサス文庫）2024年10月

「ハリー・ポッターと謎のプリンス. 6-3―ハリー・ポッター；16」J.K.ローリング作;松岡佑子訳 静山社（静山社ペガサス文庫）2024年10月

「ハリー・ポッターと秘密の部屋. 2-1―ハリー・ポッター；3」J.K.ローリング作;松岡佑子訳 静山社（静山社ペガサス文庫）2024年6月

「ハリー・ポッターと秘密の部屋. 2-2―ハリー・ポッター；4」J.K.ローリング作;松岡佑子訳 静山社（静山社ペガサス文庫）2024年6月

「ハリー・ポッターと不死鳥の騎士団. 5-1―ハリー・ポッター；10」J.K.ローリング作;松岡佑子訳 静山社（静山社ペガサス文庫）2024年9月

「ハリー・ポッターと不死鳥の騎士団. 5-2―ハリー・ポッター；11」J.K.ローリング作;松岡佑子訳 静山社（静山社ペガサス文庫）2024年9月

「ハリー・ポッターと不死鳥の騎士団. 5-3―ハリー・ポッター；12」J.K.ローリング作;松岡佑子訳 静山社（静山社ペガサス文庫）2024年9月

「ハリー・ポッターと不死鳥の騎士団. 5-4―ハリー・ポッター；13」J.K.ローリング作;松岡佑子訳 静山社（静山社ペガサス文庫）2024年9月

「ピアノようせいレミーとメロディーのまほう―マジカル☆ピアノレッスン」しめのゆき作;とこゆ絵 ポプラ社 2024年7月

「ピーター・パン：ミナリマ・デザイン版」J.M.バリ作;MINALIMAブックデザイン&イラスト;小松原宏子訳 静山社 2024年11月

「ビューティ&ビースト：野獣に呪いをかけた魔女がベルの母親だった〈もしも〉の世界. 下―ディズニーツイステッドテール. ゆがめられた世界」リズ・ブラスウェル著;池本尚美訳 Gakken 2024年10月

「ビューティ&ビースト：野獣に呪いをかけた魔女がベルの母親だった〈もしも〉の世界. 上―ディズニーツイステッドテール. ゆがめられた世界」リズ・ブラスウェル著;池本尚美訳 Gakken 2024年10月

「ふしぎ町のふしぎレストラン. 7」三田村信行作;あさくらまや絵 あかね書房 2024年1月

「ふしぎ町のふしぎレストラン. 8」三田村信行作;あさくらまや絵 あかね書房 2024年11月

「ふたご魔女とひみつのお手紙：はじめての魔法学校」櫻いいよ作;佐々木メエ絵 スターツ出版（野いちごぽっぷ）2024年11月

「まじょのナニーさん石のまほうとミラクル☆ダンス」藤真知子作;はっとりななみ絵 ポプラ社 2024年6月

「まほうのアブラカタブレット―とっておきのどうわ」如月かずさ作;イシヤマアズサ絵 PHP研究所 2024年1月

「まほうのマーマレード―山猫マルシェへようこそ ; 1」茂市久美子作;ゆうこ絵 あかね書房 2024年5月

「ムーミン谷の彗星」トーベ・ヤンソン著;下村隆一訳 講談社 2024年7月

「らくだい魔女と黒の城の王子」成田サトコ作;千野えなが絵 ポプラ社(ポプラポケット文庫) 2024年3月

「ララ姫はときどき☆こねこ. 5」みおちづる作;水玉子絵 Gakken 2024年7月

「レット・イット・ゴー : エルサとアナがおたがいを知らずに育った〈もしも〉の世界. 下―ディズニーツイステッドテール. ゆがめられた世界」ジェン・カロニータ著;池本尚美訳 Gakken 2024年6月

「レット・イット・ゴー : エルサとアナがおたがいを知らずに育った〈もしも〉の世界. 上―ディズニーツイステッドテール. ゆがめられた世界」ジェン・カロニータ著;池本尚美訳 Gakken 2024年6月

「引きこもり姉ちゃんのアルゴリズム推理」井上真偽著;くろでこ絵 朝日新聞出版(ナゾノベル) 2024年12月

「見つけ屋とお知らせ屋―十年屋と魔法街の住人たち ; 5」廣嶋玲子作;佐竹美保絵 静山社 2024年7月

「紫の女王」小森香折作;平澤朋子絵 偕成社 2024年3月

「十年屋 : 児童版. 7」廣嶋玲子作;佐竹美保絵 ほるぷ出版 2024年12月

「小説魔入りました!入間くん. 10」西修原作・絵 ポプラ社(ポプラキミノベル) 2024年10月

「小説魔入りました!入間くん. 8」西修原作・絵 ポプラ社(ポプラキミノベル) 2024年3月

「小説魔入りました!入間くん. 9」西修原作・絵 ポプラ社(ポプラキミノベル) 2024年6月

「水属性の魔法使い. 第1部[2]」久宝忠作;たく絵 TOブックス(TOジュニア文庫) 2024年2月

「銭天堂 : ふしぎ駄菓子屋. 吉凶通り1」廣嶋玲子作;jyajya絵 偕成社 2024年5月

「銭天堂 : ふしぎ駄菓子屋. 吉凶通り2」廣嶋玲子作;jyajya絵 偕成社 2024年10月

「誰も知らない小さな魔法」大庭賢哉作・絵 静山社 2024年3月

「虹の島のお手紙つき. ダイヤモンド編1」ジュリー・サイクス原作;チーム151E☆企画・構成 Gakken 2024年12月

「魔女がやってきた!」マーガレット・マーヒー作;尾崎愛子訳;はたこうしろう絵 徳間書店 2024年6月

「魔笛の調べ = A THUNDER OF MONSTERS. 3」S.A.パトリック作;岩城義人訳 評論社 2024年3月

「魔法のルビーの指輪」イヴォンヌ・マッグローリー作;加島葵訳;深山まや絵 朔北社 2024年7月

「魔法使いアルル. 4」羽織かのん作;kaworu絵 アルファポリス 星雲社(アルファポリスきずな文庫) 2024年5月

「無法施展的時間魔法—樂讀456 ; 初階 108 魔法十年屋 ; 5」廣嶋玲子文;佐竹美保圖;王蘊潔譯 親子天下 2024年1月

「霧島くんは普通じゃない. [10]」麻井深雪作;那流絵 集英社(集英社みらい文庫) 2024年4月

「霧島くんは普通じゃない. [11]」麻井深雪作;那流絵 集英社(集英社みらい文庫) 2024年12月

「訳ありイケメンと同居中です!! : 推し活女子、俺様王子を拾う」東里胡著;八神千歳イラスト 小学館(小学館ジュニア文庫) 2024年10月

「妖花魔草物語」廣嶋玲子作;まくらくらま絵 小峰書店(Sunnyside Books) 2024年3月

「竜が呼んだ娘. 1」柏葉幸子作;佐竹美保絵 講談社 2024年1月

「竜が呼んだ娘. 2」柏葉幸子作;佐竹美保絵 講談社 2024年3月

「竜が呼んだ娘. 3」柏葉幸子作;佐竹美保絵 講談社 2024年5月

「竜が呼んだ娘. 4」柏葉幸子作;佐竹美保絵 講談社 2024年8月

「貓學徒的實習時間—樂讀456 ; 初階 109 魔法十年屋 ; 6」廣嶋玲子文;佐竹美保圖;王蘊潔譯 親子天下 2024年1月

魔法、魔術、魔力、召喚術＞飛行能力

「フィリムの翼 = Wings of Philim : 飛空騎士の伝説. 下」小前亮作;鈴木康士画 静山社 2024年7月

「フィリムの翼 = Wings of Philim : 飛空騎士の伝説. 上」小前亮作;鈴木康士画 静山社 2024年7月

メッセージ

「カミオカンデの神さま」松田悠八作;小林敏也イラストレーション ロクリン社 2024年11月

ルーレット

「もしもの世界ルーレット. [2]」地図十行路作;みたう絵 KADOKAWA(角川つばさ文庫) 2024年3月

霊感、幽体離脱

「地味子の秘密。：学園の平和を守るはずが、イケメン王子に気に入られちゃった!? 1」牡丹杏著;ななミツ挿絵 スターツ出版（野いちごジュニア文庫）2024年12月

「中学生ウィーチューバーの心霊スポットMAP. 1」じゅんれいか作;冬木絵 アルファポリス 星雲社（アルファポリスきずな文庫）2024年8月

「転校生はおんみょうじ!」咲間咲良作;riri絵 アルファポリス 星雲社（アルファポリスきずな文庫）2024年11月

レシピ

「まほうのマーマレード―山猫マルシェへようこそ；1」茂市久美子作;ゆうこ絵 あかね書房 2024年5月

【自然・環境・宇宙】

岩、石

「あしたをみがけ：姫川中学校みがき部―こんな部活あります」横沢彰作;佐藤真紀子絵 新日本出版社 2024年3月

「秘密に満ちた魔石館. 5」廣嶋玲子作;佐竹美保絵 PHP研究所 2024年2月

海

「あいたくてたまらない：ももいろの貝とやどかりぼうやのお話―福音館創作童話シリーズ」おくやまゆかさく 福音館書店 2024年5月

「いかだネコG氏12のぼうけん―読書の時間；22」山下明生作;高畠那生絵 あかね書房 2024年10月

「ウイングス・オブ・ファイア. 2」トゥイ・タマラ・サザーランド著;田内志文訳;山村れぇイラスト 平凡社 2024年11月

「うどんねこ. 2―どどんと!うどんねこ；2」スケラッコさく・え ポプラ社 2024年8月

「うみへいったタマネギちゃんとピーマンちゃん―おはなしみーつけた!シリーズ」昼田弥子作;姫田真武絵 佼成出版社 2024年6月

「エマはみならいマーメイド. 3」ミランダ・ジョーンズ作;浜崎絵梨訳;谷朋絵 ポプラ社 2024年7月

「クレクス先生のふしぎな旅」ヤン・ブジェフファ ロッカクリエイト 2024年1月

「サーファーガール = Surfer Girl：かがやく波に乗れ!」麻生かづこ作;かわいちひろ絵 小峰書店(ブルーバトンブックス) 2024年5月

「ドリトル先生大航海記―10歳までに読みたい世界名作；31」ヒュー・ロフティング作;那須田淳編訳;脚次郎絵 Gakken 2024年6月

「にじいろフェアリーしずくちゃん. 9」ぎぼりつこ絵;友永コリエ作 岩崎書店 2024年6月

「まさきの虎」濱野京子作;こうの史代絵 童心社 2024年12月

「マメクジラくん、海へいく」山下明生文;村上康成絵 偕成社 2024年9月

「モアナと伝説の海2」エリザベス・ルドニック著;代田亜香子訳 小学館(小学館ジュニア文庫) 2024年12月

「安房直子絵ぶんこ. 8」安房直子文 あすなろ書房 2024年8月

「海色ダイアリー. [12]」みゆ作;加々見絵里絵 集英社(集英社みらい文庫) 2024年3月

「海色ダイアリー. [13]」みゆ作;加々見絵里絵 集英社(集英社みらい文庫) 2024年7月

「七月の波をつかまえて―STAMP BOOKS」ポール・モーシャー作;代田亜香子訳 岩波書店 2024年6月

「七不思議神社. [7]」緑川聖司作;TAKA絵 あかね書房 2024年10月

「星のカービィ. メタナイトと魔石の怪物」高瀬美恵作;苅野タウ;ぽと絵 KADOKAWA(角川つばさ文庫) 2024年7月

「破ると怖い海の6つのルール:繰り返す夏の戦慄〈闇〉体験―「怖い場所」超短編シリーズ」ウェルザード著 主婦と生活社 2024年7月

「北緯44度浩太の夏:ぼくらは戦争を知らなかった」有島希音作;ゆの絵 岩崎書店 2024年5月

海底

「レッツゴー!まいぜんシスターズ. [4]」石崎洋司文;佐久間さのすけ絵 ポプラ社(ポプラキミノベル) 2024年11月

火山

「ガラパゴス島大噴火―マジック・ツリーハウス;52」メアリー・ポープ・オズボーン著;番由美子訳 KADOKAWA 2024年7月

川、川原

「カッパの三平水泳大会―水木しげるのおばけ学校;7」水木しげる著 ポプラ社 2024年9月

「ススキヶ原のキチとハル」渋谷代志枝著;山﨑尚志さし絵 能登印刷出版部 2024年5月

「僕、ブルーのサウスポー」どれみchan作・絵 文芸社 2024年5月

環境問題>環境問題一般

「あなたの国では = What's It Like Where You Live?」小手鞠るい著 さ・え・ら書房 2024年6月

環境問題>原子力発電

「死の森の犬たち―STAMP BOOKS」アンソニー・マゴーワン作;尾﨑愛子訳 岩波書店 2024年3月

環境問題>ゴミ

「最弱テイマーはゴミ拾いの旅を始めました。. 5」ほのぼのる500作;Tobi絵;なまキャラクター原案 TOブックス(TOジュニア文庫) 2024年2月

「最弱テイマーはゴミ拾いの旅を始めました。. 6」ほのぼのる500作;Tobi絵;なまキャラクター原案 TOブックス(TOジュニア文庫) 2024年2月

「最弱テイマーはゴミ拾いの旅を始めました。. 7」ほのぼのる500作;Tobi絵 TOブックス(TOジュニア文庫) 2024年7月

環境問題＞絶滅種、絶滅危惧種、天然記念物

「絶滅動物物語. 2」うすくらふみ原作・絵;藤咲あゆな著;今泉忠明監修 小学館(小学館ジュニア文庫) 2024年1月

環境問題＞地球温暖化、気候変動

「オオルリ物語 = A tail of the blue bird. 第1部」前野佳彦絵と文 テクネ 2024年3月

「初恋タイムリミット. [2]」やまもとふみ作;那流絵 ポプラ社(ポプラキミノベル) 2024年4月

「初恋タイムリミット. [3]」やまもとふみ作;那流絵 ポプラ社(ポプラキミノベル) 2024年8月

木、樹木＞木、樹木一般

「ねがいの木」岡田淳文;植田真絵 BL出版 2024年5月

「まほうのマーマレード―山猫マルシェへようこそ ; 1」茂市久美子作;ゆうこ絵 あかね書房 2024年5月

「銀樹」森埜こみち著;日下明絵 アリス館 2024年10月

木、樹木＞サクラ

「54字の物語. 12―意味がわかるとゾクゾクする超短編小説」氏田雄介編著;武田侑大絵 PHP研究所 2024年5月

「花のようせい : 12か月―ようせいじてん」小手鞠るい作;永田萠絵 講談社(わくわくライブラリー) 2024年4月

「魔女がやってきた!」マーガレット・マーヒー作;尾﨑愛子訳;はたこうしろう絵 徳間書店 2024年6月

木、樹木＞マツ

「パインさんのむらさきのいえ」レオナード・ケスラーさく;小宮由やく 大日本図書 2024年8月

木、樹木＞モミジ

「怪談十二か月. 秋」福井蓮著 汐文社 2024年10月

木、樹木＞モミノキ

「クリスマスに読みたい10のおはなし」神戸万知編著 成美堂出版 2024年11月

木、樹木＞ヤナギ

「こぎつねキッペのそらのたび」今村葦子作;降矢奈々絵 ポプラ社(子どもたちにつたえたい傑作選) 2024年4月

季節、四季＞秋

「ようかいばあちゃんと子ようかいすみれちゃん」最上一平作;種村有希子絵 新日本出版社 2024年9月

「怪談十二か月. 秋」福井蓮著 汐文社 2024年10月

季節、四季＞季節、四季一般

「24のひらめき!と僕らの季節―14歳の世渡り術」田丸雅智著;桃色ポワソンイラスト 河出書房新社 2024年11月

「こそあどの森のひみつの場所：Other Stories of the Kosoado Woods―こそあどの森の物語」岡田淳作 理論社 2024年10月

「ふしぎなつうがくろ」花里真希さく;石井聖岳え 講談社(わくわくライブラリー) 2024年5月

「フルーツのようせい：12か月―ようせいじてん」小手鞠るい作;たかすかずみ絵 講談社(わくわくライブラリー) 2024年5月

「花のようせい：12か月―ようせいじてん」小手鞠るい作;永田萠絵 講談社(わくわくライブラリー) 2024年4月

「怪談十二か月. 秋」福井蓮著 汐文社 2024年10月

「銀の鈴ものがたりの小径届く：アンソロジー―年刊短編童話アンソロジー；第7回」銀の鈴ものがたりの小径編集委員会編 銀の鈴社 2024年5月

「見えるもの見えないもの―翔の四季；春」斉藤洋作;いとうあつき絵 講談社 2024年4月

「星座のようせい：12星座―ようせいじてん」小手鞠るい作;松倉香子絵 講談社(わくわくライブラリー) 2024年4月

季節、四季＞夏

「1ねん1くみの女王さま. 4」いとうみく作;モカ子絵 Gakken(キッズ文学館) 2024年7月

「アーバンドラゴン：ゲリラ豪雨と神様」髙橋宏美著 文芸社 2024年5月

「エイ・エイ・オー!：ぼくが足軽だった夏」佐々木ひとみ作;浮雲宇一絵 新日本出版社 2024年6月

「おばあちゃんがヤバすぎる!」エンマ・カーリンスドッテル作;ハンナ・グスタヴソン絵;中村冬美訳 静山社 2024年5月

「かなたのif」村上雅郁作 フレーベル館(フレーベル館文学の森) 2024年6月

「となりの魔女フレンズ. 3」宮下恵茉作;子兎。絵 Gakken 2024年12月

「ようかいばあちゃんちのおおまがどき」最上一平作;種村有希子絵 新日本出版社 2024年7月

「夏日祭典驚魂記―樂讀456；初階 111 妖怪一族；2」富安陽子文;山村浩二圖;游韻馨譯 親子天下 2024年2月

「怪談十二か月. 夏」福井蓮著 汐文社 2024年8月

「時間割男子. 13」一ノ瀬三葉作;榎のと絵 KADOKAWA(角川つばさ文庫) 2024年2月

「少女ソフィアの夏」トーベ・ヤンソン著;渡部翠訳 講談社 2024年7月

「青星学園★チームEYE-Sの事件ノート. [19]」相川真作;立樹まや絵 集英社(集英社みらい文庫) 2024年3月

「虹色ほたる : 永遠の夏休み. 下」川口雅幸作;ちゃこたた絵 アルファポリス 星雲社(アルファポリスきずな文庫) 2024年7月

「虹色ほたる : 永遠の夏休み. 上」川口雅幸作;ちゃこたた絵 アルファポリス 星雲社(アルファポリスきずな文庫) 2024年7月

「放課後ミステリクラブ. 4」知念実希人作;Gurin.絵 ライツ社 2024年6月

「北緯44度浩太の夏 : ぼくらは戦争を知らなかった」有島希音作;ゆの絵 岩崎書店 2024年5月

季節、四季＞春

「カメくんとイモリくん雪だより花だより」いけだけい作;高畠純絵 偕成社 2024年10月

「しょぼくれしょぼ造」アソウカズマサ作・イラスト 幻冬舎メディアコンサルティング 幻冬舎 2024年4月

「ようかいばあちゃんとようかいだんしゃく」最上一平作;種村有希子絵 新日本出版社 2024年4月

「安房直子絵ぶんこ. 2」安房直子文 あすなろ書房 2024年4月

「不可説不可説転」櫻船鐘寅著;柳屋本舗監修 トライ 2024年10月

季節、四季＞冬

「おチビがうちにやってきた! [11]」柴野理奈子作;福きつね絵 集英社(集英社みらい文庫) 2024年9月

「かけがえのない贈りものGift : 名作クリスマス童話集」小松原宏子文;矢島あづさ絵 いのちのことば社フォレストブックス(Forest Books) 2024年12月

「クリスマス・キャロル」チャールズ・ディケンズ;オスカー・ワイルド作;村岡花子作・訳;村岡美枝;村岡恵理訳編集 講談社 2024年10月

「クリスマスに読みたい10のおはなし」神戸万知編著 成美堂出版 2024年11月

「にじいろフェアリーしずくちゃん. 10」ぎぼりつこ絵;友永コリエ作 岩崎書店 2024年11月

「安房直子絵ぶんこ. 1」安房直子文 あすなろ書房 2024年4月

「安房直子絵ぶんこ. 6」安房直子文 あすなろ書房 2024年7月

「放課後ミステリクラブ. 5」知念実希人作;Gurin.絵 ライツ社 2024年10月

砂漠、砂丘

「アポロンと5つの神託. 3-上―パーシー・ジャクソンとオリンポスの神々 ; シーズン3」リック・リオーダン作;金原瑞人;小林みき訳 静山社(静山社ペガサス文庫) 2024年1月

「ラナと竜の方舟 : 沙漠の空に歌え」新藤悦子作;佐竹美保絵 理論社 2024年4月

色彩、色

「パインさんのむらさきのいえ」レオナード・ケスラーさく;小宮由やく 大日本図書 2024年8月

「ぼくの色、見つけた!」志津栄子作;末山りん絵 講談社(講談社文学の扉) 2024年5月

「色のようせい : 12色+1―ようせいじてん」小手鞠るい作;くまあやこ絵 講談社(わくわくライブラリー) 2024年6月

自然、環境、宇宙一般

「3分間サバイバルNEO : 美食の迷宮」粟生こずえ作 あかね書房 2024年11月

「STAR WARSハイ・リパブリック : ミッドナイト・ホライズン. 下」ダニエル・ホセ・オールダー著;稲村広香訳 Gakken 2024年5月

「STAR WARSハイ・リパブリック : ミッドナイト・ホライズン. 上」ダニエル・ホセ・オールダー著;稲村広香訳 Gakken 2024年5月

「イナバさんと夢の金貨」野見山響子文絵 理論社 2024年2月

「カミオカンデの神さま」松田悠八作;小林敏也イラストレーション ロクリン社 2024年11月

「ステラとチョコレートの星のプリンセス―おはなしトントン」深谷しずく作;星谷ゆき絵 岩崎書店 2024年11月

「のはらうた絵本」工藤直子詩;あべ弘士画 童話屋 2024年12月

「宇宙級初恋 : 地球でいちばんステキな恋!?」水無仙丸作;たしろみや絵 KADOKAWA(角川つばさ文庫) 2024年1月

「宇宙級初恋. [2]」水無仙丸作;たしろみや絵 KADOKAWA(角川つばさ文庫) 2024年5月

「呼人は旅をする」長谷川まりる著 偕成社 2024年10月

「星のカービィ. プププ温泉はいい湯だな♪の巻」高瀬美恵作;苅野タウ;ぽと絵 KADOKAWA(角川つばさ文庫) 2024年3月

「東北ふしぎ物語―東北6つの物語」みちのく童話会編著;おしのともこ挿画 国土社 2024年7月

「歴史がおもしろい枕草子 = MAKURA-NO-SOSHI:HISTORY'S FASCINATING SIDE―ジュニア版名作に強くなる!」清少納言著;時海結以著;赤間恵都子監修 世界文化社 2024年10月

ジャングル

「キュリオとオウムの王子」斉藤洋作;ももろ絵 講談社(わくわくライブラリー) 2024年1月

空

「こぎつねキッペのそらのたび」今村葦子作;降矢奈々絵 ポプラ社(子どもたちにつたえたい傑作選) 2024年4月

「ゆうやけトンボジェットーくもんの児童文学」吉野万理子作;村上幸織絵;二橋亮監修 くもん出版 2024年11月

「世界のふしぎは、きっと誰かの仕事でできている。」田丸雅智著;フルカワマモる絵 Gakken 2024年7月

竜巻

「アーバンドラゴン:ゲリラ豪雨と神様」髙橋宏美著 文芸社 2024年5月

地球

「へ〜わ部」GGおかだ著 文芸社 2024年5月

「宇宙級初恋. [2]」水無仙丸作;たしろみや絵 KADOKAWA(角川つばさ文庫) 2024年5月

月

「おばけのアッチくるくるピザコンクールー小さなおばけ;48」角野栄子さく;佐々木洋子え ポプラ社(ポプラ社の新・小さな童話) 2024年10月

「ペータヘンの月世界旅行」田村明一著 書肆盛林堂(盛林堂ミステリアス文庫 プレゼント叢書) 2024年3月

「ラストで君は「まさか!」と言う. きらめく夜空—3分間ノンストップショートストーリー」PHP研究所編 PHP研究所 2024年11月

「安房直子絵ぶんこ. 3」安房直子文 あすなろ書房 2024年5月

「地球発!アストロアカデミー:うらぎり者はだれだ!?月からの大脱出!」天川栄人作;ゆうち巳くみ絵 集英社(集英社みらい文庫) 2024年3月

土、泥

「どろだんご小太郎」彩夏香 文芸社(文芸社セレクション) 2024年6月

天気、天候>雨

「アフェイリア国とメイドと最高のウソ」ジェラルディン・マコックラン著;大谷真弓訳 小学館 2024年1月

「トッケビ梅雨時商店街」ユヨングァン著;岩井理子訳 静山社 2024年10月

「となりの魔女フレンズ. 2」宮下恵茉作;子兎。絵 Gakken 2024年7月

「どろだんご小太郎」彩夏香 文芸社(文芸社セレクション) 2024年6月

「ぼくはないた」ほんだよしこ著 幻冬舎メディアコンサルティング 幻冬舎 2024年2月

「みつばの郵便屋さん = Mitsuba's Postman. 3―小野寺史宜の「みつばの郵便屋さん」シリーズ ; 3」小野寺史宜著 ポプラ社 2024年9月

「宮沢賢治童話集 : 雨ニモマケズ・風の又三郎など―100年読み継がれる名作」宮沢賢治著;日下明絵;小埜裕二監修 世界文化ブックス 世界文化社 2024年1月

天気、天候>雨>豪雨

「アーバンドラゴン : ゲリラ豪雨と神様」髙橋宏美著 文芸社 2024年5月

天気、天候>嵐

「ラッキーボトル号の冒険」クリス・ウォーメル作;柳井薫訳 徳間書店 2024年5月

「社長ですがなにか? 4」あさつじみか作;はちべもつ絵 KADOKAWA(角川つばさ文庫) 2024年9月

天気、天候>風

「のはらうた絵本」工藤直子詩;あべ弘士画 童話屋 2024年12月

「安房直子絵ぶんこ. 7」安房直子文 あすなろ書房 2024年9月

「宮沢賢治童話集 : 雨ニモマケズ・風の又三郎など―100年読み継がれる名作」宮沢賢治著;日下明絵;小埜裕二監修 世界文化ブックス 世界文化社 2024年1月

「森と、母と、わたしの一週間」八束澄子著 ポプラ社(teens' best selections) 2024年10月

天気、天候>雷

「しょぼくれしょぼ造」アソウカズマサ作・イラスト 幻冬舎メディアコンサルティング 幻冬舎 2024年4月

天気、天候>雲

「アーバンドラゴン : ゲリラ豪雨と神様」髙橋宏美著 文芸社 2024年5月

「さんごいろの雲」やえがしなおこ作;出口春菜絵 講談社(わくわくライブラリー) 2024年2月

天気、天候>天気、天候一般

「こそあどの森のひみつの場所 : Other Stories of the Kosoado Woods―こそあどの森の物語」岡田淳作 理論社 2024年10月

天気、天候＞雪

「かほちゃんのぼうけん」野神卓夫著 文芸社 2024年7月

「レット・イット・ゴー：エルサとアナがおたがいを知らずに育った〈もしも〉の世界. 下―ディズニーツイステッドテール. ゆがめられた世界」ジェン・カロニータ著;池本尚美訳 Gakken 2024年6月

「安房直子絵ぶんこ. 5」安房直子文 あすなろ書房 2024年6月

「王女さまのお手紙つき. 4」ポーラ・ハリソン原作;チーム151E☆企画・構成;ajico;中島万璃絵 Gakken 2024年1月

「最終バスのお客さん」小西ときこ著 信濃毎日新聞社(編集・制作) 小西ときこ 2024年2月

「雪女とヒミツのやくそく」西村さとみ作;ao絵 国土社 2024年11月

「雪娘のアリアナ」ソフィー・アンダーソン作;メリッサ・カストリヨン絵;長友恵子訳 小学館 2024年11月

「夜ふけに読みたい雪夜のアンデルセン童話」ハンス・クリスチャン・アンデルセン著;アーサー・ラッカム挿絵;吉澤康子;和爾桃子編訳 平凡社 2024年1月

農場、農園

「アンリくん、どうぶつだいすき」エディット・ヴァシュロン文;ヴァージニア・カール文・絵;松井るり子訳 徳間書店 2024年4月

「ぼくの心は炎に焼かれる：植民地のふたりの少年」ビヴァリー・ナイドゥー作;野沢佳織訳 徳間書店 2024年3月

野原、平原、荒野

「のはらうた絵本」工藤直子詩;あべ弘士画 童話屋 2024年12月

畑、田んぼ、田園

「ようかいばあちゃんとようかいだんしゃく」最上一平作;種村有希子絵 新日本出版社 2024年4月

花、植物＞アサガオ

「となりのじいちゃんかんさつにっき」ななもりさちこ作;たまゑ絵 理論社 2024年5月

花、植物＞コスモス

「花のようせい：12か月―ようせいじてん」小手鞠るい作;永田萠絵 講談社(わくわくライブラリー) 2024年4月

花、植物＞タンポポ

「ちいさな花咲いた」野中柊作;くらはしれい絵 金の星社 2024年10月

花、植物＞チューリップ

「花のようせい：12か月―ようせいじてん」小手鞠るい作;永田萠絵 講談社（わくわくライブラリー）2024年4月

花、植物＞花、植物一般

「デクノボー万歳!―コニボシのパロディー物語；5. 読み聞かせ絵本」コニボシ作;専門学校穴吹デザインカレッジ学生絵 美巧社 2024年4月

「トルストイ童話集」トルストイ原著;水谷まさる編・譯 富山房企畫 冨山房インターナショナル 2024年8月

「はなバト! 2」しおやまよる作;しちみ絵 KADOKAWA（角川つばさ文庫）2024年2月

「ラストで君は「まさか!」と言う. ときめきの数字―3分間ノンストップショートストーリー」PHP研究所編 PHP研究所 2024年2月

「花と星とイルカと河童：吉尾令子童話集」吉尾令子 吉尾令子 熊日出版 2024年7月

「花のようせい：12か月―ようせいじてん」小手鞠るい作;永田萠絵 講談社（わくわくライブラリー）2024年4月

「妖花魔草物語」廣嶋玲子作;まくらくらま絵 小峰書店（Sunnyside Books）2024年3月

「旅する妖精たち」有間カオル著;飯田愛絵 アリス館 2024年3月

花、植物＞バラ

「おはなしのろうそく. 34」東京子ども図書館編 東京子ども図書館 2024年8月

「安房直子絵ぶんこ. 4」安房直子文 あすなろ書房 2024年6月

「人狼サバイバル. [17]」甘雪こおり作;himesuz絵 講談社（講談社青い鳥文庫）2024年4月

花、植物＞ヒマワリ

「怪談十二か月. 夏」福井蓮著 汐文社 2024年8月

林

「ふしぎなつうがくろ」花里真希さく;石井聖岳え 講談社（わくわくライブラリー）2024年5月

光

「ともしび」junaida サンリード 2024年4月

「ふしぎな鏡をさがせ」キムチェリン作;イソヨン絵;カンバンファ訳 小学館 2024年7月

星、星座

「12星座男子. 2」みずのまい作;福きつね絵 ポプラ社(ポプラキミノベル) 2024年2月

「おくりうた」上宿歩文;坂道なつ絵 文芸社 2024年5月

「クリスマスに読みたい10のおはなし」神戸万知編著 成美堂出版 2024年11月

「コスモ★スケッチ. [3]」琴織ゆき作;そと絵 集英社(集英社みらい文庫) 2024年6月

「ムーミン谷の彗星」トーベ・ヤンソン著;下村隆一訳 講談社 2024年7月

「ラストで君は「まさか!」と言う. きらめく夜空―3分間ノンストップショートストーリー」PHP研究所編 PHP研究所 2024年11月

「花と星とイルカと河童 : 吉尾令子童話集」吉尾令子 吉尾令子 熊日出版 2024年7月

「星の王子さま」アントワーヌ・ド・サン=テグジュペリ著;青木智美訳 玄光社 2024年10月

「星の王子さま : 新訳 : 王子さまがくれたバトン」サン=テグジュペリ;詩月心訳 学術研究出版 2024年4月

「星座のようせい : 12星座―ようせいじてん」小手鞠るい作;松倉香子絵 講談社(わくわくライブラリー) 2024年4月

湖、池、沼

「ヴィンデビー・パズル」ロイス・ローリー著;島津やよい訳 新評論 2024年2月

「レベッカの見上げた空」マシュー・フォックス作;堀川志野舞訳 静山社 2024年2月

「直紀とひみつの鏡池」山下みゆき作;もなか絵 静山社 2024年12月

「東北ふしぎ物語―東北6つの物語」みちのく童話会編著;おしのともこ挿画 国土社 2024年7月

「放課後ミステリクラブ. 5」知念実希人作;Gurin.絵 ライツ社 2024年10月

「迷い沼の娘たち」ルーシー・ストレンジ作;中野怜奈訳 静山社 2024年11月

山、森

「6days遭難者たち」安田夏菜著 講談社 2024年5月

「オオルリ物語 = A tail of the blue bird. 第1部」前野佳彦絵と文 テクネ 2024年3月

「かほちゃんのぼうけん」野神卓夫著 文芸社 2024年7月

「キャベたまたんていてんぐ山で七ふしぎ―キャベたまたんていシリーズ」三田村信行作;宮本えつよし絵 金の星社 2024年7月

「クロニクル千古の闇. 8」ミシェル・ペイヴァー作;さくまゆみこ訳 評論社 2024年8月

「こそあどの森のないしょの時間 : Other Stories of the Kosoado Woods―こそあどの森の物語」岡田淳作 理論社 2024年5月

「こそあどの森のひみつの場所：Other Stories of the Kosoado Woods―こそあどの森の物語」岡田淳作 理論社 2024年10月

「ストピトラベラー花美 = Street Piano Traveler Hanami. 3」柴野理奈子作;まつだひかり絵;ハラミちゃん監修 Gakken 2024年7月

「てんぐ先生は一年生」大石真;大石夏也作;村上豊絵 ポプラ社（子どもたちにつたえたい傑作選）2024年3月

「どろぼう猫とイガイガのあれ」小手鞠るい作;早川世詩男絵 静山社 2024年3月

「にじいろフェアリーしずくちゃん. 10」ぎぼりつこ絵;友永コリエ作 岩崎書店 2024年11月

「ハミングベアのくる村」キャサリン・アップルゲイト作;尾高薫訳 偕成社 2024年1月

「へんてこもりのころがりざか―へんてこもりのはなし；6」たかどのほうこ作・絵 偕成社 2024年10月

「ようかいばあちゃんとようかいだんしゃく」最上一平作;種村有希子絵 新日本出版社 2024年4月

「わたしの名前はオクトーバー」カチャ・ベーレン作;こだまともこ訳 評論社 2024年1月

「安房直子絵ぶんこ. 9」安房直子文 あすなろ書房 2024年10月

「異形怪異：お化けが出てこない怖い話」むくろ幽介文;fracocoイラスト イカロス出版 2024年12月

「王女さまのお手紙つき. 4」ポーラ・ハリソン原作;チーム151E☆企画・構成;ajico;中島万璃絵 Gakken 2024年1月

「学校に行かない僕の学校」尾崎英子作 ポプラ社（teens' best selections）2024年5月

「銀樹」森埜こみち著;日下明絵 アリス館 2024年10月

「山のバルナボ」ディーノ・ブッツァーティ作;川端則子訳;山村浩二絵 岩波書店（岩波少年文庫）2024年7月

「山の学校キツネのとしょいいん」葦原かもさく;高橋和枝え 講談社（わくわくライブラリー）2024年11月

「死の森の犬たち―STAMP BOOKS」アンソニー・マゴーワン作;尾﨑愛子訳 岩波書店 2024年3月

「森のちいさな三姉妹 = Three little sisters in the forest：はじめてのおたんじょう日!―ジュニア文学館」楠章子作;井田千秋絵 Gakken 2024年7月

「西遊記. 16―斉藤洋の西遊記シリーズ；16」呉承恩作;斉藤洋文;広瀬弦絵 理論社 2024年3月

「富嶽百景―スラよみ!日本文学名作シリーズ；4」太宰治作;黒野伸一現代語訳 理論社 2024年12月

夜

「キミの知らない恋の物語. ナゾメク」瀧井朝世編 汐文社 2024年3月

「すきまのむこうがわ―休み時間で完結パステルショートストーリー ; Deep Red」巣山ひろみ作;三上唯絵 国土社 2024年3月

「スナックこども」令丈ヒロ子さく;まつながもええ 理論社 2024年4月

「ななのまほうのふとん―あいち・どくしょタイムぶんこ」愛知県小中学校長会;名古屋市立小中学校長会;愛知県小中学校PTA連絡協議会;名古屋市立小中学校PTA協議会編集 愛知県教育振興会 2024年11月

「ふしぎ町のふしぎレストラン. 7」三田村信行作;あさくらまや絵 あかね書房 2024年1月

「ラストで君は「まさか!」と言う. きらめく夜空―3分間ノンストップショートストーリー」PHP研究所編 PHP研究所 2024年11月

「怪談十二か月. 夏」福井蓮著 汐文社 2024年8月

「星座のようせい : 12星座―ようせいじてん」小手鞠るい作;松倉香子絵 講談社(わくわくライブラリー) 2024年4月

惑星

「セカイの千怪奇. 4」木滝りま;太田守信作 岩崎書店 2024年12月

「星のカービィ. メタナイトと魔石の怪物」高瀬美恵作;苅野タウ;ぽと絵 KADOKAWA(角川つばさ文庫) 2024年7月

【乗りもの】

宇宙船、宇宙ステーション

「イナバさんと夢の金貨」野見山響子文絵 理論社 2024年2月

「宇宙級初恋.［2］」水無仙丸作;たしろみや絵 KADOKAWA（角川つばさ文庫）2024年5月

「地球発!アストロアカデミー：うらぎり者はだれだ!?月からの大脱出!」天川栄人作;ゆうち巳くみ絵 集英社（集英社みらい文庫）2024年3月

汽車、電車＞汽車、電車一般

「アポロンと5つの神託. 5-上―パーシー・ジャクソンとオリンポスの神々 ; シーズン3」リック・リオーダン作;金原瑞人;小林みき訳 静山社（静山社ペガサス文庫）2024年5月

「かわいいわたしのFe―文研じゅべにーるYA」神戸遥真作;はーみん絵 文研出版 2024年6月

「ハリー・ポッターと賢者の石. 1-2―ハリー・ポッター ; 2」J.K.ローリング作;松岡佑子訳 静山社（静山社ペガサス文庫）2024年4月

「ブルートレインおばけ号―水木しげるのおばけ学校 ; 3」水木しげる著 ポプラ社 2024年9月

「ゆうれい電車―水木しげるのおばけ学校 ; 2」水木しげる著 ポプラ社 2024年9月

汽車、電車＞新幹線

「シンカリオンチェンジザワールド：ノベライズ. 1」プロジェクトシンカリオン原作/監修;番棚葵著 集英社（集英社みらい文庫）2024年6月

「シンカリオンチェンジザワールド：ノベライズ. 2」プロジェクトシンカリオン原作/監修;番棚葵著 集英社（集英社みらい文庫）2024年10月

汽車、電車＞路面電車

「命をつないだ路面電車」テア・ランノ著;関口英子;山下愛純訳 小学館 2024年7月

車椅子

「王様のキャリー = King's Carry」まひる著 講談社 2024年8月

自転車

「Re:cycle：たったひとりのアイドル」十夜原作;木野誠太郎著 PHP研究所（カラフルノベル）2024年1月

「ブルーラインから、はるか」林けんじろう作;坂内拓絵 講談社（講談社・文学の扉）2024年5月

自動車＞移動販売車

「オラレ!タコスクィーン = Orale!Taco Queen—文研じゅべにーるYA」ジェニファー・トーレス作;おおつかのりこ訳 文研出版 2024年6月

自動車＞トレーラー

「みつばの郵便屋さん = Mitsuba's Postman. 5—小野寺史宜の「みつばの郵便屋さん」シリーズ ; 5」小野寺史宜著 ポプラ社 2024年9月

自動車＞バス

「あの日のあなた—くもんの児童文学」中川なをみ作;大野八生絵 くもん出版 2024年6月

「最終バスのお客さん」小西ときこ著 信濃毎日新聞社(編集・制作) 小西ときこ 2024年2月

自動車＞バス＞スクールバス

「あいたかったよ」村井志音著 文芸社 2024年5月

自動車＞レーシングカー

「レーシング!ZOO : キャッ飛ばしレーサー登場! 1」こざきゆう文;やぶのてんや絵 Gakken 2024年10月

乗りもの一般

「運命を考える」ぬまかおる著 みらいパブリッシング 星雲社 2024年11月

飛行機、ヘリコプター＞飛行機、ヘリコプター一般

「ゆうやけトンボジェット—くもんの児童文学」吉野万理子作;村上幸織絵;二橋亮監修 くもん出版 2024年11月

「星の王子さま」アントワーヌ・ド・サン=テグジュペリ著;青木智美訳 玄光社 2024年10月

「星の王子さま : 新訳 : 王子さまがくれたバトン」サン=テグジュペリ;詩月心訳 学術研究出版 2024年4月

船、ヨット＞海賊船

「もうひとつの『ピーター・パン』: キャプテン・フックの誕生—Disney VILLAINS」講談社編;ローリー・ラングドン著;岡田好惠訳 講談社(講談社KK文庫) 2024年5月

「科学探偵VS.幽霊船の海賊—科学探偵謎野真実シリーズ」佐東みどりほか作;kotona絵 朝日新聞出版 2024年7月

船、ヨット＞豪華客船

「アインシュタインをすくえ!：時間と空間をこえた8日間」コーネリア・フランツ作;若松宣子訳;スカイエマ絵 文溪堂 2024年1月

「青星学園★チームEYE-Sの事件ノート. [20]」相川真作;立樹まや絵 集英社(集英社みらい文庫) 2024年9月

船、ヨット＞難破船

「ラッキーボトル号の冒険」クリス・ウォーメル作;柳井薫訳 徳間書店 2024年5月

船、ヨット＞船、ヨット一般

「グロリア・スコット号事件―名探偵シャーロック・ホームズ」コナン・ドイル作;小林司;東山あかね訳;猫野クロ絵 金の星社 2024年2月

「ささやきの島」フランシス・ハーディング著;エミリー・グラヴェット絵;児玉敦子訳 東京創元社 2024年12月

「不可説不可説転」櫻船鐘寅著;柳屋本舗監修 トライ 2024年10月

【場所・建物・施設・設備】

印刷所

「本好きの下剋上. 第3部[2]」香月美夜作;椎名優絵 TOブックス(TOジュニア文庫) 2024年5月

駅、駅構内、停留所

「ハリー・ポッターと賢者の石. 1-2―ハリー・ポッター ; 2」J.K.ローリング作;松岡佑子訳 静山社(静山社ペガサス文庫) 2024年4月

「ハリー・ポッターと秘密の部屋. 2-1―ハリー・ポッター ; 3」J.K.ローリング作;松岡佑子訳 静山社(静山社ペガサス文庫) 2024年6月

「ゆうれい電車―水木しげるのおばけ学校 ; 2」水木しげる著 ポプラ社 2024年9月

「リアル鬼ごっこファイナル. 上」江坂純著;山田悠介原案・監修;さくしゃ2イラスト 小学館(小学館ジュニア文庫) 2024年7月

「真夜中の4分後 = Four Minutes Past Midnight」コニー・パルムクイスト作;堀川志野舞訳;まめふく絵 静山社 2024年2月

エレベーター

「安房直子絵ぶんこ. 3」安房直子文 あすなろ書房 2024年5月

宴会場、パーティー会場

「青鬼調査クラブ. 10」noprops;黒田研二原作;波摘著;鈴羅木かりんイラスト PHP研究所(PHPジュニアノベル) 2024年10月

おばけ屋敷

「幽霊屋敷予定地―怪ぬしさまシリーズ」地図十行路著;ニナハチ絵 朝日新聞出版(ナゾノベル) 2024年7月

お店＞居酒屋、バー

「スナックこども」令丈ヒロ子さく;まつながもええ 理論社 2024年4月

お店＞お店一般

「こうかんや」小川としあき 文芸社 2024年4月

「怖い噂のあるお店 : 99秒の戦慄〈闇〉体験―「怖い場所」超短編シリーズ」八月美咲著 主婦と生活社 2024年10月

お店＞菓子店、洋菓子店

「シュガーココムー小さなお菓子屋さんの物語：たいせつなきもち」サンエックス原作・絵;白井かなこ著 小学館(小学館ジュニア文庫) 2024年11月

お店＞菓子店、洋菓子店＞駄菓子店

「アニメ版ふしぎ駄菓子屋銭天堂. [1]」廣嶋玲子;jyajya作 偕成社 2024年11月

「アニメ版ふしぎ駄菓子屋銭天堂. [2]」廣嶋玲子;jyajya作 偕成社 2024年11月

「アニメ版ふしぎ駄菓子屋銭天堂. [3]」廣嶋玲子;jyajya作 偕成社 2024年11月

「銭天堂：ふしぎ駄菓子屋. 吉凶通り1」廣嶋玲子作;jyajya絵 偕成社 2024年5月

「銭天堂：ふしぎ駄菓子屋. 吉凶通り2」廣嶋玲子作;jyajya絵 偕成社 2024年10月

「駄菓子屋をまもれ!つくも神大作戦―えんぴつはだまってて；2」あんずゆき作;たごもりのりこ絵 文溪堂 2024年4月

お店＞菓子店、洋菓子店＞和菓子店

「わがしやパンダ―福音館創作童話シリーズ」香桃もこ作;服部美法絵 福音館書店 2024年4月

お店＞カフェ、喫茶店、茶屋

「カフェ・スノードーム」石井睦美文;杉本さなえ絵 アリス館 2024年12月

「くらくらのブックカフェ」まはら三桃ほか著 講談社(講談社・文学の扉) 2024年9月

「ケモカフェ!：獣人男子の花嫁候補になっちゃった!?」*あいら*作;しろこ絵 ポプラ社(ポプラキミノベル) 2024年9月

「みつばの郵便屋さん = Mitsuba's Postman. 7―小野寺史宜の「みつばの郵便屋さん」シリーズ；7」小野寺史宜著 ポプラ社 2024年9月

「リセット. 5」如月ゆすら作;市井あさ絵 アルファポリス 星雲社(アルファポリスきずな文庫) 2024年2月

「異世界でカフェを開店しました。. 5」甘沢林檎作;ななミツ絵 アルファポリス 星雲社(アルファポリスきずな文庫) 2024年7月

「星カフェ. [5]」倉橋燿子作;たま絵 講談社(講談社青い鳥文庫) 2024年5月

「天宮家の王子さま. [10]」白井ごはん作;ひと和絵 集英社(集英社みらい文庫) 2024年8月

「美少年カフェは知っている―探偵チームKZ事件ノート」藤本ひとみ原作;住滝良文;駒形絵 講談社(講談社青い鳥文庫) 2024年3月

「富嶽百景―スラよみ!日本文学名作シリーズ；4」太宰治作;黒野伸一現代語訳 理論社 2024年12月

お店＞玩具店

「ハロウィーンまで、まってなさい」ミリアム・ヤング作;小宮由訳;平澤朋子絵 岩波書店 2024年9月

お店＞くつ店、洋服店

「安房直子絵ぶんこ. 3」安房直子文 あすなろ書房 2024年5月

お店＞コンビニエンスストア

「妖怪コンビニ. 4」令丈ヒロ子作;トミイマサコ絵 あすなろ書房 2024年3月

「妖怪コンビニ. 5」令丈ヒロ子作;トミイマサコ絵 あすなろ書房 2024年11月

お店＞雑貨店

「みおちゃんも猫好きだよね?」神戸遥真作 金の星社 2024年7月

「安房直子絵ぶんこ. 4」安房直子文 あすなろ書房 2024年6月

「無法施展的時間魔法―樂讀456；初階 108 魔法十年屋；5」廣嶋玲子文;佐竹美保圖;王蘊潔譯 親子天下 2024年1月

「貓學徒的實習時間―樂讀456；初階 109 魔法十年屋；6」廣嶋玲子文;佐竹美保圖;王蘊潔譯 親子天下 2024年1月

お店＞手芸店、糸やさん

「安房直子絵ぶんこ. 6」安房直子文 あすなろ書房 2024年7月

お店＞商店街、市場、スーパーマーケット

「たい焼き総選挙―読書の時間；20」新井けいこ作;いちろう絵 あかね書房 2024年9月

「トッケビ梅雨時商店街」ユヨングァン著;岩井理子訳 静山社 2024年10月

「ルビとたいせつな宝もの―本屋さんのルビねこ」野中柊作;松本圭以子絵 理論社 2024年7月

お店＞書店、古書店

「1話10分秘密文庫」日本児童文芸家協会編 新星出版社 2024年11月

「くらくらのブックカフェ」まはら三桃ほか著 講談社(講談社・文学の扉) 2024年9月

「ルビとたいせつな宝もの―本屋さんのルビねこ」野中柊作;松本圭以子絵 理論社 2024年7月

「運命を考える」ぬまかおる著 みらいパブリッシング 星雲社 2024年11月

「檸檬 = Lemon―エコトバ」梶井基次郎著;三永ワヲイラスト 文研出版 2024年6月

お店＞百貨店、デパート

「るりのワンピース」花里真希作;北見葉胡絵 講談社 2024年4月

お店＞複合商業施設、ショッピングモール

「逃走中 : オリジナルストーリー. [11]」小川彗著 集英社(集英社みらい文庫) 2024年5月

お店＞ベーカリー

「ねずみのパンや : おいしいはなしにご用心」上野与志作;藤嶋えみこ絵 岩崎書店 2024年11月

お店＞屋台

「安房直子絵ぶんこ. 5」安房直子文 あすなろ書房 2024年6月

「異世界でカフェを開店しました。. 5」甘沢林檎作;ななミツ絵 アルファポリス 星雲社(アルファポリスきずな文庫) 2024年7月

「怖い噂のあるお店 : 99秒の戦慄〈闇〉体験―「怖い場所」超短編シリーズ」八月美咲著 主婦と生活社 2024年10月

お店＞理髪店、美容室

「こねこのモモちゃん美容室」なりゆきわかこ作;トビイルツ絵 ポプラ社(子どもたちにつたえたい傑作選) 2024年11月

お店＞レストラン、飲食店、食堂

「5分後に泣き笑いのラスト―5分シリーズ」エブリスタ編 河出書房新社 2024年6月

「おばけレストラン―水木しげるのおばけ学校 ; 10」水木しげる著 ポプラ社 2024年9月

「カップ・メン = CUP・MEN―カップ・メン ; 1」川之上英子;川之上健作;おおのこうへい絵 ポプラ社 2024年12月

「ギリギリチョイス天国か?地獄か? : 選択型ショート・ストーリー」粟生こずえ著;eskイラスト ポプラ社 2024年8月

「ふしぎ町のふしぎレストラン. 7」三田村信行作;あさくらまや絵 あかね書房 2024年1月

「ふしぎ町のふしぎレストラン. 8」三田村信行作;あさくらまや絵 あかね書房 2024年11月

「安房直子絵ぶんこ. 8」安房直子文 あすなろ書房 2024年8月

「七不思議神社. [6]」緑川聖司作;TAKA絵 あかね書房 2024年1月

「童話のレストラン」富田まほ著 文芸社 2024年8月

温泉、浴室、銭湯、湯治場

「星のカービィ. プププ温泉はいい湯だな♪の巻」高瀬美恵作;苅野タウ;ぽと絵 KADOKAWA（角川つばさ文庫）2024年3月

「保健室経由、かねやま本館。. 7」松素めぐり著;おとないちあき装画・挿画 講談社 2024年2月

会社

「社長ですがなにか? 2」あさつじみか作;はちべもつ絵 KADOKAWA（角川つばさ文庫）2024年1月

「社長ですがなにか? 3」あさつじみか作;はちべもつ絵 KADOKAWA（角川つばさ文庫）2024年5月

「社長ですがなにか? 4」あさつじみか作;はちべもつ絵 KADOKAWA（角川つばさ文庫）2024年9月

会社＞出版社

「江戸を照らせ：蔦屋重三郎の挑戦」小前亮作;中島花野画 小峰書店 2024年11月

「出てこい、写楽!：蔦重編集日記」楠木誠一郎作;平沢下戸絵 静山社 2024年9月

階段

「教室の怖い噂—キミが開く恐怖の扉ホラー傑作コレクション」辻村深月;近藤史恵;澤村伊智著;朝宮運河編 汐文社 2024年11月

科学館

「ふでばこのくにの冒険：ぼくを取りもどすために」村上しいこ作;岡本順絵 童心社 2024年2月

宮廷、城、後宮、宮殿

「5分後に意外な結末ex クリムゾンに染まる宮殿」桃戸ハル編著;usi絵 Gakken 2024年12月

「ジューナとベール」中村応子 パレード（Parade books）2024年2月

「バーティミアス ソロモンの指輪. 3」ジョナサン・ストラウド作;金原瑞人;松山美保訳 静山社（静山社ペガサス文庫）2024年3月

「マインクラフトレッドストーンの城」サルワット・チャダ作;北川由子訳 竹書房 2024年3月

「らくだい魔女と黒の城の王子」成田サトコ作;千野えなが絵 ポプラ社（ポプラポケット文庫）2024年3月

「王女さまのお手紙つき. 4」ポーラ・ハリソン原作;チーム151E☆企画・構成;ajico;中島万璃絵 Gakken 2024年1月

「姫さまですよねっ!? 3」ソウマチ著;七海喜つゆりイラスト 小学館(小学館ジュニア文庫) 2024年8月

「竜が呼んだ娘. 1」柏葉幸子作;佐竹美保絵 講談社 2024年1月

「竜が呼んだ娘. 2」柏葉幸子作;佐竹美保絵 講談社 2024年3月

「歴史がおもしろい枕草子 = MAKURA-NO-SOSHI:HISTORY'S FASCINATING SIDE―ジュニア版名作に強くなる!」清少納言著;時海結以著;赤間恵都子監修 世界文化社 2024年10月

教会、聖堂、モスク、修道院

「フランダースの犬―ビジュアル特別版」ウィーダ原作;森山京文;いせひでこ絵 世界文化社 2024年7月

「転生したらスライムだった件. 11[下]」伏瀬作;もりょ絵 マイクロマガジン社(かなで文庫) 2024年9月

強制収容所

「この銃弾を忘れない」マイテ・カランサ作;宇野和美訳 徳間書店 2024年12月

研究所、研究室

「カミオカンデの神さま」松田悠八作;小林敏也イラストレーション ロクリン社 2024年11月

「二人と一匹の本格捜査ミステリー. 2―文研じゅべにーる」村松由紀子作;ao絵 文研出版 2024年4月

公園

「ふたりの秘密」斉藤栄美作;佐竹美保絵 金の星社 2024年10月

「誰も知らないのら猫クロの小さな一生」なりゆきわかこ著;酒井以絵 Gakken 2024年7月

「天久鷹央の推理カルテ = Ameku Takao's Detective Karte : カッパの秘密とナゾの池」知念実希人作;一東挿絵 実業之日本社 2024年12月

「天国の犬ものがたり. [17]」藤咲あゆな著;堀田敦子原作;環方このみイラスト 小学館(小学館ジュニア文庫) 2024年10月

鉱山＞銅山

「美東物語 : 小学生、中学生の皆さんへ」野村典成 モルフプランニング 2024年10月

拘置所、留置場、監獄

「ハリー・ポッターとアズカバンの囚人. 3-1―ハリー・ポッター ; 5」J.K.ローリング作;松岡佑子訳 静山社(静山社ペガサス文庫) 2024年7月

「ぼくらの魔大戦」宗田理作;YUME絵 KADOKAWA(角川つばさ文庫) 2024年8月

「レッツゴー!まいぜんシスターズ. [3]」石崎洋司文;佐久間さのすけ絵 ポプラ社(ポプラキミノベル) 2024年7月

「闇に願いを」クリスティーナ・スーントーンヴァット著;こだまともこ;辻村万実訳 静山社 2024年3月

「絶叫学級. 檻のなかの怨念編」いしかわえみ原作/絵;はのまきみ著 集英社(集英社みらい文庫) 2024年6月

「脱獄サバイバル」cheeery著;狐火絵 スターツ出版(野いちごジュニア文庫) 2024年10月

交番、警察署

「真実の口」いとうみく著 講談社 2024年4月

孤児院、養護施設

「本好きの下剋上. 第3部[2]」香月美夜作;椎名優絵 TOブックス(TOジュニア文庫) 2024年5月

古代遺跡、世界遺産

「セカイの千怪奇. 4」木滝りま;太田守信作 岩崎書店 2024年12月

「東北ふしぎ物語—東北6つの物語」みちのく童話会編著;おしのともこ挿画 国土社 2024年7月

坂

「さかのうえのねこ」いとうみく作;よしむらめぐ絵 あかね書房 2024年4月

「どろだんご小太郎」彩夏香 文芸社(文芸社セレクション) 2024年6月

島、人工島、無人島

「ささやきの島」フランシス・ハーディング著;エミリー・グラヴェット絵;児玉敦子訳 東京創元社 2024年12月

「へのへのカッパせんせい. [8]—へのへのカッパせんせいシリーズ ; 8」樫本学ヴさく・え 小学館 2024年8月

「モアナと伝説の海2」エリザベス・ルドニック著;代田亜香子訳 小学館(小学館ジュニア文庫) 2024年12月

「ヨタカの遺書」川崎浩作・絵 三恵社 2024年1月

「ラッキーボトル号の冒険」クリス・ウォーメル作;柳井薫訳 徳間書店 2024年5月

「化け之島初恋さがし三つ巴. 3」石川宏千花著;脇田茜画 講談社(YA!ENTERTAINMENT) 2024年2月

「海のこびとと霧のおばけ」サリー・ガードナー作;リディア・コーリー絵;中井はるの訳 ポプラ社 2024年2月

「虹の島のお手紙つき. ダイヤモンド編1」ジュリー・サイクス原作;チーム151E☆企画・構成 Gakken 2024年12月

「無人島からの裏切り脱出ゲーム」蜂賀三月著;葛西尚絵 スターツ出版(野いちごジュニア文庫) 2024年3月

「妖怪大戦争―水木しげるのおばけ学校 ; 9」水木しげる著 ポプラ社 2024年9月

「妖怪島のレストラン. 1」キムミンジョン作;山岸由佳訳 評論社 2024年11月

写真館

「怖い噂のあるお店 : 99秒の戦慄〈闇〉体験―「怖い場所」超短編シリーズ」八月美咲著 主婦と生活社 2024年10月

集落、村

「あの日のあなた―くもんの児童文学」中川なをみ作;大野八生絵 くもん出版 2024年6月

「かこさとし童話集. 9」かこさとし作・絵 偕成社 2024年3月

「マインクラフトさいはての村」マックス・ブルックス作;北川由子訳 竹書房 2024年12月

「安房直子絵ぶんこ. 4」安房直子文 あすなろ書房 2024年6月

「鬼八伝説」中村地平作;せきやよいイラスト ヒムカ出版 2024年5月

「全校生徒ラジオ」有沢佳映著 講談社 2024年8月

「秘界マガムジャ村通信」尾張始著 吉備人出版 2024年8月

資料館、資料室

「資料室の日曜日 : にげたひこぼしをさがせ!」村上しいこ作;田中六大絵 講談社(わくわくライブラリー) 2024年5月

水族館

「裏水族館からの脱出ゲーム」cheeery作;ぴろ瀬絵 ポプラ社(ポプラキミノベル) 2024年4月

スキー場、スケート場

「雪女とヒミツのやくそく」西村さとみ作;ao絵 国土社 2024年11月

相談所

「ご相談はお決まりですか? : 学園内で執事&メイド喫茶はじめました」伊藤クミコ著;ハモンド華麗イラスト PHP研究所(PHPジュニアノベル) 2024年11月

ダム

「虹色ほたる：永遠の夏休み. 上」川口雅幸作;ちゃこたた絵 アルファポリス 星雲社(アルファポリスきずな文庫) 2024年7月

邸宅、豪邸、館、屋敷

「スペルホーストのパペット人形」ケイト・ディカミロ作;ジュリー・モースタッド絵;横山和江訳 偕成社 2024年8月

「バスカヴィル家の犬―名探偵シャーロック・ホームズ」コナン・ドイル作;小林司;東山あかね訳;猫野クロ絵 金の星社 2024年6月

「鬼の花嫁. 1」クレハ著;ニナハチ絵 スターツ出版(野いちごジュニア文庫) 2024年11月

「求愛されるにはワケがある!?：ナゾの四兄弟と薬指の約束」みゆ著;本田ロアロイラスト PHP研究所(PHPジュニアノベル) 2024年3月

「天宮家の王子さま. [10]」白井ごはん作;ひと和絵 集英社(集英社みらい文庫) 2024年8月

「天宮家の王子さま. [11]」白井ごはん作;ひと和絵 集英社(集英社みらい文庫) 2024年12月

「天宮家の王子さま. [9]」白井ごはん作;ひと和絵 集英社(集英社みらい文庫) 2024年4月

「秘密の花園」F.H.バーネット作;脇明子訳 教文館 2024年3月

「魔女やしきのサーカス：ちょっと不思議!?めっちゃこわい!10話のおはなし」ふろむ編 国土社 2024年4月

寺、神社、神殿

「シロガラス. 6」佐藤多佳子著 偕成社 2024年11月

「レッツゴー!まいぜんシスターズ. [4]」石崎洋司文;佐久間さのすけ絵 ポプラ社(ポプラキミノベル) 2024年11月

「ワルイコいねが」安東みきえ著 講談社 2024年11月

「七不思議神社. [6]」緑川聖司作;TAKA絵 あかね書房 2024年1月

「西遊記. 16―斉藤洋の西遊記シリーズ；16」呉承恩作;斉藤洋文;広瀬弦絵 理論社 2024年3月

「本好きの下剋上. 第3部[3]」香月美夜作;椎名優絵 TOブックス(TOジュニア文庫) 2024年10月

天文台

「ムーミン谷の彗星」トーベ・ヤンソン著;下村隆一訳 講談社 2024年7月

トイレ、おまる

「トイレ野ようこさん」仙田学作;田中六大絵 静山社 2024年2月

「とけるとゾッとするこわい算数. 2」小林丸々作;亜樹新絵 ポプラ社(ポプラキミノベル) 2024年3月

塔、鉄塔

「アポロンと5つの神託. 5-下―パーシー・ジャクソンとオリンポスの神々 ; シーズン3」リック・リオーダン作;金原瑞人;小林みき訳 静山社(静山社ペガサス文庫) 2024年5月

「バーティミアス ソロモンの指輪. 2」ジョナサン・ストラウド作;金原瑞人;松山美保訳 静山社(静山社ペガサス文庫) 2024年3月

峠

「安房直子絵ぶんこ. 1」安房直子文 あすなろ書房 2024年4月

道場、土俵

「幕末レボリューション! [2]」五十嵐美怜作;雪丸ぬん絵 集英社(集英社みらい文庫) 2024年2月

灯台

「しじんのゆうびんやさん」斉藤倫作;牡丹靖佳画 偕成社 2024年11月

動物園

「アドニスの声が聞こえる」フィル・アール作;杉田七重訳 小学館 2024年4月

「コケコココッコな毎日に―中学年よみものシリーズ」横田明子作;野村まり子絵 絵本塾出版 2024年6月

「世界一クラブ. [19]」大空なつき作;明菜絵 KADOKAWA(角川つばさ文庫) 2024年8月

図書館、図書室

「あそび室の日曜日 : マグロおどりでおさきマっグロ」村上しいこ作;田中六大絵 講談社(わくわくライブラリー) 2024年11月

「クール男子の心の声は「大好き」だらけ!?」神戸遥真著;九重かぼす絵 スターツ出版(野いちごジュニア文庫) 2024年8月

「なんとかなる本 = The Book of Can-Do. [2]―樹本図書館のコトバ使い ; 2」令丈ヒロ子著;浮雲宇一絵 講談社 2024年4月

「なんとかなる本 = The Book of Can-Do. [3]―樹本図書館のコトバ使い ; 3」令丈ヒロ子著;浮雲宇一絵 講談社 2024年10月

「ふしぎな図書館とクリスマス大決戦―ストーリーマスターズ ; 6」廣嶋玲子作;江口夏実絵 講談社 2024年11月

「ふしぎな図書館と消えた西遊記―ストーリーマスターズ；5」廣嶋玲子作;江口夏実絵 講談社 2024年3月

「モジモジばあは、本のおいしゃさん」仁科幸子作 文溪堂 2024年3月

「山の学校キツネのとしょいいん」葦原かもさく;高橋和枝え 講談社(わくわくライブラリー) 2024年11月

「図書館のぬいぐるみかします. 1―ブック・フレンド；1」シンシア・ロード作;ステファニー・グラエギン絵;田中奈津子訳 ポプラ社 2024年1月

「図書館のぬいぐるみかします. 2―ブック・フレンド；2」シンシア・ロード作;ステファニー・グラエギン絵;田中奈津子訳 ポプラ社 2024年7月

「星空としょかんの青い鳥」小手鞠るい作;近藤未奈絵 小峰書店 2024年9月

「余命0日の僕が、死と隣り合わせの君と出会った話―森田碧の「よめぼく」シリーズ；5」森田碧著 ポプラ社 2024年9月

トンネル

「オカルト研究会と幽霊トンネル―オカルト研究会シリーズ；2」緑川聖司著;水輿ゆい絵 朝日新聞出版(ナゾノベル) 2024年2月

「かこさとし童話集. 7」かこさとし作/絵 偕成社 2024年2月

庭

「オセロのジャムとにじ色トカゲ」島村木綿子作;はしもとえつよ絵 国土社 2024年6月

「パインさんのむらさきのいえ」レオナード・ケスラーさく;小宮由やく 大日本図書 2024年8月

「直紀とふしぎな庭」山下みゆき作;もなか絵 静山社 2024年1月

「秘密の花園」F.H.バーネット作;脇明子訳 教文館 2024年3月

博物館

「TVシリーズ特別編集版名探偵コナンVS.怪盗キッド」青山剛昌原作;宮下隼一脚本・構成;水稀しま著 小学館(小学館ジュニア文庫) 2024年1月

「いつか、あの博物館で。：アンドロイドと不気味の谷」朝比奈あすか著 東京書籍 2024年7月

「ふしぎアイテム博物館：変身手紙・過去カメラほか」星奈さき作;Lyon絵 KADOKAWA(角川つばさ文庫) 2024年4月

「ふしぎアイテム博物館. [2]」星奈さき作;Lyon絵 KADOKAWA(角川つばさ文庫) 2024年11月

「恐竜博物館のひみつ―文研ステップノベル」別司芳子作;ながおかえつこ絵 文研出版 2024年7月

「世にもこわい博物館：5分でゾッとする結末」黒史郎著 講談社 2024年7月

橋

「The cat and the devil = 猫と悪魔―絵本で広がる世界文学」JamesJoyce のどまる堂 2024年5月

「きつねの橋. 巻の3」久保田香里作;佐竹美保絵 偕成社 2024年8月

「恐怖のなぞが解けるとき3分後にゾッとするラストやっと会えたね」福井蓮著 汐文社 2024年2月

美術館、ギャラリー、美術室

「異形怪異：お化けが出てこない怖い話」むくろ幽介文;fracocoイラスト イカロス出版 2024年12月

「映画おしりたんていさらば愛しき相棒よザ・ノベル」トロル原作;成田順文 ポプラ社(ポプラキミノベル) 2024年5月

病院、保健室、施術所、診療所

「5分怪談」ナナフシギ著 幻冬舎 2024年6月

「あやしの保健室2. 3」染谷果子作;HIZGI絵 小峰書店 2024年1月

「それでも私が、ホスピスナースを続ける理由―感動のお仕事シリーズ」ラプレツィオーサ伸子著 Gakken 2024年5月

「はちみつ色のキミとヒミツの恋をした。」小春りん著;かなめもにか絵 スターツ出版(野いちごジュニア文庫) 2024年1月

「りりかさんのぬいぐるみ診療所. [4]」かんのゆうこ作;北見葉胡絵 講談社(わくわくライブラリー) 2024年4月

「王様のキャリー = King's Carry」まひる著 講談社 2024年8月

「保健室で寝ていたら、爽やかモテ男子に甘く迫られちゃいました。」凩ちの著;覡あおひ絵 スターツ出版(野いちごジュニア文庫) 2024年9月

「保健室には魔女が必要. [2]」石川宏千花作;赤絵 偕成社(偕成社ノベルフリーク) 2024年11月

「保健室経由、かねやま本館。. 7」松素めぐり著;おとないちあき装画・挿画 講談社 2024年2月

「余命一年と宣告された君と、消えたいと願う僕が出会った話―森田碧の「よめぼく」シリーズ ; 6」森田碧著 ポプラ社 2024年9月

病院、保健室、施術所、診療所＞動物病院

「やまの動物病院. 3」なかがわちひろ作・絵 徳間書店 2024年11月

ビル

「わたしたちの帽子」高楼方子作;出久根育絵 フレーベル館 2024年1月

別荘

「四つ子ぐらし. 19」ひのひまり作;佐倉おりこ絵 KADOKAWA(角川つばさ文庫) 2024年11月

墓地、お墓

「おばけ野球チーム―水木しげるのおばけ学校 ; 1」水木しげる著 ポプラ社 2024年9月

「青鬼調査クラブ. 9」noprops;黒田研二原作;波摘著;鈴羅木かりんイラスト PHP研究所(PHPジュニアノベル) 2024年3月

ホテル、宿、旅館、ペンション、民宿

「モンスター・ホテルでめしあがれ」柏葉幸子作;高畠純絵 小峰書店 2024年3月

「夏がいく」伊多波碧作;おとないちあき絵 理論社 2024年6月

「七不思議神社. [7]」緑川聖司作;TAKA絵 あかね書房 2024年10月

「社長ですがなにか? 4」あさつじみか作;はちべもつ絵 KADOKAWA(角川つばさ文庫) 2024年9月

マンション、アパート、団地、長屋

「バッタマンション = MAISON DE GRASSHOPPER」北川佳奈作;九ポ堂絵 アリス館 2024年9月

「ふたりの秘密」斉藤栄美作;佐竹美保絵 金の星社 2024年10月

「みつばの郵便屋さん = Mitsuba's Postman. 2―小野寺史宜の「みつばの郵便屋さん」シリーズ ; 2」小野寺史宜著 ポプラ社 2024年9月

「迷子のトウモロコシ」嘉成晴香作 金の星社 2024年9月

「妖怪九十九搬新家―樂讀456 ; 初階 110 妖怪一族 ; 1」富安陽子文;山村浩二圖;游韻馨譯 親子天下 2024年2月

港、港町

「キット : 父さんをさがしに」中村応子 パレード(Parade books) 2024年8月

屋根裏

「レット・イット・ゴー : エルサとアナがおたがいを知らずに育った〈もしも〉の世界. 上―ディズニーツイステッドテール. ゆがめられた世界」ジェン・カロニータ著;池本尚美訳 Gakken 2024年6月

遊園地、テーマパーク

「あやし、おそろし、天獄園：銭天堂番外編. 2」廣嶋玲子作;jyajya絵 偕成社 2024年7月

「おチビがうちにやってきた! [10]」柴野理奈子作;福きつね絵 集英社(集英社みらい文庫) 2024年4月

「カーニバルに消えたダイヤを追え―痛快!マジック同盟ミスフィッツ ; A」ニール・パトリック・ハリス;アレック・アザム作;松山美保訳 静山社 2024年7月

「ララ姫はときどき☆こねこ. 5」みおちづる作;水玉子絵 Gakken 2024年7月

「意味がわかるとゾッとする怖い遊園地」緑川聖司作 新星出版社 2024年7月

「陰陽師クラブへようこそ. 3」卯月みか作;雨宮もえ絵 アルファポリス 星雲社(アルファポリスきずな文庫) 2024年5月

「映画クレヨンしんちゃんオラたちの恐竜日記」蒔田陽平ノベライズ;臼井儀人原作;佐々木忍監督;モラル脚本 双葉社(双葉社ジュニア文庫) 2024年8月

「海のなかの観覧車 = Ferris Wheel in the Sea」菅野雪虫著 講談社 2024年4月

「三姉妹は恋ができない!?：となりの幼なじみも三兄弟!新生活はドキドキの予感」永良サチ著;森乃なっぱ絵 スターツ出版(野いちごジュニア文庫) 2024年1月

「社長ですがなにか? 2」あさつじみか作;はちべもつ絵 KADOKAWA(角川つばさ文庫) 2024年1月

「生き残りゲームラストサバイバル. [20]」大久保開作;北野詠一絵 集英社(集英社みらい文庫) 2024年2月

「青鬼. [13]」noprops原作;黒田研二著;鈴羅木かりんイラスト PHP研究所(PHPジュニアノベル) 2024年8月

郵便局

「しじんのゆうびんやさん」斉藤倫作;牡丹靖佳画 偕成社 2024年11月

要塞

「僕のヒーローアカデミアTHE MOVIEユアネクスト：ノベライズみらい文庫版」堀越耕平原作/総監修/キャラクター原案;小川彗著;黒田洋介脚本 集英社(集英社みらい文庫) 2024年8月

幼稚園

「あいたかったよ」村井志音著 文芸社 2024年5月

「森と、母と、わたしの一週間」八束澄子著 ポプラ社(teens' best selections) 2024年10月

寮

「おりひめ寮からごきげんよう. [2]」小湊悠貴作;なもり絵 集英社(集英社みらい文庫) 2024年7月

「キミに胸きゅんしすぎて困る!:ワケありお隣さんは、天敵男子!?」ゆいっと著;覗あおひ絵 スターツ出版(野いちごジュニア文庫) 2024年1月

「学校に行かない僕の学校」尾崎英子作 ポプラ社(teens' best selections) 2024年5月

老人ホーム、老人施設

「月の目と赤耳:老人ホームの二千年物語. 早春編」木村桂子著 鳥影社 2024年6月

【戦争と平和・災害・社会問題】

共存、共生

「いばらの髪のノラ = thorn-haired Nora. 2」日向理恵子作;吉田尚令絵 童心社 2024年6月

「いばらの髪のノラ = thorn-haired Nora. 3」日向理恵子作;吉田尚令絵 童心社 2024年8月

「ハミングベアのくる村」キャサリン・アップルゲイト作;尾高薫訳 偕成社 2024年1月

「ぼくはクルルをまもりたい—本はともだち♪ ; 29」なりゆきわかこ文;いりやまさとし絵 ポプラ社 2024年12月

「リスたちの行進」堀直子作;平澤朋子絵 新日本出版社 2024年9月

「絶滅動物物語. 2」うすくらふみ原作・絵;藤咲あゆな著;今泉忠明監修 小学館(小学館ジュニア文庫) 2024年1月

「妖怪九十九搬新家—樂讀456 ; 初階 110 妖怪一族 ; 1」富安陽子文;山村浩二圖;游韻馨譯 親子天下 2024年2月

災害>火事

「クロニクル千古の闇. 8」ミシェル・ペイヴァー作;さくまゆみこ訳 評論社 2024年8月

「日本一周ナゾトキ珍道中 : 5分でスカッとする結末. 東日本編」粟生こずえ著 講談社 2024年10月

災害>地震>東日本大震災

「まさきの虎」濱野京子作;こうの史代絵 童心社 2024年12月

災害>台風、ハリケーン

「青蛙祭実行委員会よりお知らせです。—カドカワ読書タイム」遅河海原案;室岡ヨシミコ著;二反田こなイラスト KADOKAWA 2024年2月

災害>噴火

「ガラパゴス島大噴火—マジック・ツリーハウス ; 52」メアリー・ポープ・オズボーン著;番由美子訳 KADOKAWA 2024年7月

自由

「闇に願いを」クリスティーナ・スーントーンヴァット著;こだまともこ;辻村万実訳 静山社 2024年3月

障害者>視覚障害者

「カンタの訓練 : 盲導犬への道」草野あきこ作;かけひさとこ絵 岩崎書店 2024年6月

植民地

「ぼくの心は炎に焼かれる：植民地のふたりの少年」ビヴァリー・ナイドゥー作;野沢佳織訳 徳間書店 2024年3月

人権、差別、偏見

「あなたの国では = What's It Like Where You Live?」小手鞠るい著 さ・え・ら書房 2024年6月

「インサイド = INSIDE：この壁の向こうへ」佐藤まどか著 静山社 2024年1月

「となりのきみのクライシス」濱野京子作;トミイマサコ絵 さ・え・ら書房 2024年1月

「ぼくの心は炎に焼かれる：植民地のふたりの少年」ビヴァリー・ナイドゥー作;野沢佳織訳 徳間書店 2024年3月

「ぼくらナイトバス・ヒーロー」オンジャリQ.ラウフ作;久保陽子訳 静山社 2024年6月

「ワンダー」R.J.パラシオ作;中井はるの訳 ほるぷ出版 2024年10月

「命をつないだ路面電車」テア・ランノ著;関口英子;山下愛純訳 小学館 2024年7月

セクシャルハラスメント

「となりのきみのクライシス」濱野京子作;トミイマサコ絵 さ・え・ら書房 2024年1月

戦争＞戦争一般

「この銃弾を忘れない」マイテ・カランサ作;宇野和美訳 徳間書店 2024年12月

「ヤング・シャーロック・ホームズ：児童版. 2」アンドリュー・レーン作 静山社 ほるぷ出版 2024年2月

「絵本りょうたとおじいちゃん」髙瀬泰子作;YOSHI絵 風詠社 星雲社 2024年7月

「秘界マガムジャ村通信」尾張始著 吉備人出版 2024年8月

「夜の日記―金原瑞人選モダン・クラシックYA」ヴィーラ・ヒラナンダニ著;山田文訳 作品社 2024年7月

戦争＞第一次世界大戦

「イズミ」小手鞠るい著 偕成社 2024年12月

戦争＞第二次世界大戦

「アドニスの声が聞こえる」フィル・アール作;杉田七重訳 小学館 2024年4月

「北緯44度浩太の夏：ぼくらは戦争を知らなかった」有島希音作;ゆの絵 岩崎書店 2024年5月

戦争と平和、災害、社会問題一般

「あなたの国では = What's It Like Where You Live?」小手鞠るい著 さ・え・ら書房 2024年6月

「ねがいの木」岡田淳文;植田真絵 BL出版 2024年5月

「へ〜わ部」GGおかだ著 文芸社 2024年5月

「絵本りょうたとおじいちゃん」髙瀬泰子作;YOSHI絵 風詠社 星雲社 2024年7月

「初恋タイムリミット. [2]」やまもとふみ作;那流絵 ポプラ社(ポプラキミノベル) 2024年4月

「初恋タイムリミット. [3]」やまもとふみ作;那流絵 ポプラ社(ポプラキミノベル) 2024年8月

難民問題

「アフガンの息子たち」エーリン・ペーション著;ヘレンハルメ美穂訳 小学館 2024年2月

「僕たちは星屑でできている―STAMP BOOKS」マンジート・マン作;長友恵子訳 岩波書店 2024年1月

貧困、家庭内暴力、児童虐待

「さよならミイラ男」福田隆浩著 講談社 2024年2月

「スタート = START―読書の時間 ; 19」楠章子作;みなはむ絵 あかね書房 2024年3月

「スラムに水は流れない」ヴァルシャ・バジャージ著;村上利佳訳 あすなろ書房 2024年4月

「となりのきみのクライシス」濱野京子作;トミイマサコ絵 さ・え・ら書房 2024年1月

【文化・芸能・スポーツ】

スポーツ＞Eスポーツ

「王様のキャリー = King's Carry」まひる著 講談社 2024年8月

スポーツ＞弓道

「きみと100年分の恋をしよう. [13]」折原みと作;フカヒレ絵 講談社(講談社青い鳥文庫) 2024年8月

「正射必中!弓道部―こんな部活あります」斎藤貴男作;おとないちあき絵 新日本出版社 2024年3月

スポーツ＞サーフィン、波乗り

「サーファーガール = Surfer Girl : かがやく波に乗れ!」麻生かづこ作;かわいちひろ絵 小峰書店(ブルーバトンブックス) 2024年5月

「七月の波をつかまえて―STAMP BOOKS」ポール・モーシャー作;代田亜香子訳 岩波書店 2024年6月

スポーツ＞サッカー

「ゴール!おねしょにアシスト」井嶋敦子作;こばやしまちこ絵 国土社 2024年11月

「ココロの花 : 華道部&サッカー部―こんな部活あります」八東澄子作;あわい絵 新日本出版社 2024年1月

「初恋キックオフ! : わたし、マネージャーはじめます! 1」小桜すず作;小森チヒロ絵 KADOKAWA(角川つばさ文庫) 2024年5月

「小説ブルーロック = BLUE LOCK. 6」金城宗幸原作;ノ村優介絵;吉岡みつる文 講談社(講談社KK文庫) 2024年2月

「小説ブルーロック = BLUELOCK. 7」金城宗幸原作;ノ村優介絵;吉岡みつる文 講談社(講談社KK文庫) 2024年6月

「小説ブルーロック = BLUELOCK. 8」金城宗幸原作;ノ村優介絵;吉岡みつる文 講談社(講談社KK文庫) 2024年8月

「小説ブルーロック = BLUELOCK. 9」金城宗幸原作;ノ村優介絵;吉岡みつる文 講談社(講談社KK文庫) 2024年11月

「小説ブルーロック-EPISODE凪-. 1」金城宗幸原作;三宮宏太絵;もえぎ桃文 講談社(講談社KK文庫) 2024年4月

「小説ブルーロック-EPISODE凪-. 2」金城宗幸原作;三宮宏太絵;もえぎ桃文 講談社(講談社KK文庫) 2024年5月

スポーツ＞自転車競技、競輪

「小説弱虫ペダル. 14」渡辺航原作;輔老心ノベライズ 岩崎書店(フォア文庫) 2024年2月

「小説弱虫ペダル. 15」渡辺航原作;輔老心ノベライズ 岩崎書店(フォア文庫) 2024年6月

スポーツ＞水泳

「カッパの三平水泳大会―水木しげるのおばけ学校；7」水木しげる著 ポプラ社 2024年9月

「僕たちは星屑でできている―STAMP BOOKS」マンジート・マン作;長友恵子訳 岩波書店 2024年1月

スポーツ＞スケートボード

「アオハル100%：行動しないと青春じゃないぜ」無月蒼作;水玉子絵 KADOKAWA(角川つばさ文庫) 2024年10月

スポーツ＞スポーツ一般

「ハリー・ポッターと炎のゴブレット. 4-1―ハリー・ポッター；7」J.K.ローリング作;松岡佑子訳 静山社(静山社ペガサス文庫) 2024年8月

スポーツ＞ダンス、踊り

「まじょのナニーさん石のまほうとミラクル☆ダンス」藤真知子作;はっとりななみ絵 ポプラ社 2024年6月

「わたしが恋のセンターです!?：ダンスも恋もトラブルがいっぱい!」せあら波瑠作;瑛吉絵 講談社(講談社青い鳥文庫) 2024年3月

「朝読みのライスおばさん」長江優子作;みずうちさとみ絵 理論社 2024年11月

スポーツ＞ダンス、踊り＞バレエ

「エトワール! 13」梅田みか作;結布絵 講談社(講談社青い鳥文庫) 2024年2月

「エトワール! 14」梅田みか作;結布絵 講談社(講談社青い鳥文庫) 2024年7月

「エトワール! 15」梅田みか作;結布絵 講談社(講談社青い鳥文庫) 2024年12月

「シンデレラ・バレリーナ：Lira. 1―シンデレラ・バレリーナ；1」グエナエル・バリュソー作;清水玲奈訳;森野眠子絵 ポプラ社 2024年3月

「シンデレラ・バレリーナ：Lira. 2―シンデレラ・バレリーナ；2」グエナエル・バリュソー作;清水玲奈訳;森野眠子絵 ポプラ社 2024年8月

「リトル☆バレリーナ = little ballerina. SP2」工藤純子作;佐々木メエ絵;村山久美子監修 Gakken 2024年3月

スポーツ＞鉄棒

「ひみつのとっくん」工藤純子作;田中六大絵 金の星社 2024年7月

スポーツ＞テニス、バドミントン、卓球

「泣き虫スマッシュ! 4」平河ゆうき作;むっしゅ絵 KADOKAWA(角川つばさ文庫) 2024年1月

スポーツ＞登山

「6days遭難者たち」安田夏菜著 講談社 2024年5月

スポーツ＞なわとび

「おおなわ跳びません」赤羽じゅんこ作;マコカワイ絵 静山社 2024年10月

スポーツ＞バレーボール、バスケットボール

「あかね雲のすき間から―あいち・読書タイム文庫」愛知県小中学校長会;名古屋市立小中学校長会;愛知県小中学校PTA連絡協議会;名古屋市立小中学校PTA協議会編集 愛知県教育振興会 2024年11月

「あるいは誰かのユーウツ = Someone's Melancholy」天川栄人著 講談社 2024年6月

「もう一度、あの日の僕らに会いに行く」小春りん著;四ノ宮しの絵 スターツ出版(野いちごジュニア文庫) 2024年2月

「高宮学園バスケ部の氷姫 : 愛されすぎのマネージャー生活、スタート!」*あいら*作;ムネヤマヨシミ絵 集英社(集英社みらい文庫) 2024年10月

「星中バスケ部オレンジガール. [2]」広瀬未衣作;星屋ハイコ絵 集英社(集英社みらい文庫) 2024年1月

「年下男子のルイくんはわたしのことが好きすぎる! [3]」浪速ゆう作;間明田絵 集英社(集英社みらい文庫) 2024年8月

スポーツ＞フィギュアスケート

「相方なんかになりません! [4]」遠山彼方作;双葉陽絵 集英社(集英社みらい文庫) 2024年1月

「氷の上のプリンセススペシャル短編集」風野潮作;Nardack絵 講談社(講談社青い鳥文庫) 2024年1月

スポーツ＞ボートレース、ボート競技

「アニメ映画がんばっていきまっしょい」敷村良子原作;岩佐まもる文;あきづきりょう挿絵 KADOKAWA(角川つばさ文庫) 2024年9月

スポーツ＞ボクシング、キックボクシング

「光の粒が舞いあがる」蒼沼洋人著 PHP研究所（カラフルノベル）2024年7月

スポーツ＞野球

「おばけ野球チーム―水木しげるのおばけ学校；1」水木しげる著 ポプラ社 2024年9月

「正射必中!弓道部―こんな部活あります」斎藤貴男作;おとないちあき絵 新日本出版社 2024年3月

「僕、ブルーのサウスポー」どれみchan作・絵 文芸社 2024年5月

文化、芸能＞囲碁、将棋

「「歩」が「と」に大へんしん!」川北亮司作;藤本四郎絵 汐文社 2024年8月

文化、芸能＞映画、テレビ、ラジオ、番組

「〈推しの子〉-The Final Act-：映画ノベライズみらい文庫版」赤坂アカ;横槍メンゴ原作;はのまきみ著;北川亜矢子脚本 集英社（集英社みらい文庫）2024年12月

「キ・ス・リ・ハ：共演者は、学校イチのモテ男子!?ないしょの放課後リハーサル―カドカワ読書タイム」pico著;久我山ぼんイラスト KADOKAWA 2024年10月

「ヤングタイマーズのお悩み相談室―くもんの児童文学」石川宏千花作;飯田研人装画・挿絵 くもん出版 2024年7月

「嘘泣き女王のクランクアップ = A film making story with a queen who cries crocodile tears..―ティーンズ文学館」神戸遥真著;萩森じあ絵 Gakken 2024年11月

「全校生徒ラジオ」有沢佳映著 講談社 2024年8月

「流れ星の約束：再会したきみは芸能人!?伝えたい想い」みずのまい作;雪丸ぬん絵 集英社（集英社みらい文庫）2024年11月

文化、芸能＞絵本

「じぶんでつくるえがないえほん」B.J.ノヴァクさく;おおともたけしやく 早川書房 2024年11月

「マザー・ブレイクタイム：母は鬼、子は悪魔：絵本とコーヒーをともに」弦本あや華文;弦本ゆりか絵 文芸社 2024年12月

文化、芸能＞演劇、ミュージカル、劇団

「アゲインアゲイン―読書の時間；21」おおぎやなぎちか作;坂口友佳子絵 あかね書房 2024年10月

「風花、推してまいる!」黒川裕子作;タカハシノブユキ絵 岩崎書店 2024年8月

文化、芸能＞お笑い

「おすしかめんサーモンスペシャル：お話・まんがもりあわせ」土門トキオさく;川崎タカオえ Gakken 2024年6月

「コメディ・クイーン」イェニー・ヤーゲルフェルト作;ヘレンハルメ美穂訳 岩波書店 2024年10月

文化、芸能＞音楽

「安房直子絵ぶんこ. 7」安房直子文 あすなろ書房 2024年9月

文化、芸能＞音楽＞歌

「Vチューバー探偵団：目指せ!登録者100万人」木滝りま;舟崎泉美著;榎のと絵 朝日新聞出版(ナゾノベル) 2024年10月

「うた×バト：歌で紡ぐ恋と友情! 1」緋村燐作;ももこっこ絵 アルファポリス 星雲社(アルファポリスきずな文庫) 2024年8月

「サッシーは大まじめ. [2]」マギー・ギブソン著;松田綾花訳 小鳥遊書房 2024年6月

「スナックこども」令丈ヒロ子さく;まつながもええ 理論社 2024年4月

「ひなたとひかり. 7」高杉六花作;万冬しま絵 講談社(講談社青い鳥文庫) 2024年7月

「ふしぎアイテム博物館. [2]」星奈さき作;Lyon絵 KADOKAWA(角川つばさ文庫) 2024年11月

文化、芸能＞音楽＞楽器＞ギター

「アオハルロック宣言!：クラスの問題児はギター男子!?」清谷ロジィ作;花瀬はる絵 集英社(集英社みらい文庫) 2024年4月

文化、芸能＞音楽＞楽器＞琴、竪琴

「静音と琴音」HAREMI絵・文 文芸社 2024年10月

文化、芸能＞音楽＞楽器＞太鼓、ドラム

「あの空にとどけ―文研ステップノベル」熊谷千世子作;かない絵 文研出版 2024年11月

文化、芸能＞音楽＞楽器＞ハーモニカ

「ジョン」エマニュエル・ブルディエ著;平岡敦訳 あすなろ書房 2024年2月

文化、芸能＞音楽＞楽器＞バイオリン

「さんごいろの雲」やえがしなおこ作;出口春菜絵 講談社(わくわくライブラリー) 2024年2月

「ちいさなちょうせん」河田由紀子著 文芸社 2024年8月

文化、芸能＞音楽＞楽器＞ピアノ

「〈小説〉言えない秘密 = Secret」時海結以著 講談社（講談社KK文庫） 2024年6月

「ストピトラベラー花美 = Street Piano Traveler Hanami. 3」柴野理奈子作;まつだひかり絵;ハラミちゃん監修 Gakken 2024年7月

「どろぼう猫とモヤモヤのこいつ」小手鞠るい作;早川世詩男絵 静山社 2024年9月

「ピアノようせいレミーとメロディーのまほう―マジカル☆ピアノレッスン」しめのゆき作;とこゆ絵 ポプラ社 2024年7月

「学園トップ男子の溺愛は配信禁止です!―取り扱い注意最強男子シリーズ」高杉六花著;カトウロカ絵 スターツ出版（野いちごジュニア文庫） 2024年8月

文化、芸能＞音楽＞楽器＞リコーダー、笛

「小説映画ドラえもんのび太の地球交響楽(シンフォニー)」藤子・F・不二雄原作;今井一暁監督・脚本原案;内海照子著・脚本 小学館（小学館ジュニア文庫） 2024年2月

「魔笛の調べ = A THUNDER OF MONSTERS. 3」S.A.パトリック作;岩城義人訳 評論社 2024年3月

文化、芸能＞音楽＞バンド、オーケストラ、吹奏楽

「おとひめさまのうた」いまむらきよみ;ラヘル・ファン・コーイさく てらいんく 2024年7月

「小説映画ドラえもんのび太の地球交響楽(シンフォニー)」藤子・F・不二雄原作;今井一暁監督・脚本原案;内海照子著・脚本 小学館（小学館ジュニア文庫） 2024年2月

「星カフェ. [5]」倉橋燿子作;たま絵 講談社（講談社青い鳥文庫） 2024年5月

文化、芸能＞音楽＞ヒップホップ

「ピーチとチョコレート」福木はる著 講談社 2024年11月

文化、芸能＞学問＞科学、化学

「ふしぎな鏡をさがせ」キムチェリン作;イソヨン絵;カンバンファ訳 小学館 2024年7月

「科学でナゾとき! [4]」あさだりん作;佐藤おどり絵 偕成社（偕成社ノベルフリーク） 2024年7月

「科学探偵vs.終末の大予言. 前編―科学探偵謎野真実シリーズ」佐東みどりほか作;kotona絵 朝日新聞出版 2024年11月

「科学探偵vs.不死身の黒魔術師―科学探偵謎野真実シリーズ」佐東みどり;石川北二;木滝りま;田中智章作;kotona絵 朝日新聞出版 2024年2月

「理花のおかしな実験室. 11」やまもとふみ作;nanao絵 KADOKAWA（角川つばさ文庫） 2024年3月

「理花のおかしな実験室. 12」 やまもとふみ作;nanao絵 KADOKAWA(角川つばさ文庫) 2024年7月

文化、芸能＞学問＞考古学

「ヴィンデビー・パズル」 ロイス・ローリー著;島津やよい訳 新評論 2024年2月

文化、芸能＞学問＞語学、外国語

「NEW HORIZON青春白書. Unit1」 本田久作著;佳奈絵 東京書籍 2024年4月

「ギリシャ語通訳―名探偵シャーロック・ホームズ」 コナン・ドイル作;小林司;東山あかね訳;猫野クロ絵 金の星社 2024年12月

「ハロハロ = Halo-Halo」 こまつあやこ著 講談社 2024年12月

文化、芸能＞学問＞数学、算数

「とけるとゾッとするこわい算数. 2」 小林丸々作;亜樹新絵 ポプラ社(ポプラキミノベル) 2024年3月

「マス×コン! : 席替えで好きな人の隣になる確率って!?」 こぐれ京文;ももこっこ絵 KADOKAWA(角川つばさ文庫) 2024年3月

「マス×コン! 2」 こぐれ京文;ももこっこ絵 KADOKAWA(角川つばさ文庫) 2024年8月

「やらなくてもいい宿題 : 謎の転校生. 算数バトル編」 結城真一郎作 主婦の友社 2024年8月

「怪盗クイーンインド『もう一つの0』」 はやみねかおる作;K2商会絵 講談社(講談社青い鳥文庫) 2024年7月

文化、芸能＞学問＞哲学

「もし、世界にわたしがいなかったら」 ビクター・サントス文;アンナ・フォルラティ絵;金原瑞人訳 西村書店 2024年5月

文化、芸能＞学問＞理科

「理花のおかしな実験室. 13」 やまもとふみ作;nanao絵 KADOKAWA(角川つばさ文庫) 2024年11月

文化、芸能＞華道

「ココロの花 : 華道部&サッカー部―こんな部活あります」 八束澄子作;あわい絵 新日本出版社 2024年1月

「はなバト! 2」 しおやまよる作;しちみ絵 KADOKAWA(角川つばさ文庫) 2024年2月

文化、芸能＞サーカス

「青鬼. [12]」noprops原作;黒田研二著;鈴羅木かりんイラスト PHP研究所(PHPジュニアノベル) 2024年2月

「魔女やしきのサーカス：ちょっと不思議!?めっちゃこわい!10話のおはなし」ふろむ編 国土社 2024年4月

「迷い沼の娘たち」ルーシー・ストレンジ作;中野怜奈訳 静山社 2024年11月

文化、芸能＞詩

「しじんのゆうびんやさん」斉藤倫作;牡丹靖佳画 偕成社 2024年11月

「ソラ猫のそらごと = A Legendary Flying Cat in the Clouds」鈴木康子著 海青社 2024年3月

「ともしび」junaida サンリード 2024年4月

「プラテーロとぼく」フアン・ラモン・ヒメネス作;宇野和美訳;早川世詩男絵 小学館(小学館世界J文学館セレクション) 2024年11月

「一生役立つ〈自信〉が身につく!ひらがな名作」齋藤孝監修 日本図書センター 2024年10月

「不可説不可説転」櫻船鐘寅著;柳屋本舗監修 トライ 2024年10月

文化、芸能＞写真

「どこかがおかしい」佐東みどり;にかいどう青;緑川聖司著 PHP研究所 2024年3月

「ボヘミアの醜聞―名探偵シャーロック・ホームズ」コナン・ドイル作;小林司;東山あかね訳;猫野クロ絵 金の星社 2024年8月

「ラストで君はゾッとする：意味がわかると怖い3分間ノンストップショートストーリー」PHP研究所編;TAKAイラスト PHP研究所(PHPジュニアノベル) 2024年4月

「世界一クラブ. [19]」大空なつき作;明菜絵 KADOKAWA(角川つばさ文庫) 2024年8月

「赤毛組合―名探偵シャーロック・ホームズ」コナン・ドイル作;小林司;東山あかね訳;猫野クロ絵 金の星社 2024年3月

文化、芸能＞書道

「いみちぇん!!廻. 1」あさばみゆき作;市井あさ絵 KADOKAWA(KADOKAWA TSUBASA BOOKS) 2024年10月

文化、芸能＞俳句、短歌、川柳、和歌

「17シーズン = 17season：巡るふたりの五七五」百舌涼一著 講談社 2024年2月

「羽根にねがいを!」西沢杏子作;小松良佳絵 国土社 2024年2月

「月曜倶楽部へようこそ!―おはなし日本文化；短歌・俳句」森埜こみち作;くりたゆき絵 講談社 2024年11月

文化、芸能＞美術、芸術

「サキヨミ! 12」七海まち作;駒形絵 KADOKAWA（角川つばさ文庫） 2024年6月

「青星学園★チームEYE-Sの事件ノート. [20]」相川真作;立樹まや絵 集英社（集英社みらい文庫） 2024年9月

文化、芸能＞美術、芸術＞絵

「あるいは誰かのユーウツ = Someone's Melancholy」天川栄人著 講談社 2024年6月

「おれはケッコンした」本田久作作;市居みか絵 ポプラ社（ポプラ物語館） 2024年12月

「シニカル探偵安土真 = CYnICAL DETECTIVE ADUCHI MAKOTO. 3」齊藤飛鳥作;十々夜絵 国土社 2024年3月

「じぶんでつくるえがないえほん」B.J.ノヴァクさく;おおともたけしやく 早川書房 2024年11月

「ハルカの世界」小森香折作;さとうゆうすけ絵 BL出版 2024年12月

「ひまわりが咲く頃、君と最後の恋をした」汐月うた著;福きつね絵 スターツ出版（野いちごジュニア文庫） 2024年11月

「ふたごチャレンジ! 8」七都にい作;しめ子絵 KADOKAWA（角川つばさ文庫） 2024年7月

「フランダースの犬―ビジュアル特別版」ウィーダ原作;森山京文;いせひでこ絵 世界文化社 2024年7月

「ぼくの色、見つけた!」志津栄子作;末山りん絵 講談社（講談社文学の扉） 2024年5月

「まねをしました―わくわくえどうわ」すずきみえ作;下平けーすけ絵 文研出版 2024年4月

「映画おしりたんていさらば愛しき相棒よザ・ノベル」トロル原作;成田順文 ポプラ社（ポプラキミノベル） 2024年5月

「江戸を照らせ：蔦屋重三郎の挑戦」小前亮作;中島花野画 小峰書店 2024年11月

「出てこい、写楽!：蔦重編集日記」楠木誠一郎作;平沢下戸絵 静山社 2024年9月

「色のようせい：12色+1―ようせいじてん」小手鞠るい作;くまあやこ絵 講談社（わくわくライブラリー） 2024年6月

「切り裂かれた絵画―LIAR：嘘つきは、誰だ?」野月よひら著 Gakken 2024年12月

「中国のフェアリー・テール」ローレンス・ハウスマン作;松岡享子訳 福音館書店 2024年9月

文化、芸能＞美術、芸術＞手芸、裁縫、編みもの、ハンドメイド

「アミとミアのプリンセス・ドレス：かがみの国のときめきジュエル」和田奈津子文;七海喜つゆり絵 KADOKAWA 2024年2月

「ジューナとベール」中村応子 パレード（Parade books） 2024年2月

文化、芸能＞美術、芸術＞銅像、仏像、石像

「放課後ミステリクラブ. 3」知念実希人作;Gurin.絵 ライツ社 2024年2月

文化、芸能＞文学、本

「1話10分秘密文庫」日本児童文芸家協会編 新星出版社 2024年11月

「くらくらのブックカフェ」まはら三桃ほか著 講談社(講談社・文学の扉) 2024年9月

「なんとかなる本 = The Book of Can-Do. [2]―樹本図書館のコトバ使い ; 2」令丈ヒロ子著;浮雲宇一絵 講談社 2024年4月

「なんとかなる本 = The Book of Can-Do. [3]―樹本図書館のコトバ使い ; 3」令丈ヒロ子著;浮雲宇一絵 講談社 2024年10月

「ページズ書店の仲間たち. 3」アナ・ジェームス作;池本尚美訳;淵゛絵 文響社 2024年2月

「モジモジばあは、本のおいしゃさん」仁科幸子作 文溪堂 2024年3月

「ルビとたいせつな宝もの―本屋さんのルビねこ」野中柊作;松本圭以子絵 理論社 2024年7月

「恐怖のなぞが解けるとき3分後にゾッとするラストやっと会えたね」福井蓮著 汐文社 2024年2月

「都会のトム&ソーヤ. 21」はやみねかおる著 講談社(YA!ENTERTAINMENT) 2024年3月

「爆モテ男子からの「大好き」がとまりません!」ゆいっと著;覡あおひ絵 スターツ出版(野いちごジュニア文庫) 2024年5月

「本好きの下剋上. 第3部[2]」香月美夜作;椎名優絵 TOブックス(TOジュニア文庫) 2024年5月

文化、芸能＞文学、本＞古事記、日本書紀

「まだ青き神々の歌:「古事記」～スサノオ青春伝―青春訳名作シリーズ」エコツミ著 Gakken 2024年7月

「日本の神々の物語」小沢章友作;佐竹美保絵 講談社 2024年2月

文化、芸能＞漫画

「わたしが少女漫画のヒロインなんて困りますっ!」凩ちの著;阿古わざき絵 スターツ出版(野いちごジュニア文庫) 2024年7月

文化、芸能＞落語、漫才

「相方なんかになりません! [4]」遠山彼方作;双葉陽絵 集英社(集英社みらい文庫) 2024年1月

【ご当地もの】

アイルランド

「魔法のルビーの指輪」イヴォンヌ・マッグローリー作;加島葵訳;深山まや絵 朔北社 2024年7月

秋田県

「聖女様だった浅舞村の忠猫の物語」石原礼子文;石原法子画 イズミヤ出版 2024年3月

アメリカ合衆国

「イズミ」小手鞠るい著 偕成社 2024年12月

「オラレ!タコスクィーン = Orale!Taco Queen―文研じゅべにーるYA」ジェニファー・トーレス作;おおつかのりこ訳 文研出版 2024年6月

「ガールズ・ルール：愛され女子でいるには」キャンディス・ブシュネル;ケイティ・コトゥーニョ作;三辺律子訳 静山社 2024年10月

「スリーピー・ホローの伝説」ワシントン・アーヴィング作;齊藤昇訳;アンヴィル奈宝子絵 鳥影社 2024年10月

「プリンセス・ダイアリー = The Princess Diaries. 5」メグ・キャボット著;代田亜香子訳 静山社 2024年6月

「ページズ書店の仲間たち. 3」アナ・ジェームス作;池本尚美訳;淵゛絵 文響社 2024年2月

「マナティーがいた夏―ほるぷ読み物シリーズ. セカイへの窓」エヴァン・グリフィス作;多賀谷正子訳 ほるぷ出版 2024年7月

「ヤング・シャーロック・ホームズ：児童版. 2」アンドリュー・レーン作 静山社 ほるぷ出版 2024年2月

「わたしが恋のセンターです!?：ダンスも恋もトラブルがいっぱい!」せあら波瑠作;瑛吉絵 講談社(講談社青い鳥文庫) 2024年3月

「星カフェ. [6]」倉橋燿子作;たま絵 講談社(講談社青い鳥文庫) 2024年9月

アメリカ合衆国＞テキサス州

「答えは旅の中にある」小手鞠るい著 あすなろ書房 2024年1月

アメリカ合衆国＞ニューヨーク州

「答えは旅の中にある」小手鞠るい著 あすなろ書房 2024年1月

アメリカ合衆国＞ニューヨーク州＞ニューヨーク

「アポロンと5つの神託. 5-上―パーシー・ジャクソンとオリンポスの神々 ; シーズン3」リック・リオーダン作;金原瑞人;小林みき訳 静山社(静山社ペガサス文庫) 2024年5月

イギリス

「オリバーと金色の瞳. 上」栗須海作・絵 Rose of May 2024年5月

イギリス＞イングランド

「ノトーリアス―スカーレット&ブラウン ; 2」ジョナサン・ストラウド著;金原瑞人;松山美保訳 静山社 2024年2月

「森に帰らなかったカラス」ジーン・ウィリス作;山﨑美紀訳 徳間書店 2024年10月

イギリス＞イングランド＞ロンドン

「アドニスの声が聞こえる」フィル・アール作;杉田七重訳 小学館 2024年4月

「ぼくらナイトバス・ヒーロー」オンジャリQ.ラウフ作;久保陽子訳 静山社 2024年6月

「わたしの名前はオクトーバー」カチャ・ベーレン作;こだまともこ訳 評論社 2024年1月

「二つの顔を持つ男―名探偵シャーロック・ホームズ」コナン・ドイル作;小林司;東山あかね訳;猫野クロ絵 金の星社 2024年11月

イギリス＞スコットランド

「ヤング・シャーロック・ホームズ : 児童版. 4」アンドリュー・レーン作 静山社 ほるぷ出版 2024年2月

「緋色の習作―名探偵シャーロック・ホームズ」コナン・ドイル作;小林司;東山あかね訳;猫野クロ絵 金の星社 2024年1月

イスラエル＞エルサレム

「バーティミアス ソロモンの指輪. 1」ジョナサン・ストラウド作;金原瑞人;松山美保訳 静山社(静山社ペガサス文庫) 2024年3月

イタリア

「プレッツェモリーナ―語りの森昔話集 ; 6」村上郁再話 語りの森 2024年11月

「山のバルナボ」ディーノ・ブッツァーティ作;川端則子訳;山村浩二絵 岩波書店(岩波少年文庫) 2024年7月

イタリア＞フィレンツェ

「ぼくらのイタリア(怪)戦争」宗田理作;YUME絵 KADOKAWA(角川つばさ文庫) 2024年3月

イタリア＞ローマ

「命をつないだ路面電車」テア・ランノ著;関口英子;山下愛純訳 小学館 2024年7月

イラク

「セカイの千怪奇. 4」木滝りま;太田守信作 岩崎書店 2024年12月

岩手県＞遠野市

「東北こわい物語—東北6つの物語」みちのく童話会編著;おしのともこ挿画 国土社 2024年11月

インド

「怪盗クイーンインド『もう一つの0』」はやみねかおる作;K2商会絵 講談社（講談社青い鳥文庫）2024年7月

「夜の日記—金原瑞人選モダン・クラシックYA」ヴィーラ・ヒラナンダニ著;山田文訳 作品社 2024年7月

インド＞ムンバイ

「スラムに水は流れない」ヴァルシャ・バジャージ著;村上利佳訳 あすなろ書房 2024年4月

エジプト

「かこさとし童話集. 10」かこさとし作・絵 偕成社 2024年3月

江戸

「やん茶の夢は暫の出世鑑—絵草紙風絵本シリーズ」游古庵てんてまりさく・え 和ん古堂ゑざうし部 2024年8月

「江戸を照らせ：蔦屋重三郎の挑戦」小前亮作;中島花野画 小峰書店 2024年11月

「幕末レボリューション! [2]」五十嵐美怜作;雪丸ぬん絵 集英社（集英社みらい文庫）2024年2月

「妖怪の子、育てます. 4」廣嶋玲子作;Minoru絵 東京創元社 2024年6月

大阪府

「わたしのカレーな夏休み」谷口雅美著;KOUME画 講談社 2024年6月

「名探偵コナン服部平次セレクション浪速の相棒」酒井匙著;青山剛昌原作・イラスト 小学館（小学館ジュニア文庫）2024年5月

オーストラリア

「おとひめさまのうた」いまむらきよみ;ラヘル・ファン・コーイさく てらいんく 2024年7月

沖縄県

「かこさとし童話集. 10」かこさとし作・絵 偕成社 2024年3月

ガラパゴス諸島

「ガラパゴス島大噴火―マジック・ツリーハウス ; 52」メアリー・ポープ・オズボーン著;番由美子訳 KADOKAWA 2024年7月

岐阜県

「カミオカンデの神さま」松田悠八作;小林敏也イラストレーション ロクリン社 2024年11月

熊本県＞阿蘇市

「鬼八伝説」中村地平作;せきやよいイラスト ヒムカ出版 2024年5月

ケニア

「ぼくの心は炎に焼かれる : 植民地のふたりの少年」ビヴァリー・ナイドゥー作;野沢佳織訳 徳間書店 2024年3月

島根県＞出雲市

「ほたる姫」松田勉著 文芸社 2024年6月

スウェーデン

「アフガンの息子たち」エーリン・ペーション著;ヘレンハルメ美穂訳 小学館 2024年2月

「行く手、はるかなれど : グスタフ・ヴァーサ物語」菱木晃子作 徳間書店 2024年1月

スペイン

「この銃弾を忘れない」マイテ・カランサ作;宇野和美訳 徳間書店 2024年12月

「プラテーロとぼく」フアン・ラモン・ヒメネス作;宇野和美訳;早川世詩男絵 小学館(小学館世界J文学館セレクション) 2024年11月

瀬戸内海

「ブルーラインから、はるか」林けんじろう作;坂内拓絵 講談社(講談社・文学の扉) 2024年5月

千葉県

「菜々ちゃんのビーチボール」あんざいまさなり あんざいまさなり ぶんしん出版 2024年7月

中国

「三国志. 10」小前亮文;中山けーしょー絵 静山社(静山社ペガサス文庫) 2024年4月

「三国志. 9」小前亮文;中山けーしょー絵 静山社(静山社ペガサス文庫) 2024年2月

「中国のフェアリー・テール」ローレンス・ハウスマン作;松岡享子訳 福音館書店 2024年9月

中国地方

「いかだネコG氏12のぼうけん―読書の時間 ; 22」山下明生作;高畠那生絵 あかね書房 2024年10月

ドイツ

「ヴィンデビー・パズル」ロイス・ローリー著;島津やよい訳 新評論 2024年2月

東京都

「おばけ宇宙大戦争―水木しげるのおばけ学校 ; 4」水木しげる著 ポプラ社 2024年9月

「グリーンデイズ―ステップノベル」高田由紀子作;酒井以絵 文研出版 2024年5月

東京都＞渋谷区＞渋谷

「リアル鬼ごっこファイナル. 下」江坂純著;山田悠介原案・監修;さくしゃ2イラスト 小学館(小学館ジュニア文庫) 2024年11月

「リアル鬼ごっこファイナル. 上」江坂純著;山田悠介原案・監修;さくしゃ2イラスト 小学館(小学館ジュニア文庫) 2024年7月

東京都＞台東区＞浅草

「逃走中 : オリジナルストーリー. [12]」小川彗著 集英社(集英社みらい文庫) 2024年10月

東京都＞中央区＞日本橋

「出てこい、写楽! : 蔦重編集日記」楠木誠一郎作;平沢下戸絵 静山社 2024年9月

東北地方

「東北おいしい物語―東北6つの物語」みちのく童話会編著;おしのともこ挿画 国土社 2024年7月

「東北こわい物語―東北6つの物語」みちのく童話会編著;おしのともこ挿画 国土社 2024年11月

「東北スイーツ物語―東北6つの物語」みちのく童話会編著;おしのともこ挿画 国土社 2024年11月

「東北ふしぎ物語―東北6つの物語」みちのく童話会編著;おしのともこ挿画 国土社 2024年7月

「東北まつり物語―東北6つの物語」みちのく童話会編著;おしのともこ挿画 国土社 2024年7月

長野県

「あの空にとどけ―文研ステップノベル」熊谷千世子作;かない絵 文研出版 2024年11月

「忍びの里の青い影―家守神;5」おおぎやなぎちか作;トミイマサコ絵 フレーベル館 2024年12月

新潟県＞佐渡市

「グリーンデイズ―ステップノベル」高田由紀子作;酒井以絵 文研出版 2024年5月

西日本

「日本一周ナゾトキ珍道中：5分でスカッとする結末. 西日本編」粟生こずえ著 講談社 2024年10月

パキスタン

「夜の日記―金原瑞人選モダン・クラシックYA」ヴィーラ・ヒラナンダニ著;山田文訳 作品社 2024年7月

パプアニューギニア

「ラジコン大海獣―水木しげるのおばけ学校;12」水木しげる著 ポプラ社 2024年9月

東日本

「日本一周ナゾトキ珍道中：5分でスカッとする結末. 東日本編」粟生こずえ著 講談社 2024年10月

広島県＞尾道市

「ブルーラインから、はるか」林けんじろう作;坂内拓絵 講談社(講談社・文学の扉) 2024年5月

フィリピン

「ハロハロ = Halo-Halo」こまつあやこ著 講談社 2024年12月

フィンランド

「少女ソフィアの夏」トーベ・ヤンソン著;渡部翠訳 講談社 2024年7月

福岡県

「コミュニケーション34の力：【解題】小学生が作ったコミュニケーション大事典―コミュニケーション科叢書;4」北九州市立香月小学校平成17年6年1組34名著;菊池省三監修 中村堂 2024年10月

フランス

「The cat and the devil = 猫と悪魔―絵本で広がる世界文学」 JamesJoyce のどまる堂 2024年5月

「アンリくん、どうぶつだいすき」 エディット・ヴァシュロン文;ヴァージニア・カール文・絵;松井るり子訳 徳間書店 2024年4月

「ボンジュール,トゥール」 ハンユンソブ著;キムジナ絵;呉華順訳 影書房 2024年2月

フランス＞パリ

「シンデレラ・バレリーナ：Lira. 1―シンデレラ・バレリーナ；1」 グエナエル・バリュソー作;清水玲奈訳;森野眠子絵 ポプラ社 2024年3月

「シンデレラ・バレリーナ：Lira. 2―シンデレラ・バレリーナ；2」 グエナエル・バリュソー作;清水玲奈訳;森野眠子絵 ポプラ社 2024年8月

「ミラキュラス：レディバグ&シャノワール：サンドボーイ」 ZAG原作;東映アニメーション監修;井上亜樹子作 ポプラ社 2024年12月

ベルギー

「フランダースの犬―ビジュアル特別版」 ウィーダ原作;森山京文;いせひでこ絵 世界文化社 2024年7月

ヨーロッパ＞北欧（北ヨーロッパ）

「ねえねえ、きょうのおはなしは……：世界の楽しいむかしばなし」 大塚勇三再話・訳;PEIACO画 福音館書店 2024年1月

北海道

「北緯44度浩太の夏：ぼくらは戦争を知らなかった」 有島希音作;ゆの絵 岩崎書店 2024年5月

北極

「レッツゴー!まいぜんシスターズ. [3]」 石崎洋司文;佐久間さのすけ絵 ポプラ社（ポプラキミノベル） 2024年7月

宮城県＞仙台市

「エイ・エイ・オー!：ぼくが足軽だった夏」 佐々木ひとみ作;浮雲宇一絵 新日本出版社 2024年6月

「東北こわい物語―東北6つの物語」 みちのく童話会編著;おしのともこ挿画 国土社 2024年11月

宮崎県

「鬼八伝説」中村地平作;せきやよいイラスト ヒムカ出版 2024年5月

山口県＞美祢市

「美東物語：小学生、中学生の皆さんへ」野村典成 モルフプランニング 2024年10月

47都道府県

「3分後にゾッとする話絶叫交差点」野宮麻未;怖い話研究会著;マニアニイラスト 理論社 2024年6月

「都道府県男子! 1」あさばみゆき著;いのうえひなこ;かわぐちけい絵 スターツ出版(野いちごジュニア文庫) 2024年9月

ロシア

「トルストイ童話集」トルストイ原著;水谷まさる編・譯 富山房企畫 冨山房インターナショナル 2024年8月

【作品情報】

アンソロジー

「1話10分秘密文庫」日本児童文芸家協会編 新星出版社 2024年11月

「5分でスカッと!：この溺愛はまさかすぎ!?」中小路かほほか著;かなめもにか絵 スターツ出版(野いちごジュニア文庫) 2024年4月

「5分後に世界が変わる：おどろいて最後は泣ける物語」白井くもほか著;Lyon絵 スターツ出版(野いちごジュニア文庫) 2024年3月

「6年1組すきなんだ―短編小学校；4」吉野万理子作;丹地陽子絵 静山社 2024年5月

「Sweet & Bitter：甘いだけじゃない4つの恋のストーリー. [1]」合田文監修;中島梨絵絵 岩崎書店 2024年11月

「Sweet & Bitter：甘いだけじゃない4つの恋のストーリー. [2]」合田文監修;中島梨絵絵 岩崎書店 2024年11月

「Sweet & Bitter：甘いだけじゃない4つの恋のストーリー. [3]」合田文監修;中島梨絵絵 岩崎書店 2024年11月

「あかね雲のすき間から―あいち・読書タイム文庫」愛知県小中学校長会;名古屋市立小中学校長会;愛知県小中学校PTA連絡協議会;名古屋市立小中学校PTA協議会編集 愛知県教育振興会 2024年11月

「おはなしのろうそく. 34」東京子ども図書館編 東京子ども図書館 2024年8月

「おもしろい話、集めました。. C」ひのひまりほか作;佐倉おりこほか絵 KADOKAWA(角川つばさ文庫) 2024年11月

「かけがえのない贈りものGift：名作クリスマス童話集」小松原宏子文;矢島あづさ絵 いのちのことば社フォレストブックス(Forest Books) 2024年12月

「キミの知らない恋の物語. セツナイ」瀧井朝世編 汐文社 2024年1月

「キミの知らない恋の物語. ナゾメク」瀧井朝世編 汐文社 2024年3月

「クリスマス・キャロル」チャールズ・ディケンズ;オスカー・ワイルド作;村岡花子作・訳;村岡美枝;村岡恵理訳編集 講談社 2024年10月

「クリスマスに読みたい10のおはなし」神戸万知編著 成美堂出版 2024年11月

「グリム童話：こどもと大人のためのメルヘン」グリム著;西本鶏介文・編;藤田新策装丁・さし絵 ポプラ社(子どもたちにつたえたい傑作選) 2024年7月

「ディズニープリンセスなんども読みたい13人のおはなし」講談社編;駒田文子構成・文 講談社 2024年10月

「なのまほうのふとん―あいち・どくしょタイムぶんこ」愛知県小中学校長会;名古屋市立小中学校長会;愛知県小中学校PTA連絡協議会;名古屋市立小中学校PTA協議会編集 愛知県教育振興会 2024年11月

「はじめて読むがいこくの物語. 1年生」横山洋子監修 Gakken(よみとく10分) 2024年3月

「はじめて読む外国の物語. 2年生」横山洋子監修 Gakken(よみとく10分) 2024年3月

「はじめて読む外国の物語. 3年生」横山洋子監修 Gakken(よみとく10分) 2024年9月

「ひみつの相関図ノート」望月麻衣ほか作;日本児童文芸家協会編 ポプラ社 2024年6月

「ラストで君はゾッとする:意味がわかると怖い3分間ノンストップショートストーリー」PHP研究所編;TAKAイラスト PHP研究所(PHPジュニアノベル) 2024年4月

「教室の怖い噂―キミが開く恐怖の扉ホラー傑作コレクション」辻村深月;近藤史恵;澤村伊智著;朝宮運河編 汐文社 2024年11月

「銀の鈴ものがたりの小径届く:アンソロジー―年刊短編童話アンソロジー;第7回」銀の鈴ものがたりの小径編集委員会編 銀の鈴社 2024年5月

「君色パレット = PALETTES OF YOUR COLORS:多様性をみつめるショートストーリー. 2-[1]」岩崎書店 2024年1月

「君色パレット = PALETTES OF YOUR COLORS:多様性をみつめるショートストーリー. 2-[2]」岩崎書店 2024年2月

「君色パレット = PALETTES OF YOUR COLORS:多様性をみつめるショートストーリー. 2-[3]」岩崎書店 2024年2月

「青春サプリ。. [12]―心が元気になる、5つの部活ストーリー」ポプラ社 2024年11月

「総長さまスペシャルもっと甘々」*あいら*ほか著;茶乃ひなの;カトウロカ絵 スターツ出版(野いちごジュニア文庫) 2024年10月

「溺愛MAXな恋スペシャルPink:野いちごジュニア文庫超人気シリーズ集!」*あいら*ほか著;茶乃ひなのほか絵 スターツ出版(野いちごジュニア文庫) 2024年9月

「溺愛限界レベルヴァンパイア祭!」*あいら*ほか著;朝香のりこ絵 スターツ出版(野いちごジュニア文庫) 2024年7月

「童話のレストラン」富田まほ著 文芸社 2024年8月

戯曲、脚本

「ハリー・ポッターと呪いの子:舞台脚本東京版―ハリー・ポッター;27」J.K.ローリング;ジョン・ティファニー;ジャック・ソーン原作;ジャック・ソーン脚本;小田島恒志;小田島則子;松岡佑子訳 静山社(静山社ペガサス文庫) 2024年7月

作品集

「ともしび」junaida サンリード 2024年4月

「のはらうた絵本」工藤直子詩;あべ弘士画 童話屋 2024年12月

短編集

「24のひらめき!と僕らの季節―14歳の世渡り術」田丸雅智著;桃色ポワソンイラスト 河出書房新社 2024年11月

「2つの意味の物語:アイドルの妹は高校生:ひとつの文に秘められたパラレルストーリー」さささきかつお著 新星出版社 2024年7月

「3分間サバイバルNEO:美食の迷宮」粟生こずえ作 あかね書房 2024年11月

「3分後にゾッとする話最凶スポット」野宮麻未;怖い話研究会著;マニアニイラスト 理論社 2024年11月

「3分後にゾッとする話絶叫交差点」野宮麻未;怖い話研究会著;マニアニイラスト 理論社 2024年6月

「54字の物語. 12―意味がわかるとゾクゾクする超短編小説」氏田雄介編著;武田侑大絵 PHP研究所 2024年5月

「5秒後に意外な結末:ミダス王の黄金の指先―「5分後に意外な結末」シリーズ」桃戸ハル編著;usi絵 Gakken 2024年1月

「5分怪談」ナナフシギ著 幻冬舎 2024年6月

「5分間思考実験ストーリー:キミの答えで結末が変わる. 未来編」北村良子著;あすぱら絵 幻冬舎 2024年12月

「5分後に意外な結末ex クリムゾンに染まる宮殿」桃戸ハル編著;usi絵 Gakken 2024年12月

「5分後に意外な結末Q そして、パズルだけが残った。」桃戸ハル;伊月咲著;usi絵 Gakken 2024年12月

「5分後に泣き笑いのラスト―5分シリーズ」エブリスタ編 河出書房新社 2024年6月

「5分後に取り残されるラスト―5分シリーズ」梨編著 河出書房新社 2024年10月

「5分後に不気味なラスト―5分シリーズ」エブリスタ編 河出書房新社 2024年6月

「5分後に恋がはじまる―5分シリーズ」似鳥鶏編著 河出書房新社 2024年10月

「5分後に恋の結末. [5]―「5分後に意外な結末」シリーズ」橘つばさ;桃戸ハル著;かとうれい絵 Gakken 2024年7月

「6年1組すきなんだ―短編小学校;4」吉野万理子作;丹地陽子絵 ほるぷ出版 2024年12月

「6年2組なぞめいて―短編小学校;5」吉野万理子作;丹地陽子絵 静山社 2024年6月

「6年3組さらばです―短編小学校;6」吉野万理子作;丹地陽子絵 静山社 2024年7月

「Disneyハロウィーンストーリーズ」ディズニー・ストーリーブック・アートチーム絵;大畑隆子訳・文 うさぎ出版 永岡書店 2024年9月

「Ita-zura―宇田川豪大戯曲文庫；3」宇田川豪大 ブイツーソリューション 2024年3月

「NEW HORIZON青春白書. Unit1」本田久作著;佳奈絵 東京書籍 2024年4月

「Occult-オカルト-：闇とつながるSNS. 3」むくろ幽介文;icula本文イラスト 大泉書店 2024年7月

「あすなろ小学校は今日もにぎやか」白鳥樹一郎作;菊地敏明表紙デザイン・絵 阿古耶書房 2024年10月

「あやしの保健室2. 3」染谷果子作;HIZGI絵 小峰書店 2024年1月

「あるいは誰かのユーウツ = Someone's Melancholy」天川栄人著 講談社 2024年6月

「アンリくん、どうぶつだいすき」エディット・ヴァシュロン文;ヴァージニア・カール文・絵;松井るり子訳 徳間書店 2024年4月

「いいわけはつづくよどこまでも」岡田淳作;田中六大絵 偕成社 2024年6月

「いつまでもともだち」仁科幸子著 偕成社 2024年11月

「いつも会う人―休み時間で完結パステルショートストーリー；Gray」新井けいこ作;Lico絵 国土社 2024年10月

「イナバさんと夢の金貨」野見山響子文絵 理論社 2024年2月

「かかし―あんずの本. 現代中国文学；少年少女編」葉聖陶著;福井ゆり子訳 尚斯国際出版社 日本出版制作センター 2024年3月

「かくされた意味に気がつけるか?3分間ミステリー = Can you notice the hidden meaning? 3 minutes mystery：かさなる世界」恵莉ひなこ著 ポプラ社 2024年4月

「かくされた意味に気がつけるか?3分間ミステリー = Can you notice the hidden meaning?3 minutes mystery：5つのパズル」早瀬春著 ポプラ社 2024年8月

「かくされた意味に気がつけるか?3分間ミステリー = Can you notice the hidden meaning?3 minutes mystery：時渡りの鐘」恵莉ひなこ著 ポプラ社 2024年11月

「かこさとし童話集. 10」かこさとし作・絵 偕成社 2024年3月

「かこさとし童話集. 7」かこさとし作/絵 偕成社 2024年2月

「かこさとし童話集. 9」かこさとし作・絵 偕成社 2024年3月

「キット：父さんをさがしに」中村応子 パレード(Parade books) 2024年8月

「きのうの君とみらいの君へ：思春期の6人の物語」天川栄人作;くりたゆき本文イラスト 集英社(集英社みらい文庫) 2024年6月

「きまぐれ未来寄席」江坂遊著;はしゃ絵 Gakken 2024年4月

「キミの知らない恋の物語. ユレル」瀧井朝世編 汐文社 2024年2月

「きょうのフニフとあしたのフニフ」はせがわさとみ作・絵 佼成出版社 2024年4月

「きょうふ小学校：1分で読めるこわい話」松本うみ作;小津絵 KADOKAWA(角川つばさ文庫) 2024年2月

「ギリギリチョイス天国か?地獄か?：選択型ショート・ストーリー」粟生こずえ著;eskイラスト ポプラ社 2024年8月

「こそあどの森のないしょの時間：Other Stories of the Kosoado Woods—こそあどの森の物語」岡田淳作 理論社 2024年5月

「こそあどの森のひみつの場所：Other Stories of the Kosoado Woods—こそあどの森の物語」岡田淳作 理論社 2024年10月

「こどもに聞かせる一日一話：「母の友」特選童話集. 2」福音館書店「母の友」編集部編 福音館書店 2024年6月

「この世で一番妖しい答え・赤—意味がわかると怖い3分間ホラー」意味怖P編;魔夜妖一;えいとえふ作 あかね書房 2024年2月

「この恋はうさぎ色：5分でキュンとする結末」春間美幸著 講談社 2024年12月

「こらしめじぞう. 2」村上しいこ著;軽部武宏絵 静山社 2024年6月

「さんごいろの雲」やえがしなおこ作;出口春菜絵 講談社(わくわくライブラリー) 2024年2月

「ショコラ・アソート：あの子からの贈りもの」村上雅郁作 フレーベル館(フレーベル館文学の森) 2024年12月

「すきまのむこうがわ—休み時間で完結パステルショートストーリー；Deep Red」巣山ひろみ作;三上唯絵 国土社 2024年3月

「セカイの千怪奇. 3」木滝りま;太田守信作 岩崎書店 2024年5月

「それでも私が、ホスピスナースを続ける理由—感動のお仕事シリーズ」ラプレツィオーサ伸子著 Gakken 2024年5月

「ちいちゃんのおもちゃたち：はなびのよるに」斉藤洋さく;武田美穂え 理論社 2024年11月

「デクノボー万歳!—コニボシのパロディー物語；5. 読み聞かせ絵本」コニボシ作;専門学校穴吹デザインカレッジ学生絵 美巧社 2024年4月

「トクベツキューカ、はじめました!」清水晴木作;いつか絵 岩崎書店 2024年5月

「とけるとゾッとするこわい算数. 2」小林丸々作;亜樹新絵 ポプラ社(ポプラキミノベル) 2024年3月

「どこかがおかしい」佐東みどり;にかいどう青;緑川聖司著 PHP研究所 2024年3月

「トルストイ童話集」トルストイ原著;水谷まさる編・譯 富山房企畫 冨山房インターナショナル 2024年8月

「ドレスアップ!こくるん. 2」久野遥子原作・監督;竹浪春花文 岩崎書店 2024年4月

「なんとかなる本 = The Book of Can-Do. [3]—樹本図書館のコトバ使い；3」令丈ヒロ子著;浮雲宇一絵 講談社 2024年10月

「ねえねえ、きょうのおはなしは……：世界の楽しいむかしばなし」大塚勇三再話・訳;PEIACO画 福音館書店 2024年1月

「はくたとおる童話集」はくたとおる 文芸社(文芸社セレクション) 2024年6月

「ひみつの小学生探偵. 2」チームD編;NOEYEBROW絵 Gakken 2024年3月

「ぼくの町の妖怪―休み時間で完結パステルショートストーリー ; Light Brown」野泉マヤ作;TAKA絵 国土社 2024年2月

「ミス・マープルの名推理 火曜クラブ」アガサ・クリスティー著;矢沢聖子訳;藤森カンナイラスト 早川書房(ハヤカワ・ジュニア・ミステリ) 2024年1月

「みつばの郵便屋さん = Mitsuba's Postman. 2―小野寺史宜の「みつばの郵便屋さん」シリーズ ; 2」小野寺史宜著 ポプラ社 2024年9月

「みつばの郵便屋さん = Mitsuba's Postman. 3―小野寺史宜の「みつばの郵便屋さん」シリーズ ; 3」小野寺史宜著 ポプラ社 2024年9月

「みつばの郵便屋さん = Mitsuba's Postman. 6―小野寺史宜の「みつばの郵便屋さん」シリーズ ; 6」小野寺史宜著 ポプラ社 2024年9月

「むかしむかしあるところに：たのしい日本のむかしばなし」竹中淑子;根岸貴子文;堀川理万子絵 徳間書店 2024年6月

「やなせたかしの新アラビアンナイト. 3」やなせたかし著 クレヴィス 2024年3月

「ヤングタイマーズのお悩み相談室―くもんの児童文学」石川宏千花作;飯田研人装画・挿絵 くもん出版 2024年7月

「ラストで君は「キュン!」とする. 君との365日―3分間ノンストップショートストーリー」PHP研究所編 PHP研究所 2024年8月

「ラストで君は「まさか!」と言う. きらめく夜空―3分間ノンストップショートストーリー」PHP研究所編 PHP研究所 2024年11月

「ラストで君は「まさか!」と言う. ときめきの数字―3分間ノンストップショートストーリー」PHP研究所編 PHP研究所 2024年2月

「ラストで君は「まさか!」と言う. 学校の怪談―3分間ノンストップショートストーリー」PHP研究所編 PHP研究所 2024年8月

「ラストで君は「まさか!」と言う. 溺れるほどの涙―3分間ノンストップショートストーリー」PHP研究所編 PHP研究所 2024年3月

「リトル☆バレリーナ = little ballerina. SP2」工藤純子作;佐々木メエ絵;村山久美子監修 Gakken 2024年3月

「安房直子絵ぶんこ. 6」安房直子文 あすなろ書房 2024年7月

「意味がわかるとゾッとする怖い遊園地」緑川聖司作 新星出版社 2024年7月

「異形怪異：お化けが出てこない怖い話」むくろ幽介文;fracocoイラスト イカロス出版 2024年12月

「花と星とイルカと河童：吉尾令子童話集」吉尾令子 吉尾令子 熊日出版 2024年7月

「怪活倶楽部―5分間ノンストップショートストーリー」永良サチ著 PHP研究所 2024年9月

「怪談十二か月．夏」福井蓮著 汐文社 2024年8月

「学校の怪談5分間の恐怖〈行事編〉．[5]」中村まさみ作 金の星社 2024年3月

「学校の怪談5分間の恐怖行事編．[2]」中村まさみ作 金の星社 2024年1月

「学校の怪談5分間の恐怖行事編．[3]」中村まさみ作 金の星社 2024年2月

「学校の怪談5分間の恐怖行事編．[4]」中村まさみ作 金の星社 2024年2月

「感動の童話五つの奇跡」にしぶのりあき著 パレード 星雲社（Parade Books） 2024年3月

「丘修三児童文学作品集」丘修三著 国土社 2024年9月

「宮沢賢治童話集：雨ニモマケズ・風の又三郎など―100年読み継がれる名作」宮沢賢治著;日下明絵;小埜裕二監修 世界文化ブックス 世界文化社 2024年1月

「恐怖のなぞが解けるとき3分後にゾッとするラストやっと会えたね」福井蓮著 汐文社 2024年2月

「呼人は旅をする」長谷川まりる著 偕成社 2024年10月

「黒猫：ポー短編集―ホラー・クリッパー」エドガー・アラン・ポー原作;にかいどう青文;スカイエマ絵 ポプラ社 2024年2月

「今日も誰かの誕生日―飛ぶ教室の本」二宮敦人作;中田いくみ絵 光村図書出版 2024年12月

「最後の授業 = La Dernière Classe：ドーデショートセレクション―世界ショートセレクション；25」アルフォンス・ドーデ作;平岡敦訳;ヨシタケシンスケ画 理論社 2024年3月

「最終バスのお客さん」小西ときこ著 信濃毎日新聞社(編集・制作) 小西ときこ 2024年2月

「山椒大夫―スラよみ！日本文学名作シリーズ；3」森鷗外作;渡邉文幸現代語訳 理論社 2024年10月

「消された1行がわかるといきなり怖くなる話」藤白圭著 ワニブックス 2024年8月

「色のようせい：12色+1―ようせいじてん」小手鞠るい作;くまあやこ絵 講談社（わくわくライブラリー） 2024年6月

「人間椅子―スラよみ！日本文学名作シリーズ；2」江戸川乱歩作;川北亮司現代語訳 理論社 2024年9月

「世にもこわい博物館：5分でゾッとする結末」黒史郎著 講談社 2024年7月

「晴れ、ときどき雪」小手鞠るい作;松倉香子画 講談社 2024年10月

「折り紙のおばちゃん」平本やえこ著 文芸社 2024年2月

「銭天堂：ふしぎ駄菓子屋. 吉凶通り1」廣嶋玲子作;jyajya絵 偕成社 2024年5月

「誰も知らない小さな魔法」大庭賢哉作・絵 静山社 2024年3月

「地頭がよくなり生きる力がつく日本の昔ばなし25」高濱正伸監修 西東社 2024年6月

「天国の犬ものがたり. [16]」堀田敦子原作;藤咲あゆな著;環方このみイラスト 小学館(小学館ジュニア文庫) 2024年2月

「天国の犬ものがたり. [17]」藤咲あゆな著;堀田敦子原作;環方このみイラスト 小学館(小学館ジュニア文庫) 2024年10月

「杜子春―スラよみ!日本文学名作シリーズ；1」芥川龍之介作;松尾清貴現代語訳 理論社 2024年8月

「東北おいしい物語―東北6つの物語」みちのく童話会編著;おしのともこ挿画 国土社 2024年7月

「東北スイーツ物語―東北6つの物語」みちのく童話会編著;おしのともこ挿画 国土社 2024年11月

「東北ふしぎ物語―東北6つの物語」みちのく童話会編著;おしのともこ挿画 国土社 2024年7月

「東北まつり物語―東北6つの物語」みちのく童話会編著;おしのともこ挿画 国土社 2024年7月

「謎が解けると怖いある学校の話：260字の戦慄〈闇〉体験―「怖い場所」超短編シリーズ」藤白圭著 主婦と生活社 2024年7月

「破ると怖い海の6つのルール：繰り返す夏の戦慄〈闇〉体験―「怖い場所」超短編シリーズ」ウェルザード著 主婦と生活社 2024年7月

「秘密に満ちた魔石館. 5」廣嶋玲子作;佐竹美保絵 PHP研究所 2024年2月

「美東物語：小学生、中学生の皆さんへ」野村典成 モルフプランニング 2024年10月

「氷の上のプリンセススペシャル短編集」風野潮作;Nardack絵 講談社(講談社青い鳥文庫) 2024年1月

「富嶽百景―スラよみ!日本文学名作シリーズ；4」太宰治作;黒野伸一現代語訳 理論社 2024年12月

「怖い噂のあるお店：99秒の戦慄〈闇〉体験―「怖い場所」超短編シリーズ」八月美咲著 主婦と生活社 2024年10月

「保健室には魔女が必要. [2]」石川宏千花作;赤絵 偕成社(偕成社ノベルフリーク) 2024年11月

「魔女がやってきた!」マーガレット・マーヒー作;尾﨑愛子訳;はたこうしろう絵 徳間書店 2024年6月

「魔女やしきのサーカス：ちょっと不思議!?めっちゃこわい!10話のおはなし」ふろむ編 国土社 2024年4月

「無法施展的時間魔法─樂讀456；初階 108 魔法十年屋；5」廣嶋玲子文;佐竹美保圖;王蘊潔譯 親子天下 2024年1月

「椋鳩十童話集：大造じいさんとガン・マヤの一生など─100年読み継がれる名作」椋鳩十著;くぼあやこ絵;久保田里花監修 世界文化ブックス 世界文化社 2024年1月

「迷路を解いたら怖い話」藤白圭作;浮雲宇一絵 静山社 2024年9月

「夜ふけに読みたい森と海のアンデルセン童話」ハンス・クリスチャン・アンデルセン著;吉澤康子;和爾桃子編訳;アーサー・ラッカム挿絵 平凡社 2024年4月

「夜ふけに読みたい雪夜のアンデルセン童話」ハンス・クリスチャン・アンデルセン著;アーサー・ラッカム挿絵;吉澤康子;和爾桃子編訳 平凡社 2024年1月

「妖花魔草物語」廣嶋玲子作;まくらくらま絵 小峰書店(Sunnyside Books) 2024年3月

「貓學徒的實習時間─樂讀456；初階 109 魔法十年屋；6」廣嶋玲子文;佐竹美保圖;王蘊潔譯 親子天下 2024年1月

伝記、自伝

「行く手、はるかなれど：グスタフ・ヴァーサ物語」菱木晃子作 徳間書店 2024年1月

ノベライズ

「〈小説〉言えない秘密 = Secret」時海結以著 講談社(講談社KK文庫) 2024年6月

「〈推しの子〉-The Final Act-：映画ノベライズみらい文庫版」赤坂アカ;横槍メンゴ原作;はのまきみ著;北川亜矢子脚本 集英社(集英社みらい文庫) 2024年12月

「〈推しの子〉まんがノベライズ：アクアとルビー、運命のはじまり」赤坂アカ;横槍メンゴ原作/絵;はのまきみ著 集英社(集英社みらい文庫) 2024年8月

「〈推しの子〉まんがノベライズ. [2]」赤坂アカ;横槍メンゴ原作/絵;はのまきみ著 集英社(集英社みらい文庫) 2024年11月

「TVシリーズ特別編集版名探偵コナンVS.怪盗キッド」青山剛昌原作;宮下隼一脚本・構成;水稀しま著 小学館(小学館ジュニア文庫) 2024年1月

「アニメ映画がんばっていきまっしょい」敷村良子原作;岩佐まもる文;あきづきりょう挿絵 KADOKAWA(角川つばさ文庫) 2024年9月

「アニメ映画トラペジウム」百瀬しのぶ文;高山一実原作;あきづきりょう挿絵 KADOKAWA(角川つばさ文庫) 2024年4月

「アニメ版ふしぎ駄菓子屋銭天堂. [1]」廣嶋玲子;jyajya作 偕成社 2024年11月

「アニメ版ふしぎ駄菓子屋銭天堂. [2]」廣嶋玲子;jyajya作 偕成社 2024年11月

「アニメ版ふしぎ駄菓子屋銭天堂. [3]」廣嶋玲子;jyajya作 偕成社 2024年11月

「インサイド・ヘッド2」テニー・ネルソン著;代田亜香子訳 小学館(小学館ジュニア文庫) 2024年8月

「うちの弟どもがすみません:映画ノベライズみらい文庫版」オザキアキラ原作/絵;ワダヒトミ著;根津理香脚本 集英社(集英社みらい文庫) 2024年11月

「シンカリオンチェンジザワールド:ノベライズ. 1」プロジェクトシンカリオン原作/監修;番棚葵著 集英社(集英社みらい文庫) 2024年6月

「シンカリオンチェンジザワールド:ノベライズ. 2」プロジェクトシンカリオン原作/監修;番棚葵著 集英社(集英社みらい文庫) 2024年10月

「ディズニー&ピクサー感動の名作ストーリー = Disney & Pixar Storybook Collection」ウォルト・ディズニー・カンパニー著;駒野谷理子訳 うさぎ出版 玄光社 2024年12月

「はたらく細胞:映画ノベライズ」清水茜;原田重光;初嘉屋一生原作;徳永友一脚本;時海結以文 講談社(講談社KK文庫) 2024年11月

「ハニーレモンソーダ:あなたを好きでいる勇気:まんがノベライズ」村田真優原作/絵;ワダヒトミ著 集英社(集英社みらい文庫) 2024年9月

「ブラックチャンネル. [3]」すけたけしん著;きさいちさとし原作・イラスト 小学館(小学館ジュニア文庫) 2024年10月

「ミラキュラス:レディバグ&シャノワール:サンドボーイ」ZAG原作;東映アニメーション監修;井上亜樹子作 ポプラ社 2024年12月

「モアナと伝説の海2」エリザベス・ルドニック著;代田亜香子訳 小学館(小学館ジュニア文庫) 2024年12月

「レッツゴー!まいぜんシスターズ. [2]」石崎洋司文;佐久間さのすけ絵 ポプラ社(ポプラキミノベル) 2024年3月

「レッツゴー!まいぜんシスターズ. [3]」石崎洋司文;佐久間さのすけ絵 ポプラ社(ポプラキミノベル) 2024年7月

「レッツゴー!まいぜんシスターズ. [4]」石崎洋司文;佐久間さのすけ絵 ポプラ社(ポプラキミノベル) 2024年11月

「映画おしりたんていさらば愛しき相棒よザ・ノベル」トロル原作;成田順文 ポプラ社(ポプラキミノベル) 2024年5月

「映画クレヨンしんちゃんオラたちの恐竜日記」蒔田陽平ノベライズ;臼井儀人原作;佐々木忍監督;モラル脚本 双葉社(双葉社ジュニア文庫) 2024年8月

「怪盗グルーのミニオン超変身」代田亜香子著 小学館(小学館ジュニア文庫) 2024年7月

「劇場版ACMA:GAME最後の鍵:映画ノベライズ」百舌涼一文;メーブ原作;恵広史作画;いずみ吉紘;谷口純一郎脚本 講談社(講談社KK文庫) 2024年9月

「劇場版レッツゴー!まいぜんシスターズ:家族再会」石崎洋司文;林佳里絵 ポプラ社(ポプラキミノベル+) 2024年11月

「初×婚：まんがノベライズ.［3］」黒崎みのり原作/絵;五十嵐美怜著 集英社（集英社みらい文庫） 2024年1月

「小説ブルーロック＝BLUE LOCK. 6」金城宗幸原作;ノ村優介絵;吉岡みつる文 講談社（講談社KK文庫） 2024年2月

「小説ブルーロック＝BLUELOCK. 7」金城宗幸原作;ノ村優介絵;吉岡みつる文 講談社（講談社KK文庫） 2024年6月

「小説ブルーロック＝BLUELOCK. 8」金城宗幸原作;ノ村優介絵;吉岡みつる文 講談社（講談社KK文庫） 2024年8月

「小説ブルーロック＝BLUELOCK. 9」金城宗幸原作;ノ村優介絵;吉岡みつる文 講談社（講談社KK文庫） 2024年11月

「小説ブルーロック-EPISODE凪-. 1」金城宗幸原作;三宮宏太絵;もえぎ桃文 講談社（講談社KK文庫） 2024年4月

「小説ブルーロック-EPISODE凪-. 2」金城宗幸原作;三宮宏太絵;もえぎ桃文 講談社（講談社KK文庫） 2024年5月

「小説映画ドラえもんのび太のひみつ道具博物館」藤子・F・不二雄原作;福島直浩著;清水東脚本;寺本幸代監督 小学館（小学館ジュニア文庫） 2024年10月

「小説映画ドラえもんのび太の地球交響楽(シンフォニー)」藤子・F・不二雄原作;今井一暁監督・脚本原案;内海照子著・脚本 小学館（小学館ジュニア文庫） 2024年2月

「小説劇場版すとぷりはじまりの物語：Strawberry School Festival!!!」柏原真人原作;江坂純著;STPRStudio監修 小学館（小学館ジュニア文庫） 2024年7月

「小説弱虫ペダル. 14」渡辺航原作;輔老心ノベライズ 岩崎書店（フォア文庫） 2024年2月

「小説弱虫ペダル. 15」渡辺航原作;輔老心ノベライズ 岩崎書店（フォア文庫） 2024年6月

「小説星降る王国のニナ」リカチ原作・絵;もえぎ桃文 講談社（講談社青い鳥文庫） 2024年11月

「小説二月の勝者：絶対合格の教室.［4］」伊豆平成著;高瀬志帆原作・イラスト 小学館（小学館ジュニア文庫） 2024年5月

「小説魔界の主役は我々だ! 1」津田沼篤原作・挿絵;吉岡みつる文;津田沼篤;西修;○○の主役は我々だ!監修 ポプラ社（ポプラキミノベル） 2024年10月

「小説魔入りました!入間くん. 10」西修原作・絵 ポプラ社（ポプラキミノベル） 2024年10月

「小説魔入りました!入間くん. 8」西修原作・絵 ポプラ社（ポプラキミノベル） 2024年3月

「小説魔入りました!入間くん. 9」西修原作・絵 ポプラ社（ポプラキミノベル） 2024年6月

「小説落第忍者乱太郎：ドクタケ忍者隊最強の軍師」尼子騒兵衛原作・イラスト;阪口和久小説 朝日新聞出版（あさひコミックス） 2024年5月

「絶叫学級. 黄泉に眠る記憶編」いしかわえみ原作/絵;はのまきみ著 集英社(集英社みらい文庫) 2024年3月

「絶叫学級. 檻のなかの怨念編」いしかわえみ原作/絵;はのまきみ著 集英社(集英社みらい文庫) 2024年6月

「絶叫学級. 罠に落ちたライバル編」いしかわえみ原作/絵;はのまきみ著 集英社(集英社みらい文庫) 2024年10月

「僕のヒーローアカデミアTHE MOVIEユアネクスト：ノベライズみらい文庫版」堀越耕平原作/総監修/キャラクター原案;小川彗著;黒田洋介脚本 集英社(集英社みらい文庫) 2024年8月

「名探偵コナン：怪盗キッドセレクション月下の幻像」酒井匙著;青山剛昌原作・イラスト 小学館(小学館ジュニア文庫) 2024年4月

「名探偵コナン100万ドルの五稜星」水稀しま著;青山剛昌原作;大倉崇裕脚本 小学館(小学館ジュニア文庫) 2024年4月

「名探偵コナン服部平次セレクション浪速の相棒」酒井匙著;青山剛昌原作・イラスト 小学館(小学館ジュニア文庫) 2024年5月

「名探偵コナン服部平次セレクション浪速の名探偵」酒井匙著;青山剛昌原作・イラスト 小学館(小学館ジュニア文庫) 2024年4月

テーマ・ジャンル別分類見出し索引

愛、愛情→暮らし・生活＞感情、心＞愛、愛情
あいさつ、お礼→暮らし・生活＞育児、子育て＞子どものしつけ＞あいさつ、お礼
アイドル、地下アイドル→職業＞アイドル、地下アイドル
アイルランド→ご当地もの＞アイルランド
赤毛のアン→ストーリー＞世界の物語＞赤毛のアン
赤ずきん→ストーリー＞世界の物語＞グリム童話＞赤ずきん
あかちゃん→キャラクター・立場＞あかちゃん
秋→自然・環境・宇宙＞季節、四季＞秋
秋田県→ご当地もの＞秋田県
芥川龍之介一般→ストーリー＞日本の物語＞芥川龍之介一般
悪魔→キャラクター・立場＞悪魔
悪魔祓い、怨霊祓い、悪霊調伏→ストーリー＞悪魔祓い、怨霊祓い、悪霊調伏
アサガオ→自然・環境・宇宙＞花、植物＞アサガオ
浅草→ご当地もの＞東京都＞台東区＞浅草
あし→暮らし・生活＞からだ、顔＞あし
阿蘇市→ご当地もの＞熊本県＞阿蘇市
遊び一般→暮らし・生活＞遊び＞遊び一般
甘えん坊→キャラクター・立場＞甘えん坊
雨やどり→暮らし・生活＞雨やどり
雨→自然・環境・宇宙＞天気、天候＞雨
あめ、金平糖→暮らし・生活＞食べもの、飲みもの＞おやつ、お菓子＞あめ、金平糖
アメリカ合衆国 →ご当地もの＞アメリカ合衆国
あやかし、憑依、擬人化→ストーリー＞あやかし、憑依、擬人化
アライグマ→動物・生きもの＞アライグマ
嵐→自然・環境・宇宙＞天気、天候＞嵐
アリ→動物・生きもの＞虫＞アリ
アルバイト、パート、契約社員、派遣社員→キャラクター・立場＞アルバイト、パート、契約社員、派遣社員
アレルギー→キャラクター・立場＞アレルギー
暗号→アイテム・能力＞暗号
暗殺→ストーリー＞暗殺
アンソロジー→作品情報＞アンソロジー
アンデルセン童話一般→ストーリー＞世界の物語＞アンデルセン童話＞アンデルセン童話一般
Eスポーツ→文化・芸能・スポーツ＞スポーツ＞Eスポーツ
許嫁→人間関係＞許嫁
家出→暮らし・生活＞育児、子育て＞家出
怒り→暮らし・生活＞感情、心＞怒り
イギリス→ご当地もの＞イギリス
育児、子育て一般→暮らし・生活＞育児、子育て＞育児、子育て一般

育成、プロデュース→ストーリー＞育成、プロデュース
囲碁、将棋→文化・芸能・スポーツ＞文化、芸能＞囲碁、将棋
居酒屋、バー→場所・建物・施設・設備＞お店＞居酒屋、バー
意識、記憶、思い出→暮らし・生活＞からだ、顔＞意識、記憶、思い出
いじめ、いじわる→ストーリー＞いじめ、いじわる
医者、看護師→職業＞医者、看護師
偉人、歴史上人物→キャラクター・立場＞偉人、歴史上人物
椅子→暮らし・生活＞家具＞椅子
出雲市→ご当地もの＞島根県＞出雲市
異世界、架空・不思議の世界→ストーリー＞異世界、架空・不思議の世界
異世界転移、召喚→ストーリー＞異世界転移、召喚
異世界転生→ストーリー＞異世界転生
異世代・世代間交流→ストーリー＞異世代・世代間交流
居候、同居人→キャラクター・立場＞居候、同居人
いたずら→暮らし・生活＞遊び＞いたずら
いたずらっ子、悪ガキ、わんぱく、ガキ大将→キャラクター・立場＞いたずらっ子、悪ガキ、わんぱく、ガキ大将
イタリア→ご当地もの＞イタリア
いっすんぼうし→ストーリー＞日本の物語＞いっすんぼうし
偽り、偽装→ストーリー＞偽り、偽装
糸、ひも→アイテム・能力＞糸、ひも
移動販売車→乗りもの＞自動車＞移動販売車
いとこ→人間関係＞いとこ
イヌ→動物・生きもの＞イヌ
異能力、スキル、レベル、特技→アイテム・能力＞異能力、スキル、レベル、特技
イノシシ→動物・生きもの＞イノシシ
命→暮らし・生活＞命
祈り、願いごと→暮らし・生活＞感情、心＞祈り、願いごと
違法薬物→アイテム・能力＞違法薬物
移民→ストーリー＞移民
いもほり、やきいも→暮らし・生活＞イベント、行事＞いもほり、やきいも
イモリ→動物・生きもの＞イモリ
イラク→ご当地もの＞イラク
イルカ→動物・生きもの＞イルカ
入れ替わり→ストーリー＞入れ替わり
岩、石→自然・環境・宇宙＞岩、石
イングランド→ご当地もの＞イギリス＞イングランド
印刷所→場所・建物・施設・設備＞印刷所
インスタントラーメン→暮らし・生活＞食べもの、飲みもの＞食事＞インスタントラーメン

インターネット、SNS、メール、ブログ→ストーリー＞サイバー＞インターネット、SNS、メール、ブログ
インターハイ→暮らし・生活＞イベント、行事＞インターハイ
インド→ご当地もの＞インド
陰謀→ストーリー＞陰謀
ウサギ→動物・生きもの＞ウサギ
ウシ→動物・生きもの＞ウシ
うそ、でたらめ→暮らし・生活＞感情、心＞うそ、でたらめ
歌→文化・芸能・スポーツ＞文化、芸能＞音楽＞歌
宇宙人、異星人→キャラクター・立場＞宇宙人、異星人
宇宙船、宇宙ステーション→乗りもの＞宇宙船、宇宙ステーション
腕、手、指→暮らし・生活＞からだ、顔＞腕、手、指
うどん→暮らし・生活＞食べもの、飲みもの＞食事＞うどん
海→自然・環境・宇宙＞海
裏切り→ストーリー＞裏切り
占い、おみくじ→ストーリー＞占い、おみくじ
噂、スキャンダル→ストーリー＞噂、スキャンダル
運→暮らし・生活＞感情、心＞運
うんち、おしっこ、おなら→暮らし・生活＞からだ、顔＞うんち、おしっこ、おなら
運転手一般→職業＞運転手一般
運命、宿命→暮らし・生活＞運命、宿命
絵→文化・芸能・スポーツ＞文化、芸能＞美術、芸術＞絵
映画、テレビ、ラジオ、番組→文化・芸能・スポーツ＞文化、芸能＞映画、テレビ、ラジオ、番組
営業、セールスマン→職業＞営業、セールスマン
AI→ストーリー＞サイバー＞AI
笑顔、楽しみ、喜び→暮らし・生活＞感情、心＞笑顔、楽しみ、喜び
駅、駅構内、停留所→場所・建物・施設・設備＞駅、駅構内、停留所
エジプト→ご当地もの＞エジプト
SF→ストーリー＞SF
江戸→ご当地もの＞江戸
江戸川乱歩一般→ストーリー＞日本の物語＞江戸川乱歩一般
エプロン→暮らし・生活＞ファッション、おしゃれ、身だしなみ＞エプロン
絵本→文化・芸能・スポーツ＞文化、芸能＞絵本
エリート、優等生→キャラクター・立場＞エリート、優等生
エルサレム→ご当地もの＞イスラエル＞エルサレム
LGBTQ→キャラクター・立場＞LGBTQ
エレベーター→場所・建物・施設・設備＞エレベーター
宴会場、パーティー会場→場所・建物・施設・設備＞宴会場、パーティー会場
遠距離→人間関係＞恋愛＞遠距離

演劇、ミュージカル、劇団→文化・芸能・スポーツ＞文化、芸能＞演劇、ミュージカル、劇団
怨恨、憎悪→ストーリー＞怨恨、憎悪
エンジニア、技術者→職業＞エンジニア、技術者
縁日→暮らし・生活＞イベント、行事＞縁日
えんぴつ、色えんぴつ→アイテム・能力＞文房具＞えんぴつ、色えんぴつ
扇、うちわ→アイテム・能力＞扇、うちわ
王様、皇帝→キャラクター・立場＞王様、皇帝
王子様→キャラクター・立場＞王子様
王女、お姫様、女王、お妃→キャラクター・立場＞王女、お姫様、女王、お妃
オウム→動物・生きもの＞鳥＞オウム
オオカミ→動物・生きもの＞オオカミ
狼男→キャラクター・立場＞狼男
大阪府→ご当地もの＞大阪府
オーストラリア→ご当地もの＞オーストラリア
オーディション、選考会→暮らし・生活＞イベント、行事＞オーディション、選考会
お金、財宝、財産、お宝→ストーリー＞お金、財宝、財産、お宝
沖縄県→ご当地もの＞沖縄県
お客、訪問客、客人→キャラクター・立場＞お客、訪問客、客人
おこづかい→暮らし・生活＞育児、子育て＞おこづかい
幼なじみ→人間関係＞幼なじみ
叔父、伯父→人間関係＞叔父、伯父
おじさん→キャラクター・立場＞おじさん
おじぞうさま→キャラクター・立場＞おじぞうさま
おしゃべり→キャラクター・立場＞おしゃべり
おしり→暮らし・生活＞からだ、顔＞おしり
オズの魔法使い→ストーリー＞世界の物語＞オズの魔法使い
お世話→ストーリー＞お世話
おせんべい→暮らし・生活＞食べもの、飲みもの＞おやつ、お菓子＞おせんべい
お茶会、パーティー→暮らし・生活＞イベント、行事＞お茶会、パーティー
おつかい、おてつだい→暮らし・生活＞育児、子育て＞子どものしつけ＞おつかい、おてつだい
おでん→暮らし・生活＞食べもの、飲みもの＞食事＞おでん
音→暮らし・生活＞音
お年玉→暮らし・生活＞イベント、行事＞お正月＞お年玉
大人→キャラクター・立場＞大人
鬼→キャラクター・立場＞鬼
おにぎり、おすし→暮らし・生活＞食べもの、飲みもの＞食事＞おにぎり、おすし
おねしょ、おもらし→暮らし・生活＞育児、子育て＞子どものしつけ＞おねしょ、おもらし
尾道市→ご当地もの＞広島県＞尾道市
叔母、伯母→人間関係＞叔母、伯母

階段→場所・建物・施設・設備＞階段
海底→自然・環境・宇宙＞海底
怪盗グルーシリーズ一般→ストーリー＞キャラクター作品＞怪盗グルーシリーズ一般
飼い主→キャラクター・立場＞飼い主
外泊、旅行、ツアー→暮らし・生活＞イベント、行事＞外泊、旅行、ツアー
怪物、怪獣→キャラクター・立場＞怪物、怪獣
買い物→暮らし・生活＞買い物
カエル、オタマジャクシ→動物・生きもの＞カエル、オタマジャクシ
顔→暮らし・生活＞からだ、顔＞顔
科学、化学→文化・芸能・スポーツ＞文化、芸能＞学問＞科学、化学
科学館→場所・建物・施設・設備＞科学館
鏡→アイテム・能力＞鏡
鍵→アイテム・能力＞鍵
架空生物、未確認生物→キャラクター・立場＞架空生物、未確認生物
格差→ストーリー＞格差
学習障害→キャラクター・立場＞発達障害＞学習障害
影、かげぼうし→暮らし・生活＞からだ、顔＞影、かげぼうし
かけっこ、追いかけっこ、鬼ごっこ→暮らし・生活＞遊び＞かけっこ、追いかけっこ、鬼ごっこ
火山→自然・環境・宇宙＞火山
家事→暮らし・生活＞家事
火事→戦争と平和・災害・社会問題＞災害＞火事
菓子店、洋菓子店→場所・建物・施設・設備＞お店＞菓子店、洋菓子店
数かぞえ、数遊び、数→暮らし・生活＞遊び＞数かぞえ、数遊び、数
風→自然・環境・宇宙＞天気、天候＞風
化石→アイテム・能力＞化石
家族一般→人間関係＞家族＞家族一般
刀、ナイフ→アイテム・能力＞刀、ナイフ
ガチョウ→動物・生きもの＞鳥＞ガチョウ
学校、学園、学生、教育一般→学校・学園・学生・教育＞学校、学園、学生、教育一般
合宿→暮らし・生活＞イベント、行事＞合宿
かっぱ→キャラクター・立場＞かっぱ
華道→文化・芸能・スポーツ＞文化、芸能＞華道
悲しみ、落胆→暮らし・生活＞感情、心＞悲しみ、落胆
カフェ、喫茶店、茶屋→場所・建物・施設・設備＞お店＞カフェ、喫茶店、茶屋
神隠し→ストーリー＞失踪、誘拐、人身売買＞神隠し
神様、女神、観音様、仏様→キャラクター・立場＞神様、女神、観音様、仏様
雷→自然・環境・宇宙＞天気、天候＞雷
ガム→暮らし・生活＞食べもの、飲みもの＞おやつ、お菓子＞ガム
カメ→動物・生きもの＞カメ

カメラ→アイテム・能力＞カメラ
仮面、おめん→暮らし・生活＞ファッション、おしゃれ、身だしなみ＞仮面、おめん
カラス→動物・生きもの＞鳥＞カラス
ガラパゴス諸島→ご当地もの＞ガラパゴス諸島
カレー→暮らし・生活＞食べもの、飲みもの＞食事＞カレー
カレンダー→アイテム・能力＞カレンダー
川、川原→自然・環境・宇宙＞川、川原
ガン→動物・生きもの＞鳥＞ガン
環境問題一般→自然・環境・宇宙＞環境問題＞環境問題一般
監禁、軟禁→ストーリー＞監禁、軟禁
玩具、人形、フィギュア、ぬいぐるみ→アイテム・能力＞玩具、人形、フィギュア、ぬいぐるみ
玩具店→場所・建物・施設・設備＞お店＞玩具店
かんざし、髪留め→暮らし・生活＞ファッション、おしゃれ、身だしなみ＞かんざし、髪留め
観察→ストーリー＞観察
感謝→暮らし・生活＞感情、心＞感謝
感情、心一般→暮らし・生活＞感情、心＞感情、心一般
看板屋→職業＞看板屋
勧誘、スカウト→ストーリー＞勧誘、スカウト
木、樹木一般→自然・環境・宇宙＞木、樹木＞木、樹木一般
記憶喪失、忘却、失念→ストーリー＞記憶喪失、忘却、失念
機械→アイテム・能力＞機械
戯曲、脚本→作品情報＞戯曲、脚本
帰国子女→キャラクター・立場＞帰国子女
騎士、剣士→キャラクター・立場＞騎士、剣士
汽車、電車一般→乗りもの＞汽車、電車＞汽車、電車一般
汽車、電車の運転士、機関士→職業＞汽車、電車の運転士、機関士
季節、四季一般→自然・環境・宇宙＞季節、四季＞季節、四季一般
偽造→ストーリー＞偽造
貴族→キャラクター・立場＞貴族
ギター→文化・芸能・スポーツ＞文化、芸能＞音楽＞楽器＞ギター
キツネ→動物・生きもの＞キツネ
キバ→暮らし・生活＞からだ、顔＞歯＞キバ
岐阜県→ご当地もの＞岐阜県
肝試し→暮らし・生活＞遊び＞肝試し
疑問、悩み→暮らし・生活＞感情、心＞疑問、悩み
逆転→ストーリー＞逆転
キャプテン、リーダー→キャラクター・立場＞キャプテン、リーダー
キャラクター作品一般→ストーリー＞キャラクター作品＞キャラクター作品一般
吸血鬼→キャラクター・立場＞鬼＞吸血鬼

求婚→人間関係＞恋愛＞求婚
休日、定休日→暮らし・生活＞休日、定休日
救出、救助→ストーリー＞救出、救助
給食→暮らし・生活＞食べもの、飲みもの＞食事＞給食
宮廷、城、後宮、宮殿→場所・建物・施設・設備＞宮廷、城、後宮、宮殿
弓道→文化・芸能・スポーツ＞スポーツ＞弓道
牛乳、ミルク→暮らし・生活＞食べもの、飲みもの＞牛乳、ミルク
キュウリ→暮らし・生活＞食べもの、飲みもの＞野菜＞キュウリ
教科、科目→学校・学園・学生・教育＞教科、科目
教会、聖堂、モスク、修道院→場所・建物・施設・設備＞教会、聖堂、モスク、修道院
教科書→学校・学園・学生・教育＞教科書
教師、講師、師匠、教授、准教授、家庭教師→職業＞教師、講師、師匠、教授、准教授、家庭教師
行事一般→暮らし・生活＞イベント、行事＞行事一般
教室→学校・学園・学生・教育＞教室
強制収容所→場所・建物・施設・設備＞強制収容所
共存、共生→戦争と平和・災害・社会問題＞共存、共生
きょうだい→人間関係＞家族＞きょうだい
脅迫、脅し→ストーリー＞脅迫、脅し
強迫性障害、強迫的ホーディング（強迫性貯蔵症）、不安障害→キャラクター・立場＞強迫性障害、強迫的ホーディング（強迫性貯蔵症）、不安障害
恐怖→暮らし・生活＞感情、心＞恐怖
恐竜→動物・生きもの＞恐竜
協力→ストーリー＞協力
嫌われ者→キャラクター・立場＞嫌われ者
キリギリス→動物・生きもの＞虫＞キリギリス
ギリシア神話→ストーリー＞世界の神話＞ギリシア神話
金銭トラブル→ストーリー＞金銭トラブル
食いしん坊、大食い→キャラクター・立場＞食いしん坊、大食い
クエスト、攻略→ストーリー＞冒険、旅＞クエスト、攻略
くじ、福引、宝くじ→暮らし・生活＞くじ、福引、宝くじ
クジラ→動物・生きもの＞クジラ
薬、ポーション→アイテム・能力＞薬、ポーション
くせ、習慣→暮らし・生活＞感情、心＞くせ、習慣
果物一般→暮らし・生活＞食べもの、飲みもの＞果物＞果物一般
クッキー→暮らし・生活＞食べもの、飲みもの＞おやつ、お菓子＞クッキー
くつ店、洋服店→場所・建物・施設・設備＞お店＞くつ店、洋服店
苦悩、葛藤→暮らし・生活＞感情、心＞苦悩、葛藤
首輪、ペンダント→アイテム・能力＞アクセサリー、ジュエリー＞首輪、ペンダント
クマ→動物・生きもの＞クマ

グミ→暮らし・生活＞食べもの、飲みもの＞おやつ、お菓子＞グミ
雲→自然・環境・宇宙＞天気、天候＞雲
クリスマス一般→暮らし・生活＞イベント、行事＞クリスマス一般
グリム童話一般→ストーリー＞世界の物語＞グリム童話＞グリム童話一般
車椅子→乗りもの＞車椅子
クレープ→暮らし・生活＞食べもの、飲みもの＞おやつ、お菓子＞クレープ
クレヨンしんちゃんシリーズ一般→ストーリー＞キャラクター作品＞クレヨンしんちゃんシリーズ一般
毛、髪の毛→暮らし・生活＞からだ、顔＞毛、髪の毛
経済→ストーリー＞経済
警察官、岡っ引き、保安官→職業＞警察官、岡っ引き、保安官
携帯電話、スマートフォン、タブレット→暮らし・生活＞携帯電話、スマートフォン、タブレット
警備員、ガードマン→職業＞警備員、ガードマン
ケーキ→暮らし・生活＞食べもの、飲みもの＞おやつ、お菓子＞ケーキ
ゲーマー→キャラクター・立場＞ゲーマー
ゲーム→暮らし・生活＞遊び＞ゲーム
ゲーム、アニメ→ストーリー＞ゲーム、アニメ
化粧、メイク →暮らし・生活＞ファッション、おしゃれ、身だしなみ＞化粧、メイク
結婚式→暮らし・生活＞イベント、行事＞結婚式
ケニア→ご当地もの＞ケニア
けんか→ストーリー＞けんか
研究所、研究室→場所・建物・施設・設備＞研究所、研究室
幻獣→キャラクター・立場＞幻獣
原子力発電→自然・環境・宇宙＞環境問題＞原子力発電
建築、工事→ストーリー＞建築、工事
こいのぼり→暮らし・生活＞イベント、行事＞端午の節句＞こいのぼり
恋人、配偶者のふり→ストーリー＞偽り、偽装＞恋人、配偶者のふり
恋人・配偶者作り、縁結び、お見合い→ストーリー＞恋人・配偶者作り、縁結び、お見合い
豪雨→自然・環境・宇宙＞天気、天候＞雨＞豪雨
公園→場所・建物・施設・設備＞公園
後悔→暮らし・生活＞感情、心＞後悔
校外学習、移動教室→学校・学園・学生・教育＞校外学習、移動教室
豪華客船→乗りもの＞船、ヨット＞豪華客船
交換、引き換え→ストーリー＞交換、引き換え
交換日記→アイテム・能力＞手紙、日記、メモ＞交換日記
好奇心→暮らし・生活＞感情、心＞好奇心
高校、高等専門学校、高校生、高専生→学校・学園・学生・教育＞高校、高等専門学校、高校生、高専生
考古学→文化・芸能・スポーツ＞文化、芸能＞学問＞考古学
合コン→暮らし・生活＞イベント、行事＞合コン

拘置所、留置場、監獄→場所・建物・施設・設備＞拘置所、留置場、監獄
校長→職業＞校長
校庭→学校・学園・学生・教育＞校庭
校内放送→学校・学園・学生・教育＞校内放送
交番、警察署→場所・建物・施設・設備＞交番、警察署
コウモリ→動物・生きもの＞鳥＞コウモリ
拷問、処刑、殺人→ストーリー＞拷問、処刑、殺人
交流→ストーリー＞交流
声→暮らし・生活＞からだ、顔＞声
コーチ→職業＞コーチ
ゴーレム→アイテム・能力＞玩具、人形、フィギュア、ぬいぐるみ＞ゴーレム
語学、外国語→文化・芸能・スポーツ＞文化、芸能＞学問＞語学、外国語
コガネムシ→動物・生きもの＞虫＞コガネムシ
告白、カミングアウト→ストーリー＞告白、カミングアウト
黒板→学校・学園・学生・教育＞黒板
孤児→キャラクター・立場＞孤児
孤児院、養護施設→場所・建物・施設・設備＞孤児院、養護施設
古事記、日本書紀→文化・芸能・スポーツ＞文化、芸能＞文学、本＞古事記、日本書紀
コスプレ→暮らし・生活＞ファッション、おしゃれ、身だしなみ＞コスプレ
コスモス→自然・環境・宇宙＞花、植物＞コスモス
古代遺跡、世界遺産→場所・建物・施設・設備＞古代遺跡、世界遺産
こたつ→暮らし・生活＞家具＞こたつ
琴、竪琴→文化・芸能・スポーツ＞文化、芸能＞音楽＞楽器＞琴、竪琴
ご当地グルメ→暮らし・生活＞食べもの、飲みもの＞ご当地グルメ
言葉→暮らし・生活＞言葉
子ども、少年、少女→キャラクター・立場＞子ども、少年、少女
ことわざ→暮らし・生活＞言葉＞ことわざ
小人→キャラクター・立場＞小人
ゴミ→自然・環境・宇宙＞環境問題＞ゴミ
コメディ→ストーリー＞コメディ
孤立、孤独→ストーリー＞孤立、孤独
ゴリラ→動物・生きもの＞ゴリラ
コレクション→アイテム・能力＞コレクション
コンサート、ライブ、演奏会→暮らし・生活＞イベント、行事＞コンサート、ライブ、演奏会
コンビニエンスストア→場所・建物・施設・設備＞お店＞コンビニエンスストア
コンプレックス→暮らし・生活＞感情、心＞コンプレックス
婚約→人間関係＞恋愛＞婚約
困惑、戸惑い→暮らし・生活＞感情、心＞困惑、戸惑い
サーカス→文化・芸能・スポーツ＞文化、芸能＞サーカス

サーフィン、波乗り→文化・芸能・スポーツ＞スポーツ＞サーフィン、波乗り
再会→ストーリー＞再会
再起、回復、復活→ストーリー＞再起、回復、復活
サイバー→ストーリー＞サイバー
細胞→暮らし・生活＞からだ、顔＞細胞
西遊記→ストーリー＞世界の物語＞西遊記
坂→場所・建物・施設・設備＞坂
さがしもの、人探し→ストーリー＞さがしもの、人探し
魚、貝一般→動物・生きもの＞魚、貝＞魚、貝一般
作品集→作品情報＞作品集
作文→学校・学園・学生・教育＞作文
サクラ→自然・環境・宇宙＞木、樹木＞サクラ
サクランボ→暮らし・生活＞食べもの、飲みもの＞果物＞サクランボ
撮影→ストーリー＞撮影
作家、脚本家、絵本作家、書道家、放送作家→職業＞クリエイター＞作家、脚本家、絵本作家、書道家、放送作家
サッカー→文化・芸能・スポーツ＞スポーツ＞サッカー
雑貨店→場所・建物・施設・設備＞お店＞雑貨店
サツマイモ→暮らし・生活＞食べもの、飲みもの＞野菜＞サツマイモ
佐渡市→ご当地もの＞新潟県＞佐渡市
サバイバル→ストーリー＞サバイバル
砂漠、砂丘→自然・環境・宇宙＞砂漠、砂丘
寂しさ→暮らし・生活＞感情、心＞寂しさ
侍、武将、武士、大名、武人→キャラクター・立場＞侍、武将、武士、大名、武人
サメ→動物・生きもの＞魚、貝＞サメ
サル→動物・生きもの＞サル
三国志→ストーリー＞世界の物語＞三国志
サンドイッチ→暮らし・生活＞食べもの、飲みもの＞食事＞サンドイッチ
散歩→暮らし・生活＞散歩
詩→文化・芸能・スポーツ＞文化、芸能＞詩
死、別れ→ストーリー＞死、別れ
試合、競争、コンテスト、競合→ストーリー＞試合、競争、コンテスト、競合
幸せ→暮らし・生活＞感情、心＞幸せ
飼育員→職業＞飼育員
シカ→動物・生きもの＞シカ
視覚障害者→戦争と平和・災害・社会問題＞障害者＞視覚障害者
色彩、色→自然・環境・宇宙＞色彩、色
式典、セレモニー、儀式→暮らし・生活＞イベント、行事＞式典、セレモニー、儀式
自給自足→暮らし・生活＞自給自足

事件、事故→ストーリー＞事件、事故
試験、受験→学校・学園・学生・教育＞勉強＞試験、受験
地獄→ストーリー＞地獄
仕事→ストーリー＞仕事
自殺、自殺未遂、自殺志願→ストーリー＞自殺、自殺未遂、自殺志願
思春期→暮らし・生活＞感情、心＞思春期
司書、図書館員→職業＞司書、図書館員
侍女、メイド、家政婦、召使い、女中→職業＞侍女、メイド、家政婦、召使い、女中
詩人、俳人、歌人→職業＞詩人、俳人、歌人
自然、環境、宇宙一般→自然・環境・宇宙＞自然、環境、宇宙一般
したきりすずめ→ストーリー＞日本の物語＞したきりすずめ
実業家、経営者、社長→職業＞実業家、経営者、社長
実験、研究→ストーリー＞実験、研究
執事、家政夫→職業＞執事、家政夫
失踪、誘拐、人身売買→ストーリー＞失踪、誘拐、人身売買
失敗、破滅、転落、挫折→ストーリー＞失敗、破滅、転落、挫折
失恋→人間関係＞恋愛＞失恋
自転車→乗りもの＞自転車
自転車競技、競輪→文化・芸能・スポーツ＞スポーツ＞自転車競技、競輪
児童会→学校・学園・学生・教育＞小学校、小学生＞児童会
死神→キャラクター・立場＞死神
支配者、権力者→キャラクター・立場＞支配者、権力者
渋谷→ご当地もの＞東京都＞渋谷区＞渋谷
自閉症スペクトラム→キャラクター・立場＞発達障害＞自閉症スペクトラム
島、人工島、無人島→場所・建物・施設・設備＞島、人工島、無人島
使命、任務→ストーリー＞使命、任務
謝罪→暮らし・生活＞感情、心＞謝罪
写真→文化・芸能・スポーツ＞文化、芸能＞写真
写真館→場所・建物・施設・設備＞写真館
しゃぼんだま→暮らし・生活＞遊び＞しゃぼんだま
ジャム、マーマレード→暮らし・生活＞食べもの、飲みもの＞食事＞ジャム、マーマレード
ジャングル→自然・環境・宇宙＞ジャングル
自由→戦争と平和・災害・社会問題＞自由
獣医→職業＞獣医
修学旅行→暮らし・生活＞イベント、行事＞外泊、旅行、ツアー＞修学旅行
宗教→ストーリー＞宗教
自由研究→学校・学園・学生・教育＞宿題、課題＞自由研究
獣人、エルフ、魚人→キャラクター・立場＞獣人、エルフ、魚人
集落、村→場所・建物・施設・設備＞集落、村

修理、修繕→ストーリー＞修理、修繕
授業→学校・学園・学生・教育＞授業
修行、トレーニング、試練、練習→ストーリー＞修行、トレーニング、試練、練習
宿題、課題→学校・学園・学生・教育＞宿題、課題
祝福、賞賛、感動→暮らし・生活＞感情、心＞祝福、賞賛、感動
手芸、裁縫、編みもの、ハンドメイド→文化・芸能・スポーツ＞文化、芸能＞美術、芸術＞手芸、裁縫、編みもの、ハンドメイド
手芸店、糸やさん→場所・建物・施設・設備＞お店＞手芸店、糸やさん
守護、護衛→ストーリー＞守護、護衛
主従関係、奴隷、下僕→人間関係＞主従関係、奴隷、下僕
出版社→場所・建物・施設・設備＞会社＞出版社
寿命、余命→ストーリー＞寿命、余命
手話→暮らし・生活＞手話
障がい→ストーリー＞障がい
小学校、小学生一般→学校・学園・学生・教育＞小学校、小学生一般
小学校1・2年生→学校・学園・学生・教育＞小学校、小学生＞小学校1・2年生
小学校5・6年生→学校・学園・学生・教育＞小学校、小学生＞小学校5・6年生
小学校3・4年生→学校・学園・学生・教育＞小学校、小学生＞小学校3・4年生
将校、軍人、スナイパー、傭兵、戦闘員、戦士、兵士→職業＞将校、軍人、スナイパー、傭兵、戦闘員、戦士、兵士
正直者→キャラクター・立場＞正直者
招待、おもてなし、接待→ストーリー＞招待、おもてなし、接待
商店街、市場、スーパーマーケット→場所・建物・施設・設備＞お店＞商店街、市場、スーパーマーケット
消防士、救助隊→職業＞消防士、救助隊
食事一般→暮らし・生活＞食べもの、飲みもの＞食事＞食事一般
植樹、植林→ストーリー＞植樹、植林
職人→職業＞職人
植民地→戦争と平和・災害・社会問題＞植民地
女性同士→人間関係＞恋愛＞同性愛＞女性同士
書店、古書店→場所・建物・施設・設備＞お店＞書店、古書店
書道→文化・芸能・スポーツ＞文化、芸能＞書道
自立→暮らし・生活＞感情、心＞自立
資料館、資料室→場所・建物・施設・設備＞資料館、資料室
シロクマ、ホッキョクグマ→動物・生きもの＞シロクマ、ホッキョクグマ
新幹線→乗りもの＞汽車、電車＞新幹線
鍼灸師→職業＞鍼灸師
シングルマザー、シングルファザー→キャラクター・立場＞シングルマザー、シングルファザー
人権、差別、偏見→戦争と平和・災害・社会問題＞人権、差別、偏見
新人、新米、見習い→キャラクター・立場＞新人、新米、見習い

親戚→人間関係＞親戚
心臓病→ストーリー＞病気、怪我、医療＞心臓病
シンデレラ→ストーリー＞世界の物語＞シンデレラ
シンドバッドの冒険→ストーリー＞世界の物語＞シンドバッドの冒険
心配→暮らし・生活＞感情、心＞心配
信頼、絆→暮らし・生活＞感情、心＞信頼、絆
侵略→ストーリー＞侵略
診療、治療、手術→ストーリー＞病気、怪我、医療＞診療、治療、手術
人類→動物・生きもの＞人類
人狼ゲーム→暮らし・生活＞遊び＞人狼ゲーム
巣→暮らし・生活＞巣
スイートポテト→暮らし・生活＞食べもの、飲みもの＞おやつ、お菓子＞スイートポテト
水泳→文化・芸能・スポーツ＞スポーツ＞水泳
水族館→場所・建物・施設・設備＞水族館
睡眠、昼寝→暮らし・生活＞睡眠、昼寝
スウェーデン→ご当地もの＞スウェーデン
数学、算数→文化・芸能・スポーツ＞文化、芸能＞学問＞数学、算数
スカート→暮らし・生活＞ファッション、おしゃれ、身だしなみ＞スカート
スキー場、スケート場→場所・建物・施設・設備＞スキー場、スケート場
スクールバス→乗りもの＞自動車＞バス＞スクールバス
スケートボード→文化・芸能・スポーツ＞スポーツ＞スケートボード
図工室→学校・学園・学生・教育＞図工室
スコットランド→ご当地もの＞イギリス＞スコットランド
すごろく→暮らし・生活＞遊び＞すごろく
鈴、鐘→暮らし・生活＞鈴、鐘
スター、人気者→キャラクター・立場＞スター、人気者
スター・ウォーズ一般→ストーリー＞キャラクター作品＞スター・ウォーズ一般
巣立ち→暮らし・生活＞巣立ち
ステップ・ファミリー→人間関係＞家族＞ステップ・ファミリー
ストーカー→人間関係＞恋愛＞ストーカー
頭脳、心理戦、対決→ストーリー＞頭脳、心理戦、対決
スパイ、諜報員→職業＞スパイ、諜報員
スパゲッティ、パスタ→暮らし・生活＞食べもの、飲みもの＞食事＞スパゲッティ、パスタ
スピーチ→暮らし・生活＞イベント、行事＞スピーチ
スペイン→ご当地もの＞スペイン
スポーツ一般→文化・芸能・スポーツ＞スポーツ＞スポーツ一般
スマートフォン、携帯電話→アイテム・能力＞スマートフォン、携帯電話
正義→ストーリー＞正義
政治、行政、政府→ストーリー＞政治、行政、政府

青春→ストーリー＞青春
生態→動物・生きもの＞生態
成長、克服、成り上がり→ストーリー＞成長、克服、成り上がり
生徒会、委員会→学校・学園・学生・教育＞生徒会、委員会
声優→職業＞声優
世界の物語一般→ストーリー＞世界の物語＞世界の物語一般
席替え→学校・学園・学生・教育＞席替え
セクシャルハラスメント→戦争と平和・災害・社会問題＞セクシャルハラスメント
石けん、シャンプー→暮らし・生活＞石けん、シャンプー
窃盗、万引き、強盗→ストーリー＞窃盗、万引き、強盗
節分→暮らし・生活＞イベント、行事＞節分
絶望→暮らし・生活＞感情、心＞絶望
絶滅種、絶滅危惧種、天然記念物→自然・環境・宇宙＞環境問題＞絶滅種、絶滅危惧種、天然記念物
瀬戸内海→ご当地もの＞瀬戸内海
ゼリー→暮らし・生活＞食べもの、飲みもの＞おやつ、お菓子＞ゼリー
選挙、投票→ストーリー＞選挙、投票
先祖→人間関係＞先祖
戦争一般→戦争と平和・災害・社会問題＞戦争＞戦争一般
戦争と平和、災害、社会問題一般→戦争と平和・災害・社会問題＞戦争と平和、災害、社会問題一般
仙台市→ご当地もの＞宮城県＞仙台市
選択→ストーリー＞選択
先輩、上司→キャラクター・立場＞先輩、上司
羨望、憧れ→暮らし・生活＞感情、心＞羨望、憧れ
専門学校、大学、専門学校生、大学生、大学院生→学校・学園・学生・教育＞専門学校、大学、専門学校生、大学生、大学院生
ゾウ→動物・生きもの＞ゾウ
ゾウガメ→動物・生きもの＞カメ＞ゾウガメ
葬儀、葬式→暮らし・生活＞葬儀、葬式
捜査、捜索、潜入→ストーリー＞捜査、捜索、潜入
掃除、清掃→暮らし・生活＞掃除、清掃
曾祖父母→人間関係＞曾祖父母
相談→暮らし・生活＞感情、心＞相談
相談所→場所・建物・施設・設備＞相談所
遭難、漂流→ストーリー＞遭難、漂流
ぞうり、げた→暮らし・生活＞ファッション、おしゃれ、身だしなみ＞ぞうり、げた
僧侶、和尚、行者、神主、宮司、禰宜→職業＞僧侶、和尚、行者、神主、宮司、禰宜
卒業→学校・学園・学生・教育＞卒業
卒業式→暮らし・生活＞イベント、行事＞卒業式

祖父母→人間関係＞祖父母
空→自然･環境･宇宙＞空
孫悟空→キャラクター･立場＞孫悟空
ゾンビ、ミイラ、死者→キャラクター･立場＞ゾンビ、ミイラ、死者
タイ→動物･生きもの＞魚、貝＞タイ
体育祭、運動会→暮らし･生活＞イベント、行事＞体育祭、運動会
第一次世界大戦→戦争と平和･災害･社会問題＞戦争＞第一次世界大戦
太鼓、ドラム→文化･芸能･スポーツ＞文化、芸能＞音楽＞楽器＞太鼓、ドラム
ダイコン→暮らし･生活＞食べもの、飲みもの＞野菜＞ダイコン
大臣→キャラクター･立場＞大臣
第二次世界大戦→戦争と平和･災害･社会問題＞戦争＞第二次世界大戦
台風、ハリケーン→戦争と平和･災害･社会問題＞災害＞台風、ハリケーン
タイムトラベル、タイムスリップ、タイムループ、ワープ→ストーリー＞SF＞タイムトラベル、タイムスリップ、タイムループ、ワープ
たい焼き→暮らし･生活＞食べもの、飲みもの＞おやつ、お菓子＞たい焼き
対立、抵抗→ストーリー＞対立、抵抗
タカ→動物･生きもの＞鳥＞タカ
駄菓子→暮らし･生活＞食べもの、飲みもの＞おやつ、お菓子＞駄菓子
駄菓子店→場所･建物･施設･設備＞お店＞菓子店、洋菓子店＞駄菓子店
宝探し→暮らし･生活＞遊び＞宝探し
宝物→アイテム･能力＞宝物
タケノコ→暮らし･生活＞食べもの、飲みもの＞野菜＞タケノコ
タコ→動物･生きもの＞魚、貝＞タコ
太宰治一般→ストーリー＞日本の物語＞太宰治一般
脱出、逃亡、脱走→ストーリー＞脱出、逃亡、脱走
竜巻→自然･環境･宇宙＞竜巻
七夕→暮らし･生活＞イベント、行事＞七夕
タヌキ→動物･生きもの＞タヌキ
食べもの一般→暮らし･生活＞食べもの、飲みもの＞食べもの一般
たまご→動物･生きもの＞たまご
タマネギ→暮らし･生活＞食べもの、飲みもの＞野菜＞タマネギ
ダム→場所･建物･施設･設備＞ダム
多様性→暮らし･生活＞多様性
だるまさんがころんだ→暮らし･生活＞遊び＞だるまさんがころんだ
タレント、役者→職業＞タレント、役者
探検→ストーリー＞探検
探検家、冒険家→職業＞探検家、冒険家
誕生、誕生日、記念日→暮らし･生活＞イベント、行事＞誕生、誕生日、記念日
誕生会→暮らし･生活＞イベント、行事＞誕生、誕生日、記念日＞誕生会

ダンジョン、迷宮→ストーリー＞ダンジョン、迷宮
ダンス、踊り→文化・芸能・スポーツ＞スポーツ＞ダンス、踊り
男性同士→人間関係＞恋愛＞同性愛＞男性同士
探偵→職業＞探偵
探偵犬→キャラクター・立場＞探偵犬
短編集→作品情報＞短編集
タンポポ→自然・環境・宇宙＞花、植物＞タンポポ
チート→ストーリー＞チート
チーム、パーティ、グループ→人間関係＞チーム、パーティ、グループ
知恵→暮らし・生活＞知恵
地球→自然・環境・宇宙＞地球
地球温暖化、気候変動→自然・環境・宇宙＞環境問題＞地球温暖化、気候変動
知的障害、知恵おくれ→キャラクター・立場＞知的障害、知恵おくれ
千葉県→ご当地もの＞千葉県
茶、コーヒー→暮らし・生活＞食べもの、飲みもの＞茶、コーヒー
中学校、中学生→学校・学園・学生・教育＞中学校、中学生
中国→ご当地もの＞中国
中国地方→ご当地もの＞中国地方
チューリップ→自然・環境・宇宙＞花、植物＞チューリップ
チョウ→動物・生きもの＞虫＞チョウ
調査→ストーリー＞調査
挑戦→ストーリー＞挑戦
挑戦状、脅迫状→アイテム・能力＞挑戦状、脅迫状
チョコレート→暮らし・生活＞食べもの、飲みもの＞おやつ、お菓子＞チョコレート
追跡、尾行→ストーリー＞追跡、尾行
追放→ストーリー＞追放
通訳、翻訳家→職業＞通訳、翻訳家
月→自然・環境・宇宙＞月
土、泥→自然・環境・宇宙＞土、泥
翼、羽→動物・生きもの＞翼、羽
ツバメ→動物・生きもの＞鳥＞ツバメ
つぼ→暮らし・生活＞つぼ
釣り→暮らし・生活＞遊び＞釣り
出会い→ストーリー＞出会い
ディズニー、PIXAR一般→ストーリー＞キャラクター作品＞ディズニー、PIXAR一般
邸宅、豪邸、館、屋敷→場所・建物・施設・設備＞邸宅、豪邸、館、屋敷
デート→暮らし・生活＞イベント、行事＞デート
手紙、日記、メモ→アイテム・能力＞手紙、日記、メモ
テキサス州→ご当地もの＞アメリカ合衆国＞テキサス州

弟子、後輩、部下、助手、家来、家臣→キャラクター・立場＞弟子、後輩、部下、助手、家来、家臣
手品、マジック→アイテム・能力＞手品、マジック
哲学→文化・芸能・スポーツ＞文化、芸能＞学問＞哲学
鉄棒→文化・芸能・スポーツ＞スポーツ＞鉄棒
テニス、バドミントン、卓球→文化・芸能・スポーツ＞スポーツ＞テニス、バドミントン、卓球
寺、神社、神殿→場所・建物・施設・設備＞寺、神社、神殿
寺子屋→学校・学園・学生・教育＞寺子屋
店員、販売員→職業＞店員、販売員
伝記、自伝→作品情報＞伝記、自伝
天気、天候一般→自然・環境・宇宙＞天気、天候＞天気、天候一般
天狗→キャラクター・立場＞天狗
転校、転校生、編入→学校・学園・学生・教育＞転校、転校生、編入
天国、極楽→ストーリー＞天国、極楽
天使→キャラクター・立場＞天使
転生、転移、よみがえり、リプレイ→ストーリー＞転生、転移、よみがえり、リプレイ
店長、店主→職業＞店長、店主
テントウムシ→動物・生きもの＞虫＞テントウムシ
天文台→場所・建物・施設・設備＞天文台
電話→暮らし・生活＞電話
ドイツ→ご当地もの＞ドイツ
トイレ、おまる→場所・建物・施設・設備＞トイレ、おまる
塔、鉄塔→場所・建物・施設・設備＞塔、鉄塔
動画実況者、ゲーム実況者、YouTuber→職業＞動画実況者、ゲーム実況者、YouTuber
動画投稿、YouTube→ストーリー＞サイバー＞動画投稿、YouTube
東京都→ご当地もの＞東京都
道具→アイテム・能力＞道具
峠→場所・建物・施設・設備＞峠
登校拒否、不登校→学校・学園・学生・教育＞登校拒否、不登校
銅山→場所・建物・施設・設備＞鉱山＞銅山
道場、土俵→場所・建物・施設・設備＞道場、土俵
銅像、仏像、石像→文化・芸能・スポーツ＞文化、芸能＞美術、芸術＞銅像、仏像、石像
灯台→場所・建物・施設・設備＞灯台
動物、生きもの一般→動物・生きもの＞動物、生きもの一般
動物園→場所・建物・施設・設備＞動物園
動物病院→場所・建物・施設・設備＞病院、保健室、施術所、診療所＞動物病院
東北地方→ご当地もの＞東北地方
透明人間→キャラクター・立場＞透明人間
同僚、同級生→キャラクター・立場＞同僚、同級生

ドーナツ→暮らし・生活＞食べもの、飲みもの＞おやつ、お菓子＞ドーナツ
遠野市→ご当地もの＞岩手県＞遠野市
トカゲ→動物・生きもの＞トカゲ
ドキュメント→ストーリー＞ドキュメント
毒→アイテム・能力＞毒
特異体質→アイテム・能力＞特異体質
毒親→人間関係＞家族＞毒親
どくろ、がいこつ→キャラクター・立場＞どくろ、がいこつ
時計、時間→アイテム・能力＞時計、時間
登山→文化・芸能・スポーツ＞スポーツ＞登山
図書館、図書室→場所・建物・施設・設備＞図書館、図書室
友達→人間関係＞友達
トラ→動物・生きもの＞トラ
ドラえもん一般→ストーリー＞キャラクター作品＞ドラえもん一般
トランプ、カード→アイテム・能力＞トランプ、カード
鳥のみじい→ストーリー＞日本の物語＞鳥のみじい
努力、忍耐→暮らし・生活＞感情、心＞努力、忍耐
トレーラー→乗りもの＞自動車＞トレーラー
ドレス→暮らし・生活＞ファッション、おしゃれ、身だしなみ＞ドレス
トンネル→場所・建物・施設・設備＞トンネル
トンボ→動物・生きもの＞虫＞トンボ
仲直り→ストーリー＞仲直り
長野県→ご当地もの＞長野県
仲間→人間関係＞仲間
なぐさめ、応援→暮らし・生活＞感情、心＞なぐさめ、応援
なぞなぞ、クイズ→暮らし・生活＞遊び＞なぞなぞ、クイズ
夏→自然・環境・宇宙＞季節、四季＞夏
夏休み、バカンス、長期休暇→暮らし・生活＞イベント、行事＞夏休み、バカンス、長期休暇
怠け者→キャラクター・立場＞怠け者
涙→暮らし・生活＞からだ、顔＞涙
ナメクジ→動物・生きもの＞虫＞ナメクジ
習いごと、塾→学校・学園・学生・教育＞習いごと、塾
なわとび→文化・芸能・スポーツ＞スポーツ＞なわとび
難破船→乗りもの＞船、ヨット＞難破船
難民→キャラクター・立場＞難民
難民問題→戦争と平和・災害・社会問題＞難民問題
苦手、弱点、気弱→暮らし・生活＞感情、心＞苦手、弱点、気弱
西日本→ご当地もの＞西日本
日常→ストーリー＞日常

2分の1成人式→暮らし・生活＞イベント、行事＞2分の1成人式
日本の古典一般→ストーリー＞日本の古典一般
日本の物語一般→ストーリー＞日本の物語＞日本の物語一般
日本橋→ご当地もの＞東京都＞中央区＞日本橋
入院→ストーリー＞入院
入学→学校・学園・学生・教育＞入学
入学式→暮らし・生活＞イベント、行事＞入学式
ニュース→暮らし・生活＞ニュース
ニューヨーク→ご当地もの＞アメリカ合衆国＞ニューヨーク州＞ニューヨーク
ニューヨーク州→ご当地もの＞アメリカ合衆国＞ニューヨーク州
庭→場所・建物・施設・設備＞庭
ニワトリ、ヒヨコ→動物・生きもの＞鳥＞ニワトリ、ヒヨコ
人気、評判→暮らし・生活＞感情、心＞人気、評判
人魚、半魚人→キャラクター・立場＞人魚、半魚人
人魚姫→ストーリー＞世界の物語＞アンデルセン童話＞人魚姫
忍者、忍び→キャラクター・立場＞忍者、忍び
妊娠、出産→ストーリー＞妊娠、出産
認知症→ストーリー＞病気、怪我、医療＞認知症
濡れ衣、冤罪→ストーリー＞濡れ衣、冤罪
ネイリスト→職業＞ネイリスト
ネコ→動物・生きもの＞ネコ
ネズミ→動物・生きもの＞ネズミ
妬み、嫉妬→暮らし・生活＞感情、心＞妬み、嫉妬
寝坊、遅刻→暮らし・生活＞寝坊、遅刻
農家、酪農家、百姓、作男→職業＞農家、酪農家、百姓、作男
農業→ストーリー＞農業
農場、農園→自然・環境・宇宙＞農場、農園
ノート、手帳→アイテム・能力＞文房具＞ノート、手帳
野原、平原、荒野→自然・環境・宇宙＞野原、平原、荒野
ノベライズ→作品情報＞ノベライズ
飲みもの一般→暮らし・生活＞食べもの、飲みもの＞飲みもの一般
乗りもの一般→乗りもの＞乗りもの一般
呪い、呪術、呪文、祟り→ストーリー＞呪い、呪術、呪文、祟り
歯→暮らし・生活＞からだ、顔＞歯
ハーモニカ→文化・芸能・スポーツ＞文化、芸能＞音楽＞楽器＞ハーモニカ
ハーレム、逆ハーレム、三角関係→人間関係＞ハーレム、逆ハーレム、三角関係
パイ→暮らし・生活＞食べもの、飲みもの＞おやつ、お菓子＞パイ
バイオリン→文化・芸能・スポーツ＞文化、芸能＞音楽＞楽器＞バイオリン
俳句、短歌、川柳、和歌→文化・芸能・スポーツ＞文化、芸能＞俳句、短歌、川柳、和歌

配達、宅配→暮らし・生活＞配達、宅配
ハガキ→アイテム・能力＞手紙、日記、メモ＞ハガキ
博士、研究者、学者、発明家→職業＞博士、研究者、学者、発明家
パキスタン→ご当地もの＞パキスタン
爆弾→アイテム・能力＞爆弾
博物館→場所・建物・施設・設備＞博物館
橋→場所・建物・施設・設備＞橋
バス→乗りもの＞自動車＞バス
パズル→暮らし・生活＞遊び＞パズル
畑、田んぼ、田園→自然・環境・宇宙＞畑、田んぼ、田園
ハチ→動物・生きもの＞虫＞ハチ
発見、驚き→暮らし・生活＞感情、心＞発見、驚き
初恋→人間関係＞恋愛＞初恋
発達障害→キャラクター・立場＞発達障害
発表会、学芸会→暮らし・生活＞イベント、行事＞発表会、学芸会
発明、モノづくり→ストーリー＞発明、モノづくり
バディ、コンビ→人間関係＞バディ、コンビ
バトル、奇襲、戦闘、抗争→ストーリー＞バトル、奇襲、戦闘、抗争
花、植物一般→自然・環境・宇宙＞花、植物＞花、植物一般
バナナ→暮らし・生活＞食べもの、飲みもの＞果物＞バナナ
パプアニューギニア→ご当地もの＞パプアニューギニア
パフェ→暮らし・生活＞食べもの、飲みもの＞おやつ、お菓子＞パフェ
林→自然・環境・宇宙＞林
バラ→自然・環境・宇宙＞花、植物＞バラ
パリ→ご当地もの＞フランス＞パリ
ハリネズミ→動物・生きもの＞ハリネズミ
春→自然・環境・宇宙＞季節、四季＞春
春休み→暮らし・生活＞イベント、行事＞春休み
バレエ→文化・芸能・スポーツ＞スポーツ＞ダンス、踊り＞バレエ
パレード→暮らし・生活＞イベント、行事＞パレード
バレーボール、バスケットボール→文化・芸能・スポーツ＞スポーツ＞バレーボール、バスケットボール
バレンタイン→暮らし・生活＞イベント、行事＞バレンタイン
ハロウィン→暮らし・生活＞イベント、行事＞ハロウィン
パン→暮らし・生活＞食べもの、飲みもの＞パン
ハンカチ→暮らし・生活＞ファッション、おしゃれ、身だしなみ＞ハンカチ
パンダ→動物・生きもの＞パンダ
ハンター、狩人→職業＞ハンター、狩人
バンド、オーケストラ、吹奏楽→文化・芸能・スポーツ＞文化、芸能＞音楽＞バンド、オーケストラ、吹奏楽

ファッション、おしゃれ、身だしなみ一般→暮らし・生活＞ファッション、おしゃれ、身だしなみ＞ファッション、おしゃれ、身だしなみ一般

VR、AR→ストーリー＞サイバー＞VR、AR

フィギュアスケート→文化・芸能・スポーツ＞スポーツ＞フィギュアスケート

フィリピン→ご当地もの＞フィリピン

フィレンツェ→ご当地もの＞イタリア＞フィレンツェ

フィンランド→ご当地もの＞フィンランド

風習、習わし→暮らし・生活＞風習、習わし

夫婦、結婚、結婚生活→人間関係＞夫婦、結婚、結婚生活

フェニックス、不死鳥→キャラクター・立場＞フェニックス、不死鳥

部活、サークル、クラブ→学校・学園・学生・教育＞部活、サークル、クラブ

不機嫌、反抗、不安→暮らし・生活＞感情、心＞不機嫌、反抗、不安

福岡県→ご当地もの＞福岡県

複合商業施設、ショッピングモール→場所・建物・施設・設備＞お店＞複合商業施設、ショッピングモール

復讐、逆襲、リベンジ→ストーリー＞復讐、逆襲、リベンジ

フクロウ→動物・生きもの＞鳥＞フクロウ

不幸→暮らし・生活＞感情、心＞不幸

富豪、長者→キャラクター・立場＞富豪、長者

部族、民族→人間関係＞部族、民族

ふたご→人間関係＞家族＞ふたご

筆→アイテム・能力＞文房具＞筆

筆箱→アイテム・能力＞文房具＞筆箱

舞踏会、ダンスパーティー→暮らし・生活＞イベント、行事＞舞踏会、ダンスパーティー

ふとん→暮らし・生活＞ふとん

船、ヨット一般→乗りもの＞船、ヨット＞船、ヨット一般

冬→自然・環境・宇宙＞季節、四季＞冬

フランス→ご当地もの＞フランス

フリースクール→学校・学園・学生・教育＞フリースクール

プレゼント、お土産→アイテム・能力＞プレゼント、お土産

噴火→戦争と平和・災害・社会問題＞災害＞噴火

文学、本→文化・芸能・スポーツ＞文化、芸能＞文学、本

文化祭、学園祭→暮らし・生活＞イベント、行事＞文化祭、学園祭

文房具一般→アイテム・能力＞文房具＞文房具一般

ベーカリー→場所・建物・施設・設備＞お店＞ベーカリー

ベール→暮らし・生活＞ファッション、おしゃれ、身だしなみ＞ベール

別荘→場所・建物・施設・設備＞別荘

ペット→暮らし・生活＞ペット

ヘビ→動物・生きもの＞ヘビ

ベビーシッター→職業＞ベビーシッター

ベルギー→ご当地もの＞ベルギー
ベルト→暮らし・生活＞ファッション、おしゃれ、身だしなみ＞ベルト
ペン、万年筆→アイテム・能力＞文房具＞ペン、万年筆
勉強→学校・学園・学生・教育＞勉強
ペンギン→動物・生きもの＞鳥＞ペンギン
弁護士→職業＞弁護士
編集者、ライター、記者→職業＞編集者、ライター、記者
変身、変形、変装→ストーリー＞変身、変形、変装
冒険、旅→ストーリー＞冒険、旅
冒険者、旅人→キャラクター・立場＞冒険者、旅人
奉公→ストーリー＞奉公
帽子、頭巾→暮らし・生活＞ファッション、おしゃれ、身だしなみ＞帽子、頭巾
奉仕活動、ボランティア→ストーリー＞奉仕活動、ボランティア
宝石→アイテム・能力＞宝石
暴走族、不良、ヤンキー、番長→キャラクター・立場＞暴走族、不良、ヤンキー、番長
ボートレース、ボート競技→文化・芸能・スポーツ＞スポーツ＞ボートレース、ボート競技
ホームステイ、下宿→暮らし・生活＞イベント、行事＞ホームステイ、下宿
ホームレス→キャラクター・立場＞ホームレス
ボール→アイテム・能力＞ボール
捕獲、捕縛、捕物→ストーリー＞捕獲、捕縛、捕物
北欧（北ヨーロッパ）→ご当地もの＞ヨーロッパ＞北欧（北ヨーロッパ）
ボクシング、キックボクシング→文化・芸能・スポーツ＞スポーツ＞ボクシング、キックボクシング
撲滅運動、退治、駆除→ストーリー＞使命、任務＞撲滅運動、退治、駆除
星、星座→自然・環境・宇宙＞星、星座
墓地、お墓→場所・建物・施設・設備＞墓地、お墓
北海道→ご当地もの＞北海道
北極→ご当地もの＞北極
ボディーガード、用心棒→職業＞ボディーガード、用心棒
ホテル、宿、旅館、ペンション、民宿→場所・建物・施設・設備＞ホテル、宿、旅館、ペンション、民宿
ほのぼの→ストーリー＞ほのぼの
ホラー、オカルト、グロテスク、怪談→ストーリー＞ホラー、オカルト、グロテスク、怪談
捕虜、人質→キャラクター・立場＞捕虜、人質
ホワイトデー→暮らし・生活＞イベント、行事＞ホワイトデー
迷子→キャラクター・立場＞迷子
魔王、魔族、魔人、邪神→キャラクター・立場＞魔王、魔族、魔人、邪神
まくら→暮らし・生活＞まくら
マグロ→動物・生きもの＞魚、貝＞マグロ
魔女→キャラクター・立場＞魔女

マスク→暮らし・生活＞ファッション、おしゃれ、身だしなみ＞マスク
マツ→自然・環境・宇宙＞木、樹木＞マツ
マッチうりの少女→ストーリー＞世界の物語＞アンデルセン童話＞マッチうりの少女
マナティ→動物・生きもの＞マナティ
マネージャー→キャラクター・立場＞マネージャー
魔法、魔術、魔力、召喚術→アイテム・能力＞魔法、魔術、魔力、召喚術
魔法・魔術学校→学校・学園・学生・教育＞魔法・魔術学校
魔法使い、魔導士、魔術師→キャラクター・立場＞魔法使い、魔導士、魔術師
漫画→文化・芸能・スポーツ＞文化、芸能＞漫画
漫画家、画家、芸術家、イラストレーター、絵師→職業＞クリエイター＞漫画家、画家、芸術家、イラストレーター、絵師
マンション、アパート、団地、長屋→場所・建物・施設・設備＞マンション、アパート、団地、長屋
マント→暮らし・生活＞ファッション、おしゃれ、身だしなみ＞マント
身代わり、代役、代行→ストーリー＞身代わり、代役、代行
ミカン→暮らし・生活＞食べもの、飲みもの＞果物＞ミカン
巫女、斎宮→職業＞巫女、斎宮
皇子、皇女→キャラクター・立場＞皇子、皇女
湖、池、沼→自然・環境・宇宙＞湖、池、沼
ミステリー、サスペンス、謎解き→ストーリー＞ミステリー、サスペンス、謎解き
みつご、よつご、いつつご、やつご→人間関係＞家族＞みつご、よつご、いつつご、やつご
港、港町→場所・建物・施設・設備＞港、港町
みにくいあひるのこ→ストーリー＞世界の物語＞アンデルセン童話＞みにくいあひるのこ
美祢市→ご当地もの＞山口県＞美祢市
宮崎県→ご当地もの＞宮崎県
宮沢賢治一般→ストーリー＞日本の物語＞宮沢賢治一般
ミュージシャン、音楽家、歌手、楽師→職業＞ミュージシャン、音楽家、歌手、楽師
未来人→キャラクター・立場＞未来人
民族→暮らし・生活＞民族
ムーミン一般→ストーリー＞キャラクター作品＞ムーミン一般
椋鳩十一般→ストーリー＞日本の物語＞椋鳩十一般
虫一般→動物・生きもの＞虫＞虫一般
虫とり→暮らし・生活＞遊び＞虫とり
ムンバイ→ご当地もの＞インド＞ムンバイ
目→暮らし・生活＞からだ、顔＞目
メイクアップアーティスト、ヘアスタイリスト、美容師→職業＞メイクアップアーティスト、ヘアスタイリスト、美容師
名人、天才→キャラクター・立場＞名人、天才
迷信、伝説→ストーリー＞迷信、伝説
迷路→暮らし・生活＞遊び＞迷路
めがね→暮らし・生活＞ファッション、おしゃれ、身だしなみ＞めがね

メッセージ→アイテム・能力＞メッセージ
メルヘン→ストーリー＞メルヘン
メンタルヘルス→ストーリー＞病気、怪我、医療＞メンタルヘルス
盲導犬、聴導犬、介助犬→キャラクター・立場＞盲導犬、聴導犬、介助犬
モグラ→動物・生きもの＞モグラ
文字→暮らし・生活＞文字
モデル→職業＞モデル
モミジ→自然・環境・宇宙＞木、樹木＞モミジ
モミノキ→自然・環境・宇宙＞木、樹木＞モミノキ
モモ→暮らし・生活＞食べもの、飲みもの＞果物＞モモ
ももたろう→ストーリー＞日本の物語＞ももたろう
森鴎外一般→ストーリー＞日本の物語＞森鴎外一般
モルモット→動物・生きもの＞モルモット
モンスター、魔物、魔獣、怪物、怪獣、怪鳥→キャラクター・立場＞モンスター、魔物、魔獣、怪物、怪獣、怪鳥
問題解決→ストーリー＞問題解決
ヤギ→動物・生きもの＞ヤギ
野球→文化・芸能・スポーツ＞スポーツ＞野球
約束→ストーリー＞約束
役人→キャラクター・立場＞役人
疫病神→キャラクター・立場＞疫病神
野菜一般→暮らし・生活＞食べもの、飲みもの＞野菜＞野菜一般
屋台→場所・建物・施設・設備＞お店＞屋台
ヤドカリ→動物・生きもの＞魚、貝＞ヤドカリ
ヤナギ→自然・環境・宇宙＞木、樹木＞ヤナギ
屋根裏→場所・建物・施設・設備＞屋根裏
山、森→自然・環境・宇宙＞山、森
やまんば→キャラクター・立場＞やまんば
ヤモリ→動物・生きもの＞ヤモリ
遊園地、テーマパーク→場所・建物・施設・設備＞遊園地、テーマパーク
勇気→暮らし・生活＞感情、心＞勇気
友情→ストーリー＞友情
郵便局→場所・建物・施設・設備＞郵便局
郵便屋→職業＞郵便屋
雪→自然・環境・宇宙＞天気、天候＞雪
雪男→キャラクター・立場＞雪男
雪女→キャラクター・立場＞雪女
雪の女王→ストーリー＞世界の物語＞アンデルセン童話＞雪の女王
ユダヤ人→キャラクター・立場＞ユダヤ人

指輪→アイテム・能力＞アクセサリー、ジュエリー＞指輪

夢、野望、野心→ストーリー＞夢、野望、野心

妖怪→キャラクター・立場＞妖怪

要塞→場所・建物・施設・設備＞要塞

容姿→暮らし・生活＞からだ、顔＞容姿

養子、養女→人間関係＞家族＞養子、養女

養殖→ストーリー＞漁業＞養殖

妖精、精霊→キャラクター・立場＞妖精、精霊

幼稚園→場所・建物・施設・設備＞幼稚園

幼稚園児、保育園児→キャラクター・立場＞幼稚園児、保育園児

洋服→暮らし・生活＞ファッション、おしゃれ、身だしなみ＞洋服

予言、予報、予告→ストーリー＞予言、予報、予告

ヨタカ、ヨダカ→動物・生きもの＞鳥＞ヨタカ、ヨダカ

夜→自然・環境・宇宙＞夜

弱虫、泣き虫→キャラクター・立場＞弱虫、泣き虫

47都道府県→ご当地もの＞47都道府県

ライオン→動物・生きもの＞ライオン

ライバル、仇→人間関係＞ライバル、仇

落語→ストーリー＞落語

落語、漫才→文化・芸能・スポーツ＞文化、芸能＞落語、漫才

理科→文化・芸能・スポーツ＞文化、芸能＞学問＞理科

リコーダー、笛→文化・芸能・スポーツ＞文化、芸能＞音楽＞楽器＞リコーダー、笛

リス→動物・生きもの＞リス

理髪店、美容室→場所・建物・施設・設備＞お店＞理髪店、美容室

留学→学校・学園・学生・教育＞留学

寮→場所・建物・施設・設備＞寮

猟、狩り→ストーリー＞猟、狩り

料理→ストーリー＞料理

料理人、パティシエ、菓子職人→職業＞料理人、パティシエ、菓子職人

林間学校、臨海学校→暮らし・生活＞イベント、行事＞林間学校、臨海学校

リンゴ→暮らし・生活＞食べもの、飲みもの＞果物＞リンゴ

隣人、ご近所→キャラクター・立場＞隣人、ご近所

ルームシェア、同棲→暮らし・生活＞ルームシェア、同棲

ルール、マナー、掟→ストーリー＞ルール、マナー、掟

ルーレット→アイテム・能力＞ルーレット

霊界、冥界→ストーリー＞霊界、冥界

霊感、幽体離脱→アイテム・能力＞霊感、幽体離脱

霊媒師、霊能者→職業＞霊媒師、霊能者

レーサー→職業＞ドライバー＞レーサー

収録作品一覧（作家名の字順→出版社の字順並び）

総長さまスペシャルもっと甘々／*あいら*ほか著;茶乃ひなの;カトウロカ絵／スターツ出版（野いちごジュニア文庫）／2024年10月／キャラクター・立場＞暴走族、不良、ヤンキー、番長／学校・学園・学生・教育＞高校、高等専門学校、高校生、高専生／作品情報＞アンソロジー／人間関係＞ハーレム、逆ハーレム、三角関係／人間関係＞恋愛／暮らし・生活＞感情、心＞妬み、嫉妬

溺愛MAXな恋スペシャルPink：野いちごジュニア文庫超人気シリーズ集!／*あいら*ほか著;茶乃ひなのほか絵／スターツ出版（野いちごジュニア文庫）／2024年9月／キャラクター・立場＞美少年、美男子、美青年／学校・学園・学生・教育＞学校、学園、学生、教育一般／作品情報＞アンソロジー／人間関係＞恋愛

溺愛限界レベルヴァンパイア祭!／*あいら*ほか著;朝香のりこ絵／スターツ出版（野いちごジュニア文庫）／2024年7月／キャラクター・立場＞鬼＞吸血鬼／学校・学園・学生・教育＞中学校、中学生／作品情報＞アンソロジー／人間関係＞恋愛／暮らし・生活＞イベント、行事＞デート／暮らし・生活＞イベント、行事＞春休み

ケモカフェ!：獣人男子の花嫁候補になっちゃった!?／*あいら*作;しろこ絵／ポプラ社（ポプラキミノベル）／2024年9月／キャラクター・立場＞エリート、優等生／キャラクター・立場＞獣人、エルフ、魚人／ストーリー＞恋人・配偶者作り、縁結び、お見合い／学校・学園・学生・教育＞中学校、中学生／場所・建物・施設・設備＞お店＞カフェ、喫茶店、茶屋／人間関係＞祖父母／動物・生きもの＞動物、生きもの一般

高宮学園バスケ部の氷姫：愛されすぎのマネージャー生活、スタート!／*あいら*作;ムネヤマヨシミ絵／集英社（集英社みらい文庫）／2024年10月／キャラクター・立場＞マネージャー／ストーリー＞濡れ衣、冤罪／学校・学園・学生・教育＞学校、学園、学生、教育一般／学校・学園・学生・教育＞部活、サークル、クラブ／文化・芸能・スポーツ＞スポーツ＞バレーボール、バスケットボール

溺愛プラネット! 2／*あいら*著;小鳩ぐみイラスト／PHP研究所（PHPジュニアノベル）／2024年1月／キャラクター・立場＞美少年、美男子、美青年／ストーリー＞サイバー＞インターネット、SNS、メール、ブログ／ストーリー＞育成、プロデュース／学校・学園・学生・教育＞中学校、中学生／職業＞アイドル、地下アイドル／人間関係＞チーム、パーティ、グループ／暮らし・生活＞イベント、行事＞合宿

ウタイテ! 7／*あいら*著;茶乃ひなの絵／スターツ出版（野いちごジュニア文庫）／2024年3月／キャラクター・立場＞スター、人気者／学校・学園・学生・教育＞中学校、中学生／職業＞クリエイター＞漫画家、画家、芸術家、イラストレーター、絵師／職業＞ミュージシャン、音楽家、歌手、楽師／人間関係＞チーム、パーティ、グループ／人間関係＞ライバル、仇

総長さま、溺愛中につき。. 11／*あいら*著;茶乃ひなの絵／スターツ出版（野いちごジュニア文庫）／2024年4月／キャラクター・立場＞暴走族、不良、ヤンキー、番長／ストーリー＞告白、カミングアウト／学校・学園・学生・教育＞中学校、中学生／学校・学園・学生・教育＞留学／人間関係＞ハーレム、逆ハーレム、三角関係／人間関係＞恋愛

ウタイテ! 8／*あいら*著;茶乃ひなの絵／スターツ出版（野いちごジュニア文庫）／2024年7月／キャラクター・立場＞スター、人気者／ストーリー＞試合、競争、コンテスト、競合／学校・学園・学生・教育＞学校、学園、学生、教育一般／職業＞クリエイター＞漫画家、画家、芸術家、イラストレーター、絵師／職業＞ミュージシャン、音楽家、歌手、楽師／人間関係＞チーム、パーティ、グループ／暮らし・生活＞イベント、行事＞文化祭、学園祭

総長さま、溺愛中につき。. 11.5／*あいら*著;茶乃ひなの絵／スターツ出版（野いちごジュニア文庫）／2024年8月／キャラクター・立場＞暴走族、不良、ヤンキー、番長／学校・学園・学生・教育＞中学校、中学生／人間関係＞ハーレム、逆ハーレム、三角関係／人間関係＞恋愛

ウタイテ! 9／*あいら*著;茶乃ひなの絵／スターツ出版（野いちごジュニア文庫）／2024年11月／キャラクター・立場＞スター、人気者／ストーリー＞噂、スキャンダル／学校・学園・学生・教育＞中学校、中学生／職業＞クリエイター＞漫画家、画家、芸術家、イラストレーター、絵師／職業＞ミュージシャン、音楽家、歌手、楽師／人間関係＞チーム、パーティ、グループ／人間関係＞恋愛

総長さま、溺愛中につき。. 12／*あいら*著;茶乃ひなの絵／スターツ出版（野いちごジュニア文庫）／2024年12月／キャラクター・立場＞キャプテン、リーダー／ストーリー＞偽り、偽装＞恋人、配偶者のふり／ストーリー＞救出、救助／人間関係＞恋愛／人間関係＞恋愛＞婚約

吸血鬼と薔薇少女 ＝VAMPIRE AND THE ROSE. 2／*あいら*著;朝香のりこ絵&原作／スターツ出版（野いちごジュニア文庫）／2024年6月／キャラクター・立場＞鬼＞吸血鬼／キャラクター・立場＞美少年、美男子、美青年／キャラクター・立場＞狼男／学校・学園・学生・教育＞中学校、中学生／人間関係＞ハーレム、逆ハーレム、三角関係／人間関係＞恋愛

吸血鬼と薔薇少女 ＝VAMPIRE AND THE ROSE. 3／*あいら*著;朝香のりこ絵&原作／スターツ出版（野いちごジュニア文庫）／2024年10月／キャラクター・立場＞エリート、優等生／キャラクター・立場＞鬼＞吸血鬼／キャラクター・立場＞美少年、美男子、美青年／ストーリー＞告白、カミングアウト／学校・学園・学生・教育＞中学校、中学生／人間関係＞ハーレム、逆ハーレム、三角関係／暮らし・生活＞イベント、行事＞文化祭、学園祭

スカンダーと裏切りのトライアル／A.F.ステッドマン著;金原瑞人;西田佳子訳／潮出版社／2024年6月／キャラクター・立場＞幻獣／ストーリー＞異世界、架空・不思議の世界／ストーリー＞修行、トレーニング、試練、練習／ストーリー＞裏切り／人間関係＞家族＞きょうだい／暮らし・生活＞感情、心＞信頼、絆

アマリとグレイトゲーム. 下／B.B.オールストン作;橋本恵訳／小学館／2024年11月／アイテム・能力＞時計、時間／アイテム・能力＞魔法、魔術、魔力、召喚術／ストーリー＞ミステリー、サスペンス、謎解き／ストーリー＞異世界、架空・不思議の世界／ストーリー＞対立、抵抗

アマリとグレイトゲーム. 上／B.B.オールストン作;橋本恵訳／小学館／2024年11月／アイテム・能力＞時計、時間／アイテム・能力＞魔法、魔術、魔力、召喚術／ストーリー＞ミステリー、サスペンス、謎解き／ストーリー＞異世界、架空・不思議の世界／暮らし・生活＞遊び＞ピクニック、遠足、キャンプ、ハイキング

じぶんでつくるえがないえほん／B.J.ノヴァクさく;おおともたけしやく／早川書房／2024年11月／文化・芸能・スポーツ＞文化、芸能＞絵本／文化・芸能・スポーツ＞文化、芸能＞美術、芸術＞絵／暮らし・生活＞言葉／暮らし・生活＞文字

裏水族館からの脱出ゲーム／cheeery作;ぴろ瀬絵／ポプラ社（ポプラキミノベル）／2024年4月／ストーリー＞ホラー、オカルト、グロテスク、怪談／ストーリー＞脱出、逃亡、脱走／学校・学園・学生・教育＞学校、学園、学生、教育一般／場所・建物・施設・設備＞水族館／職業＞アイドル、地下アイドル

人生終了ゲーム. [4]／cheeery著／スターツ出版（野いちごジュニア文庫）／2024年7月／ストーリー＞サバイバル／ストーリー＞ホラー、オカルト、グロテスク、怪談／ストーリー＞死、別れ／ストーリー＞裏切り／学校・学園・学生・教育＞学校、学園、学生、教育一般／人間関係＞友達／暮らし・生活＞感情、心＞うそ、でたらめ

きみの最後の笑顔を忘れない／cheeery著;ねこじし絵／スターツ出版（野いちごジュニア文庫）／2024年5月／ストーリー＞さがしもの、人探し／ストーリー＞入院／ストーリー＞病気、怪我、医療／学校・学園・学生・教育＞中学校、中学生

脱獄サバイバル／cheeery著;狐火絵／スターツ出版（野いちごジュニア文庫）／2024年10月／キャラクター・立場＞同僚、同級生／ストーリー＞サバイバル／ストーリー＞死、別れ／ストーリー＞脱出、逃亡、脱走／場所・建物・施設・設備＞拘置所、留置場、監獄／人間関係＞友達

秘密の花園／F.H.バーネット作;脇明子訳／教文館／2024年3月／アイテム・能力＞鍵／キャラクター・立場＞孤児／ストーリー＞世界の物語＞世界の物語一般／場所・建物・施設・設備＞庭／場所・建物・施設・設備＞邸宅、豪邸、館、屋敷／人間関係＞親戚

へ～わ部／GGおかだ著／文芸社／2024年5月／自然・環境・宇宙＞地球／戦争と平和・災害・社会問題＞戦争と平和、災害、社会問題一般／暮らし・生活＞からだ、顔＞うんち、おしっこ、おなら／暮らし・生活＞感情、心＞笑顔、楽しみ、喜び

ポロンと夢を叶える旅：小学生から始める資産運用／Hakuba著／東京図書出版 リフレ出版／2024年2月／ストーリー＞お金、財宝、財産、お宝／ストーリー＞経済／ストーリー＞成長、克服、成り上がり／ストーリー＞冒険、旅／ストーリー＞夢、野望、野心／学校・学園・学生・教育＞小学校、小学生一般

静音と琴音／HAREMI絵・文／文芸社／2024年10月／キャラクター・立場＞子ども、少年、少女／人間関係＞祖父母／文化・芸能・スポーツ＞文化、芸能＞音楽＞楽器＞琴、竪琴／暮らし・生活＞イベント、行事＞夏休み、バカンス、長期休暇／暮らし・生活＞からだ、顔＞涙／暮らし・生活＞感情、心＞信頼、絆

ハリー・ポッターと呪いの子：舞台脚本東京版—ハリー・ポッター；27／J.K.ローリング;ジョン・ティファニー;ジャック・ソーン原作;ジャック・ソーン脚本;小田島恒志;小田島則子;松岡佑子訳／静山社（静山社ペガサス文庫）／2024年7月／アイテム・能力＞魔法、魔術、魔力、召喚術／キャラクター・立場＞魔法使い、魔導士、魔

術師／ストーリー＞異世界、架空・不思議の世界／ストーリー＞呪い、呪術、呪文、祟り／学校・学園・学生・教育＞魔法・魔術学校／作品情報＞戯曲、脚本

ハリー・ポッターと賢者の石. 1-1―ハリー・ポッター；1／J.K.ローリング作;松岡佑子訳／静山社（静山社ペガサス文庫）／2024年4月／アイテム・能力＞魔法、魔術、魔力、召喚術／キャラクター・立場＞魔法使い、魔導士、魔術師／ストーリー＞いじめ、いじわる／ストーリー＞異世界、架空・不思議の世界／人間関係＞親戚／暮らし・生活＞イベント、行事＞誕生、誕生日、記念日

ハリー・ポッターと賢者の石. 1-2―ハリー・ポッター；2／J.K.ローリング作;松岡佑子訳／静山社（静山社ペガサス文庫）／2024年4月／アイテム・能力＞魔法、魔術、魔力、召喚術／キャラクター・立場＞魔法使い、魔導士、魔術師／ストーリー＞異世界、架空・不思議の世界／学校・学園・学生・教育＞魔法・魔術学校／乗りもの＞汽車、電車＞汽車、電車一般／場所・建物・施設・設備＞駅、駅構内、停留所

ハリー・ポッターと秘密の部屋. 2-1―ハリー・ポッター；3／J.K.ローリング作;松岡佑子訳／静山社（静山社ペガサス文庫）／2024年6月／アイテム・能力＞魔法、魔術、魔力、召喚術／キャラクター・立場＞魔法使い、魔導士、魔術師／ストーリー＞異世界、架空・不思議の世界／ストーリー＞冒険、旅／学校・学園・学生・教育＞魔法・魔術学校／場所・建物・施設・設備＞駅、駅構内、停留所

ハリー・ポッターと秘密の部屋. 2-2―ハリー・ポッター；4／J.K.ローリング作;松岡佑子訳／静山社（静山社ペガサス文庫）／2024年6月／アイテム・能力＞手紙、日記、メモ／アイテム・能力＞魔法、魔術、魔力、召喚術／キャラクター・立場＞魔法使い、魔導士、魔術師／ストーリー＞ミステリー、サスペンス、謎解き／ストーリー＞異世界、架空・不思議の世界／ストーリー＞秘密、隠し事、秘話／ストーリー＞迷信、伝説

ハリー・ポッターとアズカバンの囚人. 3-1―ハリー・ポッター；5／J.K.ローリング作;松岡佑子訳／静山社（静山社ペガサス文庫）／2024年7月／アイテム・能力＞魔法、魔術、魔力、召喚術／キャラクター・立場＞犯人、凶悪犯罪者、囚人／キャラクター・立場＞魔法使い、魔導士、魔術師／ストーリー＞異世界、架空・不思議の世界／ストーリー＞脱出、逃亡、脱走／場所・建物・施設・設備＞拘置所、留置場、監獄／暮らし・生活＞イベント、行事＞夏休み、バカンス、長期休暇

ハリー・ポッターとアズカバンの囚人. 3-2―ハリー・ポッター；6／J.K.ローリング作;松岡佑子訳／静山社（静山社ペガサス文庫）／2024年7月／アイテム・能力＞魔法、魔術、魔力、召喚術／キャラクター・立場＞モンスター、魔物、魔獣、怪物、怪獣、怪鳥／キャラクター・立場＞魔法使い、魔導士、魔術師／ストーリー＞異世界、架空・不思議の世界／ストーリー＞守護、護衛／学校・学園・学生・教育＞魔法・魔術学校／暮らし・生活＞感情、心＞絶望

ハリー・ポッターと炎のゴブレット. 4-1―ハリー・ポッター；7／J.K.ローリング作;松岡佑子訳／静山社（静山社ペガサス文庫）／2024年8月／アイテム・能力＞魔法、魔術、魔力、召喚術／キャラクター・立場＞魔法使い、魔導士、魔術師／ストーリー＞異世界、架空・不思議の世界／ストーリー＞試合、競争、コンテスト、競合／ストーリー＞事件、事故／文化・芸能・スポーツ＞スポーツ＞スポーツ一般

ハリー・ポッターと炎のゴブレット. 4-2―ハリー・ポッター；8／J.K.ローリング作;松岡佑子訳／静山社（静山社ペガサス文庫）／2024年8月／アイテム・能力＞魔法、魔術、魔力、召喚術／キャラクター・立場＞魔法使い、魔導士、魔術師／ストーリー＞異世界、架空・不思議の世界／ストーリー＞試合、競争、コンテスト、競合／学校・学園・学生・教育＞魔法・魔術学校

ハリー・ポッターと炎のゴブレット. 4-3―ハリー・ポッター；9／J.K.ローリング作;松岡佑子訳／静山社（静山社ペガサス文庫）／2024年8月／アイテム・能力＞魔法、魔術、魔力、召喚術／キャラクター・立場＞魔法使い、魔導士、魔術師／ストーリー＞異世界、架空・不思議の世界／ストーリー＞試合、競争、コンテスト、競合／ストーリー＞挑戦／学校・学園・学生・教育＞魔法・魔術学校

ハリー・ポッターと不死鳥の騎士団. 5-1―ハリー・ポッター；10／J.K.ローリング作;松岡佑子訳／静山社（静山社ペガサス文庫）／2024年9月／アイテム・能力＞魔法、魔術、魔力、召喚術／キャラクター・立場＞魔法使い、魔導士、魔術師／ストーリー＞異世界、架空・不思議の世界／ストーリー＞救出、救助／ストーリー＞夢、野望、野心／暮らし・生活＞イベント、行事＞夏休み、バカンス、長期休暇／暮らし・生活＞からだ、顔＞意識、記憶、思い出

ハリー・ポッターと不死鳥の騎士団. 5-2―ハリー・ポッター；11／J.K.ローリング作;松岡佑子訳／静山社（静山社ペガサス文庫）／2024年9月／アイテム・能力＞魔法、魔術、魔力、召喚術／キャラクター・立場＞魔法使い、魔導士、魔術師／キャラクター・立場＞役人／ストーリー＞異世界、架空・不思議の世界／ストーリー＞友情／

学校・学園・学生・教育＞魔法・魔術学校／暮らし・生活＞感情、心＞うそ、でたらめ

ハリー・ポッターと不死鳥の騎士団. 5-3—ハリー・ポッター；12／J.K.ローリング作;松岡佑子訳／静山社（静山社ペガサス文庫）／2024 年 9 月／アイテム・能力＞魔法、魔術、魔力、召喚術／キャラクター・立場＞魔法使い、魔導士、魔術師／ストーリー＞異世界、架空・不思議の世界／学校・学園・学生・教育＞魔法・魔術学校／職業＞教師、講師、師匠、教授、准教授、家庭教師／人間関係＞仲間

ハリー・ポッターと不死鳥の騎士団. 5-4—ハリー・ポッター；13／J.K.ローリング作;松岡佑子訳／静山社（静山社ペガサス文庫）／2024 年 9 月／アイテム・能力＞魔法、魔術、魔力、召喚術／キャラクター・立場＞魔法使い、魔導士、魔術師／ストーリー＞異世界、架空・不思議の世界／ストーリー＞秘密、隠し事、秘話／学校・学園・学生・教育＞魔法・魔術学校／暮らし・生活＞運命、宿命／暮らし・生活＞感情、心＞悲しみ、落胆

ハリー・ポッターと謎のプリンス. 6-1—ハリー・ポッター；14／J.K.ローリング作;松岡佑子訳／静山社（静山社ペガサス文庫）／2024 年 10 月／アイテム・能力＞魔法、魔術、魔力、召喚術／キャラクター・立場＞大臣／キャラクター・立場＞魔法使い、魔導士、魔術師／ストーリー＞異世界、架空・不思議の世界／学校・学園・学生・教育＞魔法・魔術学校／職業＞教師、講師、師匠、教授、准教授、家庭教師／人間関係＞友達

ハリー・ポッターと謎のプリンス. 6-2—ハリー・ポッター；15／J.K.ローリング作;松岡佑子訳／静山社（静山社ペガサス文庫）／2024 年 10 月／アイテム・能力＞魔法、魔術、魔力、召喚術／キャラクター・立場＞エリート、優等生／キャラクター・立場＞魔法使い、魔導士、魔術師／ストーリー＞異世界、架空・不思議の世界／ストーリー＞秘密、隠し事、秘話／学校・学園・学生・教育＞教科書／学校・学園・学生・教育＞授業／学校・学園・学生・教育＞魔法・魔術学校

ハリー・ポッターと謎のプリンス. 6-3—ハリー・ポッター；16／J.K.ローリング作;松岡佑子訳／静山社（静山社ペガサス文庫）／2024 年 10 月／アイテム・能力＞魔法、魔術、魔力、召喚術／キャラクター・立場＞魔法使い、魔導士、魔術師／ストーリー＞異世界、架空・不思議の世界／ストーリー＞事件、事故／ストーリー＞秘密、隠し事、秘話／学校・学園・学生・教育＞魔法・魔術学校

ハリー・ポッターと死の秘宝. 7-1—ハリー・ポッター；17／J.K.ローリング作;松岡佑子訳／静山社（静山社ペガサス文庫）／2024 年 11 月／アイテム・能力＞魔法、魔術、魔力、召喚術／キャラクター・立場＞魔法使い、魔導士、魔術師／ストーリー＞異世界、架空・不思議の世界／ストーリー＞使命、任務／ストーリー＞呪い、呪術、呪文、祟り／暮らし・生活＞運命、宿命

ハリー・ポッターと死の秘宝. 7-2—ハリー・ポッター；18／J.K.ローリング作;松岡佑子訳／静山社（静山社ペガサス文庫）／2024 年 11 月／アイテム・能力＞魔法、魔術、魔力、召喚術／キャラクター・立場＞魔法使い、魔導士、魔術師／ストーリー＞さがしもの、人探し／ストーリー＞異世界、架空・不思議の世界／ストーリー＞死、別れ／ストーリー＞冒険、旅／ストーリー＞友情

ハリー・ポッターと死の秘宝. 7-3—ハリー・ポッター；19／J.K.ローリング作;松岡佑子訳／静山社（静山社ペガサス文庫）／2024 年 11 月／アイテム・能力＞魔法、魔術、魔力、召喚術／キャラクター・立場＞魔法使い、魔導士、魔術師／ストーリー＞さがしもの、人探し／ストーリー＞異世界、架空・不思議の世界／ストーリー＞死、別れ／ストーリー＞迷信、伝説

ハリー・ポッターと死の秘宝. 7-4—ハリー・ポッター；20／J.K.ローリング作;松岡佑子訳／静山社（静山社ペガサス文庫）／2024 年 11 月／アイテム・能力＞魔法、魔術、魔力、召喚術／キャラクター・立場＞魔法使い、魔導士、魔術師／ストーリー＞異世界、架空・不思議の世界／ストーリー＞死、別れ／暮らし・生活＞運命、宿命

ピーター・パン：ミナリマ・デザイン版／J.M.バリ作;MINALIMA ブックデザイン&イラスト;小松原宏子訳／静山社／2024 年 11 月／アイテム・能力＞魔法、魔術、魔力、召喚術／ストーリー＞メルヘン／ストーリー＞異世界、架空・不思議の世界／ストーリー＞世界の物語＞ピーターパン／ストーリー＞冒険、旅

The cat and the devil = 猫と悪魔—絵本で広がる世界文学／JamesJoyce／のどまる堂／2024 年 5 月／キャラクター・立場＞悪魔／ご当地もの＞フランス／場所・建物・施設・設備＞橋／動物・生きもの＞ネコ

ともしび／junaida／サンリード／2024 年 4 月／作品情報＞作品集／自然・環境・宇宙＞光／文化・芸能・スポーツ＞文化、芸能＞詩／暮らし・生活＞感情、心＞感情、心一般

威風堂々キツネの尻尾. 4 巻／Mr.GeneralStore 絵;ソンウォンピョン作;渡辺麻土香訳／永岡書店／2024 年 6 月／キャラクター・立場＞妖怪／ストーリー＞青春／動物・生きもの＞キツネ／暮らし・生活＞感情、心＞疑問、悩み／暮らし・生活＞感情、心＞思春期／暮らし・生活＞感情、心＞妬み、嫉妬

青鬼調査クラブ. 9／noprops;黒田研二原作;波摘著;鈴羅木かりんイラスト／PHP 研究所（PHP ジュニアノベル）／

2024年3月／キャラクター・立場＞怪物、怪獣／キャラクター・立場＞鬼／ストーリー＞ホラー、オカルト、グロテスク、怪談／ストーリー＞脱出、逃亡、脱走／ストーリー＞調査／場所・建物・施設・設備＞墓地、お墓
青鬼調査クラブ. 10／noprops;黒田研二原作;波摘著;鈴羅木かりんイラスト／PHP研究所（PHPジュニアノベル）／2024年10月／キャラクター・立場＞怪物、怪獣／キャラクター・立場＞鬼／ストーリー＞ホラー、オカルト、グロテスク、怪談／ストーリー＞偽り、偽装／場所・建物・施設・設備＞宴会場、パーティー会場／職業＞博士、研究者、学者、発明家
青鬼. [12]／noprops原作;黒田研二著;鈴羅木かりんイラスト／PHP研究所（PHPジュニアノベル）／2024年2月／キャラクター・立場＞怪物、怪獣／キャラクター・立場＞鬼／ストーリー＞さがしもの、人探し／ストーリー＞ホラー、オカルト、グロテスク、怪談／ストーリー＞失踪、誘拐、人身売買／文化・芸能・スポーツ＞文化、芸能＞サーカス
青鬼. [13]／noprops原作;黒田研二著;鈴羅木かりんイラスト／PHP研究所（PHPジュニアノベル）／2024年8月／キャラクター・立場＞モンスター、魔物、魔獣、怪物、怪獣、怪鳥／ストーリー＞ダンジョン、迷宮／ストーリー＞ホラー、オカルト、グロテスク、怪談／ストーリー＞失踪、誘拐、人身売買／場所・建物・施設・設備＞遊園地、テーマパーク／人間関係＞仲間
ラストで君は「まさか!」と言う. ときめきの数字―3分間ノンストップショートストーリー／PHP研究所編／PHP研究所／2024年2月／作品情報＞短編集／自然・環境・宇宙＞花、植物＞花、植物一般／暮らし・生活＞言葉／暮らし・生活＞遊び＞数かぞえ、数遊び、数
ラストで君は「まさか!」と言う. 溺れるほどの涙―3分間ノンストップショートストーリー／PHP研究所編／PHP研究所／2024年3月／アイテム・能力＞手紙、日記、メモ／キャラクター・立場＞おばけ、幽霊、生霊／作品情報＞短編集／動物・生きもの＞ネコ
ラストで君は「キュン!」とする. 君との365日―3分間ノンストップショートストーリー／PHP研究所編／PHP研究所／2024年8月／アイテム・能力＞時計、時間／アイテム・能力＞手紙、日記、メモ／ストーリー＞告白、カミングアウト／作品情報＞短編集／人間関係＞恋愛
ラストで君は「まさか!」と言う. 学校の怪談―3分間ノンストップショートストーリー／PHP研究所編／PHP研究所／2024年8月／ストーリー＞ホラー、オカルト、グロテスク、怪談／学校・学園・学生・教育＞学校、学園、学生、教育一般／作品情報＞短編集／暮らし・生活＞感情、心＞発見、驚き
ラストで君は「まさか!」と言う. きらめく夜空―3分間ノンストップショートストーリー／PHP研究所編／PHP研究所／2024年11月／作品情報＞短編集／自然・環境・宇宙＞月／自然・環境・宇宙＞星、星座／自然・環境・宇宙＞夜／暮らし・生活＞イベント、行事＞七夕
ラストで君はゾッとする：意味がわかると怖い3分間ノンストップショートストーリー／PHP研究所編;TAKAイラスト／PHP研究所（PHPジュニアノベル）／2024年4月／アイテム・能力＞スマートフォン、携帯電話／ストーリー＞ホラー、オカルト、グロテスク、怪談／作品情報＞アンソロジー／文化・芸能・スポーツ＞文化、芸能＞写真／暮らし・生活＞忘れもの、落としもの
キ・ス・リ・ハ：共演者は、学校イチのモテ男子!?ないしょの放課後リハーサル―カドカワ読書タイム／pico著;久我山ぼんイラスト／KADOKAWA／2024年10月／ストーリー＞撮影／ストーリー＞修行、トレーニング、試練、練習／学校・学園・学生・教育＞中学校、中学生／職業＞アイドル、地下アイドル／職業＞モデル／人間関係＞恋愛／文化・芸能・スポーツ＞文化、芸能＞映画、テレビ、ラジオ、番組
ワンダー／R.J.パラシオ作;中井はるの訳／ほるぷ出版／2024年10月／キャラクター・立場＞おしゃべり／キャラクター・立場＞子ども、少年、少女／ストーリー＞障がい／学校・学園・学生・教育＞学校、学園、学生、教育一般／戦争と平和・災害・社会問題＞人権、差別、偏見
魔笛の調べ＝A THUNDER OF MONSTERS. 3／S.A.パトリック作;岩城義人訳／評論社／2024年3月／アイテム・能力＞魔法、魔術、魔力、召喚術／キャラクター・立場＞幻獣／キャラクター・立場＞子ども、少年、少女／キャラクター・立場＞魔法使い、魔導士、魔術師／ストーリー＞バトル、奇襲、戦闘、抗争／ストーリー＞異世界、架空・不思議の世界／文化・芸能・スポーツ＞文化、芸能＞音楽＞楽器＞リコーダー、笛
もちもちぱんだもちぱんのタイムトラベルもちっとストーリーブック／Yuka原作・イラスト;たかはしみか著／Gakken（キラピチブックス）／2024年1月／ストーリー＞SF＞タイムトラベル、タイムスリップ、タイムループ、ワープ／ストーリー＞キャラクター作品＞キャラクター作品一般／学校・学園・学生・教育＞転校、転校生、編入／動物・生きもの＞パンダ／暮らし・生活＞イベント、行事＞バレンタイン

ミラキュラス：レディバグ&シャノワール：サンドボーイ／ZAG原作;東映アニメーション監修;井上亜樹子作／ポプラ社／2024年12月／キャラクター・立場＞ヒーロー、勇者、英雄／キャラクター・立場＞妖精、精霊／ご当地もの＞フランス＞パリ／ストーリー＞バトル、奇襲、戦闘、抗争／ストーリー＞夢、野望、野心／学校・学園・学生・教育＞高校、高等専門学校、高校生、高専生／作品情報＞ノベライズ

迷宮教室.[11]／あいはらしゅう作;肘原えるぼ絵／集英社（集英社みらい文庫）／2024年1月／ストーリー＞ダンジョン、迷宮／ストーリー＞ホラー、オカルト、グロテスク、怪談／ストーリー＞監禁、軟禁／学校・学園・学生・教育＞小学校、小学生＞小学校5・6年生／人間関係＞仲間／暮らし・生活＞感情、心＞信頼、絆

ミス・マープルの名推理 火曜クラブ／アガサ・クリスティー著;矢沢聖子訳;藤森カンナイラスト／早川書房（ハヤカワ・ジュニア・ミステリ）／2024年1月／ストーリー＞ミステリー、サスペンス、謎解き／ストーリー＞事件、事故／ストーリー＞頭脳、心理戦、対決／作品情報＞短編集／職業＞クリエイター＞作家、脚本家、絵本作家、書道家、放送作家／職業＞弁護士

科学でナゾとき![4]／あさだりん作;佐藤おどり絵／偕成社（偕成社ノベルフリーク）／2024年7月／ストーリー＞ミステリー、サスペンス、謎解き／ストーリー＞秘密、隠し事、秘話／学校・学園・学生・教育＞小学校、小学生＞児童会／職業＞教師、講師、師匠、教授、准教授、家庭教師／人間関係＞家族＞親子／人間関係＞仲間／文化・芸能・スポーツ＞文化、芸能＞学問＞科学、化学

社長ですがなにか?2／あさつじみか作;はちべもつ絵／KADOKAWA（角川つばさ文庫）／2024年1月／ストーリー＞仕事／学校・学園・学生・教育＞小学校、小学生＞小学校5・6年生／場所・建物・施設・設備＞会社／場所・建物・施設・設備＞遊園地、テーマパーク／職業＞実業家、経営者、社長

社長ですがなにか?3／あさつじみか作;はちべもつ絵／KADOKAWA（角川つばさ文庫）／2024年5月／ストーリー＞仕事／学校・学園・学生・教育＞小学校、小学生一般／場所・建物・施設・設備＞会社／職業＞タレント、役者／職業＞実業家、経営者、社長

社長ですがなにか?4／あさつじみか作;はちべもつ絵／KADOKAWA（角川つばさ文庫）／2024年9月／学校・学園・学生・教育＞小学校、小学生＞小学校5・6年生／自然・環境・宇宙＞天気、天候＞嵐／場所・建物・施設・設備＞ホテル、宿、旅館、ペンション、民宿／場所・建物・施設・設備＞会社／職業＞実業家、経営者、社長／暮らし・生活＞イベント、行事＞外泊、旅行、ツアー

サバイバー!!7／あさばみゆき作;葛西尚絵／KADOKAWA（角川つばさ文庫）／2024年2月／ストーリー＞サバイバル／ストーリー＞救出、救助／ストーリー＞修行、トレーニング、試練、練習／学校・学園・学生・教育＞小学校、小学生＞小学校5・6年生／暮らし・生活＞イベント、行事＞合宿／暮らし・生活＞イベント、行事＞体育祭、運動会

サバイバー!!8／あさばみゆき作;葛西尚絵／KADOKAWA（角川つばさ文庫）／2024年7月／ストーリー＞サバイバル／ストーリー＞救出、救助／ストーリー＞修行、トレーニング、試練、練習／学校・学園・学生・教育＞小学校、小学生＞小学校5・6年生／人間関係＞家族＞きょうだい／人間関係＞仲間

歴史ゴーストバスターズ.7／あさばみゆき作;左近堂絵里絵／ポプラ社（ポプラキミノベル）／2024年1月／アイテム・能力＞プレゼント、お土産／アイテム・能力＞異能力、スキル、レベル、特技／キャラクター・立場＞おばけ、幽霊、生霊／キャラクター・立場＞偉人、歴史上人物／キャラクター・立場＞忍者、忍び／ストーリー＞異世界、架空・不思議の世界／暮らし・生活＞イベント、行事＞クリスマス一般

歴史ゴーストバスターズ.8／あさばみゆき作;左近堂絵里絵／ポプラ社（ポプラキミノベル）／2024年6月／アイテム・能力＞異能力、スキル、レベル、特技／キャラクター・立場＞おばけ、幽霊、生霊／キャラクター・立場＞偉人、歴史上人物／ストーリー＞異世界、架空・不思議の世界／ストーリー＞救出、救助／ストーリー＞夢、野望、野心／人間関係＞恋愛

歴史ゴーストバスターズ.9／あさばみゆき作;左近堂絵里絵／ポプラ社（ポプラキミノベル）／2024年11月／キャラクター・立場＞おばけ、幽霊、生霊／キャラクター・立場＞同僚、同級生／ストーリー＞告白、カミングアウト／ストーリー＞使命、任務＞撲滅運動、退治、駆除／ストーリー＞歴史、時代もの／学校・学園・学生・教育＞小学校、小学生＞小学校5・6年生／職業＞教師、講師、師匠、教授、准教授、家庭教師／暮らし・生活＞イベント、行事＞バレンタイン

いみちぇん!!廻.1／あさばみゆき作;市井あさ絵／KADOKAWA（KADOKAWA TSUBASA BOOKS）／2024年10月／アイテム・能力＞異能力、スキル、レベル、特技／アイテム・能力＞文房具＞筆／学校・学園・学生・教育＞中学校、中学生／人間関係＞友達／文化・芸能・スポーツ＞文化、芸能＞書道

介護の花子さん／あさばみゆき著／Gakken／2024年9月／キャラクター・立場>老人／ストーリー＞介護／ストーリー＞仕事／職業>介護士
都道府県男子! 1／あさばみゆき著;いのうえひなこ;かわぐちけい絵／スターツ出版（野いちごジュニア文庫）／2024年9月／キャラクター・立場＞美少年、美男子、美青年／ご当地もの＞47都道府県／ストーリー＞あやかし、憑依、擬人化／ストーリー＞コメディ／ストーリー＞変身、変形、変装／学校・学園・学生・教育＞中学校、中学生／人間関係＞ハーレム、逆ハーレム、三角関係／人間関係>恋愛
しょぼくれしょぼ造／アソウカズマサ作・イラスト／幻冬舎メディアコンサルティング 幻冬舎／2024年4月／ストーリー＞死、別れ／ストーリー＞成長、克服、成り上がり／自然・環境・宇宙＞季節、四季＞春／自然・環境・宇宙>天気、天候>雷／人間関係>家族>親子
ページズ書店の仲間たち. 3／アナ・ジェームス作;池本尚美訳;淵゛絵／文響社／2024年2月／ご当地もの＞アメリカ合衆国ストーリー＞冒険、旅／ストーリー＞迷信、伝説／人間関係>仲間／文化・芸能・スポーツ＞文化、芸能>文学、本
最後の授業 ＝La Dernière Classe：ドーデショートセレクション―世界ショートセレクション；25／アルフォンス・ドーデ作;平岡敦訳;ヨシタケシンスケ画／理論社／2024年3月／キャラクター・立場>子ども、少年、少女／ストーリー＞世界の物語>世界の物語一般／ストーリー＞秘密、隠し事、秘話／学校・学園・学生・教育>授業／作品情報>短編集／動物・生きもの＞ヤギ
ベビーシッターズクラブ. [2]／アン・M.マーティン作;山本祐美子訳;くろでこ絵／ポプラ社／2024年9月／キャラクター・立場>同僚、同級生／ストーリー＞仕事／職業＞ベビーシッター／人間関係>家族>家族一般／人間関係>恋愛／暮らし・生活>感情、心>疑問、悩み
菜々ちゃんのビーチボール／あんざいまさなり／あんざいまさなり ぶんしん出版／2024年7月／アイテム・能力＞ボール／キャラクター・立場＞モンスター、魔物、魔獣、怪物、怪獣、怪鳥／ご当地もの＞千葉県／学校・学園・学生・教育＞小学校、小学生>小学校５・６年生／人間関係>仲間／暮らし・生活>イベント、行事>夏休み、バカンス、長期休暇／暮らし・生活>イベント、行事>林間学校、臨海学校
駄菓子屋をまもれ!つくも神大作戦―えんぴつはだまってて；2／あんずゆき作;たごもりのりこ絵／文溪堂／2024年4月／アイテム・能力>文房具＞えんぴつ、色えんぴつ／キャラクター・立場>神様、女神、観音様、仏様／ストーリー＞再起、回復、復活／場所・建物・施設・設備>お店>菓子店、洋菓子店>駄菓子店／暮らし・生活>食べもの、飲みもの>おやつ、お菓子>駄菓子
死の森の犬たち―STAMP BOOKS／アンソニー・マゴーワン作;尾﨑愛子訳／岩波書店／2024年3月／ストーリー＞死、別れ／ストーリー＞事件、事故／ストーリー＞冒険、旅／自然・環境・宇宙>環境問題>原子力発電／自然・環境・宇宙>山、森／動物・生きもの>イヌ／動物・生きもの>動物、生きもの一般
ヤング・シャーロック・ホームズ：児童版. 2／アンドリュー・レーン作／静山社 ほるぷ出版／2024年2月／キャラクター・立場>犯人、凶悪犯罪者、囚人／ご当地もの＞アメリカ合衆国ストーリー＞ミステリー、サスペンス、謎解き／ストーリー＞暗殺／職業>探偵／戦争と平和・災害・社会問題>戦争>戦争一般
ヤング・シャーロック・ホームズ：児童版. 3／アンドリュー・レーン作／静山社 ほるぷ出版／2024年2月／キャラクター・立場>犯人、凶悪犯罪者、囚人／ストーリー＞ミステリー、サスペンス、謎解き／ストーリー＞失踪、誘拐、人身売買／ストーリー＞濡れ衣、冤罪／職業＞スパイ、諜報員／職業>探偵／人間関係>家族>きょうだい
ヤング・シャーロック・ホームズ：児童版. 4／アンドリュー・レーン作／静山社 ほるぷ出版／2024年2月／アイテム・能力>暗号／ご当地もの＞イギリス＞スコットランド／ストーリー＞ミステリー、サスペンス、謎解き／ストーリー＞失踪、誘拐、人身売買／職業>教師、講師、師匠、教授、准教授、家庭教師／職業>探偵／人間関係>家族>親子
星の王子さま／アントワーヌ・ド・サン=テグジュペリ著;青木智美訳／玄光社／2024年10月／キャラクター・立場>王子様／ストーリー＞世界の物語>世界の物語一般／自然・環境・宇宙>星、星座／乗りもの>飛行機、ヘリコプター>飛行機、ヘリコプター一般／暮らし・生活>感情、心>愛、愛情／暮らし・生活>命
100億円求人 ＝10,000,000,000 yen job offer／あんのまる作;moto絵／KADOKAWA（KADOKAWA TSUBASA BOOKS）／2024年2月／アイテム・能力>アクセサリー、ジュエリー＞首輪、ペンダント／アイテム・能力>爆弾／キャラクター・立場>アルバイト、パート、契約社員、派遣社員／ストーリー＞お金、財宝、財産、お宝／ストーリー＞秘密、隠し事、秘話／学校・学園・学生・教育>中学校、中学生

トップ・シークレット.6／あんのまる作;シソ絵／KADOKAWA（角川つばさ文庫）／2024年1月／ストーリー＞ミステリー、サスペンス、謎解き／ストーリー＞仕事／ストーリー＞秘密、隠し事、秘話／学校・学園・学生・教育＞学校、学園、学生、教育一般／職業＞スパイ、諜報員

トップ・シークレット.7／あんのまる作;シソ絵／KADOKAWA（角川つばさ文庫）／2024年6月／キャラクター・立場＞忍者、忍び／ストーリー＞ミステリー、サスペンス、謎解き／学校・学園・学生・教育＞学校、学園、学生、教育一般／職業＞スパイ、諜報員／人間関係＞恋愛＞求婚／暮らし・生活＞イベント、行事＞外泊、旅行、ツアー＞修学旅行

トップ・シークレット.8／あんのまる作;シソ絵／KADOKAWA（角川つばさ文庫）／2024年11月／ストーリー＞ミステリー、サスペンス、謎解き／ストーリー＞捜査、捜索、潜入／ストーリー＞問題解決／学校・学園・学生・教育＞学校、学園、学生、教育一般／学校・学園・学生・教育＞勉強＞試験、受験／職業＞スパイ、諜報員

ルルとララのかみかみグミ—Maple Street／あんびるやすこ作・絵／岩崎書店／2024年7月／キャラクター・立場＞子ども、少年、少女／人間関係＞家族＞ふたご／動物・生きもの＞リス／暮らし・生活＞食べもの、飲みもの＞おやつ、お菓子＞グミ／暮らし・生活＞食べもの、飲みもの＞おやつ、お菓子＞ゼリー

ぼくのはじまったばかりの人生のたぶんわすれない日々—鈴木出版の児童文学：この地球を生きる子どもたち／イーサン・ロング作・絵;代田亜香子訳／鈴木出版／2024年10月／キャラクター・立場＞子ども、少年、少女／ストーリー＞死、別れ／人間関係＞家族＞家族一般／暮らし・生活＞感情、心＞疑問、悩み／暮らし・生活＞感情、心＞怒り／暮らし・生活＞感情、心＞不機嫌、反抗、不安

魔法のルビーの指輪／イヴォンヌ・マッグローリー作;加島葵訳;深山まや絵／朔北社／2024年7月／アイテム・能力＞アクセサリー、ジュエリー＞指輪／アイテム・能力＞宝石／アイテム・能力＞魔法、魔術、魔力、召喚術／ご当地もの＞アイルランド／暮らし・生活＞イベント、行事＞誕生、誕生日、記念日／暮らし・生活＞感情、心＞祈り、願いごと

コメディ・クイーン／イェニー・ヤーゲルフェルト作;ヘレンハルメ美穂訳／岩波書店／2024年10月／キャラクター・立場＞子ども、少年、少女／ストーリー＞再起、回復、復活／ストーリー＞自殺、自殺未遂、自殺志願／文化・芸能・スポーツ＞文化、芸能＞お笑い／暮らし・生活＞命

カメくんとイモリくん雪だより花だより／いけだけい作;高畠純絵／偕成社／2024年10月／ストーリー＞再会／ストーリー＞友情／自然・環境・宇宙＞季節、四季＞春／動物・生きもの＞イモリ／動物・生きもの＞カメ

絶叫学級. 黄泉に眠る記憶編／いしかわえみ原作/絵;はのまきみ著／集英社（集英社みらい文庫）／2024年3月／ストーリー＞ホラー、オカルト、グロテスク、怪談／ストーリー＞記憶喪失、忘却、失念／学校・学園・学生・教育＞学校、学園、学生、教育一般／作品情報＞ノベライズ／暮らし・生活＞感情、心＞恐怖

絶叫学級. 檻のなかの怨念編／いしかわえみ原作/絵;はのまきみ著／集英社（集英社みらい文庫）／2024年6月／ストーリー＞ホラー、オカルト、グロテスク、怪談／学校・学園・学生・教育＞学校、学園、学生、教育一般／作品情報＞ノベライズ／場所・建物・施設・設備＞拘置所、留置場、監獄／暮らし・生活＞感情、心＞恐怖

絶叫学級. 罠に落ちたライバル編／いしかわえみ原作/絵;はのまきみ著／集英社（集英社みらい文庫）／2024年10月／ストーリー＞ホラー、オカルト、グロテスク、怪談／学校・学園・学生・教育＞学校、学園、学生、教育一般／作品情報＞ノベライズ／人間関係＞ライバル、仇／暮らし・生活＞感情、心＞恐怖

こてんちゃんがきた!／いとうみく作;かのうかりん絵／理論社／2024年10月／アイテム・能力＞扇、うちわ／キャラクター・立場＞天狗／学校・学園・学生・教育＞学校、学園、学生、教育一般／動物・生きもの＞翼、羽／暮らし・生活＞ファッション、おしゃれ、身だしなみ＞ぞうり、げた／暮らし・生活＞ファッション、おしゃれ、身だしなみ＞帽子、頭巾

おねえちゃんって、もうさいこう!—おはなしトントン／いとうみく作;つじむらあゆこ絵／岩崎書店／2024年2月／キャラクター・立場＞子ども、少年、少女／ストーリー＞けんか／人間関係＞家族＞きょうだい／人間関係＞家族＞家族一般

1ねん1くみの女王さま.4／いとうみく作;モカ子絵／Gakken（キッズ文学館）／2024年7月／キャラクター・立場＞同僚、同級生／学校・学園・学生・教育＞小学校、小学生＞小学校1・2年生／自然・環境・宇宙＞季節、四季＞夏／暮らし・生活＞イベント、行事＞夏休み、バカンス、長期休暇／暮らし・生活＞感情、心＞わがまま／暮らし・生活＞遊び＞ピクニック、遠足、キャンプ、ハイキング

さかのうえのねこ／いとうみく作;よしむらめぐ絵／あかね書房／2024年4月／キャラクター・立場＞飼い主／場所・建物・施設・設備＞坂／動物・生きもの＞ネコ／暮らし・生活＞ペット

いちかちゃん―くもんの児童文学／いとうみく作;中田いくみ絵／くもん出版／2024 年 5 月／キャラクター・立場>発達障害／学校・学園・学生・教育>学校、学園、学生、教育一般／学校・学園・学生・教育>小学校、小学生>小学校１・２年生／人間関係>いとこ／人間関係>家族>家族一般／暮らし・生活>育児、子育て>子どものしつけ>おつかい、おてつだい

真実の口／いとうみく著／講談社／2024 年 4 月／キャラクター・立場>子ども、少年、少女／ストーリー>正義／ストーリー>対立、抵抗／学校・学園・学生・教育>中学校、中学生／場所・建物・施設・設備>交番、警察署

夢の終わりで、君に会いたい。：正夢が教えてくれた奇跡の物語／いぬじゅん著;三湊かおり絵／スターツ出版（野いちごジュニア文庫）／2024 年 3 月／アイテム・能力>特異体質／ストーリー>救出、救助／ストーリー>孤立、孤独／ストーリー>夢、野望、野心／学校・学園・学生・教育>中学校、中学生／学校・学園・学生・教育>転校、転校生、編入／暮らし・生活>感情、心>疑問、悩み

おとひめさまのうた／いまむらきよみ;ラヘル・ファン・コーイさく／てらいんく／2024 年 7 月／キャラクター・立場>外国人／キャラクター・立場>難民／ご当地もの>オーストラリア／人間関係>家族>きょうだい／文化・芸能・スポーツ>文化、芸能>音楽>バンド、オーケストラ、吹奏楽／暮らし・生活>イベント、行事>合宿／暮らし・生活>外国文化、異文化、多文化

スラムに水は流れない／ヴァルシャ・バジャージ著;村上利佳訳／あすなろ書房／2024 年 4 月／ご当地もの>インド>ムンバイ／ストーリー>青春／ストーリー>秘密、隠し事、秘話／ストーリー>友情／人間関係>家族>家族一般／戦争と平和・災害・社会問題>貧困、家庭内暴力、児童虐待／暮らし・生活>感情、心>信頼、絆

フランダースの犬―ビジュアル特別版／ウィーダ原作;森山京文;いせひでこ絵／世界文化社／2024 年 7 月／キャラクター・立場>子ども、少年、少女／ご当地もの>ベルギー／ストーリー>世界の物語>世界の物語一般／ストーリー>夢、野望、野心／場所・建物・施設・設備>教会、聖堂、モスク、修道院／動物・生きもの>イヌ／文化・芸能・スポーツ>文化、芸能>美術、芸術>絵

夜の日記―金原瑞人選モダン・クラシック YA／ヴィーラ・ヒラナンダニ著;山田文訳／作品社／2024 年 7 月／アイテム・能力>手紙、日記、メモ／ご当地もの>インド／ご当地もの>パキスタン／ストーリー>怨恨、憎悪／ストーリー>宗教／戦争と平和・災害・社会問題>戦争>戦争一般

絶命教室：怪人ミラーとの恐怖のゲーム. 3／ウェルザード作;赤身ふみお絵／アルファポリス 星雲社（アルファポリスきずな文庫）／2024 年 3 月／キャラクター・立場>怪人／ストーリー>ホラー、オカルト、グロテスク、怪談／ストーリー>事件、事故／ストーリー>秘密、隠し事、秘話／学校・学園・学生・教育>学校、学園、学生、教育一般／学校・学園・学生・教育>部活、サークル、クラブ

絶命教室：怪人ミラーとの恐怖のゲーム. 4／ウェルザード作;赤身ふみお絵／アルファポリス 星雲社（アルファポリスきずな文庫）／2024 年 11 月／アイテム・能力>鏡／キャラクター・立場>モンスター、魔物、魔獣、怪物、怪獣、怪鳥／ストーリー>ホラー、オカルト、グロテスク、怪談／学校・学園・学生・教育>学校、学園、学生、教育一般／学校・学園・学生・教育>部活、サークル、クラブ／暮らし・生活>感情、心>不幸

破ると怖い海の 6 つのルール：繰り返す夏の戦慄〈闇〉体験―「怖い場所」超短編シリーズ／ウェルザード著／主婦と生活社／2024 年 7 月／ストーリー>ホラー、オカルト、グロテスク、怪談／ストーリー>ルール、マナー、掟／ストーリー>事件、事故／作品情報>短編集／自然・環境・宇宙>海／暮らし・生活>からだ、顔>意識、記憶、思い出

ディズニー&ピクサー感動の名作ストーリー = Disney & Pixar Storybook Collection／ウォルト・ディズニー・カンパニー著;駒野谷理子訳／うさぎ出版 玄光社／2024 年 12 月／ストーリー>キャラクター作品>ディズニー、PIXAR 一般／ストーリー>冒険、旅／ストーリー>友情／作品情報>ノベライズ／人間関係>家族>家族一般／暮らし・生活>感情、心>思いやり、親切、やさしさ／暮らし・生活>感情、心>勇気

絶滅動物物語. 2／うすくらふみ原作・絵;藤咲あゆな著;今泉忠明監修／小学館（小学館ジュニア文庫）／2024 年 1 月／ストーリー>捕獲、捕縛、捕物／ストーリー>猟、狩り／自然・環境・宇宙>環境問題>絶滅種、絶滅危惧種、天然記念物／戦争と平和・災害・社会問題>共存、共生／動物・生きもの>動物、生きもの一般／暮らし・生活>命

マナティーがいた夏―ほるぷ読み物シリーズ. セカイへの窓／エヴァン・グリフィス作;多賀谷正子訳／ほるぷ出版／2024 年 7 月／キャラクター・立場>子ども、少年、少女／ご当地もの>アメリカ合衆国ストーリー>病気、怪我、医療>認知症／人間関係>祖父母／動物・生きもの>マナティ／動物・生きもの>動物、生きもの一般／暮らし・生活>イベント、行事>夏休み、バカンス、長期休暇

アフガンの息子たち／エーリン・ペーション著;ヘレンハルメ美穂訳／小学館／2024年2月／キャラクター・立場＞子ども、少年、少女／キャラクター・立場＞難民／ご当地もの＞スウェーデン／ストーリー＞仕事／戦争と平和・災害・社会問題＞難民問題

まだ青き神々の歌：「古事記」～スサノオ青春伝―青春訳名作シリーズ／エコツミ著／Gakken／2024年7月／キャラクター・立場＞ヒーロー、勇者、英雄／キャラクター・立場＞神様、女神、観音様、仏様／ストーリー＞成長、克服、成り上がり／ストーリー＞青春／文化・芸能・スポーツ＞文化、芸能＞文学、本＞古事記、日本書紀

アンリくん、どうぶつだいすき／エディット・ヴァシュロン文;ヴァージニア・カール文・絵;松井るり子訳／徳間書店／2024年4月／キャラクター・立場＞子ども、少年、少女／ご当地もの＞フランス／作品情報＞短編集／自然・環境・宇宙＞農場、農園／動物・生きもの＞ネコ／暮らし・生活＞感情、心＞苦手、弱点、気弱

黒猫：ポー短編集―ホラー・クリッパー／エドガー・アラン・ポー原作;にかいどう青文;スカイエマ絵／ポプラ社／2024年2月／ストーリー＞ホラー、オカルト、グロテスク、怪談／ストーリー＞失敗、破滅、転落、挫折／ストーリー＞世界の物語＞世界の物語一般／作品情報＞短編集／動物・生きもの＞ネコ／暮らし・生活＞ファッション、おしゃれ、身だしなみ＞仮面、おめん

5分後に泣き笑いのラスト―5分シリーズ／エブリスタ編／河出書房新社／2024年6月／作品情報＞短編集／場所・建物・施設・設備＞お店＞レストラン、飲食店、食堂／人間関係＞家族＞家族一般／暮らし・生活＞食べもの、飲みもの＞食事＞カレー／暮らし・生活＞食べもの、飲みもの＞食事＞食事一般

5分後に不気味なラスト―5分シリーズ／エブリスタ編／河出書房新社／2024年6月／ストーリー＞あやかし、憑依、擬人化／ストーリー＞ホラー、オカルト、グロテスク、怪談／作品情報＞短編集／暮らし・生活＞からだ、顔＞毛、髪の毛／暮らし・生活＞感情、心＞恐怖

ジョン／エマニュエル・ブルディエ著;平岡敦訳／あすなろ書房／2024年2月／ストーリー＞ドキュメント／ストーリー＞出会い／人間関係＞家族＞親子／人間関係＞叔母、伯母／文化・芸能・スポーツ＞文化、芸能＞音楽＞楽器＞ハーモニカ／暮らし・生活＞運命、宿命／暮らし・生活＞感情、心＞愛、愛情

モアナと伝説の海2／エリザベス・ルドニック著;代田亜香子訳／小学館（小学館ジュニア文庫）／2024年12月／キャラクター・立場＞子ども、少年、少女／ストーリー＞キャラクター作品＞ディズニー、PIXAR一般／ストーリー＞さがしもの、人探し／ストーリー＞冒険、旅／作品情報＞ノベライズ／自然・環境・宇宙＞海／場所・建物・施設・設備＞島、人工島、無人島／人間関係＞仲間

おばあちゃんがヤバすぎる!／エンマ・カーリンスドッテル作;ハンナ・グスタヴソン絵;中村冬美訳／静山社／2024年5月／ストーリー＞成長、克服、成り上がり／自然・環境・宇宙＞季節、四季＞夏／人間関係＞祖父母／暮らし・生活＞感情、心＞うそ、でたらめ／暮らし・生活＞感情、心＞愛、愛情

忍びの里の青い影―家守神；5／おおぎやなぎちか作;トミイマサコ絵／フレーベル館／2024年12月／キャラクター・立場＞同僚、同級生／キャラクター・立場＞忍者、忍び／ご当地もの＞長野県／ストーリー＞あやかし、憑依、擬人化／ストーリー＞事件、事故／人間関係＞祖父母／暮らし・生活＞イベント、行事＞外泊、旅行、ツアー

アゲインアゲイン―読書の時間；21／おおぎやなぎちか作;坂口友佳子絵／あかね書房／2024年10月／学校・学園・学生・教育＞小学校、小学生＞小学校3・4年生／学校・学園・学生・教育＞登校拒否、不登校／人間関係＞家族＞親子／文化・芸能・スポーツ＞文化、芸能＞演劇、ミュージカル、劇団／暮らし・生活＞イベント、行事＞オーディション、選考会／暮らし・生活＞感情、心＞自立

ふみきりペンギン―らいおんbooks／おくはらゆめ作・絵／あかね書房／2024年10月／ストーリー＞噂、スキャンダル／ストーリー＞占い、おみくじ／学校・学園・学生・教育＞小学校、小学生＞小学校3・4年生／動物・生きもの＞ヘビ／動物・生きもの＞ライオン／動物・生きもの＞鳥＞フクロウ／動物・生きもの＞鳥＞ペンギン

つっきーとカーコのかぞく―おはなしみーつけた!シリーズ／おくはらゆめ作・絵／佼成出版社／2024年5月／人間関係＞家族＞家族一般／人間関係＞幼なじみ／動物・生きもの＞ネコ／動物・生きもの＞鳥＞カラス／暮らし・生活＞育児、子育て＞家出

シンデレラのおねえさん―飛ぶ教室の本／おくはらゆめ文・絵／光村図書出版／2024年4月／キャラクター・立場＞王子様／キャラクター・立場＞王女、お姫様、女王、お妃／ストーリー＞メルヘン／ストーリー＞世界の物語＞シンデレラ／人間関係＞家族＞きょうだい

あいたくてたまらない：ももいろの貝とやどかりぼうやのお話―福音館創作童話シリーズ／おくやまゆかさく／福音館書店／2024年5月／キャラクター・立場＞子ども、少年、少女／ストーリー＞再会／自然・環境・宇宙＞海

／動物・生きもの＞魚、貝＞ヤドカリ／動物・生きもの＞魚、貝＞魚、貝一般

うちの弟どもがすみません：映画ノベライズみらい文庫版／オザキアキラ原作/絵;ワダヒトミ著;根津理香脚本／集英社（集英社みらい文庫）／2024年11月／学校・学園・学生・教育＞高校、高等専門学校、高校生、高専生／作品情報＞ノベライズ／人間関係＞家族＞きょうだい／人間関係＞家族＞ステップ・ファミリー／人間関係＞恋愛

ぼくらナイトバス・ヒーロー／オンジャリQ.ラウフ作;久保陽子訳／静山社／2024年6月／キャラクター・立場＞ホームレス／ご当地もの＞イギリス＞イングランド＞ロンドン／ストーリー＞ミステリー、サスペンス、謎解き／ストーリー＞事件、事故／ストーリー＞窃盗、万引き、強盗／戦争と平和・災害・社会問題＞人権、差別、偏見

かこさとし童話集.7／かこさとし作/絵／偕成社／2024年2月／キャラクター・立場＞天狗／ストーリー＞日本の物語＞日本の物語一般／作品情報＞短編集／場所・建物・施設・設備＞トンネル／動物・生きもの＞キツネ

かこさとし童話集.10／かこさとし作・絵／偕成社／2024年3月／キャラクター・立場＞妖怪／ご当地もの＞エジプト／ご当地もの＞沖縄県／ストーリー＞世界の物語＞世界の物語一般／ストーリー＞日本の物語＞日本の物語一般／作品情報＞短編集

かこさとし童話集.8／かこさとし作・絵／偕成社／2024年3月／アイテム・能力＞手紙、日記、メモ＞ハガキ／キャラクター・立場＞あかちゃん／ストーリー＞日常／ストーリー＞日本の物語＞日本の物語一般

かこさとし童話集.9／かこさとし作・絵／偕成社／2024年3月／アイテム・能力＞トランプ、カード／ストーリー＞世界の物語＞世界の物語一般／作品情報＞短編集／場所・建物・施設・設備＞集落、村／動物・生きもの＞サル

わたしの名前はオクトーバー／カチャ・ベーレン作;こだまともこ訳／評論社／2024年1月／ご当地もの＞イギリス＞イングランド＞ロンドン／自然・環境・宇宙＞山、森／人間関係＞家族＞親子／人間関係＞友達／暮らし・生活＞イベント、行事＞引っ越し、移住／暮らし・生活＞自給自足

ぼくたちは宇宙のなかで／カチャ・ベーレン作;こだまともこ訳／評論社／2024年11月／キャラクター・立場＞子ども、少年、少女／ストーリー＞けんか／人間関係＞家族＞きょうだい／人間関係＞家族＞家族一般

ぼくの中にある光／カチャ・ベーレン作;原田勝訳／岩波書店／2024年11月／キャラクター・立場＞シングルマザー、シングルファザー／キャラクター・立場＞発達障害／人間関係＞家族＞ステップ・ファミリー／人間関係＞家族＞家族一般／暮らし・生活＞感情、心＞苦手、弱点、気弱

まいごのかあたん／かとうゆみこ著／文芸社／2024年7月／キャラクター・立場＞迷子／人間関係＞家族＞親子／暮らし・生活＞感情、心＞思いやり、親切、やさしさ／暮らし・生活＞感情、心＞信頼、絆／暮らし・生活＞買い物

ほねほねザウルス.29／カバヤ食品株式会社原案・監修;ぐるーぷ・アンモナイツ作・絵／岩崎書店／2024年7月／ストーリー＞異世界、架空・不思議の世界／ストーリー＞救出、救助／ストーリー＞冒険、旅／動物・生きもの＞恐竜／動物・生きもの＞虫＞虫一般

迷路探偵ピエール：怪盗Xの挑戦状／カミガキヒロフミ;IC4DESIGN原作;糸海みん著／永岡書店／2024年4月／アイテム・能力＞挑戦状、脅迫状／キャラクター・立場＞弟子、後輩、部下、助手、家来、家臣／ストーリー＞ミステリー、サスペンス、謎解き／ストーリー＞調査／職業＞探偵／動物・生きもの＞イヌ／暮らし・生活＞遊び＞迷路

ダンス★フレンド／カミラ・チェスター作;櫛田理絵訳;早川世詩男絵／小峰書店（ブルーバトンブックス）／2024年10月／アイテム・能力＞手紙、日記、メモ／キャラクター・立場＞強迫性障害、強迫的ホーディング（強迫性貯蔵症）、不安障害／キャラクター・立場＞隣人、ご近所／ストーリー＞病気、怪我、医療＞メンタルヘルス／人間関係＞友達／暮らし・生活＞イベント、行事＞引っ越し、移住

低学年版はりねずみのルーチカ：たまごのあかちゃんだーれだ?／かんのゆうこ作;北見葉胡絵／講談社（わくわくライブラリー）／2024年3月／ストーリー＞お世話／動物・生きもの＞たまご／動物・生きもの＞ハリネズミ／動物・生きもの＞魚、貝＞魚、貝一般

りりかさんのぬいぐるみ診療所.[4]／かんのゆうこ作;北見葉胡絵／講談社（わくわくライブラリー）／2024年4月／アイテム・能力＞玩具、人形、フィギュア、ぬいぐるみ／ストーリー＞修理、修繕／ストーリー＞病気、怪我、医療＞診療、治療、手術／学校・学園・学生・教育＞小学校、小学生一般／場所・建物・施設・設備＞病院、保健室、施術所、診療所

ひまな王女さま／きたがわ雅子著／文芸社／2024年6月／キャラクター・立場＞王女、お姫様、女王、お妃／キャラクター・立場＞弟子、後輩、部下、助手、家来、家臣／ストーリー＞お世話／ストーリー＞世界の物語＞世界の物語一般

にじいろフェアリーしずくちゃん. 9／ぎぼりつこ絵;友永コリエ作／岩崎書店／2024年6月／キャラクター・立場＞妖精、精霊／ストーリー＞キャラクター作品＞キャラクター作品一般／ストーリー＞変身、変形、変装／ストーリー＞冒険、旅／自然・環境・宇宙＞海／暮らし・生活＞食べもの、飲みもの＞おやつ、お菓子＞あめ、金平糖

にじいろフェアリーしずくちゃん. 10／ぎぼりつこ絵;友永コリエ作／岩崎書店／2024年11月／キャラクター・立場＞妖精、精霊／自然・環境・宇宙＞季節、四季＞冬／自然・環境・宇宙＞山、森／動物・生きもの＞シカ／暮らし・生活＞イベント、行事＞クリスマス一般

ふしぎな鏡をさがせ／キムチェリン作;イソヨン絵;カンバンファ訳／小学館／2024年7月／アイテム・能力＞鏡／ストーリー＞さがしもの、人探し／ストーリー＞異世界、架空・不思議の世界／自然・環境・宇宙＞光／人間関係＞祖父母／文化・芸能・スポーツ＞文化、芸能＞学問＞科学、化学／暮らし・生活＞音

妖怪島のレストラン. 1／キムミンジョン作;山岸由佳訳／評論社／2024年11月／アイテム・能力＞薬、ポーション／キャラクター・立場＞子ども、少年、少女／キャラクター・立場＞支配者、権力者／キャラクター・立場＞妖怪／ストーリー＞異世界、架空・不思議の世界／ストーリー＞冒険、旅／場所・建物・施設・設備＞島、人工島、無人島

ハミングベアのくる村／キャサリン・アップルゲイト作;尾高薫訳／偕成社／2024年1月／キャラクター・立場＞子ども、少年、少女／ストーリー＞使命、任務＞撲滅運動、退治、駆除／自然・環境・宇宙＞山、森／戦争と平和・災害・社会問題＞共存、共生／動物・生きもの＞クマ／暮らし・生活＞感情、心＞怒り

ガールズ・ルール：愛され女子でいるには／キャンディス・ブシュネル;ケイティ・コトゥーニョ作;三辺律子訳／静山社／2024年10月／ご当地もの＞アメリカ合衆国ストーリー＞青春／学校・学園・学生・教育＞高校、高等専門学校、高校生、高専生／職業＞教師、講師、師匠、教授、准教授、家庭教師／暮らし・生活＞感情、心＞羨望、憧れ

シンデレラ・バレリーナ：Lira. 1―シンデレラ・バレリーナ；1／グエナエル・バリュソー作;清水玲奈訳;森野眠子絵／ポプラ社／2024年3月／ご当地もの＞フランス＞パリ／ストーリー＞夢、野望、野心／文化・芸能・スポーツ＞スポーツ＞ダンス、踊り＞バレエ／暮らし・生活＞イベント、行事＞オーディション、選考会／暮らし・生活＞感情、心＞羨望、憧れ

シンデレラ・バレリーナ：Lira. 2―シンデレラ・バレリーナ；2／グエナエル・バリュソー作;清水玲奈訳;森野眠子絵／ポプラ社／2024年8月／ご当地もの＞フランス＞パリ／ストーリー＞いじめ、いじわる／ストーリー＞修行、トレーニング、試練、練習／学校・学園・学生・教育＞学校、学園、学生、教育一般／文化・芸能・スポーツ＞スポーツ＞ダンス、踊り＞バレエ

しろいねこリリー／くさのたき作;よしむらめぐ絵／金の星社／2024年9月／キャラクター・立場＞子ども、少年、少女／キャラクター・立場＞飼い主／人間関係＞家族＞家族一般／動物・生きもの＞ネコ／暮らし・生活＞ペット／暮らし・生活＞感情、心＞妬み、嫉妬

ひな祭り／くどうてるこ著／文芸社／2024年10月／アイテム・能力＞玩具、人形、フィギュア、ぬいぐるみ／キャラクター・立場＞子ども、少年、少女／ストーリー＞秘密、隠し事、秘話／人間関係＞家族＞きょうだい／暮らし・生活＞イベント、行事＞ひなまつり

ラッキーボトル号の冒険／クリス・ウォーメル作;柳井薫訳／徳間書店／2024年5月／キャラクター・立場＞子ども、少年、少女／ストーリー＞お金、財宝、財産、お宝／ストーリー＞遭難、漂流／ストーリー＞冒険、旅／自然・環境・宇宙＞天気、天候＞嵐／乗りもの＞船、ヨット＞難破船／場所・建物・施設・設備＞島、人工島、無人島

闇に願いを／クリスティーナ・スーントーンヴァット著;こだまともこ;辻村万実訳／静山社／2024年3月／キャラクター・立場＞子ども、少年、少女／ストーリー＞脱出、逃亡、脱走／ストーリー＞捕獲、捕縛、捕物／場所・建物・施設・設備＞拘置所、留置場、監獄／戦争と平和・災害・社会問題＞自由

グリム童話：こどもと大人のためのメルヘン／グリム著;西本鶏介文・編;藤田新策装丁・さし絵／ポプラ社（子どもたちにつたえたい傑作選）／2024年7月／キャラクター・立場＞子ども、少年、少女／ストーリー＞メルヘン／ストーリー＞世界の物語＞グリム童話＞グリム童話一般／ストーリー＞世界の物語＞グリム童話＞赤ずきん／

作品情報＞アンソロジー／人間関係＞家族＞きょうだい／動物・生きもの＞オオカミ／暮らし・生活＞食べもの、飲みもの＞おやつ、お菓子＞おやつ、お菓子一般

SOS 部! 1／くるたつむぎ作;朝日川日和絵／講談社（講談社青い鳥文庫）／2024 年 12 月／アイテム・能力＞異能力、スキル、レベル、特技／キャラクター・立場＞同僚、同級生／ストーリー＞救出、救助／ストーリー＞秘密、隠し事、秘話／ストーリー＞問題解決／学校・学園・学生・教育＞中学校、中学生

鬼の花嫁 1／クレハ著;ニナハチ絵／スターツ出版（野いちごジュニア文庫）／2024 年 11 月／キャラクター・立場＞鬼／キャラクター・立場＞居候、同居人／キャラクター・立場＞美少年、美男子、美青年／場所・建物・施設・設備＞邸宅、豪邸、館、屋敷／人間関係＞夫婦、結婚、結婚生活

鬼の花嫁 2／クレハ著;ニナハチ絵／スターツ出版（野いちごジュニア文庫）／2024 年 11 月／キャラクター・立場＞鬼／ストーリー＞守護、護衛／人間関係＞家族＞きょうだい／人間関係＞夫婦、結婚、結婚生活／暮らし・生活＞感情、心＞愛、愛情

キングと兄ちゃんのトンボ―金原瑞人選モダン・クラシック YA／ケイスン・キャレンダー著;島田明美訳／作品社／2024 年 4 月／キャラクター・立場＞LGBTQ／ストーリー＞告白、カミングアウト／ストーリー＞友情／人間関係＞家族＞きょうだい／人間関係＞家族＞家族一般／人間関係＞恋愛

スペルホーストのパペット人形／ケイト・ディカミロ作;ジュリー・モースタッド絵;横山和江訳／偕成社／2024 年 8 月／アイテム・能力＞玩具、人形、フィギュア、ぬいぐるみ／アイテム・能力＞手紙、日記、メモ／キャラクター・立場＞老人／ストーリー＞孤立、孤独／ストーリー＞夢、野望、野心／場所・建物・施設・設備＞邸宅、豪邸、館、屋敷

女の子とバケツのおはなし／こえちかな著／みらいパブリッシング 星雲社／2024 年 11 月／キャラクター・立場＞おしゃべり／キャラクター・立場＞子ども、少年、少女／暮らし・生活＞感情、心＞疑問、悩み／暮らし・生活＞感情、心＞好奇心／暮らし・生活＞感情、心＞不機嫌、反抗、不安

アインシュタインをすくえ!：時間と空間をこえた 8 日間／コーネリア・フランツ作;若松宣子訳;スカイエマ絵／文溪堂／2024 年 1 月／キャラクター・立場＞偉人、歴史上人物／キャラクター・立場＞子ども、少年、少女／ストーリー＞SF＞タイムトラベル、タイムスリップ、タイムループ、ワープ／乗りもの＞船、ヨット＞豪華客船／職業＞博士、研究者、学者、発明家

マス×コン!：席替えで好きな人の隣になる確率って!?／こぐれ京文;ももこっこ絵／KADOKAWA（角川つばさ文庫）／2024 年 3 月／学校・学園・学生・教育＞宿題、課題／学校・学園・学生・教育＞席替え／人間関係＞恋愛／文化・芸能・スポーツ＞文化、芸能＞学問＞数学、算数／暮らし・生活＞イベント、行事＞夏休み、バカンス、長期休暇／暮らし・生活＞感情、心＞苦手、弱点、気弱

マス×コン! 2／こぐれ京文;ももこっこ絵／KADOKAWA（角川つばさ文庫）／2024 年 8 月／ストーリー＞修行、トレーニング、試練、練習／学校・学園・学生・教育＞小学校、小学生＞小学校 5・6 年生／学校・学園・学生・教育＞部活、サークル、クラブ／学校・学園・学生・教育＞勉強／職業＞教師、講師、師匠、教授、准教授、家庭教師／人間関係＞恋愛／文化・芸能・スポーツ＞文化、芸能＞学問＞数学、算数

レーシング!ZOO：キャッ飛ばしレーサー登場! 1／こざきゆう文;やぶのてんや絵／Gakken／2024 年 10 月／キャラクター・立場＞新人、新米、見習い／ストーリー＞試合、競争、コンテスト、競合／乗りもの＞自動車＞レーシングカー／職業＞ドライバー＞レーサー／動物・生きもの＞ネコ／動物・生きもの＞動物、生きもの一般

もしもわたしがあの子なら―ノベルズ・エクスプレス；57／ことさわみ作;あわい絵／ポプラ社／2024 年 6 月／キャラクター・立場＞嫌われ者／キャラクター・立場＞同僚、同級生／キャラクター・立場＞美少女、美女／ストーリー＞入れ替わり／学校・学園・学生・教育＞中学校、中学生

緋色の習作―名探偵シャーロック・ホームズ／コナン・ドイル作;小林司;東山あかね訳;猫野クロ絵／金の星社／2024 年 1 月／アイテム・能力＞アクセサリー、ジュエリー＞指輪／ご当地もの＞イギリス＞スコットランド／ストーリー＞ミステリー、サスペンス、謎解き／ストーリー＞拷問、処刑、殺人／ストーリー＞事件、事故／ストーリー＞世界の物語＞世界の物語一般／職業＞探偵

グロリア・スコット号事件―名探偵シャーロック・ホームズ／コナン・ドイル作;小林司;東山あかね訳;猫野クロ絵／金の星社／2024 年 2 月／アイテム・能力＞暗号／キャラクター・立場＞老人／ストーリー＞ミステリー、サスペンス、謎解き／ストーリー＞事件、事故／ストーリー＞世界の物語＞世界の物語一般／乗りもの＞船、ヨット＞船、ヨット一般／職業＞探偵

花よめ失そう事件―名探偵シャーロック・ホームズ／コナン・ドイル作;小林司;東山あかね訳;猫野クロ絵／金の星

社／2024年2月／ストーリー＞ミステリー、サスペンス、謎解き／ストーリー＞事件、事故／ストーリー＞失踪、誘拐、人身売買／ストーリー＞世界の物語＞世界の物語一般／職業＞探偵／暮らし・生活＞イベント、行事＞結婚式

恐怖の谷―名探偵シャーロック・ホームズ／コナン・ドイル作;小林司;東山あかね訳;猫野クロ絵／金の星社／2024年3月／ストーリー＞ミステリー、サスペンス、謎解き／ストーリー＞拷問、処刑、殺人／ストーリー＞事件、事故／ストーリー＞世界の物語＞世界の物語一般／ストーリー＞捜査、捜索、潜入／職業＞警察官、岡っ引き、保安官／職業＞探偵

青いガーネット―名探偵シャーロック・ホームズ／コナン・ドイル作;小林司;東山あかね訳;猫野クロ絵／金の星社／2024年3月／アイテム・能力＞宝石／ストーリー＞ミステリー、サスペンス、謎解き／ストーリー＞世界の物語＞世界の物語一般／職業＞探偵／動物・生きもの＞鳥＞ガチョウ／暮らし・生活＞イベント、行事＞クリスマス一般

赤毛組合―名探偵シャーロック・ホームズ／コナン・ドイル作;小林司;東山あかね訳;猫野クロ絵／金の星社／2024年3月／ストーリー＞ミステリー、サスペンス、謎解き／ストーリー＞世界の物語＞世界の物語一般／ストーリー＞調査／職業＞探偵／文化・芸能・スポーツ＞文化、芸能＞写真／暮らし・生活＞からだ、顔＞毛、髪の毛

バスカヴィル家の犬―名探偵シャーロック・ホームズ／コナン・ドイル作;小林司;東山あかね訳;猫野クロ絵／金の星社／2024年6月／キャラクター・立場＞モンスター、魔物、魔獣、怪物、怪獣、怪鳥／ストーリー＞死、別れ／ストーリー＞呪い、呪術、呪文、祟り／ストーリー＞世界の物語＞世界の物語一般／ストーリー＞迷信、伝説／場所・建物・施設・設備＞邸宅、豪邸、館、屋敷／動物・生きもの＞イヌ

まだらのひも―名探偵シャーロック・ホームズ／コナン・ドイル作;小林司;東山あかね訳;猫野クロ絵／金の星社／2024年7月／アイテム・能力＞糸、ひも／ストーリー＞ミステリー、サスペンス、謎解き／ストーリー＞死、別れ／ストーリー＞世界の物語＞世界の物語一般／ストーリー＞調査／職業＞探偵／人間関係＞家族＞ふたご

ボヘミアの醜聞―名探偵シャーロック・ホームズ／コナン・ドイル作;小林司;東山あかね訳;猫野クロ絵／金の星社／2024年8月／ストーリー＞ミステリー、サスペンス、謎解き／ストーリー＞世界の物語＞世界の物語一般／ストーリー＞捜査、捜索、潜入／職業＞探偵／文化・芸能・スポーツ＞文化、芸能＞写真／暮らし・生活＞ファッション、おしゃれ、身だしなみ＞マスク

二つの顔を持つ男―名探偵シャーロック・ホームズ／コナン・ドイル作;小林司;東山あかね訳;猫野クロ絵／金の星社／2024年11月／アイテム・能力＞違法薬物／ご当地もの＞イギリス＞イングランド＞ロンドン／ストーリー＞ミステリー、サスペンス、謎解き／ストーリー＞事件、事故／ストーリー＞失踪、誘拐、人身売買／ストーリー＞世界の物語＞世界の物語一般／職業＞探偵

ギリシャ語通訳―名探偵シャーロック・ホームズ／コナン・ドイル作;小林司;東山あかね訳;猫野クロ絵／金の星社／2024年12月／ストーリー＞ミステリー、サスペンス、謎解き／ストーリー＞事件、事故／ストーリー＞世界の物語＞世界の物語一般／職業＞探偵／職業＞通訳、翻訳家／人間関係＞家族＞きょうだい／文化・芸能・スポーツ＞文化、芸能＞学問＞語学、外国語

真夜中の4分後 = Four Minutes Past Midnight／コニー・パルムクイスト作;堀川志野舞訳;まめふく絵／静山社／2024年2月／ストーリー＞SF＞タイムトラベル、タイムスリップ、タイムループ、ワープ／ストーリー＞病気、怪我、医療／場所・建物・施設・設備＞駅、駅構内、停留所／人間関係＞家族＞親子／暮らし・生活＞感情、心＞苦悩、葛藤

デクノボー万歳!―コニボシのパロディー物語；5. 読み聞かせ絵本／コニボシ作;専門学校穴吹デザインカレッジ学生絵／美巧社／2024年4月／アイテム・能力＞文房具＞ノート、手帳／作品情報＞短編集／自然・環境・宇宙＞花、植物＞花、植物一般／暮らし・生活＞感情、心＞祈り、願いごと

この恋は、ぜったいヒミツ。. [4]／このはなさくら著;遠山えま絵／スターツ出版（野いちごジュニア文庫）／2024年4月／キャラクター・立場＞スター、人気者／キャラクター・立場＞居候、同居人／ストーリー＞秘密、隠し事、秘話／学校・学園・学生・教育＞中学校、中学生／人間関係＞幼なじみ／人間関係＞恋愛／暮らし・生活＞感情、心＞思いやり、親切、やさしさ

12音のブックトーク／こまつあやこ作;友風子絵／あかね書房／2024年6月／ストーリー＞成長、克服、成り上がり／ストーリー＞入れ替わり／ストーリー＞秘密、隠し事、秘話／学校・学園・学生・教育＞中学校、中学生／暮らし・生活＞感情、心＞祈り、願いごと

ハロハロ = Halo-Halo／こまつあやこ著／講談社／2024年12月／キャラクター・立場＞同僚、同級生／ご当地も

の>フィリピン／学校・学園・学生・教育>高校、高等専門学校、高校生、高専生／学校・学園・学生・教育>習いごと、塾／職業>教師、講師、師匠、教授、准教授、家庭教師／文化・芸能・スポーツ>文化、芸能>学問>語学、外国語／暮らし・生活>外国文化、異文化、多文化

ぼくとロボ型フレンド／サイモン・パッカム著;千葉茂樹訳／あすなろ書房／2024 年 11 月／キャラクター・立場>ロボット、アンドロイド／ストーリー>サバイバル／学校・学園・学生・教育>小学校、小学生>小学校５・６年生／学校・学園・学生・教育>転校、転校生、編入／人間関係>友達／暮らし・生活>感情、心>心配

２つの意味の物語：アイドルの妹は高校生：ひとつの文に秘められたパラレルストーリー／ささきかつお著／新星出版社／2024 年７月／ストーリー>噂、スキャンダル／学校・学園・学生・教育>高校、高等専門学校、高校生、高専生／作品情報>短編集／職業>アイドル、地下アイドル／人間関係>家族>きょうだい／暮らし・生活>ニュース／暮らし・生活>ペット

なかよしだいすきさ!／さとかずえ文・絵／文芸社／2024 年５月／ストーリー>障がい／ストーリー>病気、怪我、医療／人間関係>家族>きょうだい／人間関係>家族>家族一般／暮らし・生活>感情、心>愛、愛情／暮らし・生活>感情、心>寂しさ

海のこびとと霧のおばけ／サリー・ガードナー作;リディア・コーリー絵;中井はるの訳／ポプラ社／2024 年２月／キャラクター・立場>おばけ、幽霊、生霊／キャラクター・立場>小人／ストーリー>異世界転移、召喚／場所・建物・施設・設備>島、人工島、無人島／暮らし・生活>電話

マインクラフトレッドストーンの城／サルワット・チャダ作;北川由子訳／竹書房／2024 年３月／ストーリー>キャラクター作品>キャラクター作品一般／ストーリー>ミステリー、サスペンス、謎解き／ストーリー>異世界、架空・不思議の世界／ストーリー>冒険、旅／ストーリー>友情／場所・建物・施設・設備>宮廷、城、後宮、宮殿／人間関係>仲間

星の王子さま：新訳：王子さまがくれたバトン／サン=テグジュペリ;詩月心訳／学術研究出版／2024 年４月／キャラクター・立場>王子様／ストーリー>世界の物語>世界の物語一般／自然・環境・宇宙>星、星座／乗りもの>飛行機、ヘリコプター>飛行機、ヘリコプター一般／暮らし・生活>感情、心>愛、愛情／暮らし・生活>命

シュガーココムー小さなお菓子屋さんの物語：たいせつなきもち／サンエックス原作・絵;白井かなこ著／小学館（小学館ジュニア文庫）／2024 年 11 月／キャラクター・立場>お客、訪問客、客人／場所・建物・施設・設備>お店>菓子店、洋菓子店／職業>店員、販売員／動物・生きもの>ウサギ／暮らし・生活>食べもの、飲みもの>おやつ、お菓子>わたあめ

森に帰らなかったカラス／ジーン・ウィリス作;山﨑美紀訳／徳間書店／2024 年 10 月／キャラクター・立場>スター、人気者／キャラクター・立場>子ども、少年、少女／ご当地もの>イギリス>イングランド／ストーリー>お世話／動物・生きもの>鳥>カラス

バラクラバ・ボーイ―文研ブックランド／ジェニー・ロブソン作;もりうちすみこ訳;黒須高嶺絵／文研出版／2024 年５月／キャラクター・立場>同僚、同級生／学校・学園・学生・教育>学校、学園、学生、教育一般／学校・学園・学生・教育>転校、転校生、編入／暮らし・生活>ファッション、おしゃれ、身だしなみ>帽子、頭巾／暮らし・生活>感情、心>信頼、絆／暮らし・生活>多様性

オラレ!タコスクィーン = Orale!Taco Queen―文研じゅべにーる YA／ジェニファー・トーレス作;おおつかのりこ訳／文研出版／2024 年６月／キャラクター・立場>子ども、少年、少女／ご当地もの>アメリカ合衆国ストーリー>移民／ストーリー>成長、克服、成り上がり／ストーリー>料理／乗りもの>自動車>移動販売車

グレッグのダメ日記：すごいひみつ―グレッグのダメ日記；19／ジェフ・キニー作;中井はるの訳／ポプラ社／2024 年 11 月／アイテム・能力>手紙、日記、メモ／キャラクター・立場>子ども、少年、少女／ストーリー>コメディ／ストーリー>秘密、隠し事、秘話／人間関係>家族>家族一般

アフェイリア国とメイドと最高のウソ／ジェラルディン・マコックラン著;大谷真弓訳／小学館／2024 年１月／ストーリー>噂、スキャンダル／ストーリー>身代わり、代役、代行／ストーリー>脱出、逃亡、脱走／自然・環境・宇宙>天気、天候>雨／職業>侍女、メイド、家政婦、召使い、女中／暮らし・生活>感情、心>うそ、でたらめ

レット・イット・ゴー：エルサとアナがおたがいを知らずに育った〈もしも〉の世界. 下―ディズニーツイステッドテール. ゆがめられた世界／ジェン・カロニータ著;池本尚美訳／Gakken／2024 年６月／アイテム・能力>魔法、魔術、魔力、召喚術／キャラクター・立場>王女、お姫様、女王、お妃／ストーリー>キャラクター作品>

ディズニー、PIXAR 一般／ストーリー＞さがしもの、人探し／ストーリー＞異世界、架空・不思議の世界／自然・環境・宇宙＞天気、天候＞雪

レット・イット・ゴー：エルサとアナがおたがいを知らずに育った〈もしも〉の世界. 上—ディズニーツイステッドテール. ゆがめられた世界／ジェン・カロニータ著;池本尚美訳／Gakken／2024 年 6 月／アイテム・能力＞魔法、魔術、魔力、召喚術／キャラクター・立場＞王女、お姫様、女王、お妃／ストーリー＞キャラクター作品＞ディズニー、PIXAR 一般／ストーリー＞異世界、架空・不思議の世界／場所・建物・施設・設備＞屋根裏／暮らし・生活＞感情、心＞寂しさ

はなバト! 2／しおやまよる作;しちみ絵／KADOKAWA（角川つばさ文庫）／2024 年 2 月／ストーリー＞救出、救助／学校・学園・学生・教育＞中学校、中学生／学校・学園・学生・教育＞部活、サークル、クラブ／自然・環境・宇宙＞花、植物＞花、植物一般／文化・芸能・スポーツ＞文化、芸能＞華道／暮らし・生活＞イベント、行事＞お祭り

ピアノようせいレミーとメロディーのまほう—マジカル☆ピアノレッスン／しめのゆき作;とこゆ絵／ポプラ社／2024 年 7 月／アイテム・能力＞魔法、魔術、魔力、召喚術／キャラクター・立場＞子ども、少年、少女／キャラクター・立場＞妖精、精霊／文化・芸能・スポーツ＞文化、芸能＞音楽＞楽器＞ピアノ／暮らし・生活＞感情、心＞苦手、弱点、気弱

虹の島のお手紙つき. ダイヤモンド編 1／ジュリー・サイクス原作;チーム 151E☆企画・構成／Gakken／2024 年 12 月／アイテム・能力＞魔法、魔術、魔力、召喚術／キャラクター・立場＞幻獣／ストーリー＞異世界、架空・不思議の世界／ストーリー＞友情／場所・建物・施設・設備＞島、人工島、無人島

中学生ウィーチューバーの心霊スポット MAP. 1／じゅんれいか作;冬木絵／アルファポリス 星雲社（アルファポリスきずな文庫）／2024 年 8 月／アイテム・能力＞霊感、幽体離脱／キャラクター・立場＞おばけ、幽霊、生霊／ストーリー＞ホラー、オカルト、グロテスク、怪談／ストーリー＞撮影／学校・学園・学生・教育＞中学校、中学生／職業＞動画実況者、ゲーム実況者、YouTuber

バーティミアス ソロモンの指輪. 1／ジョナサン・ストラウド作;金原瑞人;松山美保訳／静山社（静山社ペガサス文庫）／2024 年 3 月／アイテム・能力＞アクセサリー、ジュエリー＞指輪／アイテム・能力＞魔法、魔術、魔力、召喚術／キャラクター・立場＞フェニックス、不死鳥／キャラクター・立場＞王様、皇帝／ご当地もの＞イスラエル＞エルサレム／人間関係＞主従関係、奴隷、下僕

バーティミアス ソロモンの指輪. 2／ジョナサン・ストラウド作;金原瑞人;松山美保訳／静山社（静山社ペガサス文庫）／2024 年 3 月／アイテム・能力＞アクセサリー、ジュエリー＞指輪／アイテム・能力＞魔法、魔術、魔力、召喚術／キャラクター・立場＞王様、皇帝／キャラクター・立場＞妖精、精霊／場所・建物・施設・設備＞塔、鉄塔／動物・生きもの＞ヤモリ

バーティミアス ソロモンの指輪. 3／ジョナサン・ストラウド作;金原瑞人;松山美保訳／静山社（静山社ペガサス文庫）／2024 年 3 月／アイテム・能力＞アクセサリー、ジュエリー＞指輪／アイテム・能力＞魔法、魔術、魔力、召喚術／キャラクター・立場＞王様、皇帝／場所・建物・施設・設備＞宮廷、城、後宮、宮殿／職業＞将校、軍人、スナイパー、傭兵、戦闘員、戦士、兵士／動物・生きもの＞ネコ

ノトーリアス—スカーレット&ブラウン；2／ジョナサン・ストラウド著;金原瑞人;松山美保訳／静山社／2024 年 2 月／ご当地もの＞イギリス＞イングランド／ストーリー＞お金、財宝、財産、お宝／ストーリー＞窃盗、万引き、強盗／ストーリー＞脱出、逃亡、脱走／人間関係＞バディ、コンビ／人間関係＞仲間

図書館のぬいぐるみかします. 1—ブック・フレンド；1／シンシア・ロード作;ステファニー・グラエギン絵;田中奈津子訳／ポプラ社／2024 年 1 月／アイテム・能力＞玩具、人形、フィギュア、ぬいぐるみ／場所・建物・施設・設備＞図書館、図書室／職業＞司書、図書館員／人間関係＞家族＞家族一般／暮らし・生活＞感情、心＞疑問、悩み

図書館のぬいぐるみかします. 2—ブック・フレンド；2／シンシア・ロード作;ステファニー・グラエギン絵;田中奈津子訳／ポプラ社／2024 年 7 月／アイテム・能力＞玩具、人形、フィギュア、ぬいぐるみ／ストーリー＞冒険、旅／場所・建物・施設・設備＞図書館、図書室／人間関係＞友達／動物・生きもの＞ネズミ／暮らし・生活＞イベント、行事＞外泊、旅行、ツアー

ブラックチャンネル. [3]／すけたけしん著;きさいちさとし原作・イラスト／小学館（小学館ジュニア文庫）／2024 年 10 月／キャラクター・立場＞悪魔／ストーリー＞サイバー＞動画投稿、YouTube／ストーリー＞異世界、架空・不思議の世界／学校・学園・学生・教育＞小学校、小学生一般／作品情報＞ノベライズ／職業＞動画実況

者、ゲーム実況者、YouTuber
うどんねこ. 2―どどんと!うどんねこ；2／スケラッコさく・え／ポプラ社／2024年8月／ストーリー＞秘密、隠し事、秘話／ストーリー＞冒険、旅／自然・環境・宇宙＞海／動物・生きもの＞ネコ／暮らし・生活＞食べもの、飲みもの＞食事＞うどん
まねをしました―わくわくえどうわ／すずきみえ作;下平けーすけ絵／文研出版／2024年4月／学校・学園・学生・教育＞小学校、小学生一般／学校・学園・学生・教育＞図工室／動物・生きもの＞魚、貝＞サメ／文化・芸能・スポーツ＞文化、芸能＞美術、芸術＞絵
わたしが恋のセンターです!?：ダンスも恋もトラブルがいっぱい!／せあら波瑠作;瑛吉絵／講談社（講談社青い鳥文庫）／2024年3月／ご当地もの＞アメリカ合衆国学校・学園・学生・教育＞中学校、中学生／人間関係＞家族＞ふたご／人間関係＞恋愛／文化・芸能・スポーツ＞スポーツ＞ダンス、踊り
姫さまですよねっ!? 3／ソウマチ著;七海喜つゆりイラスト／小学館（小学館ジュニア文庫）／2024年8月／キャラクター・立場＞偉人、歴史上人物／キャラクター・立場＞王女、お姫様、女王、お妃／ストーリー＞コメディ／ストーリー＞歴史、時代もの／場所・建物・施設・設備＞宮廷、城、後宮、宮殿／人間関係＞家族＞ふたご
雪娘のアリアナ／ソフィー・アンダーソン作;メリッサ・カストリヨン絵;長友恵子訳／小学館／2024年11月／キャラクター・立場＞子ども、少年、少女／ストーリー＞メルヘン／ストーリー＞成長、克服、成り上がり／ストーリー＞友情／自然・環境・宇宙＞天気、天候＞雪／人間関係＞友達／暮らし・生活＞感情、心＞祈り、願いごと
スクール・フォー・グッド・アンド・イービル. 2／ソマン・チャイナニ著;金原瑞人;小林みき訳／すばる舎／2024年12月／アイテム・能力＞魔法、魔術、魔力、召喚術／ストーリー＞異世界、架空・不思議の世界／ストーリー＞怨恨、憎悪／ストーリー＞対立、抵抗／学校・学園・学生・教育＞学校、学園、学生、教育一般／職業＞教師、講師、師匠、教授、准教授、家庭教師
動物探偵ミア. [13]―動物探偵ミア；13／ダイアナ・キンプトン作;武富博子訳;花珠絵／ポプラ社／2024年4月／アイテム・能力＞異能力、スキル、レベル、特技／キャラクター・立場＞飼い主／キャラクター・立場＞老人／ストーリー＞ミステリー、サスペンス、謎解き／職業＞探偵／動物・生きもの＞イヌ
リリの思い出せないものがたり―GO!GO!ブックス；8／たかどのほうこ作;高橋和枝絵／ポプラ社／2024年6月／キャラクター・立場＞老人／学校・学園・学生・教育＞小学校、小学生＞小学校1・2年生／人間関係＞祖父母／暮らし・生活＞からだ、顔＞意識、記憶、思い出／暮らし・生活＞ファッション、おしゃれ、身だしなみ＞ハンカチ
へんてこもりのころがりざか―へんてこもりのはなし；6／たかどのほうこ作・絵／偕成社／2024年10月／キャラクター・立場＞お客、訪問客、客人／キャラクター・立場＞幼稚園児、保育園児／自然・環境・宇宙＞山、森／人間関係＞チーム、パーティ、グループ／暮らし・生活＞食べもの、飲みもの＞おやつ、お菓子＞おやつ、お菓子一般
STAR WARSハイ・リパブリック：ミッドナイト・ホライズン. 下／ダニエル・ホセ・オールダー著;稲村広香訳／Gakken／2024年5月／ストーリー＞キャラクター作品＞スター・ウォーズ一般／ストーリー＞バトル、奇襲、戦闘、抗争／ストーリー＞異世界、架空・不思議の世界／ストーリー＞陰謀／ストーリー＞捜査、捜索、潜入／ストーリー＞調査／自然・環境・宇宙＞自然、環境、宇宙一般
STAR WARSハイ・リパブリック：ミッドナイト・ホライズン. 上／ダニエル・ホセ・オールダー著;稲村広香訳／Gakken／2024年5月／ストーリー＞キャラクター作品＞スター・ウォーズ一般／ストーリー＞バトル、奇襲、戦闘、抗争／ストーリー＞陰謀／ストーリー＞捜査、捜索、潜入／ストーリー＞調査／自然・環境・宇宙＞自然、環境、宇宙一般
ひみつの小学生探偵. 2／チームD編;NOEYEBROW絵／Gakken／2024年3月／ストーリー＞サイバー＞インターネット、SNS、メール、ブログ／ストーリー＞ミステリー、サスペンス、謎解き／学校・学園・学生・教育＞小学校、小学生一般／作品情報＞短編集／職業＞探偵
ひみつの小学生探偵. 3／チームD編;NOEYEBROW絵／Gakken／2024年8月／ストーリー＞ミステリー、サスペンス、謎解き／ストーリー＞事件、事故／ストーリー＞挑戦／ストーリー＞秘密、隠し事、秘話／学校・学園・学生・教育＞小学校、小学生一般／職業＞探偵
クリスマス・キャロル／チャールズ・ディケンズ;オスカー・ワイルド作;村岡花子作・訳;村岡美枝;村岡恵理訳編集／講談社／2024年10月／キャラクター・立場＞王子様／ストーリー＞世界の物語＞世界の物語一般／作品情報＞アンソロジー／自然・環境・宇宙＞季節、四季＞冬／暮らし・生活＞イベント、行事＞クリスマス一般

命をつないだ路面電車／テア・ランノ著;関口英子;山下愛純訳／小学館／2024年7月／キャラクター・立場>ユダヤ人／キャラクター・立場>子ども、少年、少女／ご当地もの>イタリア>ローマ／ストーリー>脱出、逃亡、脱走／乗りもの>汽車、電車>路面電車／戦争と平和・災害・社会問題>人権、差別、偏見

山のバルナボ／ディーノ・ブッツァーティ作;川端則子訳;山村浩二絵／岩波書店（岩波少年文庫）／2024年7月／キャラクター・立場>海賊、盗賊、泥棒、怪盗、義賊／ご当地もの>イタリア／自然・環境・宇宙>山、森／職業>警備員、ガードマン／暮らし・生活>感情、心>疑問、悩み／暮らし・生活>感情、心>苦悩、葛藤

Disney ハロウィーンストーリーズ／ディズニー・ストーリーブック・アートチーム絵;大畑隆子訳・文／うさぎ出版 永岡書店／2024年9月／アイテム・能力>魔法、魔術、魔力、召喚術／キャラクター・立場>王女、お姫様、女王、お妃／ストーリー>キャラクター作品>ディズニー、PIXAR一般／ストーリー>異世界、架空・不思議の世界／作品情報>短編集／暮らし・生活>イベント、行事>ハロウィン

インサイド・ヘッド2／テニー・ネルソン著;代田亜香子訳／小学館（小学館ジュニア文庫）／2024年8月／キャラクター・立場>子ども、少年、少女／ストーリー>あやかし、憑依、擬人化／ストーリー>キャラクター作品>ディズニー、PIXAR一般／ストーリー>成長、克服、成り上がり／作品情報>ノベライズ／暮らし・生活>感情、心>感情、心一般

マインクラフトはみだし探検隊クリーパーなんか怖くない／デライラ・S.ドーソン作;金原瑞人;松浦直美共訳／竹書房／2024年7月／ストーリー>キャラクター作品>キャラクター作品一般／ストーリー>さがしもの、人探し／ストーリー>異世界、架空・不思議の世界／ストーリー>病気、怪我、医療／ストーリー>冒険、旅／暮らし・生活>食べもの、飲みもの>果物>リンゴ

犬を飼ったら、大さわぎ! 1／トゥイ・T.サザーランド作;相良倫子訳／徳間書店／2024年8月／キャラクター・立場>子ども、少年、少女／キャラクター・立場>飼い主／人間関係>家族>家族一般／動物・生きもの>イヌ／暮らし・生活>ペット

犬を飼ったら、大さわぎ! 2／トゥイ・T.サザーランド作;相良倫子訳／徳間書店／2024年12月／キャラクター・立場>子ども、少年、少女／キャラクター・立場>飼い主／ストーリー>成長、克服、成り上がり／動物・生きもの>イヌ／暮らし・生活>ペット／暮らし・生活>感情、心>わがまま

ウイングス・オブ・ファイア. 1／トゥイ・タマラ・サザーランド著;田内志文訳;山村れぇイラスト／平凡社／2024年7月／キャラクター・立場>幻獣／ストーリー>異世界、架空・不思議の世界／ストーリー>修行、トレーニング、試練、練習／ストーリー>冒険、旅／ストーリー>予言、予報、予告／暮らし・生活>運命、宿命

ウイングス・オブ・ファイア. 2／トゥイ・タマラ・サザーランド著;田内志文訳;山村れぇイラスト／平凡社／2024年11月／キャラクター・立場>王女、お姫様、女王、お妃／キャラクター・立場>幻獣／ストーリー>異世界、架空・不思議の世界／ストーリー>再会／ストーリー>冒険、旅／自然・環境・宇宙>海

ムーミン谷の彗星／トーベ・ヤンソン著;下村隆一訳／講談社／2024年7月／アイテム・能力>魔法、魔術、魔力、召喚術／ストーリー>キャラクター作品>ムーミン一般／ストーリー>異世界、架空・不思議の世界／ストーリー>調査／自然・環境・宇宙>星、星座／場所・建物・施設・設備>天文台

たのしいムーミン一家／トーベ・ヤンソン著;山室静訳／講談社／2024年7月／アイテム・能力>魔法、魔術、魔力、召喚術／ストーリー>キャラクター作品>ムーミン一般／ストーリー>異世界、架空・不思議の世界／人間関係>家族>家族一般／暮らし・生活>ファッション、おしゃれ、身だしなみ>帽子、頭巾

少女ソフィアの夏／トーベ・ヤンソン著;渡部翠訳／講談社／2024年7月／キャラクター・立場>子ども、少年、少女／ご当地もの>フィンランド／自然・環境・宇宙>季節、四季>夏／人間関係>祖父母／暮らし・生活>感情、心>思いやり、親切、やさしさ

トルストイ童話集／トルストイ原著;水谷まさる編・譯／冨山房企畫 冨山房インターナショナル／2024年8月／キャラクター・立場>神様、女神、観音様、仏様／ご当地もの>ロシア／ストーリー>世界の物語>世界の物語一般／作品情報>短編集／自然・環境・宇宙>花、植物>花、植物一般／暮らし・生活>感情、心>愛、愛情

僕、ブルーのサウスポー／どれみchan作・絵／文芸社／2024年5月／アイテム・能力>ボール／キャラクター・立場>子ども、少年、少女／自然・環境・宇宙>川、川原／人間関係>友達／文化・芸能・スポーツ>スポーツ>野球

おしりたんていあらたなるかいとう―おしりたんていシリーズ. おしりたんていファイル；11／トロルさく・え／ポプラ社／2024年3月／キャラクター・立場>海賊、盗賊、泥棒、怪盗、義賊／ストーリー>キャラクター作品>キャラクター作品一般／ストーリー>ミステリー、サスペンス、謎解き／ストーリー>挑戦／職業>探偵

おしりたんていかいとうUのおとしもの―おしりたんていシリーズ．おしりたんていファイル；12／トロルさく・え／ポプラ社／2024年11月／キャラクター・立場＞海賊、盗賊、泥棒、怪盗、義賊／ストーリー＞キャラクター作品＞キャラクター作品一般／ストーリー＞さがしもの、人探し／ストーリー＞ミステリー、サスペンス、謎解き／職業＞探偵／暮らし・生活＞忘れもの、落としもの

すずのまたたびデイズ．[4]―すずのまたたびデイズ；4／トロル原作;井上亜樹子文;雛川まつり絵／ポプラ社／2024年10月／ストーリー＞キャラクター作品＞キャラクター作品一般／ストーリー＞さがしもの、人探し／ストーリー＞失踪、誘拐、人身売買／職業＞アイドル、地下アイドル／動物・生きもの＞ネコ

映画おしりたんていさらば愛しき相棒よザ・ノベル／トロル原作;成田順文／ポプラ社（ポプラキミノベル）／2024年5月／ストーリー＞キャラクター作品＞キャラクター作品一般／ストーリー＞偽り、偽装／作品情報＞ノベライズ／場所・建物・施設・設備＞美術館、ギャラリー、美術室／職業＞探偵／人間関係＞バディ、コンビ／文化・芸能・スポーツ＞文化、芸能＞美術、芸術＞絵

イジメ返し：イジメっ子3人に仕返しします／なぁな著;fuo絵／スターツ出版（野いちごジュニア文庫）／2024年8月／キャラクター・立場＞同僚、同級生／キャラクター・立場＞美少女、美女／ストーリー＞いじめ、いじわる／ストーリー＞復讐、逆襲、リベンジ／学校・学園・学生・教育＞学校、学園、学生、教育一般

転生魔王のネット戦略．1／ないとーえみ作;しらたま絵／JTBパブリッシング／2024年12月／キャラクター・立場＞魔王、魔族、魔人、邪神／ストーリー＞サイバー／ストーリー＞サイバー＞インターネット、SNS、メール、ブログ／ストーリー＞転生、転移、よみがえり、リプレイ／学校・学園・学生・教育＞小学校、小学生一般

俺のマネースキルが爆上げな件．1／ないとーえみ作;知己夕子絵／JTBパブリッシング／2024年12月／アイテム・能力＞異能力、スキル、レベル、特技／キャラクター・立場＞貧乏神、福の神／ストーリー＞お金、財宝、財産、お宝／ストーリー＞経済／人間関係＞友達

やまの動物病院．3／なかがわちひろ作・絵／徳間書店／2024年11月／キャラクター・立場＞病人、患者／場所・建物・施設・設備＞病院、保健室、施術所、診療所＞動物病院／職業＞獣医／動物・生きもの＞ウシ／動物・生きもの＞ネコ／動物・生きもの＞ヤギ

5分怪談／ナナフシギ著／幻冬舎／2024年6月／ストーリー＞ホラー、オカルト、グロテスク、怪談／ストーリー＞霊界、冥界／学校・学園・学生・教育＞学校、学園、学生、教育一般／作品情報＞短編集／場所・建物・施設・設備＞病院、保健室、施術所、診療所／暮らし・生活＞感情、心＞恐怖

となりのじいちゃんかんさつにっき／ななもりさちこ作;たまゑ絵／理論社／2024年5月／アイテム・能力＞手紙、日記、メモ／キャラクター・立場＞隣人、ご近所／キャラクター・立場＞老人／学校・学園・学生・教育＞宿題、課題／学校・学園・学生・教育＞小学校、小学生一般／自然・環境・宇宙＞花、植物＞アサガオ／暮らし・生活＞イベント、行事＞夏休み、バカンス、長期休暇

こねこのモモちゃん美容室／なりゆきわかこ作;トビイルツ絵／ポプラ社（子どもたちにつたえたい傑作選）／2024年11月／キャラクター・立場＞子ども、少年、少女／場所・建物・施設・設備＞お店＞理髪店、美容室／暮らし・生活＞ペット／暮らし・生活＞感情、心＞祈り、願いごと

誰も知らないのら猫クロの小さな一生／なりゆきわかこ著;酒井以絵／Gakken／2024年7月／ストーリー＞バトル、奇襲、戦闘、抗争／場所・建物・施設・設備＞公園／動物・生きもの＞ネコ／動物・生きもの＞鳥＞カラス

ぼくはクルルをまもりたい―本はともだち♪；29／なりゆきわかこ文;いりやまさとし絵／ポプラ社／2024年12月／キャラクター・立場＞子ども、少年、少女／ストーリー＞捕獲、捕縛、捕物／戦争と平和・災害・社会問題＞共存、共生／動物・生きもの＞アライグマ／暮らし・生活＞命

カーニバルに消えたダイヤを追え―痛快!マジック同盟ミスフィッツ；A／ニール・パトリック・ハリス;アレック・アザム作;松山美保訳／静山社／2024年7月／アイテム・能力＞手品、マジック／キャラクター・立場＞海賊、盗賊、泥棒、怪盗、義賊／キャラクター・立場＞子ども、少年、少女／場所・建物・施設・設備＞遊園地、テーマパーク／人間関係＞仲間／暮らし・生活＞イベント、行事＞カーニバル、謝肉祭

感動の童話五つの奇跡／にしぶのりあき著／パレード 星雲社（Parade Books）／2024年3月／ストーリー＞金銭トラブル／ストーリー＞天国、極楽／ストーリー＞日本の物語＞日本の物語一般／作品情報＞短編集／人間関係＞家族＞家族一般／暮らし・生活＞感情、心＞祈り、願いごと

マインクラフトハチのなんもん―石の剣のものがたりシリーズ；4／ニック・エリオポラス;アラン・バトソン文;クリス・ヒル絵;酒井章文訳／技術評論社／2024年6月／ストーリー＞キャラクター作品＞キャラクター作品一般／ストーリー＞ゲーム、アニメ／ストーリー＞ミステリー、サスペンス、謎解き／ストーリー＞異世界、架空・

不思議の世界／学校・学園・学生・教育>学校、学園、学生、教育一般／動物・生きもの>虫>ハチ

マインクラフトゴーレムにいどめ!—石の剣のものがたりシリーズ；5／ニック・エリオポラス文;アラン・バトソン;クリス・ヒル絵;酒井章文訳／技術評論社／2024年12月／アイテム・能力>玩具、人形、フィギュア、ぬいぐるみ>ゴーレム／アイテム・能力>宝物／ストーリー>キャラクター作品>キャラクター作品一般／ストーリー>異世界、架空・不思議の世界／ストーリー>使命、任務／ストーリー>冒険、旅>クエスト、攻略／暮らし・生活>遊び>宝探し

運命を考える／ぬまかおる著／みらいパブリッシング 星雲社／2024年11月／ストーリー>事件、事故／乗りもの>乗りもの一般／場所・建物・施設・設備>お店>書店、古書店／職業>店長、店主／暮らし・生活>運命、宿命／暮らし・生活>睡眠、昼寝／暮らし・生活>命

はくたとおる童話集／はくたとおる／文芸社（文芸社セレクション）／2024年6月／ストーリー>冒険、旅／ストーリー>友情／作品情報>短編集／動物・生きもの>カエル、オタマジャクシ／動物・生きもの>モグラ

きょうのフニフとあしたのフニフ／はせがわさとみ作・絵／佼成出版社／2024年4月／ストーリー>成長、克服、成り上がり／作品情報>短編集／動物・生きもの>ゾウ／動物・生きもの>ワニ／動物・生きもの>虫>チョウ／暮らし・生活>散歩

おじいちゃんの目ぼくの目／パトリシア・マクラクラン作;若林千鶴訳;黒井健絵／リーブル／2024年7月／キャラクター・立場>子ども、少年、少女／ストーリー>障がい／ストーリー>日常／人間関係>祖父母／暮らし・生活>からだ、顔>目

怪盗クイーンインド『もう一つの0』／はやみねかおる作;K2商会絵／講談社（講談社青い鳥文庫）／2024年7月／キャラクター・立場>海賊、盗賊、泥棒、怪盗、義賊／ご当地もの>インド／ストーリー>さがしもの、人探し／ストーリー>ミステリー、サスペンス、謎解き／職業>博士、研究者、学者、発明家／文化・芸能・スポーツ>文化、芸能>学問>数学、算数

都会のトム&ソーヤ. 21／はやみねかおる著／講談社（YA!ENTERTAINMENT）／2024年3月／ストーリー>ミステリー、サスペンス、謎解き／ストーリー>試合、競争、コンテスト、競合／学校・学園・学生・教育>専門学校、大学、専門学校生、大学生、大学院生／文化・芸能・スポーツ>文化、芸能>文学、本／暮らし・生活>イベント、行事>文化祭、学園祭／暮らし・生活>遊び>ゲーム

夜ふけに読みたい雪夜のアンデルセン童話／ハンス・クリスチャン・アンデルセン著;アーサー・ラッカム挿絵;吉澤康子;和爾桃子編訳／平凡社／2024年1月／ストーリー>メルヘン／ストーリー>世界の物語>アンデルセン童話>アンデルセン童話一般／ストーリー>世界の物語>アンデルセン童話>マッチうりの少女／ストーリー>世界の物語>アンデルセン童話>雪の女王／作品情報>短編集／自然・環境・宇宙>天気、天候>雪

夜ふけに読みたい森と海のアンデルセン童話／ハンス・クリスチャン・アンデルセン著;吉澤康子;和爾桃子編訳;アーサー・ラッカム挿絵／平凡社／2024年4月／キャラクター・立場>妖精、精霊／ストーリー>メルヘン／ストーリー>世界の物語>アンデルセン童話>アンデルセン童話一般／ストーリー>世界の物語>アンデルセン童話>みにくいあひるのこ／ストーリー>世界の物語>アンデルセン童話>人魚姫／作品情報>短編集

ボンジュール,トゥール／ハンユンソブ著;キムジナ絵;呉華順訳／影書房／2024年2月／キャラクター・立場>子ども、少年、少女／ご当地もの>フランス／ストーリー>移民／ストーリー>死、別れ／ストーリー>出会い／ストーリー>友情

ぼくの心は炎に焼かれる：植民地のふたりの少年／ビヴァリー・ナイドゥー作;野沢佳織訳／徳間書店／2024年3月／キャラクター・立場>子ども、少年、少女／ご当地もの>ケニア／自然・環境・宇宙>農場、農園／戦争と平和・災害・社会問題>植民地／戦争と平和・災害・社会問題>人権、差別、偏見／暮らし・生活>民族

もし、世界にわたしがいなかったら／ビクター・サントス文;アンナ・フォルラティ絵;金原瑞人訳／西村書店／2024年5月／アイテム・能力>時計、時間／ストーリー>交流／文化・芸能・スポーツ>文化、芸能>学問>哲学／暮らし・生活>言葉

おもしろい話、集めました。. C／ひのひまりほか作;佐倉おりこほか絵／KADOKAWA（角川つばさ文庫）／2024年11月／ストーリー>記憶喪失、忘却、失念／ストーリー>青春／作品情報>アンソロジー／人間関係>家族>ふたご／人間関係>家族>みつご、よつご、いつつご、やつご

四つ子ぐらし. 17／ひのひまり作;佐倉おりこ絵／KADOKAWA（角川つばさ文庫）／2024年3月／人間関係>家族>みつご、よつご、いつつご、やつご／人間関係>恋愛／動物・生きもの>イヌ／動物・生きもの>ネコ

四つ子ぐらし. 18／ひのひまり作;佐倉おりこ絵／KADOKAWA（角川つばさ文庫）／2024年7月／学校・学園・

学生・教育>部活、サークル、クラブ／人間関係>家族>みつご、よつご、いつつご、やつご／人間関係>恋愛／暮らし・生活>イベント、行事>バレンタイン／暮らし・生活>食べもの、飲みもの>おやつ、お菓子>チョコレート

四つ子ぐらし．19／ひのひまり作;佐倉おりこ絵／KADOKAWA（角川つばさ文庫）／2024年11月／アイテム・能力>暗号／ストーリー>ミステリー、サスペンス、謎解き／ストーリー>秘密、隠し事、秘話／場所・建物・施設・設備>別荘／人間関係>家族>みつご、よつご、いつつご、やつご

ドリトル先生大航海記―10歳までに読みたい世界名作；31／ヒュー・ロフティング作;那須田淳編訳;脚次郎絵／Gakken／2024年6月／アイテム・能力>異能力、スキル、レベル、特技／キャラクター・立場>弟子、後輩、部下、助手、家来、家臣／ストーリー>世界の物語>世界の物語一般／ストーリー>冒険、旅／自然・環境・宇宙>海／職業>医者、看護師／職業>教師、講師、師匠、教授、准教授、家庭教師／動物・生きもの>動物、生きもの一般

プラテーロとぼく／フアン・ラモン・ヒメネス作;宇野和美訳;早川世詩男絵／小学館（小学館世界J文学館セレクション）／2024年11月／ご当地もの>スペイン／ストーリー>病気、怪我、医療>メンタルヘルス／ストーリー>友情／動物・生きもの>ロバ／文化・芸能・スポーツ>文化、芸能>詩

アドニスの声が聞こえる／フィル・アール作;杉田七重訳／小学館／2024年4月／キャラクター・立場>子ども、少年、少女／ご当地もの>イギリス>イングランド>ロンドン／ストーリー>孤立、孤独／場所・建物・施設・設備>動物園／戦争と平和・災害・社会問題>戦争>第二次世界大戦／動物・生きもの>ゴリラ

ささやきの島／フランシス・ハーディング著;エミリー・グラヴェット絵;児玉敦子訳／東京創元社／2024年12月／キャラクター・立場>ゾンビ、ミイラ、死者／ストーリー>拷問、処刑、殺人／ストーリー>死、別れ／乗りもの>船、ヨット>船、ヨット一般／場所・建物・施設・設備>島、人工島、無人島／人間関係>家族>親子

ぼくの家族／ふるたえつこ著／文芸社／2024年2月／キャラクター・立場>飼い主／キャラクター・立場>迷子／ストーリー>再会／動物・生きもの>ネコ／暮らし・生活>イベント、行事>引っ越し、移住／暮らし・生活>ペット

シンカリオンチェンジザワールド：ノベライズ．1／プロジェクトシンカリオン原作/監修;番棚葵著／集英社（集英社みらい文庫）／2024年6月／キャラクター・立場>ロボット、アンドロイド／ストーリー>バトル、奇襲、戦闘、抗争／作品情報>ノベライズ／乗りもの>汽車、電車>新幹線／職業>汽車、電車の運転士、機関士

シンカリオンチェンジザワールド：ノベライズ．2／プロジェクトシンカリオン原作/監修;番棚葵著／集英社（集英社みらい文庫）／2024年10月／キャラクター・立場>ロボット、アンドロイド／ストーリー>バトル、奇襲、戦闘、抗争／ストーリー>頭脳、心理戦、対決／作品情報>ノベライズ／乗りもの>汽車、電車>新幹線／職業>汽車、電車の運転士、機関士

魔女やしきのサーカス：ちょっと不思議!?めっちゃこわい!10話のおはなし／ふろむ編／国土社／2024年4月／キャラクター・立場>魔女／ストーリー>ホラー、オカルト、グロテスク、怪談／作品情報>短編集／場所・建物・施設・設備>邸宅、豪邸、館、屋敷／文化・芸能・スポーツ>文化、芸能>サーカス

拾った総長さまがなんか溺愛してくる〈泣〉／ふわ屋。著;あん豆絵／スターツ出版（野いちごジュニア文庫）／2024年2月／キャラクター・立場>暴走族、不良、ヤンキー、番長／ストーリー>救出、救助／ストーリー>再会／学校・学園・学生・教育>中学校、中学生／学校・学園・学生・教育>転校、転校生、編入／人間関係>恋愛

最強総長さまは、女総長のわたしに溺愛全開!?／ふわ屋。著;あん豆絵／スターツ出版（野いちごジュニア文庫）／2024年6月／キャラクター・立場>暴走族、不良、ヤンキー、番長／ストーリー>秘密、隠し事、秘話／学校・学園・学生・教育>中学校、中学生／学校・学園・学生・教育>転校、転校生、編入／人間関係>ハーレム、逆ハーレム、三角関係／人間関係>友達／人間関係>幼なじみ

王女さまのお手紙つき．4／ポーラ・ハリソン原作;チーム151E☆企画・構成;ajico;中島万璃絵／Gakken／2024年1月／キャラクター・立場>王女、お姫様、女王、お妃／ストーリー>メルヘン／自然・環境・宇宙>山、森／自然・環境・宇宙>天気、天候>雪／場所・建物・施設・設備>宮廷、城、後宮、宮殿／人間関係>家族>親子／暮らし・生活>感情、心>疑問、悩み

七月の波をつかまえて―STAMP BOOKS／ポール・モーシャー作;代田亜香子訳／岩波書店／2024年6月／ストーリー>挑戦／自然・環境・宇宙>海／人間関係>家族>家族一般／文化・芸能・スポーツ>スポーツ>サーフィン、波乗り／暮らし・生活>イベント、行事>外泊、旅行、ツアー／暮らし・生活>感情、心>恐怖

きょうはおやすみします：がっこうのてんこちゃん―福音館創作童話シリーズ／ほそかわてんてんさく／福音館書店／2024年2月／学校・学園・学生・教育＞学校、学園、学生、教育一般／学校・学園・学生・教育＞登校拒否、不登校／人間関係＞家族＞親子／暮らし・生活＞感情、心＞感情、心一般

最弱テイマーはゴミ拾いの旅を始めました。.7／ほのぼのる500作;Tobi絵／TOブックス（TOジュニア文庫）／2024年7月／キャラクター・立場＞冒険者、旅人／ストーリー＞異世界、架空・不思議の世界／ストーリー＞冒険、旅／自然・環境・宇宙＞環境問題＞ゴミ／人間関係＞バディ、コンビ／暮らし・生活＞食べもの、飲みもの＞食事＞おにぎり、おすし

最弱テイマーはゴミ拾いの旅を始めました。.5／ほのぼのる500作;Tobi絵;なまキャラクター原案／TOブックス（TOジュニア文庫）／2024年2月／キャラクター・立場＞冒険者、旅人／ストーリー＞異世界、架空・不思議の世界／ストーリー＞冒険、旅／自然・環境・宇宙＞環境問題＞ゴミ／人間関係＞バディ、コンビ／人間関係＞仲間

最弱テイマーはゴミ拾いの旅を始めました。.6／ほのぼのる500作;Tobi絵;なまキャラクター原案／TOブックス（TOジュニア文庫）／2024年2月／キャラクター・立場＞冒険者、旅人／ストーリー＞異世界、架空・不思議の世界／ストーリー＞冒険、旅／自然・環境・宇宙＞環境問題＞ゴミ／人間関係＞バディ、コンビ／暮らし・生活＞食べもの、飲みもの＞食事＞おにぎり、おすし

ぼくはないた／ほんだよしこ著／幻冬舎メディアコンサルティング 幻冬舎／2024年2月／ストーリー＞死、別れ／自然・環境・宇宙＞天気、天候＞雨／動物・生きもの＞ネコ／暮らし・生活＞命

魔女がやってきた!／マーガレット・マーヒー作;尾﨑愛子訳;はたこうしろう絵／徳間書店／2024年6月／アイテム・能力＞魔法、魔術、魔力、召喚術／キャラクター・立場＞魔女／作品情報＞短編集／自然・環境・宇宙＞木、樹木＞サクラ／人間関係＞家族＞親子／暮らし・生活＞食べもの、飲みもの＞おやつ、お菓子＞ケーキ

この銃弾を忘れない／マイテ・カランサ作;宇野和美訳／徳間書店／2024年12月／ご当地もの＞スペイン／ストーリー＞さがしもの、人探し／ストーリー＞失踪、誘拐、人身売買／場所・建物・施設・設備＞強制収容所／人間関係＞家族＞親子／戦争と平和・災害・社会問題＞戦争＞戦争一般

サッシーは大まじめ.[2]／マギー・ギブソン著;松田綾花訳／小鳥遊書房／2024年6月／キャラクター・立場＞子ども、少年、少女／ストーリー＞サイバー＞動画投稿、YouTube／ストーリー＞夢、野望、野心／職業＞ミュージシャン、音楽家、歌手、楽師／文化・芸能・スポーツ＞文化、芸能＞音楽＞歌

はなしをきいて：決戦のスピーチコンテスト／マギー・ホーン著;三辺律子訳／理論社／2024年5月／キャラクター・立場＞スター、人気者／ストーリー＞試合、競争、コンテスト、競合／学校・学園・学生・教育＞中学校、中学生／人間関係＞ライバル、仇／暮らし・生活＞イベント、行事＞スピーチ

きょうふの店ゾクゾク.1／マグダレナ・ハイ作;古市真由美訳;Nelnal絵／ほるぷ出版／2024年10月／キャラクター・立場＞おばけ、幽霊、生霊／キャラクター・立場＞名人、天才／キャラクター・立場＞老人／ストーリー＞ホラー、オカルト、グロテスク、怪談／ストーリー＞救出、救助

きょうふの店ゾクゾク.2／マグダレナ・ハイ作;古市真由美訳;Nelnal絵／ほるぷ出版／2024年12月／キャラクター・立場＞おばけ、幽霊、生霊／キャラクター・立場＞鬼＞吸血鬼／キャラクター・立場＞名人、天才／ストーリー＞さがしもの、人探し／ストーリー＞ホラー、オカルト、グロテスク、怪談／暮らし・生活＞からだ、顔＞歯

レベッカの見上げた空／マシュー・フォックス作;堀川志野舞訳／静山社／2024年2月／ストーリー＞SF＞タイムトラベル、タイムスリップ、タイムループ、ワープ／ストーリー＞出会い／ストーリー＞友情／自然・環境・宇宙＞湖、池、沼／人間関係＞家族＞きょうだい

マインクラフトさいはての村／マックス・ブルックス作;北川由子訳／竹書房／2024年12月／ストーリー＞キャラクター作品＞キャラクター作品一般／ストーリー＞異世界、架空・不思議の世界／ストーリー＞守護、護衛／ストーリー＞冒険、旅／場所・建物・施設・設備＞集落、村／人間関係＞仲間

くらくらのブックカフェ／まはら三桃ほか著／講談社（講談社・文学の扉）／2024年9月／場所・建物・施設・設備＞お店＞カフェ、喫茶店、茶屋／場所・建物・施設・設備＞お店＞書店、古書店／動物・生きもの＞ネコ／文化・芸能・スポーツ＞文化、芸能＞文学、本／暮らし・生活＞食べもの、飲みもの＞おやつ、お菓子＞おやつ、お菓子一般／暮らし・生活＞食べもの、飲みもの＞飲みもの一般

王様のキャリー＝King's Carry／まひる著／講談社／2024年8月／キャラクター・立場＞王様、皇帝／学校・学園・学生・教育＞中学校、中学生／乗りもの＞車椅子／場所・建物・施設・設備＞病院、保健室、施術所、診療

所／文化・芸能・スポーツ>スポーツ>E スポーツ／暮らし・生活>感情、心>羨望、憧れ

シンプルとウサギのパンパンくん／マリー=オード・ミュライユ作;河野万里子訳／小学館／2024 年 7 月／アイテム・能力>玩具、人形、フィギュア、ぬいぐるみ／キャラクター・立場>知的障害、知恵おくれ／学校・学園・学生・教育>高校、高等専門学校、高校生、高専生／人間関係>家族>きょうだい／暮らし・生活>感情、心>信頼、絆

犬の謎／マリオ ローディ作;ディ レッタ リベラーニ絵;平田真理訳／カジワラ書房／2024 年 10 月／ストーリー>病気、怪我、医療／人間関係>家族>きょうだい／動物・生きもの>イヌ／暮らし・生活>イベント、行事>クリスマス一般／暮らし・生活>感情、心>愛、愛情／暮らし・生活>感情、心>信頼、絆／暮らし・生活>命

僕たちは星屑でできている―STAMP BOOKS／マンジート・マン作;長友恵子訳／岩波書店／2024 年 1 月／キャラクター・立場>難民／ストーリー>挑戦／ストーリー>奉仕活動、ボランティア／学校・学園・学生・教育>高校、高等専門学校、高校生、高専生／戦争と平和・災害・社会問題>難民問題／文化・芸能・スポーツ>スポーツ>水泳

ララ姫はときどき☆こねこ. 5／みおちづる作;水玉子絵／Gakken／2024 年 7 月／アイテム・能力>アクセサリー、ジュエリー>首輪、ペンダント／アイテム・能力>魔法、魔術、魔力、召喚術／キャラクター・立場>魔女／ストーリー>変身、変形、変装／場所・建物・施設・設備>遊園地、テーマパーク／動物・生きもの>ネコ

クロニクル千古の闇. 8／ミシェル・ペイヴァー作;さくまゆみこ訳／評論社／2024 年 8 月／キャラクター・立場>子ども、少年、少女／キャラクター・立場>魔法使い、魔導士、魔術師／ストーリー>開拓、復興、再建／ストーリー>冒険、旅／自然・環境・宇宙>山、森／戦争と平和・災害・社会問題>災害>火事

流れ星の約束：再会したきみは芸能人!?伝えたい想い／みずのまい作;雪丸ぬん絵／集英社（集英社みらい文庫）／2024 年 11 月／ストーリー>再会／ストーリー>約束／学校・学園・学生・教育>小学校、小学生>小学校５・６年生／職業>タレント、役者／文化・芸能・スポーツ>文化、芸能>映画、テレビ、ラジオ、番組

12 星座男子. 2／みずのまい作;福きつね絵／ポプラ社（ポプラキミノベル）／2024 年 2 月／キャラクター・立場>居候、同居人／自然・環境・宇宙>星、星座／職業>陰陽師、占い師／人間関係>ハーレム、逆ハーレム、三角関係／人間関係>恋愛／暮らし・生活>遊び>ピクニック、遠足、キャンプ、ハイキング

東北おいしい物語―東北 6 つの物語／みちのく童話会編著;おしのともこ挿画／国土社／2024 年 7 月／ご当地もの>東北地方／作品情報>短編集／暮らし・生活>食べもの、飲みもの>ご当地グルメ／暮らし・生活>食べもの、飲みもの>食べもの一般／暮らし・生活>風習、習わし

東北ふしぎ物語―東北 6 つの物語／みちのく童話会編著;おしのともこ挿画／国土社／2024 年 7 月／ご当地もの>東北地方／ストーリー>歴史、時代もの／作品情報>短編集／自然・環境・宇宙>湖、池、沼／自然・環境・宇宙>自然、環境、宇宙一般／場所・建物・施設・設備>古代遺跡、世界遺産

東北まつり物語―東北 6 つの物語／みちのく童話会編著;おしのともこ挿画／国土社／2024 年 7 月／ご当地もの>東北地方／作品情報>短編集／暮らし・生活>イベント、行事>お祭り／暮らし・生活>イベント、行事>七夕／暮らし・生活>風習、習わし

東北こわい物語―東北 6 つの物語／みちのく童話会編著;おしのともこ挿画／国土社／2024 年 11 月／ご当地もの>岩手県>遠野市／ご当地もの>宮城県>仙台市／ご当地もの>東北地方／ストーリー>ホラー、オカルト、グロテスク、怪談／ストーリー>迷信、伝説

東北スイーツ物語―東北 6 つの物語／みちのく童話会編著;おしのともこ挿画／国土社／2024 年 11 月／ご当地もの>東北地方／作品情報>短編集／暮らし・生活>食べもの、飲みもの>おもち、だんご／暮らし・生活>食べもの、飲みもの>おやつ、お菓子>おやつ、お菓子一般／暮らし・生活>食べもの、飲みもの>おやつ、お菓子>パイ／暮らし・生活>食べもの、飲みもの>おやつ、お菓子>パフェ

余命半年、きみと一生分の恋をした。／みなと著;Sakura 絵／スターツ出版（野いちごジュニア文庫）／2024 年 9 月／ストーリー>寿命、余命／ストーリー>出会い／ストーリー>病気、怪我、医療／学校・学園・学生・教育>中学校、中学生／人間関係>恋愛／暮らし・生活>感情、心>笑顔、楽しみ、喜び／暮らし・生活>命

一生に一度の「好き」を、全部きみに。／みなと著;三湊かおり絵／スターツ出版（野いちごジュニア文庫）／2024 年 1 月／ストーリー>再会／ストーリー>寿命、余命／ストーリー>病気、怪我、医療／学校・学園・学生・教育>中学校、中学生／人間関係>恋愛／暮らし・生活>感情、心>思いやり、親切、やさしさ

ふたごの最強総長さまが甘々に独占してくる〈汗〉―取り扱い注意最強男子シリーズ／みゅーな**著;久我山ぼん絵／スターツ出版（野いちごジュニア文庫）／2024 年 11 月／キャラクター・立場>キャプテン、リーダー／スト

ーリー＞守護、護衛／ストーリー＞対立、抵抗／学校・学園・学生・教育＞中学校、中学生／学校・学園・学生・教育＞転校、転校生、編入／人間関係＞家族＞ふたご

海色ダイアリー. [12]／みゆ作;加々見絵里絵／集英社（集英社みらい文庫）／2024年3月／キャラクター・立場＞居候、同居人／ストーリー＞告白、カミングアウト／学校・学園・学生・教育＞中学校、中学生／自然・環境・宇宙＞海／職業＞アイドル、地下アイドル／人間関係＞家族＞みつご、よつご、いつつご、やつご／人間関係＞恋愛

海色ダイアリー. [13]／みゆ作;加々見絵里絵／集英社（集英社みらい文庫）／2024年7月／キャラクター・立場＞居候、同居人／学校・学園・学生・教育＞中学校、中学生／自然・環境・宇宙＞海／職業＞アイドル、地下アイドル／人間関係＞家族＞みつご、よつご、いつつご、やつご／人間関係＞恋愛／暮らし・生活＞イベント、行事＞バレンタイン／暮らし・生活＞食べもの、飲みもの＞おやつ、お菓子＞チョコレート

海色ダイアリー. [14]／みゆ作;加々見絵里絵／集英社（集英社みらい文庫）／2024年11月／アイテム・能力＞プレゼント、お土産／学校・学園・学生・教育＞中学校、中学生／職業＞アイドル、地下アイドル／人間関係＞家族＞きょうだい／暮らし・生活＞イベント、行事＞ホームステイ、下宿／暮らし・生活＞イベント、行事＞ホワイトデー

求愛されるにはワケがある!?：ナゾの四兄弟と薬指の約束／みゆ著;本田ロアロイラスト／PHP研究所（PHPジュニアノベル）／2024年3月／キャラクター・立場＞居候、同居人／キャラクター・立場＞美少年、美男子、美青年／ストーリー＞約束／学校・学園・学生・教育＞中学校、中学生／場所・建物・施設・設備＞邸宅、豪邸、館、屋敷／人間関係＞家族＞きょうだい

エマはみならいマーメイド. 3／ミランダ・ジョーンズ作;浜崎絵梨訳;谷朋絵／ポプラ社／2024年7月／キャラクター・立場＞新人、新米、見習い／キャラクター・立場＞人魚、半魚人／ストーリー＞仕事／ストーリー＞修行、トレーニング、試練、練習／自然・環境・宇宙＞海／人間関係＞仲間

エマはみならいマーメイド. 4／ミランダ・ジョーンズ作;浜崎絵梨訳;谷朋絵／ポプラ社／2024年12月／アイテム・能力＞魔法、魔術、魔力、召喚術／キャラクター・立場＞人魚、半魚人／ストーリー＞交流／ストーリー＞出会い／ストーリー＞変身、変形、変装／ストーリー＞冒険、旅

ハロウィーンまで、まってなさい／ミリアム・ヤング作;小宮由訳;平澤朋子絵／岩波書店／2024年9月／キャラクター・立場＞お客、訪問客、客人／キャラクター・立場＞魔女／ストーリー＞復讐、逆襲、リベンジ／場所・建物・施設・設備＞お店＞玩具店／人間関係＞家族＞きょうだい／暮らし・生活＞イベント、行事＞ハロウィン

異形怪異：お化けが出てこない怖い話／むくろ幽介文;fracocoイラスト／イカロス出版／2024年12月／ストーリー＞あやかし、憑依、擬人化／ストーリー＞ホラー、オカルト、グロテスク、怪談／作品情報＞短編集／自然・環境・宇宙＞山、森／場所・建物・施設・設備＞美術館、ギャラリー、美術室／職業＞クリエイター＞作家、脚本家、絵本作家、書道家、放送作家

Occult-オカルト-：闇とつながるSNS. 3／むくろ幽介文;icula本文イラスト／大泉書店／2024年7月／ストーリー＞サイバー＞インターネット、SNS、メール、ブログ／ストーリー＞ホラー、オカルト、グロテスク、怪談／ストーリー＞呪い、呪術、呪文、祟り／作品情報＞短編集／暮らし・生活＞遊び＞いたずら

ガラパゴス島大噴火―マジック・ツリーハウス；52／メアリー・ポープ・オズボーン著;番由美子訳／KADOKAWA／2024年7月／ご当地もの＞ガラパゴス諸島／ストーリー＞救出、救助／自然・環境・宇宙＞火山／戦争と平和・災害・社会問題＞災害＞噴火／動物・生きもの＞カメ＞ゾウガメ

ジュディ★モード、女王さまになる!?―ジュディ・モードとなかまたち；14／メーガン・マクドナルド作;ピーター・レイノルズ絵;宮坂宏美訳／小峰書店／2024年8月／キャラクター・立場＞王女、お姫様、女王、お妃／キャラクター・立場＞貴族／人間関係＞先祖／人間関係＞仲間／暮らし・生活＞イベント、行事＞お茶会、パーティー

プリンセス・ダイアリー. 3／メグ・キャボット著;代田亜香子訳／静山社／2024年2月／学校・学園・学生・教育＞高校、高等専門学校、高校生、高専生／人間関係＞友達／人間関係＞恋愛／暮らし・生活＞感情、心＞疑問、悩み

プリンセス・ダイアリー＝The Princess Diaries. 4／メグ・キャボット著;代田亜香子訳／静山社／2024年4月／学校・学園・学生・教育＞高校、高等専門学校、高校生、高専生／人間関係＞恋愛／暮らし・生活＞イベント、行事＞デート／暮らし・生活＞感情、心＞疑問、悩み

プリンセス・ダイアリー＝The Princess Diaries. 5／メグ・キャボット著;代田亜香子訳／静山社／2024年6月／

ご当地もの＞アメリカ合衆国学校・学園・学生・教育＞高校、高等専門学校、高校生、高専生／学校・学園・学生・教育＞卒業／人間関係＞恋愛／暮らし・生活＞イベント、行事＞舞踏会、ダンスパーティー／暮らし・生活＞感情、心＞疑問、悩み

プリンセス・ダイアリー ＝The Princess Diaries. 6／メグ・キャボット著;代田亜香子訳／静山社／2024 年 8 月／キャラクター・立場＞王女、お姫様、女王、お妃／ストーリー＞選挙、投票／ストーリー＞対立、抵抗／学校・学園・学生・教育＞生徒会、委員会／人間関係＞ライバル、仇

プリンセス・ダイアリー ＝The Princess Diaries. 7／メグ・キャボット著;代田亜香子訳／静山社／2024 年 10 月／キャラクター・立場＞先輩、上司／ストーリー＞金銭トラブル／学校・学園・学生・教育＞学校、学園、学生、教育一般／学校・学園・学生・教育＞生徒会、委員会／学校・学園・学生・教育＞卒業

プリンセス・ダイアリー ＝The Princess Diaries. 8／メグ・キャボット著;代田亜香子訳／静山社／2024 年 12 月／キャラクター・立場＞王女、お姫様、女王、お妃／学校・学園・学生・教育＞専門学校、大学、専門学校生、大学生、大学院生／学校・学園・学生・教育＞留学／人間関係＞恋愛＞遠距離／暮らし・生活＞感情、心＞疑問、悩み

トモダチデスゲーム. [6]／もえぎ桃作;久我山ぼん絵／講談社（講談社青い鳥文庫）／2024 年 1 月／キャラクター・立場＞捕虜、人質／ストーリー＞お金、財宝、財産、お宝／ストーリー＞サバイバル／ストーリー＞裏切り／人間関係＞仲間／人間関係＞友達

トモダチデスゲーム. [7]／もえぎ桃作;久我山ぼん絵／講談社（講談社青い鳥文庫）／2024 年 5 月／ストーリー＞サバイバル／ストーリー＞拷問、処刑、殺人／人間関係＞仲間／人間関係＞友達

トモダチデスゲーム. [8]／もえぎ桃作;久我山ぼん絵／講談社（講談社青い鳥文庫）／2024 年 11 月／ストーリー＞サバイバル／ストーリー＞救出、救助／ストーリー＞死、別れ／ストーリー＞失敗、破滅、転落、挫折／ストーリー＞失踪、誘拐、人身売買／人間関係＞友達／暮らし・生活＞遊び＞ゲーム

さんごいろの雲／やえがしなおこ作;出口春菜絵／講談社（わくわくライブラリー）／2024 年 2 月／アイテム・能力＞魔法、魔術、魔力、召喚術／ストーリー＞日本の物語＞日本の物語一般／作品情報＞短編集／自然・環境・宇宙＞天気、天候＞雲／職業＞ミュージシャン、音楽家、歌手、楽師／文化・芸能・スポーツ＞文化、芸能＞音楽＞楽器＞バイオリン

白豚貴族ですが前世の記憶が生えたのでひよこな弟育てます. 4／やしろ作;玖珂つかさ絵／TO ブックス（TO ジュニア文庫）／2024 年 8 月／キャラクター・立場＞モンスター、魔物、魔獣、怪物、怪獣、怪鳥／キャラクター・立場＞貴族／キャラクター・立場＞子ども、少年、少女／ストーリー＞ダンジョン、迷宮／ストーリー＞異世界、架空・不思議の世界／人間関係＞家族＞きょうだい

白豚貴族ですが前世の記憶が生えたのでひよこな弟育てます. 2／やしろ作;玖珂つかさ絵;keepout キャラクター原案／TO ブックス（TO ジュニア文庫）／2024 年 2 月／キャラクター・立場＞貴族／キャラクター・立場＞子ども、少年、少女／ストーリー＞異世界、架空・不思議の世界／職業＞ミュージシャン、音楽家、歌手、楽師／人間関係＞家族＞きょうだい／暮らし・生活＞イベント、行事＞コンサート、ライブ、演奏会

白豚貴族ですが前世の記憶が生えたのでひよこな弟育てます. 3／やしろ作;玖珂つかさ絵;keepout キャラクター原案／TO ブックス（TO ジュニア文庫）／2024 年 4 月／キャラクター・立場＞王女、お姫様、女王、お妃／キャラクター・立場＞貴族／キャラクター・立場＞子ども、少年、少女／ストーリー＞ダンジョン、迷宮／ストーリー＞異世界、架空・不思議の世界／人間関係＞家族＞きょうだい／暮らし・生活＞ファッション、おしゃれ、身だしなみ＞かんざし、髪留め

やなせたかしの新アラビアンナイト. 3／やなせたかし著／クレヴィス／2024 年 3 月／キャラクター・立場＞王女、お姫様、女王、お妃／キャラクター・立場＞美少女、美女／キャラクター・立場＞魔王、魔族、魔人、邪神／ストーリー＞修行、トレーニング、試練、練習／ストーリー＞冒険、旅／作品情報＞短編集／暮らし・生活＞遊び＞宝探し

ぼくがぼくに変身する方法／やませたかゆき作;はせがわはっち絵／岩崎書店／2024 年 8 月／キャラクター・立場＞ヒーロー、勇者、英雄／キャラクター・立場＞子ども、少年、少女／ストーリー＞変身、変形、変装／暮らし・生活＞ファッション、おしゃれ、身だしなみ＞ベルト／暮らし・生活＞ファッション、おしゃれ、身だしなみ＞仮面、おめん

理花のおかしな実験室. 11／やまもとふみ作;nanao 絵／KADOKAWA（角川つばさ文庫）／2024 年 3 月／ストーリー＞けんか／ストーリー＞実験、研究／学校・学園・学生・教育＞小学校、小学生＞小学校５・６年生／学

校・学園・学生・教育>部活、サークル、クラブ／文化・芸能・スポーツ>文化、芸能>学問>科学、化学／暮らし・生活>イベント、行事>オーディション、選考会／暮らし・生活>食べもの、飲みもの>おやつ、お菓子>おやつ、お菓子一般

理花のおかしな実験室. 12／やまもとふみ作nanao 絵／KADOKAWA（角川つばさ文庫）／2024 年 7 月／ストーリー>再会／ストーリー>実験、研究／学校・学園・学生・教育>小学校、小学生>小学校５・６年生／学校・学園・学生・教育>部活、サークル、クラブ／文化・芸能・スポーツ>文化、芸能>学問>科学、化学／暮らし・生活>感情、心>羨望、憧れ

理花のおかしな実験室. 13／やまもとふみ作nanao 絵／KADOKAWA（角川つばさ文庫）／2024 年 11 月／ストーリー>料理／学校・学園・学生・教育>小学校、小学生>小学校５・６年生／学校・学園・学生・教育>勉強>試験、受験／人間関係>恋愛／文化・芸能・スポーツ>文化、芸能>学問>理科／暮らし・生活>食べもの、飲みもの>おやつ、お菓子>おやつ、お菓子一般

初恋タイムリミット. [2]／やまもとふみ作那流絵／ポプラ社（ポプラキミノベル）／2024 年 4 月／ストーリー>夢、野望、野心／学校・学園・学生・教育>小学校、小学生>小学校５・６年生／自然・環境・宇宙>環境問題>地球温暖化、気候変動／人間関係>ライバル、仇／人間関係>恋愛／戦争と平和・災害・社会問題>戦争と平和、災害、社会問題一般

初恋タイムリミット. [3]／やまもとふみ作那流絵／ポプラ社（ポプラキミノベル）／2024 年 8 月／学校・学園・学生・教育>小学校、小学生>小学校５・６年生／自然・環境・宇宙>環境問題>地球温暖化、気候変動／人間関係>幼なじみ／戦争と平和・災害・社会問題>戦争と平和、災害、社会問題一般／暮らし・生活>遊び>ピクニック、遠足、キャンプ、ハイキング

カトーレンの王／ヤン・テルラウ作西村由美訳にしざかひろみ絵／小学館（小学館世界 J 文学館セレクション）／2024 年 11 月／キャラクター・立場>王様、皇帝／キャラクター・立場>子ども、少年、少女／キャラクター・立場>大臣／ストーリー>修行、トレーニング、試練、練習／ストーリー>政治、行政、政府／ストーリー>挑戦

クレクス先生のがいせん／ヤン・ブジェフファ／ロッカクリエイト／2024 年 1 月／ストーリー>さがしもの、人探し／ストーリー>冒険、旅／職業>教師、講師、師匠、教授、准教授、家庭教師／職業>博士、研究者、学者、発明家／人間関係>仲間

クレクス先生のふしぎな学園／ヤン・ブジェフファ／ロッカクリエイト／2024 年 1 月／ストーリー>冒険、旅／ストーリー>夢、野望、野心／学校・学園・学生・教育>学校、学園、学生、教育一般／学校・学園・学生・教育>授業／職業>教師、講師、師匠、教授、准教授、家庭教師

クレクス先生のふしぎな旅／ヤン・ブジェフファ／ロッカクリエイト／2024 年 1 月／アイテム・能力>宝物／ストーリー>さがしもの、人探し／ストーリー>冒険、旅／自然・環境・宇宙>海／職業>教師、講師、師匠、教授、准教授、家庭教師／職業>博士、研究者、学者、発明家

スターライト!／ゆいっと作魚師絵／講談社（講談社青い鳥文庫）／2024 年 6 月／キャラクター・立場>居候、同居人／ストーリー>事件、事故／学校・学園・学生・教育>中学校、中学生／職業>アイドル、地下アイドル

セレブ学園の最強男子×4 から、なぜか求愛されています。—取り扱い注意最強男子シリーズ／ゆいっと著乙女坂心絵／スターツ出版（野いちごジュニア文庫）／2024 年 10 月／キャラクター・立場>居候、同居人／キャラクター・立場>美少年、美男子、美青年／キャラクター・立場>富豪、長者／ストーリー>お世話／学校・学園・学生・教育>学校、学園、学生、教育一般／人間関係>家族>ふたご

キミに胸きゅんしすぎて困る!：ワケありお隣さんは、天敵男子!?／ゆいっと著覡あおひ絵／スターツ出版（野いちごジュニア文庫）／2024 年 1 月／キャラクター・立場>美少年、美男子、美青年／学校・学園・学生・教育>中学校、中学生／場所・建物・施設・設備>寮／暮らし・生活>感情、心>苦手、弱点、気弱

爆モテ男子からの「大好き」がとまりません!／ゆいっと著覡あおひ絵／スターツ出版（野いちごジュニア文庫）／2024 年 5 月／キャラクター・立場>スター、人気者／ストーリー>秘密、隠し事、秘話／学校・学園・学生・教育>生徒会、委員会／学校・学園・学生・教育>中学校、中学生／人間関係>恋愛／文化・芸能・スポーツ>文化、芸能>文学、本

そしてパンプキンマンがあらわれた／ユソジョン作キムサンウク絵すんみ訳／小学館／2024 年 10 月／キャラクター・立場>子ども、少年、少女／ストーリー>ゲーム、アニメ／ストーリー>サイバー>VR、AR／ストーリー>仕事／ストーリー>事件、事故／ストーリー>冒険、旅>クエスト、攻略

トッケビ梅雨時商店街／ユヨングァン著;岩井理子訳／静山社／2024年10月／アイテム・能力＞手紙、日記、メモ／ストーリー＞異世界、架空・不思議の世界／ストーリー＞招待、おもてなし、接待／自然・環境・宇宙＞天気、天候＞雨／場所・建物・施設・設備＞お店＞商店街、市場、スーパーマーケット／暮らし・生活＞感情、心＞不幸

あいだのわたし―STAMP BOOKS／ユリア・ラビノヴィチ作;細井直子訳／岩波書店／2024年8月／キャラクター・立場＞難民／ストーリー＞脱出、逃亡、脱走／学校・学園・学生・教育＞学校、学園、学生、教育一般／人間関係＞家族＞家族一般／暮らし・生活＞感情、心＞羨望、憧れ／暮らし・生活＞感情、心＞怒り

それでも私が、ホスピスナースを続ける理由―感動のお仕事シリーズ／ラプレツィオーサ伸子著／Gakken／2024年5月／ストーリー＞仕事／ストーリー＞死、別れ／ストーリー＞病気、怪我、医療／作品情報＞短編集／場所・建物・施設・設備＞病院、保健室、施術所、診療所／職業＞医者、看護師／人間関係＞家族＞家族一般

小説星降る王国のニナ／リカチ原作・絵;もえぎ桃文／講談社（講談社青い鳥文庫）／2024年11月／キャラクター・立場＞王子様／キャラクター・立場＞王女、お姫様、女王、お妃／キャラクター・立場＞子ども、少年、少女／ストーリー＞偽り、偽装／作品情報＞ノベライズ／暮らし・生活＞運命、宿命

ビューティ&ビースト：野獣に呪いをかけた魔女がベルの母親だった〈もしも〉の世界. 下―ディズニーツイステッドテール. ゆがめられた世界／リズ・ブラスウェル著;池本尚美訳／Gakken／2024年10月／アイテム・能力＞魔法、魔術、魔力、召喚術／ストーリー＞キャラクター作品＞ディズニー、PIXAR一般／ストーリー＞呪い、呪術、呪文、祟り／ストーリー＞世界の物語＞美女と野獣／人間関係＞家族＞親子／暮らし・生活＞運命、宿命

ビューティ&ビースト：野獣に呪いをかけた魔女がベルの母親だった〈もしも〉の世界. 上―ディズニーツイステッドテール. ゆがめられた世界／リズ・ブラスウェル著;池本尚美訳／Gakken／2024年10月／アイテム・能力＞魔法、魔術、魔力、召喚術／キャラクター・立場＞魔女／ストーリー＞キャラクター作品＞ディズニー、PIXAR一般／ストーリー＞呪い、呪術、呪文、祟り／ストーリー＞世界の物語＞美女と野獣／人間関係＞家族＞親子

アポロンと5つの神託. 3-下―パーシー・ジャクソンとオリンポスの神々；シーズン3／リック・リオーダン作;金原瑞人;小林みき訳／静山社（静山社ペガサス文庫）／2024年1月／キャラクター・立場＞王様、皇帝／ストーリー＞さがしもの、人探し／ストーリー＞世界の神話＞ギリシア神話／ストーリー＞捜査、捜索、潜入／ストーリー＞冒険、旅

アポロンと5つの神託. 3-上―パーシー・ジャクソンとオリンポスの神々；シーズン3／リック・リオーダン作;金原瑞人;小林みき訳／静山社（静山社ペガサス文庫）／2024年1月／ストーリー＞ダンジョン、迷宮／ストーリー＞救出、救助／ストーリー＞世界の神話＞ギリシア神話／ストーリー＞冒険、旅／自然・環境・宇宙＞砂漠、砂丘

アポロンと5つの神託. 4-下―パーシー・ジャクソンとオリンポスの神々；シーズン3／リック・リオーダン作;金原瑞人;小林みき訳／静山社（静山社ペガサス文庫）／2024年3月／ストーリー＞バトル、奇襲、戦闘、抗争／ストーリー＞世界の神話＞ギリシア神話／ストーリー＞冒険、旅／暮らし・生活＞イベント、行事＞式典、セレモニー、儀式／暮らし・生活＞命

アポロンと5つの神託. 4-上―パーシー・ジャクソンとオリンポスの神々；シーズン3／リック・リオーダン作;金原瑞人;小林みき訳／静山社（静山社ペガサス文庫）／2024年3月／キャラクター・立場＞王様、皇帝／ストーリー＞バトル、奇襲、戦闘、抗争／ストーリー＞世界の神話＞ギリシア神話／ストーリー＞冒険、旅／ストーリー＞予言、予報、予告／暮らし・生活＞棺

アポロンと5つの神託. 5-下―パーシー・ジャクソンとオリンポスの神々；シーズン3／リック・リオーダン作;金原瑞人;小林みき訳／静山社（静山社ペガサス文庫）／2024年5月／ストーリー＞バトル、奇襲、戦闘、抗争／ストーリー＞世界の神話＞ギリシア神話／ストーリー＞捜査、捜索、潜入／ストーリー＞冒険、旅／場所・建物・施設・設備＞塔、鉄塔／人間関係＞仲間

アポロンと5つの神託. 5-上―パーシー・ジャクソンとオリンポスの神々；シーズン3／リック・リオーダン作;金原瑞人;小林みき訳／静山社（静山社ペガサス文庫）／2024年5月／ご当地もの＞アメリカ合衆国＞ニューヨーク州＞ニューヨーク／ストーリー＞バトル、奇襲、戦闘、抗争／ストーリー＞世界の神話＞ギリシア神話／ストーリー＞冒険、旅／ストーリー＞予言、予報、予告／乗りもの＞汽車、電車＞汽車、電車一般

迷い沼の娘たち／ルーシー・ストレンジ作;中野怜奈訳／静山社／2024年11月／ストーリー＞さがしもの、人探し／ストーリー＞失踪、誘拐、人身売買／ストーリー＞呪い、呪術、呪文、祟り／自然・環境・宇宙＞湖、池、沼

／人間関係＞家族＞きょうだい／人間関係＞家族＞家族一般／文化・芸能・スポーツ＞文化、芸能＞サーカス
パインさんのごちゃまぜかんばん／レオナード・ケスラーさく;小宮由やく／大日本図書／2024 年 7 月／ストーリー＞コメディ／ストーリー＞仕事／職業＞看板屋／暮らし・生活＞ファッション、おしゃれ、身だしなみ＞めがね
パインさんのむらさきのいえ／レオナード・ケスラーさく;小宮由やく／大日本図書／2024 年 8 月／ストーリー＞コメディ／ストーリー＞植樹、植林／自然・環境・宇宙＞色彩、色／自然・環境・宇宙＞木、樹木＞マツ／場所・建物・施設・設備＞庭
パインさんのおるすばん／レオナード・ケスラーさく;小宮由やく／大日本図書／2024 年 9 月／アイテム・能力＞手紙、日記、メモ／ストーリー＞コメディ／人間関係＞夫婦、結婚、結婚生活／暮らし・生活＞家事／暮らし・生活＞掃除、清掃
翼はなくても／レベッカ・クレーン作;代田亜香子訳／静山社／2024 年 2 月／キャラクター・立場＞子ども、少年、少女／ストーリー＞さがしもの、人探し／ストーリー＞孤立、孤独／ストーリー＞失踪、誘拐、人身売買／人間関係＞家族＞きょうだい／人間関係＞家族＞親子
ヴィンデビー・パズル／ロイス・ローリー著;島津やよい訳／新評論／2024 年 2 月／キャラクター・立場＞子ども、少年、少女／ご当地もの＞ドイツ／ストーリー＞ミステリー、サスペンス、謎解き／ストーリー＞歴史、時代もの／自然・環境・宇宙＞湖、池、沼／文化・芸能・スポーツ＞文化、芸能＞学問＞考古学
中国のフェアリー・テール／ローレンス・ハウスマン作;松岡享子訳／福音館書店／2024 年 9 月／キャラクター・立場＞子ども、少年、少女／キャラクター・立場＞貧乏、ケチ、守銭奴／ご当地もの＞中国／職業＞クリエイター＞漫画家、画家、芸術家、イラストレーター、絵師／文化・芸能・スポーツ＞文化、芸能＞美術、芸術＞絵／暮らし・生活＞感情、心＞羨望、憧れ
スリーピー・ホローの伝説／ワシントン・アーヴィング作;齊藤昇訳;アンヴィル奈宝子絵／鳥影社／2024 年 10 月／キャラクター・立場＞おばけ、幽霊、生霊／ご当地もの＞アメリカ合衆国ストーリー＞世界の物語＞世界の物語一般／ストーリー＞迷信、伝説／暮らし・生活＞イベント、行事＞ハロウィン
あかね雲のすき間から―あいち・読書タイム文庫／愛知県小中学校長会;名古屋市立小中学校長会;愛知県小中学校PTA 連絡協議会;名古屋市立小中学校 PTA 協議会編集／愛知県教育振興会／2024 年 11 月／キャラクター・立場＞同僚、同級生／学校・学園・学生・教育＞中学校、中学生／学校・学園・学生・教育＞部活、サークル、クラブ／作品情報＞アンソロジー／文化・芸能・スポーツ＞スポーツ＞バレーボール、バスケットボール／暮らし・生活＞感情、心＞疑問、悩み
ななのまほうのふとん―あいち・どくしょタイムぶんこ／愛知県小中学校長会;名古屋市立小中学校長会;愛知県小中学校 PTA 連絡協議会;名古屋市立小中学校 PTA 協議会編集／愛知県教育振興会／2024 年 11 月／アイテム・能力＞魔法、魔術、魔力、召喚術／キャラクター・立場＞子ども、少年、少女／作品情報＞アンソロジー／自然・環境・宇宙＞夜／暮らし・生活＞ふとん／暮らし・生活＞まくら
山の学校キツネのとしょいいん／葦原かもさく;高橋和枝え／講談社（わくわくライブラリー）／2024 年 11 月／学校・学園・学生・教育＞学校、学園、学生、教育一般／自然・環境・宇宙＞山、森／場所・建物・施設・設備＞図書館、図書室／職業＞司書、図書館員／動物・生きもの＞キツネ
3 分間サバイバル NEO：美食の迷宮／粟生こずえ作／あかね書房／2024 年 11 月／ストーリー＞サバイバル／ストーリー＞ミステリー、サスペンス、謎解き／作品情報＞短編集／自然・環境・宇宙＞自然、環境、宇宙一般／暮らし・生活＞食べもの、飲みもの＞パン／暮らし・生活＞食べもの、飲みもの＞食事＞サンドイッチ
日本一周ナゾトキ珍道中：5 分でスカッとする結末. 西日本編／粟生こずえ著／講談社／2024 年 10 月／ご当地もの＞西日本／ストーリー＞ミステリー、サスペンス、謎解き／ストーリー＞窃盗、万引き、強盗／ストーリー＞頭脳、心理戦、対決／ストーリー＞濡れ衣、冤罪／ストーリー＞冒険、旅／職業＞探偵
日本一周ナゾトキ珍道中：5 分でスカッとする結末. 東日本編／粟生こずえ著／講談社／2024 年 10 月／キャラクター・立場＞弟子、後輩、部下、助手、家来、家臣／キャラクター・立場＞犯人、凶悪犯罪者、囚人／ご当地もの＞東日本／ストーリー＞ミステリー、サスペンス、謎解き／職業＞探偵／戦争と平和・災害・社会問題＞災害＞火事
ギリギリチョイス天国か?地獄か?：選択型ショート・ストーリー／粟生こずえ著;esk イラスト／ポプラ社／2024 年 8 月／キャラクター・立場＞アルバイト、パート、契約社員、派遣社員／ストーリー＞選択／作品情報＞短編集／場所・建物・施設・設備＞お店＞レストラン、飲食店、食堂／暮らし・生活＞感情、心＞疑問、悩み

それでも君に伝えたい.[2]／安芸咲良作;池田春香絵／集英社（集英社みらい文庫）／2024年6月／キャラクター・立場＞先輩、上司／ストーリー＞障がい／学校・学園・学生・教育＞学校、学園、学生、教育一般／学校・学園・学生・教育＞部活、サークル、クラブ／暮らし・生活＞手話

6days遭難者たち／安田夏菜著／講談社／2024年5月／ストーリー＞遭難、漂流／学校・学園・学生・教育＞高校、高等専門学校、高校生、高専生／自然・環境・宇宙＞山、森／文化・芸能・スポーツ＞スポーツ＞登山／暮らし・生活＞感情、心＞疑問、悩み

ワルイコいねが／安東みきえ著／講談社／2024年11月／キャラクター・立場＞正直者／キャラクター・立場＞同僚、同級生／学校・学園・学生・教育＞転校、転校生、編入／場所・建物・施設・設備＞寺、神社、神殿／暮らし・生活＞葬儀、葬式

安房直子絵ぶんこ.1／安房直子文／あすなろ書房／2024年4月／ストーリー＞招待、おもてなし、接待／自然・環境・宇宙＞季節、四季＞冬／場所・建物・施設・設備＞峠／動物・生きもの＞イノシシ／暮らし・生活＞食べもの、飲みもの＞野菜＞ダイコン

安房直子絵ぶんこ.2／安房直子文／あすなろ書房／2024年4月／ストーリー＞招待、おもてなし、接待／自然・環境・宇宙＞季節、四季＞春／人間関係＞夫婦、結婚、結婚生活／動物・生きもの＞ネコ／暮らし・生活＞イベント、行事＞結婚式

安房直子絵ぶんこ.3／安房直子文／あすなろ書房／2024年5月／アイテム・能力＞玩具、人形、フィギュア、ぬいぐるみ／キャラクター・立場＞子ども、少年、少女／自然・環境・宇宙＞月／場所・建物・施設・設備＞エレベーター／場所・建物・施設・設備＞お店＞くつ店、洋服店

安房直子絵ぶんこ.4／安房直子文／あすなろ書房／2024年6月／キャラクター・立場＞子ども、少年、少女／キャラクター・立場＞老人／自然・環境・宇宙＞花、植物＞バラ／場所・建物・施設・設備＞お店＞雑貨店／場所・建物・施設・設備＞集落、村／暮らし・生活＞石けん、シャンプー

安房直子絵ぶんこ.5／安房直子文／あすなろ書房／2024年6月／キャラクター・立場＞お客、訪問客、客人／自然・環境・宇宙＞天気、天候＞雪／場所・建物・施設・設備＞お店＞屋台／職業＞店長、店主／暮らし・生活＞食べもの、飲みもの＞食事＞おでん

安房直子絵ぶんこ.6／安房直子文／あすなろ書房／2024年7月／キャラクター・立場＞お客、訪問客、客人／作品情報＞短編集／自然・環境・宇宙＞季節、四季＞冬／場所・建物・施設・設備＞お店＞手芸店、糸やさん／動物・生きもの＞ネコ／暮らし・生活＞ファッション、おしゃれ、身だしなみ＞マント

安房直子絵ぶんこ.8／安房直子文／あすなろ書房／2024年8月／ストーリー＞仕事／自然・環境・宇宙＞海／場所・建物・施設・設備＞お店＞レストラン、飲食店、食堂／動物・生きもの＞魚、貝＞ヒラメ／暮らし・生活＞感情、心＞悲しみ、落胆

安房直子絵ぶんこ.7／安房直子文／あすなろ書房／2024年9月／ストーリー＞交流／自然・環境・宇宙＞天気、天候＞風／人間関係＞家族＞家族一般／動物・生きもの＞クマ／文化・芸能・スポーツ＞文化、芸能＞音楽

安房直子絵ぶんこ.9／安房直子文／あすなろ書房／2024年10月／キャラクター・立場＞お客、訪問客、客人／自然・環境・宇宙＞山、森／動物・生きもの＞シカ／暮らし・生活＞感情、心＞疑問、悩み／暮らし・生活＞食べもの、飲みもの＞食事＞ジャム、マーマレード

夏がいく／伊多波碧作;おとないちあき絵／理論社／2024年6月／キャラクター・立場＞おばけ、幽霊、生霊／キャラクター・立場＞御曹司、後継者／ストーリー＞歴史、時代もの／学校・学園・学生・教育＞寺子屋／場所・建物・施設・設備＞ホテル、宿、旅館、ペンション、民宿／人間関係＞友達

ご相談はお決まりですか?：学園内で執事&メイド喫茶はじめました／伊藤クミコ著;ハモンド華麗イラスト／PHP研究所（PHPジュニアノベル）／2024年11月／キャラクター・立場＞美少年、美男子、美青年／学校・学園・学生・教育＞中学校、中学生／学校・学園・学生・教育＞部活、サークル、クラブ／場所・建物・施設・設備＞相談所／暮らし・生活＞感情、心＞疑問、悩み

小説二月の勝者：絶対合格の教室.[4]／伊豆平成著;高瀬志帆原作・イラスト／小学館（小学館ジュニア文庫）／2024年5月／学校・学園・学生・教育＞小学校、小学生＞小学校5・6年生／学校・学園・学生・教育＞勉強＞試験、受験／作品情報＞ノベライズ／人間関係＞家族＞家族一般／暮らし・生活＞感情、心＞笑顔、楽しみ、喜び／暮らし・生活＞感情、心＞悲しみ、落胆

この世で一番妖しい答え・赤一意味がわかると怖い3分間ホラー／意味怖P編;魔夜妖一;えいとえふ作／あかね書房／2024年2月／キャラクター・立場＞子ども、少年、少女／ストーリー＞ホラー、オカルト、グロテスク、怪

談／ストーリー＞料理／作品情報＞短編集／暮らし・生活＞感情、心＞恐怖

引きこもり姉ちゃんのアルゴリズム推理／井上真偽著;くろでこ絵／朝日新聞出版（ナゾノベル）／2024年12月／アイテム・能力＞魔法、魔術、魔力、召喚術／ストーリー＞ミステリー、サスペンス、謎解き／ストーリー＞引きこもり、寄生／人間関係＞家族＞きょうだい

ゴール!おねしょにアシスト／井嶋敦子作;こばやしまちこ絵／国土社／2024年11月／ストーリー＞病気、怪我、医療＞診療、治療、手術／学校・学園・学生・教育＞小学校、小学生＞小学校３・４年生／学校・学園・学生・教育＞転校、転校生、編入／人間関係＞仲間／文化・芸能・スポーツ＞スポーツ＞サッカー／暮らし・生活＞育児、子育て＞子どものしつけ＞おねしょ、おもらし

時間割男子. 13／一ノ瀬三葉作;榎のと絵／KADOKAWA（角川つばさ文庫）／2024年2月／ストーリー＞あやかし、憑依、擬人化／学校・学園・学生・教育＞教科、科目／自然・環境・宇宙＞季節、四季＞夏／暮らし・生活＞イベント、行事＞夏休み、バカンス、長期休暇／暮らし・生活＞遊び＞ピクニック、遠足、キャンプ、ハイキング

時間割男子. 14／一ノ瀬三葉作;榎のと絵／KADOKAWA（角川つばさ文庫）／2024年8月／キャラクター・立場＞美少年、美男子、美青年／ストーリー＞あやかし、憑依、擬人化／学校・学園・学生・教育＞教科、科目／学校・学園・学生・教育＞小学校、小学生＞小学校５・６年生／暮らし・生活＞イベント、行事＞デート／暮らし・生活＞イベント、行事＞夏休み、バカンス、長期休暇

Ita-zura—宇田川豪大戯曲文庫；3／宇田川豪大／ブイツーソリューション／2024年3月／ストーリー＞正義／学校・学園・学生・教育＞学校、学園、学生、教育一般／学校・学園・学生・教育＞中学校、中学生／作品情報＞短編集

ポケットの中の赤ちゃん／宇野和子作・絵／復刊ドットコム／2024年5月／キャラクター・立場＞子ども、少年、少女／ストーリー＞日常／ストーリー＞冒険、旅／人間関係＞家族＞親子／暮らし・生活＞ファッション、おしゃれ、身だしなみ＞エプロン

Pの推しゴト. [4]／羽央えり作;三月リヒト絵／講談社（講談社青い鳥文庫）／2024年5月／ストーリー＞育成、プロデュース／ストーリー＞告白、カミングアウト／職業＞アイドル、地下アイドル／人間関係＞ライバル、仇／人間関係＞恋愛／暮らし・生活＞イベント、行事＞オーディション、選考会

紅桃の百色メイク. 1／羽央えり作;星乃屑ありす絵／講談社（講談社青い鳥文庫）／2024年12月／キャラクター・立場＞先輩、上司／学校・学園・学生・教育＞高校、高等専門学校、高校生、高専生／学校・学園・学生・教育＞部活、サークル、クラブ／職業＞メイクアップアーティスト、ヘアスタイリスト、美容師／暮らし・生活＞ファッション、おしゃれ、身だしなみ＞化粧、メイク暮らし・生活＞感情、心＞疑問、悩み

魔法使いアルル. 4／羽織かのん作;kaworu絵／アルファポリス 星雲社（アルファポリスきずな文庫）／2024年5月／アイテム・能力＞魔法、魔術、魔力、召喚術／キャラクター・立場＞魔法使い、魔導士、魔術師／キャラクター・立場＞妖精、精霊／ストーリー＞異世界、架空・不思議の世界／ストーリー＞失踪、誘拐、人身売買

オンライン! 26／雨蛙ミドリ作;大塚真一郎絵／KADOKAWA（角川つばさ文庫）／2024年4月／ストーリー＞バトル、奇襲、戦闘、抗争／ストーリー＞ホラー、オカルト、グロテスク、怪談／ストーリー＞ミステリー、サスペンス、謎解き／ストーリー＞頭脳、心理戦、対決／ストーリー＞秘密、隠し事、秘話／学校・学園・学生・教育＞部活、サークル、クラブ

オンライン! 27／雨蛙ミドリ作;大塚真一郎絵／KADOKAWA（角川つばさ文庫）／2024年5月／ストーリー＞バトル、奇襲、戦闘、抗争／ストーリー＞ホラー、オカルト、グロテスク、怪談／ストーリー＞ミステリー、サスペンス、謎解き／学校・学園・学生・教育＞部活、サークル、クラブ／人間関係＞仲間

陰陽師クラブへようこそ. 3／卯月みか作;雨宮もえ絵／アルファポリス 星雲社（アルファポリスきずな文庫）／2024年5月／ストーリー＞ホラー、オカルト、グロテスク、怪談／ストーリー＞ミステリー、サスペンス、謎解き／学校・学園・学生・教育＞部活、サークル、クラブ／場所・建物・施設・設備＞遊園地、テーマパーク／職業＞陰陽師、占い師／暮らし・生活＞イベント、行事＞デート

怪活倶楽部—5分間ノンストップショートストーリー／永良サチ著／PHP研究所／2024年9月／キャラクター・立場＞美少年、美男子、美青年／ストーリー＞あやかし、憑依、擬人化／ストーリー＞ホラー、オカルト、グロテスク、怪談／学校・学園・学生・教育＞中学校、中学生／学校・学園・学生・教育＞部活、サークル、クラブ／作品情報＞短編集

100日間、あふれるほどの「好き」を教えてくれたきみへ／永良サチ著;三湊かおり絵／スターツ出版（野いちごジ

ュニア文庫）／2024年10月／ストーリー>寿命、余命／学校・学園・学生・教育>学校、学園、学生、教育一般／暮らし・生活>感情、心>愛、愛情／暮らし・生活>感情、心>人気、評判

三姉妹は恋ができない!?：となりの幼なじみも三兄弟!新生活はドキドキの予感／永良サチ著;森乃なっぱ絵／スターツ出版（野いちごジュニア文庫）／2024年1月／キャラクター・立場>隣人、ご近所／学校・学園・学生・教育>中学校、中学生／場所・建物・施設・設備>遊園地、テーマパーク／人間関係>家族>きょうだい／人間関係>恋愛／暮らし・生活>イベント、行事>デート

相方なんかになりません![4]／遠山彼方作;双葉陽絵／集英社（集英社みらい文庫）／2024年1月／キャラクター・立場>マネージャー／人間関係>ハーレム、逆ハーレム、三角関係／人間関係>恋愛>求婚／文化・芸能・スポーツ>スポーツ>フィギュアスケート／文化・芸能・スポーツ>文化、芸能>落語、漫才

あいレコ!／遠藤まり著／講談社／2024年2月／ストーリー>脅迫、脅し／ストーリー>仕事／ストーリー>身代わり、代役、代行／学校・学園・学生・教育>中学校、中学生／職業>声優／人間関係>ライバル、仇

はじめて読むがいこくの物語. 1年生／横山洋子監修／Gakken（よみとく10分）／2024年3月／キャラクター・立場>子ども、少年、少女／キャラクター・立場>孫悟空／ストーリー>世界の物語>オズの魔法使い／ストーリー>世界の物語>シンドバッドの冒険／ストーリー>世界の物語>世界の物語一般／学校・学園・学生・教育>小学校、小学生>小学校1・2年生／作品情報>アンソロジー

はじめて読む外国の物語. 2年生／横山洋子監修／Gakken（よみとく10分）／2024年3月／キャラクター・立場>子ども、少年、少女／ストーリー>世界の物語>世界の物語一般／ストーリー>世界の物語>赤毛のアン／ストーリー>冒険、旅／学校・学園・学生・教育>小学校、小学生>小学校1・2年生／作品情報>アンソロジー

はじめて読む外国の物語. 3年生／横山洋子監修／Gakken（よみとく10分）／2024年9月／ストーリー>世界の物語>世界の物語一般／ストーリー>友情／学校・学園・学生・教育>小学校、小学生>小学校3・4年生／作品情報>アンソロジー／暮らし・生活>感情、心>思いやり、親切、やさしさ／暮らし・生活>命

あしたをみがけ：姫川中学校みがき部―こんな部活あります／横沢彰作;佐藤真紀子絵／新日本出版社／2024年3月／学校・学園・学生・教育>中学校、中学生／学校・学園・学生・教育>部活、サークル、クラブ／自然・環境・宇宙>岩、石／人間関係>仲間

コケコココッコな毎日に―中学年よみものシリーズ／横田明子作;野村まり子絵／絵本塾出版／2024年6月／ストーリー>お世話／学校・学園・学生・教育>小学校、小学生一般／場所・建物・施設・設備>動物園／動物・生きもの>鳥>ニワトリ、ヒヨコ／暮らし・生活>ペット

こそあどの森のないしょの時間：Other Stories of the Kosoado Woods―こそあどの森の物語／岡田淳作／理論社／2024年5月／アイテム・能力>手紙、日記、メモ／キャラクター・立場>王様、皇帝／ストーリー>秘密、隠し事、秘話／作品情報>短編集／自然・環境・宇宙>山、森／暮らし・生活>からだ、顔>意識、記憶、思い出

こそあどの森のひみつの場所：Other Stories of the Kosoado Woods―こそあどの森の物語／岡田淳作／理論社／2024年10月／ストーリー>秘密、隠し事、秘話／作品情報>短編集／自然・環境・宇宙>季節、四季>季節、四季一般／自然・環境・宇宙>山、森／自然・環境・宇宙>天気、天候>天気、天候一般／動物・生きもの>動物、生きもの一般

机の下のウサキチ／岡田淳作／偕成社／2024年5月／ストーリー>異世界、架空・不思議の世界／ストーリー>冒険、旅／学校・学園・学生・教育>小学校、小学生一般／動物・生きもの>ウサギ

いいわけはつづくよどこまでも／岡田淳作;田中六大絵／偕成社／2024年6月／キャラクター・立場>王様、皇帝／ストーリー>救出、救助／作品情報>短編集／職業>営業、セールスマン／人間関係>祖父母／暮らし・生活>寝坊、遅刻

ねがいの木／岡田淳文;植田真絵／BL出版／2024年5月／ストーリー>怨恨、憎悪／自然・環境・宇宙>木、樹木>木、樹木一般／戦争と平和・災害・社会問題>戦争と平和、災害、社会問題一般／暮らし・生活>感情、心>祈り、願いごと

おばあちゃんのて／沖野和子著／文芸社／2024年5月／ストーリー>介護／ストーリー>病気、怪我、医療>認知症／人間関係>家族>家族一般／人間関係>祖父母／暮らし・生活>からだ、顔>腕、手、指

地味子の秘密。：学園の平和を守るはずが、イケメン王子に気に入られちゃった!? 1／牡丹杏著;ななミツ挿絵／スターツ出版（野いちごジュニア文庫）／2024年12月／アイテム・能力>霊感、幽体離脱／キャラクター・立場>美少年、美男子、美青年／キャラクター・立場>妖怪／ストーリー>使命、任務>撲滅運動、退治、駆除／ストーリー>秘密、隠し事、秘話／学校・学園・学生・教育>中学校、中学生／職業>陰陽師、占い師

迷子のトウモロコシ／嘉成晴香作／金の星社／2024年９月／キャラクター・立場＞スター、人気者／学校・学園・学生・教育＞小学校、小学生＞小学校５・６年生／場所・建物・施設・設備＞マンション、アパート、団地、長屋／人間関係＞家族＞きょうだい／暮らし・生活＞感情、心＞コンプレックス／暮らし・生活＞感情、心＞疑問、悩み

ちいさなちょうせん／河田由紀子著／文芸社／2024年８月／ストーリー＞挑戦／学校・学園・学生・教育＞習いごと、塾／学校・学園・学生・教育＞小学校、小学生一般／人間関係＞家族＞きょうだい／文化・芸能・スポーツ＞文化、芸能＞音楽＞楽器＞バイオリン

おにのおしごと／花野猫著／文芸社／2024年７月／キャラクター・立場＞鬼／ストーリー＞仕事／ストーリー＞日本の物語＞日本の物語一般／人間関係＞家族＞きょうだい／暮らし・生活＞イベント、行事＞節分

ふしぎなつうがくろ／花里真希さく;石井聖岳え／講談社（わくわくライブラリー）／2024年５月／学校・学園・学生・教育＞学校、学園、学生、教育一般／学校・学園・学生・教育＞小学校、小学生一般／自然・環境・宇宙＞季節、四季＞季節、四季一般／自然・環境・宇宙＞林／暮らし・生活＞食べもの、飲みもの＞野菜＞タケノコ

るりのワンピース／花里真希作;北見葉胡絵／講談社／2024年４月／キャラクター・立場＞子ども、少年、少女／ストーリー＞出会い／場所・建物・施設・設備＞お店＞百貨店、デパート／動物・生きもの＞キツネ／暮らし・生活＞イベント、行事＞誕生、誕生日、記念日／暮らし・生活＞ファッション、おしゃれ、身だしなみ＞洋服

杜子春―スラよみ!日本文学名作シリーズ；1／芥川龍之介作;松尾清貴現代語訳／理論社／2024年８月／キャラクター・立場＞貧乏、ケチ、守銭奴／ストーリー＞お金、財宝、財産、お宝／ストーリー＞成長、克服、成り上がり／ストーリー＞日本の物語＞芥川龍之介一般／作品情報＞短編集

おばけのアッチくるくるピザコンクール―小さなおばけ；48／角野栄子さく;佐々木洋子え／ポプラ社（ポプラ社の新・小さな童話）／2024年10月／キャラクター・立場＞おばけ、幽霊、生霊／ストーリー＞SF／ストーリー＞試合、競争、コンテスト、競合／自然・環境・宇宙＞月／暮らし・生活＞食べもの、飲みもの＞食事＞ピザ

へのへのカッパせんせい.[8]―へのへのカッパせんせいシリーズ；8／樫本学ヴさく・え／小学館／2024年８月／キャラクター・立場＞かっぱ／学校・学園・学生・教育＞学校、学園、学生、教育一般／場所・建物・施設・設備＞島、人工島、無人島／職業＞教師、講師、師匠、教授、准教授、家庭教師／暮らし・生活＞遊び＞なぞなぞ、クイズ／暮らし・生活＞遊び＞迷路

最強ボディガードの幼なじみが、絶対に離してくれません!―取り扱い注意最強男子シリーズ／梶ゆいな著;あん豆絵／スターツ出版（野いちごジュニア文庫）／2024年９月／ストーリー＞守護、護衛／学校・学園・学生・教育＞学校、学園、学生、教育一般／学校・学園・学生・教育＞中学校、中学生／学校・学園・学生・教育＞転校、転校生、編入／職業＞ボディーガード、用心棒／人間関係＞幼なじみ

檸檬＝Lemon―エコトバ／梶井基次郎著;三永ワヲイラスト／文研出版／2024年６月／ストーリー＞日本の物語＞日本の物語一般／場所・建物・施設・設備＞お店＞書店、古書店／暮らし・生活＞感情、心＞感情、心一般／暮らし・生活＞食べもの、飲みもの＞果物＞レモン

きみの声を聴かせてよ!：氷王子の裏の顔はイケボな配信者!?／甘水さら作;瀬川あや絵／集英社（集英社みらい文庫）／2024年８月／ストーリー＞秘密、隠し事、秘話／学校・学園・学生・教育＞校内放送／学校・学園・学生・教育＞中学校、中学生／学校・学園・学生・教育＞部活、サークル、クラブ／職業＞動画実況者、ゲーム実況者、YouTuber

きみの前だけウソをつけない／甘水さら作;朝香のりこ絵／ポプラ社（ポプラキミノベル）／2024年５月／キャラクター・立場＞同僚、同級生／学校・学園・学生・教育＞学校、学園、学生、教育一般／人間関係＞恋愛／暮らし・生活＞ファッション、おしゃれ、身だしなみ＞コスプレ／暮らし・生活＞感情、心＞うそ、でたらめ／暮らし・生活＞感情、心＞羨望、憧れ

人狼サバイバル.[17]／甘雪こおり作;himesuz絵／講談社（講談社青い鳥文庫）／2024年４月／ストーリー＞サバイバル／ストーリー＞ミステリー、サスペンス、謎解き／ストーリー＞頭脳、心理戦、対決／学校・学園・学生・教育＞中学校、中学生／自然・環境・宇宙＞花、植物＞バラ／暮らし・生活＞遊び＞人狼ゲーム

人狼サバイバル.[18]／甘雪こおり作;himesuz絵／講談社（講談社青い鳥文庫）／2024年８月／ストーリー＞サバイバル／ストーリー＞ミステリー、サスペンス、謎解き／ストーリー＞頭脳、心理戦、対決／学校・学園・学生・教育＞中学校、中学生／暮らし・生活＞遊び＞人狼ゲーム

人狼サバイバル.[19]／甘雪こおり作;himesuz絵／講談社（講談社青い鳥文庫）／2024年９月／ストーリー＞サバイバル／ストーリー＞ミステリー、サスペンス、謎解き／ストーリー＞頭脳、心理戦、対決／学校・学園・学

生・教育>中学校、中学生／暮らし・生活>遊び>人狼ゲーム

異世界でカフェを開店しました。.5／甘沢林檎作ななミツ絵／アルファポリス 星雲社（アルファポリスきずな文庫）／2024年7月／ストーリー>異世界、架空・不思議の世界／場所・建物・施設・設備>お店>カフェ、喫茶店、茶屋／場所・建物・施設・設備>お店>屋台／暮らし・生活>イベント、行事>お祭り／暮らし・生活>感情、心>人気、評判／暮らし・生活>食べもの、飲みもの>食事>おにぎり、おすし

手話だからいえること泣いた青鬼の謎／丸山正樹作高杉千明絵／偕成社／2024年1月／アイテム・能力>手紙、日記、メモ／学校・学園・学生・教育>転校、転校生、編入／人間関係>家族>ステップ・ファミリー／暮らし・生活>感情、心>疑問、悩み／暮らし・生活>手話

ぼくのねこポー——とっておきのどうわ／岩瀬成子作松成真理子絵／PHP研究所／2024年3月／ストーリー>さがしもの、人探し／学校・学園・学生・教育>小学校、小学生一般／学校・学園・学生・教育>転校、転校生、編入／動物・生きもの>ネコ／暮らし・生活>ペット

エンジェリック・セボンスター. 1／菊田みちよ著／ポプラ社／2024年6月／アイテム・能力>アクセサリー、ジュエリー>首輪、ペンダント／アイテム・能力>宝石／キャラクター・立場>あかちゃん／ストーリー>冒険、旅／人間関係>家族>ふたご

かいけつ!おばけミステリー——おばけのポーちゃん；15／吉田純子作つじむらあゆこ絵／あかね書房／2024年10月／キャラクター・立場>おばけ、幽霊、生霊／ストーリー>ホラー、オカルト、グロテスク、怪談／ストーリー>ミステリー、サスペンス、謎解き／職業>探偵／動物・生きもの>カエル、オタマジャクシ

花と星とイルカと河童：吉尾令子童話集／吉尾令子／吉尾令子 熊日出版／2024年7月／キャラクター・立場>かっぱ／ストーリー>日本の物語>日本の物語一般／作品情報>短編集／自然・環境・宇宙>花、植物>花、植物一般／自然・環境・宇宙>星、星座／動物・生きもの>イルカ／暮らし・生活>感情、心>愛、愛情

ゆうやけトンボジェット—くもんの児童文学／吉野万理子作村上幸織絵二橋亮監修／くもん出版／2024年11月／ストーリー>冒険、旅／ストーリー>友情／自然・環境・宇宙>空／乗りもの>飛行機、ヘリコプター>飛行機、ヘリコプター一般／人間関係>仲間／動物・生きもの>虫>テントウムシ／動物・生きもの>虫>トンボ

6年1組すきなんだ—短編小学校；4／吉野万理子作丹地陽子絵／ほるぷ出版／2024年12月／キャラクター・立場>同僚、同級生／学校・学園・学生・教育>小学校、小学生>小学校5・6年生／作品情報>短編集／暮らし・生活>感情、心>感情、心一般

6年1組すきなんだ—短編小学校；4／吉野万理子作丹地陽子絵／静山社／2024年5月／キャラクター・立場>同僚、同級生／学校・学園・学生・教育>小学校、小学生>小学校5・6年生／作品情報>アンソロジー／暮らし・生活>感情、心>感情、心一般

6年2組なぞめいて—短編小学校；5／吉野万理子作丹地陽子絵／静山社／2024年6月／キャラクター・立場>同僚、同級生／ストーリー>秘密、隠し事、秘話／学校・学園・学生・教育>学校、学園、学生、教育一般／学校・学園・学生・教育>小学校、小学生>小学校5・6年生／作品情報>短編集

6年3組さらばです—短編小学校；6／吉野万理子作丹地陽子絵／静山社／2024年7月／キャラクター・立場>同僚、同級生／学校・学園・学生・教育>学校、学園、学生、教育一般／学校・学園・学生・教育>小学校、小学生>小学校5・6年生／学校・学園・学生・教育>卒業／作品情報>短編集

5分後に恋の結末. [5]—「5分後に意外な結末」シリーズ／橘つばさ;桃戸ハル著;かとうれい絵／Gakken／2024年7月／ストーリー>青春／ストーリー>友情／学校・学園・学生・教育>学校、学園、学生、教育一般／作品情報>短編集／人間関係>恋愛／暮らし・生活>感情、心>発見、驚き

わたしとあっちゃん／橘亜紀著／文芸社／2024年5月／キャラクター・立場>同僚、同級生／学校・学園・学生・教育>小学校、小学生一般／人間関係>友達／暮らし・生活>感情、心>恐怖／暮らし・生活>感情、心>苦手、弱点、気弱

丘修三児童文学作品集／丘修三著／国土社／2024年9月／キャラクター・立場>子ども、少年、少女／ストーリー>日本の物語>日本の物語一般／作品情報>短編集／人間関係>家族>親子／暮らし・生活>からだ、顔>おへそ

嘘吹きアンドロイド／久米絵美里著／PHP研究所（わたしたちの本棚）／2024年2月／キャラクター・立場>ロボット、アンドロイド／ストーリー>交流／暮らし・生活>感情、心>うそ、でたらめ／暮らし・生活>命

3倍速ドッペルゲンガー／久米絵美里著;森川泉絵／アリス館／2024年11月／ストーリー>SF／ストーリー>サイバー／ストーリー>身代わり、代役、代行／学校・学園・学生・教育>高校、高等専門学校、高校生、高専生

きつねの橋. 巻の3／久保田香里作;佐竹美保絵／偕成社／2024年8月／キャラクター・立場＞偉人、歴史上人物／ストーリー＞あやかし、憑依、擬人化／ストーリー＞迷信、伝説／場所・建物・施設・設備＞橋／動物・生きもの＞キツネ

水属性の魔法使い. 第1部[2]／久宝忠作;たく絵／TOブックス（TOジュニア文庫）／2024年2月／アイテム・能力＞魔法、魔術、魔力、召喚術／キャラクター・立場＞騎士、剣士／キャラクター・立場＞魔法使い、魔導士、魔術師／ストーリー＞異世界、架空・不思議の世界／ストーリー＞異世界転生／ストーリー＞冒険、旅

水属性の魔法使い. 第1部[3]／久宝忠作;たく絵／TOブックス（TOジュニア文庫）／2024年11月／キャラクター・立場＞悪魔／キャラクター・立場＞魔法使い、魔導士、魔術師／ストーリー＞異世界、架空・不思議の世界／ストーリー＞異世界転移、召喚／ストーリー＞冒険、旅

ドレスアップ!こくるん. 2／久野遥子原作・監督;竹浪春花文／岩崎書店／2024年4月／キャラクター・立場＞魔女／ストーリー＞噂、スキャンダル／ストーリー＞告白、カミングアウト／学校・学園・学生・教育＞小学校、小学生一般／学校・学園・学生・教育＞中学校、中学生／作品情報＞短編集／人間関係＞家族＞きょうだい

トモダチブルー／宮下恵茉作;遠山えま絵／集英社（集英社みらい文庫）／2024年9月／学校・学園・学生・教育＞学校、学園、学生、教育一般／学校・学園・学生・教育＞中学校、中学生／学校・学園・学生・教育＞転校、転校生、編入／人間関係＞友達／暮らし・生活＞感情、心＞疑問、悩み

となりの魔女フレンズ. 2／宮下恵茉作;子兎。絵／Gakken／2024年7月／アイテム・能力＞魔法、魔術、魔力、召喚術／キャラクター・立場＞魔女／ストーリー＞さがしもの、人探し／自然・環境・宇宙＞天気、天候＞雨／人間関係＞友達

となりの魔女フレンズ. 3／宮下恵茉作;子兎。絵／Gakken／2024年12月／アイテム・能力＞魔法、魔術、魔力、召喚術／キャラクター・立場＞魔女／ストーリー＞さがしもの、人探し／ストーリー＞友情／自然・環境・宇宙＞季節、四季＞夏／暮らし・生活＞イベント、行事＞お祭り

宮沢賢治童話集：雨ニモマケズ・風の又三郎など―100年読み継がれる名作／宮沢賢治著;日下明絵;小埜裕二監修／世界文化ブックス 世界文化社／2024年1月／キャラクター・立場＞子ども、少年、少女／ストーリー＞日本の物語＞宮沢賢治一般／作品情報＞短編集／自然・環境・宇宙＞天気、天候＞雨／自然・環境・宇宙＞天気、天候＞風／動物・生きもの＞魚、貝＞貝がら

アンネ・フランクの奇跡／橋本喜代次著／東京図書出版 リフレ出版／2024年3月／アイテム・能力＞手紙、日記、メモ／キャラクター・立場＞偉人、歴史上人物／キャラクター・立場＞外国人／キャラクター・立場＞居候、同居人／ストーリー＞友情

キッズバースアドベンチャー = KIDSVERSE ADVENTURE―文研ブックランド／桐谷直文;雛川まつり画／文研出版／2024年7月／キャラクター・立場＞子ども、少年、少女／ストーリー＞サイバー＞VR、AR／ストーリー＞サイバー＞インターネット、SNS、メール、ブログ／ストーリー＞冒険、旅／人間関係＞家族＞親子／暮らし・生活＞遊び＞宝探し

コスモ★スケッチ. [3]／琴織ゆき作;そと絵／集英社（集英社みらい文庫）／2024年6月／アイテム・能力＞異能力、スキル、レベル、特技／ストーリー＞修行、トレーニング、試練、練習／ストーリー＞秘密、隠し事、秘話／自然・環境・宇宙＞星、星座／人間関係＞ライバル、仇／人間関係＞幼なじみ／暮らし・生活＞イベント、行事＞夏休み、バカンス、長期休暇

みんなにもっとひかりあれ!：ダウン症の妹がいるあかりと、みんなの二分の一成人式／金子あつし作;ぽえ絵／読書日和／2024年10月／キャラクター・立場＞外国人／ストーリー＞障がい／学校・学園・学生・教育＞作文／人間関係＞家族＞きょうだい／人間関係＞家族＞家族一般／暮らし・生活＞イベント、行事＞2分の1成人式

小説ブルーロック = BLUE LOCK. 6／金城宗幸原作;ノ村優介絵;吉岡みつる文／講談社（講談社KK文庫）／2024年2月／ストーリー＞試合、競争、コンテスト、競合／学校・学園・学生・教育＞部活、サークル、クラブ／作品情報＞ノベライズ／人間関係＞チーム、パーティ、グループ／文化・芸能・スポーツ＞スポーツ＞サッカー

小説ブルーロック = BLUELOCK. 7／金城宗幸原作;ノ村優介絵;吉岡みつる文／講談社（講談社KK文庫）／2024年6月／ストーリー＞試合、競争、コンテスト、競合／学校・学園・学生・教育＞部活、サークル、クラブ／作品情報＞ノベライズ／文化・芸能・スポーツ＞スポーツ＞サッカー／暮らし・生活＞感情、心＞運

小説ブルーロック = BLUELOCK. 8／金城宗幸原作;ノ村優介絵;吉岡みつる文／講談社（講談社KK文庫）／2024年8月／ストーリー＞試合、競争、コンテスト、競合／学校・学園・学生・教育＞部活、サークル、クラブ／作品情報＞ノベライズ／人間関係＞チーム、パーティ、グループ／文化・芸能・スポーツ＞スポーツ＞サッカー

小説ブルーロック ＝BLUELOCK. 9／金城宗幸原作;ノ村優介絵;吉岡みつる文／講談社（講談社KK文庫）／2024年11月／ストーリー>試合、競争、コンテスト、競合／学校・学園・学生・教育>部活、サークル、クラブ／作品情報>ノベライズ／文化・芸能・スポーツ>スポーツ>サッカー

小説ブルーロック-EPISODE 凪-. 1／金城宗幸原作;三宮宏太絵;もえぎ桃文／講談社（講談社KK文庫）／2024年4月／ストーリー>試合、競争、コンテスト、競合／学校・学園・学生・教育>高校、高等専門学校、高校生、高専生／学校・学園・学生・教育>部活、サークル、クラブ／作品情報>ノベライズ／人間関係>チーム、パーティ、グループ／文化・芸能・スポーツ>スポーツ>サッカー

小説ブルーロック-EPISODE 凪-. 2／金城宗幸原作;三宮宏太絵;もえぎ桃文／講談社（講談社KK文庫）／2024年5月／ストーリー>試合、競争、コンテスト、競合／学校・学園・学生・教育>高校、高等専門学校、高校生、高専生／学校・学園・学生・教育>部活、サークル、クラブ／作品情報>ノベライズ／人間関係>チーム、パーティ、グループ／文化・芸能・スポーツ>スポーツ>サッカー

銀の鈴ものがたりの小径届く：アンソロジー―年刊短編童話アンソロジー；第7回／銀の鈴ものがたりの小径編集委員会編／銀の鈴社／2024年5月／キャラクター・立場>子ども、少年、少女／ストーリー>日常／作品情報>アンソロジー／自然・環境・宇宙>季節、四季>季節、四季一般／動物・生きもの>動物、生きもの一般

あの空にとどけ―文研ステップノベル／熊谷千世子作;かない絵／文研出版／2024年11月／ご当地もの>長野県／ストーリー>死、別れ／人間関係>家族>きょうだい／人間関係>祖父母／文化・芸能・スポーツ>文化、芸能>音楽>楽器>太鼓、ドラム／暮らし・生活>イベント、行事>引っ越し、移住

オリバーと金色の瞳. 上／栗須海作・絵／Rose of May／2024年5月／キャラクター・立場>子ども、少年、少女／ご当地もの>イギリス／ストーリー>異世界、架空・不思議の世界／ストーリー>冒険、旅／ストーリー>夢、野望、野心／人間関係>家族>きょうだい／動物・生きもの>イヌ

かくされた意味に気がつけるか?3分間ミステリー ＝Can you notice the hidden meaning? 3 minutes mystery：かさなる世界／恵莉ひなこ著／ポプラ社／2024年4月／ストーリー>ミステリー、サスペンス、謎解き／ストーリー>噂、スキャンダル／学校・学園・学生・教育>学校、学園、学生、教育一般／作品情報>短編集／暮らし・生活>感情、心>発見、驚き

かくされた意味に気がつけるか?3分間ミステリー ＝Can you notice the hidden meaning?3 minutes mystery：時渡りの鐘／恵莉ひなこ著／ポプラ社／2024年11月／キャラクター・立場>子ども、少年、少女／ストーリー>ミステリー、サスペンス、謎解き／作品情報>短編集／暮らし・生活>感情、心>発見、驚き／暮らし・生活>鈴、鐘

やらなくてもいい宿題：謎の転校生. 算数バトル編／結城真一郎作／主婦の友社／2024年8月／キャラクター・立場>名人、天才／ストーリー>ミステリー、サスペンス、謎解き／学校・学園・学生・教育>宿題、課題／学校・学園・学生・教育>小学校、小学生>小学校5・6年生／学校・学園・学生・教育>転校、転校生、編入／文化・芸能・スポーツ>文化、芸能>学問>数学、算数

人気者の如月くんは、私にウソコクするらしい／月瀬まは著;安芸緒絵／スターツ出版（野いちごジュニア文庫）／2024年2月／キャラクター・立場>スター、人気者／ストーリー>告白、カミングアウト／学校・学園・学生・教育>中学校、中学生／人間関係>恋愛／暮らし・生活>感情、心>うそ、でたらめ

最強クール男子は、本当はずっと溺愛中!?／月瀬まは著;間明田絵／スターツ出版（野いちごジュニア文庫）／2024年5月／キャラクター・立場>スター、人気者／学校・学園・学生・教育>中学校、中学生／人間関係>恋愛／暮らし・生活>感情、心>思いやり、親切、やさしさ／暮らし・生活>遊び>おまじない

かいけつゾロリいただき!!なぞのどデカダイアモンド―かいけつゾロリシリーズ；75／原ゆたかさく・え／ポプラ社（ポプラ社の新・小さな童話）／2024年12月／アイテム・能力>異能力、スキル、レベル、特技／アイテム・能力>宝石／キャラクター・立場>海賊、盗賊、泥棒、怪盗、義賊／ストーリー>キャラクター作品>かいけつゾロリ一般／ストーリー>コメディ／ストーリー>冒険、旅／動物・生きもの>キツネ／動物・生きもの>リス

マザー・ブレイクタイム：母は鬼、子は悪魔：絵本とコーヒーをともに／弦本あや華文;弦本ゆりか絵／文芸社／2024年12月／ストーリー>成長、克服、成り上がり／人間関係>家族>親子／文化・芸能・スポーツ>文化、芸能>絵本／暮らし・生活>育児、子育て>育児、子育て一般／暮らし・生活>感情、心>苦悩、葛藤／暮らし・生活>食べもの、飲みもの>茶、コーヒー

きさらぎさんちは今日もお天気―ティーンズ文学館／古都こいと作;酒井以絵／Gakken／2024年12月／学校・学園・学生・教育>小学校、小学生>小学校5・6年生／職業>鍼灸師／人間関係>家族>きょうだい／人間関係

＞家族＞ステップ・ファミリー／人間関係＞家族＞親子
おかしな転生：最強パティシエ異世界降臨. 5／古流望作;kaworu 絵;珠梨やすゆきキャラクター原案／TO ブックス（TO ジュニア文庫）／2024 年 3 月／キャラクター・立場＞貴族／キャラクター・立場＞子ども、少年、少女／ストーリー＞異世界、架空・不思議の世界／ストーリー＞異世界転生／暮らし・生活＞イベント、行事＞舞踏会、ダンスパーティー／暮らし・生活＞食べもの、飲みもの＞おやつ、お菓子＞おやつ、お菓子一般
ミリとふしぎなクスクスさん：パスタの国の革命―GO!GO!ブックス；7／戸森しるこ作;木村いこ絵／ポプラ社／2024 年 3 月／ストーリー＞異世界、架空・不思議の世界／ストーリー＞対立、抵抗／学校・学園・学生・教育＞小学校、小学生＞小学校３・４年生／人間関係＞チーム、パーティ、グループ／暮らし・生活＞食べもの、飲みもの＞食事＞スパゲッティ、パスタ
神々の集う生徒会：生徒会のイケメンたちが神様って本当ですか?／狐塚冬里著;白峰かなイラスト／PHP 研究所（PHP ジュニアノベル）／2024 年 6 月／キャラクター・立場＞美少女、美女／キャラクター・立場＞美少年、美男子、美青年／ストーリー＞事件、事故／ストーリー＞世界の神話＞ギリシア神話／学校・学園・学生・教育＞学校、学園、学生、教育一般／学校・学園・学生・教育＞生徒会、委員会
きみがキセキをくれたから. [3]／五十嵐美怜作;花芽宮るる絵／講談社（講談社青い鳥文庫）／2024 年 5 月／キャラクター・立場＞先輩、上司／ストーリー＞告白、カミングアウト／学校・学園・学生・教育＞中学校、中学生／学校・学園・学生・教育＞部活、サークル、クラブ／人間関係＞恋愛＞失恋
幕末レボリューション! [2]／五十嵐美怜作;雪丸ぬん絵／集英社（集英社みらい文庫）／2024 年 2 月／キャラクター・立場＞偉人、歴史上人物／ご当地もの＞江戸／ストーリー＞SF＞タイムトラベル、タイムスリップ、タイムループ、ワープ／学校・学園・学生・教育＞中学校、中学生／場所・建物・施設・設備＞道場、土俵／職業＞教師、講師、師匠、教授、准教授、家庭教師
西遊記. 16―斉藤洋の西遊記シリーズ；16／呉承恩作;斉藤洋文;広瀬弦絵／理論社／2024 年 3 月／キャラクター・立場＞孫悟空／ストーリー＞救出、救助／ストーリー＞世界の物語＞西遊記／ストーリー＞冒険、旅／自然・環境・宇宙＞山、森／場所・建物・施設・設備＞寺、神社、神殿
リトル☆バレリーナ = little ballerina. SP2／工藤純子作;佐々木メエ絵;村山久美子監修／Gakken／2024 年 3 月／ストーリー＞試合、競争、コンテスト、競合／学校・学園・学生・教育＞学校、学園、学生、教育一般／学校・学園・学生・教育＞留学／作品情報＞短編集／文化・芸能・スポーツ＞スポーツ＞ダンス、踊り＞バレエ
ひみつのとっくん／工藤純子作;田中六大絵／金の星社／2024 年 7 月／ストーリー＞修行、トレーニング、試練、練習／ストーリー＞秘密、隠し事、秘話／文化・芸能・スポーツ＞スポーツ＞鉄棒／暮らし・生活＞からだ、顔＞おしり／暮らし・生活＞感情、心＞苦手、弱点、気弱
のはらうた絵本／工藤直子詩;あべ弘士画／童話屋／2024 年 12 月／作品情報＞作品集／自然・環境・宇宙＞自然、環境、宇宙一般／自然・環境・宇宙＞天気、天候＞風／自然・環境・宇宙＞野原、平原、荒野／動物・生きもの＞虫＞虫一般／動物・生きもの＞動物、生きもの一般
星中バスケ部オレンジガール. [2]／広瀬未衣作;星屋ハイコ絵／集英社（集英社みらい文庫）／2024 年 1 月／キャラクター・立場＞先輩、上司／ストーリー＞修行、トレーニング、試練、練習／学校・学園・学生・教育＞中学校、中学生／学校・学園・学生・教育＞部活、サークル、クラブ／人間関係＞ライバル、仇／文化・芸能・スポーツ＞スポーツ＞バレーボール、バスケットボール
人間椅子―スラよみ!日本文学名作シリーズ；2／江戸川乱歩作;川北亮司現代語訳／理論社／2024 年 9 月／ストーリー＞ホラー、オカルト、グロテスク、怪談／ストーリー＞ミステリー、サスペンス、謎解き／ストーリー＞事件、事故／ストーリー＞日本の物語＞江戸川乱歩一般／作品情報＞短編集／暮らし・生活＞家具＞椅子
リアル鬼ごっこファイナル. 上／江坂純著;山田悠介原案・監修;さくしゃ２イラスト／小学館（小学館ジュニア文庫）／2024 年 7 月／アイテム・能力＞アクセサリー、ジュエリー＞首輪、ペンダント／キャラクター・立場＞鬼／ご当地もの＞東京都＞渋谷区＞渋谷／ストーリー＞サバイバル／ストーリー＞ホラー、オカルト、グロテスク、怪談／ストーリー＞脱出、逃亡、脱走／場所・建物・施設・設備＞駅、駅構内、停留所
リアル鬼ごっこファイナル. 下／江坂純著;山田悠介原案・監修;さくしゃ２イラスト／小学館（小学館ジュニア文庫）／2024 年 11 月／キャラクター・立場＞鬼／ご当地もの＞東京都＞渋谷区＞渋谷／ストーリー＞サバイバル／ストーリー＞ホラー、オカルト、グロテスク、怪談／ストーリー＞脱出、逃亡、脱走／職業＞博士、研究者、学者、発明家／人間関係＞仲間
きまぐれ未来寄席／江坂遊著;はしゃ絵／Gakken／2024 年 4 月／キャラクター・立場＞名人、天才／ストーリー＞

サイバー＞AI／ストーリー＞落語／作品情報＞短編集
出来損ないと呼ばれた元英雄は、実家から追放されたので好き勝手に生きることにした. 2／紅月シン作;柚希きひろ絵;ちょこ庵キャラクター原案／TO ブックス（TO ジュニア文庫）／2024 年 3 月／キャラクター・立場＞ヒーロー、勇者、英雄／キャラクター・立場＞モンスター、魔物、魔獣、怪物、怪獣、怪鳥／キャラクター・立場＞悪魔／ストーリー＞暗殺／ストーリー＞調査／ストーリー＞追放
出来損ないと呼ばれた元英雄は、実家から追放されたので好き勝手に生きることにした. 3／紅月シン作;柚希きひろ絵;ちょこ庵キャラクター原案／TO ブックス（TO ジュニア文庫）／2024 年 6 月／キャラクター・立場＞おばけ、幽霊、生霊／キャラクター・立場＞ゾンビ、ミイラ、死者／ストーリー＞失踪、誘拐、人身売買／人間関係＞叔父、伯父
見習い占い師ルキは解決したい!：友情とキセキのカード／荒井寛子著;三星たまイラスト／小学館（小学館ジュニア文庫）／2024 年 7 月／キャラクター・立場＞新人、新米、見習い／ストーリー＞問題解決／ストーリー＞友情／学校・学園・学生・教育＞小学校、小学生＞小学校５・６年生／学校・学園・学生・教育＞転校、転校生、編入／職業＞陰陽師、占い師／人間関係＞祖父母
もうひとつの『ピーター・パン』：キャプテン・フックの誕生―Disney VILLAINS／講談社編;ローリー・ラングドン著;岡田好惠訳／講談社（講談社 KK 文庫）／2024 年 5 月／キャラクター・立場＞海賊、盗賊、泥棒、怪盗、義賊／ストーリー＞キャラクター作品＞ディズニー、PIXAR 一般／ストーリー＞冒険、旅／乗りもの＞船、ヨット＞海賊船／人間関係＞仲間／人間関係＞恋愛
ディズニープリンセスなんども読みたい 13 人のおはなし／講談社編;駒田文子構成・文／講談社／2024 年 10 月／アイテム・能力＞魔法、魔術、魔力、召喚術／キャラクター・立場＞王女、お姫様、女王、お妃／ストーリー＞キャラクター作品＞ディズニー、PIXAR 一般／ストーリー＞メルヘン／ストーリー＞世界の物語＞世界の物語一般／ストーリー＞夢、野望、野心／作品情報＞アンソロジー
本好きの下剋上. 第 3 部[2]／香月美夜作;椎名優絵／TO ブックス（TO ジュニア文庫）／2024 年 5 月／ストーリー＞異世界、架空・不思議の世界／ストーリー＞仕事／場所・建物・施設・設備＞印刷所／場所・建物・施設・設備＞孤児院、養護施設／人間関係＞家族＞養子、養女／文化・芸能・スポーツ＞文化、芸能＞文学、本
本好きの下剋上. 第 3 部[3]／香月美夜作;椎名優絵／TO ブックス（TO ジュニア文庫）／2024 年 10 月／キャラクター・立場＞孤児／ストーリー＞異世界、架空・不思議の世界／学校・学園・学生・教育＞宿題、課題／場所・建物・施設・設備＞寺、神社、神殿
わがしやパンダ―福音館創作童話シリーズ／香桃もこ作;服部美法絵／福音館書店／2024 年 4 月／場所・建物・施設・設備＞お店＞菓子店、洋菓子店＞和菓子店／動物・生きもの＞パンダ／暮らし・生活＞感情、心＞人気、評判／暮らし・生活＞食べもの、飲みもの＞おやつ、お菓子＞おやつ、お菓子一般
ジョンの贈り物／高橋幸枝作;圭太絵／文芸社／2024 年 4 月／キャラクター・立場＞飼い主／人間関係＞家族＞家族一般／動物・生きもの＞イヌ／暮らし・生活＞ペット／暮らし・生活＞感情、心＞信頼、絆
ひなたとひかり. 6／高杉六花作;万冬しま絵／講談社（講談社青い鳥文庫）／2024 年 4 月／職業＞アイドル、地下アイドル／人間関係＞家族＞きょうだい／人間関係＞家族＞ふたご／人間関係＞恋愛／暮らし・生活＞イベント、行事＞クリスマス一般／暮らし・生活＞感情、心＞困惑、戸惑い
ひなたとひかり. 7／高杉六花作;万冬しま絵／講談社（講談社青い鳥文庫）／2024 年 7 月／ストーリー＞身代わり、代役、代行／職業＞アイドル、地下アイドル／人間関係＞家族＞ふたご／文化・芸能・スポーツ＞文化、芸能＞音楽＞歌／暮らし・生活＞イベント、行事＞オーディション、選考会
ひなたとひかり. 8／高杉六花作;万冬しま絵／講談社（講談社青い鳥文庫）／2024 年 11 月／ストーリー＞噂、スキャンダル／学校・学園・学生・教育＞中学校、中学生／職業＞アイドル、地下アイドル／人間関係＞家族＞ふたご／暮らし・生活＞イベント、行事＞オーディション、選考会
溺愛チャレンジ!：恋愛ぎらいな私が、学園のモテ男子と秘密の婚約!?／高杉六花著;いのうえひなこ絵／スターツ出版（野いちごジュニア文庫）／2024 年 3 月／キャラクター・立場＞同僚、同級生／ストーリー＞偽り、偽装＞恋人、配偶者のふり／ストーリー＞秘密、隠し事、秘話／学校・学園・学生・教育＞中学校、中学生／人間関係＞恋愛
学園トップ男子の溺愛は配信禁止です!―取り扱い注意最強男子シリーズ／高杉六花著;カトウロカ絵／スターツ出版（野いちごジュニア文庫）／2024 年 8 月／キャラクター・立場＞スター、人気者／キャラクター・立場＞居候、同居人／ストーリー＞サイバー＞動画投稿、YouTube／学校・学園・学生・教育＞学校、学園、学生、教育一般

／学校・学園・学生・教育＞中学校、中学生／職業＞動画実況者、ゲーム実況者、YouTuber／文化・芸能・スポーツ＞文化、芸能＞音楽＞楽器＞ピアノ

星のカービィ. プププ温泉はいい湯だな♪の巻／高瀬美恵作;苅野タウ;ぽと絵／KADOKAWA（角川つばさ文庫）／2024年3月／キャラクター・立場＞モンスター、魔物、魔獣、怪物、怪獣、怪鳥／ストーリー＞キャラクター作品＞キャラクター作品一般／ストーリー＞異世界、架空・不思議の世界／ストーリー＞建築、工事／自然・環境・宇宙＞自然、環境、宇宙一般／場所・建物・施設・設備＞温泉、浴室、銭湯、湯治場

星のカービィ. メタナイトと魔石の怪物／高瀬美恵作;苅野タウ;ぽと絵／KADOKAWA（角川つばさ文庫）／2024年7月／キャラクター・立場＞モンスター、魔物、魔獣、怪物、怪獣、怪鳥／ストーリー＞SF／ストーリー＞キャラクター作品＞キャラクター作品一般／ストーリー＞バトル、奇襲、戦闘、抗争／ストーリー＞異世界、架空・不思議の世界／自然・環境・宇宙＞海／自然・環境・宇宙＞惑星

グリーンデイズ―ステップノベル／高田由紀子作;酒井以絵／文研出版／2024年5月／ご当地もの＞新潟県＞佐渡市／ご当地もの＞東京都／学校・学園・学生・教育＞勉強＞試験、受験／人間関係＞親戚／暮らし・生活＞イベント、行事＞外泊、旅行、ツアー／暮らし・生活＞感情、心＞羨望、憧れ

わたしたちの帽子／高楼方子作;出久根育絵／フレーベル館／2024年1月／ストーリー＞SF＞タイムトラベル、タイムスリップ、タイムループ、ワープ／学校・学園・学生・教育＞小学校、小学生＞小学校３・４年生／場所・建物・施設・設備＞ビル／暮らし・生活＞イベント、行事＞春休み／暮らし・生活＞ファッション、おしゃれ、身だしなみ＞帽子、頭巾

地頭がよくなり生きる力がつく日本の昔ばなし25／高濱正伸監修／西東社／2024年6月／ストーリー＞日本の物語＞いっすんぼうし／ストーリー＞日本の物語＞ももたろう／ストーリー＞日本の物語＞日本の物語一般／作品情報＞短編集

Sweet & Bitter：甘いだけじゃない４つの恋のストーリー. [1]／合田文監修;中島梨絵絵／岩崎書店／2024年11月／ストーリー＞秘密、隠し事、秘話／作品情報＞アンソロジー／人間関係＞ハーレム、逆ハーレム、三角関係／人間関係＞恋愛／暮らし・生活＞食べもの、飲みもの＞おやつ、お菓子＞おやつ、お菓子一般／暮らし・生活＞食べもの、飲みもの＞おやつ、お菓子＞クレープ

Sweet & Bitter：甘いだけじゃない４つの恋のストーリー. [2]／合田文監修;中島梨絵絵／岩崎書店／2024年11月／作品情報＞アンソロジー／人間関係＞恋愛／暮らし・生活＞食べもの、飲みもの＞おやつ、お菓子＞おやつ、お菓子一般／暮らし・生活＞食べもの、飲みもの＞茶、コーヒー

Sweet & Bitter：甘いだけじゃない４つの恋のストーリー. [3]／合田文監修;中島梨絵絵／岩崎書店／2024年11月／ストーリー＞サイバー＞インターネット、SNS、メール、ブログ／作品情報＞アンソロジー／人間関係＞恋愛／暮らし・生活＞食べもの、飲みもの＞おやつ、お菓子＞あめ、金平糖／暮らし・生活＞食べもの、飲みもの＞おやつ、お菓子＞おやつ、お菓子一般

夢船／合田芳弘著／美巧社／2024年7月／キャラクター・立場＞子ども、少年、少女／ストーリー＞SF＞タイムトラベル、タイムスリップ、タイムループ、ワープ／ストーリー＞成長、克服、成り上がり／ストーリー＞夢、野望、野心／ストーリー＞歴史、時代もの

初×婚：まんがノベライズ. [3]／黒崎みのり原作/絵;五十嵐美怜著／集英社（集英社みらい文庫）／2024年1月／学校・学園・学生・教育＞学校、学園、学生、教育一般／学校・学園・学生・教育＞宿題、課題／作品情報＞ノベライズ／人間関係＞夫婦、結婚、結婚生活／人間関係＞恋愛

SCPハンター：シャイガイを確保せよ!／黒史郎作;古澤あつし絵／ポプラ社（ポプラキミノベル）／2024年12月／キャラクター・立場＞モンスター、魔物、魔獣、怪物、怪獣、怪鳥／ストーリー＞異世界、架空・不思議の世界／ストーリー＞使命、任務／ストーリー＞脱出、逃亡、脱走／職業＞ハンター、狩人

世にもこわい博物館：5分でゾッとする結末／黒史郎著／講談社／2024年7月／ストーリー＞ホラー、オカルト、グロテスク、怪談／学校・学園・学生・教育＞小学校、小学生一般／作品情報＞短編集／場所・建物・施設・設備＞博物館／暮らし・生活＞感情、心＞くせ、習慣／暮らし・生活＞感情、心＞恐怖

風花、推してまいる!／黒川裕子作;タカハシノブユキ絵／岩崎書店／2024年8月／学校・学園・学生・教育＞学校、学園、学生、教育一般／学校・学園・学生・教育＞小学校、小学生＞小学校５・６年生／学校・学園・学生・教育＞転校、転校生、編入／文化・芸能・スポーツ＞文化、芸能＞演劇、ミュージカル、劇団

ゴースト・イン・ザ・プリズム／黒田八束／Hibiuta and Company 日々詩編集室／2024年11月／キャラクター・立場＞ロボット、アンドロイド／キャラクター・立場＞発達障害＞自閉症スペクトラム／ストーリー＞噂、スキ

ャンダル／ストーリー＞冒険、旅／学校・学園・学生・教育＞中学校、中学生／人間関係＞叔母、伯母／暮らし・生活＞イベント、行事＞夏休み、バカンス、長期休暇

チカクサク―くもんの児童文学／今井恭子作;いとうあつき画／くもん出版／2024年10月／キャラクター・立場＞子ども、少年、少女／ストーリー＞再起、回復、復活／ストーリー＞事件、事故／人間関係＞家族＞きょうだい／人間関係＞叔父、伯父／暮らし・生活＞感情、心＞後悔／暮らし・生活＞感情、心＞悲しみ、落胆

アメリカから来た友情人形／今関信子作;双森文絵／新日本出版社／2024年8月／アイテム・能力＞プレゼント、お土産／アイテム・能力＞玩具、人形、フィギュア、ぬいぐるみ／ストーリー＞調査／ストーリー＞友情／学校・学園・学生・教育＞小学校、小学生＞小学校5・6年生

犬にかまれたチイちゃん、動物のおいしゃさんになる／今西乃子作;あたちたち絵／岩崎書店／2024年7月／キャラクター・立場＞子ども、少年、少女／ストーリー＞仕事／ストーリー＞病気、怪我、医療／職業＞獣医／動物・生きもの＞イヌ／暮らし・生活＞感情、心＞謝罪

こぎつねキッペのそらのたび／今村葦子作;降矢奈々絵／ポプラ社（子どもたちにつたえたい傑作選）／2024年4月／ストーリー＞冒険、旅／自然・環境・宇宙＞空／自然・環境・宇宙＞木、樹木＞ヤナギ／動物・生きもの＞キツネ

死神はお断りです! [2]／紺谷綾作;小鳩ぐみ絵／集英社（集英社みらい文庫）／2024年4月／キャラクター・立場＞死神／ストーリー＞救出、救助／ストーリー＞死、別れ／ストーリー＞問題解決／学校・学園・学生・教育＞中学校、中学生／人間関係＞友達

みちのく妖怪ツアー. 宝探し編／佐々木ひとみ;野泉マヤ;堀米薫作;東京モノノケ絵／新日本出版社／2024年7月／キャラクター・立場＞子ども、少年、少女／キャラクター・立場＞妖怪／ストーリー＞あやかし、憑依、擬人化／ストーリー＞ホラー、オカルト、グロテスク、怪談／暮らし・生活＞遊び＞宝探し

エイ・エイ・オー!：ぼくが足軽だった夏／佐々木ひとみ作;浮雲宇一絵／新日本出版社／2024年6月／キャラクター・立場＞侍、武将、武士、大名、武人／ご当地もの＞宮城県＞仙台市／学校・学園・学生・教育＞小学校、小学生＞小学校5・6年生／自然・環境・宇宙＞季節、四季＞夏／暮らし・生活＞イベント、行事＞夏休み、バカンス、長期休暇

歩く。凸凹探偵チーム／佐々木志穂美作;よん絵／KADOKAWA（角川つばさ文庫）／2024年2月／キャラクター・立場＞子ども、少年、少女／キャラクター・立場＞発達障害＞自閉症スペクトラム／ストーリー＞ミステリー、サスペンス、謎解き／職業＞探偵／人間関係＞チーム、パーティ、グループ

転ぶ。凸凹探偵チーム／佐々木志穂美作;よん絵／KADOKAWA（角川つばさ文庫）／2024年8月／キャラクター・立場＞子ども、少年、少女／キャラクター・立場＞発達障害＞自閉症スペクトラム／ストーリー＞ミステリー、サスペンス、謎解き／職業＞探偵／人間関係＞いとこ／人間関係＞チーム、パーティ、グループ

ときめき☆ダイアリー!：「好きな人」なんて、覚えてません! 1／佐織えり作;夕陽みか絵／KADOKAWA（角川つばさ文庫）／2024年10月／アイテム・能力＞手紙、日記、メモ／ストーリー＞さがしもの、人探し／ストーリー＞記憶喪失、忘却、失念／学校・学園・学生・教育＞中学校、中学生／人間関係＞恋愛

どこかがおかしい／佐東みどり;にかいどう青;緑川聖司著／PHP研究所／2024年3月／ストーリー＞ホラー、オカルト、グロテスク、怪談／ストーリー＞ミステリー、サスペンス、謎解き／作品情報＞短編集／文化・芸能・スポーツ＞文化、芸能＞写真

科学探偵vs.不死身の黒魔術師―科学探偵謎野真実シリーズ／佐東みどり;石川北二;木滝りま;田中智章作;kotona絵／朝日新聞出版／2024年2月／キャラクター・立場＞犯人、凶悪犯罪者、囚人／キャラクター・立場＞魔法使い、魔導士、魔術師／ストーリー＞ミステリー、サスペンス、謎解き／ストーリー＞脱出、逃亡、脱走／職業＞探偵／文化・芸能・スポーツ＞文化、芸能＞学問＞科学、化学／暮らし・生活＞感情、心＞恐怖

呪ワレタ少年. 2／佐東みどり;鶴田法男作;なこ絵／KADOKAWA（角川つばさ文庫）／2024年2月／キャラクター・立場＞子ども、少年、少女／ストーリー＞ホラー、オカルト、グロテスク、怪談／ストーリー＞災い、災難、たたり／ストーリー＞呪い、呪術、呪文、祟り／ストーリー＞秘密、隠し事、秘話／ストーリー＞冒険、旅

呪ワレタ少年. 3／佐東みどり;鶴田法男作;なこ絵／KADOKAWA（角川つばさ文庫）／2024年7月／キャラクター・立場＞子ども、少年、少女／ストーリー＞バトル、奇襲、戦闘、抗争／ストーリー＞ホラー、オカルト、グロテスク、怪談／ストーリー＞噂、スキャンダル／ストーリー＞災い、災難、たたり／ストーリー＞呪い、呪術、呪文、祟り／ストーリー＞冒険、旅

恐怖コレクター. 巻ノ23／佐東みどり;鶴田法男作;よん絵／KADOKAWA（角川つばさ文庫）／2024年5月／スト

ーリー＞ホラー、オカルト、グロテスク、怪談／ストーリー＞再会／ストーリー＞呪い、呪術、呪文、祟り／ストーリー＞迷信、伝説／暮らし・生活＞感情、心＞恐怖

恐怖コレクター. 巻ノ24／佐東みどり;鶴田法男作よん絵／KADOKAWA（角川つばさ文庫）／2024年10月／アイテム・能力＞コレクション／ストーリー＞ホラー、オカルト、グロテスク、怪談／ストーリー＞迷信、伝説／人間関係＞友達／暮らし・生活＞感情、心＞恐怖

科学探偵VS.幽霊船の海賊―科学探偵謎野真実シリーズ／佐東みどりほか作kotona絵／朝日新聞出版／2024年7月／キャラクター・立場＞おばけ、幽霊、生霊／キャラクター・立場＞海賊、盗賊、泥棒、怪盗、義賊／ストーリー＞お金、財宝、財産、お宝／ストーリー＞ミステリー、サスペンス、謎解き／ストーリー＞迷信、伝説／乗りもの＞船、ヨット＞海賊船／職業＞探偵

科学探偵vs.終末の大予言. 前編―科学探偵謎野真実シリーズ／佐東みどりほか作kotona絵／朝日新聞出版／2024年11月／キャラクター・立場＞子ども、少年、少女／ストーリー＞ミステリー、サスペンス、謎解き／ストーリー＞噂、スキャンダル／ストーリー＞失踪、誘拐、人身売買／ストーリー＞予言、予報、予告／職業＞探偵／文化・芸能・スポーツ＞文化、芸能＞学問＞科学、化学

怪帰師のお仕事. 3／佐東みどり作榎のと絵／アルファポリス 星雲社（アルファポリスきずな文庫）／2024年1月／キャラクター・立場＞美少年、美男子、美青年／ストーリー＞あやかし、憑依、擬人化／ストーリー＞ホラー、オカルト、グロテスク、怪談／ストーリー＞仕事／ストーリー＞使命、任務／学校・学園・学生・教育＞小学校、小学生＞小学校５・６年生／学校・学園・学生・教育＞転校、転校生、編入

怪帰師のお仕事. 4／佐東みどり作榎のと絵／アルファポリス 星雲社（アルファポリスきずな文庫）／2024年8月／キャラクター・立場＞モンスター、魔物、魔獣、怪物、怪獣、怪鳥／キャラクター・立場＞美少年、美男子、美青年／ストーリー＞ホラー、オカルト、グロテスク、怪談／ストーリー＞仕事／ストーリー＞使命、任務／ストーリー＞事件、事故／学校・学園・学生・教育＞転校、転校生、編入

変身：消えた少女と昆虫標本―文研ステップノベル／佐藤いつ子作かない絵／文研出版／2024年5月／キャラクター・立場＞子ども、少年、少女／ストーリー＞失踪、誘拐、人身売買／ストーリー＞変身、変形、変装／人間関係＞家族＞家族一般／人間関係＞友達／動物・生きもの＞虫＞虫一般／暮らし・生活＞感情、心＞羨望、憧れ

透明なルール／佐藤いつ子著／KADOKAWA／2024年4月／ストーリー＞ルール、マナー、掟／ストーリー＞交流／学校・学園・学生・教育＞生徒会、委員会／学校・学園・学生・教育＞中学校、中学生／学校・学園・学生・教育＞転校、転校生、編入／学校・学園・学生・教育＞登校拒否、不登校

うちのキチント星人／佐藤まどか作中田いくみ絵／フレーベル館（ものがたりの庭）／2024年7月／キャラクター・立場＞居候、同居人／学校・学園・学生・教育＞小学校、小学生＞小学校３・４年生／人間関係＞親戚／暮らし・生活＞感情、心＞くせ、習慣

インサイド＝INSIDE：この壁の向こうへ／佐藤まどか著／静山社／2024年1月／キャラクター・立場＞孤児／キャラクター・立場＞子ども、少年、少女／ストーリー＞移民／ストーリー＞格差／人間関係＞家族＞きょうだい／戦争と平和・災害・社会問題＞人権、差別、偏見

シロガラス. 6／佐藤多佳子著／偕成社／2024年11月／キャラクター・立場＞隣人、ご近所／ストーリー＞さがしもの、人探し／ストーリー＞失踪、誘拐、人身売買／ストーリー＞冒険、旅／場所・建物・施設・設備＞寺、神社、神殿／人間関係＞いとこ／人間関係＞家族＞親子

ようかいばあちゃんとようかいだんしゃく／最上一平作種村有希子絵／新日本出版社／2024年4月／自然・環境・宇宙＞季節、四季＞春／自然・環境・宇宙＞山、森／自然・環境・宇宙＞畑、田んぼ、田園／人間関係＞曾祖父母／暮らし・生活＞イベント、行事＞外泊、旅行、ツアー

ようかいばあちゃんちのおおまがどき／最上一平作種村有希子絵／新日本出版社／2024年7月／自然・環境・宇宙＞季節、四季＞夏／人間関係＞曾祖父母／暮らし・生活＞イベント、行事＞夏休み、バカンス、長期休暇／暮らし・生活＞雨やどり

ようかいばあちゃんと子ようかいすみれちゃん／最上一平作種村有希子絵／新日本出版社／2024年9月／キャラクター・立場＞子ども、少年、少女／キャラクター・立場＞弟子、後輩、部下、助手、家来、家臣／キャラクター・立場＞妖怪／ストーリー＞修行、トレーニング、試練、練習／自然・環境・宇宙＞季節、四季＞秋／人間関係＞曾祖父母／暮らし・生活＞イベント、行事＞外泊、旅行、ツアー

どろだんご小太郎／彩夏香／文芸社（文芸社セレクション）／2024年6月／ストーリー＞日本の物語＞日本の物語一般／学校・学園・学生・教育＞校庭／自然・環境・宇宙＞天気、天候＞雨／自然・環境・宇宙＞土、泥／場

所・建物・施設・設備＞坂
正射必中!弓道部—こんな部活あります／斎藤貴男作おとないちあき絵／新日本出版社／2024年3月／ストーリー＞修行、トレーニング、試練、練習／学校・学園・学生・教育＞部活、サークル、クラブ／文化・芸能・スポーツ＞スポーツ＞弓道／文化・芸能・スポーツ＞スポーツ＞野球／暮らし・生活＞感情、心＞発見、驚き
にげだしたガイコツくん／斎藤菖子え・ぶん／文芸社／2024年7月／キャラクター・立場＞どくろ、がいこつ／ストーリー＞脱出、逃亡、脱走／暮らし・生活＞感情、心＞苦手、弱点、気弱／暮らし・生活＞食べもの、飲みもの＞飲みもの一般／暮らし・生活＞食べもの、飲みもの＞牛乳、ミルク
転校生はおんみょうじ!／咲間咲良作riri絵／アルファポリス 星雲社（アルファポリスきずな文庫）／2024年11月／アイテム・能力＞霊感、幽体離脱／キャラクター・立場＞鬼／キャラクター・立場＞美少年、美男子、美青年／学校・学園・学生・教育＞小学校、小学生＞小学校5・6年生／学校・学園・学生・教育＞転校、転校生、編入／職業＞陰陽師、占い師
ときめき虹色ライフ：ないしょで子どもぐらしはじめます! 1／皐月なおみ作森乃なっぱ絵／アルファポリス 星雲社（アルファポリスきずな文庫）／2024年4月／キャラクター・立場＞子ども、少年、少女／ストーリー＞秘密、隠し事、秘話／学校・学園・学生・教育＞小学校、小学生＞小学校5・6年生／人間関係＞家族＞きょうだい
ときめき虹色ライフ. 2／皐月なおみ作森乃なっぱ絵／アルファポリス 星雲社（アルファポリスきずな文庫）／2024年9月／ストーリー＞秘密、隠し事、秘話／学校・学園・学生・教育＞小学校、小学生＞小学校5・6年生／人間関係＞家族＞きょうだい／暮らし・生活＞イベント、行事＞夏休み、バカンス、長期休暇
ほっといて下さい：従魔とチートライフ楽しみたい! 4／三園七詩作あめや絵／アルファポリス 星雲社（アルファポリスきずな文庫）／2024年1月／キャラクター・立場＞モンスター、魔物、魔獣、怪物、怪獣、怪鳥／キャラクター・立場＞子ども、少年、少女／キャラクター・立場＞冒険者、旅人／ストーリー＞チート／ストーリー＞異世界転生／人間関係＞仲間
ふしぎ町のふしぎレストラン. 7／三田村信行作あさくらまや絵／あかね書房／2024年1月／アイテム・能力＞魔法、魔術、魔力、召喚術／キャラクター・立場＞鬼／自然・環境・宇宙＞夜／場所・建物・施設・設備＞お店＞レストラン、飲食店、食堂／職業＞料理人、パティシエ、菓子職人／動物・生きもの＞ヒツジ／動物・生きもの＞ライオン
ふしぎ町のふしぎレストラン. 8／三田村信行作あさくらまや絵／あかね書房／2024年11月／アイテム・能力＞魔法、魔術、魔力、召喚術／ストーリー＞料理／場所・建物・施設・設備＞お店＞レストラン、飲食店、食堂／職業＞料理人、パティシエ、菓子職人／動物・生きもの＞ライオン／暮らし・生活＞感情、心＞疑問、悩み
キャベたまたんていてんぐ山で七ふしぎ—キャベたまたんていシリーズ／三田村信行作宮本えつよし絵／金の星社／2024年7月／キャラクター・立場＞天狗／ストーリー＞ミステリー、サスペンス、謎解き／自然・環境・宇宙＞山、森／暮らし・生活＞遊び＞ピクニック、遠足、キャンプ、ハイキング
十四才の娘のための源氏物語：いつの日か、君が原文に挑むことを願いつつ／三輪純也著／銀河書籍／2024年10月／キャラクター・立場＞偉人、歴史上人物／キャラクター・立場＞王女、お姫様、女王、お妃／キャラクター・立場＞貴族／ストーリー＞日本の古典一般／暮らし・生活＞感情、心＞羨望、憧れ
好きでも嫌いなあまのじゃく／三國月々子文;YUME挿絵;柴山智隆;コロリド・ツインエンジン原作／KADOKAWA（角川つばさ文庫）／2024年5月／キャラクター・立場＞鬼／キャラクター・立場＞子ども、少年、少女／ストーリー＞さがしもの、人探し／ストーリー＞異世界、架空・不思議の世界／ストーリー＞事件、事故／ストーリー＞秘密、隠し事、秘話
直紀とふしぎな庭／山下みゆき作もなか絵／静山社／2024年1月／キャラクター・立場＞子ども、少年、少女／ストーリー＞出会い／ストーリー＞成長、克服、成り上がり／場所・建物・施設・設備＞庭／人間関係＞叔父、伯父
直紀とひみつの鏡池／山下みゆき作もなか絵／静山社／2024年12月／キャラクター・立場＞おじさん／キャラクター・立場＞子ども、少年、少女／キャラクター・立場＞透明人間／ストーリー＞秘密、隠し事、秘話／自然・環境・宇宙＞湖、池、沼
いかだネコG氏12のぼうけん—読書の時間；22／山下明生作高畠那生絵／あかね書房／2024年10月／ご当地もの＞中国地方／ストーリー＞漁業＞養殖／ストーリー＞仕事／自然・環境・宇宙＞海／動物・生きもの＞ネコ／動物・生きもの＞魚、貝＞タイ

マメクジラくん、海へいく／山下明生文;村上康成絵／偕成社／2024年9月／ストーリー＞冒険、旅／自然・環境・宇宙＞海／人間関係＞家族＞家族一般／人間関係＞親戚／動物・生きもの＞クジラ／動物・生きもの＞虫＞ナメクジ

おいら、すてネコ『たまご』です—文研ブックランド／山口理作;こがしわかおり絵／文研出版／2024年6月／キャラクター・立場＞飼い主／動物・生きもの＞ネコ／暮らし・生活＞ペット／暮らし・生活＞育児、子育て＞家出／暮らし・生活＞感情、心＞不機嫌、反抗、不安

しょうがっこうが、きらいです!／山本悦子作;佐藤真紀子絵／あかね書房／2024年6月／学校・学園・学生・教育＞小学校、小学生＞小学校1・2年生／人間関係＞友達／暮らし・生活＞感情、心＞疑問、悩み／暮らし・生活＞感情、心＞苦手、弱点、気弱／暮らし・生活＞遊び＞しゃぼんだま

かたづけ大作戦／志津栄子作;森川泉絵／金の星社／2024年6月／人間関係＞家族＞親子／人間関係＞友達／暮らし・生活＞感情、心＞愛、愛情／暮らし・生活＞感情、心＞信頼、絆／暮らし・生活＞掃除、清掃

ぼくの色、見つけた!／志津栄子作;末山りん絵／講談社（講談社文学の扉）／2024年5月／ストーリー＞障がい／自然・環境・宇宙＞色彩、色／職業＞教師、講師、師匠、教授、准教授、家庭教師／人間関係＞家族＞親子／文化・芸能・スポーツ＞文化、芸能＞美術、芸術＞絵

いのちのつぼみ／志津谷元子著／偕成社／2024年9月／ストーリー＞事件、事故／学校・学園・学生・教育＞専門学校、大学、専門学校生、大学生、大学院生／学校・学園・学生・教育＞中学校、中学生／人間関係＞いとこ／暮らし・生活＞命

54字の物語. 12—意味がわかるとゾクゾクする超短編小説／氏田雄介編著;武田侑大絵／PHP研究所／2024年5月／作品情報＞短編集／自然・環境・宇宙＞木、樹木＞サクラ／暮らし・生活＞イベント、行事＞お正月＞お年玉／暮らし・生活＞イベント、行事＞お盆／暮らし・生活＞イベント、行事＞行事一般

源氏物語：光る君とみやびなる姫たち／紫式部作;藤咲あゆな訳;マルイノ絵／集英社（集英社みらい文庫）／2024年5月／キャラクター・立場＞偉人、歴史上人物／キャラクター・立場＞王女、お姫様、女王、お妃／キャラクター・立場＞皇子、皇女／ストーリー＞日本の古典一般／暮らし・生活＞感情、心＞羨望、憧れ

5分後に恋がはじまる—5分シリーズ／似鳥鶏編著／河出書房新社／2024年10月／ストーリー＞秘密、隠し事、秘話／学校・学園・学生・教育＞学校、学園、学生、教育一般／作品情報＞短編集／人間関係＞恋愛

わかったさんのスイートポテト—わかったさんのあたらしいおかしシリーズ；1／寺村輝夫原案;永井郁子作絵／あかね書房／2024年9月／人間関係＞仲間／暮らし・生活＞イベント、行事＞いもほり、やきいも／暮らし・生活＞食べもの、飲みもの＞おやつ、お菓子＞スイートポテト／暮らし・生活＞食べもの、飲みもの＞野菜＞サツマイモ

〈小説〉言えない秘密 = Secret／時海結以著／講談社（講談社KK文庫）／2024年6月／ストーリー＞失踪、誘拐、人身売買／ストーリー＞秘密、隠し事、秘話／学校・学園・学生・教育＞専門学校、大学、専門学校生、大学生、大学院生／作品情報＞ノベライズ／人間関係＞恋愛／文化・芸能・スポーツ＞文化、芸能＞音楽＞楽器＞ピアノ

映画クレヨンしんちゃんオラたちの恐竜日記／蒔田陽平ノベライズ;臼井儀人原作;佐々木忍監督;モラル脚本／双葉社（双葉社ジュニア文庫）／2024年8月／キャラクター・立場＞幼稚園児、保育園児／ストーリー＞キャラクター作品＞クレヨンしんちゃんシリーズ一般／作品情報＞ノベライズ／場所・建物・施設・設備＞遊園地、テーマパーク／動物・生きもの＞イヌ／動物・生きもの＞恐竜

キミにはないしょ! [5]／汐月うた作;こきち絵／集英社（集英社みらい文庫）／2024年2月／アイテム・能力＞手紙、日記、メモ＞交換日記／キャラクター・立場＞スター、人気者／学校・学園・学生・教育＞卒業／人間関係＞恋愛／暮らし・生活＞感情、心＞不機嫌、反抗、不安

ひまわりが咲く頃、君と最後の恋をした／汐月うた著;福きつね絵／スターツ出版（野いちごジュニア文庫）／2024年11月／キャラクター・立場＞先輩、上司／学校・学園・学生・教育＞中学校、中学生／人間関係＞恋愛／文化・芸能・スポーツ＞文化、芸能＞美術、芸術＞絵／暮らし・生活＞運命、宿命

あの星が降る丘で、君とまた出会いたい。／汐見夏衛著;三湊かおり絵／スターツ出版（野いちごジュニア文庫）／2024年8月／キャラクター・立場＞同僚、同級生／ストーリー＞告白、カミングアウト／ストーリー＞出会い／学校・学園・学生・教育＞中学校、中学生／学校・学園・学生・教育＞転校、転校生、編入／人間関係＞恋愛

おばあちゃんのぞうきん：鹿石八千代児童文学集／鹿石八千代著／文芸社／2024年7月／ストーリー＞成長、克服、成り上がり／人間関係＞家族＞家族一般／人間関係＞祖父母／暮らし・生活＞感情、心＞愛、愛情／暮ら

し・生活＞感情、心＞信頼、絆／暮らし・生活＞知恵
サキヨミ! 11／七海まち作駒形絵／KADOKAWA（角川つばさ文庫）／2024年3月／アイテム・能力＞異能力、スキル、レベル、特技／ストーリー＞再会／ストーリー＞病気、怪我、医療／学校・学園・学生・教育＞中学校、中学生／学校・学園・学生・教育＞転校、転校生、編入／人間関係＞家族＞親子／人間関係＞恋愛
サキヨミ! 12／七海まち作駒形絵／KADOKAWA（角川つばさ文庫）／2024年6月／アイテム・能力＞異能力、スキル、レベル、特技／ストーリー＞事件、事故／学校・学園・学生・教育＞中学校、中学生／学校・学園・学生・教育＞部活、サークル、クラブ／人間関係＞恋愛／文化・芸能・スポーツ＞文化、芸能＞美術、芸術／暮らし・生活＞イベント、行事＞バレンタイン
サキヨミ! 13／七海まち作駒形絵／KADOKAWA（角川つばさ文庫）／2024年10月／アイテム・能力＞異能力、スキル、レベル、特技／学校・学園・学生・教育＞中学校、中学生／人間関係＞恋愛／暮らし・生活＞イベント、行事＞行事一般／暮らし・生活＞感情、心＞信頼、絆
アオくんは猫男子：モフれる子、見つけた!?／七海まち著;ななミツイラスト／PHP研究所（PHPジュニアノベル）／2024年4月／キャラクター・立場＞同僚、同級生／学校・学園・学生・教育＞中学校、中学生／人間関係＞友達／動物・生きもの＞ネコ
ふたごチャレンジ! 7／七都にい作;しめ子絵／KADOKAWA（角川つばさ文庫）／2024年3月／ストーリー＞挑戦／学校・学園・学生・教育＞小学校、小学生一般／人間関係＞家族＞ふたご／人間関係＞友達／暮らし・生活＞食べもの、飲みもの＞おやつ、お菓子＞チョコレート
ふたごチャレンジ! 8／七都にい作;しめ子絵／KADOKAWA（角川つばさ文庫）／2024年7月／学校・学園・学生・教育＞小学校、小学生一般／学校・学園・学生・教育＞卒業／学校・学園・学生・教育＞部活、サークル、クラブ／人間関係＞家族＞ふたご／文化・芸能・スポーツ＞文化、芸能＞美術、芸術＞絵
ストピトラベラー花美 = Street Piano Traveler Hanami. 3／柴野理奈子作;まつだひかり絵;ハラミちゃん監修／Gakken／2024年7月／アイテム・能力＞魔法、魔術、魔力、召喚術／ストーリー＞異世界、架空・不思議の世界／学校・学園・学生・教育＞小学校、小学生＞小学校5・6年生／自然・環境・宇宙＞山、森／文化・芸能・スポーツ＞文化、芸能＞音楽＞楽器＞ピアノ
おチビがうちにやってきた! [10]／柴野理奈子作;福きつね絵／集英社（集英社みらい文庫）／2024年4月／アイテム・能力＞異能力、スキル、レベル、特技／キャラクター・立場＞美少年、美男子、美青年／ストーリー＞予言、予報、予告／学校・学園・学生・教育＞小学校、小学生＞小学校5・6年生／場所・建物・施設・設備＞遊園地、テーマパーク／暮らし・生活＞遊び＞ピクニック、遠足、キャンプ、ハイキング
おチビがうちにやってきた! [11]／柴野理奈子作;福きつね絵／集英社（集英社みらい文庫）／2024年9月／アイテム・能力＞異能力、スキル、レベル、特技／キャラクター・立場＞幼稚園児、保育園児／ストーリー＞予言、予報、予告／学校・学園・学生・教育＞小学校、小学生＞小学校5・6年生／自然・環境・宇宙＞季節、四季＞冬／暮らし・生活＞イベント、行事＞クリスマス一般
プロジェクト・モリアーティ = PROJECT MORIARTY：絶対に成績が上がる塾. 01／斜線堂有紀著;kaworu絵／朝日新聞出版（ナゾノベル）／2024年4月／ストーリー＞ミステリー、サスペンス、謎解き／ストーリー＞救出、救助／ストーリー＞捜査、捜索、潜入／ストーリー＞頭脳、心理戦、対決／学校・学園・学生・教育＞転校、転校生、編入／暮らし・生活＞からだ、顔＞意識、記憶、思い出
プロジェクト・モリアーティ = PROJECT MORIARTY. 02／斜線堂有紀著;kaworu絵／朝日新聞出版（ナゾノベル）／2024年12月／キャラクター・立場＞死神／ストーリー＞ミステリー、サスペンス、謎解き／ストーリー＞正義／ストーリー＞捜査、捜索、潜入／職業＞探偵／人間関係＞バディ、コンビ／暮らし・生活＞イベント、行事＞体育祭、運動会
恋したら、料理男子にかこまれました. 1／若奈ちさ作;池田春香絵／アルファポリス 星雲社（アルファポリスきずな文庫）／2024年4月／キャラクター・立場＞美少年、美男子、美青年／ストーリー＞料理／学校・学園・学生・教育＞中学校、中学生／人間関係＞ハーレム、逆ハーレム、三角関係／人間関係＞恋愛
名探偵コナン：怪盗キッドセレクション月下の幻像／酒井匙著;青山剛昌原作・イラスト／小学館（小学館ジュニア文庫）／2024年4月／アイテム・能力＞宝石／キャラクター・立場＞海賊、盗賊、泥棒、怪盗、義賊／ストーリー＞キャラクター作品＞キャラクター作品一般／ストーリー＞ミステリー、サスペンス、謎解き／ストーリー＞変身、変形、変装／ストーリー＞予言、予報、予告／作品情報＞ノベライズ／職業＞探偵
名探偵コナン服部平次セレクション浪速の名探偵／酒井匙著;青山剛昌原作・イラスト／小学館（小学館ジュニア文

庫）／2024年4月／ストーリー＞キャラクター作品＞キャラクター作品一般／ストーリー＞ミステリー、サスペンス、謎解き／ストーリー＞拷問、処刑、殺人／ストーリー＞変身、変形、変装／学校・学園・学生・教育＞高校、高等専門学校、高校生、高専生／作品情報＞ノベライズ／職業＞外交官／職業＞探偵

名探偵コナン服部平次セレクション浪速の相棒／酒井匙著;青山剛昌原作・イラスト／小学館（小学館ジュニア文庫）／2024年5月／ご当地もの＞大阪府／ストーリー＞キャラクター作品＞キャラクター作品一般／ストーリー＞ミステリー、サスペンス、謎解き／ストーリー＞事件、事故／ストーリー＞変身、変形、変装／作品情報＞ノベライズ／職業＞探偵／人間関係＞友達

ぼくらのイタリア㊎戦争／宗田理作;YUME絵／KADOKAWA（角川つばさ文庫）／2024年3月／キャラクター・立場＞魔女／ご当地もの＞イタリア＞フィレンツェ／ストーリー＞ミステリー、サスペンス、謎解き／ストーリー＞救出、救助／ストーリー＞失踪、誘拐、人身売買／ストーリー＞冒険、旅／学校・学園・学生・教育＞高校、高等専門学校、高校生、高専生

ぼくらの魔大戦／宗田理作;YUME絵／KADOKAWA（角川つばさ文庫）／2024年8月／キャラクター・立場＞魔女／ストーリー＞ミステリー、サスペンス、謎解き／ストーリー＞救出、救助／ストーリー＞脱出、逃亡、脱走／ストーリー＞冒険、旅／場所・建物・施設・設備＞拘置所、留置場、監獄／人間関係＞仲間

時を駆けるネコ：老人と猫の物語：ぬりえ版／秋月まさよし／文芸社／2024年1月／キャラクター・立場＞老人／ストーリー＞お世話／動物・生きもの＞ネコ／暮らし・生活＞感情、心＞思いやり、親切、やさしさ

怪盗レッド. 25／秋木真作;しゅー絵／KADOKAWA（角川つばさ文庫）／2024年3月／キャラクター・立場＞海賊、盗賊、泥棒、怪盗、義賊／ストーリー＞救出、救助／学校・学園・学生・教育＞中学校、中学生／人間関係＞いとこ／人間関係＞バディ、コンビ

探偵七音はためらわない／秋木真作;ななミツ絵／KADOKAWA（角川つばさ文庫）／2024年6月／アイテム・能力＞宝石／キャラクター・立場＞同僚、同級生／ストーリー＞ミステリー、サスペンス、謎解き／ストーリー＞事件、事故／ストーリー＞呪い、呪術、呪文、祟り／学校・学園・学生・教育＞小学校、小学生一般／職業＞探偵

半妖リサーチ! 1／秋木真作;灰色ルト絵／ポプラ社（ポプラキミノベル）／2024年3月／アイテム・能力＞異能力、スキル、レベル、特技／ストーリー＞あやかし、憑依、擬人化／ストーリー＞ホラー、オカルト、グロテスク、怪談／ストーリー＞調査／動物・生きもの＞キツネ／暮らし・生活＞感情、心＞苦手、弱点、気弱

半妖リサーチ! 2／秋木真作;灰色ルト絵／ポプラ社（ポプラキミノベル）／2024年8月／アイテム・能力＞異能力、スキル、レベル、特技／キャラクター・立場＞美少年、美男子、美青年／ストーリー＞あやかし、憑依、擬人化／ストーリー＞ホラー、オカルト、グロテスク、怪談／ストーリー＞調査／動物・生きもの＞キツネ／暮らし・生活＞感情、心＞苦手、弱点、気弱

Re:cycle：たったひとりのアイドル／十夜原作;木野誠太郎著／PHP研究所（カラフルノベル）／2024年1月／ストーリー＞サイバー＞動画投稿、YouTube／ストーリー＞青春／学校・学園・学生・教育＞中学校、中学生／乗りもの＞自転車／職業＞アイドル、地下アイドル／人間関係＞祖父母

ススキヶ原のキチとハル／渋谷代志枝著;山﨑尚志さし絵／能登印刷出版部／2024年5月／ストーリー＞いじめ、いじわる／学校・学園・学生・教育＞小学校、小学生＞小学校5・6年生／自然・環境・宇宙＞川、川原／動物・生きもの＞ネコ／暮らし・生活＞遊び＞釣り

この恋はうさぎ色：5分でキュンとする結末／春間美幸著／講談社／2024年12月／ストーリー＞告白、カミングアウト／作品情報＞短編集／人間関係＞恋愛／動物・生きもの＞ウサギ／暮らし・生活＞イベント、行事＞七夕

初恋キックオフ!：わたし、マネージャーはじめます! 1／小桜すず作;小森チヒロ絵／KADOKAWA（角川つばさ文庫）／2024年5月／キャラクター・立場＞マネージャー／キャラクター・立場＞名人、天才／学校・学園・学生・教育＞中学校、中学生／学校・学園・学生・教育＞部活、サークル、クラブ／人間関係＞恋愛／文化・芸能・スポーツ＞スポーツ＞サッカー

色のようせい：12色+1―ようせいじてん／小手鞠るい作;くまあやこ絵／講談社（わくわくライブラリー）／2024年6月／キャラクター・立場＞王女、お姫様、女王、お妃／キャラクター・立場＞妖精、精霊／作品情報＞短編集／自然・環境・宇宙＞色彩、色／文化・芸能・スポーツ＞文化、芸能＞美術、芸術＞絵

フルーツのようせい：12か月―ようせいじてん／小手鞠るい作;たかすかずみ絵／講談社（わくわくライブラリー）／2024年5月／キャラクター・立場＞妖精、精霊／自然・環境・宇宙＞季節、四季＞季節、四季一般／暮らし・生活＞食べもの、飲みもの＞果物＞サクランボ／暮らし・生活＞食べもの、飲みもの＞果物＞ミカン／暮らし・

生活＞食べもの、飲みもの＞果物＞果物一般

花のようせい：12か月―ようせいじてん／小手鞠るい作永田萠絵／講談社（わくわくライブラリー）／2024年4月／キャラクター・立場＞妖精、精霊／自然・環境・宇宙＞花、植物＞コスモス／自然・環境・宇宙＞花、植物＞チューリップ／自然・環境・宇宙＞花、植物＞花、植物一般／自然・環境・宇宙＞季節、四季＞季節、四季一般／自然・環境・宇宙＞木、樹木＞サクラ

星空としょかんの青い鳥／小手鞠るい作近藤未奈絵／小峰書店／2024年9月／アイテム・能力＞手紙、日記、メモ／ストーリー＞観察／ストーリー＞成長、克服、成り上がり／場所・建物・施設・設備＞図書館、図書室／動物・生きもの＞鳥＞ツバメ／暮らし・生活＞巣／暮らし・生活＞巣立ち

晴れ、ときどき雪／小手鞠るい作松倉香子画／講談社／2024年10月／ストーリー＞秘密、隠し事、秘話／学校・学園・学生・教育＞学校、学園、学生、教育一般／作品情報＞短編集／人間関係＞恋愛／人間関係＞恋愛＞初恋

星座のようせい：12星座―ようせいじてん／小手鞠るい作松倉香子絵／講談社（わくわくライブラリー）／2024年4月／キャラクター・立場＞妖精、精霊／ストーリー＞迷信、伝説／自然・環境・宇宙＞季節、四季＞季節、四季一般／自然・環境・宇宙＞星、星座／自然・環境・宇宙＞夜

どろぼう猫とイガイガのあれ／小手鞠るい作早川世詩男絵／静山社／2024年3月／学校・学園・学生・教育＞小学校、小学生＞小学校3・4年生／自然・環境・宇宙＞山、森／動物・生きもの＞ネコ／暮らし・生活＞食べもの、飲みもの＞野菜＞野菜一般／暮らし・生活＞遊び＞宝探し

どろぼう猫とモヤモヤのこいつ／小手鞠るい作早川世詩男絵／静山社／2024年9月／ストーリー＞修行、トレーニング、試練、練習／学校・学園・学生・教育＞小学校、小学生＞小学校3・4年生／文化・芸能・スポーツ＞文化、芸能＞音楽＞楽器＞ピアノ／暮らし・生活＞感情、心＞くせ、習慣／暮らし・生活＞感情、心＞感情、心一般

答えは旅の中にある／小手鞠るい著／あすなろ書房／2024年1月／ご当地もの＞アメリカ合衆国＞テキサス州／ご当地もの＞アメリカ合衆国＞ニューヨーク州／ストーリー＞出会い／ストーリー＞冒険、旅／暮らし・生活＞イベント、行事＞春休み

あなたの国では ＝What's It Like Where You Live?／小手鞠るい著／さ・え・ら書房／2024年6月／キャラクター・立場＞外国人／ストーリー＞冒険、旅／自然・環境・宇宙＞環境問題＞環境問題一般／戦争と平和・災害・社会問題＞人権、差別、偏見／戦争と平和・災害・社会問題＞戦争と平和、災害、社会問題一般／暮らし・生活＞外国文化、異文化、多文化

イズミ／小手鞠るい著／偕成社／2024年12月／キャラクター・立場＞アルバイト、パート、契約社員、派遣社員／ご当地もの＞アメリカ合衆国学校・学園・学生・教育＞専門学校、大学、専門学校生、大学生、大学院生／職業＞クリエイター＞作家、脚本家、絵本作家、書道家、放送作家／職業＞医者、看護師／戦争と平和・災害・社会問題＞戦争＞第一次世界大戦

ルナとふしぎの国のユニコーン：キズナが生まれるシャボンの島／小春りん作ao.絵／スターツ出版（野いちごぽっぷ）／2024年11月／キャラクター・立場＞幻獣／キャラクター・立場＞子ども、少年、少女／ストーリー＞異世界、架空・不思議の世界／暮らし・生活＞感情、心＞信頼、絆／暮らし・生活＞遊び＞迷路

はちみつ色のキミとヒミツの恋をした。／小春りん著;かなめもにか絵／スターツ出版（野いちごジュニア文庫）／2024年1月／キャラクター・立場＞スター、人気者／ストーリー＞いじめ、いじわる／ストーリー＞噂、スキャンダル／ストーリー＞偽り、偽装＞恋人、配偶者のふり／学校・学園・学生・教育＞中学校、中学生／場所・建物・施設・設備＞病院、保健室、施術所、診療所／人間関係＞恋愛

もう一度、あの日の僕らに会いに行く／小春りん著;四ノ宮しの絵／スターツ出版（野いちごジュニア文庫）／2024年2月／キャラクター・立場＞マネージャー／ストーリー＞SF＞タイムトラベル、タイムスリップ、タイムループ、ワープ／ストーリー＞自殺、自殺未遂、自殺志願／学校・学園・学生・教育＞中学校、中学生／学校・学園・学生・教育＞部活、サークル、クラブ／文化・芸能・スポーツ＞スポーツ＞バレーボール、バスケットボール

学級委員は負けない：ジュニア版―青空小学校いろいろ委員会；8／小松原宏子作あわい絵／ほるぷ出版／2024年1月／アイテム・能力＞手紙、日記、メモ／キャラクター・立場＞エリート、優等生／学校・学園・学生・教育＞小学校、小学生＞小学校3・4年生／学校・学園・学生・教育＞生徒会、委員会／暮らし・生活＞感情、心＞疑問、悩み

環境委員はもやもやする：ジュニア版―青空小学校いろいろ委員会；9／小松原宏子作あわい絵／ほるぷ出版／

2024年5月／学校・学園・学生・教育>学校、学園、学生、教育一般／学校・学園・学生・教育>小学校、小学生>小学校3・4年生／学校・学園・学生・教育>生徒会、委員会／人間関係>友達／暮らし・生活>掃除、清掃

日直もがんばってる：ジュニア版―青空小学校いろいろ委員会；10／小松原宏子作;あわい絵／ほるぷ出版／2024年9月／学校・学園・学生・教育>学校、学園、学生、教育一般／学校・学園・学生・教育>小学校、小学生>小学校3・4年生／暮らし・生活>感情、心>疑問、悩み／暮らし・生活>感情、心>苦手、弱点、気弱

かけがえのない贈りものGift：名作クリスマス童話集／小松原宏子文;矢島あづさ絵／いのちのことば社フォレストブックス（Forest Books）／2024年12月／アイテム・能力>プレゼント、お土産／ストーリー>世界の物語>世界の物語一般／作品情報>アンソロジー／自然・環境・宇宙>季節、四季>冬／動物・生きもの>イヌ／暮らし・生活>イベント、行事>クリスマス一般

ハルカの世界／小森香折作;さとうゆうすけ絵／BL出版／2024年12月／キャラクター・立場>幻獣／キャラクター・立場>魔女／ストーリー>異世界、架空・不思議の世界／ストーリー>追放／学校・学園・学生・教育>中学校、中学生／文化・芸能・スポーツ>文化、芸能>美術、芸術>絵

紫の女王／小森香折作;平澤朋子絵／偕成社／2024年3月／アイテム・能力>魔法、魔術、魔力、召喚術／キャラクター・立場>王女、お姫様、女王、お妃／ストーリー>異世界、架空・不思議の世界／ストーリー>陰謀／ストーリー>怨恨、憎悪

最終バスのお客さん／小西ときこ著／信濃毎日新聞社(編集・制作) 小西ときこ／2024年2月／キャラクター・立場>老人／作品情報>短編集／自然・環境・宇宙>天気、天候>雪／乗りもの>自動車>バス／職業>運転手一般

こうかんや／小川としあき／文芸社／2024年4月／キャラクター・立場>お客、訪問客、客人／ストーリー>交換、引き換え／場所・建物・施設・設備>お店>お店一般／職業>店長、店主／動物・生きもの>ゴリラ／暮らし・生活>食べもの、飲みもの>食べもの一般

逃走中：オリジナルストーリー. [11]／小川彗著／集英社（集英社みらい文庫）／2024年5月／キャラクター・立場>子ども、少年、少女／ストーリー>サイバー>VR、AR／ストーリー>友情／場所・建物・施設・設備>お店>複合商業施設、ショッピングモール／職業>ハンター、狩人／暮らし・生活>遊び>かけっこ、追いかけっこ、鬼ごっこ

逃走中：オリジナルストーリー. [12]／小川彗著／集英社（集英社みらい文庫）／2024年10月／キャラクター・立場>子ども、少年、少女／ご当地もの>東京都>台東区>浅草／ストーリー>お金、財宝、財産、お宝／ストーリー>友情／暮らし・生活>遊び>かけっこ、追いかけっこ、鬼ごっこ

江戸を照らせ：蔦屋重三郎の挑戦／小前亮作;中島花野画／小峰書店／2024年11月／キャラクター・立場>偉人、歴史上人物／ご当地もの>江戸／ストーリー>仕事／ストーリー>歴史、時代もの／場所・建物・施設・設備>会社>出版社／職業>編集者、ライター、記者／文化・芸能・スポーツ>文化、芸能>美術、芸術>絵

フィリムの翼 = Wings of Philim：飛空騎士の伝説. 下／小前亮作;鈴木康士画／静山社／2024年7月／アイテム・能力>魔法、魔術、魔力、召喚術>飛行能力／キャラクター・立場>新人、新米、見習い／ストーリー>バトル、奇襲、戦闘、抗争／ストーリー>異世界、架空・不思議の世界／ストーリー>冒険、旅／人間関係>仲間

フィリムの翼 = Wings of Philim：飛空騎士の伝説. 上／小前亮作;鈴木康士画／静山社／2024年7月／アイテム・能力>魔法、魔術、魔力、召喚術>飛行能力／ストーリー>バトル、奇襲、戦闘、抗争／ストーリー>異世界、架空・不思議の世界／ストーリー>冒険、旅／人間関係>仲間／暮らし・生活>感情、心>苦悩、葛藤

三国志. 9／小前亮文;中山けーしょー絵／静山社（静山社ペガサス文庫）／2024年2月／キャラクター・立場>偉人、歴史上人物／キャラクター・立場>王様、皇帝／キャラクター・立場>侍、武将、武士、大名、武人／ご当地もの>中国／ストーリー>バトル、奇襲、戦闘、抗争／ストーリー>侵略／ストーリー>世界の物語>三国志

三国志. 10／小前亮文;中山けーしょー絵／静山社（静山社ペガサス文庫）／2024年4月／キャラクター・立場>偉人、歴史上人物／キャラクター・立場>侍、武将、武士、大名、武人／ご当地もの>中国／ストーリー>バトル、奇襲、戦闘、抗争／ストーリー>世界の物語>三国志／ストーリー>夢、野望、野心

日本の神々の物語／小沢章友作;佐竹美保絵／講談社／2024年2月／キャラクター・立場>神様、女神、観音様、仏様／ストーリー>救出、救助／ストーリー>使命、任務>撲滅運動、退治、駆除／ストーリー>日本の古典一般／動物・生きもの>ウサギ／文化・芸能・スポーツ>文化、芸能>文学、本>古事記、日本書紀

守護霊探偵アンバー：怪盗ムーンからペンダントを守れ!／小谷杏子作;ほし絵／アルファポリス 星雲社（アルファポリスきずな文庫）／2024年2月／キャラクター・立場>おばけ、幽霊、生霊／キャラクター・立場>新人、新

米、見習い／学校・学園・学生・教育>中学校、中学生／職業>探偵／動物・生きもの>ネコ／暮らし・生活>感情、心>相談

おりひめ寮からごきげんよう. [2]／小湊悠貴作;なもり絵／集英社（集英社みらい文庫）／2024年7月／ストーリー>仲直り／学校・学園・学生・教育>学校、学園、学生、教育一般／学校・学園・学生・教育>中学校、中学生／場所・建物・施設・設備>寮／暮らし・生活>イベント、行事>七夕／暮らし・生活>感情、心>祈り、願いごと

みつばの郵便屋さん = Mitsuba's Postman. 1―小野寺史宜の「みつばの郵便屋さん」シリーズ；1／小野寺史宜著／ポプラ社／2024年9月／アイテム・能力>手紙、日記、メモ／職業>タレント、役者／職業>郵便屋／人間関係>家族>きょうだい／暮らし・生活>配達、宅配

みつばの郵便屋さん = Mitsuba's Postman. 2―小野寺史宜の「みつばの郵便屋さん」シリーズ；2／小野寺史宜著／ポプラ社／2024年9月／アイテム・能力>手紙、日記、メモ／キャラクター・立場>子ども、少年、少女／キャラクター・立場>新人、新米、見習い／作品情報>短編集／場所・建物・施設・設備>マンション、アパート、団地、長屋／職業>郵便屋

みつばの郵便屋さん = Mitsuba's Postman. 3―小野寺史宜の「みつばの郵便屋さん」シリーズ；3／小野寺史宜著／ポプラ社／2024年9月／アイテム・能力>手紙、日記、メモ／キャラクター・立場>老人／作品情報>短編集／自然・環境・宇宙>天気、天候>雨／職業>郵便屋／人間関係>家族>親子

みつばの郵便屋さん = Mitsuba's Postman. 4―小野寺史宜の「みつばの郵便屋さん」シリーズ；4／小野寺史宜著／ポプラ社／2024年9月／アイテム・能力>手紙、日記、メモ>ハガキ／ストーリー>お金、財宝、財産、お宝／ストーリー>さがしもの、人探し／職業>郵便屋／暮らし・生活>感情、心>感謝

みつばの郵便屋さん = Mitsuba's Postman. 5―小野寺史宜の「みつばの郵便屋さん」シリーズ；5／小野寺史宜著／ポプラ社／2024年9月／アイテム・能力>手紙、日記、メモ／ストーリー>出会い／乗りもの>自動車>トレーラー／職業>郵便屋／暮らし・生活>イベント、行事>引っ越し、移住

みつばの郵便屋さん = Mitsuba's Postman. 6―小野寺史宜の「みつばの郵便屋さん」シリーズ；6／小野寺史宜著／ポプラ社／2024年9月／アイテム・能力>手紙、日記、メモ／ストーリー>さがしもの、人探し／作品情報>短編集／職業>クリエイター>作家、脚本家、絵本作家、書道家、放送作家／職業>郵便屋

みつばの郵便屋さん = Mitsuba's Postman. 7―小野寺史宜の「みつばの郵便屋さん」シリーズ；7／小野寺史宜著／ポプラ社／2024年9月／アイテム・能力>手紙、日記、メモ／場所・建物・施設・設備>お店>カフェ、喫茶店、茶屋／職業>郵便屋／暮らし・生活>感情、心>祝福、賞賛、感動／暮らし・生活>忘れもの、落としもの

みつばの郵便屋さん = Mitsuba's Postman. 8―小野寺史宜の「みつばの郵便屋さん」シリーズ；8／小野寺史宜著／ポプラ社／2024年9月／アイテム・能力>手紙、日記、メモ／職業>郵便屋／人間関係>家族>親子／暮らし・生活>からだ、顔>意識、記憶、思い出／暮らし・生活>ファッション、おしゃれ、身だしなみ>帽子、頭巾／暮らし・生活>忘れもの、落としもの

とけるとゾッとするこわい算数. 2／小林丸々作;亜樹新絵／ポプラ社（ポプラキミノベル）／2024年3月／ストーリー>ホラー、オカルト、グロテスク、怪談／ストーリー>呪い、呪術、呪文、祟り／作品情報>短編集／場所・建物・施設・設備>トイレ、おまる／文化・芸能・スポーツ>文化、芸能>学問>数学、算数／暮らし・生活>遊び>なぞなぞ、クイズ

かわいく〈なく〉てごめん：恋と結婚について(本気で)考えてみた／小林深雪作;牧村久実絵／講談社（講談社青い鳥文庫）／2024年9月／キャラクター・立場>LGBTQ／学校・学園・学生・教育>中学校、中学生／人間関係>夫婦、結婚、結婚生活／人間関係>恋愛

保健室経由、かねやま本館。. 7／松素めぐり著;おとないちあき装画・挿画／講談社／2024年2月／キャラクター・立場>先輩、上司／学校・学園・学生・教育>中学校、中学生／場所・建物・施設・設備>温泉、浴室、銭湯、湯治場／場所・建物・施設・設備>病院、保健室、施術所、診療所／暮らし・生活>感情、心>疲労

サザンクロスクラブ／松田輝実著／文彩堂出版／2024年10月／ストーリー>日本の物語>宮沢賢治一般／学校・学園・学生・教育>小学校、小学生>小学校５・６年生／学校・学園・学生・教育>部活、サークル、クラブ／暮らし・生活>イベント、行事>行事一般／暮らし・生活>遊び>ピクニック、遠足、キャンプ、ハイキング

ほたる姫／松田勉著／文芸社／2024年6月／キャラクター・立場>モンスター、魔物、魔獣、怪物、怪獣、怪鳥／キャラクター・立場>王女、お姫様、女王、お妃／キャラクター・立場>神様、女神、観音様、仏様／ご当地もの>島根県>出雲市／ストーリー>バトル、奇襲、戦闘、抗争／ストーリー>救出、救助／ストーリー>日本の

古典一般

カミオカンデの神さま／松田悠八作;小林敏也イラストレーション／ロクリン社／2024年11月／アイテム・能力>メッセージ／ご当地もの>岐阜県／ストーリー>成長、克服、成り上がり／自然・環境・宇宙>自然、環境、宇宙一般／場所・建物・施設・設備>研究所、研究室／人間関係>家族>きょうだい

きょうふ小学校：1分で読めるこわい話／松本うみ作;小津絵／KADOKAWA（角川つばさ文庫）／2024年2月／ストーリー>ホラー、オカルト、グロテスク、怪談／ストーリー>監禁、軟禁／学校・学園・学生・教育>教室／学校・学園・学生・教育>小学校、小学生>小学校３・４年生／作品情報>短編集／暮らし・生活>感情、心>恐怖

おくりうた／上宿歩文;坂道なつ絵／文芸社／2024年5月／ストーリー>日常／自然・環境・宇宙>星、星座／暮らし・生活>からだ、顔>意識、記憶、思い出／暮らし・生活>感情、心>幸せ

ねずみのパンや：おいしいはなしにご用心／上野与志作;藤嶋えみこ絵／岩崎書店／2024年11月／キャラクター・立場>隣人、ご近所／ストーリー>勧誘、スカウト／場所・建物・施設・設備>お店>ベーカリー／動物・生きもの>クマ／動物・生きもの>ネズミ

チョコレートスイッチ!：無気力男子、チョコを食べて大変身!／植原翠作;双葉陽絵／ポプラ社（ポプラキミノベル）／2024年1月／キャラクター・立場>同僚、同級生／キャラクター・立場>美少年、美男子、美青年／ストーリー>ミステリー、サスペンス、謎解き／ストーリー>問題解決／学校・学園・学生・教育>小学校、小学生>小学校３・４年生／暮らし・生活>食べもの、飲みもの>おやつ、お菓子>チョコレート

おばあちゃんの忘れもの探偵団／織田祥代作;平出あや絵／OfficeOda／2024年1月／ストーリー>病気、怪我、医療>認知症／人間関係>家族>家族一般／人間関係>祖父母／暮らし・生活>忘れもの、落としもの

可愛い小猫／織本季歩著／文芸社／2024年8月／ストーリー>お世話／動物・生きもの>ネコ／暮らし・生活>感情、心>幸せ／暮らし・生活>命

いつも会う人―休み時間で完結パステルショートストーリー；Gray／新井けいこ作;Lico絵／国土社／2024年10月／キャラクター・立場>子ども、少年、少女／ストーリー>あやかし、憑依、擬人化／ストーリー>ホラー、オカルト、グロテスク、怪談／作品情報>短編集／人間関係>友達

たい焼き総選挙―読書の時間；20／新井けいこ作;いちろう絵／あかね書房／2024年9月／ストーリー>仕事／学校・学園・学生・教育>小学校、小学生一般／場所・建物・施設・設備>お店>商店街、市場、スーパーマーケット／職業>店長、店主／暮らし・生活>感情、心>なぐさめ、応援／暮らし・生活>感情、心>努力、忍耐／暮らし・生活>食べもの、飲みもの>おやつ、お菓子>たい焼き

ラナと竜の方舟：沙漠の空に歌え／新藤悦子作;佐竹美保絵／理論社／2024年4月／キャラクター・立場>幻獣／キャラクター・立場>子ども、少年、少女／ストーリー>異世界、架空・不思議の世界／ストーリー>救出、救助／自然・環境・宇宙>砂漠、砂丘

カラフル＝Colorful／森絵都著;カシワイ画／文藝春秋／2024年7月／キャラクター・立場>天使／ストーリー>修行、トレーニング、試練、練習／ストーリー>転生、転移、よみがえり、リプレイ／学校・学園・学生・教育>学校、学園、学生、教育一般／学校・学園・学生・教育>中学校、中学生／人間関係>家族>家族一般／暮らし・生活>感情、心>疑問、悩み

たとえリセットされても―文研ブックランド／森川成美作;双森文絵／文研出版／2024年3月／キャラクター・立場>あかちゃん／キャラクター・立場>ロボット、アンドロイド／ストーリー>サイバー>AI／学校・学園・学生・教育>小学校、小学生>小学校３・４年生／職業>教師、講師、師匠、教授、准教授、家庭教師

余命0日の僕が、死と隣り合わせの君と出会った話―森田碧の「よめぼく」シリーズ；5／森田碧著／ポプラ社／2024年9月／ストーリー>秘密、隠し事、秘話／ストーリー>病気、怪我、医療／学校・学園・学生・教育>高校、高等専門学校、高校生、高専生／学校・学園・学生・教育>部活、サークル、クラブ／場所・建物・施設・設備>図書館、図書室／暮らし・生活>からだ、顔>涙／暮らし・生活>感情、心>感情、心一般

余命88日の僕が、同じ日に死ぬ君と出会った話―森田碧の「よめぼく」シリーズ；4／森田碧著／ポプラ社／2024年9月／キャラクター・立場>スター、人気者／キャラクター・立場>死神／ストーリー>死、別れ／ストーリー>寿命、余命／ストーリー>出会い／ストーリー>病気、怪我、医療／学校・学園・学生・教育>高校、高等専門学校、高校生、高専生

余命99日の僕が、死の見える君と出会った話―森田碧の「よめぼく」シリーズ；3／森田碧著／ポプラ社／2024年9月／アイテム・能力>異能力、スキル、レベル、特技／ストーリー>死、別れ／ストーリー>寿命、余命／学

校・学園・学生・教育＞高校、高等専門学校、高校生、高専生／学校・学園・学生・教育＞部活、サークル、クラブ

余命一年と宣告された君と、消えたいと願う僕が出会った話―森田碧の「よめぼく」シリーズ；6／森田碧著／ポプラ社／2024年9月／キャラクター・立場＞同僚、同級生／ストーリー＞死、別れ／ストーリー＞自殺、自殺未遂、自殺志願／ストーリー＞寿命、余命／学校・学園・学生・教育＞高校、高等専門学校、高校生、高専生／場所・建物・施設・設備＞病院、保健室、施術所、診療所／人間関係＞家族＞きょうだい

余命一年と宣告された僕が、余命半年の君と出会った話：Ayaka's story―森田碧の「よめぼく」シリーズ；2／森田碧著／ポプラ社／2024年9月／ストーリー＞寿命、余命／ストーリー＞出会い／学校・学園・学生・教育＞高校、高等専門学校、高校生、高専生／職業＞ネイリスト／人間関係＞恋愛

余命一年と宣告された僕が、余命半年の君と出会った話―森田碧の「よめぼく」シリーズ；1／森田碧著／ポプラ社／2024年9月／ストーリー＞死、別れ／ストーリー＞寿命、余命／ストーリー＞病気、怪我、医療＞心臓病／学校・学園・学生・教育＞高校、高等専門学校、高校生、高専生／人間関係＞恋愛／暮らし・生活＞感情、心＞疑問、悩み

彼女たちのバックヤード／森埜こみち作／講談社／2024年1月／ストーリー＞病気、怪我、医療／学校・学園・学生・教育＞中学校、中学生／人間関係＞家族＞きょうだい／人間関係＞家族＞ステップ・ファミリー／人間関係＞家族＞家族一般／暮らし・生活＞感情、心＞疑問、悩み

月曜倶楽部へようこそ!―おはなし日本文化；短歌・俳句／森埜こみち作;くりたゆき絵／講談社／2024年11月／学校・学園・学生・教育＞小学校、小学生＞小学校5・6年生／学校・学園・学生・教育＞部活、サークル、クラブ／人間関係＞恋愛＞失恋／文化・芸能・スポーツ＞文化、芸能＞俳句、短歌、川柳、和歌／暮らし・生活＞感情、心＞感情、心一般

銀樹／森埜こみち著;日下明絵／アリス館／2024年10月／アイテム・能力＞薬、ポーション／ストーリー＞孤立、孤独／自然・環境・宇宙＞山、森／自然・環境・宇宙＞木、樹木＞木、樹木一般／職業＞医者、看護師

山椒大夫―スラよみ!日本文学名作シリーズ；3／森鷗外作;渡邉文幸現代語訳／理論社／2024年10月／ストーリー＞失踪、誘拐、人身売買／ストーリー＞日本の物語＞森鴎外一般／作品情報＞短編集／人間関係＞家族＞きょうだい／人間関係＞主従関係、奴隷、下僕

ミヤモトさんちの4男子!? [2]／深海ゆずは作;かるき春絵／講談社（講談社青い鳥文庫）／2024年5月／アイテム・能力＞特異体質／キャラクター・立場＞子ども、少年、少女／ストーリー＞秘密、隠し事、秘話／職業＞博士、研究者、学者、発明家／人間関係＞恋愛

スイッチ! 14／深海ゆずは作;加々見絵里絵／KADOKAWA（角川つばさ文庫）／2024年5月／キャラクター・立場＞スター、人気者／ストーリー＞頭脳、心理戦、対決／職業＞アイドル、地下アイドル／人間関係＞チーム、パーティ、グループ／人間関係＞恋愛＞婚約／暮らし・生活＞イベント、行事＞コンサート、ライブ、演奏会

七色スターズ! 2／深海ゆずは作;桂イチホ絵／KADOKAWA（角川つばさ文庫）／2024年2月／キャラクター・立場＞エリート、優等生／キャラクター・立場＞名人、天才／学校・学園・学生・教育＞学校、学園、学生、教育一般／学校・学園・学生・教育＞生徒会、委員会／人間関係＞恋愛／暮らし・生活＞イベント、行事＞合宿

七色スターズ! 3／深海ゆずは作;桂イチホ絵／KADOKAWA（角川つばさ文庫）／2024年9月／キャラクター・立場＞エリート、優等生／キャラクター・立場＞スター、人気者／ストーリー＞告白、カミングアウト／学校・学園・学生・教育＞学校、学園、学生、教育一般／人間関係＞恋愛／暮らし・生活＞イベント、行事＞縁日／暮らし・生活＞運命、宿命

ひまりとふしぎなあの子／深山さくら作;北沢優子絵／岩崎書店／2024年10月／ストーリー＞観察／ストーリー＞死、別れ／学校・学園・学生・教育＞小学校、小学生一般／人間関係＞祖父母／暮らし・生活＞育児、子育て＞育児、子育て一般／暮らし・生活＞感情、心＞悲しみ、落胆

ステラとチョコレートの星のプリンセス―おはなしトントン／深谷しずく作;星谷ゆき絵／岩崎書店／2024年11月／キャラクター・立場＞王女、お姫様、女王、お妃／ストーリー＞冒険、旅／学校・学園・学生・教育＞小学校、小学生＞小学校1・2年生／自然・環境・宇宙＞自然、環境、宇宙一般／人間関係＞友達／暮らし・生活＞食べもの、飲みもの＞おやつ、お菓子＞チョコレート

クリスマスに読みたい10のおはなし／神戸万知編著／成美堂出版／2024年11月／ストーリー＞世界の物語＞アンデルセン童話＞マッチうりの少女／ストーリー＞世界の物語＞世界の物語一般／作品情報＞アンソロジー／自然・環境・宇宙＞季節、四季＞冬／自然・環境・宇宙＞星、星座／自然・環境・宇宙＞木、樹木＞モミノキ／暮

らし・生活＞イベント、行事＞クリスマス一般

みおちゃんも猫好きだよね?／神戸遥真作／金の星社／2024年7月／キャラクター・立場＞アレルギー／ストーリー＞秘密、隠し事、秘話／学校・学園・学生・教育＞転校、転校生、編入／場所・建物・施設・設備＞お店＞雑貨店／動物・生きもの＞ネコ／暮らし・生活＞イベント、行事＞誕生、誕生日、記念日＞誕生会

かわいいわたしのFe―文研じゅべにーるYA／神戸遥真作はーみん絵／文研出版／2024年6月／キャラクター・立場＞同僚、同級生／ストーリー＞秘密、隠し事、秘話／学校・学園・学生・教育＞生徒会、委員会／学校・学園・学生・教育＞中学校、中学生／乗りもの＞汽車、電車＞汽車、電車一般

ぜったいヒミツの両想い. [3]／神戸遥真作千秋りえ絵／講談社（講談社青い鳥文庫）／2024年4月／キャラクター・立場＞先輩、上司／ストーリー＞秘密、隠し事、秘話／学校・学園・学生・教育＞中学校、中学生／人間関係＞家族＞きょうだい／人間関係＞恋愛／暮らし・生活＞イベント、行事＞文化祭、学園祭

オンライン・フレンズ@さくら ＝Online Friends @Sakura／神戸遥真著;カシワイ画／講談社／2024年8月／ストーリー＞サイバー＞インターネット、SNS、メール、ブログ／ストーリー＞友情／学校・学園・学生・教育＞中学校、中学生／人間関係＞友達／暮らし・生活＞感情、心＞コンプレックス

クール男子の心の声は「大好き」だらけ!?／神戸遥真著;九重かぼす絵／スターツ出版（野いちごジュニア文庫）／2024年8月／アイテム・能力＞異能力、スキル、レベル、特技／学校・学園・学生・教育＞学校、学園、学生、教育一般／学校・学園・学生・教育＞中学校、中学生／場所・建物・施設・設備＞図書館、図書室／人間関係＞恋愛

嘘泣き女王のクランクアップ ＝A film making story with a queen who cries crocodile tears..―ティーンズ文学館／神戸遥真著;萩森じあ絵／Gakken／2024年11月／学校・学園・学生・教育＞中学校、中学生／学校・学園・学生・教育＞部活、サークル、クラブ／職業＞タレント、役者／文化・芸能・スポーツ＞文化、芸能＞映画、テレビ、ラジオ、番組／暮らし・生活＞からだ、顔＞涙／暮らし・生活＞感情、心＞うそ、でたらめ

市立不思議ケ丘小学校 ＝Primary School on the mysterious hills／神田たかし著／みらいパブリッシング 星雲社／2024年5月／ストーリー＞SF＞タイムトラベル、タイムスリップ、タイムループ、ワープ／学校・学園・学生・教育＞学校、学園、学生、教育一般／学校・学園・学生・教育＞小学校、小学生＞小学校1・2年生／学校・学園・学生・教育＞小学校、小学生＞小学校5・6年生／暮らし・生活＞からだ、顔＞歯＞キバ

絶望鬼ごっこ. [23]／針とら作みもり絵／集英社（集英社みらい文庫）／2024年2月／キャラクター・立場＞鬼／ストーリー＞ホラー、オカルト、グロテスク、怪談／ストーリー＞失踪、誘拐、人身売買／ストーリー＞地獄／暮らし・生活＞感情、心＞絶望

絶望鬼ごっこ. [24]／針とら作みもり絵／集英社（集英社みらい文庫）／2024年7月／キャラクター・立場＞鬼／ストーリー＞バトル、奇襲、戦闘、抗争／ストーリー＞ホラー、オカルト、グロテスク、怪談／ストーリー＞地獄／ストーリー＞挑戦

モジモジばあは、本のおいしゃさん／仁科幸子作／文溪堂／2024年3月／ストーリー＞修理、修繕／場所・建物・施設・設備＞図書館、図書室／動物・生きもの＞虫＞アリ／文化・芸能・スポーツ＞文化、芸能＞文学、本

いつまでもともだち／仁科幸子著／偕成社／2024年11月／ストーリー＞ほのぼの／作品情報＞短編集／人間関係＞友達／動物・生きもの＞ハリネズミ／動物・生きもの＞モグラ

超一流インストール：プロの力で大事件解決!?／吹井乃菜作;逢坂レイ絵／KADOKAWA（角川つばさ文庫）／2024年1月／キャラクター・立場＞エリート、優等生／ストーリー＞事件、事故／ストーリー＞失踪、誘拐、人身売買／ストーリー＞脱出、逃亡、脱走／ストーリー＞発明、モノづくり／学校・学園・学生・教育＞小学校、小学生＞小学校5・6年生

名探偵コナン100万ドルの五稜星／水稀しま著;青山剛昌原作;大倉崇裕脚本／小学館（小学館ジュニア文庫）／2024年4月／キャラクター・立場＞海賊、盗賊、泥棒、怪盗、義賊／ストーリー＞キャラクター作品＞キャラクター作品一般／ストーリー＞ミステリー、サスペンス、謎解き／ストーリー＞拷問、処刑、殺人／ストーリー＞変身、変形、変装／ストーリー＞予言、予報、予告／作品情報＞ノベライズ／職業＞探偵

宇宙級初恋：地球でいちばんステキな恋!?／水無仙丸作;たしろみや絵／KADOKAWA（角川つばさ文庫）／2024年1月／キャラクター・立場＞美少年、美男子、美青年／キャラクター・立場＞隣人、ご近所／学校・学園・学生・教育＞小学校、小学生＞小学校5・6年生／自然・環境・宇宙＞自然、環境、宇宙一般／人間関係＞家族＞家族一般／人間関係＞恋愛／暮らし・生活＞イベント、行事＞引っ越し、移住

宇宙級初恋. [2]／水無仙丸作;たしろみや絵／KADOKAWA（角川つばさ文庫）／2024年5月／自然・環境・宇宙

>自然、環境、宇宙一般/自然・環境・宇宙>地球/乗りもの>宇宙船、宇宙ステーション/人間関係>恋愛/暮らし・生活>イベント、行事>引っ越し、移住

3年A組おばけ教室—水木しげるのおばけ学校;6/水木しげる著/ポプラ社/2024年9月/キャラクター・立場>おばけ、幽霊、生霊/キャラクター・立場>妖怪/ストーリー>ホラー、オカルト、グロテスク、怪談/学校・学園・学生・教育>学校、学園、学生、教育一般/学校・学園・学生・教育>転校、転校生、編入

おばけマイコンじゅく—水木しげるのおばけ学校;11/水木しげる著/ポプラ社/2024年9月/キャラクター・立場>おばけ、幽霊、生霊/キャラクター・立場>子ども、少年、少女/キャラクター・立場>妖怪/ストーリー>ホラー、オカルト、グロテスク、怪談/ストーリー>異世界、架空・不思議の世界

おばけレストラン—水木しげるのおばけ学校;10/水木しげる著/ポプラ社/2024年9月/キャラクター・立場>おばけ、幽霊、生霊/キャラクター・立場>妖怪/ストーリー>ホラー、オカルト、グロテスク、怪談/場所・建物・施設・設備>お店>レストラン、飲食店、食堂/暮らし・生活>からだ、顔>顔

おばけ宇宙大戦争—水木しげるのおばけ学校;4/水木しげる著/ポプラ社/2024年9月/キャラクター・立場>宇宙人、異星人/キャラクター・立場>妖怪/ご当地もの>東京都/ストーリー>バトル、奇襲、戦闘、抗争/ストーリー>ホラー、オカルト、グロテスク、怪談

おばけ野球チーム—水木しげるのおばけ学校;1/水木しげる著/ポプラ社/2024年9月/キャラクター・立場>妖怪/ストーリー>ホラー、オカルト、グロテスク、怪談/ストーリー>試合、競争、コンテスト、競合/場所・建物・施設・設備>墓地、お墓/文化・芸能・スポーツ>スポーツ>野球

カッパの三平水泳大会—水木しげるのおばけ学校;7/水木しげる著/ポプラ社/2024年9月/キャラクター・立場>かっぱ/キャラクター・立場>子ども、少年、少女/キャラクター・立場>妖怪/ストーリー>ホラー、オカルト、グロテスク、怪談/自然・環境・宇宙>川、川原/文化・芸能・スポーツ>スポーツ>水泳/暮らし・生活>遊び>釣り

カッパの三平魔法だぬき—水木しげるのおばけ学校;8/水木しげる著/ポプラ社/2024年9月/アイテム・能力>魔法、魔術、魔力、召喚術/キャラクター・立場>かっぱ/キャラクター・立場>子ども、少年、少女/ストーリー>ホラー、オカルト、グロテスク、怪談/動物・生きもの>タヌキ/暮らし・生活>つぼ

ブルートレインおばけ号—水木しげるのおばけ学校;3/水木しげる著/ポプラ社/2024年9月/キャラクター・立場>おばけ、幽霊、生霊/キャラクター・立場>迷子/キャラクター・立場>妖怪/ストーリー>ホラー、オカルト、グロテスク、怪談/学校・学園・学生・教育>小学校、小学生一般/乗りもの>汽車、電車>汽車、電車一般/人間関係>家族>きょうだい

ゆうれい電車—水木しげるのおばけ学校;2/水木しげる著/ポプラ社/2024年9月/キャラクター・立場>おばけ、幽霊、生霊/キャラクター・立場>妖怪/ストーリー>ホラー、オカルト、グロテスク、怪談/乗りもの>汽車、電車>汽車、電車一般/場所・建物・施設・設備>駅、駅構内、停留所

ラジコン大海獣—水木しげるのおばけ学校;12/水木しげる著/ポプラ社/2024年9月/キャラクター・立場>モンスター、魔物、魔獣、怪物、怪獣、怪鳥/キャラクター・立場>子ども、少年、少女/キャラクター・立場>妖怪/ご当地もの>パプアニューギニア/ストーリー>ホラー、オカルト、グロテスク、怪談/ストーリー>調査

吸血鬼チャランポラン—水木しげるのおばけ学校;5/水木しげる著/ポプラ社/2024年9月/アイテム・能力>異能力、スキル、レベル、特技/キャラクター・立場>鬼>吸血鬼/キャラクター・立場>妖怪/ストーリー>ホラー、オカルト、グロテスク、怪談/動物・生きもの>鳥>コウモリ

妖怪大戦争—水木しげるのおばけ学校;9/水木しげる著/ポプラ社/2024年9月/キャラクター・立場>子ども、少年、少女/キャラクター・立場>魔女/キャラクター・立場>妖怪/ストーリー>バトル、奇襲、戦闘、抗争/ストーリー>ホラー、オカルト、グロテスク、怪談/場所・建物・施設・設備>島、人工島、無人島

おくれてきた名探偵/杉山亮作中川大輔絵/偕成社/2024年5月/キャラクター・立場>弟子、後輩、部下、助手、家来、家臣/キャラクター・立場>犯人、凶悪犯罪者、囚人/ストーリー>ミステリー、サスペンス、謎解き/職業>アイドル、地下アイドル/職業>探偵/人間関係>恋愛>ストーカー

ねこじーちゃん/杉野淳著/文芸社/2024年5月/ストーリー>再会/ストーリー>死、別れ/動物・生きもの>ネコ/暮らし・生活>からだ、顔>意識、記憶、思い出/暮らし・生活>感情、心>信頼、絆

海のなかの観覧車 = Ferris Wheel in the Sea/菅野雪虫著/講談社/2024年4月/アイテム・能力>手紙、日記、メモ/学校・学園・学生・教育>中学校、中学生/場所・建物・施設・設備>遊園地、テーマパーク/暮ら

し・生活＞イベント、行事＞誕生、誕生日、記念日／暮らし・生活＞からだ、顔＞意識、記憶、思い出
ユメコネクト. 2／成井露丸作;くずもち絵／アルファポリス 星雲社（アルファポリスきずな文庫）／2024 年 6 月／アイテム・能力＞異能力、スキル、レベル、特技／キャラクター・立場＞モンスター、魔物、魔獣、怪物、怪獣、怪鳥／キャラクター・立場＞美少年、美男子、美青年／ストーリー＞使命、任務＞撲滅運動、退治、駆除／ストーリー＞夢、野望、野心／学校・学園・学生・教育＞中学校、中学生／学校・学園・学生・教育＞部活、サークル、クラブ
らくだい魔女と黒の城の王子／成田サトコ作;千野えなが絵／ポプラ社（ポプラポケット文庫）／2024 年 3 月／アイテム・能力＞魔法、魔術、魔力、召喚術／キャラクター・立場＞王子様／キャラクター・立場＞魔女／ストーリー＞異世界、架空・不思議の世界／ストーリー＞変身、変形、変装／場所・建物・施設・設備＞宮廷、城、後宮、宮殿／暮らし・生活＞イベント、行事＞舞踏会、ダンスパーティー
ふしぎアイテム博物館：変身手紙・過去カメラほか／星奈さき作;Lyon 絵／KADOKAWA（角川つばさ文庫）／2024 年 4 月／アイテム・能力＞カメラ／アイテム・能力＞道具／ストーリー＞変身、変形、変装／学校・学園・学生・教育＞中学校、中学生／場所・建物・施設・設備＞博物館
ふしぎアイテム博物館. [2]／星奈さき作;Lyon 絵／KADOKAWA（角川つばさ文庫）／2024 年 11 月／学校・学園・学生・教育＞中学校、中学生／学校・学園・学生・教育＞部活、サークル、クラブ／場所・建物・施設・設備＞博物館／文化・芸能・スポーツ＞文化、芸能＞音楽＞歌
人気者男子のヒミツを知ったら、溺愛関係がはじまりました!／星乃びこ著;桂イチホ絵／スターツ出版（野いちごジュニア文庫）／2024 年 6 月／キャラクター・立場＞スター、人気者／ストーリー＞秘密、隠し事、秘話／学校・学園・学生・教育＞中学校、中学生／人間関係＞友達／人間関係＞恋愛
歴史がおもしろい枕草子 = MAKURA-NO-SOSHI:HISTORY'S FASCINATING SIDE—ジュニア版名作に強くなる!／清少納言著;時海結以著;赤間恵都子監修／世界文化社／2024 年 10 月／キャラクター・立場＞貴族／ストーリー＞日常／ストーリー＞日本の古典一般／自然・環境・宇宙＞自然、環境、宇宙一般／場所・建物・施設・設備＞宮廷、城、後宮、宮殿
はたらく細胞：映画ノベライズ／清水茜;原田重光;初嘉屋一生原作;徳永友一脚本;時海結以文／講談社（講談社 KK 文庫）／2024 年 11 月／ストーリー＞あやかし、憑依、擬人化／ストーリー＞仕事／ストーリー＞使命、任務＞撲滅運動、退治、駆除／学校・学園・学生・教育＞高校、高等専門学校、高校生、高専生／作品情報＞ノベライズ／暮らし・生活＞からだ、顔＞細胞
トクベツキューカ、はじめました!／清水晴木作;いつか絵／岩崎書店／2024 年 5 月／ストーリー＞成長、克服、成り上がり／学校・学園・学生・教育＞小学校、小学生一般／作品情報＞短編集／暮らし・生活＞休日、定休日
アオハルロック宣言!：クラスの問題児はギター男子!?／清谷ロジィ作;花瀬はる絵／集英社（集英社みらい文庫）／2024 年 4 月／キャラクター・立場＞エリート、優等生／キャラクター・立場＞暴走族、不良、ヤンキー、番長／学校・学園・学生・教育＞学校、学園、学生、教育一般／学校・学園・学生・教育＞入学／文化・芸能・スポーツ＞文化、芸能＞音楽＞楽器＞ギター
キミが死ぬまで、あと 5 日：逃げられない呪いの動画／西羽咲花月著;黎絵／スターツ出版（野いちごジュニア文庫）／2024 年 6 月／ストーリー＞ホラー、オカルト、グロテスク、怪談／ストーリー＞死、別れ／ストーリー＞呪い、呪術、呪文、祟り／ストーリー＞問題解決／学校・学園・学生・教育＞中学校、中学生
謎解きミステリー東大クロスワード／西岡壱誠監修;東大カルペ・ディエム著／リベラル社 星雲社／2024 年 3 月／キャラクター・立場＞海賊、盗賊、泥棒、怪盗、義賊／ストーリー＞ミステリー、サスペンス、謎解き／ストーリー＞事件、事故／暮らし・生活＞遊び＞なぞなぞ、クイズ
小説魔入りました!入間くん. 8／西修原作・絵／ポプラ社（ポプラキミノベル）／2024 年 3 月／アイテム・能力＞魔法、魔術、魔力、召喚術／キャラクター・立場＞悪魔／ストーリー＞サバイバル／学校・学園・学生・教育＞学校、学園、学生、教育一般／学校・学園・学生・教育＞勉強＞試験、受験／作品情報＞ノベライズ
小説魔入りました!入間くん. 9／西修原作・絵／ポプラ社（ポプラキミノベル）／2024 年 6 月／アイテム・能力＞魔法、魔術、魔力、召喚術／キャラクター・立場＞悪魔／ストーリー＞サバイバル／ストーリー＞救出、救助／学校・学園・学生・教育＞学校、学園、学生、教育一般／学校・学園・学生・教育＞勉強＞試験、受験／作品情報＞ノベライズ
小説魔入りました!入間くん. 10／西修原作・絵／ポプラ社（ポプラキミノベル）／2024 年 10 月／アイテム・能力＞魔法、魔術、魔力、召喚術／ストーリー＞悪魔祓い、怨霊祓い、悪霊調伏／学校・学園・学生・教育＞学校、

学園、学生、教育一般／学校・学園・学生・教育＞教室／作品情報＞ノベライズ／暮らし・生活＞イベント、行事＞音楽会

雪女とヒミツのやくそく／西村さとみ作ao絵／国土社／2024年11月／キャラクター・立場＞子ども、少年、少女／キャラクター・立場＞雪女／ストーリー＞約束／自然・環境・宇宙＞天気、天候＞雪／場所・建物・施設・設備＞スキー場、スケート場／職業＞コーチ

消えた校長先生―ジュニア文学館／西村友里作;大庭賢哉絵／Gakken／2024年7月／アイテム・能力＞お守り／ストーリー＞失踪、誘拐、人身売買／職業＞校長／職業＞僧侶、和尚、行者、神主、宮司、禰宜／暮らし・生活＞感情、心＞不機嫌、反抗、不安

カゲキリムシ／西沢杏子作;山口まさよし絵／てらいんく／2024年6月／アイテム・能力＞魔法、魔術、魔力、召喚術／キャラクター・立場＞忍者、忍び／ストーリー＞死、別れ／ストーリー＞出会い／動物・生きもの＞モグラ／暮らし・生活＞からだ、顔＞影、かげぼうし

羽根にねがいを!／西沢杏子作;小松良佳絵／国土社／2024年2月／キャラクター・立場＞弟子、後輩、部下、助手、家来、家臣／ストーリー＞秘密、隠し事、秘話／人間関係＞幼なじみ／動物・生きもの＞鳥＞カラス／文化・芸能・スポーツ＞文化、芸能＞俳句、短歌、川柳、和歌／暮らし・生活＞感情、心＞祈り、願いごと

七瀬くん家の3兄弟.[4]／青山そらら作;たしろみや絵／集英社（集英社みらい文庫）／2024年3月／キャラクター・立場＞居候、同居人／キャラクター・立場＞先輩、上司／ストーリー＞育成、プロデュース／ストーリー＞試合、競争、コンテスト、競合／人間関係＞家族＞きょうだい／人間関係＞恋愛

七瀬くん家の3兄弟.[5]／青山そらら作;たしろみや絵／集英社（集英社みらい文庫）／2024年8月／キャラクター・立場＞居候、同居人／学校・学園・学生・教育＞転校、転校生、編入／人間関係＞家族＞きょうだい／人間関係＞幼なじみ／人間関係＞恋愛／暮らし・生活＞イベント、行事＞ハロウィン

恋するワケありシェアハウス：イケメンたちとのヒミツの同居生活はドキドキです!／青山そらら著;お天気屋イラスト／PHP研究所（PHPジュニアノベル）／2024年11月／キャラクター・立場＞居候、同居人／キャラクター・立場＞美少年、美男子、美青年／学校・学園・学生・教育＞学校、学園、学生、教育一般／学校・学園・学生・教育＞中学校、中学生／人間関係＞恋愛／暮らし・生活＞ルームシェア、同棲

TVシリーズ特別編集版名探偵コナンVS.怪盗キッド／青山剛昌原作;宮下隼一脚本・構成;水稀しま著／小学館（小学館ジュニア文庫）／2024年1月／キャラクター・立場＞海賊、盗賊、泥棒、怪盗、義賊／ストーリー＞キャラクター作品＞キャラクター作品一般／ストーリー＞ミステリー、サスペンス、謎解き／ストーリー＞変身、変形、変装／ストーリー＞予言、予報、予告／作品情報＞ノベライズ／場所・建物・施設・設備＞博物館／職業＞探偵

名探偵コナンの暗号博士＝DETECTIVE CONAN DOCTOR OF CRYPTOGRAPHY―BIG KOROTAN. まんがで学べる!コナン博士シリーズ／青山剛昌原作;情報通信研究機構(NICT)サイバーセキュリティ研究所セキュリティ基盤研究室監修;石井じゅんのすけほかイラスト／小学館／2024年12月／アイテム・能力＞暗号／キャラクター・立場＞子ども、少年、少女／ストーリー＞キャラクター作品＞キャラクター作品一般／ストーリー＞ドキュメント／ストーリー＞ミステリー、サスペンス、謎解き／職業＞探偵

ふたりの秘密／斉藤栄美作;佐竹美保絵／金の星社／2024年10月／ストーリー＞秘密、隠し事、秘話／学校・学園・学生・教育＞転校、転校生、編入／場所・建物・施設・設備＞マンション、アパート、団地、長屋／場所・建物・施設・設備＞公園／人間関係＞家族＞親子／人間関係＞友達

ちいちゃんのおもちゃたち：はなびのよるに／斉藤洋さく;武田美穂え／理論社／2024年11月／アイテム・能力＞玩具、人形、フィギュア、ぬいぐるみ／ストーリー＞冒険、旅／学校・学園・学生・教育＞小学校、小学生＞小学校1・2年生／作品情報＞短編集／暮らし・生活＞感情、心＞寂しさ／暮らし・生活＞遊び＞遊び一般

見えるもの見えないもの―翔の四季；春／斉藤洋作;いとうあつき絵／講談社／2024年4月／アイテム・能力＞異能力、スキル、レベル、特技／キャラクター・立場＞子ども、少年、少女／ストーリー＞告白、カミングアウト／ストーリー＞日常／自然・環境・宇宙＞季節、四季＞季節、四季一般

キュリオとオウムの王子／斉藤洋作;ももろ絵／講談社（わくわくライブラリー）／2024年1月／キャラクター・立場＞王子様／キャラクター・立場＞子ども、少年、少女／ストーリー＞恋人・配偶者作り、縁結び、お見合い／自然・環境・宇宙＞ジャングル／動物・生きもの＞シロクマ、ホッキョクグマ／動物・生きもの＞鳥＞オウム

しじんのゆうびんやさん／斉藤倫作;牡丹靖佳画／偕成社／2024年11月／アイテム・能力＞手紙、日記、メモ／キャラクター・立場＞老人／場所・建物・施設・設備＞灯台／場所・建物・施設・設備＞郵便局／職業＞詩人、俳

人、歌人／文化・芸能・スポーツ＞文化、芸能＞詩
私立探検家学園. 4／斉藤倫著;桑原太矩画／福音館書店／2024年4月／ストーリー＞秘密、隠し事、秘話／ストーリー＞冒険、旅／学校・学園・学生・教育＞学校、学園、学生、教育一般／学校・学園・学生・教育＞小学校、小学生＞小学校5・6年生／職業＞探偵／暮らし・生活＞イベント、行事＞夏休み、バカンス、長期休暇
私立探検家学園. 5／斉藤倫著;桑原太矩画／福音館書店／2024年9月／キャラクター・立場＞子ども、少年、少女／ストーリー＞救出、救助／ストーリー＞探検／学校・学園・学生・教育＞学校、学園、学生、教育一般／職業＞探検家、冒険家／人間関係＞仲間
カフェ・スノードーム／石井睦美文;杉本さなえ絵／アリス館／2024年12月／キャラクター・立場＞お客、訪問客、客人／場所・建物・施設・設備＞お店＞カフェ、喫茶店、茶屋／職業＞店長、店主／暮らし・生活＞食べもの、飲みもの＞茶、コーヒー
聖女様だった浅舞村の忠猫の物語／石原礼子文;石原法子画／イズミヤ出版／2024年3月／ご当地もの＞秋田県／ストーリー＞ドキュメント／ストーリー＞日本の物語＞日本の物語一般／動物・生きもの＞ネコ
魔女学校のギュービッド―黒魔女さんが通る!!スペシャル／石崎洋司作;亜沙美絵／講談社（講談社青い鳥文庫）／2024年5月／キャラクター・立場＞魔女／ストーリー＞異世界、架空・不思議の世界／ストーリー＞事件、事故／学校・学園・学生・教育＞学校、学園、学生、教育一般／学校・学園・学生・教育＞魔法・魔術学校
JC紫式部. 1／石崎洋司作;阿倍野ちゃこ絵／講談社（講談社青い鳥文庫）／2024年2月／キャラクター・立場＞偉人、歴史上人物／キャラクター・立場＞美少年、美男子、美青年／ストーリー＞SF＞タイムトラベル、タイムスリップ、タイムループ、ワープ／学校・学園・学生・教育＞学校、学園、学生、教育一般／学校・学園・学生・教育＞転校、転校生、編入／暮らし・生活＞感情、心＞妬み、嫉妬
JC紫式部. 2／石崎洋司作;阿倍野ちゃこ絵／講談社（講談社青い鳥文庫）／2024年6月／キャラクター・立場＞偉人、歴史上人物／ストーリー＞SF＞タイムトラベル、タイムスリップ、タイムループ、ワープ／ストーリー＞あやかし、憑依、擬人化／学校・学園・学生・教育＞学校、学園、学生、教育一般／学校・学園・学生・教育＞転校、転校生、編入／人間関係＞恋愛
JC紫式部. 3／石崎洋司作;阿倍野ちゃこ絵／講談社（講談社青い鳥文庫）／2024年10月／キャラクター・立場＞偉人、歴史上人物／ストーリー＞SF＞タイムトラベル、タイムスリップ、タイムループ、ワープ／ストーリー＞失踪、誘拐、人身売買／ストーリー＞歴史、時代もの／暮らし・生活＞イベント、行事＞合コン／暮らし・生活＞遊び＞なぞなぞ、クイズ
レッツゴー!まいぜんシスターズ. [2]／石崎洋司文;佐久間さのすけ絵／ポプラ社（ポプラキミノベル）／2024年3月／ストーリー＞サバイバル／ストーリー＞守護、護衛／ストーリー＞呪い、呪術、呪文、祟り／ストーリー＞変身、変形、変装／作品情報＞ノベライズ
レッツゴー!まいぜんシスターズ. [3]／石崎洋司文;佐久間さのすけ絵／ポプラ社（ポプラキミノベル）／2024年7月／ご当地もの＞北極／ストーリー＞サバイバル／ストーリー＞遭難、漂流／ストーリー＞脱出、逃亡、脱走／作品情報＞ノベライズ／場所・建物・施設・設備＞拘置所、留置場、監獄
レッツゴー!まいぜんシスターズ. [4]／石崎洋司文;佐久間さのすけ絵／ポプラ社（ポプラキミノベル）／2024年11月／ストーリー＞バトル、奇襲、戦闘、抗争／ストーリー＞冒険、旅／作品情報＞ノベライズ／自然・環境・宇宙＞海底／場所・建物・施設・設備＞寺、神社、神殿／動物・生きもの＞魚、貝＞タコ
劇場版レッツゴー!まいぜんシスターズ：家族再会／石崎洋司文;林佳里絵／ポプラ社（ポプラキミノベル+）／2024年11月／キャラクター・立場＞老人／ストーリー＞お世話／ストーリー＞出会い／ストーリー＞冒険、旅／作品情報＞ノベライズ／人間関係＞家族＞家族一般／動物・生きもの＞カメ
電子仕掛けのラビリンス／石川宏千花作／理論社／2024年3月／キャラクター・立場＞子ども、少年、少女／ストーリー＞サイバー＞インターネット、SNS、メール、ブログ／ストーリー＞出会い／学校・学園・学生・教育＞中学校、中学生／人間関係＞友達
保健室には魔女が必要. [2]／石川宏千花作;赤絵／偕成社（偕成社ノベルフリーク）／2024年11月／キャラクター・立場＞子ども、少年、少女／キャラクター・立場＞魔女／作品情報＞短編集／場所・建物・施設・設備＞病院、保健室、施術所、診療所／職業＞教師、講師、師匠、教授、准教授、家庭教師／暮らし・生活＞遊び＞おまじない
ヤングタイマーズのお悩み相談室―くもんの児童文学／石川宏千花作;飯田研人装画・挿絵／くもん出版／2024年7月／作品情報＞短編集／文化・芸能・スポーツ＞文化、芸能＞映画、テレビ、ラジオ、番組／暮らし・生活＞感

情、心>疑問、悩み／暮らし・生活>感情、心>相談

化け之島初恋さがし三つ巴. 3／石川宏千花著;脇田茜画／講談社（YA!ENTERTAINMENT）／2024年2月／キャラクター・立場>妖怪／学校・学園・学生・教育>高校、高等専門学校、高校生、高専生／場所・建物・施設・設備>島、人工島、無人島／人間関係>恋愛>初恋／暮らし・生活>からだ、顔>意識、記憶、思い出

告白代行部、ただいま活動中! 1／石田空作;朝香のりこ絵／アルファポリス 星雲社（アルファポリスきずな文庫）／2024年3月／ストーリー>告白、カミングアウト／ストーリー>身代わり、代役、代行／学校・学園・学生・教育>小学校、小学生>小学校5・6年生／学校・学園・学生・教育>部活、サークル、クラブ／人間関係>幼なじみ

おおなわ跳びません／赤羽じゅんこ作;マコカワイ絵／静山社／2024年10月／ストーリー>試合、競争、コンテスト、競合／ストーリー>障がい／ストーリー>問題解決／学校・学園・学生・教育>小学校、小学生>小学校5・6年生／文化・芸能・スポーツ>スポーツ>なわとび

ペット探偵事件ノート = Pet Detective Case Notebook：消えたまいごねこをさがせ／赤羽じゅんこ作;中田いくみ絵／講談社（わくわくライブラリー）／2024年4月／ストーリー>さがしもの、人探し／ストーリー>失踪、誘拐、人身売買／ストーリー>捜査、捜索、潜入／職業>探偵／人間関係>幼なじみ／動物・生きもの>ネコ／暮らし・生活>ペット

〈推しの子〉まんがノベライズ：アクアとルビー、運命のはじまり／赤坂アカ;横槍メンゴ原作/絵;はのまきみ著／集英社（集英社みらい文庫）／2024年8月／ストーリー>転生、転移、よみがえり、リプレイ／ストーリー>妊娠、出産／作品情報>ノベライズ／職業>アイドル、地下アイドル／人間関係>家族>ふたご／暮らし・生活>からだ、顔>意識、記憶、思い出

〈推しの子〉まんがノベライズ. [2]／赤坂アカ;横槍メンゴ原作/絵;はのまきみ著／集英社（集英社みらい文庫）／2024年11月／ストーリー>転生、転移、よみがえり、リプレイ／学校・学園・学生・教育>高校、高等専門学校、高校生、高専生／作品情報>ノベライズ／職業>アイドル、地下アイドル／人間関係>家族>ふたご／暮らし・生活>からだ、顔>意識、記憶、思い出

〈推しの子〉-The Final Act-：映画ノベライズみらい文庫版／赤坂アカ;横槍メンゴ原作;はのまきみ著;北川亜矢子脚本／集英社（集英社みらい文庫）／2024年12月／ストーリー>転生、転移、よみがえり、リプレイ／ストーリー>復讐、逆襲、リベンジ／学校・学園・学生・教育>高校、高等専門学校、高校生、高専生／作品情報>ノベライズ／職業>アイドル、地下アイドル／人間関係>家族>ふたご／文化・芸能・スポーツ>文化、芸能>映画、テレビ、ラジオ、番組

きみと100年分の恋をしよう. [12]／折原みと作;フカヒレ絵／講談社（講談社青い鳥文庫）／2024年3月／キャラクター・立場>同僚、同級生／ストーリー>寿命、余命／ストーリー>秘密、隠し事、秘話／ストーリー>病気、怪我、医療／学校・学園・学生・教育>高校、高等専門学校、高校生、高専生／人間関係>恋愛

きみと100年分の恋をしよう. [13]／折原みと作;フカヒレ絵／講談社（講談社青い鳥文庫）／2024年8月／ストーリー>病気、怪我、医療／ストーリー>友情／学校・学園・学生・教育>高校、高等専門学校、高校生、高専生／学校・学園・学生・教育>部活、サークル、クラブ／人間関係>恋愛／文化・芸能・スポーツ>スポーツ>弓道／暮らし・生活>イベント、行事>夏休み、バカンス、長期休暇

桜の下、永遠の約束をしよう／折原みと著;葛西尚絵／スターツ出版（野いちごジュニア文庫）／2024年4月／ストーリー>病気、怪我、医療／ストーリー>約束／学校・学園・学生・教育>学校、学園、学生、教育一般／学校・学園・学生・教育>転校、転校生、編入／人間関係>恋愛

トイレ野ようこさん／仙田学作;田中六大絵／静山社／2024年2月／ストーリー>コメディ／ストーリー>ホラー、オカルト、グロテスク、怪談／学校・学園・学生・教育>学校、学園、学生、教育一般／場所・建物・施設・設備>トイレ、おまる／暮らし・生活>忘れもの、落としもの

虹色ほたる：永遠の夏休み. 下／川口雅幸作;ちゃこたた絵／アルファポリス 星雲社（アルファポリスきずな文庫）／2024年7月／ストーリー>SF>タイムトラベル、タイムスリップ、タイムループ、ワープ／ストーリー>秘密、隠し事、秘話／自然・環境・宇宙>季節、四季>夏／人間関係>友達／暮らし・生活>イベント、行事>夏休み、バカンス、長期休暇

虹色ほたる：永遠の夏休み. 上／川口雅幸作;ちゃこたた絵／アルファポリス 星雲社（アルファポリスきずな文庫）／2024年7月／ストーリー>SF>タイムトラベル、タイムスリップ、タイムループ、ワープ／ストーリー>秘密、隠し事、秘話／自然・環境・宇宙>季節、四季>夏／場所・建物・施設・設備>ダム／暮らし・生活>

イベント、行事>夏休み、バカンス、長期休暇／暮らし・生活>遊び>虫とり

からくり夢時計. 下／川口雅幸作海ばたり絵／アルファポリス 星雲社（アルファポリスきずな文庫）／2024 年 12 月／アイテム・能力>鍵／アイテム・能力>時計、時間／ストーリー>SF>タイムトラベル、タイムスリップ、タイムループ、ワープ／学校・学園・学生・教育>小学校、小学生>小学校５・６年生／人間関係>家族>家族一般／暮らし・生活>命

からくり夢時計. 上／川口雅幸作海ばたり絵／アルファポリス 星雲社（アルファポリスきずな文庫）／2024 年 12 月／アイテム・能力>鍵／アイテム・能力>時計、時間／ストーリー>SF>タイムトラベル、タイムスリップ、タイムループ、ワープ／学校・学園・学生・教育>小学校、小学生>小学校５・６年生／人間関係>家族>家族一般

ヨタカの遺書／川崎浩作・絵／三恵社／2024 年１月／ストーリー>冒険、旅／場所・建物・施設・設備>島、人工島、無人島／人間関係>仲間／動物・生きもの>鳥>ヨタカ、ヨダカ／動物・生きもの>鳥>渡り鳥

カップ・メン ＝CUP・MEN―カップ・メン；1／川之上英子;川之上健作おおのこうへい絵／ポプラ社／2024 年 12 月／ストーリー>コメディ／学校・学園・学生・教育>小学校、小学生>小学校３・４年生／場所・建物・施設・設備>お店>レストラン、飲食店、食堂／暮らし・生活>育児、子育て>おこづかい／暮らし・生活>食べもの、飲みもの>食事>インスタントラーメン

参上!ヌンチャクゴリラ／川之上英子;川之上健作朝倉世界一絵／岩崎書店／2024 年 10 月／キャラクター・立場>宇宙人、異星人／ストーリー>SF／ストーリー>変身、変形、変装／人間関係>家族>親子／動物・生きもの>ゴリラ／暮らし・生活>食べもの、飲みもの>果物>バナナ

「歩」が「と」に大へんしん!／川北亮司作藤本四郎絵／汐文社／2024 年８月／ストーリー>成長、克服、成り上がり／ストーリー>変身、変形、変装／学校・学園・学生・教育>学校、学園、学生、教育一般／学校・学園・学生・教育>小学校、小学生>小学校１・２年生／文化・芸能・スポーツ>文化、芸能>囲碁、将棋

あやしの保健室 2. 3／染谷果子作HIZGI 絵／小峰書店／2024 年１月／ストーリー>あやかし、憑依、擬人化／作品情報>短編集／場所・建物・施設・設備>病院、保健室、施術所、診療所／職業>教師、講師、師匠、教授、准教授、家庭教師／動物・生きもの>モルモット／暮らし・生活>感情、心>感情、心一般

オオルリ物語 ＝A tail of the blue bird. 第１部／前野佳彦絵と文／テクネ／2024 年３月／キャラクター・立場>孤児／ストーリー>冒険、旅／自然・環境・宇宙>環境問題>地球温暖化、気候変動／自然・環境・宇宙>山、森／動物・生きもの>鳥>渡り鳥

星カフェ. [5]／倉橋燿子作たま絵／講談社（講談社青い鳥文庫）／2024 年５月／場所・建物・施設・設備>お店>カフェ、喫茶店、茶屋／人間関係>家族>きょうだい／文化・芸能・スポーツ>文化、芸能>音楽>バンド、オーケストラ、吹奏楽／暮らし・生活>イベント、行事>行事一般／暮らし・生活>食べもの、飲みもの>おやつ、お菓子>ドーナツ

星カフェ. [6]／倉橋燿子作たま絵／講談社（講談社青い鳥文庫）／2024 年９月／ご当地もの>アメリカ合衆国学校・学園・学生・教育>生徒会、委員会／人間関係>家族>ふたご／人間関係>恋愛／暮らし・生活>イベント、行事>デート

泣いちゃうわたしと泣けないあの子 ＝I can't stop crying and she can't cry／倉橋燿子著／講談社／2024 年４月／キャラクター・立場>弱虫、泣き虫／キャラクター・立場>同僚、同級生／ストーリー>友情／学校・学園・学生・教育>中学校、中学生／暮らし・生活>感情、心>信頼、絆

かくされた意味に気がつけるか?3 分間ミステリー ＝Can you notice the hidden meaning?3 minutes mystery：5 つのパズル／早瀬春著／ポプラ社／2024 年８月／ストーリー>ミステリー、サスペンス、謎解き／作品情報>短編集／暮らし・生活>感情、心>発見、驚き／暮らし・生活>遊び>パズル

すきまのむこうがわ―休み時間で完結パステルショートストーリー；Deep Red／巣山ひろみ作三上唯絵／国土社／2024 年３月／キャラクター・立場>ロボット、アンドロイド／ストーリー>日常／学校・学園・学生・教育>学校、学園、学生、教育一般／作品情報>短編集／自然・環境・宇宙>夜

記憶バトルロイヤル：覚えて勝ちぬけ!100 万円をかけた戦い／相羽鈴作木乃ひのき絵;青木健監修／集英社（集英社みらい文庫）／2024 年 11 月／ストーリー>試合、競争、コンテスト、競合／学校・学園・学生・教育>小学校、小学生>小学校５・６年生／人間関係>ライバル、仇／動物・生きもの>ネズミ／暮らし・生活>からだ、顔>意識、記憶、思い出

スパイガール!：ミッションは御曹司のボディーガード!?／相川真作葛西尚絵／集英社（集英社みらい文庫）／2024

年7月／キャラクター・立場>御曹司、後継者／ストーリー>偽り、偽装>恋人、配偶者のふり／ストーリー>守護、護衛／ストーリー>捜査、捜索、潜入／学校・学園・学生・教育>中学校、中学生／学校・学園・学生・教育>転校、転校生、編入／職業>スパイ、諜報員

スパイガール! [2]／相川真作;葛西尚絵／集英社（集英社みらい文庫）／2024年11月／キャラクター・立場>御曹司、後継者／ストーリー>偽り、偽装>恋人、配偶者のふり／ストーリー>守護、護衛／学校・学園・学生・教育>学校、学園、学生、教育一般／職業>スパイ、諜報員

青星学園★チームEYE-Sの事件ノート. [19]／相川真作;立樹まや絵／集英社（集英社みらい文庫）／2024年3月／キャラクター・立場>おばけ、幽霊、生霊／ストーリー>告白、カミングアウト／学校・学園・学生・教育>中学校、中学生／自然・環境・宇宙>季節、四季>夏／人間関係>恋愛／暮らし・生活>遊び>ピクニック、遠足、キャンプ、ハイキング

青星学園★チームEYE-Sの事件ノート. [20]／相川真作;立樹まや絵／集英社（集英社みらい文庫）／2024年9月／キャラクター・立場>海賊、盗賊、泥棒、怪盗、義賊／キャラクター・立場>名人、天才／ストーリー>頭脳、心理戦、対決／学校・学園・学生・教育>中学校、中学生／乗りもの>船、ヨット>豪華客船／文化・芸能・スポーツ>文化、芸能>美術、芸術／暮らし・生活>イベント、行事>夏休み、バカンス、長期休暇

宇都山くんはあくまで救世主：イケメン悪魔に恋されました. 1／相葉すずか作;Noyu絵／アルファポリス 星雲社（アルファポリスきずな文庫）／2024年6月／キャラクター・立場>悪魔／キャラクター・立場>死神／キャラクター・立場>美少年、美男子、美青年／学校・学園・学生・教育>中学校、中学生／人間関係>恋愛

カンタの訓練：盲導犬への道／草野あきこ作;かけひさとこ絵／岩崎書店／2024年6月／キャラクター・立場>盲導犬、聴導犬、介助犬／ストーリー>修行、トレーニング、試練、練習／戦争と平和・災害・社会問題>障害者>視覚障害者／動物・生きもの>イヌ

友だちは給食室のゆうれい／草野あきこ文;山田花菜絵／金の星社／2024年9月／キャラクター・立場>おばけ、幽霊、生霊／ストーリー>ホラー、オカルト、グロテスク、怪談／ストーリー>秘密、隠し事、秘話／学校・学園・学生・教育>小学校、小学生>小学校3・4年生／人間関係>友達／暮らし・生活>食べもの、飲みもの>おやつ、お菓子>おやつ、お菓子一般

光の粒が舞いあがる／蒼沼洋人著／PHP研究所（カラフルノベル）／2024年7月／キャラクター・立場>シングルマザー、シングルファザー／キャラクター・立場>子ども、少年、少女／ストーリー>出会い／ストーリー>成長、克服、成り上がり／文化・芸能・スポーツ>スポーツ>ボクシング、キックボクシング

あいたかったよ／村井志音著／文芸社／2024年5月／キャラクター・立場>幼稚園児、保育園児／乗りもの>自動車>バス>スクールバス／場所・建物・施設・設備>幼稚園／職業>運転手一般／人間関係>友達

二人と一匹の本格捜査ミステリー. 2—文研じゅべにーる／村松由紀子作;ao絵／文研出版／2024年4月／ストーリー>ミステリー、サスペンス、謎解き／ストーリー>失踪、誘拐、人身売買／ストーリー>捜査、捜索、潜入／場所・建物・施設・設備>研究所、研究室／人間関係>幼なじみ／動物・生きもの>モルモット

ふでばこのくにの冒険：ぼくを取りもどすために／村上しいこ作;岡本順絵／童心社／2024年2月／アイテム・能力>文房具>筆箱／アイテム・能力>文房具>文房具一般／ストーリー>冒険、旅／場所・建物・施設・設備>科学館／暮らし・生活>感情、心>不機嫌、反抗、不安

神さまの通り道. [2]／村上しいこ作;柴田ゆう絵／偕成社／2024年12月／キャラクター・立場>居候、同居人／キャラクター・立場>神様、女神、観音様、仏様／キャラクター・立場>同僚、同級生／学校・学園・学生・教育>小学校、小学生一般／暮らし・生活>感情、心>相談

資料室の日曜日：にげたひこぼしをさがせ!／村上しいこ作;田中六大絵／講談社（わくわくライブラリー）／2024年5月／ストーリー>さがしもの、人探し／ストーリー>脱出、逃亡、脱走／学校・学園・学生・教育>小学校、小学生一般／場所・建物・施設・設備>資料館、資料室／動物・生きもの>シカ／暮らし・生活>イベント、行事>七夕

あそび室の日曜日：マグロおどりでおさきマっグロ／村上しいこ作;田中六大絵／講談社（わくわくライブラリー）／2024年11月／アイテム・能力>玩具、人形、フィギュア、ぬいぐるみ／学校・学園・学生・教育>小学校、小学生一般／場所・建物・施設・設備>図書館、図書室／動物・生きもの>魚、貝>マグロ／暮らし・生活>遊び>遊び一般

こらしめじぞう. 2／村上しいこ著;軽部武宏絵／静山社／2024年6月／キャラクター・立場>おじぞうさま／キャラクター・立場>おばけ、幽霊、生霊／ストーリー>ホラー、オカルト、グロテスク、怪談／作品情報>短編集

／暮らし・生活＞感情、心＞うそ、でたらめ

プレッツェモリーナ―語りの森昔話集；6／村上郁再話／語りの森／2024年11月／キャラクター・立場＞子ども、少年、少女／キャラクター・立場＞魔女／ご当地もの＞イタリア／ストーリー＞メルヘン／ストーリー＞監禁、軟禁／動物・生きもの＞ネコ

かなたのif／村上雅郁作／フレーベル館（フレーベル館文学の森）／2024年6月／アイテム・能力＞宝物／ストーリー＞秘密、隠し事、秘話／ストーリー＞夢、野望、野心／学校・学園・学生・教育＞中学校、中学生／自然・環境・宇宙＞季節、四季＞夏／人間関係＞友達

ショコラ・アソート：あの子からの贈りもの／村上雅郁作／フレーベル館（フレーベル館文学の森）／2024年12月／キャラクター・立場＞子ども、少年、少女／ストーリー＞秘密、隠し事、秘話／作品情報＞短編集／暮らし・生活＞感情、心＞感情、心一般

うさぎになった日／村中李衣文;しらとあきこ絵／世界文化ブックス 世界文化社／2024年3月／アイテム・能力＞プレゼント、お土産／アイテム・能力＞文房具＞ノート、手帳／キャラクター・立場＞おしゃべり／職業＞教師、講師、師匠、教授、准教授、家庭教師／動物・生きもの＞ウサギ

ハニーレモンソーダ：あなたを好きでいる勇気：まんがノベライズ／村田真優原作/絵;ワダヒトミ著／集英社（集英社みらい文庫）／2024年9月／キャラクター・立場＞同僚、同級生／学校・学園・学生・教育＞高校、高等専門学校、高校生、高専生／作品情報＞ノベライズ／人間関係＞恋愛／暮らし・生活＞感情、心＞羨望、憧れ

富嶽百景―スラよみ!日本文学名作シリーズ；4／太宰治作;黒野伸一現代語訳／理論社／2024年12月／ストーリー＞日本の物語＞太宰治一般／作品情報＞短編集／自然・環境・宇宙＞山、森／場所・建物・施設・設備＞お店＞カフェ、喫茶店、茶屋

名探偵犬コースケ. 2／太田忠司著;NOEYEBROW絵／朝日新聞出版（ナゾノベル）／2024年12月／アイテム・能力＞暗号／キャラクター・立場＞探偵犬／ストーリー＞ミステリー、サスペンス、謎解き／ストーリー＞事件、事故／ストーリー＞冒険、旅／暮らし・生活＞ファッション、おしゃれ、身だしなみ＞帽子、頭巾

怪盗グルーのミニオン超変身／代田亜香子著／小学館（小学館ジュニア文庫）／2024年7月／キャラクター・立場＞海賊、盗賊、泥棒、怪盗、義賊／ストーリー＞キャラクター作品＞怪盗グルーシリーズ一般／ストーリー＞異世界、架空・不思議の世界／ストーリー＞頭脳、心理戦、対決／作品情報＞ノベライズ／人間関係＞ライバル、仇／人間関係＞家族＞家族一般

悪魔の思考ゲーム = DEVIL'S THOUGHT GAME. 3／大塩哲史著;朝日川日和絵／朝日新聞出版（ナゾノベル）／2024年3月／ストーリー＞SF＞タイムトラベル、タイムスリップ、タイムループ、ワープ／ストーリー＞ミステリー、サスペンス、謎解き／ストーリー＞救出、救助／ストーリー＞頭脳、心理戦、対決／ストーリー＞予言、予報、予告／暮らし・生活＞感情、心＞絶望

こちら、ヒミツのムー調査団! 2／大久保開作;ゆえ絵;ムー編集部監修／Gakken／2024年2月／キャラクター・立場＞架空生物、未確認生物／ストーリー＞調査／ストーリー＞夢、野望、野心／ストーリー＞迷信、伝説／動物・生きもの＞ヒツジ

こちら、ヒミツのムー調査団! 3／大久保開作;ゆえ絵;ムー編集部監修／Gakken／2024年7月／キャラクター・立場＞架空生物、未確認生物／キャラクター・立場＞雪男／ストーリー＞ホラー、オカルト、グロテスク、怪談／ストーリー＞ミステリー、サスペンス、謎解き／ストーリー＞調査／ストーリー＞迷信、伝説／学校・学園・学生・教育＞小学校、小学生＞小学校３・４年生

生き残りゲームラストサバイバル. [20]／大久保開作;北野詠一絵／集英社（集英社みらい文庫）／2024年2月／アイテム・能力＞プレゼント、お土産／ストーリー＞サバイバル／ストーリー＞告白、カミングアウト／場所・建物・施設・設備＞遊園地、テーマパーク／人間関係＞恋愛

生き残りゲームラストサバイバル. [21]／大久保開作;北野詠一絵／集英社（集英社みらい文庫）／2024年8月／ストーリー＞サバイバル／ストーリー＞バトル、奇襲、戦闘、抗争／学校・学園・学生・教育＞学校、学園、学生、教育一般／学校・学園・学生・教育＞中学校、中学生

神スキル!!! [4]／大空なつき作;アルセチカ絵／KADOKAWA（角川つばさ文庫）／2024年3月／アイテム・能力＞異能力、スキル、レベル、特技／ストーリー＞試合、競争、コンテスト、競合／学校・学園・学生・教育＞学校、学園、学生、教育一般／人間関係＞家族＞きょうだい／暮らし・生活＞イベント、行事＞体育祭、運動会

世界一クラブ. [19]／大空なつき作;明菜絵／KADOKAWA（角川つばさ文庫）／2024年8月／ストーリー＞ミステリー、サスペンス、謎解き／ストーリー＞試合、競争、コンテスト、競合／ストーリー＞事件、事故／ストーリ

ー＞脱出、逃亡、脱走／学校・学園・学生・教育＞小学校、小学生＞小学校５・６年生／場所・建物・施設・設備＞動物園／文化・芸能・スポーツ＞文化、芸能＞写真

てんぐ先生は一年生／大石真;大石夏也作;村上豊絵／ポプラ社（子どもたちにつたえたい傑作選）／2024年３月／キャラクター・立場＞天狗／ストーリー＞失踪、誘拐、人身売買／学校・学園・学生・教育＞小学校、小学生一般／自然・環境・宇宙＞山、森／職業＞教師、講師、師匠、教授、准教授、家庭教師

うそつき桃の夢／大竹弘志著／文芸社／2024年５月／ストーリー＞孤立、孤独／人間関係＞家族＞家族一般／暮らし・生活＞感情、心＞愛、愛情／暮らし・生活＞感情、心＞信頼、絆／暮らし・生活＞食べもの、飲みもの＞果物＞モモ

ねえねえ、きょうのおはなしは……：世界の楽しいむかしばなし／大塚勇三再話・訳;PEIACO画／福音館書店／2024年１月／ご当地もの＞ヨーロッパ＞北欧（北ヨーロッパ）／ストーリー＞世界の物語＞グリム童話＞グリム童話一般／ストーリー＞世界の物語＞世界の物語一般／作品情報＞短編集／暮らし・生活＞外国文化、異文化、多文化

誰も知らない小さな魔法／大庭賢哉作・絵／静山社／2024年３月／アイテム・能力＞魔法、魔術、魔力、召喚術／キャラクター・立場＞弟子、後輩、部下、助手、家来、家臣／キャラクター・立場＞魔女／ストーリー＞秘密、隠し事、秘話／作品情報＞短編集／暮らし・生活＞イベント、行事＞引っ越し、移住

ドラゴンドリル・ストーリー火山の竜王／大門櫻子作;天野英絵／Gakken／2024年６月／アイテム・能力＞魔法、魔術、魔力、召喚術／キャラクター・立場＞幻獣／キャラクター・立場＞子ども、少年、少女／ストーリー＞バトル、奇襲、戦闘、抗争／ストーリー＞異世界、架空・不思議の世界／ストーリー＞冒険、旅

インゴとインディの物語. 2／大矢純子作;佐藤勝則絵／鳥影社／2024年７月／アイテム・能力＞魔法、魔術、魔力、召喚術／キャラクター・立場＞妖精、精霊／ストーリー＞成長、克服、成り上がり／ストーリー＞友情／学校・学園・学生・教育＞黒板／学校・学園・学生・教育＞小学校、小学生＞小学校３・４年生／人間関係＞友達／暮らし・生活＞感情、心＞疑問、悩み

妖怪捕物帖×. 八眷伝篇3―ようかいとりものちょう；19／大崎悌造作;ありがひとし画／岩崎書店／2024年８月／キャラクター・立場＞妖怪／ストーリー＞あやかし、憑依、擬人化／ストーリー＞バトル、奇襲、戦闘、抗争／ストーリー＞ミステリー、サスペンス、謎解き／ストーリー＞捕獲、捕縛、捕物／動物・生きもの＞キツネ

キミの知らない恋の物語. セツナイ／瀧井朝世編／汐文社／2024年１月／作品情報＞アンソロジー／人間関係＞恋愛／暮らし・生活＞感情、心＞思いやり、親切、やさしさ／暮らし・生活＞感情、心＞寂しさ／暮らし・生活＞感情、心＞悲しみ、落胆

キミの知らない恋の物語. ユレル／瀧井朝世編／汐文社／2024年２月／作品情報＞短編集／人間関係＞家族＞家族一般／人間関係＞恋愛／暮らし・生活＞感情、心＞思いやり、親切、やさしさ

キミの知らない恋の物語. ナゾメク／瀧井朝世編／汐文社／2024年３月／キャラクター・立場＞美少女、美女／作品情報＞アンソロジー／自然・環境・宇宙＞夜／人間関係＞恋愛

わたしのカレーな夏休み／谷口雅美著;KOUME画／講談社／2024年６月／キャラクター・立場＞食いしん坊、大食い／ご当地もの＞大阪府／学校・学園・学生・教育＞宿題、課題＞自由研究／学校・学園・学生・教育＞小学校、小学生＞小学校５・６年生／人間関係＞叔父、伯父／暮らし・生活＞イベント、行事＞夏休み、バカンス、長期休暇／暮らし・生活＞食べもの、飲みもの＞食事＞カレー

放課後ミステリクラブ. 3／知念実希人作;Gurin.絵／ライツ社／2024年２月／ストーリー＞ミステリー、サスペンス、謎解き／学校・学園・学生・教育＞校庭／学校・学園・学生・教育＞小学校、小学生一般／人間関係＞チーム、パーティ、グループ／動物・生きもの＞カメ／文化・芸能・スポーツ＞文化、芸能＞美術、芸術＞銅像、仏像、石像

放課後ミステリクラブ. 4／知念実希人作;Gurin.絵／ライツ社／2024年６月／ストーリー＞ミステリー、サスペンス、謎解き／ストーリー＞失踪、誘拐、人身売買／学校・学園・学生・教育＞小学校、小学生＞小学校３・４年生／自然・環境・宇宙＞季節、四季＞夏／人間関係＞チーム、パーティ、グループ／動物・生きもの＞ウサギ

放課後ミステリクラブ. 5／知念実希人作;Gurin.絵／ライツ社／2024年10月／キャラクター・立場＞幻獣／ストーリー＞ミステリー、サスペンス、謎解き／学校・学園・学生・教育＞小学校、小学生＞小学校３・４年生／自然・環境・宇宙＞季節、四季＞冬／自然・環境・宇宙＞湖、池、沼／人間関係＞チーム、パーティ、グループ

天久鷹央の推理カルテ＝Ameku Takao's Detective Karte：カッパの秘密とナゾの池／知念実希人作;一束挿絵／実業之日本社／2024年12月／キャラクター・立場＞かっぱ／キャラクター・立場＞妖怪／ストーリー＞ミステリ

ー、サスペンス、謎解き／学校・学園・学生・教育＞小学校、小学生一般／場所・建物・施設・設備＞公園／職業＞探偵／暮らし・生活＞遊び＞肝試し

もしもの世界ルーレット. [2]／地図十行路作;みたう絵／KADOKAWA（角川つばさ文庫）／2024 年 3 月／アイテム・能力＞ルーレット／ストーリー＞異世界、架空・不思議の世界／学校・学園・学生・教育＞学校、学園、学生、教育一般／人間関係＞友達／暮らし・生活＞感情、心＞疑問、悩み

幽霊屋敷予定地―怪ぬしさまシリーズ／地図十行路著;ニナハチ絵／朝日新聞出版（ナゾノベル）／2024 年 7 月／キャラクター・立場＞おばけ、幽霊、生霊／ストーリー＞あやかし、憑依、擬人化／ストーリー＞ホラー、オカルト、グロテスク、怪談／ストーリー＞選択／学校・学園・学生・教育＞中学校、中学生／場所・建物・施設・設備＞おばけ屋敷

青蛙祭実行委員会よりお知らせです。―カドカワ読書タイム／遅河海原案;室岡ヨシミコ著;二反田こなイラスト／KADOKAWA／2024 年 2 月／ストーリー＞異世界、架空・不思議の世界／学校・学園・学生・教育＞学校、学園、学生、教育一般／学校・学園・学生・教育＞生徒会、委員会／戦争と平和・災害・社会問題＞災害＞台風、ハリケーン／動物・生きもの＞魚、貝＞魚、貝一般／暮らし・生活＞イベント、行事＞文化祭、学園祭

むかしむかしあるところに：たのしい日本のむかしばなし／竹中淑子;根岸貴子文;堀川理万子絵／徳間書店／2024 年 6 月／ストーリー＞日本の物語＞したきりすずめ／ストーリー＞日本の物語＞ももたろう／ストーリー＞日本の物語＞鳥のみじい／ストーリー＞日本の物語＞日本の物語一般／作品情報＞短編集

再会の日に／中山聖子作／岩崎書店／2024 年 4 月／ストーリー＞再会／ストーリー＞死、別れ／人間関係＞家族＞きょうだい／人間関係＞家族＞家族一般

5 分でスカッと!：この溺愛はまさかすぎ!?／中小路かほほか著;かなめもにか絵／スターツ出版（野いちごジュニア文庫）／2024 年 4 月／キャラクター・立場＞スター、人気者／キャラクター・立場＞先輩、上司／学校・学園・学生・教育＞中学校、中学生／作品情報＞アンソロジー／人間関係＞幼なじみ／人間関係＞恋愛＞失恋

同居中の総長さま×4 が距離感バグってます!／中小路かほ著;川名すず絵／スターツ出版（野いちごジュニア文庫）／2024 年 5 月／キャラクター・立場＞居候、同居人／キャラクター・立場＞暴走族、不良、ヤンキー、番長／ストーリー＞秘密、隠し事、秘話／学校・学園・学生・教育＞中学校、中学生／人間関係＞ハーレム、逆ハーレム、三角関係／人間関係＞家族＞ふたご

あの日のあなた―くもんの児童文学／中川なをみ作;大野八生絵／くもん出版／2024 年 6 月／キャラクター・立場＞冒険者、旅人／学校・学園・学生・教育＞小学校、小学生＞小学校３・４年生／乗りもの＞自動車＞バス／場所・建物・施設・設備＞集落、村

学校の怪談 5 分間の恐怖行事編. [2]／中村まさみ作／金の星社／2024 年 1 月／ストーリー＞あやかし、憑依、擬人化／ストーリー＞サイバー＞インターネット、SNS、メール、ブログ／ストーリー＞ホラー、オカルト、グロテスク、怪談／学校・学園・学生・教育＞学校、学園、学生、教育一般／作品情報＞短編集／暮らし・生活＞遊び＞海水浴、プール

学校の怪談 5 分間の恐怖行事編. [3]／中村まさみ作／金の星社／2024 年 2 月／ストーリー＞サイバー＞インターネット、SNS、メール、ブログ／ストーリー＞ホラー、オカルト、グロテスク、怪談／学校・学園・学生・教育＞学校、学園、学生、教育一般／学校・学園・学生・教育＞校外学習、移動教室／作品情報＞短編集／暮らし・生活＞遊び＞ピクニック、遠足、キャンプ、ハイキング

学校の怪談 5 分間の恐怖行事編. [4]／中村まさみ作／金の星社／2024 年 2 月／ストーリー＞サイバー＞インターネット、SNS、メール、ブログ／ストーリー＞ホラー、オカルト、グロテスク、怪談／学校・学園・学生・教育＞学校、学園、学生、教育一般／作品情報＞短編集／暮らし・生活＞イベント、行事＞音楽会／暮らし・生活＞イベント、行事＞体育祭、運動会／暮らし・生活＞イベント、行事＞発表会、学芸会

学校の怪談 5 分間の恐怖〈行事編〉. [5]／中村まさみ作／金の星社／2024 年 3 月／ストーリー＞サイバー＞インターネット、SNS、メール、ブログ／ストーリー＞ホラー、オカルト、グロテスク、怪談／学校・学園・学生・教育＞学校、学園、学生、教育一般／作品情報＞短編集／暮らし・生活＞イベント、行事＞卒業式／暮らし・生活＞イベント、行事＞入学式

ジューナとベール／中村応子／パレード（Parade books）／2024 年 2 月／キャラクター・立場＞王子様／キャラクター・立場＞王女、お姫様、女王、お妃／ストーリー＞異世界、架空・不思議の世界／場所・建物・施設・設備＞宮廷、城、後宮、宮殿／文化・芸能・スポーツ＞文化、芸能＞美術、芸術＞手芸、裁縫、編みもの、ハンドメイド／暮らし・生活＞ファッション、おしゃれ、身だしなみ＞ベール

キット：父さんをさがしに／中村応子／パレード（Parade books）／2024 年 8 月／キャラクター・立場>子ども、少年、少女／ストーリー>さがしもの、人探し／作品情報>短編集／場所・建物・施設・設備>港、港町／人間関係>家族>親子／人間関係>仲間

鬼八伝説／中村地平作;せきやよいイラスト／ヒムカ出版／2024 年 5 月／キャラクター・立場>鬼／ご当地もの>宮崎県／ご当地もの>熊本県>阿蘇市／ストーリー>使命、任務>撲滅運動、退治、駆除／ストーリー>日本の物語>日本の物語一般／ストーリー>迷信、伝説／場所・建物・施設・設備>集落、村

呪いのゲームぷうけえ!―カドカワ読書タイム／中靍水雲著;長谷梨加イラスト／KADOKAWA／2024 年 9 月／ストーリー>ゲーム、アニメ／ストーリー>ホラー、オカルト、グロテスク、怪談／ストーリー>異世界、架空・不思議の世界／ストーリー>失踪、誘拐、人身売買>神隠し／ストーリー>呪い、呪術、呪文、祟り／ストーリー>問題解決／学校・学園・学生・教育>小学校、小学生>小学校５・６年生

クンペイの探偵ノート. 2／昼田弥子作;クリハラタカシ絵／あかね書房／2024 年 11 月／ストーリー>ミステリー、サスペンス、謎解き／学校・学園・学生・教育>小学校、小学生>小学校３・４年生／職業>クリエイター>漫画家、画家、芸術家、イラストレーター、絵師／職業>探偵／暮らし・生活>言葉>ことわざ

うみへいったタマネギちゃんとピーマンちゃん―おはなしみーつけた!シリーズ／昼田弥子作;姫田真武絵／佼成出版社／2024 年 6 月／ストーリー>友情／自然・環境・宇宙>海／人間関係>友達／暮らし・生活>食べもの、飲みもの>野菜>タマネギ／暮らし・生活>食べもの、飲みもの>野菜>ピーマン

吸血鬼と薔薇少女. 1／朝香のりこ絵&原作*あいら*著／スターツ出版（野いちごジュニア文庫）／2024 年 2 月／キャラクター・立場>スター、人気者／キャラクター・立場>鬼>吸血鬼／キャラクター・立場>同僚、同級生／学校・学園・学生・教育>学校、学園、学生、教育一般／学校・学園・学生・教育>中学校、中学生／人間関係>恋愛

いつか、あの博物館で。：アンドロイドと不気味の谷／朝比奈あすか著／東京書籍／2024 年 7 月／キャラクター・立場>ロボット、アンドロイド／ストーリー>成長、克服、成り上がり／学校・学園・学生・教育>学校、学園、学生、教育一般／学校・学園・学生・教育>中学校、中学生／場所・建物・施設・設備>博物館

わたしと話したくないあの子―ノベルズ・エクスプレス；58／朝比奈蓉子作;双森文絵／ポプラ社／2024 年 9 月／ストーリー>再会／ストーリー>友情／学校・学園・学生・教育>小学校、小学生>小学校５・６年生／学校・学園・学生・教育>転校、転校生、編入／暮らし・生活>感情、心>疑問、悩み

朝読みのライスおばさん／長江優子作;みずうちさとみ絵／理論社／2024 年 11 月／キャラクター・立場>おしゃべり／キャラクター・立場>おばさん／学校・学園・学生・教育>学校、学園、学生、教育一般／学校・学園・学生・教育>小学校、小学生>小学校５・６年生／文化・芸能・スポーツ>スポーツ>ダンス、踊り

夢でみた庭／長崎夏海著;佐藤真紀子絵／講談社／2024 年 9 月／学校・学園・学生・教育>中学校、中学生／人間関係>家族>きょうだい／人間関係>家族>親子／暮らし・生活>家事／暮らし・生活>感情、心>自立

呼人は旅をする／長谷川まりる著／偕成社／2024 年 10 月／アイテム・能力>特異体質／ストーリー>冒険、旅／作品情報>短編集／自然・環境・宇宙>自然、環境、宇宙一般／動物・生きもの>動物、生きもの一般

小説魔界の主役は我々だ! 1／津田沼篤原作・挿絵;吉岡みつる文;津田沼篤;西修;〇〇の主役は我々だ!監修／ポプラ社（ポプラキミノベル）／2024 年 10 月／キャラクター・立場>悪魔／キャラクター・立場>先輩、上司／学校・学園・学生・教育>学校、学園、学生、教育一般／学校・学園・学生・教育>部活、サークル、クラブ／作品情報>ノベライズ

ツクルとひみつの改造ボット. 2／辻貴司作;TAKA 絵／岩崎書店／2024 年 12 月／アイテム・能力>機械／キャラクター・立場>ロボット、アンドロイド／キャラクター・立場>子ども、少年、少女／キャラクター・立場>同僚、同級生／ストーリー>さがしもの、人探し／職業>エンジニア、技術者

教室の怖い噂―キミが開く恐怖の扉ホラー傑作コレクション／辻村深月;近藤史恵;澤村伊智著;朝宮運河編／汐文社／2024 年 11 月／キャラクター・立場>おばけ、幽霊、生霊／ストーリー>ホラー、オカルト、グロテスク、怪談／学校・学園・学生・教育>音楽室／学校・学園・学生・教育>小学校、小学生一般／作品情報>アンソロジー／場所・建物・施設・設備>階段

わたしは食べるのが下手／天川栄人作／小峰書店（Sunnyside Books）／2024 年 6 月／キャラクター・立場>強迫性障害、強迫的ホーディング（強迫性貯蔵症）、不安障害／ストーリー>病気、怪我、医療>メンタルヘルス／学校・学園・学生・教育>学校、学園、学生、教育一般／暮らし・生活>感情、心>疑問、悩み／暮らし・生活>感情、心>不機嫌、反抗、不安／暮らし・生活>食べもの、飲みもの>食事>給食

きのうの君とみらいの君へ：思春期の６人の物語／天川栄人作;くりたゆき本文イラスト／集英社（集英社みらい文庫）／2024年６月／キャラクター・立場＞LGBTQ／作品情報＞短編集／人間関係＞恋愛／人間関係＞恋愛＞同性愛＞女性同士／人間関係＞恋愛＞同性愛＞男性同士／暮らし・生活＞感情、心＞疑問、悩み

地球発!アストロアカデミー：うらぎり者はだれだ!?月からの大脱出!／天川栄人作;ゆうち巳くみ絵／集英社（集英社みらい文庫）／2024年３月／ストーリー＞SF／ストーリー＞脱出、逃亡、脱走／ストーリー＞裏切り／自然・環境・宇宙＞月／乗りもの＞宇宙船、宇宙ステーション／職業＞探検家、冒険家

あるいは誰かのユーウツ＝Someone's Melancholy／天川栄人著／講談社／2024年６月／学校・学園・学生・教育＞中学校、中学生／作品情報＞短編集／文化・芸能・スポーツ＞スポーツ＞バレーボール、バスケットボール／文化・芸能・スポーツ＞文化、芸能＞美術、芸術＞絵／暮らし・生活＞からだ、顔＞毛、髪の毛／暮らし・生活＞感情、心＞疑問、悩み／暮らし・生活＞感情、心＞思春期

世界のふしぎは、きっと誰かの仕事でできている。／田丸雅智著;フルカワマモる絵／Gakken／2024年７月／ストーリー＞仕事／自然・環境・宇宙＞空／職業＞飼育員／職業＞消防士、救助隊／職業＞職人／動物・生きもの＞動物、生きもの一般

24のひらめき!と僕らの季節―14歳の世渡り術／田丸雅智著;桃色ポワソンイラスト／河出書房新社／2024年11月／作品情報＞短編集／自然・環境・宇宙＞季節、四季＞季節、四季一般／暮らし・生活＞イベント、行事＞お盆／暮らし・生活＞イベント、行事＞行事一般／暮らし・生活＞イベント、行事＞端午の節句＞こいのぼり

ペーターヘンの月世界旅行／田村明一著／書肆盛林堂（盛林堂ミステリアス文庫 プレゼント叢書）／2024年３月／ストーリー＞SF／ストーリー＞冒険、旅／自然・環境・宇宙＞月／人間関係＞家族＞きょうだい／動物・生きもの＞虫＞コガネムシ／暮らし・生活＞からだ、顔＞あし

窓の向こう、その先に／田村理江作;北見葉胡絵／岩崎書店／2024年11月／キャラクター・立場＞スター、人気者／キャラクター・立場＞子ども、少年、少女／ストーリー＞異世代・世代間交流／ストーリー＞友情／人間関係＞友達

鐘の鳴る夜は真実を隠す―LIAR：嘘つきは、誰だ?／田中佳祐著／Gakken／2024年４月／キャラクター・立場＞犯人、凶悪犯罪者、囚人／ストーリー＞ミステリー、サスペンス、謎解き／ストーリー＞拷問、処刑、殺人／暮らし・生活＞感情、心＞うそ、でたらめ／暮らし・生活＞遊び＞人狼ゲーム

作戦会議は疫病神と!?／田部智子作;黒須高嶺絵／国土社／2024年９月／キャラクター・立場＞疫病神／キャラクター・立場＞同僚、同級生／学校・学園・学生・教育＞学校、学園、学生、教育一般／学校・学園・学生・教育＞小学校、小学生＞小学校５・６年生／暮らし・生活＞感情、心＞運

小説弱虫ペダル. 14／渡辺航原作;輔老心ノベライズ／岩崎書店（フォア文庫）／2024年２月／ストーリー＞試合、競争、コンテスト、競合／学校・学園・学生・教育＞高校、高等専門学校、高校生、高専生／学校・学園・学生・教育＞部活、サークル、クラブ／作品情報＞ノベライズ／文化・芸能・スポーツ＞スポーツ＞自転車競技、競輪／暮らし・生活＞イベント、行事＞インターハイ

小説弱虫ペダル. 15／渡辺航原作;輔老心ノベライズ／岩崎書店（フォア文庫）／2024年６月／ストーリー＞試合、競争、コンテスト、競合／学校・学園・学生・教育＞高校、高等専門学校、高校生、高専生／学校・学園・学生・教育＞部活、サークル、クラブ／作品情報＞ノベライズ／文化・芸能・スポーツ＞スポーツ＞自転車競技、競輪／暮らし・生活＞イベント、行事＞インターハイ

蟲神器オリジナルノベル：大逆転!カードバトル／土橋真二郎著;トリル絵／集英社（集英社みらい文庫）／2024年７月／キャラクター・立場＞子ども、少年、少女／ストーリー＞ゲーム、アニメ＞カードゲーム／ストーリー＞バトル、奇襲、戦闘、抗争／ストーリー＞逆転／人間関係＞友達／動物・生きもの＞虫＞虫一般

おすしかめんサーモンスペシャル：お話・まんがもりあわせ／土門トキオさく;川崎タカオえ／Gakken／2024年６月／ストーリー＞挑戦／動物・生きもの＞魚、貝＞魚、貝一般／文化・芸能・スポーツ＞文化、芸能＞お笑い／暮らし・生活＞食べもの、飲みもの＞食事＞おにぎり、おすし／暮らし・生活＞遊び＞迷路

オセロのジャムとにじ色トカゲ／島村木綿子作;はしもとえつよ絵／国土社／2024年６月／キャラクター・立場＞食いしん坊、大食い／ストーリー＞問題解決／場所・建物・施設・設備＞庭／動物・生きもの＞トカゲ／動物・生きもの＞ネコ／暮らし・生活＞食べもの、飲みもの＞食事＞ジャム、マーマレード

おはなしのろうそく. 34／東京子ども図書館編／東京子ども図書館／2024年８月／ストーリー＞世界の物語＞世界の物語一般／ストーリー＞日本の物語＞日本の物語一般／作品情報＞アンソロジー／自然・環境・宇宙＞花、植物＞バラ／職業＞羊飼い、牛飼い／動物・生きもの＞鳥＞オンドリ

訳ありイケメンと同居中です!!：推し活女子、俺様王子を拾う／東里胡著;八神千歳イラスト／小学館（小学館ジュニア文庫）／2024年10月／アイテム・能力>玩具、人形、フィギュア、ぬいぐるみ／アイテム・能力>魔法、魔術、魔力、召喚術／キャラクター・立場>居候、同居人／キャラクター・立場>美少年、美男子、美青年／ストーリー>呪い、呪術、呪文、祟り／学校・学園・学生・教育>中学校、中学生

5分後に意外な結末Q そして、パズルだけが残った。／桃戸ハル;伊月咲著;usi絵／Gakken／2024年12月／ストーリー>ミステリー、サスペンス、謎解き／学校・学園・学生・教育>学校、学園、学生、教育一般／作品情報>短編集／暮らし・生活>遊び>パズル

5秒後に意外な結末：ミダス王の黄金の指先─「5分後に意外な結末」シリーズ／桃戸ハル編著;usi絵／Gakken／2024年1月／キャラクター・立場>王様、皇帝／作品情報>短編集／暮らし・生活>感情、心>恐怖／暮らし・生活>感情、心>祝福、賞賛、感動／暮らし・生活>感情、心>笑顔、楽しみ、喜び

5万年後に意外な結末：プロメテウスの紅蓮の炎─「5分後に意外な結末」シリーズ／桃戸ハル編著;usi絵／Gakken／2024年8月／ストーリー>ドキュメント／ストーリー>世界の神話>ギリシア神話／動物・生きもの>人類／動物・生きもの>生態

5分後に意外な結末ex クリムゾンに染まる宮殿／桃戸ハル編著;usi絵／Gakken／2024年12月／作品情報>短編集／場所・建物・施設・設備>宮廷、城、後宮、宮殿／暮らし・生活>からだ、顔>涙／暮らし・生活>感情、心>恐怖／暮らし・生活>感情、心>笑顔、楽しみ、喜び

絶体絶命ゲーム. 15／藤ダリオ作／KADOKAWA（角川つばさ文庫）／2024年6月／ストーリー>サバイバル／ストーリー>ミステリー、サスペンス、謎解き／ストーリー>地獄／人間関係>チーム、パーティ、グループ／人間関係>友達／暮らし・生活>運命、宿命

バラの咲く日に：生きづらさの庭で／藤原千奈／文芸社／2024年4月／キャラクター・立場>エリート、優等生／キャラクター・立場>発達障害／ストーリー>呪い、呪術、呪文、祟り／学校・学園・学生・教育>小学校、小学生>小学校5・6年生／人間関係>家族>家族一般／暮らし・生活>感情、心>疑問、悩み

ミタちゃんが見ちゃった!?：家事代行サービス事件簿／藤咲あゆな;ハニーカンパニー著;中嶋ゆかイラスト／小学館（小学館ジュニア文庫）／2024年8月／アイテム・能力>異能力、スキル、レベル、特技／ストーリー>ミステリー、サスペンス、謎解き／ストーリー>仕事／学校・学園・学生・教育>中学校、中学生／人間関係>家族>きょうだい／暮らし・生活>家事

天国の犬ものがたり. [17]／藤咲あゆな著;堀田敦子原作;環方このみイラスト／小学館（小学館ジュニア文庫）／2024年10月／ストーリー>お世話／学校・学園・学生・教育>小学校、小学生一般／作品情報>短編集／場所・建物・施設・設備>公園／動物・生きもの>イヌ／暮らし・生活>命

小説映画ドラえもんのび太の地球交響楽(シンフォニー)／藤子・F・不二雄原作;今井一暁監督・脚本原案;内海照子著・脚本／小学館（小学館ジュニア文庫）／2024年2月／キャラクター・立場>ロボット、アンドロイド／ストーリー>キャラクター作品>ドラえもん一般／作品情報>ノベライズ／文化・芸能・スポーツ>文化、芸能>音楽>バンド、オーケストラ、吹奏楽／文化・芸能・スポーツ>文化、芸能>音楽>楽器>リコーダー、笛

小説映画ドラえもんのび太のひみつ道具博物館／藤子・F・不二雄原作;福島直浩著;清水東脚本;寺本幸代監督／小学館（小学館ジュニア文庫）／2024年10月／キャラクター・立場>ロボット、アンドロイド／キャラクター・立場>海賊、盗賊、泥棒、怪盗、義賊／ストーリー>SF>タイムトラベル、タイムスリップ、タイムループ、ワープ／ストーリー>キャラクター作品>ドラえもん一般／ストーリー>事件、事故／作品情報>ノベライズ

まじょのナニーさん石のまほうとミラクル☆ダンス／藤真知子作;はっとりななみ絵／ポプラ社／2024年6月／アイテム・能力>魔法、魔術、魔力、召喚術／キャラクター・立場>魔女／ストーリー>病気、怪我、医療／文化・芸能・スポーツ>スポーツ>ダンス、踊り

迷路を解いたら怖い話／藤白圭作;浮雲宇一絵／静山社／2024年9月／ストーリー>ホラー、オカルト、グロテスク、怪談／作品情報>短編集／暮らし・生活>感情、心>恐怖／暮らし・生活>感情、心>発見、驚き／暮らし・生活>遊び>迷路

消された1行がわかるといきなり怖くなる話／藤白圭著／ワニブックス／2024年8月／キャラクター・立場>隣人、ご近所／ストーリー>ホラー、オカルト、グロテスク、怪談／ストーリー>死、別れ／ストーリー>夢、野望、野心／学校・学園・学生・教育>学校、学園、学生、教育一般／作品情報>短編集／暮らし・生活>感情、心>恐怖

謎が解けると怖いある学校の話：260字の戦慄〈闇〉体験─「怖い場所」超短編シリーズ／藤白圭著／主婦と生活

社／2024年7月／ストーリー>ホラー、オカルト、グロテスク、怪談／ストーリー>ミステリー、サスペンス、謎解き／ストーリー>事件、事故／ストーリー>呪い、呪術、呪文、祟り／学校・学園・学生・教育>学校、学園、学生、教育一般／作品情報>短編集

怖い標識デスゲーム—5分シリーズ+／藤白圭著;トミイマサコイラスト／河出書房新社／2024年10月／ストーリー>サバイバル／ストーリー>ホラー、オカルト、グロテスク、怪談／ストーリー>追跡、尾行／動物・生きもの>ウサギ／暮らし・生活>感情、心>恐怖

放課後チェンジ：世界を救う?最強チーム結成!／藤並みなと作;こよせ絵／KADOKAWA（角川つばさ文庫）／2024年8月／アイテム・能力>アクセサリー、ジュエリー>指輪／アイテム・能力>異能力、スキル、レベル、特技／キャラクター・立場>ゲーマー／ストーリー>コメディ／ストーリー>問題解決／人間関係>チーム、パーティ、グループ

美少年カフェは知っている—探偵チームKZ事件ノート／藤本ひとみ原作;住滝良文;駒形絵／講談社（講談社青い鳥文庫）／2024年3月／キャラクター・立場>美少年、美男子、美青年／ストーリー>ミステリー、サスペンス、謎解き／ストーリー>噂、スキャンダル／ストーリー>偽造／場所・建物・施設・設備>お店>カフェ、喫茶店、茶屋

イケメン深海魚は知っている—探偵チームKZ事件ノート／藤本ひとみ原作;住滝良文;駒形絵／講談社（講談社青い鳥文庫）／2024年9月／キャラクター・立場>美少年、美男子、美青年／ストーリー>ミステリー、サスペンス、謎解き／ストーリー>協力／ストーリー>窃盗、万引き、強盗／ストーリー>秘密、隠し事、秘話

ロボットのたまごをひろったら—ノベルズ・エクスプレス；56／奈雅月ありす作;酒井以絵／ポプラ社／2024年3月／キャラクター・立場>あかちゃん／キャラクター・立場>ロボット、アンドロイド／ストーリー>お世話／ストーリー>守護、護衛／ストーリー>友情／人間関係>家族>親子

ハルトくんのいうことは絶対! [3]／内田八尋作;茶乃ひなの絵／集英社（集英社みらい文庫）／2024年3月／ストーリー>サイバー>インターネット、SNS、メール、ブログ／学校・学園・学生・教育>学校、学園、学生、教育一般／学校・学園・学生・教育>中学校、中学生／学校・学園・学生・教育>転校、転校生、編入／職業>アイドル、地下アイドル／人間関係>許嫁

華麗なる探偵アリス&ペンギン. [23]／南房秀久著;あるやイラスト／小学館（小学館ジュニア文庫）／2024年2月／キャラクター・立場>海賊、盗賊、泥棒、怪盗、義賊／キャラクター・立場>弟子、後輩、部下、助手、家来、家臣／ストーリー>ミステリー、サスペンス、謎解き／ストーリー>捜査、捜索、潜入／職業>探偵／職業>店長、店主／動物・生きもの>鳥>ペンギン

華麗なる探偵アリス&ペンギン. [24]／南房秀久著;あるやイラスト／小学館（小学館ジュニア文庫）／2024年10月／キャラクター・立場>美少女、美女／ストーリー>ミステリー、サスペンス、謎解き／ストーリー>撮影／ストーリー>窃盗、万引き、強盗／職業>探偵

探偵ハイネは予言をはずさない. [5]／南房秀久著;わたあめイラスト／小学館（小学館ジュニア文庫）／2024年7月／キャラクター・立場>モンスター、魔物、魔獣、怪物、怪獣、怪鳥／ストーリー>ミステリー、サスペンス、謎解き／ストーリー>使命、任務／ストーリー>予言、予報、予告／職業>探偵／職業>霊媒師、霊能者

おばあちゃんのあかね色—こころのつばさシリーズ／楠章子作;あわい絵／佼成出版社／2024年11月／キャラクター・立場>子ども、少年、少女／ストーリー>病気、怪我、医療>認知症／人間関係>家族>家族一般／人間関係>祖父母／暮らし・生活>ファッション、おしゃれ、身だしなみ>ファッション、おしゃれ、身だしなみ一般

スタート =START—読書の時間；19／楠章子作;みなはむ絵／あかね書房／2024年3月／キャラクター・立場>LGBTQ／ストーリー>いじめ、いじわる／人間関係>家族>親子／戦争と平和・災害・社会問題>貧困、家庭内暴力、児童虐待／暮らし・生活>感情、心>疑問、悩み

森のちいさな三姉妹 =Three little sisters in the forest：はじめてのおたんじょう日!—ジュニア文学館／楠章子作;井田千秋絵／Gakken／2024年7月／キャラクター・立場>小人／自然・環境・宇宙>山、森／人間関係>家族>きょうだい／暮らし・生活>イベント、行事>お茶会、パーティー／暮らし・生活>イベント、行事>誕生、誕生日、記念日

出てこい、写楽!：蔦重編集日記／楠木誠一郎作;平沢下戸絵／静山社／2024年9月／キャラクター・立場>偉人、歴史上人物／ご当地もの>東京都>中央区>日本橋／ストーリー>引きこもり、寄生／ストーリー>歴史、時代もの／場所・建物・施設・設備>会社>出版社／職業>クリエイター>漫画家、画家、芸術家、イラストレーター、絵師／職業>店長、店主／文化・芸能・スポーツ>文化、芸能>美術、芸術>絵

今日も誰かの誕生日―飛ぶ教室の本／二宮敦人作中田いくみ絵／光村図書出版／2024年12月／学校・学園・学生・教育＞高校、高等専門学校、高校生、高専生／学校・学園・学生・教育＞小学校、小学生一般／作品情報＞短編集／人間関係＞いとこ／暮らし・生活＞イベント、行事＞誕生、誕生日、記念日／暮らし・生活＞食べもの、飲みもの＞おやつ、お菓子＞ケーキ

小説落第忍者乱太郎：ドクタケ忍者隊最強の軍師／尼子騒兵衛原作・イラスト;阪口和久小説／朝日新聞出版（あさひコミックス）／2024年5月／キャラクター・立場＞忍者、忍び／ストーリー＞キャラクター作品＞キャラクター作品一般／ストーリー＞バトル、奇襲、戦闘、抗争／学校・学園・学生・教育＞学校、学園、学生、教育一般／作品情報＞ノベライズ／職業＞教師、講師、師匠、教授、准教授、家庭教師

いばらの髪のノラ = thorn-haired Nora. 1／日向理恵子作吉田尚令絵／童心社／2024年4月／アイテム・能力＞魔法、魔術、魔力、召喚術／キャラクター・立場＞魔女／ストーリー＞さがしもの、人探し／ストーリー＞異世界、架空・不思議の世界／ストーリー＞冒険、旅

いばらの髪のノラ = thorn-haired Nora. 2／日向理恵子作吉田尚令絵／童心社／2024年6月／アイテム・能力＞魔法、魔術、魔力、召喚術／キャラクター・立場＞神様、女神、観音様、仏様／キャラクター・立場＞魔女／ストーリー＞さがしもの、人探し／ストーリー＞異世界、架空・不思議の世界／戦争と平和・災害・社会問題＞共存、共生

いばらの髪のノラ = thorn-haired Nora. 3／日向理恵子作吉田尚令絵／童心社／2024年8月／アイテム・能力＞魔法、魔術、魔力、召喚術／キャラクター・立場＞魔女／ストーリー＞さがしもの、人探し／ストーリー＞異世界、架空・不思議の世界／戦争と平和・災害・社会問題＞共存、共生

1話10分秘密文庫／日本児童文芸家協会編／新星出版社／2024年11月／ストーリー＞秘密、隠し事、秘話／作品情報＞アンソロジー／場所・建物・施設・設備＞お店＞書店、古書店／人間関係＞恋愛／文化・芸能・スポーツ＞文化、芸能＞文学、本

まほうのアブラカタブレット―とっておきのどうわ／如月かずさ作イシヤマアズサ絵／PHP研究所／2024年1月／アイテム・能力＞魔法、魔術、魔力、召喚術／学校・学園・学生・教育＞学校、学園、学生、教育一般／暮らし・生活＞感情、心＞祈り、願いごと／暮らし・生活＞携帯電話、スマートフォン、タブレット／暮らし・生活＞遊び＞いたずら

ほんとにともだち?／如月かずさ作高橋和枝絵／小峰書店／2024年3月／ストーリー＞友情／人間関係＞友達／動物・生きもの＞クマ／動物・生きもの＞タヌキ

リセット. 5／如月ゆすら作市井あさ絵／アルファポリス 星雲社（アルファポリスきずな文庫）／2024年2月／ストーリー＞バトル、奇襲、戦闘、抗争／ストーリー＞異世界、架空・不思議の世界／ストーリー＞異世界転生／場所・建物・施設・設備＞お店＞カフェ、喫茶店、茶屋／暮らし・生活＞買い物

リセット. 6／如月ゆすら作市井あさ絵／アルファポリス 星雲社（アルファポリスきずな文庫）／2024年10月／キャラクター・立場＞海賊、盗賊、泥棒、怪盗、義賊／ストーリー＞さがしもの、人探し／ストーリー＞異世界、架空・不思議の世界／ストーリー＞異世界転生／ストーリー＞失踪、誘拐、人身売買／ストーリー＞冒険、旅

エトワール! 13／梅田みか作結布絵／講談社（講談社青い鳥文庫）／2024年2月／キャラクター・立場＞弟子、後輩、部下、助手、家来、家臣／ストーリー＞修行、トレーニング、試練、練習／学校・学園・学生・教育＞部活、サークル、クラブ／文化・芸能・スポーツ＞スポーツ＞ダンス、踊り＞バレエ／暮らし・生活＞イベント、行事＞発表会、学芸会

エトワール! 14／梅田みか作結布絵／講談社（講談社青い鳥文庫）／2024年7月／キャラクター・立場＞外国人／キャラクター・立場＞美少女、美女／ストーリー＞修行、トレーニング、試練、練習／ストーリー＞挑戦／学校・学園・学生・教育＞部活、サークル、クラブ／文化・芸能・スポーツ＞スポーツ＞ダンス、踊り＞バレエ

エトワール! 15／梅田みか作結布絵／講談社（講談社青い鳥文庫）／2024年12月／ストーリー＞試合、競争、コンテスト、競合／ストーリー＞挑戦／職業＞教師、講師、師匠、教授、准教授、家庭教師／文化・芸能・スポーツ＞スポーツ＞ダンス、踊り＞バレエ／暮らし・生活＞感情、心＞努力、忍耐

小説劇場版すとぷりはじまりの物語：Strawberry School Festival!!!／柏原真人原作江坂純著;STPRStudio監修／小学館（小学館ジュニア文庫）／2024年7月／ストーリー＞サイバー＞動画投稿、YouTube／ストーリー＞秘密、隠し事、秘話／ストーリー＞約束／作品情報＞ノベライズ／職業＞アイドル、地下アイドル／人間関係＞チーム、パーティ、グループ

モンスター・ホテルでめしあがれ／柏葉幸子作高畠純絵／小峰書店／2024年3月／キャラクター・立場＞おばけ、幽霊、生霊／キャラクター・立場＞モンスター、魔物、魔獣、怪物、怪獣、怪鳥／場所・建物・施設・設備＞ホテル、宿、旅館、ペンション、民宿／職業＞料理人、パティシエ、菓子職人

竜が呼んだ娘. 1／柏葉幸子作佐竹美保絵／講談社／2024年1月／アイテム・能力＞魔法、魔術、魔力、召喚術／キャラクター・立場＞幻獣／キャラクター・立場＞魔女／ストーリー＞異世界、架空・不思議の世界／ストーリー＞呪い、呪術、呪文、祟り／場所・建物・施設・設備＞宮廷、城、後宮、宮殿

竜が呼んだ娘. 2／柏葉幸子作佐竹美保絵／講談社／2024年3月／アイテム・能力＞魔法、魔術、魔力、召喚術／キャラクター・立場＞幻獣／キャラクター・立場＞魔女／ストーリー＞異世界、架空・不思議の世界／ストーリー＞呪い、呪術、呪文、祟り／ストーリー＞冒険、旅／場所・建物・施設・設備＞宮廷、城、後宮、宮殿

竜が呼んだ娘. 3／柏葉幸子作佐竹美保絵／講談社／2024年5月／アイテム・能力＞魔法、魔術、魔力、召喚術／キャラクター・立場＞あかちゃん／キャラクター・立場＞幻獣／キャラクター・立場＞魔女／ストーリー＞さがしもの、人探し／ストーリー＞失踪、誘拐、人身売買

竜が呼んだ娘. 4／柏葉幸子作佐竹美保絵／講談社／2024年8月／アイテム・能力＞魔法、魔術、魔力、召喚術／キャラクター・立場＞幻獣／キャラクター・立場＞子ども、少年、少女／キャラクター・立場＞魔女／ストーリー＞迷信、伝説

ぐうたら魔女ホーライまた来た!／柏葉幸子作長田恵子絵／理論社／2024年11月／キャラクター・立場＞おばけ、幽霊、生霊／キャラクター・立場＞怠け者／キャラクター・立場＞魔女／ストーリー＞さがしもの、人探し／ストーリー＞異世界、架空・不思議の世界／職業＞ベビーシッター

5分後に世界が変わる：おどろいて最後は泣ける物語／白井くもほか著;Lyon絵／スターツ出版（野いちごジュニア文庫）／2024年3月／アイテム・能力＞手紙、日記、メモ／ストーリー＞サイバー＞AI／ストーリー＞秘密、隠し事、秘話／作品情報＞アンソロジー／暮らし・生活＞イベント、行事＞夏休み、バカンス、長期休暇

天宮家の王子さま. [9]／白井ごはん作ひと和絵／集英社（集英社みらい文庫）／2024年4月／キャラクター・立場＞王子様／ストーリー＞けんか／学校・学園・学生・教育＞中学校、中学生／場所・建物・施設・設備＞邸宅、豪邸、館、屋敷／職業＞侍女、メイド、家政婦、召使い、女中／人間関係＞家族＞きょうだい／暮らし・生活＞イベント、行事＞デート

天宮家の王子さま. [10]／白井ごはん作ひと和絵／集英社（集英社みらい文庫）／2024年8月／学校・学園・学生・教育＞中学校、中学生／場所・建物・施設・設備＞お店＞カフェ、喫茶店、茶屋／場所・建物・施設・設備＞邸宅、豪邸、館、屋敷／職業＞侍女、メイド、家政婦、召使い、女中／人間関係＞家族＞きょうだい／暮らし・生活＞イベント、行事＞文化祭、学園祭

天宮家の王子さま. [11]／白井ごはん作ひと和絵／集英社（集英社みらい文庫）／2024年12月／キャラクター・立場＞王子様／ストーリー＞偽り、偽装／ストーリー＞夢、野望、野心／学校・学園・学生・教育＞中学校、中学生／場所・建物・施設・設備＞邸宅、豪邸、館、屋敷／職業＞侍女、メイド、家政婦、召使い、女中／人間関係＞家族＞きょうだい

あすなろ小学校は今日もにぎやか／白鳥樹一郎作菊地敏明表紙デザイン・絵／阿古耶書房／2024年10月／ストーリー＞成長、克服、成り上がり／ストーリー＞挑戦／学校・学園・学生・教育＞学校、学園、学生、教育一般／学校・学園・学生・教育＞小学校、小学生一般／作品情報＞短編集

ミラクルきょうふ!意味がわかると怖いストーリーQ／白夜月杏編著／西東社／2024年7月／キャラクター・立場＞子ども、少年、少女／ストーリー＞ホラー、オカルト、グロテスク、怪談／暮らし・生活＞感情、心＞恐怖／暮らし・生活＞遊び＞なぞなぞ、クイズ

怖い噂のあるお店：99秒の戦慄〈闇〉体験―「怖い場所」超短編シリーズ／八月美咲著／主婦と生活社／2024年10月／ストーリー＞ホラー、オカルト、グロテスク、怪談／学校・学園・学生・教育＞中学校、中学生／作品情報＞短編集／場所・建物・施設・設備＞お店＞お店一般／場所・建物・施設・設備＞お店＞屋台／場所・建物・施設・設備＞写真館

ココロの花：華道部&サッカー部―こんな部活あります／八束澄子作あわい絵／新日本出版社／2024年1月／ストーリー＞試合、競争、コンテスト、競合／学校・学園・学生・教育＞中学校、中学生／学校・学園・学生・教育＞部活、サークル、クラブ／文化・芸能・スポーツ＞スポーツ＞サッカー／文化・芸能・スポーツ＞文化、芸能＞華道

森と、母と、わたしの一週間／八束澄子著／ポプラ社（teens' best selections）／2024年10月／キャラクター・立

場＞子ども、少年、少女／自然・環境・宇宙＞天気、天候＞風／場所・建物・施設・設備＞幼稚園／人間関係＞家族＞親子／人間関係＞友達／暮らし・生活＞感情、心＞疑問、悩み

うた×バト：歌で紡ぐ恋と友情! 1／緋村燐作;ももこっこ絵／アルファポリス 星雲社（アルファポリスきずな文庫）／2024 年 8 月／キャラクター・立場＞同僚、同級生／ストーリー＞友情／学校・学園・学生・教育＞入学／職業＞アイドル、地下アイドル／人間関係＞恋愛／文化・芸能・スポーツ＞文化、芸能＞音楽＞歌

学校に行かない僕の学校／尾崎英子作／ポプラ社（teens' best selections）／2024 年 5 月／学校・学園・学生・教育＞フリースクール／学校・学園・学生・教育＞中学校、中学生／学校・学園・学生・教育＞登校拒否、不登校／自然・環境・宇宙＞山、森／場所・建物・施設・設備＞寮

秘界マガムジャ村通信／尾張始著／吉備人出版／2024 年 8 月／キャラクター・立場＞子ども、少年、少女／ストーリー＞ルール、マナー、掟／場所・建物・施設・設備＞集落、村／戦争と平和・災害・社会問題＞戦争＞戦争一般

行く手、はるかなれど：グスタフ・ヴァーサ物語／菱木晃子作／徳間書店／2024 年 1 月／キャラクター・立場＞偉人、歴史上人物／キャラクター・立場＞捕虜、人質／ご当地もの＞スウェーデン／ストーリー＞孤立、孤独／ストーリー＞脱出、逃亡、脱走／作品情報＞伝記、自伝

アニメ映画トラペジウム／百瀬しのぶ文;高山一実原作;あきづきりょう挿絵／KADOKAWA（角川つばさ文庫）／2024 年 4 月／ストーリー＞夢、野望、野心／学校・学園・学生・教育＞高校、高等専門学校、高校生、高専生／作品情報＞ノベライズ／職業＞アイドル、地下アイドル／人間関係＞仲間

17 シーズン ＝17season：巡るふたりの五七五／百舌涼一著／講談社／2024 年 2 月／キャラクター・立場＞エリート、優等生／ストーリー＞孤立、孤独／学校・学園・学生・教育＞学校、学園、学生、教育一般／文化・芸能・スポーツ＞文化、芸能＞俳句、短歌、川柳、和歌／暮らし・生活＞感情、心＞疑問、悩み

劇場版 ACMA:GAME 最後の鍵：映画ノベライズ／百舌涼一文;メーブ原作;恵広史作画;いずみ吉紘;谷口純一郎脚本／講談社（講談社 KK 文庫）／2024 年 9 月／アイテム・能力＞鍵／キャラクター・立場＞悪魔／ストーリー＞冒険、旅／作品情報＞ノベライズ／人間関係＞家族＞親子

ネコがおどれば、鬼が来る!―ホオズキくんのオバケ事件簿；7／富安陽子作;小松良佳絵／ポプラ社／2024 年 9 月／キャラクター・立場＞おばけ、幽霊、生霊／キャラクター・立場＞鬼／ストーリー＞調査／学校・学園・学生・教育＞小学校、小学生＞小学校３・４年生／学校・学園・学生・教育＞転校、転校生、編入／人間関係＞仲間

初音一族のキツネたち―シノダ!／富安陽子著;大庭賢哉絵／偕成社／2024 年 10 月／アイテム・能力＞異能力、スキル、レベル、特技／キャラクター・立場＞獣人、エルフ、魚人／人間関係＞家族＞家族一般／人間関係＞親戚／人間関係＞夫婦、結婚、結婚生活／動物・生きもの＞キツネ

夏日祭典驚魂記―樂讀 456；初階 111 妖怪一族；2／富安陽子文;山村浩二圖;游韻馨譯／親子天下／2024 年 2 月／キャラクター・立場＞やまんば／キャラクター・立場＞鬼／キャラクター・立場＞妖怪／ストーリー＞捕獲、捕縛、捕物／自然・環境・宇宙＞季節、四季＞夏／暮らし・生活＞イベント、行事＞お祭り

妖怪九十九搬新家―樂讀 456；初階 110 妖怪一族；1／富安陽子文;山村浩二圖;游韻馨譯／親子天下／2024 年 2 月／キャラクター・立場＞妖怪／場所・建物・施設・設備＞マンション、アパート、団地、長屋／人間関係＞家族＞家族一般／戦争と平和・災害・社会問題＞共存、共生／暮らし・生活＞イベント、行事＞引っ越し、移住

童話のレストラン／富田まほ著／文芸社／2024 年 8 月／ストーリー＞死、別れ／ストーリー＞出会い／ストーリー＞日本の物語＞日本の物語一般／ストーリー＞冒険、旅／作品情報＞アンソロジー／場所・建物・施設・設備＞お店＞レストラン、飲食店、食堂

アニメ映画がんばっていきまっしょい／敷村良子原作;岩佐まもる文;あきづきりょう挿絵／KADOKAWA（角川つばさ文庫）／2024 年 9 月／学校・学園・学生・教育＞高校、高等専門学校、高校生、高専生／学校・学園・学生・教育＞部活、サークル、クラブ／作品情報＞ノベライズ／人間関係＞仲間／文化・芸能・スポーツ＞スポーツ＞ボートレース、ボート競技

西遊記／武田雅哉訳;トミイマサコ絵／小学館（小学館世界Ｊ文学館セレクション）／2024 年 11 月／キャラクター・立場＞孫悟空／キャラクター・立場＞弟子、後輩、部下、助手、家来、家臣／ストーリー＞世界の物語＞西遊記／ストーリー＞冒険、旅／職業＞僧侶、和尚、行者、神主、宮司、禰宜／暮らし・生活＞感情、心＞怒り

氷の上のプリンセススペシャル短編集／風野潮作;Nardack 絵／講談社（講談社青い鳥文庫）／2024 年 1 月／作品情報＞短編集／人間関係＞恋愛／文化・芸能・スポーツ＞スポーツ＞フィギュアスケート／暮らし・生活＞イベント、行事＞オリンピック

転生したらスライムだった件. 11[中]／伏瀬作もりょ絵／マイクロマガジン社（かなで文庫）／2024年7月／キャラクター・立場＞モンスター、魔物、魔獣、怪物、怪獣、怪鳥／キャラクター・立場＞悪魔／ストーリー＞異世界転生／学校・学園・学生・教育＞学校、学園、学生、教育一般／人間関係＞仲間

転生したらスライムだった件. 11[下]／伏瀬作もりょ絵／マイクロマガジン社（かなで文庫）／2024年9月／キャラクター・立場＞モンスター、魔物、魔獣、怪物、怪獣、怪鳥／キャラクター・立場＞子ども、少年、少女／ストーリー＞バトル、奇襲、戦闘、抗争／ストーリー＞異世界転生／ストーリー＞冒険、旅／場所・建物・施設・設備＞教会、聖堂、モスク、修道院

転生したらスライムだった件. 12[上]／伏瀬作もりょ絵／マイクロマガジン社（かなで文庫）／2024年11月／キャラクター・立場＞ヒーロー、勇者、英雄／キャラクター・立場＞モンスター、魔物、魔獣、怪物、怪獣、怪鳥／ストーリー＞異世界、架空・不思議の世界／ストーリー＞異世界転生／ストーリー＞予言、予報、予告

転生したらスライムだった件. 10[中]／伏瀬作もりょ絵みっつばーキャラクター原案／マイクロマガジン社（かなで文庫）／2024年1月／キャラクター・立場＞モンスター、魔物、魔獣、怪物、怪獣、怪鳥／ストーリー＞ダンジョン、迷宮／ストーリー＞バトル、奇襲、戦闘、抗争／ストーリー＞異世界、架空・不思議の世界／ストーリー＞異世界転生／ストーリー＞冒険、旅

転生したらスライムだった件. 10[下]／伏瀬作もりょ絵みっつばーキャラクター原案／マイクロマガジン社（かなで文庫）／2024年3月／キャラクター・立場＞モンスター、魔物、魔獣、怪物、怪獣、怪鳥／キャラクター・立場＞犯人、凶悪犯罪者、囚人／ストーリー＞バトル、奇襲、戦闘、抗争／ストーリー＞異世界、架空・不思議の世界／ストーリー＞異世界転生／ストーリー＞陰謀／ストーリー＞冒険、旅

転生したらスライムだった件. 11[上]／伏瀬作もりょ絵みっつばーキャラクター原案／マイクロマガジン社（かなで文庫）／2024年5月／キャラクター・立場＞モンスター、魔物、魔獣、怪物、怪獣、怪鳥／キャラクター・立場＞子ども、少年、少女／キャラクター・立場＞魔王、魔族、魔人、邪神／ストーリー＞さがしもの、人探し／ストーリー＞異世界、架空・不思議の世界／ストーリー＞異世界転生

恐怖のなぞが解けるとき3分後にゾッとするラストやっと会えたね／福井蓮著／汐文社／2024年2月／ストーリー＞ホラー、オカルト、グロテスク、怪談／ストーリー＞ミステリー、サスペンス、謎解き／作品情報＞短編集／場所・建物・施設・設備＞橋／文化・芸能・スポーツ＞文化、芸能＞文学、本／暮らし・生活＞イベント、行事＞春休み／暮らし・生活＞からだ、顔＞意識、記憶、思い出

怪談十二か月. 夏／福井蓮著／汐文社／2024年8月／ストーリー＞ホラー、オカルト、グロテスク、怪談／作品情報＞短編集／自然・環境・宇宙＞花、植物＞ヒマワリ／自然・環境・宇宙＞季節、四季＞夏／自然・環境・宇宙＞夜／暮らし・生活＞イベント、行事＞お祭り／暮らし・生活＞感情、心＞悲しみ、落胆

怪談十二か月. 秋／福井蓮著／汐文社／2024年10月／ストーリー＞ホラー、オカルト、グロテスク、怪談／自然・環境・宇宙＞季節、四季＞季節、四季一般／自然・環境・宇宙＞季節、四季＞秋／自然・環境・宇宙＞木、樹木＞モミジ／暮らし・生活＞家具＞こたつ／暮らし・生活＞感情、心＞悲しみ、落胆

こどもに聞かせる一日一話：「母の友」特選童話集. 2／福音館書店「母の友」編集部編／福音館書店／2024年6月／ストーリー＞日本の物語＞日本の物語一般／作品情報＞短編集／動物・生きもの＞ウサギ／動物・生きもの＞ワニ／暮らし・生活＞食べもの、飲みもの＞食事＞カレー／暮らし・生活＞食べもの、飲みもの＞野菜＞キュウリ

さよならミイラ男／福田隆浩著／講談社／2024年2月／キャラクター・立場＞ゾンビ、ミイラ、死者／キャラクター・立場＞発達障害＞学習障害／ストーリー＞いじめ、いじわる／学校・学園・学生・教育＞小学校、小学生＞小学校5・6年生／戦争と平和・災害・社会問題＞貧困、家庭内暴力、児童虐待

ピーチとチョコレート／福木はる著／講談社／2024年11月／ストーリー＞サイバー＞インターネット、SNS、メール、ブログ／ストーリー＞青春／ストーリー＞友情／学校・学園・学生・教育＞中学校、中学生／文化・芸能・スポーツ＞文化、芸能＞音楽＞ヒップホップ／暮らし・生活＞からだ、顔＞容姿

泣き虫スマッシュ! 4／平河ゆうき作むっしゅ絵／KADOKAWA（角川つばさ文庫）／2024年1月／ストーリー＞試合、競争、コンテスト、競合／学校・学園・学生・教育＞小学校、小学生＞小学校5・6年生／学校・学園・学生・教育＞部活、サークル、クラブ／人間関係＞家族＞親子／文化・芸能・スポーツ＞スポーツ＞テニス、バドミントン、卓球

折り紙のおばちゃん／平本やえこ著／文芸社／2024年2月／キャラクター・立場＞隣人、ご近所／ストーリー＞入院／学校・学園・学生・教育＞小学校、小学生＞小学校1・2年生／作品情報＞短編集／暮らし・生活＞遊び＞

折り紙
恐竜博物館のひみつ―文研ステップノベル／別司芳子作;ながおかえつこ絵／文研出版／2024 年 7 月／アイテム・能力＞化石／ストーリー＞実験、研究／ストーリー＞秘密、隠し事、秘話／学校・学園・学生・教育＞小学校、小学生一般／場所・建物・施設・設備＞博物館／動物・生きもの＞恐竜

おれは太巻大左衛門―文研ブックランド／片平直樹作;高畠那生絵／文研出版／2024 年 7 月／キャラクター・立場＞侍、武将、武士、大名、武人／ストーリー＞バトル、奇襲、戦闘、抗争／ストーリー＞修行、トレーニング、試練、練習／ストーリー＞冒険、旅／人間関係＞ライバル、仇／人間関係＞幼なじみ

鮫嶋くんの甘い水槽／蜂賀三月作;みすみ絵／アルファポリス 星雲社（アルファポリスきずな文庫）／2024 年 5 月／キャラクター・立場＞居候、同居人／キャラクター・立場＞同僚、同級生／学校・学園・学生・教育＞中学校、中学生／暮らし・生活＞感情、心＞思いやり、親切、やさしさ／暮らし・生活＞感情、心＞不機嫌、反抗、不安

無人島からの裏切り脱出ゲーム／蜂賀三月著;葛西尚絵／スターツ出版（野いちごジュニア文庫）／2024 年 3 月／ストーリー＞サバイバル／ストーリー＞ホラー、オカルト、グロテスク、怪談／ストーリー＞脱出、逃亡、脱走／ストーリー＞裏切り／学校・学園・学生・教育＞中学校、中学生／場所・建物・施設・設備＞島、人工島、無人島

ヴァンパイアくん、溺愛注意報!：今日から吸血鬼の花嫁に!?―カドカワ読書タイム／望月くらげ著;左近堂絵里イラスト／KADOKAWA／2024 年 9 月／キャラクター・立場＞鬼＞吸血鬼／キャラクター・立場＞居候、同居人／キャラクター・立場＞美少年、美男子、美青年／学校・学園・学生・教育＞中学校、中学生／人間関係＞恋愛

ひみつの相関図ノート／望月麻衣ほか作;日本児童文芸家協会編／ポプラ社／2024 年 6 月／ストーリー＞秘密、隠し事、秘話／ストーリー＞夢、野望、野心／作品情報＞アンソロジー／人間関係＞家族＞親子／人間関係＞恋愛

コミュニケーション 34 の力：【解題】小学生が作ったコミュニケーション大事典―コミュニケーション科叢書；4／北九州市立香月小学校平成 17 年 6 年 1 組 34 名著;菊池省三監修／中村堂／2024 年 10 月／ご当地もの＞福岡県／学校・学園・学生・教育＞小学校、小学生一般／暮らし・生活＞からだ、顔＞声／暮らし・生活＞育児、子育て＞子どものしつけ＞あいさつ、お礼

バッタマンション ＝MAISON DE GRASSHOPPER／北川佳奈作;九ポ堂絵／アリス館／2024 年 9 月／ストーリー＞日常／場所・建物・施設・設備＞マンション、アパート、団地、長屋／動物・生きもの＞虫＞キリギリス／動物・生きもの＞虫＞チョウ／動物・生きもの＞虫＞虫一般

5 分間思考実験ストーリー：キミの答えで結末が変わる. 未来編／北村良子著;あすぱら絵／幻冬舎／2024 年 12 月／ストーリー＞実験、研究／ストーリー＞選択／作品情報＞短編集／暮らし・生活＞からだ、顔＞意識、記憶、思い出／暮らし・生活＞遊び＞なぞなぞ、クイズ

僕のヒーローアカデミア THE MOVIE ユアネクスト：ノベライズみらい文庫版／堀越耕平原作/総監修/キャラクター原案;小川彗著;黒田洋介脚本／集英社（集英社みらい文庫）／2024 年 8 月／キャラクター・立場＞ヒーロー、勇者、英雄／ストーリー＞バトル、奇襲、戦闘、抗争／ストーリー＞脱出、逃亡、脱走／作品情報＞ノベライズ／場所・建物・施設・設備＞要塞

リスたちの行進／堀直子作;平澤朋子絵／新日本出版社／2024 年 9 月／ストーリー＞救出、救助／ストーリー＞捕獲、捕縛、捕物／人間関係＞仲間／戦争と平和・災害・社会問題＞共存、共生／動物・生きもの＞ヘビ／動物・生きもの＞リス／暮らし・生活＞命

天国の犬ものがたり. [16]／堀田敦子原作;藤咲あゆな著;環方このみイラスト／小学館（小学館ジュニア文庫）／2024 年 2 月／ストーリー＞天国、極楽／学校・学園・学生・教育＞中学校、中学生／作品情報＞短編集／動物・生きもの＞イヌ／暮らし・生活＞イベント、行事＞体育祭、運動会

ミルキーウェイ：竹雀農業高校牛部／堀米薫著／新日本出版社／2024 年 12 月／ストーリー＞お世話／ストーリー＞農業／学校・学園・学生・教育＞高校、高等専門学校、高校生、高専生／学校・学園・学生・教育＞部活、サークル、クラブ／動物・生きもの＞ウシ／暮らし・生活＞食べもの、飲みもの＞牛乳、ミルク

おれはケッコンした／本田久作作;市居みか絵／ポプラ社（ポプラ物語館）／2024 年 12 月／ストーリー＞成長、克服、成り上がり／学校・学園・学生・教育＞学校、学園、学生、教育一般／学校・学園・学生・教育＞黒板／学校・学園・学生・教育＞小学校、小学生＞小学校 3・4 年生／文化・芸能・スポーツ＞文化、芸能＞美術、芸術＞絵

NEW HORIZON 青春白書. Unit1／本田久作著;佳奈絵／東京書籍／2024 年 4 月／キャラクター・立場＞外国人／

ストーリー＞青春／作品情報＞短編集／職業＞教師、講師、師匠、教授、准教授、家庭教師／文化・芸能・スポーツ＞文化、芸能＞学問＞語学、外国語／暮らし・生活＞感情、心＞疑問、悩み

願いがかなうふしぎな日記. [4]／本田有明著／PHP 研究所（わたしたちの本棚）／2024 年 11 月／アイテム・能力＞手紙、日記、メモ／学校・学園・学生・教育＞小学校、小学生＞小学校５・６年生／学校・学園・学生・教育＞卒業／暮らし・生活＞感情、心＞祈り、願いごと

霧島くんは普通じゃない. [10]／麻井深雪作;那流絵／集英社（集英社みらい文庫）／2024 年 4 月／アイテム・能力＞魔法、魔術、魔力、召喚術／キャラクター・立場＞鬼＞吸血鬼／キャラクター・立場＞美少年、美男子、美青年／学校・学園・学生・教育＞中学校、中学生／学校・学園・学生・教育＞転校、転校生、編入／暮らし・生活＞イベント、行事＞お茶会、パーティー／暮らし・生活＞イベント、行事＞クリスマス一般

霧島くんは普通じゃない. [11]／麻井深雪作;那流絵／集英社（集英社みらい文庫）／2024 年 12 月／アイテム・能力＞魔法、魔術、魔力、召喚術／キャラクター・立場＞鬼＞吸血鬼／キャラクター・立場＞美少年、美男子、美青年／ストーリー＞入れ替わり／学校・学園・学生・教育＞中学校、中学生／学校・学園・学生・教育＞転校、転校生、編入／人間関係＞家族＞ふたご

サーファーガール ＝Surfer Girl：かがやく波に乗れ!／麻生かづこ作;かわいちひろ絵／小峰書店（ブルーバトンブックス）／2024 年 5 月／ストーリー＞試合、競争、コンテスト、競合／学校・学園・学生・教育＞小学校、小学生＞小学校５・６年生／自然・環境・宇宙＞海／人間関係＞家族＞家族一般／人間関係＞友達／文化・芸能・スポーツ＞スポーツ＞サーフィン、波乗り

ふしぎなフーセンガム―わくわくえどうわ／麻生かづこ作;すはら順子絵／文研出版／2024 年 1 月／ストーリー＞変身、変形、変装／学校・学園・学生・教育＞小学校、小学生＞小学校１・２年生／動物・生きもの＞リス／暮らし・生活＞食べもの、飲みもの＞おやつ、お菓子＞ガム／暮らし・生活＞多様性

55 日後、きみへの告白予定日／麻沢奏著／PHP 研究所／2024 年 11 月／アイテム・能力＞カレンダー／ストーリー＞告白、カミングアウト／学校・学園・学生・教育＞高校、高等専門学校、高校生、高専生／人間関係＞恋愛／動物・生きもの＞ネコ

オーセッセン・ベーイプイプイの物語／麻野あさ著／文芸社／2024 年 5 月／キャラクター・立場＞子ども、少年、少女／キャラクター・立場＞老人／ストーリー＞冒険、旅／動物・生きもの＞クジラ／暮らし・生活＞食べもの、飲みもの＞おやつ、お菓子＞おせんべい

100 年後も、君のいた奇跡を忘れない／湊祥著;noka 絵／スターツ出版（野いちごジュニア文庫）／2024 年 6 月／キャラクター・立場＞スター、人気者／ストーリー＞事件、事故／学校・学園・学生・教育＞中学校、中学生／人間関係＞恋愛／暮らし・生活＞感情、心＞思いやり、親切、やさしさ

アオハル 100%：行動しないと青春じゃないぜ／無月蒼作;水玉子絵／KADOKAWA（角川つばさ文庫）／2024 年 10 月／ストーリー＞サイバー＞インターネット、SNS、メール、ブログ／ストーリー＞青春／ストーリー＞秘密、隠し事、秘話／学校・学園・学生・教育＞学校、学園、学生、教育一般／学校・学園・学生・教育＞中学校、中学生／文化・芸能・スポーツ＞スポーツ＞スケートボード

椋鳩十童話集：大造じいさんとガン・マヤの一生など―100 年読み継がれる名作／椋鳩十著;くぼあやこ絵;久保田里花監修／世界文化ブックス 世界文化社／2024 年 1 月／キャラクター・立場＞老人／ストーリー＞日本の物語＞椋鳩十一般／作品情報＞短編集／動物・生きもの＞イヌ／動物・生きもの＞クマ／動物・生きもの＞鳥＞ガン／暮らし・生活＞命

まほうのマーマレード―山猫マルシェへようこそ；1／茂市久美子作;ゆうこ絵／あかね書房／2024 年 5 月／アイテム・能力＞レシピ／アイテム・能力＞魔法、魔術、魔力、召喚術／キャラクター・立場＞老人／自然・環境・宇宙＞木、樹木＞木、樹木一般／暮らし・生活＞食べもの、飲みもの＞果物＞ミカン／暮らし・生活＞食べもの、飲みもの＞食事＞ジャム、マーマレード

アイドル幼なじみと溺愛学園生活：君だけが欲しいんです―カドカワ読書タイム／木下すなす著;あさぎ屋イラスト／KADOKAWA／2024 年 6 月／キャラクター・立場＞弱虫、泣き虫／キャラクター・立場＞美少年、美男子、美青年／学校・学園・学生・教育＞中学校、中学生／職業＞アイドル、地下アイドル／人間関係＞幼なじみ／人間関係＞恋愛

月の目と赤耳：老人ホームの二千年物語. 早春編／木村桂子著／鳥影社／2024 年 6 月／キャラクター・立場＞子ども、少年、少女／キャラクター・立場＞老人／ストーリー＞バトル、奇襲、戦闘、抗争／ストーリー＞異世界、架空・不思議の世界／場所・建物・施設・設備＞老人ホーム、老人施設／人間関係＞部族、民族

Vチューバー探偵団：目指せ!登録者100万人／木滝りま;舟崎泉美著;榎のと絵／朝日新聞出版（ナゾノベル）／2024年10月／ストーリー>ミステリー、サスペンス、謎解き／ストーリー>秘密、隠し事、秘話／学校・学園・学生・教育>中学校、中学生／職業>探偵／職業>動画実況者、ゲーム実況者、YouTuber／文化・芸能・スポーツ>文化、芸能>音楽>歌

Vチューバー探偵団. [2]／木滝りま;舟崎泉美著;榎のと絵／朝日新聞出版（ナゾノベル）／2024年11月／ストーリー>ミステリー、サスペンス、謎解き／ストーリー>失踪、誘拐、人身売買／学校・学園・学生・教育>中学校、中学生／職業>アイドル、地下アイドル／職業>探偵／職業>動画実況者、ゲーム実況者、YouTuber

セカイの千怪奇. 3／木滝りま;太田守信作／岩崎書店／2024年5月／キャラクター・立場>おばけ、幽霊、生霊／ストーリー>サイバー>動画投稿、YouTube／ストーリー>ホラー、オカルト、グロテスク、怪談／ストーリー>呪い、呪術、呪文、祟り／学校・学園・学生・教育>中学校、中学生／作品情報>短編集／人間関係>ライバル、仇

セカイの千怪奇. 4／木滝りま;太田守信作／岩崎書店／2024年12月／キャラクター・立場>宇宙人、異星人／ご当地もの>イラク／ストーリー>あやかし、憑依、擬人化／ストーリー>ホラー、オカルト、グロテスク、怪談／ストーリー>撮影／自然・環境・宇宙>惑星／場所・建物・施設・設備>古代遺跡、世界遺産

犬のふくびき／木内南緒作;よしむらめぐ絵／岩崎書店／2024年3月／キャラクター・立場>子ども、少年、少女／キャラクター・立場>飼い主／ストーリー>変身、変形、変装／動物・生きもの>イヌ／暮らし・生活>くじ、福引、宝くじ／暮らし・生活>ペット

ティアムーン帝国物語：断頭台から始まる、姫の転生逆転ストーリー. 5／餅月望作;U35絵;Gilseキャラクター原案／TOブックス（TOジュニア文庫）／2024年2月／キャラクター・立場>王女、お姫様、女王、お妃／キャラクター・立場>未来人／ストーリー>SF>タイムトラベル、タイムスリップ、タイムループ、ワープ／ストーリー>異世界、架空・不思議の世界／ストーリー>予言、予報、予告／学校・学園・学生・教育>生徒会、委員会／暮らし・生活>運命、宿命

ティアムーン帝国物語：断頭台から始まる、姫の転生逆転ストーリー. 6／餅月望作;U35絵;Gilseキャラクター原案／TOブックス（TOジュニア文庫）／2024年9月／キャラクター・立場>王女、お姫様、女王、お妃／ストーリー>異世界、架空・不思議の世界／ストーリー>逆転／ストーリー>選挙、投票／ストーリー>転生、転移、よみがえり、リプレイ／学校・学園・学生・教育>生徒会、委員会

絶対好きにならない同盟. [8]／夜野せせり作;朝香のりこ絵／集英社（集英社みらい文庫）／2024年5月／アイテム・能力>プレゼント、お土産／キャラクター・立場>先輩、上司／学校・学園・学生・教育>中学校、中学生／人間関係>恋愛／暮らし・生活>イベント、行事>デート

絶対好きにならない同盟. [9]／夜野せせり作;朝香のりこ絵／集英社（集英社みらい文庫）／2024年10月／キャラクター・立場>隣人、ご近所／人間関係>ライバル、仇／人間関係>恋愛／暮らし・生活>イベント、行事>バレンタイン／暮らし・生活>イベント、行事>引っ越し、移住／暮らし・生活>食べもの、飲みもの>おやつ、お菓子>チョコレート

雨宮くんにはウラがある!?：ないしょの放課後授業／夜野せせり著;藤原ゆんイラスト／PHP研究所（PHPジュニアノベル）／2024年6月／キャラクター・立場>暴走族、不良、ヤンキー、番長／ストーリー>告白、カミングアウト／学校・学園・学生・教育>学校、学園、学生、教育一般／人間関係>恋愛

3分後にゾッとする話絶叫交差点／野宮麻未;怖い話研究会著;マニアニイラスト／理論社／2024年6月／ご当地もの>47都道府県／ストーリー>ホラー、オカルト、グロテスク、怪談／作品情報>短編集／暮らし・生活>感情、心>恐怖

3分後にゾッとする話最凶スポット／野宮麻未;怖い話研究会著;マニアニイラスト／理論社／2024年11月／キャラクター・立場>おばけ、幽霊、生霊／ストーリー>ホラー、オカルト、グロテスク、怪談／ストーリー>迷信、伝説／作品情報>短編集／暮らし・生活>感情、心>恐怖

切り裂かれた絵画―LIAR：嘘つきは、誰だ?／野月よひら著／Gakken／2024年12月／キャラクター・立場>おばけ、幽霊、生霊／キャラクター・立場>犯人、凶悪犯罪者、囚人／ストーリー>ミステリー、サスペンス、謎解き／ストーリー>事件、事故／文化・芸能・スポーツ>文化、芸能>美術、芸術>絵／暮らし・生活>感情、心>うそ、でたらめ

学級崩壊ゲーム：仲よしクラスの絆は本物?／野月よひら著;アルセチカ絵／スターツ出版（野いちごジュニア文庫）／2024年5月／キャラクター・立場>同僚、同級生／ストーリー>サバイバル／ストーリー>友情／学校・

学園・学生・教育＞小学校、小学生＞小学校５・６年生／暮らし・生活＞感情、心＞信頼、絆
クラス崩壊すごろくゲーム／野月よひら著;なこ絵／スターツ出版（野いちごジュニア文庫）／2024 年 12 月／キャラクター・立場＞鬼／ストーリー＞挑戦／学校・学園・学生・教育＞学校、学園、学生、教育一般／暮らし・生活＞遊び＞すごろく／暮らし・生活＞遊び＞人狼ゲーム
イナバさんと夢の金貨／野見山響子文絵／理論社／2024 年２月／アイテム・能力＞特異体質／ストーリー＞夢、野望、野心／作品情報＞短編集／自然・環境・宇宙＞自然、環境、宇宙一般／乗りもの＞宇宙船、宇宙ステーション
かほちゃんのぼうけん／野神卓夫著／文芸社／2024 年７月／キャラクター・立場＞子ども、少年、少女／自然・環境・宇宙＞山、森／自然・環境・宇宙＞天気、天候＞雪／動物・生きもの＞ウサギ
ぼくの町の妖怪―休み時間で完結パステルショートストーリー；Light Brown／野泉マヤ作;TAKA 絵／国土社／2024 年２月／キャラクター・立場＞かっぱ／キャラクター・立場＞妖怪／ストーリー＞あやかし、憑依、擬人化／ストーリー＞ホラー、オカルト、グロテスク、怪談／ストーリー＞調査／作品情報＞短編集
復活!まぼろしの小瀬菜だいこん―ステップノベル／野泉マヤ文;丹地陽子絵／文研出版／2024 年８月／ストーリー＞再起、回復、復活／ストーリー＞農業／学校・学園・学生・教育＞小学校、小学生＞小学校５・６年生／学校・学園・学生・教育＞中学校、中学生／職業＞農家、酪農家、百姓、作男／暮らし・生活＞食べもの、飲みもの＞野菜＞ダイコン
美東物語：小学生、中学生の皆さんへ／野村典成／モルフプランニング／2024 年 10 月／ご当地もの＞山口県＞美祢市／ストーリー＞歴史、時代もの／作品情報＞短編集／場所・建物・施設・設備＞鉱山＞銅山
ちいさな花咲いた／野中柊作;くらはしれい絵／金の星社／2024 年 10 月／ストーリー＞友情／自然・環境・宇宙＞花、植物＞タンポポ／動物・生きもの＞イヌ／動物・生きもの＞ネコ／暮らし・生活＞命
ルビとたいせつな宝もの―本屋さんのルビねこ／野中柊作;松本圭以子絵／理論社／2024 年７月／アイテム・能力＞宝物／場所・建物・施設・設備＞お店＞書店、古書店／場所・建物・施設・設備＞お店＞商店街、市場、スーパーマーケット／動物・生きもの＞ネコ／文化・芸能・スポーツ＞文化、芸能＞文学、本
旅する妖精たち／有間カオル著;飯田愛絵／アリス館／2024 年３月／キャラクター・立場＞妖精、精霊／ストーリー＞さがしもの、人探し／ストーリー＞冒険、旅／自然・環境・宇宙＞花、植物＞花、植物一般／人間関係＞仲間
全校生徒ラジオ／有沢佳映著／講談社／2024 年８月／ストーリー＞サイバー＞インターネット、SNS、メール、ブログ／ストーリー＞青春／学校・学園・学生・教育＞中学校、中学生／場所・建物・施設・設備＞集落、村／文化・芸能・スポーツ＞文化、芸能＞映画、テレビ、ラジオ、番組
じごく小学校. [3]―じごく小学校シリーズ；3／有田奈央作;安楽雅志絵／ポプラ社／2024 年３月／アイテム・能力＞文房具＞ペン、万年筆／キャラクター・立場＞いたずらっ子、悪ガキ、わんぱく、ガキ大将／ストーリー＞地獄／学校・学園・学生・教育＞小学校、小学生一般／職業＞校長／暮らし・生活＞遊び＞いたずら
じごく小学校. [4]―じごく小学校シリーズ；4／有田奈央作;安楽雅志絵／ポプラ社／2024 年８月／キャラクター・立場＞いたずらっ子、悪ガキ、わんぱく、ガキ大将／キャラクター・立場＞エリート、優等生／ストーリー＞地獄／ストーリー＞頭脳、心理戦、対決／学校・学園・学生・教育＞小学校、小学生一般／暮らし・生活＞遊び＞いたずら
北緯 44 度浩太の夏：ぼくらは戦争を知らなかった／有島希音作;ゆの絵／岩崎書店／2024 年５月／ご当地もの＞北海道／ストーリー＞ドキュメント／ストーリー＞事件、事故／学校・学園・学生・教育＞小学校、小学生＞小学校５・６年生／自然・環境・宇宙＞海／自然・環境・宇宙＞季節、四季＞夏／戦争と平和・災害・社会問題＞戦争＞第二次世界大戦
かかし―あんずの本. 現代中国文学；少年少女編／葉聖陶著;福井ゆり子訳／尚斯国際出版社 日本出版制作センター／2024 年３月／キャラクター・立場＞富豪、長者／ストーリー＞お金、財宝、財産、お宝／ストーリー＞悲劇、残酷／作品情報＞短編集／暮らし・生活＞イベント、行事＞外泊、旅行、ツアー
みえちゃうなんて、ヒミツです。：イケメン男子と学園鑑定団／陽炎氷柱作;雪丸ぬん絵／アルファポリス 星雲社（アルファポリスきずな文庫）／2024 年 10 月／アイテム・能力＞異能力、スキル、レベル、特技／キャラクター・立場＞神様、女神、観音様、仏様／キャラクター・立場＞美少年、美男子、美青年／ストーリー＞事件、事故／学校・学園・学生・教育＞中学校、中学生
要の台所／落合由佳著／講談社／2024 年４月／キャラクター・立場＞外国人／キャラクター・立場＞隣人、ご近所

／ストーリー＞友情／ストーリー＞料理／学校・学園・学生・教育＞中学校、中学生／暮らし・生活＞外国文化、異文化、多文化／暮らし・生活＞食べもの、飲みもの＞おやつ、お菓子＞クッキー

5分後に取り残されるラスト―5分シリーズ／梨編著／河出書房新社／2024年10月／ストーリー＞ホラー、オカルト、グロテスク、怪談／ストーリー＞日常／学校・学園・学生・教育＞学校、学園、学生、教育一般／作品情報＞短編集／暮らし・生活＞感情、心＞恐怖

意味がわかるとゾッとする怖い遊園地／緑川聖司作／新星出版社／2024年7月／アイテム・能力＞鏡／キャラクター・立場＞ピエロ、道化師／ストーリー＞ホラー、オカルト、グロテスク、怪談／ストーリー＞噂、スキャンダル／作品情報＞短編集／場所・建物・施設・設備＞遊園地、テーマパーク

七不思議神社 [6]／緑川聖司作;TAKA絵／あかね書房／2024年1月／キャラクター・立場＞妖怪／学校・学園・学生・教育＞小学校、小学生＞小学校5・6年生／場所・建物・施設・設備＞お店＞レストラン、飲食店、食堂／場所・建物・施設・設備＞寺、神社、神殿／人間関係＞仲間

七不思議神社 [7]／緑川聖司作;TAKA絵／あかね書房／2024年10月／キャラクター・立場＞妖怪／ストーリー＞問題解決／学校・学園・学生・教育＞小学校、小学生＞小学校5・6年生／自然・環境・宇宙＞海／場所・建物・施設・設備＞ホテル、宿、旅館、ペンション、民宿／暮らし・生活＞イベント、行事＞夏休み、バカンス、長期休暇

となりのふたごは闇使い／緑川聖司作;三湊かおり絵／ポプラ社（ポプラキミノベル）／2024年1月／ストーリー＞ホラー、オカルト、グロテスク、怪談／ストーリー＞秘密、隠し事、秘話／学校・学園・学生・教育＞中学校、中学生／人間関係＞家族＞ふたご／暮らし・生活＞イベント、行事＞引っ越し、移住

オカルト研究会と幽霊トンネル―オカルト研究会シリーズ；2／緑川聖司著;水輿ゆい絵／朝日新聞出版（ナゾノベル）／2024年2月／キャラクター・立場＞おばけ、幽霊、生霊／ストーリー＞あやかし、憑依、擬人化／ストーリー＞ホラー、オカルト、グロテスク、怪談／ストーリー＞陰謀／学校・学園・学生・教育＞部活、サークル、クラブ／場所・建物・施設・設備＞トンネル

だるまさんがころんで／林けんじろう作／岩崎書店／2024年10月／キャラクター・立場＞子ども、少年、少女／ストーリー＞試合、競争、コンテスト、競合／ストーリー＞呪い、呪術、呪文、祟り／人間関係＞仲間／暮らし・生活＞遊び＞だるまさんがころんだ

ブルーラインから、はるか／林けんじろう作;坂内拓絵／講談社（講談社・文学の扉）／2024年5月／ご当地もの＞広島県＞尾道市／ご当地もの＞瀬戸内海／学校・学園・学生・教育＞宿題、課題＞自由研究／学校・学園・学生・教育＞小学校、小学生＞小学校5・6年生／乗りもの＞自転車／暮らし・生活＞イベント、行事＞夏休み、バカンス、長期休暇

タクちゃんちのペット騒動／林マサ子／文芸社／2024年4月／ストーリー＞お世話／ストーリー＞成長、克服、成り上がり／学校・学園・学生・教育＞小学校、小学生＞小学校3・4年生／動物・生きもの＞カメ／暮らし・生活＞ペット

一番星のキミに、恋するほどにせつなくて。／涙鳴著;丈ゆきみ絵／スターツ出版（野いちごジュニア文庫）／2024年12月／キャラクター・立場＞暴走族、不良、ヤンキー、番長／ストーリー＞寿命、余命／ストーリー＞病気、怪我、医療／職業＞実業家、経営者、社長／人間関係＞恋愛／暮らし・生活＞感情、心＞絶望

スナックこども／令丈ヒロ子さく;まつながもええ／理論社／2024年4月／キャラクター・立場＞お客、訪問客、客人／キャラクター・立場＞子ども、少年、少女／自然・環境・宇宙＞夜／場所・建物・施設・設備＞お店＞居酒屋、バー／文化・芸能・スポーツ＞文化、芸能＞音楽＞歌／暮らし・生活＞感情、心＞不機嫌、反抗、不安

妖怪コンビニ. 4／令丈ヒロ子作;トミイマサコ絵／あすなろ書房／2024年3月／キャラクター・立場＞妖怪／ストーリー＞仕事／ストーリー＞友情／学校・学園・学生・教育＞学校、学園、学生、教育一般／場所・建物・施設・設備＞お店＞コンビニエンスストア

妖怪コンビニ. 5／令丈ヒロ子作;トミイマサコ絵／あすなろ書房／2024年11月／キャラクター・立場＞子ども、少年、少女／キャラクター・立場＞妖怪／ストーリー＞陰謀／場所・建物・施設・設備＞お店＞コンビニエンスストア／人間関係＞ライバル、仇／暮らし・生活＞イベント、行事＞お茶会、パーティー／暮らし・生活＞イベント、行事＞クリスマス一般

なんとかなる本 = The Book of Can-Do. [2]―樹本図書館のコトバ使い；2／令丈ヒロ子著;浮雲宇一絵／講談社／2024年4月／アイテム・能力＞異能力、スキル、レベル、特技／場所・建物・施設・設備＞図書館、図書室／職業＞司書、図書館員／文化・芸能・スポーツ＞文化、芸能＞文学、本／暮らし・生活＞感情、心＞疑問、悩み

なんとかなる本 ＝The Book of Can-Do. [3]―樹本図書館のコトバ使い；3／令丈ヒロ子著;浮雲宇一絵／講談社／2024年10月／アイテム・能力＞異能力、スキル、レベル、特技／学校・学園・学生・教育＞小学校、小学生一般／作品情報＞短編集／場所・建物・施設・設備＞図書館、図書室／職業＞司書、図書館員／文化・芸能・スポーツ＞文化、芸能＞文学、本／暮らし・生活＞感情、心＞疑問、悩み

ソラ猫のそらごと ＝A Legendary Flying Cat in the Clouds／鈴木康子著／海青社／2024年3月／動物・生きもの＞ネコ／文化・芸能・スポーツ＞文化、芸能＞詩／暮らし・生活＞感情、心＞感情、心一般／暮らし・生活＞言葉

2分の1フレンズ. 1／浪速ゆう作;さくろ絵／KADOKAWA（角川つばさ文庫）／2024年6月／キャラクター・立場＞スター、人気者／キャラクター・立場＞同僚、同級生／ストーリー＞偽り、偽装＞恋人、配偶者のふり／学校・学園・学生・教育＞中学校、中学生

2分の1フレンズ. 2／浪速ゆう作;さくろ絵／KADOKAWA（角川つばさ文庫）／2024年11月／ストーリー＞偽り、偽装＞恋人、配偶者のふり／学校・学園・学生・教育＞学校、学園、学生、教育一般／人間関係＞恋愛／暮らし・生活＞感情、心＞羨望、憧れ

年下男子のルイくんはわたしのことが好きすぎる! [2]／浪速ゆう作;間明田絵／集英社（集英社みらい文庫）／2024年3月／キャラクター・立場＞先輩、上司／学校・学園・学生・教育＞中学校、中学生／学校・学園・学生・教育＞勉強／人間関係＞幼なじみ／暮らし・生活＞感情、心＞羨望、憧れ

年下男子のルイくんはわたしのことが好きすぎる! [3]／浪速ゆう作;間明田絵／集英社（集英社みらい文庫）／2024年8月／学校・学園・学生・教育＞中学校、中学生／学校・学園・学生・教育＞部活、サークル、クラブ／人間関係＞幼なじみ／人間関係＞恋愛／文化・芸能・スポーツ＞スポーツ＞バレーボール、バスケットボール／暮らし・生活＞遊び＞肝試し

アミとミアのプリンセス・ドレス：かがみの国のときめきジュエル／和田奈津子文;七海喜つゆり絵／KADOKAWA／2024年2月／アイテム・能力＞魔法、魔術、魔力、召喚術／キャラクター・立場＞王女、お姫様、女王、お妃／キャラクター・立場＞子ども、少年、少女／ストーリー＞異世界、架空・不思議の世界／文化・芸能・スポーツ＞文化、芸能＞美術、芸術＞手芸、裁縫、編みもの、ハンドメイド／暮らし・生活＞ファッション、おしゃれ、身だしなみ＞ドレス

わたしが少女漫画のヒロインなんて困りますっ!／凪ちの著;阿古わざき絵／スターツ出版（野いちごジュニア文庫）／2024年7月／キャラクター・立場＞スター、人気者／学校・学園・学生・教育＞学校、学園、学生、教育一般／学校・学園・学生・教育＞転校、転校生、編入／人間関係＞恋愛／文化・芸能・スポーツ＞文化、芸能＞漫画

保健室で寝ていたら、爽やかモテ男子に甘く迫られちゃいました。／凪ちの著;覡あおひ絵／スターツ出版（野いちごジュニア文庫）／2024年9月／キャラクター・立場＞スター、人気者／学校・学園・学生・教育＞中学校、中学生／場所・建物・施設・設備＞病院、保健室、施術所、診療所／人間関係＞恋愛／暮らし・生活＞感情、心＞思いやり、親切、やさしさ

アニメ版ふしぎ駄菓子屋銭天堂. [1]／廣嶋玲子;jyajya作／偕成社／2024年11月／アイテム・能力＞魔法、魔術、魔力、召喚術／作品情報＞ノベライズ／場所・建物・施設・設備＞お店＞菓子店、洋菓子店＞駄菓子店／職業＞店長、店主／暮らし・生活＞感情、心＞祈り、願いごと／暮らし・生活＞食べもの、飲みもの＞おやつ、お菓子＞駄菓子

アニメ版ふしぎ駄菓子屋銭天堂. [2]／廣嶋玲子;jyajya作／偕成社／2024年11月／アイテム・能力＞魔法、魔術、魔力、召喚術／作品情報＞ノベライズ／場所・建物・施設・設備＞お店＞菓子店、洋菓子店＞駄菓子店／職業＞店長、店主／暮らし・生活＞感情、心＞祈り、願いごと／暮らし・生活＞食べもの、飲みもの＞おやつ、お菓子＞駄菓子

アニメ版ふしぎ駄菓子屋銭天堂. [3]／廣嶋玲子;jyajya作／偕成社／2024年11月／アイテム・能力＞魔法、魔術、魔力、召喚術／作品情報＞ノベライズ／場所・建物・施設・設備＞お店＞菓子店、洋菓子店＞駄菓子店／職業＞店長、店主／暮らし・生活＞感情、心＞祈り、願いごと／暮らし・生活＞食べもの、飲みもの＞おやつ、お菓子＞駄菓子

銭天堂：ふしぎ駄菓子屋. 吉凶通り 1／廣嶋玲子作;jyajya絵／偕成社／2024年5月／アイテム・能力＞魔法、魔術、魔力、召喚術／キャラクター・立場＞お客、訪問客、客人／作品情報＞短編集／場所・建物・施設・設備＞お店＞菓子店、洋菓子店＞駄菓子店／職業＞店長、店主／暮らし・生活＞運命、宿命／暮らし・生活＞食べもの、飲みもの＞おやつ、お菓子＞駄菓子

あやし、おそろし、天獄園：銭天堂番外編. 2／廣嶋玲子作jyajya 絵／偕成社／2024 年 7 月／アイテム・能力＞プレゼント、お土産／アイテム・能力＞魔法、魔術、魔力、召喚術／キャラクター・立場＞子ども、少年、少女／場所・建物・施設・設備＞遊園地、テーマパーク／職業＞実業家、経営者、社長／暮らし・生活＞イベント、行事＞パレード

銭天堂：ふしぎ駄菓子屋. 吉凶通り 2／廣嶋玲子作jyajya 絵／偕成社／2024 年 10 月／アイテム・能力＞魔法、魔術、魔力、召喚術／場所・建物・施設・設備＞お店＞菓子店、洋菓子店＞駄菓子店／職業＞店長、店主／暮らし・生活＞運命、宿命／暮らし・生活＞感情、心＞祈り、願いごと／暮らし・生活＞食べもの、飲みもの＞おやつ、お菓子＞駄菓子

妖怪の子、育てます. 4／廣嶋玲子作Minoru 絵／東京創元社／2024 年 6 月／キャラクター・立場＞妖怪／ご当地もの＞江戸／人間関係＞家族＞ふたご／人間関係＞家族＞養子、養女／人間関係＞幼なじみ／暮らし・生活＞育児、子育て＞育児、子育て一般

妖花魔草物語／廣嶋玲子作まくらくらま絵／小峰書店（Sunnyside Books）／2024 年 3 月／アイテム・能力＞毒／アイテム・能力＞魔法、魔術、魔力、召喚術／ストーリー＞迷信、伝説／作品情報＞短編集／自然・環境・宇宙＞花、植物＞花、植物一般

ふしぎな図書館と消えた西遊記―ストーリーマスターズ；5／廣嶋玲子作江口夏実絵／講談社／2024 年 3 月／キャラクター・立場＞孫悟空／キャラクター・立場＞魔王、魔族、魔人、邪神／ストーリー＞身代わり、代役、代行／ストーリー＞世界の物語＞西遊記／ストーリー＞冒険、旅／場所・建物・施設・設備＞図書館、図書室

ふしぎな図書館とクリスマス大決戦―ストーリーマスターズ；6／廣嶋玲子作江口夏実絵／講談社／2024 年 11 月／キャラクター・立場＞魔王、魔族、魔人、邪神／ストーリー＞異世界、架空・不思議の世界／ストーリー＞救出、救助／ストーリー＞捜査、捜索、潜入／場所・建物・施設・設備＞図書館、図書室／人間関係＞仲間／暮らし・生活＞イベント、行事＞クリスマス一般

秘密に満ちた魔石館. 5／廣嶋玲子作佐竹美保絵／PHP 研究所／2024 年 2 月／ストーリー＞秘密、隠し事、秘話／ストーリー＞冒険、旅／作品情報＞短編集／自然・環境・宇宙＞岩、石／暮らし・生活＞からだ、顔＞意識、記憶、思い出

十年屋：児童版. 7／廣嶋玲子作佐竹美保絵／ほるぷ出版／2024 年 12 月／アイテム・能力＞宝物／アイテム・能力＞魔法、魔術、魔力、召喚術／ストーリー＞SF＞タイムトラベル、タイムスリップ、タイムループ、ワープ／職業＞執事、家政夫／職業＞店長、店主／動物・生きもの＞ネコ

見つけ屋とお知らせ屋―十年屋と魔法街の住人たち；5／廣嶋玲子作佐竹美保絵／静山社／2024 年 7 月／アイテム・能力＞魔法、魔術、魔力、召喚術／ストーリー＞SF＞タイムトラベル、タイムスリップ、タイムループ、ワープ／ストーリー＞さがしもの、人探し／ストーリー＞仕事／ストーリー＞冒険、旅／暮らし・生活＞感情、心＞信頼、絆

かみさまのベビーシッター. 4／廣嶋玲子作木村いこ絵／理論社／2024 年 12 月／キャラクター・立場＞甘えん坊／キャラクター・立場＞子ども、少年、少女／キャラクター・立場＞神様、女神、観音様、仏様／職業＞ベビーシッター／暮らし・生活＞育児、子育て＞家出／暮らし・生活＞感情、心＞わがまま

トラブル旅行社(トラベル). [3]／廣嶋玲子文コマツシンヤ絵／金の星社／2024 年 1 月／ストーリー＞けんか／ストーリー＞異世界、架空・不思議の世界／ストーリー＞冒険、旅／人間関係＞友達／暮らし・生活＞イベント、行事＞お祭り／暮らし・生活＞感情、心＞祈り、願いごと

無法施展的時間魔法―樂讀456；初階 108 魔法十年屋；5／廣嶋玲子文佐竹美保圖王蘊潔譯／親子天下／2024 年 1 月／アイテム・能力＞魔法、魔術、魔力、召喚術／キャラクター・立場＞魔法使い、魔導士、魔術師／ストーリー＞仕事／作品情報＞短編集／場所・建物・施設・設備＞お店＞雑貨店／職業＞店長、店主

貓學徒的實習時間―樂讀456；初階 109 魔法十年屋；6／廣嶋玲子文佐竹美保圖王蘊潔譯／親子天下／2024 年 1 月／アイテム・能力＞魔法、魔術、魔力、召喚術／キャラクター・立場＞弟子、後輩、部下、助手、家来、家臣／キャラクター・立場＞魔法使い、魔導士、魔術師／作品情報＞短編集／場所・建物・施設・設備＞お店＞雑貨店／職業＞店長、店主

ともだち／椰月美智子作／小学館／2024 年 3 月／ストーリー＞あやかし、憑依、擬人化／ストーリー＞友情／学校・学園・学生・教育＞学校、学園、学生、教育一般／学校・学園・学生・教育＞小学校、小学生＞小学校５・６年生／人間関係＞友達

みかんファミリー／椰月美智子著／講談社／2024 年 8 月／キャラクター・立場＞シングルマザー、シングルファザ

ー／キャラクター・立場>同僚、同級生／ストーリー>再会／学校・学園・学生・教育>中学校、中学生／人間関係>家族>家族一般

ふたご魔女とひみつのお手紙：はじめての魔法学校／櫻いいよ作佐々木メエ絵／スターツ出版（野いちごぽっぷ）／2024 年 11 月／アイテム・能力>手紙、日記、メモ／アイテム・能力>魔法、魔術、魔力、召喚術／キャラクター・立場>子ども、少年、少女／キャラクター・立場>魔女／学校・学園・学生・教育>魔法・魔術学校／人間関係>家族>ふたご

天国までの 49 日間：最後の夏、君がくれた奇跡／櫻井千姫著;noka 絵／スターツ出版（野いちごジュニア文庫）／2024 年 7 月／ストーリー>いじめ、いじわる／ストーリー>死、別れ／ストーリー>秘密、隠し事、秘話／学校・学園・学生・教育>中学校、中学生／暮らし・生活>感情、心>後悔

不可説不可説転／櫻船鐘寅著;柳屋本舗監修／トライ／2024 年 10 月／ストーリー>バトル、奇襲、戦闘、抗争／自然・環境・宇宙>季節、四季>春／乗りもの>船、ヨット>船、ヨット一般／動物・生きもの>トラ／文化・芸能・スポーツ>文化、芸能>詩／暮らし・生活>鈴、鐘

敵討まぜこぜ噺：刀の行方タカの使手. 上—絵草紙風絵本シリーズ／游古庵てんてまりさく・え／和ん古堂ゑざうし部／2024 年 2 月／アイテム・能力>刀、ナイフ／ストーリー>さがしもの、人探し／人間関係>ライバル、仇／動物・生きもの>鳥>タカ

やん茶の夢は暫の出世鑑—絵草紙風絵本シリーズ／游古庵てんてまりさく・え／和ん古堂ゑざうし部／2024 年 8 月／ご当地もの>江戸／ストーリー>成長、克服、成り上がり／ストーリー>奉公／ストーリー>夢、野望、野心／ストーリー>歴史、時代もの

鎌倉猫ヶ丘小ミステリー倶楽部／澤田慎梧作のえる絵／アルファポリス 星雲社（アルファポリスきずな文庫）／2024 年 9 月／ストーリー>ホラー、オカルト、グロテスク、怪談／ストーリー>ミステリー、サスペンス、謎解き／ストーリー>悪魔祓い、怨霊祓い、悪霊調伏／学校・学園・学生・教育>学校、学園、学生、教育一般／職業>探偵／職業>巫女、斎宮／人間関係>家族>ふたご

まさきの虎／濱野京子作こうの史代絵／童心社／2024 年 12 月／学校・学園・学生・教育>小学校、小学生>小学校５・６年生／自然・環境・宇宙>海／戦争と平和・災害・社会問題>災害>地震>東日本大震災／暮らし・生活>イベント、行事>引っ越し、移住／暮らし・生活>からだ、顔>意識、記憶、思い出

となりのきみのクライシス／濱野京子作トミイマサコ絵／さ・え・ら書房／2024 年 1 月／キャラクター・立場>大人／学校・学園・学生・教育>学校、学園、学生、教育一般／人間関係>家族>毒親／戦争と平和・災害・社会問題>セクシャルハラスメント／戦争と平和・災害・社会問題>人権、差別、偏見／戦争と平和・災害・社会問題>貧困、家庭内暴力、児童虐待

girls—くもんの児童文学／濱野京子作牛久保雅美装画・挿絵／くもん出版／2024 年 6 月／ストーリー>友情／学校・学園・学生・教育>中学校、中学生／人間関係>家族>親子／暮らし・生活>イベント、行事>外泊、旅行、ツアー>修学旅行

一生役立つ〈自信〉が身につく!ひらがな名作／齋藤孝監修／日本図書センター／2024 年 10 月／ストーリー>メルヘン／ストーリー>世界の物語>世界の物語一般／ストーリー>日本の物語>日本の物語一般／ストーリー>落語／文化・芸能・スポーツ>文化、芸能>詩

シニカル探偵安土真 = CYnICAL DETECTIVE ADUCHI MAKOTO. 3／齊藤飛鳥作十々夜絵／国土社／2024 年 3 月／ストーリー>ミステリー、サスペンス、謎解き／職業>探偵／人間関係>チーム、パーティ、グループ／文化・芸能・スポーツ>文化、芸能>美術、芸術>絵／暮らし・生活>感情、心>不幸

シニカル探偵安土真 = CYnICAL DETECTIVE ADUCHI MAKOTO. 4／齊藤飛鳥作十々夜絵／国土社／2024 年 7 月／ストーリー>ミステリー、サスペンス、謎解き／ストーリー>呪い、呪術、呪文、祟り／職業>探偵／人間関係>チーム、パーティ、グループ／暮らし・生活>感情、心>不幸

アーバンドラゴン：ゲリラ豪雨と神様／髙橋宏美著／文芸社／2024 年 5 月／キャラクター・立場>幻獣／キャラクター・立場>神様、女神、観音様、仏様／自然・環境・宇宙>季節、四季>夏／自然・環境・宇宙>天気、天候>雨>豪雨／自然・環境・宇宙>天気、天候>雲／自然・環境・宇宙>竜巻

絵本りょうたとおじいちゃん／髙瀬泰子作YOSHI 絵／風詠社 星雲社／2024 年 7 月／学校・学園・学生・教育>小学校、小学生>小学校１・２年生／人間関係>祖父母／戦争と平和・災害・社会問題>戦争>戦争一般／戦争と平和・災害・社会問題>戦争と平和、災害、社会問題一般

青春サプリ。. [12]—心が元気になる、5 つの部活ストーリー／ポプラ社／2024 年 11 月／ストーリー>青春／学

校・学園・学生・教育＞高校、高等専門学校、高校生、高専生／学校・学園・学生・教育＞生徒会、委員会／学校・学園・学生・教育＞部活、サークル、クラブ／作品情報＞アンソロジー／暮らし・生活＞イベント、行事＞文化祭、学園祭

君色パレット＝PALETTES OF YOUR COLORS：多様性をみつめるショートストーリー. 2-[1]／岩崎書店／2024年１月／キャラクター・立場＞同僚、同級生／ストーリー＞サイバー＞AI／作品情報＞アンソロジー／人間関係＞恋愛／暮らし・生活＞多様性

君色パレット＝PALETTES OF YOUR COLORS：多様性をみつめるショートストーリー. 2-[2]／岩崎書店／2024年２月／キャラクター・立場＞帰国子女／キャラクター・立場＞美少年、美男子、美青年／学校・学園・学生・教育＞学校、学園、学生、教育一般／学校・学園・学生・教育＞転校、転校生、編入／作品情報＞アンソロジー／暮らし・生活＞感情、心＞苦手、弱点、気弱／暮らし・生活＞多様性

君色パレット＝PALETTES OF YOUR COLORS：多様性をみつめるショートストーリー. 2-[3]／岩崎書店／2024年２月／キャラクター・立場＞同僚、同級生／ストーリー＞予言、予報、予告／作品情報＞アンソロジー／暮らし・生活＞ファッション、おしゃれ、身だしなみ＞スカート／暮らし・生活＞多様性

付録：分類解説表

ストーリー

ストーリー＞悪魔祓い、怨霊祓い、悪霊調伏	呪いのような憑き物を落としたり、除霊が描かれた作品
ストーリー＞あやかし、憑依、擬人化	妖怪や人間の心の闇が具現化するなどの不思議な現象のあやかし（怪奇）に加え、憑依、擬人化が描かれた作品
ストーリー＞育成、プロデュース	主人公が先生、ベテランの立場となり、誰かを育成していく作品
ストーリー＞異世界、架空・不思議の世界	異世界や架空の世界での出来事が描かれた作品
ストーリー＞異世界転移、召喚	異世界に飛ばされて、異世界での活躍を描く作品
ストーリー＞異世界転生	元の世界で死を迎え、異世界で生まれ変わる作品
ストーリー＞異世代・世代間交流	主に高齢者と子供といった世代を超えた交流が描かれた作品
ストーリー＞偽り、偽装	何らかの理由で嘘をついたり自分を偽ることが描かれた作品
ストーリー＞偽り、偽装＞恋人、配偶者のふり	何らかの理由で、主人公と別のキャラクターが恋人や夫婦のふりをする作品
ストーリー＞入れ替わり	誰かと誰かが入れ替わって進行するような話
ストーリー＞陰謀	人に知られないように何かしらの計画を練ることが描かれた作品
ストーリー＞SF	サイエンス・フィクションの略で、科学的な空想に基づいた作品
ストーリー＞SF＞タイムトラベル、タイムスリップ、タイムループ、ワープ	通常の時間の流れから逸脱し、過去や未来の世界に移動している作品

ストーリー＞格差	同類のものの間においての程度（水準・資格など）の差や違いについて描かれた作品
ストーリー＞救出、救助	囚われた姫など、誰かを救出するような作品
ストーリー＞ゲーム、アニメ	ゲーム・アニメについて描かれた作品
ストーリー＞恋人・配偶者作り、縁結び、お見合い	主人公、あるいはヒロインが恋人や配偶者を作ることを目的としたり、縁結びが題材になった作品
ストーリー＞拷問、処刑、殺人	拷問・処刑・殺人が描かれている作品
ストーリー＞告白、カミングアウト	恋愛の告白に限らず、何か秘密をカミングアウトするようなことが描かれた作品
ストーリー＞サイバー＞VR、AR	VR（仮想現実）や、コンピュータを使ってさらに情報を加える技術の AR（拡張現実）が描かれた作品
ストーリー＞サバイバル	生き残るための方法を考えたり、争いが描かれた作品
ストーリー＞試合、競争、コンテスト、競合	戦いが目的ではなく、スポーツの試合や美少女コンテストなど、力比べや優劣を決めることを描いている様や競合について描かれた作品
ストーリー＞頭脳、心理戦、対決	謎解き対決や、トランプなど身体で戦うものではなく、頭脳・心理で戦うもの全般について書かれた作品
ストーリー＞成長、克服、成り上がり	主人公がストーリーの中で身体面、精神面において何かしら成長を遂げたり、克服をする作品
ストーリー＞ダンジョン、迷宮	地下世界が描かれた作品
ストーリー＞転生、転移、よみがえり、リプレイ	異世界に限らず、生まれ変わる、移動する、死と生を繰り返すといった設定がある作品
ストーリー＞濡れ衣、冤罪	無実であるのに犯罪者として扱われてしまうことについて描かれた作品
ストーリー＞バトル、奇襲、戦闘、抗争	戦いや、予期せぬ一方的な攻撃などが描かれた作品
ストーリー＞変身、変形、変装	動物に化けてしまう変身、身体の一部が変化するなどの変形、変装が描かれた作品

ストーリー＞冒険、旅＞クエスト、攻略	何かを探求・追求するために冒険するような作品
ストーリー＞ほのぼの	動物が出てくるなど癒される要素が入った作品
ストーリー＞迷信、伝説	迷信や伝説について描かれた作品
ストーリー＞メルヘン	昔話、童話、おとぎ話、伝説、神話、寓話が描かれた作品
ストーリー＞問題解決	主人公やチームに何かしらの課題が与えられ、その解決をすることが描かれた作品
ストーリー＞夢、野望、野心	寝ている間に見る夢や、将来的な願望や野望について描いた作品
ストーリー＞猟、狩り	登場人物が動物などを狩る、猟や狩りについて描かれた作品
ストーリー＞料理	料理人が主人公だったり、レストランが舞台だったりと、料理について描かれている作品

キャラクター・立場

キャラクター・立場＞強迫性障害、強迫的ホーディング（強迫性貯蔵症）、不安障害	強い「不安」や「こだわり」を持つ強迫性障害や、過剰な収集をする強迫性貯蔵症のキャラクターが登場する作品
キャラクター・立場＞幻獣	ユニコーン、グリフォン、ペガサスなど神秘的な扱いの生き物が主要キャラクターとして登場する作品
キャラクター・立場＞子ども、少年、少女	子どもや 18 歳までの男女が主要キャラクターとして登場する作品
キャラクター・立場＞発達障害＞学習障害	学習障害を持ったキャラクターが登場する作品
キャラクター・立場＞貧乏、ケチ、守銭奴	お金に不自由している人や、お金を使うことが嫌いな人が主要キャラクターとして登場する作品

キャラクター・立場＞魔法使い、魔導士、魔術師	魔法、魔術、妖術などを使う魔法使い・魔導士・魔術師が主要キャラクターとして登場する作品
キャラクター・立場＞盲導犬、聴導犬、介助犬	目や耳の不自由な人をサポートする盲導犬や聴導犬が登場する作品
キャラクター・立場＞モンスター、魔物、魔獣、怪物、怪獣、怪鳥	モンスター・魔の物・人知を超えた能力を持った獣などが主要キャラクターとして登場する作品

人間関係

人間関係＞家族＞ステップ・ファミリー	血縁でない親子関係を含んだ家族が登場する作品
人間関係＞主従関係、奴隷、下僕	絶対的な上下関係が描かれた作品
人間関係＞チーム、パーティ、グループ	複数人のメンバーでチームを作り、事件や問題を乗り越え、お互いに影響し合っていく作品
人間関係＞ハーレム、逆ハーレム、三角関係	一人の男性を中心に複数の女性がいる「ハーレム」、女性を複数の男性が囲む「逆ハーレム」や三角関係が描かれた作品
人間関係＞バディ、コンビ	二人がコンビを組んでさまざまな出来事に遭遇し乗り越えていく様が描かれた作品

アイテム・能力

アイテム・能力＞暗号	第三者が見ても特別な知識なしでは読めないように変換された記号である暗号が登場する作品
アイテム・能力＞異能力、スキル、レベル、特技	特別な能力を持つ人物が登場したりレベルや特技が題材になっている作品
アイテム・能力＞薬、ポーション	薬そのものや、薬効・毒性・魔法的な効果がある液体や飲料が出てくる話
アイテム・能力＞毒	毒が話のカギを握っている作品
アイテム・能力＞爆弾	爆弾が登場する作品
アイテム・能力＞文房具＞ノート、手帳	ノートや手帳などの文房具が登場する作品
アイテム・能力＞魔法、魔術、魔力、召喚術	魔法・魔術・魔力・召喚術が題材になっている作品
アイテム・能力＞魔法、魔術、魔力、召喚術＞飛行能力	空を飛ぶ能力について描かれた作品
アイテム・能力＞霊感、幽体離脱	霊感や幽体離脱が話のカギを握っている作品

作品情報

作品情報＞アンソロジー	違う著者の話が1冊の中にいくつか入っているもの
作品情報＞作品集	詩や小説などあらゆる形態の作品が1冊に収録されているもの
作品情報＞短編集	同じ著者の複数の作品が1冊に収録されているもの

テーマ・ジャンルからさがす
児童文学2024

2025年3月31日　第1刷発行

発行者　道家佳織
編集・発行　株式会社ＤＢジャパン
〒151-0073 東京都渋谷区笹塚1-5-1
電話　03-6304-2431
ファクス　03-6369-3686
e-mail　books@db-japan.co.jp
装丁　ＤＢジャパン
電算漢字処理　ＤＢジャパン
印刷・製本　大日本法令印刷株式会社
作業者　田中伴果

ISBN 978-4-86140-582-2
Printed in Japan